HEYNE BÜCHER

Vom gleichen Autor erschienen außerdem
als Heyne-Taschenbücher

Die Matlock-Affäre · Band 01/5723
Das Osterman-Wochenende · Band 01/5803
Das Kastler-Manuskript · Band 01/5898
Das Jesus-Papier · Band 01/6044
Das Scarlatti-Erbe · Band 01/6136
Der Gandolfo-Anschlag · Band 01/6180
Der Matarese-Bund · Band 01/6265

ROBERT LUDLUM

DER RHEINMANN-TAUSCH

Roman

Deutsche Erstveröffentlichung

WILHELM HEYNE VERLAG
MÜNCHEN

HEYNE-BUCH Nr. 01/5948
im Wilhelm Heyne Verlag, München

Titel der amerikanischen Originalausgabe
THE RHEINMANN EXCHANGE
Deutsche Übersetzung von Heinz Nagel

5. Auflage

Printed in Germany 1984
Umschlaggestaltung: Atelier Ingrid Schütz, München
Gesamtherstellung: Mohndruck Graphische Betriebe GmbH, Gütersloh

ISBN 3-453-01466-9

Für Norma und Ed Marcum —
Dank für so viele Dinge

EINLEITUNG

20. März 1944, Washington, D. C.

»David?«

Das Mädchen kam in das Zimmer und blieb einen Augenblick schweigend stehen und sah dem hochgewachsenen Offizier zu, der durch das Hotelfenster starrte. Der Regen fiel in der Kühle des März und schuf Wirbel über der Silhouette von Washington aus Nebel und Wind.

Spaulding drehte sich um. Er hatte ihre Anwesenheit wahrgenommen, nicht ihre Stimme. »Entschuldige. Hattest du etwas gesagt?« Er sah, daß sie seinen Regenmantel hielt. Er sah auch die Sorge in ihrem Blick — und die Furcht, die sie zu verbergen versuchte.

»Es ist vorbei«, sagte sie leise.

»Vorbei«, antwortete er. »In einer Stunde wird es das sein.«

»Werden sie alle hierher kommen?« fragte sie, während sie auf ihn zuging und den Mantel vor sich hielt, als wäre er ein Schild.

»Ja. Sie haben keine andere Wahl ..., ich habe keine andere Wahl.« Spauldings linke Schulter war unter seinem Uniformrock bandagiert. Er trug den Arm in einer schwarzen Schlinge. »Hilf mir das anziehen, ja? Der Regen wird nicht nachlassen.«

Jean Cameron entfaltete den Mantel widerstrebend und öffnete ihn.

Dann erstarrte sie in ihrer Bewegung, und ihre Augen blieben am Kragen seines Uniformhemds hängen. Und dann an den Aufschlägen seiner Uniform.

Alle Rangabzeichen waren entfernt worden.

Nur noch an der Verfärbung im Tuch war zu erkennen, wo einmal die Abzeichen gewesen waren.

Da war kein Rangabzeichen, nicht Bronze oder Silber, um seine Rangstufe zu identifizieren. Nicht einmal die goldenen Initialen des Landes, dem er diente.

Gedient hatte.

Er sah, daß sie es gesehen hatte.

»So habe ich angefangen«, sagte er leise. »Kein Name, kein Rang, keine Vorgeschichte. Nur eine Nummer. Mit einem Buchstaben dahinter. Ich möchte, daß sie sich daran erinnern.«

Das Mädchen stand reglos da und hielt immer noch den Mantel. »Sie werden dich töten, David.« Ihre Worte waren so leise, daß man sie kaum hören konnte.

»Das ist das einzige, was sie nicht tun werden«, sagte er ruhig. »Es wird keine Meuchelmörder geben, keine Unfälle, keine plötzlichen Befehle, die mich nach Burma oder Dar-es-Salaam versetzen. Das ist erledigt ... Sie können nicht wissen, was ich getan habe.«

Er lächelte und berührte ihr Gesicht. Ihr liebliches Gesicht. Sie atmete tief und zwang sich eine Selbstkontrolle auf, von der sie wußte, daß sie sie nicht empfand. Sie schob den Regenmantel vorsichtig über seine linke Schulter, während er nach dem rechten Ärmel griff. Sie drückte das Gesicht einen Augenblick gegen seinen Rücken; er konnte das leichte Zittern spüren, als sie sprach.

»Ich werde keine Angst haben. Das habe ich dir versprochen.«

Er ging durch das gläserne Eingangsportal des Shoreham Hotel und schüttelte den Kopf, als ihn der Portier unter dem Vordach fragend ansah. Er wollte kein Taxi, er wollte zu Fuß gehen. Die ersterbenden Feuer der Wut sollten langsam ausbrennen. Ein langer Spaziergang.

Es würde die letzte Stunde seines Lebens sein, in der er diese Uniform trug.

Diese Uniform, die jetzt keine Rangabzeichen und keine Identifizierung trug.

Er würde durch die zweite Tür im Kriegsministerium treten und der Militärpolizei seinen Namen nennen.

David Spaulding.

Sonst würde er nichts sagen. Es würde genügen. Niemand würde ihn aufhalten, niemand ihn behindern.

Befehle von ungenannten Kommandeuren würden vorliegen — mindestens Divisionsrang — die es ihm gestatten würden, durch die grauen Korridore zu einer Tür ohne Aufschrift zu gehen.

Jene Befehle würden an der Pforte vorliegen, weil ein anderer

Befehl erteilt worden war. Ein Befehl, den niemand zu seinem Ursprung zurückverfolgen konnte. Niemand begriff ...

Das behaupteten sie. In ihrer Wut.

Aber niemand war so wütend wie er.

Das wußten sie auch, die unbekannten Kommandeure.

Leute mit Namen, die ihm noch vor ein paar Monaten nichts bedeutet hatten, würden in jenem Raum sein. Namen, die jetzt Symbol eines Abgrunds der Täuschung waren, einer Täuschung, die ihn so abstieß, daß er jetzt ehrlich glaubte, er habe den Verstand verloren.

Howard Oliver.

Jonathan Craft.

Walter Kendall.

Für sich alleine klangen die Namen unschuldig. Es konnten die Namen ungezählter Hunderttausender sein. An ihnen war etwas so ... Amerikanisches.

Und doch hatten diese Namen, diese Männer, ihn an den Rand des Wahnsinns gebracht.

Sie würden ihn in dem Raum erwarten, und er würde sie an jene anderen erinnern, die nicht zugegen waren.

Erich Rheinmann, Buenos Aires.

Alan Swanson, Washington.

Franz Altmüller, Berlin.

Andere Symbole, andere Fäden ...

Der Abgrund der Täuschung, in den ihn ... Feinde gestürzt hatten.

Wie, in Gottes Namen, war es *passiert*?

Wie *konnte* es passieren?

Aber es war geschehen. Und er hatte die Tatsachen niedergeschrieben, so wie er sie kannte.

Sie niedergeschrieben und ... das Dokument ... in eine Archivkassette gelegt und die wiederum in eine Depotkassette in einem Banksafe in Colorado.

Wo niemand sie finden konnte. Auf tausend Jahre in der Erde verschlossen ..., weil es so besser war.

Es sei denn, die Männer in dem unmarkierten Raum zwangen ihn, anders zu handeln.

Wenn sie es taten ... wenn sie ihn zwangen ..., dann würde der Verstand von Millionen auf die Probe gestellt werden. Der Abscheu würde dann keine nationalen Grenzen anerkennen, oder die Sache irgendeines globalen Stammes.

Die Führer würden zu Ausgestoßenen werden.

So wie er jetzt ein Ausgestoßener war.

Eine Nummer mit einem Buchstaben dahinter.

Er erreichte die Treppen des Kriegsministeriums; für ihn stellten die hellbraunen Steinsäulen jetzt nicht mehr ein Symbol der Stärke dar. Sie wirkten eher wie hellbraunes Papiermaché.

Ohne Substanz.

Er trat durch ein Doppelportal auf den Schreibtisch des Sicherheitsbeamten zu. Ein Oberstleutnant in mittleren Jahren, der von zwei Sergeanten flankiert wurde, saß dahinter.

»Spaulding, David«, sagte er leise.

»Ihren Ausweis . . .« Der Oberstleutnant sah auf die Schulterklappen des Regenmantels und dann den Kragen. »Spaulding . . .«

»Mein Name ist David Spaulding. Meine Quelle ist Fairfax«, wiederholte David leise. »Sehen Sie in Ihren Papieren nach, Soldat.«

Der Kopf des Oberstleutnants fuhr verärgert hoch, aber als er dann Spaulding ansah, wandelte sich sein Ärger in Verblüffung. Denn David hatte nicht unfreundlich, ja nicht einmal unhöflich gesprochen. Er hatte nur eine Tatsache festgestellt.

Der Sergeant zur Linken des Oberstleutnants schob dem Offizier ein Blatt Papier hin, ohne etwas zu sagen. Der Oberstleutnant sah es an.

Dann wanderte sein Blick zu David zurück — ganz kurz — und er winkte ihn durch.

Als Spaulding den grauen Korridor hinunterging, den Regenmantel über dem Arm, spürte er die Augen auf sich, ahnte, wie sie die Uniform musterten, die keinerlei Rangabzeichen trug. Einige salutierten zögernd.

Er erwiderte keinen der Grüße.

Männer drehten sich um, andere starrten aus ihren Türen.

Dies war der . . . Offizier, sagten ihm ihre Blicke. Sie hatten die Gerüchte gehört, die flüsternden Stimmen in dunklen Ecken. Dies war der Mann.

Ein Befehl war erteilt worden . . .

Der *Mann*.

PROLOG

1.

8. September 1939, New York City

Die beiden Army-Offiziere mit den messerscharf gebügelten Uniformen, die Mützen unter dem Arm, beobachteten die Gruppe formlos gekleideter Männer und Frauen durch die Glaswand. Der Raum, in dem die Offiziere saßen, war abgedunkelt.

Ein rotes Licht blitzte auf; Orgelklänge dröhnten aus zwei mit einem Gitter bedeckten Kästen zu beiden Seiten der von Glas abgeschlossenen dunklen Kammer. Dann folgte das ferne Heulen von Hunden — großen, reißenden Hunden — und dann erhob sich eine Stimme — tief, klar, drohend — über die Klänge der Orgel und Tiere.

Wo auch immer die Rufe der Hilflosen hallen, wo Gefahr droht, findet man die hochgewachsene Gestalt von Jonathan Tyne — er wartet, lauert im Schatten, ist bereit, mit den Mächten der Hölle zu kämpfen. Den sichtbaren wie den unsichtbaren ...

Plötzlich war ein durchdringender, schriller Schrei zu hören. »Iiiaahr!« In dem beleuchteten Innenraum blinzelte eine korpulente Frau dem kleinen Mann mit der dicken Brille zu, der das maschinegeschriebene Manuskript verlesen hatte und verließ das Mikrofon, kaute mit schnellen, rhythmischen Bewegungen Kaugummi.

Die tiefe Stimme fuhr fort.

Heute Abend erleben wir, wie Jonathan Tyne der von Schrecken erfüllten Lady Ashcroft zu Hilfe kommt, deren Mann vor drei Wochen genau um Mitternacht in die nebligen schottischen Moore verschwand. Und jede Nacht, genau um Mitternacht, heulen unbekannte Hunde über die finsteren Felder. Sie scheinen den Mann herauszufordern, der sich jetzt vorsichtig in den sie umhüllenden Nebel hineintastet: Jonathan Tyne, der Rächer des Bösen; die Nemesis von Luzifer. Der Vorkämpfer der hilflosen Opfer der Dunkelheit ...

Erneut schwoll die Orgelmusik zu einem Crescendo an; das Bellen der Hunde klang noch bösartiger.

Der ältere Offizier, ein Oberst, warf seinem Begleiter, einem Oberleutnant, einen kurzen Blick zu. Der Jüngere, dessen Augen besorgt blickten, starrte die Gruppe gleichgültiger Schauspieler im beleuchteten Studio an.

Der Oberst zuckte zusammen.

»Interessant, nicht wahr?« sagte er.

»Was? ... O ja, Sir. Ja, Sir; sehr interessant. Welcher ist es denn?«

»Der Große in der Ecke. Der mit der Zeitung.«

»Spielte er den Tyne?«

»Wer? O nein, Lieutenant. Er hat, glaube ich, nur eine Nebenrolle. In spanischem Dialekt.«

»Eine Nebenrolle ... in spanischem Dialekt.« Der Oberleutnant wiederholte die Worte des Obersten, seine Stimme klang zögernd, sein Blick wirkte verwirrt. »Verzeihen Sie, Sir, ich bin verwirrt. Ich weiß wirklich nicht, was wir hier *tun*; was *er* hier tut. Ich dachte, er sei Bauingenieur.«

»Das ist er auch.«

Die Orgelmusik wurde leiser, ging in Pianissimo über; das Heulen der Hunde verhallte. Jetzt drang eine andere Stimme — leichter, freundlicher, ohne den Unterton drohender Gefahr — aus den beiden Boxen.

Pilgrim. Die Seife mit dem Duft der Maiblüten, die Mayflower-Seife. Pilgrim bringt Ihnen heute wieder ... »Die Abenteuer von Jonathan Tyne.«

Die dicke, mit Kork belegte Tür der finsteren Kammer öffnete sich, und ein Mann mit schütterem Haar, aufrecht, in einen konservativen Straßenanzug gekleidet, trat ein. Er trug einen Umschlag in der linken Hand; jetzt streckte er die rechte dem Oberst hin. Er sprach leise, aber nicht im Flüsterton: »Hallo, Ed. Nett, Sie wieder zu sehen. Ich brauche Ihnen wohl nicht zu sagen, daß mich Ihr Anruf überrascht hat.«

»Das kann ich mir denken. Wie gehts denn, Jack? . . . Lieutenant, ich möchte Sie Mr. John Ryan vorstellen, ehemals Major John N. M. I. Ryan von Six Corps.«

Der Offizier stand auf.

»Setzen Sie sich doch, Lieutenant«, sagte Ryan und schüttelte dem jungen Mann die Hand.

»Nett, Sie kennenzulernen, Sir. Danke, Sir.«

Ryan schob sich an den schwarzen Ledersesseln vorbei und nahm neben dem Oberst vor der Glaswand Platz. Die Orgelmusik schwoll wieder an, ebenso das Bellen und Heulen der Hunde, das jetzt wieder zu hören war. Ein paar Schauspieler und Schauspielerinnen drängten sich um zwei Mikrofone und sahen alle auf einen Mann in einer weiteren Glaszelle — diese freilich beleuchtet — auf der anderen Seite des Studios.

»Wie geht's Jane?« fragte Ryan, »und den Kindern?«

»Sie haßt Washington; der Junge übrigens auch. Sie wären lieber wieder in Oahu. Aber Cynthia gefällt es. Sie ist jetzt achtzehn; kein Wunder, bei all den Bällen.«

Der Mann in der beleuchteten Glaszelle gab ein Handsignal. Die Schauspieler begannen ihren Dialog.

Ryan fuhr fort. »Und du? ›Washington‹ sieht doch auf der Diensteinteilung gut aus.«

»Wahrscheinlich schon, aber niemand weiß, daß ich hier bin. Das hilft mir nichts.«

»So?«

»G-2.«

»Du siehst aus, als gehe es dir gut, Jack.«

»Ja, das hatte ich erfahren.«

Ryan lächelte ein wenig verlegen. »Ist nicht so schlimm. Zehn andere Jungs in der Agency könnten das auch . . ., vielleicht sogar besser. Aber die waren alle nicht in Westpoint, das macht den Unterschied. Ich bin ein Agency-Symbol, Typ Integrität. Die Kunden stehen da sozusagen automatisch stramm.«

Der Oberst lachte. »Quatsch. Du hast dich schon immer gut auf so etwas verstanden. Selbst die großen Bonzen haben dich immer auf die Abgeordneten angesetzt.«

»Du schmeichelst mir. Zumindest *glaube* ich, daß du schwindelst.

»Iiiaahr!« Die korpulente Schauspielerin, die immer noch ihren Gummi kaute, hatte gerade in das zweite Mikrofon gekreischt. Jetzt trat sie einen Schritt zurück und stieß dabei einen dünnen, weibisch wirkenden Schauspieler an, der als nächster dran war.

»Eine Menge Geschrei haben die dort drinnen.« Der Oberst stellte damit eigentlich keine Frage.

»Und bellende Hunde und schrille Orgelmusik und viel Stöhnen und schwerer Atem. ›Tyne‹ ist unser populärstes Programm.«

»Ich muß zugeben, daß ich es mir auch schon angehört habe. Die ganze Familie ist wie wild darauf; seit wir zurück sind, geht das jetzt so.«

»Wenn ich dir sagte, wer die Texte schreibt, würdest du mir nicht glauben.«

»Wieso?«

»Ein Dichter, der den Pulitzer-Preis gewonnen hat. Unter einem anderen Namen natürlich.«

»Das kommt mir seltsam vor.«

»Ganz und gar nicht. Er muß auch überleben. Wir zahlen — und die Dichtkunst nicht.«

»Ist das der Grund, weshalb *er* mitmacht?« Der Oberst deutete mit einer Kopfbewegung auf den hochgewachsenen, dunkelhaarigen Mann, der jetzt die Zeitung hatte sinken lassen, aber immer noch in der Ecke stand, abseits von den anderen Schauspielern, gegen die weiße, korkbedeckte Wand gelehnt.

»Keine Ahnung. Ich meine, ich wußte gar nicht, wer er war — das heißt, ich wußte schon, wer er *war*, aber ich wußte sonst nichts über ihn — bis zu deinem Anruf.« Ryan reichte dem Oberst den Umschlag. »Hier ist eine Liste der Agenturen, für die er gearbeitet hat. Ich hab' mich überall erkundigt und dabei angedeutet, daß er für eine Titelrolle in Betracht gezogen würde. Die Hammerts setzen ihn oft ein . . .«

»Wer?«

»Das sind Leute, die einem ein ganzes Paket liefern. Sie haben etwa fünfzehn Programme; Tagesserien und Abendnummern. Sie sagen, er sei verläßlich — keine Alkoholprobleme meine ich. Er wird ausschließlich für Dialekt eingesetzt, scheint es. Und für Fremdsprachen, wenn nötig.«

»Deutsch und Spanisch.« Das war eine Feststellung.

»Richtig . . .«

»Nur, daß es nicht Spanisch, sondern Portugiesisch ist.«

»Wer kennt schon den Unterschied? Du weißt ja, wer seine Eltern sind.« Wieder eine Feststellung, auf die nur Zustimmung erwartet wurde.

»Richard und Margo Spaulding. Konzertpianisten, ganz groß in England und auf dem Kontinent. Im Augenblick halb im Ruhestand in Costa del Santiago, Portugal.«

»Aber es sind doch Amerikaner, oder?«

»Und wie. Sie haben dafür gesorgt, daß ihr Sohn hier zur Welt kam. Die haben ihn auch immer auf amerikanische Schulen geschickt, egal wo sie gerade lebten. Für die letzten zwei Jahre College haben sie ihn hierhergeschickt.«

»Wieso leben sie dann jetzt in Portugal?«

»Wer weiß? Sie hatten ihre ersten Erfolge in Europa, und beschlossen, dort zu bleiben. Ich *glaube*, daß wir dafür noch dankbar sein werden. Sie kommen nur hierher zurück, wenn sie Tourneen veranstalten. Und das kommt nicht mehr besonders häufig vor . . . Wußtest du, daß er Bauingenieur ist?«

»Nein, das wußte ich nicht. Das ist interessant.«

»Interessant? Nur interessant?«

Ryan lächelte, seine Augen wirkten dabei fast traurig. »Nun, in den letzten sechs Jahren ist ja nicht viel gebaut worden, oder? Ich meine, Ingenieure sind nicht sehr gefragt. Wer baut denn schon.« Er hob die linke Hand und machte damit eine Bewegung, die die Männer und Frauen im Studio einschloß. »Weißt du, wer alles dort drinnen ist? Ein Strafverteidiger, dessen Mandanten — wenn er überhaupt welche bekommt — ihn nicht bezahlen können; ein Rolls-Royce-Direktor, der seit achtunddreißig arbeitslos ist und ein ehemaliger Senator, dessen Wahlkampagne vor ein paar Jahren ihn nicht nur die Stellung, sondern dazu noch eine Menge potentieller Arbeitgeber gekostet hat. Sie halten ihn für einen Roten. Mach dir nichts vor, Ed. Dir geht es gut. Die Depression ist noch lange nicht vorbei. Diese Leute haben Glück. Sie haben hier eine Nebenbeschäftigung gefunden, aus der sie eine Karriere gemacht haben. So lange es gut geht.«

»Wenn ich *meinen* Job tue, wird *seine* Karriere nicht mehr viel länger als einen Monat dauern.«

»So etwas Ähnliches habe ich mir gedacht. Der Sturm braut sich zusammen, wie? Er wird uns ziemlich bald erfassen. Und dann komm' ich auch zurück ... Wo willst du ihn einsetzen?«

»Lissabon.«

David Spaulding stieß sich von der weißgetünchten Wand des Studios ab. Er ging auf das Mikrofon zu und hob dabei sein Manuskript, wartete auf seinen Einsatz.

Pace beobachtete ihn durch die Glaswand und fragte sich, wie Spauldings Stimme klingen würde. Während Spaulding sich der Schauspielergruppe näherte, die sich um das Mikrofon drängte, fiel ihm auf, daß sie ihm Platz machten, so als sei der Mann, der jetzt auf sie zuging, irgendwie ein Fremder. Vielleicht war das nur normale Höflichkeit, die dem neuen Sprecher Gelegenheit gab, Position zu beziehen, aber das glaubte der Oberst nicht. Da waren kein Lächeln, keine Blicke oder sonstige Andeutungen von Vertrautheit wie zwischen den anderen.

Niemand zwinkerte ihm zu. Selbst die korpulente Frau, die schrie und Gummi kaute und ihre Kollegen antippte, stand bloß da und beobachtete Spaulding, den Kaugummi bewegungslos im Mund.

Und dann geschah es; ein eigenartiger Augenblick.

Spaulding grinste, und die anderen, selbst der dünne, weibisch wirkende Mann, der sich mitten in einem Monolog befand, reagierten mit einem freundlichen Lächeln und einem Kopfnicken. Die korpulente Frau zwinkerte ihm zu.

Ein eigenartiger Augenblick, dachte Oberst Pace.

Spauldings Stimme — eine Altstimme, schneidend mit kräftigem Akzent — drang aus den Lautsprecherboxen. Er spielte die Rolle eines verrückten Arztes, eine Rolle, die komische Elemente enthielt. Sie *wäre* komisch gewesen, dachte Pace, wenn Spaulding den Worten des Drehbuchs nicht so viel Autorität verliehen hätte. Pace verstand nichts von der Schauspielkunst, aber er wußte, wenn jemand überzeugend war. Spaulding war überzeugend.

Das würde in Lissabon notwendig sein.

Nach einigen Minuten war Spauldings Rolle offensichtlich vorbei. Die korpulente Frau schrie wieder; Spaulding zog sich in die Ecke zurück und hob lautlos seine zusammengefaltete Zeitung auf, wobei er darauf achtete, daß die Seiten nicht raschelten. Er lehnte sich gegen die Wand und holte einen Bleistift aus der Tasche. Anscheinend löste er das Kreuzworträtsel der *New York Times*.

Pace konnte den Blick nicht von Spaulding lösen. Wenn er mit jemandem Kontakt aufnehmen mußte, dann legte er Wert darauf, den Betreffenden vorher zu beobachten. Die kleinen Dinge zu beobachten, die Art und Weise, wie der Betreffende ging, wie er den Kopf hielt, seinen Blick. Die Kleider, die Uhr, die Manschettenknöpfe, ob seine Schuhe geputzt waren, die Absätze abgetreten, die Qualität — oder das Nichtvorhandensein von Qualität — in der Haltung eines Mannes.

Pace versuchte, eine Beziehung zwischen dem menschlichen Wesen, das dort an der Wand lehnte und in die Zeitung kritzelte, und der Akte in seinem Washingtoner Büro herzustellen.

Zum erstenmal war sein Name aus den Archiven des Ingenieur-Korps des Heeres zum Vorschein gekommen. David Spaulding hatte sich erkundigt, ob man Verwendung für ihn habe — nicht sich freiwillig gemeldet: nur gefragt, welche Möglichkeiten bestünden, ob es irgendwelche interessanten Bauprojekte gebe? Wie lange er sich verpflichten müsse? Die Art von Fragen, die Tausende von Männern — von ausgebildeten Männern — stellten, weil sie wußten, daß in ein paar Wochen so etwas wie eine allgemeine Dienstpflicht eingeführt werden würde. Wenn man, indem man sich freiwillig meldete, mit einer kürzeren Dienstzeit auskam und/oder Gelegenheit bekam, seinen erlernten Beruf auszuüben, dann besser, sich freiwillig zu melden als mit der Masse eingezogen zu werden.

Spaulding hatte sämtliche Formulare ausgefüllt, die man ihm geschickt hatte, und zur Kenntnis genommen, daß die Militärbehörden mit ihm Verbindung aufnehmen würden. Das lag jetzt sechs Wochen zurück, niemand war an ihn herangetreten. Nicht daß das Ingenieur-Korps nicht interessiert gewesen wäre; das stand außer Zweifel. Es hieß, der Kongreß werde das Gesetz, mit dem die allgemeine Wehrpflicht eingeführt wurde, nun jeden Tag bestätigen und die beabsichtigte Ausweitung der Lager und Kasernen war von so enormem Ausmaß, so unglaublich umfangreich, daß ein Ingenieur — ganz besonders ein Bauingenieur von Spauldings Qualifikation — mit Sicherheit zum Zuge kommen würde.

Aber die leitenden Männer des Ingenieur-Korps wußten auch,

daß die Abwehrabteilung der Vereinigten Stabsschefs und das Kriegsministerium auf der Suche waren.

Still, langsam. Niemand konnte sich einen Fehler erlauben.

Also reichten sie David Spauldings Formulare an G-2 weiter, wo man ihnen sagte, sie sollten die Finger von ihm lassen.

Der Mann, den die Abwehr suchte, mußte über drei grundlegende Qualifikationen verfügen. Sobald die einmal vorlagen, würde man den Rest seines Portraits unter dem Mikroskop untersuchen können, um festzustellen, ob der Mann die anderen wünschenswerten Voraussetzungen erfüllte. Diese drei grundlegenden Forderungen waren für sich schon schwierig genug: Zunächst fließende Beherrschung der portugiesischen Sprache; zum zweiten die gleiche Fähigkeit in bezug auf das Deutsche; zum dritten ausreichende Berufserfahrung im Konstruktionswesen, um schnell und eindeutig Pläne, Fotografien — selbst verbale Schilderungen — einer Vielfalt von industriellen Konstruktionen begreifen zu können. Angefangen bei Brücken und Fabriken bis hin zu Lagerhäusern und Eisenbahnanlagen.

Der Mann in Lissabon würde diese Grundforderungen alle drei erfüllen müssen. Er würde sie während des bevorstehenden Krieges nutzen müssen; des Krieges, der den Vereinigten Staaten unvermeidbar bevorstand.

Der Mann in Lissabon würde dafür verantwortlich sein, ein Abwehrnetz aufzubauen, das sich in erster Linie mit der Zerstörung der feindlichen Anlagen tief im eigenen Territorium befaßte.

Gewisse Männer — und Frauen — reisten in feindlichen Territorien, wobei sie die Stützpunkte für ihre nicht näher definierten Aktivitäten in neutralen Ländern unterhielten. Dies waren die Leute, die der Mann in Lissabon benutzen würde . . ., ehe andere sie benutzten.

Diese Leute, sowie jene, die er in der Infiltration ausbilden würde. Spionageeinheiten, Gruppen zwei- und dreisprachiger Agenten, die er durch Frankreich über die Grenzen Deutschlands schicken würde. Damit sie ihm ihre Beobachtungen lieferten und am Ende selbst Zerstörung anrichteten.

Die Engländer teilten die Meinung, daß man in Lissabon einen solchen Amerikaner benötigte. Die britische Abwehr bekannte sich zu ihrer Schwäche in Portugal; sie waren einfach zu lange dort gewesen, zu offensichtlich. Und im Augenblick gab es in London sehr ernsthafte Störungen im Sicherheitsnetz. MI-5 war infiltriert worden.

Lissabon würde ein amerikanisches Projekt werden.

Wenn man einen solchen Amerikaner finden konnte.

David Spauldings Eintragungen auf den Meldeformularen zählten die grundlegenden Erfordernisse auf. Er sprach drei Sprachen, hatte sie seit seiner Kindheit gesprochen. Seine Eltern, die berühmten Richard und Margo Spaulding, unterhielten drei Wohnungen: ein kleines elegantes Apartment im Londoner Stadtteil Belgravia; eine Winterwohnung in Baden-Baden; sowie ein geräumiges Haus am Meer in der Künstlerkolonie von Costa del Santiago in Portugal. Spaulding war in dieser Umgebung aufgewachsen. Als er sechzehn Jahre alt geworden war, hatte sein Vater — trotz der Einwände seiner Mutter — darauf bestanden, daß er seine Ausbildung in den Vereinigten Staaten abschloß und in eine amerikanische Universität eintrat.

Andover in Massachusetts, Dartmouth in New Hampshire und zuletzt das Carnegie Institute in Pennsylvania.

Natürlich hatte die Intelligence Division nicht *all* diese Informationen aus Spauldings Antragsformularen entnehmen können. Diese zusätzlichen Fakten — und noch eine ganze Menge mehr — wurden von einem Mann namens Aaron Mandel in New York geliefert.

Pace, der den hochgewachsenen, schlanken Mann, der jetzt seine Zeitung hatte sinken lassen und die Schauspieler, die sich um die Mikrofone drängten, mit einer Art distanzierter Amüsiertheit beobachtete, erinnerte sich an sein einziges Zusammentreffen mit Mandel. Wieder verglich er Mandels Informationen mit dem Mann, den er vor sich sah.

Mandel war auf dem Formular unter »Referenzen« angegeben gewesen. *Bevollmächtigter Konzertmanager der Eltern.* Es war auch eine Adresse angegeben: eine Zimmerflucht im Chrysler-Gebäude. Mandel war ein sehr erfolgreicher Künstleragent, ein russischer Jude, dessen Klientenliste durchaus mit der von Sol Hurok wetteiferte, wenn er auch nicht so sehr die öffentliche Aufmerksamkeit auf sich zog, oder sie in ähnlicher Weise begehrte.

»David ist für mich wie ein Sohn gewesen«, sagte Mandel zu Pace. »Aber ich darf wohl annehmen, daß Sie das wissen.«

»Warum dürfen Sie das? Ich weiß nur, was ich in seinem Antragsformular gesehen habe. Und einige verstreute Informationen; akademische Akten, ein paar Zeugnisse.«

»Wollen wir einmal sagen, daß ich Sie erwartet habe. Oder jemanden wie Sie.«

»Wie bitte?«

»Ach kommen Sie. David hat viele Jahre in Deutschland verbracht; man könnte fast sagen, daß er dort aufgewachsen ist.«

»Seine Bewerbung ..., übrigens auch die Daten in seinem Paßantrag erwähnten Wohnungen seiner Familie in London und an einem Ort, der sich Costa del Santiago nennt, in Portugal.«

»Ich sagte ›fast‹. Er spricht fließend Deutsch.«

»Und Portugiesisch auch, wie ich seinem Antrag entnehme.«

»Ebenso fließend. Und dann auch noch die Schwestersprache, Spanisch ... Ich wußte nicht, daß ein ausgewachsener Oberst in Aktion tritt, wenn sich jemand für eine Tätigkeit in der Ingenieurabteilung interessiert.« Mandel lächelte, und die Haut um seine Augen verzog sich zu hundert Fältchen.

»Ich war nicht auf Sie vorbereitet.« Der Oberst hatte ohne Hehl geantwortet. »Die meisten Leute sehen so etwas als Routine an. Oder überzeugen sich selbst, daß es Routine ist ..., wenn man ein wenig nachhilft.«

»Die meisten Leute haben auch nicht als Juden im zaristischen Kiew gelebt ... Was wollen Sie von mir?«

»Zunächst einmal — haben Sie Spaulding gesagt, daß Sie uns erwarten? Oder sonst jemandem ...«

»Natürlich nicht«, unterbrach ihn Mandel mit sanfter Stimme. »Ich sagte Ihnen doch, er ist für mich so etwas wie ein Sohn. Ich würde ihn nie auf solche Ideen bringen wollen.«

»Das erleichtert mich. Kann ohnehin sein, daß nichts dabei herauskommt.«

»Aber Sie hoffen das Gegenteil.«

»Offen gestanden ja. Aber da sind ein paar Fragen, auf die wir Antworten brauchen. Seine Umgebung ist nicht nur ungewöhnlich, sondern scheint von Widersprüchen erfüllt. Zunächst einmal erwartet man eigentlich nicht, daß der Sohn bekannter Musiker ..., ich meine ...«

»Konzertkünstler.« Mandel hatte den Begriff geliefert, den Pace suchte.

»Ja, Konzertkünstler. Man rechnet nicht damit, daß die Kinder solcher Leute Ingenieure werden. Oder Buchhalter, wenn Sie wissen, was ich meine. Und dann — und ich bin sicher, daß Sie das verstehen werden — scheint es höchst unlogisch, daß wenn man diese Tatsache einmal akzeptiert, wenn der Sohn Ingenieur *ist*, wir dann feststellen, daß er den größeren Teil seines Einkommens augenblicklich als . . . als Radiosprecher verdient. Das deutet doch auf ein gewisses Maß von Instabilität. Vielleicht sogar mehr als nur ein gewisses Maß.«

»Da leiden Sie unter der amerikanischen Manie von Konsequenz. Ich will damit nichts Unfreundliches sagen. Ich wäre als Neurochirurg bestimmt nichts wert; Sie mögen vielleicht ganz gut Klavier spielen, aber ich habe starke Zweifel, daß ich Sie in Covent Garden vertreten möchte . . . Die Fragen, die Sie stellen, lassen sich leicht beantworten. Und vielleicht findet man sogar im Kern das Wort *Stabilität* . . . Haben Sie eigentlich eine Vorstellung, auch nur eine *Ahnung*, wie es im Konzertbetrieb zugeht? *Wahnsinn* . . ., David hat beinahe zwanzig Jahre lang in dieser Welt gelebt; ich vermute . . . nein, ich vermute nicht, ich weiß . . ., daß sie ihm in keiner Weise zugesagt hat . . . Und dann übersehen die Leute häufig gewisse grundlegende Charakteristika des Musikerlebens. Charakteristika, die man leicht vererbt. Große Musiker sind oft auf ihre Art außergewöhnliche Mathematiker. Nehmen Sie Bach. Ein mathematisches Genie . . .«

Nach Aaron Mandel fand David Spaulding seinen künftigen Beruf während seines zweiten Jahrs auf dem College. Die Solidität, die Dauerhaftigkeit des Bauwesens im Verein mit der Präzision von Konstruktionsdetails waren gleichzeitig seine Antwort auf die flüchtige Welt der »Konzertbühne« und sein Fluchtweg aus ihr. Aber es gab da auch noch andere vererbte Charakteristika, die gleichzeitig in ihm am Werk waren. Spaulding verfügt über ein ausgeprägtes Ego, ein Gefühl der Unabhängigkeit. Er brauchte Zuspruch, wollte anerkannt sein. Und ein junger Ingenieur, der gerade erst von der Schule abgegangen war, und Ende der Dreißiger Jahre in einer großen New Yorker Firma tätig war, fand dies nicht leicht. Es gab einfach nicht genug zu tun; das Kapital dafür war nicht vorhanden.

»Er verließ die New Yorker Firma«, fuhr Mandel fort, »und nahm eine Anzahl einzelner Bauprojekte an, wo er glaubte, schneller zu Geld zu kommen, weil er selbständig tätig war. Er hatte keine Bindungen; er konnte reisen. Einige Projekte im Mittleren Westen, eines ... nein, zwei in Mittelamerika, vier in Kanada, glaube ich. Die ersten paar bekam er aus der Zeitung; sie führten zu anderen. Vor etwa achtzehn Monaten ist er nach New York zurückgekehrt. Sein Einkommen ist dabei eigentlich nicht gewachsen; das hatte ich ihm auch gesagt. Er war in seinen Projekten nicht freier; es gab da immer lokale Stellen, die eingeschaltet waren.«

»Und das führte zu seiner Radio-Arbeit?«

Mandel hatte gelacht und sich in seinem Sessel zurückgelehnt. »Sie wissen vielleicht, Colonel Pace, daß ich sehr vielfältige Interessen habe. Die Konzertbühne und ein Krieg in Europa — der bald auch unsere Gestade erreichen wird, wie uns allen klar ist — lassen sich nur schwer miteinander in Einklang bringen. In den letzten paar Jahren haben sich viele meiner Klienten auch anderen Bereichen zugewandt. Darunter auch dem hochbezahlten Bereich des Funks. David sah schnell Chancen für sich, und ich habe ihm recht gegeben. Es geht ihm ungewöhnlich gut, müssen Sie wissen.«

»Aber er ist doch nicht als Schauspieler ausgebildet.«

»Nein, das ist er nicht. Aber er hat etwas anderes ..., überlegen Sie doch. Die meisten Kinder von bekannten Künstlern oder führenden Politikern oder außergewöhnlich reichen Leuten, was das angeht, haben es. Es ist ein Selbstvertrauen in der Öffentlichkeit, eine Selbstsicherheit, wenn Sie wollen; ganz gleich wie unsicher sie auch in ihrem Privatleben sein mögen. Schließlich sind sie praktisch seit sie gehen und reden konnten zur Schau gestellt worden. David besitzt diese Eigenschaft ganz ohne Zweifel. Und er hat ein gutes Gehör; das ist ein Erbstück von beiden Eltern. Ein akustisches Erinnerungsvermögen für musikalische oder sprachliche Rhythmen ... Er spielt nicht, er *liest*. Fast ausschließlich in den Dialekten oder den Fremdsprachen, die er fließend beherrscht ...«

David Spauldings Ausflug in die »hochbezahlte Funkwelt« war ausschließlich finanziell motiviert; er war es gewöhnt, gut zu leben. In einer Zeit, wo es den Eigentümern von Baugesellschaften schwerfiel, sich selbst hundert Dollar die Woche zu garantieren, verdiente Spaulding allein mit seiner »Funkarbeit« drei- oder vierhundert.

»Wie Sie wahrscheinlich selbst angenommen haben«, sagte Mandel, »ist es Davids unmittelbares Ziel, ausreichend Geld anzusammeln, um seine eigene Firma zu gründen. Unmittelbar heißt natürlich, sofern die Zustände in der Welt oder in unserem Lande dem keinen Strich durch die Rechnung machen. Er ist nicht blind. Jeder, der lesen kann, sieht, daß wir in den Krieg hineingezogen werden.«

»Sind Sie der Ansicht, daß wir das sollten?«

»Ich bin Jude. Soweit es mich betrifft, haben wir schon zu lange gewartet.«

»Dieser Spaulding. So wie Sie ihn mir beschrieben haben, scheint das ein sehr findiger Mann zu sein.«

»Ich habe nur beschrieben, was Sie von vielen anderen auch hätten erfahren können. Und *Sie* haben mir den Schluß dargelegt, den Sie aus den verschiedenen oberflächlichen Informationen gezogen haben. Das ist nicht das ganze Bild.« Pace erinnerte sich, daß Mandel an diesem Punkt aufgestanden war, vermieden hatte, ihm in die Augen zu sehen, und in seinem Büro umhergegangen war. Er suchte nach negativen Dingen, er bemühte sich, die Worte zu finden, die »seinen Sohn« für die Regierung uninteressant machen würden. Und Pace hatte es gespürt. »Was Ihnen ohne Zweifel aufgefallen sein wird — auch aus dem, was ich Ihnen gesagt habe —, ist Davids starke Konzentration auf die eigene Person, seine Bequemlichkeit, wenn Sie so wollen. Im geschäftlichen Sinne kann man das durchaus als positiv betrachten, deshalb habe ich Ihnen auch Ihre Besorgnis in bezug auf seine Stabilität ausgeredet. Aber ich wäre nicht offen zu Ihnen, wenn ich Ihnen nicht auch sagte, daß David ungewöhnlich eigenwillig, ja halsstarrig ist. Er arbeitet — glaube ich — äußerst schlecht, wenn er einem fremden Willen unterworfen ist. Mit einem Wort, er ist ein selbstsüchtiger Mann, undiszipliniert. Es schmerzt mich, das zu sagen, ich liebe ihn sehr ...«

Und je mehr Mandel gesprochen hatte, desto mehr war Pace zu dem Schluß gekommen, Spauldings Akte mit dem Vermerk *positiv* zu versehen. Nicht, daß er auch nur einen Augenblick lang die extremen Verhaltensweisen glaubte, die Mandel plötzlich David Spaulding zuschrieb — kein Mensch konnte so »stabil« funktionieren, wie Spaulding das getan hatte, wenn das stimmte, war es kein Schaden; eher ein Vorteil.

Das letzte der Erfordernisse.

Denn wenn es in der Armee der Vereinigten Staaten einen Soldaten gab — mit oder ohne Uniform — von dem man erwarten würde, daß er ganz auf sich allein gestellt tätig wurde, ohne den Komfort einer klaren Kommandostruktur, ohne das Wissen, daß schwierige Entscheidungen von seinen Vorgesetzten getroffen werden würden, dann war das der Abwehroffizier in Portugal.

Der Mann in Lissabon.

8. Oktober 1939, Fairfax, Virginia

Es gab keine Namen.

Nur Nummern und Buchstaben.

Nummern, hinter denen Buchstaben standen.

Zwei-Sechs-B. Drei-Fünf-Y. Fünf-Eins-C.

Es gab keine persönliche Vorgeschichte zu diesen Nummern und Buchstaben, keinen individuellen Hintergrund ..., keine Bezüge auf Frauen und Kinder, Väter, Mütter ..., keine Länder, Städte, Heimatorte, Schulen, Universitäten; nur Körper und Verstand, und einzeln reagierende, spezifische Intelligenzen.

Der Ort befand sich tief im Jagdland von Virginia, zweihundertzwanzig acres* Felder, Hügel und Bergströme. Es gab dicht bewaldete Flächen, an die flaches Grasland grenzte; Sümpfe — gefährliche Sümpfe, die von feindseligem Getier, von Reptilien und Insekten wimmelten, und die einen in die Tiefe saugten — und nur wenige Fuß davon entfernt mächtige Virginia-Felsbrocken, die abrupte Bodenerhebungen begrenzten.

Die Gegend war sorgfältig und präzise ausgesucht. Sie war von einem fünfzehn Fuß hohen Hurricane-Zaun umgeben, durch den stetig ein lähmender — nicht tödlicher — elektrischer Strom floß, und alle zwölf Fuß stand eine abschreckende Tafel, die den Beobachter davor warnte, daß dieser Landstrich ... Wald, Sumpf, Wiesen und Hügel ..., exklusiver Besitz der Regierung der Vereinigten Staaten sei. Zuwiderhandelnde wurden gebührend darüber informiert, daß der Zutritt nicht nur verboten, sondern höchst

---

* 1 acre = 4000 m^2; Anm. d. Übers.

gefährlich sei. Titel und Abschnitt der betreffenden Gesetze, die diese Exklusivität schützten, waren angegeben, ebenso wie die Spannung, unter der der Zaun stand.

Das Terrain war so vielfältig, wie man es nur innerhalb einer vernünftigen Entfernung von Washington finden konnte. Auf die eine oder andere Art — der eine oder andere Ort — entsprach es in bemerkenswertem Maße der Topographie der Orte, die für jene vorgesehen waren, die innerhalb der riesigen Fläche ausgebildet wurden.

Die Nummern, die von Buchstaben gefolgt waren.

Keine Namen.

In der Mitte der nördlichen Abgrenzung gab es ein einzelnes Tor, das man über eine Landstraße erreichte. Über dem Tor, zwischen zwei einander gegenüber aufgebauten Wachhäuschen, hing eine Tafel aus Metall. Sie trug in Blockbuchstaben die Aufschrift:

Feld-Divisions-Hauptquartier — Fairfax

Es gab keine weiteren Informationen, auch war nicht angegeben, welchem Zweck die Anlage diente.

An den beiden Wachhäusern hingen identische Tafeln, sowie Duplikate der Warnungen, die alle zwölf Fuß an dem Zaun angebracht waren, und die die Exklusivität, die Gesetze und die Spannung verkündeten.

Kein Platz für Irrtümer.

David Spaulding wurde eine Identität zugewiesen — seine Fairfax-Identität. Er hieß hier Zwei-Fünf-L.

Kein Name. Nur eine Nummer, der ein Buchstabe folgte.

Zwei-Fünf-L.

Übersetzung: Seine Ausbildung mußte am fünften Tag des zweiten Monats abgeschlossen sein. Sein Bestimmungsort: Lissabon.

Es war unglaublich. Innerhalb von vier Monaten sollte eine neue Lebensart — eine Art *zu leben* — in solcher Vollkommenheit absorbiert werden, daß es Mühe bereitete, das zu begreifen.

»Sie werden es wahrscheinlich nicht schaffen«, sagte Oberst Edmund Pace.

»Ich bin gar nicht sicher, ob ich das will«, war Spauldings Antwort gewesen.

Aber ein Teil der Ausbildung bestand in der Motivation. Tief, solide, so verwurzelt, daß keine Zweifel blieben ..., aber nicht jenseits der psychologischen Realität, so wie der Kandidat sie wahrnahm.

Soweit es Zwei-Fünf-L anging, schwenkte die Regierung der Vereinigten Staaten keine Flaggen, verkündete nicht lauthals patriotische Grundsätze. Solche Methoden hätten für ihn keine Bedeutung gehabt; der Kandidat hatte die prägenden Jahre seiner Jugend außerhalb des Landes verbracht, in einer anspruchsvollen, internationalen Umgebung. Er sprach die Sprache des künftigen Feindes, er kannte sie als Menschen — Taxifahrer, Lebensmittelhändler, Bankiers, Anwälte — und die große Mehrzahl seiner Bekannten waren nicht die Deutschen, wie sie die Propagandamaschinen erfanden. Statt dessen — und das war der legitime Köder, den Fairfax ihm zu schlucken gegeben hatte — waren sie verdammte Narren, die von psychologischen Verbrechern verführt wurden. Die Führer waren tatsächlich Fanatiker, und ihre Verbrechen wurden von überwältigenden Beweisen ganz klar und zweifelsfrei bestätigt. Und jene Verbrechen schlossen willkürlichen, gleichgültigen Mord, Folterung und Rassenmord ein.

Ganz zweifelsfrei.

Verbrecher.

Psychopathen.

Und dann war da auch Adolf Hitler.

Adolf Hitler tötete Juden. Zu Tausenden — und bald zu Millionen, wenn man seine *Endlösung* richtig zu lesen verstand.

Aaron Mandel war Jude. Sein zweiter »Vater« war Jude; der »Vater«, den er mehr liebte, als den natürlichen Elternteil. Und diese gottverdammten Narren tolerierten sogar ein Ausrufezeichen hinter dem Wort *Juden!*

David Spaulding konnte unter den herrschenden Umständen dazu gebracht werden, diese gottverdammten Narren — die Taxifahrer, die Lebensmittelhändler, die Bankiers und die Anwälte — zu hassen.

Und neben dieser sehr rationalen Vorgehensweise setzte Fairfax eine zweite psychologische »Waffe« ein, die im Lager üblich war; für einige mehr als für die anderen, aber ganz fehlte sie nie.

Die in Fairfax Auszubildenden hatten ein Talent — oder einen Fehler — gemeinsam, je nachdem, wie man es betrachtete. Keiner, der dieses Talent nicht besaß, wurde angenommen.

Ein hochentwickeltes Gefühl des Wettbewerbs; ein Drang, zu gewinnen.

Keine Frage, Arroganz wurde in Fairfax keineswegs verachtet.

An David Spauldings psychologischem Profil — einer Akte, die in zunehmendem Maße von der Intelligence Division akzeptiert wurde — erkannten die Befehlshaber von Fairfax, daß der in Ausbildung begriffene Kandidat für Lissabon einen weichen Kern hatte, den der Einsatz härten würde — ohne Zweifel härten würde, wenn er so lange lebte —, aber je mehr Fortschritte man schon während der Ausbildung erzielen konnte, desto besser. Besonders für Spaulding selbst.

Spaulding war in seiner Umgebung selbstbewußt, unabhängig und äußerst vielseitig ..., sehr gut, aber Zwei-Fünf-L hatte eine Schwäche. Seiner Psyche wohnte eine gewisse Langsamkeit inne, Vorteile auszunutzen, ein Zögern, zuzuschlagen und zu töten, wenn der Vorteil auf seiner Seite war. Sowohl verbal wie auch physisch.

Oberst Edmund Pace erkannte diesen Mangel in der dritten Woche der Ausbildung. Zwei-Fünf-L's abstrakter Fairneß-Begriff würde Lissabon nicht gewachsen sein. Und Oberst Pace wußte, was zu tun war.

Die psychologische Anpassung würde auf physischem Wege herbeigeführt werden.

»Schußwaffenlose Auseinandersetzung« war der banale Titel des Kurses. Dahinter verbarg sich das strapaziöseste körperliche Training, das Fairfax zu bieten hatte: Der Nahkampf Mann gegen Mann. Messer, Kette, Draht, Nadel, Seil, Finger, Ellbogen ..., nie eine Schußwaffe.

Reagieren, reagieren, reagieren.

Nur dann nicht, wenn man selbst der Angreifer war.

Zwei-Fünf-L hatte gute Fortschritte gemacht. Er war ein großer, breitschultriger Mann, besaß aber die schnelle Koordinationsfähigkeit, die man gewöhnlich kompakter gebauten Menschen zuschrieb. Deshalb mußte man seinen Fortschritt behindern, mußte den Mann selbst erniedrigen. Er würde die praktischen Vorteile des Ausnutzens der Chance lernen.

Von kleineren, arroganteren Männern.

Oberst Edmund Pace »borgte« von den britischen Kommandoeinheiten deren beste Leute aus. Sie wurden vom Bomberkommando herübergeflogen, drei verwirrte »Spezialisten«, die auf subtile Weise in das Lager eingeschleust wurden und dort ihre Instruktionen erhielten.

»Macht Zwei-Fünf-L fertig.«

Das taten sie. Über viele Wochen hinweg. Und dann gelang ihnen das nicht mehr straflos.

David Spaulding nahm die Erniedrigung nicht mehr hin; er wurde ebenso gut wie die »Spezialisten«.

Der Mann für Lissabon machte Fortschritte.

Oberst Edmund Pace empfing die Berichte in seinem Büro im Kriegsministerium. Alles lief planmäßig.

Aus den Wochen wurden Monate. Jede bekannte tragbare Angriffs- und Verteidigungswaffe, jedes Sabotagegerät, jede nur vorstellbare Methode, sich irgendwo Eintritt zu verschaffen — sichtbar und unsichtbar — wurden von den Fairfax-Zöglingen erschöpfend studiert. Codes und deren Variationen wurden zu fließend beherrschten Sprachen, spontane Erfindungen zur zweiten Natur. Und Zwei-Fünf-L fuhr fort, Fortschritte zu machen. Jedesmal, wenn er anfing, nachzulassen, wurden den ›Spezialisten‹ in ›schußwaffenloser Auseinandersetzung‹ härtere Instruktionen erteilt. Der psychologische Schlüssel lag in der sichtbaren physischen Erniedrigung.

Bis es nicht mehr ging. Die Kommandos hatten ihren Meister gefunden.

Alles planmäßig.

»Sie schaffen es vielleicht doch«, sagte der Oberst.

»Ich weiß nicht so recht, was ich geschafft habe«, erwiderte David in seiner Oberleutnantsuniform bei einem Drink in der Mayflower Cocktail Lounge. Und dann lachte er leise. »Ich glaube, wenn es Diplome für fortgeschrittenes Verbrechertum gäbe, könnte ich mich darum bewerben.«

Die Ausbildung von Zwei-Fünf-L würde in zehn Tagen abgeschlossen sein. Daß er vierundzwanzig Stunden Urlaub bekommen hatte, war eine Unregelmäßigkeit, aber Pace hatte darauf bestanden. Er mußte mit Spaulding reden.

»Stört Sie das?« fragte Pace.

Spaulding sah den Oberst über den niedrigen Tisch hinweg an. »Wenn ich Zeit hätte, darüber nachzudenken, würde es das ganz bestimmt. Stört es Sie denn nicht?«

»Nein . . ., weil ich die Gründe verstehe.«

»Okay, dann verstehe ich sie auch.«

»Draußen werden Ihnen die klarer werden.«

»Sicher«, pflichtete David ihm einsilbig bei.

Pace beobachtete Spaulding scharf. Wie nicht anders zu erwarten, hatte sich der junge Mann verändert. Die etwas weiche, verweichlicht wirkende Leichtigkeit seiner Gesten und seines Tonfalls waren verschwunden. An ihre Stelle war eine Gespanntheit getreten, eine karge Knappheit der Bewegungen und der Sprache. Die Verwandlung war noch nicht vollkommen, aber sie machte Fortschritte.

Die Patina des Profis begann sich zu zeigen. Lissabon würde das noch vertiefen.

»Beeindruckt es Sie eigentlich, daß Fairfax Sie eine Rangstufe hat überspringen lassen? Ich habe achtzehn Monate gebraucht, um den silbernen Streifen zu kriegen.«

»Wieder eine Zeitfrage. Ich hatte gar keine Zeit, darauf zu reagieren. Ich trage die Uniform heute das erste Mal; sie ist mir unbequem.« Spaulding strich sich über den Uniformrock.

»Gut. Gewöhnen Sie sich gar nicht erst daran.«

»Seltsam, daß Sie so etwas sagen.«

»Wie fühlen Sie sich?« unterbrach ihn Pace.

David sah den Oberst an. Ein paar Augenblicke lang war da wieder die Eleganz, die Weichheit — selbst sein trockener Humor. »Ich weiß nicht genau . . ., mir ist, als hätte man mich auf einem besonders schnellen Fließband hergestellt, einer Art Hochgeschwindigkeitstretmühle, wenn Sie wissen, was ich meine.«

»Das beschreibt es in mancher Hinsicht recht genau. Nur daß Sie schon eine Menge mit in die Fabrik gebracht haben.«

Spaulding drehte langsam das Glas zwischen den Fingern. Er starrte die Eiswürfel an, die im Glas schwammen und hob dann den Blick zu Pace. »Ich wünschte, ich könnte das als Kompliment hinnehmen«, sagte er mit weicher Stimme. »Aber ich glaube, das kann ich nicht. Ich kenne die Leute, mit denen ich trainiert habe. Das ist vielleicht eine Sammlung.«

»Es sind hochmotivierte Leute.«

»Die Europäer sind genauso verrückt wie die, gegen die sie kämpfen wollen. Sie haben ihre Gründe; ich kann die nicht in Frage stellen ...«

»Nun«, unterbrach der Oberst, »wir haben nicht so viele Amerikaner. Noch nicht.«

»Und die, die Sie haben, sind nur zwei Schritte vom Zuchthaus entfernt.«

»Es sind keine regulären Soldaten.«

»Das wußte ich nicht«, sagte Spaulding schnell und fügte dann lächelnd hinzu, was offensichtlich war. »Natürlich.«

Pace ärgerte sich über sich selbst. Die Indiskretion war belanglos, aber nichtsdestoweniger eine Indiskretion. »Das ist nicht wichtig. In zehn Tagen sind Sie in Virginia fertig. Dann ziehen Sie die Uniform aus. Ehrlich gesagt, es war ein Fehler, daß Sie überhaupt eine bekamen. Wir sind in diesem Spiel noch ziemlich neu; die Regeln für Anforderungen und Lieferungen sind schwer zu ändern.« Pace trank und wich Spauldings Augen aus.

»Ich dachte, ich sollte ein Militärattaché in der Botschaft werden. Einer von mehreren.«

»Offiziell ja. Man wird eine Akte für Sie herrichten. Aber es gibt da einen Unterschied; das ist Teil Ihrer Tarnung. Sie mögen Uniformen nicht. Wir glauben nicht, daß Sie eine tragen sollten. Niemals.« Pace stellte sein Glas hin und sah David an. »Sie haben sich da einen sehr bequemen Job geschnappt, wegen der Sprachen, die Sie sprechen, und aufgrund Ihrer verschiedenen Wohnungen und Ihrer Familienbande. Um es ganz einfach auszudrücken: als Sie dachten, Ihr hübscher Hals könnte vom richtigen Militär geschnappt werden, sind Sie ganz schön gerannt.«

Spaulding dachte einen Augenblick nach. »Das klingt logisch. Warum stört es Sie?«

»Weil nur ein Mann in der Botschaft die Wahrheit kennen wird. Er wird sich zu erkennen geben ..., nach einer Weile kann es sein, daß andere etwas ahnen — aber das wird ziemlich lang dauern. Aber sie werden es nicht wissen. Der Botschafter nicht und auch die Angestellten nicht ... Was ich Ihnen hier zu erklären versuche, ist, daß Sie nicht sehr populär sein werden.«

David lachte leise. »Hoffentlich versetzen Sie mich dann, ehe man mich lyncht.«

Paces Antwort kam schnell und ruhig, fast lakonisch. »Andere werden versetzt werden. Nicht Sie.«

Spaulding musterte den Oberst ein paar Augenblicke lang stumm. »Ich verstehe nicht«, sagte er dann.

»Ich weiß nicht, ob ich deutlich werden kann.« Pace stellte sein Glas auf den Cocktailtisch. »Sie müssen ganz langsam anfangen, mit äußerster Vorsicht. Das britische MI-5 hat uns ein paar Namen genannt — nicht viele, aber immerhin ein Anfang. Aber Sie werden sich Ihr eigenes Netz aufbauen müssen. Leute, die mit Ihnen Kontakt halten werden, mit Ihnen und sonst niemandem. Das wird sehr viel Reisetätigkeit erfordern. Wir nehmen an, daß Sie in den Norden gehen werden, über die spanische Grenze. Baskenland ... Im Großen und Ganzen ein Land, das gegen die Falangisten eingestellt ist. Wir glauben, daß die Gebiete südlich der Pyrenäen die Flucht- und Informationsrouten werden ... Wir machen uns nichts vor: die Maginot-Linie wird nicht halten. Frankreich wird fallen ...«

»*Jesus*«, unterbrach ihn David leise. »Sie haben aber weit vorausgedacht.«

»Das ist nahezu *alles*, was wir tun. Das ist der Grund, weshalb es Fairfax gibt.«

Spaulding lehnte sich in seinem Stuhl zurück und drehte wieder das Glas zwischen den Fingern. »Ich verstehe das mit dem Netz; in der einen oder anderen Form ist es das, worauf wir im Lager vorbereitet werden. Das ist das erste Mal, daß ich vom Norden Spaniens höre, den Baskengebieten. Ich kenne dieses Land.«

»Wir könnten uns irren. Es ist nur eine Theorie. Vielleicht finden Sie, daß die Wasserrouten ..., das Mittelmeer, Malaga, oder die Biskaya oder die portugiesische Küste ... besser geeignet sind. Das müssen Sie entscheiden. Und entwickeln.«

»Schön. Ich verstehe ... Hat das mit Versetzungen zu tun?«

Pace lächelte. »Sie sind noch gar nicht an Ihrem Posten. Wollen Sie jetzt schon Urlaub?«

»Sie haben das aufgebracht. Ziemlich abrupt sogar, finde ich.«

»Ja, das habe ich.« Der Oberst setzte sich auf dem kleinen Stuhl zurecht. Spaulding war sehr schnell und verstand sich darauf, zwischen den Worten herauszuhören, was gemeint war. Er würde sich gut für Verhöre eignen. Schnelle, harte Verhöre. Draußen. »Wir haben beschlossen, daß Sie für die Dauer des Krieges in

Portugal bleiben müssen. Wenn Sie Urlaub nehmen, normalen oder ›abnormalen‹, sollten Sie den im Süden verbringen. An der Küste entlang gibt es eine Reihe von Kolonien ...«

»Darunter Costa del Santiago«, warf Spaulding halblaut ein. »Die Zufluchtsorte der internationalen Reichen.«

»Richtig. Dort sollten Sie sich Deckadressen zulegen. Lassen Sie sich mit Ihren Eltern sehen. Werden Sie zu einer Institution.« Wieder lächelte Pace; ein zögerndes Lächeln. »Ich könnte mir einen schlimmeren Dienst vorstellen.«

»Sie kennen diese Kolonien nicht ... Wenn ich Sie richtig lese — wie wir in Fairfax sagen —, sollte sich Kandidat Zwei-Fünf-L die Straßen von Washington und New York noch einmal gut ansehen, weil er sie für sehr lange Zeit nicht mehr sehen wird.«

»Wir können es nicht riskieren, Sie zurückzuholen, sobald Sie einmal ein Netz aufgebaut haben, immer unter der Annahme, *daß* Sie eines aufbauen. Wenn Sie aus irgendeinem Grund Lissabon auf dem Luftwege verließen und in alliiertes Territorium gelangten, würde der Feind Monate lang jede ihrer Bewegungen mikroskopisch genau untersuchen. *Sie* sind am sichersten — *unsere Interessen* sind am sichersten — wenn Sie dort bleiben. Das haben die Briten uns gelehrt. Einige ihrer Leute haben sich auf Jahre dort festgesetzt.«

»Das klingt nicht gerade beruhigend.«

»Sie sind nicht im MI-5. Ihr Dienst dauert so lange wie der Krieg. Und der Krieg wird nicht ewig dauern.«

Jetzt war Spaulding mit dem Lächeln an der Reihe; das Lächeln eines Mannes, der in einem Gitter gefangen ist, das er nicht bestimmt hatte. »An dieser Bemerkung ist etwas Verrücktes ... ›Der Krieg wird nicht ewig dauern‹ ...«

»Warum?«

»Wir sind noch gar nicht in den Krieg eingetreten.«

»Sie schon«, sagte Pace.

2.

8. September 1943, Peenemünde, Deutschland

Der Mann im Nadelstreifenanzug, feinste Maßarbeit der Alten Straße, starrte die drei Männer auf der anderen Tischseite ungläubig an. Er hätte heftig widersprochen, hätten die drei Laborfachleute nicht die rechteckigen roten Metallplaketten an den Aufschlägen ihrer gestärkten weißen Laborkittel getragen, Plaketten, die besagten, daß diese drei Wissenschaftler Zutritt zu Bereichen hatten, die allen, mit Ausnahme der Elite von Peenemünde verwehrt waren. Auch er trug eine solche Plakette am Revers seines Nadelstreifenanzugs; eine zeitlich beschränkte Erlaubnis, von der er nicht sicher war, ob er sie überhaupt wollte.

Jetzt wollte er sie ganz bestimmt nicht.

»Ich kann Ihr Ergebnis nicht akzeptieren«, sagte er leise. »Das ist doch lächerlich.«

»Kommen Sie mit«, erwiderte der Wissenschaftler in der Mitte und nickte seinem Kollegen zur Rechten zu.

»Hat ja keinen Sinn, es aufzuschieben«, fügte der dritte Mann hinzu.

Die vier Männer erhoben sich von ihren Stühlen und gingen auf die Stahltüre zu, dem einzigen Eingang zu dem Raum. Jeder nahm die rote Plakette ab, und dann drückten sie sie nacheinander gegen eine graue, in die Wand eingelassene Platte. Im Augenblick des Kontakts leuchtete eine kleine weiße Birne auf, blieb zwei Sekunden an und ging dann wieder aus; eine Fotografie war gemacht worden. Dann öffnete der letzte Mann — einer der Leute von Peenemünde — die Tür, und sie traten in den Korridor.

Wären nur drei Männer eingetreten oder fünf oder irgendeine andere Zahl, die den Fotografien nicht entsprach, dann hätte das einen Alarm ausgelöst.

Schweigend schritten sie durch den langen, klinisch weiß wirkenden Korridor, der Berliner vorne neben dem Wissenschaftler, der am Tisch zwischen den anderen gesessen hatte, offensichtlich der Vorgesetzte; seine Begleiter gingen hinter den beiden.

Sie erreichten eine Reihe von Lifttüren und unterzogen sich erneut dem Ritual der roten Plaketten, der grauen Platte und des weißen Lichts, das exakt zwei Sekunden lang aufleuchtete. Und dann schimmerte unter der Platte eine Zahl auf.

Sechs.

Aus Liftkabine Nummer sechs war ein gedämpfter Glockenschlag zu hören, als die dicke Stahlplatte sich öffnete. Nacheinander traten die vier Männer ein.

Die Liftkabine fuhr acht Stockwerke nach unten, vier unter der Erdoberfläche, bis in die unterste Etage von Peenemünde. Als die vier Männer in einen anderen, ebenfalls wieder weißen Korridor hinaustraten, erwartete sie dort ein hochgewachsener Mann in eng anliegendem grünen Overall, an dessen breitem, braunem Gürtel ein übergroßes Halfter hing. Das Halfter enthielt eine Luger Sternlicht, eine speziell entwickelte Pistole mit Zielfernrohr. Wie die Schildmütze des Mannes erkennen ließ, wurden solche Waffen für die Gestapo hergestellt.

Offenbar erkannte der Gestapo-Beamte die drei Wissenschaftler. Er lächelte mechanisch und wandte dann seine Aufmerksamkeit dem Mann im Nadelstreifenanzug zu. Er streckte die Hand aus und bedeutete dem Berliner, die rote Plakette abzunehmen.

Der Berliner kam der Aufforderung nach. Der Gestapo-Mann nahm die Plakette entgegen, trat an ein Telefon an der Korridorwand und drückte einige Knöpfe. Er sprach den Namen des Berliners in die Sprechmuschel und wartete vielleicht zehn Sekunden.

Dann legte er den Hörer auf und ging zu dem Mann im Nadelstreifenanzug zurück. Die Arroganz, die er noch vor ein paar Sekunden an den Tag gelegt hatte, war verschwunden.

»Bitte, entschuldigen Sie die Verzögerung, Herr Straßer. Ich hätte wissen müssen ...« Er gab dem Berliner seine Plakette zurück.

Dann ließ er die vier Männer passieren.

Sie gingen auf eine Doppeltüre zu; man konnte es klicken hören, als die Schlösser sich der Reihe nach öffneten. Kleine weiße Birnen leuchteten an der Decke auf; wieder wurden Fotos von ihnen gemacht.

Sie bogen nach rechts in einen Korridor — diesmal nicht weiß, sondern von bräunlichem Schwarz; so dunkel, daß Straßers Augen ein paar Sekunden lang brauchten, um sich nach der Helligkeit der Hauptkorridore an die fast nächtliche Dunkelheit der Passage zu gewöhnen. Winzige Deckenlampen lieferten das einzige Licht.

Am Ende des langen, dunklen Tunnels war eine weitere Stahltüre. Straßer griff automatisch nach seiner roten Plakette, aber der Wissenschaftler schüttelte den Kopf und meinte mit einer leichten Handbewegung: »Das Licht reicht hier nicht für Fotografien. Der Posten hinter der Türe ist informiert.«

Das Portal öffnete sich, und die vier Männer betraten ein weitläufiges Laboratorium. An der rechten Wand stand eine Reihe von Hockern, jeder vor einem starken Mikroskop, die in gleichen Abständen auf einer eingebauten Werkbank aufgereiht waren. Hinter jedem Mikroskop waren Beleuchtungskörper an langen Armen angebracht, die aus der makellos weißen Fläche herausstachen. Die linke Wand war eine Abwandlung der rechten. Dort standen freilich keine Hocker und weniger Mikroskope. Die Arbeitsplatte selbst war höher und wurde offenbar für Konferenzen benutzt, wenn viele Augenpaare durch dieselben Okularpaare blicken mußten.

Am anderen Ende des Raums war eine weitere Tür, diesmal freilich kein Eingang. Ein Safe. Eine zwei Meter hohe, einen Meter zwanzig breite, schwere Stahltür. Sie war schwarz; die beiden Hebel und das Kombinationsrad bestanden aus auf Hochglanz poliertem Aluminium.

Der leitende Wissenschaftler ging darauf zu.

»Wir haben fünfzehn Minuten Zeit, bis der Zeitmechanismus die Türe und die Schubladen wieder verschließt. Ich habe eine Woche verlangt. Ich brauche dazu freilich Ihre Gegenzeichnung.«

»Und Sie sind sicher, daß ich sie geben werde, nicht wahr?«

»Ja.« Der Wissenschaftler drehte das Rad zuerst nach rechts und dann nach links. »Die Kombination ändert sich automatisch alle vierundzwanzig Stunden«, sagte er, als er das Rad in seiner letzten Position festhielt und nach den silberfarbenen Hebeln griff. Er zog den oberen leise summend nach unten und Sekunden später den unteren nach oben.

Das Summen verstummte, man konnte ein metallisches Klicken hören, und dann zog der Wissenschaftler die mächtige Stahltüre auf. Er wandte sich Straßer zu. »Dies sind die Werkzeuge für Peenemünde. Sehen Sie selbst.«

Straßer ging auf den Stahlschrank zu. Drinnen standen fünf Reihen von Glastabletts, eines auf dem anderen. Jede Reihe enthielt insgesamt hundert Tabletts, alles in allem also fünfhundert.

Die leeren Tabletts waren mit einem weißen Klebestreifen markiert, der in Druckbuchstaben das Wort *»Auffüllen«* trug. Die vollen Tabletts trugen schwarze Streifen.

Viereinhalb Reihen Tabletts waren weiß gekennzeichnet. Leer.

Straßer sah genau hin, öffnete einige Tabletts, schloß sie und starrte den Wissenschaftler an. »Ist das das einzige Lager?« fragte er leise.

»Ja. Wir haben sechstausend Gehäuse fertig; niemand weiß, wieviele für die Experimente gebraucht werden. Sie können ja selbst abschätzen, wie weit wir noch kommen.«

Straßer hielt den Blick des Wissenschaftlers fest. »Ist Ihnen klar, was Sie da sagen?«

»Ja. Wir werden nur einen Bruchteil der verlangten Menge liefern. Bei weitem nicht genug. Peenemünde ist erledigt.«

9. September 1943, Nordsee

Das Geschwader B-17-Bomber hatte das Hauptziel Essen wegen zu dichter Wolkendecke aufgegeben. Der Geschwaderkommandant befahl gegen den Einspruch seiner Piloten, das Sekundärziel anzufliegen: die Werften nördlich von Bremerhaven. Niemand mochte Bremerhaven; die dort stationierten Messerschmitt-Geschwader waren gefürchtet. Man nannte sie die Selbstmordschwadronen der Luftwaffe, fanatische junge Nazis, bei denen ebenso leicht die Wahrscheinlichkeit bestand, daß sie mit feindlichen Maschinen kollidierten, wie daß sie sie abschossen. Nicht notwendigerweise wegen besonderer Tapferkeit; häufig war das nur auf Unerfahrenheit oder Schlimmeres zurückzuführen: schlechte Ausbildung.

Bremerhaven Nord war ein unbeliebtes Sekundärziel. Wenn es Primärziel war, halfen die Begleitjäger der Achten Air Force mit. Wenn Bremerhaven Sekundärziel war, würden sie nicht zur Stelle sein.

Aber der Geschwaderkommandant war ein harter Knochen. Und was noch schlimmer war, er war Absolvent von West Point; das Sekundärziel würde nicht nur angeflogen werden, sondern sie würden ihre Bomben auch aus einer Höhe abwerfen, die maximale Treffsicherheit garantierte. Die sehr deutliche Kritik seines Stellvertreters in der flankierenden Maschine wies er ab. Der Mann machte ihm klar, daß eine solche Abwurfhöhe selbst *mit* Jagdschutz kaum logisch sei; *ohne* Jagdschutz war diese Höhe angesichts der schweren Flak schierer Selbstmord. Der Geschwaderkommandant hatte darauf nur noch einmal die Navigationsdaten wiederholt und den Funkkontakt abgebrochen.

Als sie die Korridore von Bremerhaven erreichten, kamen die deutschen Abfangjäger von allen Seiten; das Flakfeuer war mörderisch. Der Geschwaderkommandant stieß auf die von ihm befohlene Höhe und wurde sofort vom Himmel gefegt.

Sein Stellvertreter schätzte das Leben der Besatzung und den Wert der Flugzeuge höher ein als sein West-Point-Vorgesetzter. Er gab Befehl zum Ausschwärmen und wies seine Bombenkanoniere an, ihre Bomben zu werfen, auf was sie wollten, aber um Himmels willen schnell, damit alle wieder auf Maximalhöhe gehen und damit dem Flakfeuer entkommen konnten.

In einigen Fällen war das bereits zu spät. Ein Bomber fing Feuer und stürzte ab; nur drei Fallschirme kamen heraus. Zwei Flugzeuge wurden so durchlöchert, daß sie an Höhe verloren. Piloten und Mannschaft sprangen ab. Der größte Teil von ihnen.

Der Rest stieg weiter; die Messerschmitts stiegen mit. Sie stiegen höher und höher, über die Sicherheitszone hinaus. Sauerstoffmasken wurden angeordnet; nicht alle funktionierten.

Aber vier Minuten später hatte das, was vom Geschwader übriggeblieben war, den klaren Mitternachtshimmel erreicht, den das nahezu völlige Fehlen von Luft in der unteren Stratosphäre noch klarer machte. Die Sterne in ihrer flackernden Helligkeit waren außergewöhnlich, und der Mond mehr denn je ein Bombermond.

In diesen Regionen lag Sicherheit.

»Karte!« sagte der erschöpfte, erleichterte stellvertretende Kommandeur in sein Funkgerät, »Positionen! Zurück nach Lakenheath, wenn Sie so freundlich wären.«

Die Antwort, die über das Radio kam, war wie ein Wermutstropfen in seiner Erleichterung. Sie kam von dem Heckkanonier hinter der Navigation. »Er ist tot, Colonel. Nelson ist tot.«

Es war keine Zeit, darauf einzugehen. »Dann übernehmen Sie, Nummer drei. Das ist Ihre Karte«, sagte der Oberst in Maschine zwei.

Die Daten kamen durch. Die Formation sammelte sich und jagte im Schutz der Wolken in sicherer Höhe auf die Nordsee zu.

Fünf Minuten vergingen, dann sieben, dann zwölf, schließlich zwanzig. Jetzt hatten sie nur noch wenig Wolkenschutz; vor wenigstens zwei Minuten hätten sie die englische Küste sichten müssen. Einige Piloten wurden unruhig. Ein paar sagten das sogar.

»Haben Sie genaue Daten durchgegeben, Nummer drei?« fragte der jetzt amtierende Geschwaderkommandant.

»Ja, Colonel«, kam es über das Radio.

»Ist jemand von den anderen Navigationsleuten anderer Meinung?«

Eine Anzahl verneinender Stimmen kam aus seinem Gerät.

»Daten stimmen schon, Colonel«, kam die Stimme des Captain von Maschine fünf. »Aber die Ausführung ist falsch.«

»Wovon, zum Teufel, reden Sie?«

»Nach meiner Karte haben Sie zwo-drei-neun durchgegeben. Ich dachte, mein Richtungsweiser hätte einen Schuß abbekommen ...«

Plötzlich schrie jeder Pilot in dem dezimierten Geschwader dazwischen.

»Ich lese eins-sieben ...«

»Ich hatte verdammte zwo-neun-zwo. Wir haben einen direkten Treffer ...«

»*Jesus!* Ich hatte sechs-vier ...«

»Wir haben mittschiffs eins abgekriegt. Ich hab' überhaupt nicht auf die Anzeige geachtet!«

Und dann herrschte Schweigen. Alle verstanden.

Oder verstanden, was sie nicht begreifen konnten.

»Funkstille«, sagte der Geschwaderkommandant. »Ich versuche, den Stützpunkt zu erreichen.«

Die Wolkendecke über ihnen brach auseinander; nicht lange, aber lang genug. Die Stimme, die über das Radio kam, war der Captain von Maschine drei.

»Ich behaupte, Colonel, daß wir nach Nordwesten fliegen.«

Wieder Stille.

Nach ein paar Augenblicken sprach der Kommandant: »Irgend jemanden werde ich schon erreichen. Zeigen Ihre Instrumente dasselbe wie die meinen an? Treibstoff für etwa zehn bis fünfzehn Minuten?«

»War ein langer Trip, Colonel«, sagte Maschine sieben. »Ganz bestimmt nicht mehr, das steht fest.«

»Ich hatte mir gedacht, wir würden, wenn nötig kreisen, aber das war vor fünf Minuten«, sagte Maschine acht.

»Machen wir aber nicht«, sagte Maschine vier.

Der Oberst in Maschine zwei erreichte Lakenheath auf der Notfrequenz.

»Soweit wir das feststellen können«, kam die erregte und doch kontrollierte englische Stimme aus seinen Kopfhörern, »und damit meine ich freie Linie durch die Küstenverteidigung — Wasser und Land — nähern Sie sich dem Sektor Dunbar. Das ist die schottische Grenze, Colonel. Was, zum Teufel, haben Sie dort verloren?«

»Um Himmels willen, das weiß ich doch nicht! Gibt es dort Flugplätze?«

»Nicht für *Ihre* Maschinen. Ganz bestimmt nicht für eine Formation. Vielleicht ein oder zwei . . .«

»Das will ich nicht hören, Sie Arschloch! Ich will Notinstruktionen!«

»Wir sind wirklich ganz unvorbereitet . . .«

»*Hören Sie?!* Ich habe hier den Rest eines völlig zerdepperten Geschwaders! Wir haben Treibstoff noch für höchstens sechs Minuten. *Los* jetzt!«

Das Schweigen dauerte exakt vier Sekunden. Lakenheath traf seine Entscheidung. Endgültig.

»Wir glauben, Sie werden die Küste sichten, wahrscheinlich Schottland. Setzen Sie Ihre Maschinen auf See. Wir werden unser Bestes tun, Jungs.«

»Wir sind elf *Bomber*, Lakenheath! Nicht ein paar Enten!«

»Dafür ist jetzt keine Zeit, Geschwaderführer . . . Die Logistik ist unüberwindbar. Schließlich haben wir euch nicht dorthin gelotst. Ihr müßt wassern. Wir werden unser Bestes tun . . . Viel Glück.«

TEIL 1

1.

10. September 1943, Berlin

Reichsminister für Bewaffnung und Munition Albert Speer rannte die Treppen des Reichsluftfahrtministeriums am Tiergarten hinauf. Er spürte den schräg aus dem grauen Himmel herunterpeitschenden Regen nicht; er bemerkte nicht, daß sein Regenmantel — aufgeknöpft — seine Brust freiließ und so Uniformrock und Hemd dem Septembersturm ungeschützt darbot. Sein Zorn war derart, daß er alles außer der unmittelbaren Krise aus seinen Gedanken verdrängte. Wahnsinn! Schierer, ungemilderter, unverzeihlicher Wahnsinn!

Die industriellen Reserven ganz Deutschlands waren so gut wie erschöpft, aber mit dem Problem konnte er fertig werden. Er brauchte dazu nur das Produktionspotential der besetzten Länder richtig einzusetzen, indem er nämlich den ohnehin nicht vernünftig lenkbaren Prozeß der Einfuhr von Arbeitskräften umkehrte. Arbeitskräfte? Sklaven!

Produktivität katastrophal; Sabotage andauernd, endlos.

Was erwarteten die eigentlich?

Die Zeit für Opfer war gekommen! Hitler konnte nicht länger allen Leuten alles sein! Er konnte nicht Mercedes-Limousinen, große Opern und bevölkerte Restaurants liefern. Statt dessen mußte er Tanks, Munition, Schiffe und Flugzeuge liefern! *Das* waren die Prioritäten.

Aber der Führer konnte die Erinnerung an die Revolution von 1918 nicht auslöschen.

Wie völlig inkonsequent! Der einzige Mann, dessen Wille die Geschichte formte, der dem Wahnsinnstraum eines tausendjährigen Reiches nahe war, blickte wie gebannt auf die lang vergessene Erinnerung zügellosen Mobs, unbefriedigter Massen.

Speer fragte sich, ob die Geschichtsschreiber der Zukunft dies registrieren würden. Ob sie wohl begreifen würden, wie schwach Hitler wirklich war, wenn es um seine eigenen Landsleute ging. Wie er sich vor Angst krümmte, wenn die Produktion von Konsumgütern unter das geplante Maß absank.

Wahnsinn!

Und trotzdem, *er*, der Reichsminister für Bewaffnung und Munition, konnte diese katastrophale Inkonsequenz so lange unter Kontrolle halten, wie er überzeugt war, daß es nur eine Frage der Zeit sei. Ein paar Monate; allerhöchstens sechs.

Denn es gab Peenemünde.

Die Raketen.

Davon hing jetzt alles ab. Peenemünde!

Peenemünde war unwiderstehlich. Peenemünde würde zum Zusammenbruch von London und Washington führen. Beide Regierungen würden einsehen, daß es sinnlos war, die Politik der Vernichtung im Großen fortzuführen.

Dann würden sich vernünftige Männer an den Verhandlungstisch setzen und vernünftige Verträge ausarbeiten.

Selbst wenn es bedeutete, daß man unvernünftige Männer zum Schweigen brachte. Hitler zum Schweigen brachte.

Speer wußte, daß es auch andere gab, die so dachten. Der Führer begann ganz offenkundig krankhafte Züge an den Tag zu legen, Anzeichen von Druck — Ermüdung. Er umgab sich jetzt mit Mittelmäßigkeit — ein schlecht kaschiertes Bestreben, sich in der Gesellschaft intellektuell Gleichgestellter zu behaupten! Ein Weinhändler Außenminister! Ein drittrangiger Parteipropagandist Minister für Ostangelegenheiten! Ein ehemaliger Jagdfliegerpilot Chef der *gesamten Wirtschaft*.

Selbst er. Selbst der stille, scheue Architekt, jetzt Minister für Bewaffnung.

Alles das würde sich mit Peenemünde ändern.

Selbst er. Gott sei Dank!

Aber zuerst *mußte* Peenemünde kommen. Der Erfolg stand außer Frage. Ohne Peenemünde war der Krieg verloren.

Und jetzt sagte man ihm, daß es doch eine Frage gab. Ein Fehler, der vielleicht der erste Schritt zu Deutschlands Niederlage sein würde.

Ein Feldwebel mit ausdruckslosem Gesicht öffnete die Tür des Kabinettszimmers. Speer trat ein und sah, daß der lange Konferenztisch zu zwei Dritteln besetzt war, die Sessel cliquenhaft getrennt, als beargwöhnten die einzelnen Gruppen einander. Und das taten sie auch in diesen Zeiten fortschreitender Rivalitäten innerhalb des Reiches.

Er ging ans Kopfende des Tisches, wo — zu seiner Rechten — der einzige Mann im Raum saß, dem er vertrauen konnte. Franz Altmüller.

Altmüller war ein Zyniker von zweiundvierzig Jahren. Hochgewachsen, blond, aristokratisch; der Typ von Arier, wie ihn sich das Dritte Reich zum Symbol gemacht hatte, ein Mann aber, der keinen Augenblick den rassischen Unsinn glaubte, den das Dritte Reich verkündete. Dafür glaubte er an eine andere Theorie, die nämlich, jeden Vorteil wahrzunehmen, der sich ihm bot, indem er in der Öffentlichkeit so tat, als teilte er die Meinung eines jeden, der ihm möglicherweise nützen konnte.

In der Öffentlichkeit.

Im Privatleben, unter *sehr* engen Vertrauten, sprach er die Wahrheit.

Wenn jene Wahrheit ihm von Nutzen war.

Speer war nicht nur Altmüllers Vertrauter, er war auch sein Freund. Ihre Familien waren mehr als Nachbarn gewesen; die beiden Väter hatten oft gemeinsam geschäftliche Unternehmungen betrieben, die Mütter gemeinsam die Schule besucht.

Altmüller war nach seinem Vater geraten. Er war ein äußerst fähiger Geschäftsmann; seine besonderen Erfahrungen hatte er sich in der Verwaltung großer Produktionskapazitäten erworben.

»Guten Morgen«, sagte Altmüller, und schnippte ein imaginäres Stäubchen vom Revers seiner Uniform. Er trug die Parteiuniform öfter als notwendig; wenn er schon Fehler beging, so zog er es vor, diese auf seiten der Erzengel zu begehen.

»Kann ich mir kaum vorstellen«, erwiderte Speer und setzte sich schnell. Die Gruppen — und es waren Gruppen — rings um den Tisch fuhren fort, miteinander zu reden, aber die Stimmen waren merklich leiser geworden. Blicke huschten in Speers Richtung und lösten sich dann schnell wieder von ihm. Jeder war auf sofortiges Schweigen vorbereitet, aber keiner wollte schuldbewußt erscheinen.

Das Schweigen würde eintreten, wenn Altmüller oder Speer sich erhoben, um zu ihnen zu sprechen. Das würde das Signal sein. Nicht vorher. Vor jeder Bewegung in Schweigen zu verfallen, könnte den Eindruck von Furcht erwecken. Und Furcht kam dem Geständnis gleich, sich geirrt zu haben. Niemand am Konferenztisch konnte sich das leisten.

Altmüller klappte einen braunen Aktendeckel auf und legte ihn vor Speer. Es war eine Liste der zu der Besprechung Befohlenen. Im Grunde handelte es sich um drei Gruppen, eine jede aus Untergruppen zusammengesetzt, und jede mit ihrem Sprecher. Speer las die Namen und blickte unauffällig — glaubte er — auf, um sich zu überzeugen, ob die drei Führer zugegen seien und wo sie ihre Plätze gefunden hatten.

Am anderen Ende des Tisches saß im Glanz seiner Generalsuniform mit den Auszeichnungen, die dreißig Jahre zurückreichten, Ernst Leeb, Chef des Heereswaffenamtes. Er war mittelgroß, aber ungemein muskulös, eine Verfassung, die er sich weit über sein sechzigstes Lebensjahr hinaus bewahrt hatte. Er rauchte seine Zigarette in einer Spitze aus Elfenbein, die er dazu benutzte, die Gespräche seiner verschiedenen Untergebenen, wann es ihm beliebte, zu unterbrechen. In mancher Hinsicht war Leeb eine Karikatur, doch eine Karikatur mit beträchtlicher Macht. Hitler schätzte ihn ebenso um seiner makellosen militärischen Haltung willen wie wegen seiner Fähigkeiten.

An der Tischmitte links saß Albert Vögler, der hochintelligente, aggressive oberste Chef der Reichsindustrie. Vögler war ein korpulenter Mann, das Urbild des deutschen Industriellen; das weiche Fleisch seines Gesichts verzog sich beständig zu einer finster fragenden Grimasse. Er lachte viel, aber es war ein hartes Lachen; ein Mittel zum Zweck, kein Ausdruck seines Vergnügens. Er eignete sich gut für seine Position. Vögler bereitete nichts größere Freude, als Verhandlungen zwischen industriellen Gegnern zustandezubringen. Er war ein ausgezeichneter Vermittler, weil gewöhnlich alle Parteien vor ihm Angst hatten.

Vögler gegenüber, etwas rechts von ihm, näher bei Altmüller und Speer, saß Wilhelm Zangen, der Reichsführer der deutschen Industrievereinigung. Zangen war ein dünnlippiger, asketisch schlanker, humorlos wirkender Mann; ein fleischbedecktes Skelett, das sich am glücklichsten mit seinen Tabellen und Graphiken fühlte. Ein präziser Mann, der dazu neigte, am Rand seines nach hinten wandernden Haaransatzes und unter der Nase und am Kinn zu schwitzen, wenn er nervös war. Er schwitzte jetzt und holte immer wieder sein Taschentuch heraus, um die ihm peinliche Feuchtigkeit wegzutupfen.

Dennoch war Zangen ganz im Gegensatz zu seinem Äußeren ein

Diskussionsredner von hoher Überzeugungskraft. Er argumentierte nämlich nie, ohne die Fakten genau zu kennen.

Sie alle haben hohe Überzeugungskraft, dachte Speer. Und wenn er jetzt nicht so zornig gewesen wäre, dann hätten ihn solche Männer, das wußte er, wahrscheinlich einschüchtern können. Albert Speer war in seiner Selbsteinschätzung ehrlich, er wußte, daß von ihm keine besondere Autorität ausging. Aber jetzt befanden sich diese potentiell feindseligen Männer in der Defensive. Er durfte nicht zulassen, daß sein Zorn sie in Panik versetzte, denn dann hätten sie nur die Absolution für sich gesucht.

Sie brauchten Abhilfe. Deutschland brauchte Abhilfe.

Peenemünde mußte gerettet werden.

»Wie würdest du empfehlen, daß wir anfangen?« fragte Speer Altmüller und sprach so leise, daß ihn sonst niemand am Tisch hören konnte.

»Ich glaube nicht, daß das den geringsten Unterschied macht.«

»Gut. Würdest du die Sitzung bitte mit der Zusammenfassung eröffnen, die du vorbereitet hast? Ich habe Angst, mir könnte das Temperament durchgehen.«

»Darf ich dazu einen Vorschlag machen«, fragte Altmüller. »Du wirst an irgendeinem Punkt dieser Konferenz deinem Temperament freien Lauf lassen müssen. Ich sehe keine Möglichkeit, das zu vermeiden.«

»Ich verstehe.«

Altmüller schob seinen Sessel zurück und stand auf. Gruppe für Gruppe verstummten die Stimmen am Tisch.

»Heil Hitler. Meine Herren, diese Sondersitzung ist aus Gründen einberufen worden, die Ihnen vermutlich bekannt sind. Zumindest sollten sie Ihnen bekannt sein. Anscheinend sind nur der Reichsminister für Bewaffnung und Munition und sein Mitarbeiterstab nicht informiert worden; eine Tatsache, die der Reichsminister und seine Mitarbeiter höchst bedauerlich finden ...; um es kurz zu machen, Peenemünde sieht sich einer Krise gegenüber, die so ernsthaft ist, daß es dafür keine Parallelen gibt. Trotz der Millionen, die in diese lebenswichtige Waffenentwicklung gesteckt wurden, trotz der Versicherungen, die Ihre einzelnen Abteilungen uns immer wieder geliefert haben, müssen wir jetzt erfahren, daß die Produktion im Laufe weniger Wochen völlig zum Stillstand kommen kann. Einige Monate vor dem *vereinbarten* Termin für die ersten funktionsfähigen Raketen. Dieser Termin ist nie in Zweifel gezogen worden. Er war das Fundament für ganze militärische Strategien; ganze Armeen sind so eingesetzt worden, um sich mit dem Termin zu koordinieren. Deutschlands Sieg hängt davon ab. Aber jetzt ist Peenemünde bedroht, Deutschland ist bedroht ... Wenn die Berechnungen zutreffen, die der Stab des Reichsministers vorbereitet hat, wird der Peenemündekomplex in weniger als neunzig Tagen seinen Vorrat an Industriediamanten erschöpft haben. Ohne Industriediamanten können die Arbeiten in Peenemünde nicht fortgesetzt werden.«

Das Stimmengewirr — erregte, gutturale Stimmen, die um Aufmerksamkeit wetteiferten — brach in dem Augenblick los, in dem Altmüller sich setzte. General Leebs Zigarettenspitze fuhr durch die Luft, als wäre sie ein Säbel; Albert Vögler runzelte die Stirn, und seine von dicken Tränensäcken umgebenen Augen blickten finster, er stützte sich mit schweren Händen auf den Tisch und sprach mit monotoner Stimme; Wilhelm Zangens Taschentuch wischte wütend über sein Gesicht und den Hals, und seine schrille Stimme übertönte die mehr maskulinen Töne, die ihn umgaben.

Franz Altmüller beugte sich zu Speer hinüber. »Hast du schon einmal im Zoo einen Käfig mit wilden Ozelots gesehen? Die Wärter dürfen nicht zulassen, daß sie sich gegen die Gitterstangen werfen. Ich würde empfehlen, daß du deinen Temperamentsausbruch schon früher bekommst, als wir besprochen haben. Vielleicht jetzt.«

»Das wäre nicht richtig.«

»Die dürfen nicht glauben, daß du Angst hast.«

»Und auch nicht, daß ich mich ducke«, unterbrach Speer seinen Freund, und die Andeutung eines Lächelns spielte um seine Lippen. Er stand auf. »Meine Herren.«

Die Stimmen verstummten.

»Herr Altmüller hat harte Worte gesprochen. Sicherlich, weil ich ihm gegenüber auch harte Worte gebraucht habe. Das war heute morgen, sehr früh heute morgen. Aber vor uns liegt jetzt eine größere Perspektive; für Vorwürfe ist jetzt keine Zeit. Damit möchte ich keineswegs die kritischen Aspekte der Situation in irgendeiner Weise bagatellisieren, sie sind wirklich ernstzunehmen. Aber Zorn löst gar nichts. Und wir brauchen Lösungen ...

Deshalb suche ich Ihre Unterstützung — die Unterstützung der besten industriellen und militärischen Geister im Reich. Zuerst müssen wir natürlich Einzelheiten kennen. Ich möchte mit Herrn Vögler beginnen. Als Verantwortlicher für die Industrie des Reiches würde ich gerne Ihre Schätzung hören.«

Vögler war verärgert, er wollte nicht als Erster aufgerufen werden. »Ich bin nicht sicher, daß ich Ihnen viel Konkretes sagen kann, Herr Reichsminister. Ich hänge auch von den Berichten ab, die man mir geliefert hat. Sie waren optimistisch; bis zur letzten Woche waren keinerlei Andeutungen über Schwierigkeiten darin enthalten.«

»Was soll das heißen, optimistisch?« fragte Speer.

»Es hieß, die Mengen an Boort und Carbonado-Diamanten würden ausreichen.«

»Aber genau diese Berichte sind falsch«, wandte Speer ärgerlich ein.

»Es gibt eine sofortige Abhilfe«, bemerkte General Leeb, »für die es auch einen historischen Präzedenzfall gibt.« Leeb machte eine kurze Pause, um seine Zigarette aus dem Halter zu entfernen und sie auszudrücken, wobei ihm durchaus bewußt war, daß alle am Tische Anwesenden ihn scharf beobachteten. »Ich habe mir die Frechheit genommen, dem Generalstab einige vorläufige Untersuchungen zu empfehlen. Es erfordert ein Expeditionskorps von weniger als vier Bataillonen ..., Afrika. Die Diamentenminen östlich von Tanganjika.«

»*Was?*« Altmüller beugte sich vor; er konnte nicht anders. »Das ist nicht Ihr Ernst.«

»Bitte!« Speer ließ nicht zu, daß sein Freund, den anderen unterbrach. Wenn Leeb an eine solch drastische Lösung gedacht hatte, konnte die auch Vorteile bringen. Kein Militär, der die geringe Kampfstärke der deutschen Truppe kannte — jener Truppe, die an der Ostfront im Begriff war, aufgerieben zu werden, und die in Italien mörderischen Angriffen der Alliierten widerstehen mußte — konnte etwas so Absurdes vorschlagen, falls nicht realistische Hoffnungen auf Erfolg bestanden. »Fahren Sie fort, General.«

»Die Williams-Minen in Mwadui. Zwischen den Distrikten Tanganjika und Sansibar im Zentralsektor. Die Mwadui-Minen produzieren jährlich über eine Million Karat Carbonado-Diamanten. Die Berichte der Abwehr — Berichte, die mir auf mein Verlangen regelmäßig zugestellt werden — führen aus, daß dort Vorräte für einige Monate liegen. Unsere Agenten in Dar-es-Salaam sind überzeugt, daß ein solches Unternehmen erfolgreich wäre.«

Franz Altmüller schob Speer ein Blatt Papier hin. Er hatte darauf gekritzelt: »Er muß von Sinnen sein!«

»Auf welchen historischen Präzedenzfall beziehen Sie sich?« fragte Speer und bedeckte Altmüllers Papier mit der Hand.

»Sämtliche Distrikte östlich von Dar-es-Salaam gehören rechtmäßig dem Dritten Reich, Deutsch West-Afrika. Sie wurden dem Vaterland nach dem großen Krieg weggenommen. Der Führer selbst hat das vor vier Jahren klar ausgesprochen.«

Am Tisch herrschte Schweigen. Peinliches Schweigen. Selbst die Augen seiner Adjutanten wichen denen des alten Soldaten aus. Schließlich sagte Speer mit leiser Stimme:

»Das wäre eine Rechtfertigung, kein Präzedenzfall, Herr General. Über konkrete militärische Schritte können Sie uns jedoch offensichtlich nichts sagen. Ich schlage deshalb eine nicht-militärische Lösung vor.«

Speer drehte sich zu Franz Altmüller herum. Sein hochgewachsener blonder Freund starrte sie alle an. Ihre Gesichter waren ausdruckslos. Verblüfft.

3.

11. September 1943, Washington D. C

Brigadier General Alan Swanson stieg aus dem Taxi und blickte zu der mächtigen Eichentüre der Villa in Georgetown auf. Die Fahrt über die kopfsteingepflasterten Straßen war ihm wie beständiger Trommelwirbel vorgekommen.

Vorspiel zur Hinrichtung.

Über diesen Stufen, hinter jener Türe, irgendwo in diesem fünfstöckigen, aristokratischen Backsteinbau, war ein großer Raum. Und in jenem Raum würden Tausende von Todesurteilen verkündet werden, Todesurteile, die keine Beziehung zu denen hatten, die um den Tisch saßen.

Vorspiel zur Vernichtung.

Wenn die Zeitpläne eingehalten würden. Und daß man sie ändern würde, war unvorstellbar.

Mord im Großen.

Seinen Anweisungen entsprechend blickte er sich auf der Straße um, um sich zu vergewissern, daß ihm niemand gefolgt war. Albern! CIC hatte sie alle unter dauernder Überwachung. Von welchem der Fußgänger oder aus welchem der langsam dahinrollenden Automobile wurde er beobachtet? Es hatte nichts zu bedeuten; die Wahl des Treffpunkts war ebenfalls albern. Glaubten die wirklich, sie könnten die Krise geheimhalten? Glaubten die, daß es helfen würde, wenn sie Konferenzen in abgelegenen Häusern in Georgetown abhielten?

Diese Esel!

Er achtete nicht auf den Regen, der beständig fiel, gleichmäßig. Ein Herbstschauer in Washington. Sein Regenmantel stand offen, sein Uniformjackett war feucht und zerdrückt. Ihm waren solche Dinge gleichgültig, er brachte es nicht fertig, über sie nachzudenken.

Das einzige, worüber er nachdenken konnte, war in einer Metallkassette von sieben Zoll Breite, fünf Zoll Höhe und vielleicht einem Fuß Länge untergebracht. Für diese Dimensionen war die Konstruktion ausgelegt, ein Produkt komplizierter, höchst entwickelter Technik. Ihre Funktion basierte auf den fundamentalen Eigenschaften der Massenträgheit und der Präzision.

Aber sie funktionierte nicht.

Ein Test nach dem anderen bewies das.

Zehntausend B-17-Höhenbomber kamen im ganzen Lande aus der Produktion. Und ohne Radio-Höhen-Gyroskope zu ihrer Lenkung konnten sie ebensogut auf der Erde bleiben!

Und ohne jene Flugzeuge war Operation Overlord ernsthaft gefährdet. Die Invasion des europäischen Kontinents würde einen so hohen Preis fordern, daß man darin eine Obszönität sehen mußte.

Aber diese Flugzeuge rund um die Uhr zu Bombenangriffen in ganz Deutschland zu entsenden, ohne ihnen den Schutz der großen Höhen zuteil werden zu lassen, hieß, die Mehrzahl der Maschinen zur Vernichtung zu verurteilen und damit ihre Mannschaften zum Tode. Es gab immer wieder Beispiele, die das bestätigten ..., jedesmal, wenn die großen Maschinen zu hoch stiegen. Man sprach dann immer von Pilotenfehlern, feindlichem Feuer oder Materialermüdung. Aber das stimmte nicht. Es war die Höhe ... Erst vor vierundzwanzig Stunden war ein Geschwader nach Bombenabwürfen in Bremerhaven umgekehrt, hatte den Maschinen das Letzte abverlangt und sich weit oberhalb der Sauerstoffzone neu gruppiert. Nach allem was festzustellen war, spielten die Lenksysteme verrückt; das Geschwader fand sich schließlich im Sektor Dunbar in der Nähe der schottischen Grenze wieder. Alle Maschinen, mit Ausnahme einer einzigen, stürzten ins Meer ab. Drei Überlebende wurden von der Küstenpatrouille aufgenommen. Drei von Gott weiß wie vielen, die Bremerhaven überlebt hatten. Das einzige Flugzeug, das eine Landung auf dem Festland versucht hatte, war am Rande einer Stadt explodiert ..., keine Überlebenden.

Deutschland befand sich auf dem Weg zur unvermeidbaren Niederlage, aber es würde keines leichten Todes sterben. Es war zum Gegenschlag bereit. Sie hatten ihre russische Lektion gelernt; Hitlers Generale waren vorbereitet. Sie wußten genau, wenn sie die *bedingungslose* Kapitulation vermeiden wollten, mußten sie den Preis für einen alliierten Sieg so hoch treiben, daß er jede Vorstellung überstieg, und damit auch das Gewissen der Menschheit belasten würde.

Nur dann würde man sich einigen können.

Und *das* wiederum war für die Alliierten nicht akzeptabel. *Bedingungslose Kapitulation* hieß jetzt die Politik aller Parteien. Diese absolute Forderung war allen so eingeprägt, daß keiner es wagte, daran zu rütteln. Das Fieber des totalen Sieges hatte sie erfaßt; die Führer der Alliierten hatten dafür gesorgt. Und in dieser Situation sahen sie sich einer nackten Wand gegenüber, sahen nichts, was andere sehen konnten, und verkündeten heroisch, man müsse eben Verluste hinnehmen.

Swanson ging die Treppe der Villa in Georgetown hinauf. Wie aufs Stichwort öffnete sich die Tür, ein Major salutierte, und Swanson wurde schnell eingelassen. In der Halle standen vier Unteroffiziere in Fallschirmstiefeln in Rührt-Euch-Stellung; Swanson erkannte die Schulterabzeichen der Ranger-Bataillone. Das Kriegsministerium hatte die Szene gut vorbereitet.

Ein Sergeant komplimentierte Swanson in einen kleinen Lift mit einem Messinggitter. Zwei Stockwerke weiter oben hielt die Kabine an, und Swanson trat in den Korridor hinaus. Er erkannte das Gesicht des Obersten, der neben einer verschlossenen Tür am Ende des kurzen Ganges stand. Nur an seinen Namen erinnerte er sich nicht. Der Mann arbeitete im Geheimdienst und trat nicht oft an die Öffentlichkeit. Der Oberst salutierte.

»General Swanson, Colonel Pace.«

Swanson nickte formlos und bot dem anderen die Hand. »O ja. Ed Pace. Stimmt's?«

»Ja, Sir.«

»Dann haben die Sie also aus dem Keller geholt. Ich wußte nicht, daß das hier Ihr Gebiet ist.«

»Das ist es nicht, Sir. Ich hatte nur Gelegenheit, die Männer kennenzulernen, die Sie sehen werden. Sicherheitsfreigaben.«

»Und nachdem Sie hier sind, wissen die, daß wir es ernst meinen«, lächelte Swanson.

»Ganz bestimmt. Ich weiß bloß nicht, *was* wir ernst meinen.«

»Sie haben Glück. Wer ist denn drinnen?«

»Howard Oliver von Meridian. Jonathan Craft von Packard und der Labormann Spinelli von ATCO.«

»Das ist eine Freude; ich kann's kaum erwarten. Wer hat denn den Vorsitz? Herrgott, wenigstens *einer* sollte doch auf unserer Seite stehen.«

»Vandamm.«

Swanson verzog die Lippen, als wolle er pfeifen; der Oberst nickte zustimmend. Frederic Vandamm war Undersecretary of State, und es hieß, er sei Cordell Hulls engster Mitarbeiter. Wenn man an Roosevelt herankommen wollte, führte der beste Weg über Hull; und wenn das nicht ging, probierte man es bei Vandamm.

»Eindrucksvolle Artillerie«, sagte Swanson.

»Als die ihn sahen, hatte ich den Eindruck, als würde er Craft und Oliver eine Heidenangst einjagen. Spinelli lebt in einer anderen Welt, er würde Patton für einen Portier halten.«

»Ich kenne Spinelli nicht, nur seinen Ruf. Es heißt, er sei der beste Gyromann, den wir haben ... Oliver und Craft kenne ich nur *zu* gut. Ich wünschte, Sie und Ihre Kollegen hätten denen nicht einmal eine Freigabe für Straßenkarten gegeben.«

»Da kann man nicht viel machen, wenn denen die Straßen

gehören, Sir.« Der Oberst zuckte die Achseln. Es war offenkundig, daß er Swansons Einschätzung teilte.

Swanson zog seinen Regenmantel aus. »Wenn Sie Schüsse hören, Colonel, dann bin das nur ich. Sie brauchen sich gar nicht drum zu kümmern.«

»Das betrachte ich als Befehl, General. Ich bin taub«, antwortete Pace und griff nach der Türklinke, um dem Vorgesetzten die Tür zu öffnen.

Swanson trat schnell ins Zimmer. Es war eine Bibliothek, man hatte die Möbel gegen die Wand geschoben und einen Konferenztisch in die Mitte gestellt. Am Kopfende des Tisches saß der weißhaarige, aristokratisch wirkende Frederic Vandamm. Zu seiner Linken hatte der korpulente Howard Oliver Platz genommen, der schon die ersten Anzeichen einer Glatze aufwies. Vor ihm lag ein Bündel Papiere. Oliver gegenüber saßen Craft und ein kleiner, dunkelhaariger, bebrillter Mann, den Swanson für Gian Spinelli hielt.

Der leere Stuhl am anderen Ende des Tisches, Vandamm gegenüber, war offensichtlich für ihn reserviert. Das war gut von Vandamm angeordnet.

»Tut mir leid, daß ich mich verspätet habe, Mr. Undersecretary. Mit einem Dienstwagen hätte sich das vermeiden lassen. Es war nicht leicht, ein Taxi zu finden . . ., Gentlemen?«

Das Industriellentrio nickte. Craft und Oliver murmelten ein halblautes »General«. Spinelli starrte ihn nur durch seine dicke Brille an.

»Ich bitte um Entschuldigung, General Swanson«, sagte Vandamm in seiner präzisen Sprechweise, die seinen Wohlstand verriet. »Aus Gründen, die auf der Hand liegen, wollten wir nicht, daß diese Konferenz in einem Regierungsbüro stattfindet, noch wollten wir, falls es doch bekanntwerden sollte, daß man diesem Zusammentreffen irgendeine Bedeutung zuschreiben würde. Diese Herren repräsentieren den Klatsch im Kriegsministerium, das brauche ich Ihnen nicht zu sagen. Es war wünschenswert, nicht den Eindruck von Dringlichkeit zu erwecken. Dienstwagen, die durch Washington rasen — fragen Sie mich nicht, warum, aber sie scheinen nie langsam zu fahren —, erwecken immer Besorgnis. Verstehen Sie?«

Swanson erwiderte den verschleierten Blick des alten Herrn.

Vandamm war clever, dachte er. Er hatte sich den Seitenhieb mit dem Taxi nicht verkneifen können, aber Vandamm hatte verstanden, und war darauf eingegangen.

Die drei Industrieleute waren gewarnt. In dieser Konferenz waren sie der Feind.

»Ich bin diskret gewesen, Mr. Undersecretary.«

»Ich bin sicher, daß Sie das waren. Können wir zur Sache kommen? Mr. Oliver hat darum gebeten, die Besprechung mit einer allgemeinen Feststellung bezüglich der Position von Meridian Aircraft eröffnen zu dürfen.«

Swanson sah zu, wie Oliver seine Notizen sortierte. Er mochte den Mann nicht; er hatte etwas Gefräßiges an sich. Er war der typische Kriegsgewinnler; heutzutage gab es zu viele von seiner Sorte. Überall in Washington waren sie, türmten riesige Geldbeträge auf, die der Krieg ihnen einbrachte, den Preis der Macht — die in ihren Händen lag.

Olivers rauhe Stimme ertönte. »Danke. Wir haben bei Meridian das Gefühl, daß die ... *angebliche* Schwierigkeit der gegenwärtigen Situation die Fortschritte etwas verdeckt hat, die tatsächlich erzielt worden sind. Das fragliche Flugzeug hat seine überlegene Leistungsfähigkeit zweifelsfrei unter Beweis gestellt. Die neue, verbesserte Stratofestung ist für den Kampfeinsatz bereit; die Frage dreht sich nur um die gewünschte Höhe.«

Oliver verstummte plötzlich und hielt die dicken Hände vor sich über seine Papiere. Er hatte seine Feststellung getroffen; Craft nickte zustimmend. Beide Männer sahen Vandamm ausdruckslos an. Gian Spinelli starrte nur Oliver an.

Alan Swanson war überrascht. Nicht notwendigerweise über die Kürze der Erklärung, sondern wegen der Treuherzigkeit, mit der die Lüge vorgebracht worden war.

»Wenn das eine Darstellung Ihrer Position ist, kann ich das unmöglich akzeptieren. Das fragliche Flugzeug hat seine Einsatzfähigkeit *nicht* unter Beweis gestellt, solange es nicht in der Höhe funktionsfähig ist, die die Regierungsverträge vorschreiben.«

»Es ist einsatzfähig«, erwiderte Oliver kurz angebunden.

»Einsatzfähig. Nicht funktionsfähig, Mr. Oliver. Es ist nicht funktionsfähig, solange es nicht in der Höhe, die die Spezifikation verlangt, von Punkt A nach Punkt B gelenkt werden kann.«

»Die dort als ›beabsichtigte Maximalhöhe‹ *spezifiziert* ist, General Swanson«, konterte Oliver mit einem unterwürfigen Lächeln, das alles andere als Höflichkeit vermittelte.

»Was, zum Teufel, soll das bedeuten?« Swanson sah Undersecretary Vandamm an.

»Mr. Oliver befaßt sich mit Vertragsinterpretation.«

»Aber ich nicht.«

»Das muß ich«, erwiderte Oliver. »Das Kriegsministerium hat der Meridian Aircraft Corporation die Zahlung verweigert. Wir haben einen Kontrakt . . .«

»Diesen verdammten Kontrakt können Sie mit jemand anderem besprechen! Verärgerung löst gar nichts«, sagte Vandamm unfreundlich.

»Es tut mir leid, Mr. Undersecretary, aber ich bin nicht hier, um über *Vertragsauslegungen* zu diskutieren.«

»Ich fürchte, das werden Sie müssen, General Swanson.« Vandamm sprach jetzt wieder ganz ruhig. »Die Zahlung an Meridian ist auf *Ihre* Negativerklärung hin zurückgehalten worden. Sie haben sie nicht freigegeben.«

»Warum sollte ich das? Das Flugzeug leistet nicht das, was wir erwarteten.«

»Es *leistet* das, worüber Sie abgeschlossen haben«, sagte Oliver und drehte den dicken Hals von Vandamm zu dem General herum. »Seien Sie versichert, General, wir setzen alles dafür ein, die *beabsichtigte* Maximalleistung zu erzielen. Wir scheuen keine Kosten. Wir werden es auch schaffen, davon sind wir überzeugt. Aber bis dahin erwarten wir, daß die Kontrakte erfüllt werden. Wir haben die Garantien erfüllt.«

»Wollen Sie damit vorschlagen, daß wir die Maschine so abnehmen, *wie sie ist*?«

»Es ist der beste Bomber, den es gibt.« Das war Jonathan Craft. Seine weiche, hohe Stimme schien im Raum zu schweben. Jetzt drückte er seine zarten Finger in einer Geste aneinander, die er wahrscheinlich für emphatisch hielt.

Swanson achtete nicht auf Craft und starrte das schmale Gesicht mit den vergrößerten Augen des ATCO-Wissenschaftlers Gian Spinelli an. »Was ist mit den *Kreiseln*? Können Sie mir darauf antworten, Mr. Spinelli?«

Howard Oliver schob sich brutal dazwischen. »Setzen Sie die vorhandenen Systeme ein. Werfen Sie die Maschine an die Front.«

»*Nein!*« Swanson konnte nicht anders. Er brüllte förmlich, mochte Undersecretary Vandamm sagen, was er wollte. »Unsere Strategie verlangt Luftangriffe rund um die Uhr, im Inneren Deutschlands. Von allen Punkten — bekannten und unbekannten. Flugplätze in England, Italien, Griechenland ... ja, sogar Stützpunkte in der Türkei und Jugoslawien; Flugzeugträger im Mittelmeer, verdammt nochmal, dem Schwarzen Meer! Tausende und Abertausende von Maschinen, die sich gegenseitig am Himmel drängen. Wir brauchen die zusätzliche Höhe! Wir brauchen die Lenksysteme, um in diesen Höhen operieren zu können! Irgendwelche Abstriche sind undenkbar! ... Tut mir leid, Mr. Vandamm. Ich glaube, mein Erregung ist berechtigt.«

»Ich verstehe«, sagte der weißhaarige Politiker. »Deshalb sind wir heute Nachmittag hier zusammengekommen. Um Lösungen zu suchen. Und Geld.« Der Blick des alten Herrn wanderte zu Craft hinüber. »Haben Sie Mr. Olivers Bemerkungen von der Warte von Packard aus etwas hinzuzufügen?«

Craft löste seine dünnen, manikürten Finger voneinander und atmete tief durch die Nase ein, als sei er im Begriff, eine erhabene Weisheit zu verbreiten. Der Quell des Wissens, dachte Alan Swanson, der Billigung sucht.

»Natürlich, Mr. Undersecretary. Als wesentlicher Unterlieferant von Meridian hat uns das unbefriedigende Ergebnis der Lenksysteme ebenso beunruhigt wie den General. Wir haben keine Mühe gescheut, um eine Lösung zu finden. Mr. Spinellis Anwesenheit ist ein Beweis dafür. Schließlich sind wir es, die ATCO ins Spiel gebracht haben ...« Hier lächelte Craft heroisch, fast eine Spur traurig. »Wie wir alle wissen, ist ATCO das Beste — und Teuerste. Wir haben keine *Kosten* gescheut.«

»Sie haben ATCO ins Spiel gebracht«, sagte Swanson gedehnt, »weil Ihre eigenen Labors es nicht geschafft haben. Sie haben Meridian Kostenüberschreitungen vorgelegt, die man an uns weitergegeben hat. Ich könnte nicht behaupten, daß Sie irgendwo Kosten gespart hätten.«

»Du großer Gott, General!« rief Craft keineswegs überzeugend. »Die *Zeit*, die *Verhandlungen* ..., Zeit ist Geld, Sir; verkennen Sie *das* nicht. Ich könnte Ihnen zeigen ...«

»Der General hat *mir* eine Frage gestellt. Ich würde ihm gerne Antwort geben.«

Die etwas mit Dialekt gefärbten Worte kamen von dem schmächtigen Wissenschaftler, der entweder Crafts Unsinn einfach abtun wollte, oder ihn gar nicht gehört hatte.

»Da wäre ich dankbar, Mr. Spinelli.«

»Unsere Fortschritte waren konsequent, gleichmäßig, wenn Sie wollen. Nicht schnell. Die Probleme sind groß. Wir vermuten, daß die Verzerrung der Radiostrahlen jenseits gewisser Höhen von den Temperaturen und unterschiedlichen Landmassen abhängen. Die Lösung liegt in unterschiedlicher Kompensation. Unsere Experimente engen diesen Bereich beständig ein ..., unser Fortschritt würde sich beschleunigen, wenn man uns nicht dauernd stören würde.«

Gian Spinelli unterbrach sich und ließ seine grotesk vergrößerten Augen zu Howard Oliver wandern, dessen dicker Hals und breites Gesicht plötzlich vom Zorn gerötet waren.

»Von *uns* sind Sie nicht gestört worden!«

»Und ganz bestimmt nicht von Packard!« schaltete Craft sich ein. »Wir waren in fast täglicher Verbindung. Wir sind mit aller Sorgfalt vorgegangen!«

Spinelli wandte sich an Craft. »Ihre Sorgfalt ..., ebenso wie die von Meridian ..., waren ausschließlich budgetärer Art, soweit ich das erkennen kann.«

»Das ist doch lächerlich! Alle finanziellen Nachforschungen, die von uns vorgenommen wurden, geschahen auf Verlangen der ... Kostenprüfstelle des Auftraggebers ...«

»Und waren absolut notwendig!« Oliver konnte den Zorn nicht mehr verbergen, den er über den kleinen Italiener empfand. »Ihr *Labor-* ... Leute habt ja keine Ahnung! *Kinder* sind Sie!«

Die nächste halbe Minute redeten die drei erregten Männer wirr durcheinander. Swanson sah zu Vandamm hinüber. Ihre Augen begegneten sich verständnisvoll.

Oliver war der erste, der die Falle witterte. Er hob die Hand ... Der Befehl eines Industriemagnaten, dachte Swanson.

»Mr. Undersecretary.« Als Oliver sprach, hatte er seinen Zorn im Griff. »Sie sollten nicht den falschen Eindruck von unserem Streit bekommen. Immerhin liefern wir.«

»Aber nicht das, was wir wollen«, sagte Swanson. »Ich erinnere mich noch sehr deutlich, was Sie in Ihren Angeboten versprochen haben. Damals sollte *alles* funktionieren.«

Als Olivers Blick ihn erfaßte, hatte Alan Swanson instinktiv das Gefühl, er solle nach der Waffe greifen, um sich zu schützen. Der Meridian-Direktor war der Explosion nahe.

»Wir haben uns auf die Auswertungen untergeordneter Stellen verlassen«, sagte Oliver langsam und feindselig. »Ich glaube, auch beim Militär werden Fehler gemacht.«

»Aber untergeordnete Stellen machen nicht die Pläne für strategisch wichtige Entscheidungen.«

Vandamm hob die Stimme. »Mr. Oliver. Angenommen, wir könnten General Swanson überzeugen, daß es keinen Zweck hat, die Mittel zurückzuhalten. Was für Termine könnten Sie denn *jetzt* garantieren?«

Oliver sah Spinelli an. »Was würden Sie schätzen?« fragte er kühl.

Spinellis riesige Augen schienen die Decke abzusuchen. »Ganz offen gesagt, ich kann Ihnen keine Antwort geben. Wir *könnten* es nächste Woche lösen. Oder nächstes Jahr.«

Swanson griff schnell in die Uniformtasche und entnahm ihr ein zusammengfaltetes Blatt Papier. Er breitete es vor sich aus und sprach schnell: »Nach diesem Memorandum ..., der letzten Mitteilung, die wir von ATCO erhalten haben ..., benötigen Sie sechs Wochen für Testflüge, sobald das Lenksystem *funktioniert.* Auf dem Versuchsgelände von Montana.«

»Das ist richtig, General. Ich habe das selbst diktiert«, sagte Spinelli.

»Sechs Wochen mit Beginn der nächsten Woche. Mit Beginn nächsten Jahres. Und wenn die Experimente in Montana positiv verlaufen, ein weiterer Monat, um die Flotte auszurüsten.«

»Ja.«

Swanson sah zu Vandamm hinüber. »Im Lichte dieser Erkenntnis, Mr. Undersecretary, haben wir keine andere Wahl, als die unmittelbaren Prioritäten zu ändern. Oder zumindest die Planung. Wir schaffen die Logistik nicht.«

»Nicht akzeptiert, General Swanson. Wir müssen sie schaffen.«

Swanson starrte den alten Mann an. Jeder wußte ganz genau, was der andere meinte.

Overlord. Die Invasion Europas.

»Wir müssen verschieben.«

»Unmöglich. Das letzte Wort, General.«

Swanson sah die drei Männer am Tisch an.
Den Feind.
»Wir sprechen uns wieder, Gentlemen«, sagte er.

3.

12. September 1943, die Baskenhügel, Spanien

David Spaulding wartete im Schatten des dicken, knorrigen Baumes an dem Felshang über der Schlucht. Er befand sich im Baskenland, und die Luft war feucht und kalt. Die späte Nachmittagssonne beleuchtete die Hügelflanke; er wandte ihr den Rücken zu. Vor Jahren — ihm kam es wie tausend Jahre vor, aber so viele waren es nicht — hatte er gelernt, daß es einem Vorteile bot, wenn man das vom Stahl kleiner Waffen reflektierte Licht auffangen konnte. Sein eigener Karabiner war mit verbranntem Korkstaub geschwärzt.

Vier.

Seltsam, aber während er sich in der Ferne umsah, drängte sich ihm immer wieder die Zahl *vier* auf.

Vier.

Vor genau vier Jahren und vier Tagen. Und für diesen Kontrakt war genau vier Uhr nachmittags geplant.

Vor vier Jahren und vier Tagen hatte er zum erstenmal die scharfgebügelten braunen Uniformen hinter der dicken Glaswand des Radiostudios in New York gesehen. Vor vier Jahren und vier Tagen war er auf jene Glaswand zugegangen, um seinen Regenmantel von einer Stuhllehne aufzuheben, und hatte erkannt, daß die Augen des älteren Offiziers ihn ansahen. Stetig. Kalt. Der jüngere Mann wich seinem Blick aus, als fühlte er sich schuldig, aber nicht sein Vorgesetzter, der Oberstleutnant.

Der Oberstleutnant hatte ihn studiert.

Das war der Anfang.

Er fragte sich jetzt — während er die Schlucht nach einer Bewegung absuchte — wann es enden würde. Würde er das Ende erleben?

Das hatte er vor.

Einmal hatte er es eine Tretmühle genannt. Bei einem Drink in

Mayflower in Washington. Fairfax war tatsächlich eine Tretmühle gewesen, aber dennoch hatte er damals noch nicht gewußt, wie gut diese Bezeichnung auch weiterhin zutreffen würde: eine Tretmühle, die sich mit rasender Geschwindigkeit drehte, aber nie anhielt.

Gelegentlich verlangsamte sie ihren Lauf. Zu bestimmten Zeiten verlangten der physische und geistige Druck, daß das Tempo sich verlangsamte — er spürte es, wenn die Zeit gekommen war. Er merkte dann, daß er anfing, unvorsichtig zu werden ... oder zu sicher. Oder zu absolut in bezug auf Entscheidungen, bei denen es um menschliches Leben ging.

Vielleicht sogar um sein eigenes.

Zu häufig traf er sie zu leichtfertig. Und manchmal machte ihm das Angst, tiefempfundene Angst.

Wenn er das spürte, pflegte er zu verreisen. Vielleicht in den Süden, an die Küste Portugals, wo es Enklaven gab, Enklaven, in denen reiche Leute lebten, die die Existenz des Krieges leugneten. Oder er blieb dann an der Costa del Santiago — bei seinen verblüfften Eltern. Oder er hielt sich in den engen Grenzen der Botschaft in Lissabon auf und gab sich den sinnlosen Verrichtungen neutraler Diplomatie hin. Ein unbedeutender Militärattaché, der keine Uniform trug. Auf den Straßen erwartete man das nicht von ihm, wohl aber im »Territorium«. Aber er trug keine; niemanden störte das. Man mochte ihn nicht sehr. Er hatte zu viele Freunde aus der Zeit vor dem Kriege, mit denen er sich umgab. Im Großen und Ganzen ignorierte man ihn. Mit einer gewissen Abneigung.

In solchen Zeiten ruhte er aus. Er zwang dann sein Bewußtsein, sich aufzuladen, nichts in sich aufzunehmen.

Vor vier Jahren und vier Tagen wären ihm solche Gedanken unvorstellbar gewesen.

Jetzt verzehrten sie ihn. Wenn er Zeit für solche Gedanken hatte.

Und die hatte er jetzt nicht.

In der Schlucht war immer noch keine Bewegung. Irgend etwas stimmte nicht. Er sah auf die Uhr; das Team aus San Sebastián verspätete sich. Das war eine ungewöhnliche Verspätung. Erst vor sechs Stunden hatte der französische Untergrund über Funk durchgegeben, daß alles in Ordnung sei; es gab keine Komplikationen. Das Team hatte sich in Bewegung gesetzt.

Die Grenzgänger von San Sebastián brachten Fotos der deutschen Flugplätze nördlich von Mont-de-Marsan. Die Strategen in London hatten monatelang danach geschrien. Jene Fotos hatten vier . . ., wieder diese gottverdammte Zahl . . ., vier Agenten des Untergrunds das Leben gekostet.

Eigentlich hätte das Team sogar früher kommen müssen; sie hätten schon auf den Mann aus Lissabon warten müssen.

Dann sah er es in der Ferne; vielleicht eine halbe Meile von ihm entfernt, es war schwer, das genau zu sagen. Über der Schlucht, hinter dem gegenüberliegenden Abhang, an einem der kleinen Hügel: Ein Blitzen.

Ein Auf- und Abblitzen, aber regelmäßig. Die gleichmäßigen Intervalle verrieten die Absicht; das war kein Zufall.

Signale. Jemand, der seine Arbeitsweise gut kannte, gab *ihm* Signale — vielleicht jemand, den er ausgebildet hatte. Es war eine Warnung.

Spaulding hängte sich den Karabiner über die Schulter und spannte den Riemen straff, und dann noch straffer, so daß die Waffe zu einem Teil seines Oberkörpers wurde. Er spürte das Halfter, das er am Gürtel trug. Es war an Ort und Stelle, die Waffe sicher. Er stieß sich von dem alten Baumstamm ab und duckte sich, eilte schnell den Rest des Abhangs nach oben.

Am Kamm angelangt, rannte er nach rechts, in das hohe Gras, auf die Überreste eines langsam verkommenden Birnenhains zu. Zwei Männer in schlammverkrusteten Kleidern, Karabiner an der Seite, saßen auf dem Boden und übten sich im Messerwerfen, verbrachten die Zeit schweigend. Ihre Köpfe fuhren hoch, und ihre Hände griffen nach ihren Waffen.

Spaulding bedeutete ihnen mit einer Handbewegung, sitzenzubleiben. Er kam näher und sprach leise in Spanisch zu ihnen.

»Weiß einer von euch, wer kommt?«

»Bergeron, glaube ich«, sagte der Mann zur Rechten. »Und wahrscheinlich Chivier. Der Alte kennt sich mit Streifen aus; schließlich geht der schon vierzig Jahre als Schmuggler über die Grenze.«

»Dann ist es Bergeron«, sagte Spaulding.

»Was ist Bergeron?« fragte der Zweite.

»Man gibt uns Signale. Die haben sich verspätet und jemand blinkt herüber.«

»Vielleicht, um dir zu sagen, daß sie kommen.« Der zweite Mann steckte, während er das sagte, das Messer in die Scheide zurück.

»Möglich, aber unwahrscheinlich. Wir würden ja nicht weggehen. Zumindest auf ein paar Stunden nicht.« Spaulding blickte nach Osten. »Kommt! Wir gehen dort hinunter an den Rand des Gartens. Von dort sehen wir besser.«

Die drei Männer trennten sich und rannten in Hörweite voneinander fast vierhundert Meter weit über das Feld. Spaulding kauerte sich hinter einen niedrigen Felsen, der über den Rand der Schlucht hinausragte. Er wartete auf die beiden anderen. Bis zum Wasser hinunter waren es gute hundert Meter, schätzte er. Das Team aus San Sebastián würde den Fluß etwa zweihundert Meter westlich überqueren, durch die seichte, schmale Furt, die sie immer benutzten.

Die zwei anderen Männer waren jetzt da.

»Der alte Baum, an dem du gestanden hast, war die Markierung, nicht wahr?« fragte der erste.

»Ja«, antwortete Spaulding und nahm den Feldstecher aus dem Etui, das er am Gürtel trug, gegenüber dem Pistolenhalfter. Es war ein Zeissglas, das Beste, was Deutschland herstellte. Einem toten Deutschen abgenommen am Tejo.

»Warum kommst du dann hier herunter? Wenn es Schwierigkeiten gibt, hättest du das von dort oben am besten sehen können.«

»Wenn es ein Problem gibt, werden sie das wissen und nach links abbiegen. Nach Osten. Im Westen entfernt sich die Schlucht von der Markierung. Vielleicht ist es nichts. Vielleicht habt ihr recht gehabt, und sie wollten uns nur wissen lassen, daß sie kommen.«

Reichliche zweihundert Meter von ihnen entfernt, etwas westlich von der schmalen Furt, tauchten zwei Männer auf. Der Spanier, der links von Spaulding kniete, tippte den Amerikaner an der Schulter an.

»Das sind Bergeron und Chivier«, sagte er leise.

Spaulding hob Schweigen gebietend die Hand und suchte die Gegend mit dem Feldstecher ab. Plötzlich erstarrte er und lenkte die Aufmerksamkeit der beiden auf die Stelle.

Unter ihnen, vielleicht fünfzig Meter entfernt, mühten sich vier Soldaten in Wehrmachtsuniformen mit dem Blattwerk ab und näherten sich der Schlucht.

Spaulding richtete den Feldstecher wieder auf die beiden Franzosen, die jetzt das Wasser überquerten. Er stützte das Glas gegen den Felsen, bis er im Gehölz hinter den beiden Männern das entdeckte, was er dort erwartet hatte.

Ein fünfter Deutscher, ein Offizier, hatte sich in dem dichten Buschwerk versteckt. Er hielt einen Karabiner auf die beiden Franzosen gerichtet, die jetzt den Fluß überquerten.

Spaulding gab das Glas an den ersten Spanier weiter. Er flüsterte: »Hinter Chivier.«

Der Mann sah hin und gab das Glas seinem Landsmann weiter.

Jeder wußte, was zu tun war; selbst die Methoden waren klar. Es war nur eine Frage des richtigen Zeitpunkts und der Präzision. Spaulding zog ein kurzes Seitengewehr aus einer Scheide hinten an der rechten Hüfte, die Waffe war noch kürzer geschliffen, als sie ohnehin war. Seine zwei Begleiter taten es ihm gleich. Jeder spähte über die Felsen auf die Deutschen hinunter.

Die vier Soldaten, die sich jetzt einem hüfttiefen Bach mit Strömung gegenübersahen, schnallten sich die Karabiner quer über die Schultern und trennten sich. Der erste erprobte die Wassertiefe.

Spaulding und die beiden Spanier eilten den Felshang hinunter, rutschten über den Abhang, vom Blattwerk verborgen. Das Geräusch, das sie verursachten, wurde vom rauschenden Wasser übertönt. In weniger als einer halben Minute waren sie nur noch dreißig Fuß von den Soldaten entfernt, ihren Blicken durch abgebrochene Äste und Buschwerk entzogen. David trat ins Wasser, drückte sich ans Ufer. Zu seiner Erleichterung stellte er fest, daß der vierte Mann — jetzt nur noch fünfzehn Fuß vor ihm — die größten Schwierigkeiten hatte, auf den schlüpfrigen Steinen sein Gleichgewicht zu halten. Die anderen drei, die im Abstand von etwa zehn Meter gingen, konzentrierten sich ganz auf die Franzosen stromaufwärts. Konzentrierten sich intensiv.

Der Deutsche sah ihn; Angst und Verblüffung zeichneten sich in seinen Augen ab. Der Sekundenbruchteil, den er dazu brauchte, um den Schock zu verarbeiten, reichte David. Vom Rauschen des Wassers geschützt, sprang Spaulding den Mann an und stieß ihm das Messer in die Kehle und drückte ihm gleichzeitig den Kopf hart unter Wasser, so daß das Blut sich mit der Strömung mischte.

Es galt, keinen Augenblick zu vergeuden. David ließ die leblose Gestalt los und sah, daß die beiden Spanier parallel zu ihm am Ufer standen. Der erste Mann, geduckt und verborgen, deutete auf den Soldaten ganz vorne, der zweite wies mit dem Kopf auf den nächsten. David wußte, daß der dritte ihm gehörte.

Sie brauchten nicht mehr Zeit als Bergeron und Chivier benötigten, um das Südufer zu erreichen. Die drei Soldaten wurden getötet, und ihre blutdurchtränkten Körper trieben stromabwärts, prallten von Felsbrocken ab und erfüllten das Wasser mit roten Fäden.

Spaulding winkte den Spaniern zu, zum nördlichen Ufer zu gehen. Der erste Mann zog sich neben David in die Höhe, seine rechte Hand war aufgrund einer Schnittwunde an der Handfläche blutig.

»Alles in Ordnung?« flüsterte Spaulding.

»Mir ist die Klinge abgerutscht. Ich habe mein Messer verloren.« Der Mann fluchte.

»Dann verschwinde aus der Gegend«, sagte David. »Laß dir die Wunde auf der Valdero-Farm verbinden.«

»Ich kann selbst einen straffen Verband anlegen, das geht schon klar.«

Jetzt kam der zweite Spanier. Er zuckte zusammen, als er die Hand seines Landsmannes sah, ein Verhalten, das Spaulding bei einem Guerilla inkonsequent vorkam, der noch vor Augenblicken einem Mann ein Messer in den Hals getrieben und ihm halb den Kopf abgeschnitten hatte.

»Sieht schlimm aus«, sagte er.

»So kannst du nicht arbeiten«, fügte Spaulding hinzu. »Und wir haben keine Zeit, uns auseinanderzusetzen.«

»Ich kann ...«

»Du kannst *nicht*«, entschied David. »Zurück zu Valdero. Wir sehen uns in ein oder zwei Wochen. Los jetzt, und paß auf, daß du nicht gesehen wirst!«

»Also gut.« Der Spanier war sichtlich verärgert, aber es war offenkundig, daß er dem Befehl des Amerikaners nicht widersprechen wollte, nicht widersprechen konnte. Er strebte dem Gehölz im Osten zu.

Spaulding rief leise, gerade laut genug, um das Rauschen des Wassers zu übertönen: »Danke. Das war gute Arbeit heute.« Der Spanier grinste und rannte in den Wald, wobei er sich das Handgelenk hielt.

David tippte den zweiten Mann an und forderte ihn durch einen

Wink auf, ihm zu folgen. Sie schoben sich seitlich am Ufer entlang stromaufwärts. Spaulding blieb bei dem umgefallenen Baum stehen, dessen Stamm ins Wasser der Schlucht reichte. Er drehte sich um und kauerte sich nieder, befahl dem Spanier, es ihm gleichzutun. Dann befahl er mit leiser Stimme:

»Ich will ihn lebend haben. Ich will ihn verhören.«

»Ich hole ihn.«

»Nein, das mache ich. Ich will nur nicht, daß du schießt. Könnte sein, daß die zur Sicherheit noch eine Streife eingesetzt haben.« Während Spaulding das flüsterte, merkte er, daß der Mann unwillkürlich lächelte. Er wußte warum: sein Spanisch hatte den weichen Klang des Kastilianers, noch dazu Kastilianisch mit ausländischem Akzent. Im Baskenland war das fehl am Platze.

Ebenso wie er hier eigentlich fehl am Platze war.

»Wie du wünschst, guter Freund«, sagte der Mann. »Soll ich weiter hinten hinübergehen und mich um Bergeron kümmern? Dem ist inzwischen wahrscheinlich speiübel.«

»Nein, noch nicht. Warte, bis wir hier drüben sicher sind. Er und der alte Mann werden einfach weitergehen.« David hob den Kopf über den umgestürzten Baumstamm und schätzte die Entfernung ab. Der deutsche Offizier war etwa sechzig Meter entfernt im Wald versteckt. »Ich gehe hinüber und arbeite mich von hinten an ihn heran. Ich will mich umsehen, ob da noch eine Streife ist. Wenn ja, komme ich zurück, und wir verschwinden von hier. Wenn nicht, versuche ich ihn mir zu schnappen ... Wenn etwas schiefgeht, wenn er mich hört, läuft er wahrscheinlich zum Wasser. Dann holst du ihn dir.«

Der Spanier nickte. Spaulding sah nach, ob sein Karabinergurt noch straff saß und zog noch einmal daran. Dann zwinkerte er seinem Untergebenen zu und sah, daß die Hände des Mannes — mächtige, schwielige Pranken — wie Klauen auf dem Boden ausgebreitet waren. Wenn der Wehrmachtsoffizier hier vorbeikam, würde er diesen Händen nicht entgehen, dachte David.

Er kroch schnell ins Unterholz, und seine Arme und Füße arbeiteten wie die eines primitiven Jägers, wichen Ästen aus, schoben sich an Steinen und trockenem Laubwerk vorbei.

In weniger als drei Minuten hatte er sich an der linken Flanke des Deutschen gute dreißig Meter vorgearbeitet. Jetzt richtete er sich auf und zog seinen Feldstecher heraus. Er suchte den Wald und den

Pfad ab. Keine anderen Streifen zu sehen. Vorsichtig arbeitete er sich zurück, hielt sich die ganze Zeit im Schutz seiner Umgebung.

Als er noch zehn Fuß von dem Deutschen entfernt war, der auf dem Boden kniete, knöpfte David lautlos sein Halfter auf und zog die Pistole heraus. Er sagte mit scharfer Stimme, aber nicht unhöflich, in deutscher Sprache:

»Rühren Sie sich nicht von der Stelle, sonst blase ich Ihnen eine Kugel in den Kopf.«

Der Deutsche fuhr herum und griff nach seiner Waffe. Spaulding machte ein paar schnelle Schritte und trat sie ihm aus der Hand. Der Mann wollte sich aufrichten, worauf Davids Stiefelspitze ihn am Schädel traf. Die Schildmütze des Offiziers fiel herunter; Blut strömte aus der Schläfe des Mannes, lief ihm über das Gesicht. Er war bewußtlos.

Spaulding beugte sich vor und griff nach der Kartentasche, die der Oberleutnant an der Brust trug. Er riß den stählernen Reißverschluß auf und fand, was er erwartet hatte.

Die Fotos der verborgenen Luftwaffenanlagen nördlich von Mont-de-Marsan. Und neben den Fotos noch amateurhafte Zeichnungen, bei denen es sich offenbar um Kopien von Lageplänen handelte. Er mußte sie Bergeron weggenommen haben, der daraufhin den Deutschen in die Falle gelockt hatte.

Wenn er den Zeichnungen — und den Fotos — etwas entnehmen konnte, würde er London informieren, damit dann Sabotageeinheiten das Nötige tun und die Luftwaffeninstallationen lähmen konnten. Er würde die Einheiten selbst schicken.

Die Alliierten Luftstrategen waren nicht aufzuhalten, wenn es um Bombenangriffe ging. Die Flugzeuge tauchten aus dem Himmel auf und verwandelten alles in Schutt und Asche — Ziel oder nicht Ziel — und dabei gaben häufig ebensoviel Unschuldige ihr Leben wie Feinde getötet wurden. Wenn Spaulding Luftangriffe nördlich von Mont-de-Marsan vermeiden konnte, würde es irgendwie ..., in abstrakter Weise ..., die Entscheidung ausgleichen, der er sich jetzt gegenübersah.

In den Hügeln von Galizien gab es keine Kriegsgefangenen, im Baskenland waren keine Internierungslager.

Der Leutnant, der in seiner Jägerrolle so ungeschickt gewesen war ..., der in irgendeiner friedlichen deutschen Stadt in einer friedlichen Welt hätte leben sollen ..., mußte sterben. Und er, der

Mann aus Lissabon, würde der Henker sein. Er würde den jungen Offizier ins Bewußtsein zurückrufen, und ihn mit dem Messer an der Kehle verhören, um in Erfahrung zu bringen, in welchem Umfang die Deutschen über den Untergrund von San Sebastián informiert waren. Und dann würde er ihn töten.

Denn der Wehrmachtsoffizier hatte den Mann aus Lissabon gesehen; er könnte jenen Mann als David Spaulding identifizieren.

Die Tatsache, daß sein Tod barmherzig schnell kommen würde — im Gegensatz zum Tod von Partisanenhand — war für David ein schwacher Trost. Er wußte, in dem Augenblick, in dem er den Abzug betätigte, würde die Welt ein paar Sekunden lang wie wahnsinnig um ihn kreisen. Es würde ihm speiübel sein, er würde sich übergeben wollen, sein ganzes Wesen würde sich gegen das auflehnen, was er hatte tun müssen.

Aber er würde es nicht zeigen. Er würde nichts sagen, keine Andeutung machen ..., Schweigen. Und so würde die Legende weiter wachsen. Denn das war Teil der Tretmühle.

Der Mann in Lissabon war ein Killer.

4.

20. September 1943, Mannheim

Wilhelm Zangen betupfte sich das Kinn mit dem Taschentuch, und dann die Haut unter der Nase und schließlich den Haaransatz. Er schwitzte heftig; unter seinen Lippen hatte sich ein Ausschlag gebildet, den die tägliche Notwendigkeit, sich zu rasieren, und der Druck, unter dem er stand, noch verstärkten.

Das ganze Gesicht brannte ihn, und Franz Altmüllers letzte Worte verstärkten seine Verlegenheit noch.

»Wirklich, Zangen, Sie sollten einen Arzt aufsuchen. Sieht äußerst unattraktiv aus.«

Damit war Altmüller aufgestanden und zur Tür hinausgegangen. Langsam und gemessen, die Aktentasche — die Aktentasche mit den Berichten — von sich gestreckt, als sei sie ein krankes Glied.

Sie waren alleine gewesen. Altmüller hatte die Gruppe von

Wissenschaftlern entlassen, ohne irgendeinen Fortschritt anzuerkennen. Er hatte nicht einmal ihm erlaubt, dem Reichsbeauftragten für die deutsche Industrie, ihnen für ihren Beitrag zu danken. Altmüller wußte, daß dies die besten wissenschaftlichen Köpfe Deutschlands waren, aber er hatte keine Ahnung, wie man mit ihnen umgehen mußte. Sie waren empfindlich, sie waren in ihrer stillen Art unausgeglichen; sie brauchten dauerndes Lob. Aber in seiner Ungeduld war für Takt kein Platz.

Dabei *hatte* es Fortschritte gegeben.

Die Krupp-Laboratorien waren überzeugt, daß die Antwort in den Graphit-Experimenten lag. Essen hatte fast einen Monat lang rund um die Uhr gearbeitet, die leitenden Männer dort hatten sich eine Nacht nach der anderen um die Ohren geschlagen. Sie hatten tatsächlich *Kohlepartikel* in versiegelten Eisenrohren *erzeugt*, und waren überzeugt, daß ihr Produkt alle Eigenschaften aufwies, die für Präzisionswerkzeuge notwendig waren. Es war nur eine Frage der Zeit; Zeit, um größere Partikel zu erzeugen, die zum Einbau in existierende Maschinen ausreichten.

Franz Altmüller hatte sich das Krupp-Team ohne die leiseste Andeutung von Begeisterung angehört, obwohl unter den gegebenen Umständen sicher Begeisterung angezeigt gewesen wäre. Statt dessen hatte Altmüller, als der Krupp-Sprecher seinen Vortrag beendet hatte, eine Frage gestellt, hatte sie mit der gelangweiltesten Miene gestellt, die man sich vorstellen konnte!

»Sind diese ... Partikel bereits unter Einsatzbedingungen geprüft?«

Natürlich waren sie das nicht! Wie hätten sie das auch sein können? Sie waren künstlichem Druck ausgesetzt worden; das war alles, was im Augenblick möglich war.

Die Antwort war für ihn nicht akzeptabel gewesen; Altmüller hatte die schöpferischsten Köpfe im ganzen Reich ohne ein einziges Wort der Anerkennung entlassen, hatte ihnen nur schlecht verhohlene Feindseligkeit gezeigt.

»Meine Herren, Sie haben mir Worte gebracht. Wir brauchen keine Worte, wir brauchen Diamanten. Wir brauchen sie. Wir *müssen* sie binnen Wochen *haben*. Allerhöchstens zwei Monate. Ich schlage vor, daß Sie in Ihre Laboratorien zurückkehren und sich unser Problem noch einmal durch den Kopf gehen lassen. Guten Tag, meine Herren.«

Altmüller war unmöglich!

Nachdem die Wissenschaftler gegangen waren, war Altmüller noch unerträglicher geworden.

»Zangen«, hatte er mit einer Stimme gesagt, die beinahe verächtlich klang, »war *dies* die nichtmilitärische Lösung, die Sie dem Minister gegenüber erwähnt haben?«

Warum verwendete er nicht Speers Namen? War es notwendig, mit Titeln zu drohen?

»Natürlich. Ganz sicher eine realistischere Lösung als dieser Wahnsinnsmarsch in den Kongo. Die Minen am Bushimaie-Fluß! Irrsinn!«

»Ein unsinniger Vergleich. Ich habe Sie überschätzt, Ihnen mehr zugetraut, als Sie verdienen. Es ist Ihnen natürlich klar, daß Sie versagt haben.« Das war keine Frage, sondern eine Feststellung.

»Da bin ich anderer Meinung. Die Ergebnisse liegen noch nicht vor. Sie können jetzt kein solches Urteil fällen.«

»Das kann ich und das habe ich getan!« Altmüller hatte mit der flachen Hand auf die Tischplatte geschlagen; das Klatschen von weichem Fleisch gegen hartes Holz. Eine unerträgliche Beleidigung. »Wir haben keine Zeit! Wir können nicht Wochen vergeuden, während Ihre Laboridioten mit ihren Bunsenbrennern spielen und kleine Steinchen erzeugen, die beim ersten Kontakt mit Stahl auseinanderfallen können! Wir brauchen das *Produkt*!«

»Sie werden es bekommen!« Auf Zangens Kinn standen ölige Schweißtropfen. »Die besten Köpfe in ganz Deutschland . . .«

»Experimentieren«, hatte Altmüller ihn leise und geringschätzig unterbrochen. »Beschaffen Sie uns das *Produkt*. Das ist mein Befehl für Sie. Unsere mächtigen Firmen haben eine lange Geschichte, die viele Jahre zurückreicht. Es wird doch eine von ihnen geben, die einen alten Freund finden kann.«

Wilhelm Zangen hatte sich das Kinn betupft; der Ausschlag juckte höllisch. »Das haben wir alles überprüft. Unmöglich.«

»Dann prüfen Sie es noch einmal.« Altmüller hatte mit dem manikürten Finger auf Zangens Taschentuch gezeigt. »Wirklich, Zangen, Sie sollten einen Arzt aufsuchen. Das ist höchst unattraktiv.«

24. September 1943, New York City

Jonathan Craft ging die Park Avenue hinauf und sah im Schein einer Straßenlaterne auf die Armbanduhr. Seine langen, dünnen Finger zitterten; die letzten Nachwirkungen zu vieler Martinis, deren letzten er vor vierundzwanzig Stunden in Ann Arbor getrunken hatte. Unglücklicherweise war er während der vorangegangenen drei Tage betrunken gewesen. Er war nicht im Büro gewesen. Das Büro erinnerte ihn an General Alan Swanson; eine Erinnerung, die er nicht ertragen konnte. Aber genau das mußte er jetzt.

Es war Viertel vor neun; noch fünfzehn Minuten, und er würde das Gebäude auf Nummer 800 Park Avenue betreten, dem Portier zulächeln und zum Lift gehen. Er wollte nicht zu früh kommen, wagte es nicht, sich zu verspäten. Er war genau siebenmal in dem Apartmentgebäude gewesen und jedes Mal war für ihn ein traumatisches Erlebnis gewesen. Jedesmal aus demselben Grund: er war der Überbringer schlechter Nachrichten.

Aber sie brauchten ihn. Er war der Mann ohne Makel. Seine Familie war alt, wohlhabend; er hatte die richtigen Schulen besucht und die richtigen Cotillions. Er hatte Zugang zu Bereichen — gesellschaftlichen ebenso wie institutionellen — den die *Händler* nie besitzen würden. Auch wenn er in Ann Arbor festsaß; das war nur für den Augenblick so, eine der Unbequemlichkeiten, die der Krieg mit sich brachte. Ein Opfer.

Er würde wieder in New York sein, an der Börse, sobald diese verdammte Sache vorüber war.

Daran mußte er sich an diesem Abend festhalten, weil er in ein paar Augenblicken die Worte würde wiederholen müssen, die Swanson ihm in seinem Büro bei Packard entgegengebrüllt hatte. Er hatte einen vertraulichen Aktenvermerk über das Gespräch geschrieben . . ., das *unglaubliche* Gespräch . . ., und ihn Howard Oliver bei Meridian zugeschickt.

Wenn Sie das getan haben, wovon ich glaube, daß Sie es getan haben, erfüllt das den Tatbestand des Verrats! Und wir befinden uns im Krieg!

Swanson.

Wahnsinn.

Wie viele wohl dort sein würden, in der Wohnung? Es war

immer besser, wenn es einige waren, ein Dutzend etwa. Dann stritten sie untereinander und ihn vergaß man fast. Mit Ausnahme der Information, die er liefern mußte.

Er ging um den Häuserblock herum, atmete tief, gab sich Mühe, sich zu beruhigen ... zehn Minuten totzuschlagen.

Verrat!

Und wir befinden uns im Krieg!

Es war fünf Minuten vor neun. Er betrat das Gebäude, lächelte dem Portier zu, nannte dem Liftmann das Stockwerk und trat, als das Messinggitter sich öffnete, in das private Vestibül des Penthouse.

Ein Butler nahm seinen Mantel und führte ihn durch die Halle, durch die Tür und drei Treppen hinunter in die riesige, tiefer liegende Wohnhalle.

Es befanden sich nur zwei Männer im Raum. Craft empfand einen stechenden Schmerz in der Magengrube; eine instinktive Reaktion, die zum Teil dadurch ausgelöst wurde, daß an dieser äußerst wichtigen Konferenz nur noch zwei weitere Leute teilnahmen, hauptsächlich aber wahrscheinlich durch den Anblick Walter Kendalls.

Kendall war ein Mann im Schatten, ein Mann, der seine Figuren aus dem Hintergrund bewegte, und den man im Dunkeln hielt. Er war um die Fünfzig, mittelgroß, hatte dünnes, ungewaschenes Haar, eine schnarrende Stimme und wirkte irgendwie mittelmäßig — fast schlampig. Seine Augen huschten beständig umher und erwiderten nie den Blick eines anderen. Es hieß, sein Verstand konzentriere sich dauernd auf irgendwelche Pläne und Gegenpläne, und sein ganzer Lebenszweck bestand offenbar darin, andere Menschen zu übertölpeln — Freund oder Feind machte für Kendall keinen Unterschied, weil er die Menschen nicht in solche Kategorien einteilte.

Auf eine unbestimmte Art waren sie alle Gegner.

Aber in dem, was er tat, war Walter Kendall brillant. Solange man ihn im Hintergrund halten konnte, waren seine Manipulationen für seine Klienten nützlich. Und ihm brachten sie eine Menge Geld ein — das er hortete, was schlechtsitzende Anzüge bestätigten, die sich an den Knien ausbeulten und die im Gesäß durchhingen. Aber man hielt ihn stets im Hintergrund; seine Anwesenheit verkündete die Krise.

Jonathan Craft verachtete Kendall, weil er vor ihm Angst hatte.

Den zweiten Mann mußte man den Umständen gemäß erwarten. Er war Howard Oliver, der korpulente Mann, der bei Meridian Aircraft für die Verträge mit dem Kriegsministerium zuständig war.

»Sie sind pünktlich«, sagte Walter Kendall kurz angebunden und setzte sich in einen Lehnsessel und griff nach Papieren, die er in einer offenen, schmierig wirkenden Tasche auf dem Boden aufbewahrte.

»Hallo, Jon.« Oliver kam auf ihn zu und schüttelte ihm kurz und neutral die Hand.

»Wo sind die anderen?« fragte Craft.

»Keiner wollte kommen«, antwortete Kendall und warf einen verstohlenen Blick zu Oliver hinüber. »Howard muß kommen, und mich bezahlt man dafür. Sie hatten ja ein verdammt unangenehmes Gespräch mit diesem Swanson.«

»Haben Sie meinen Bericht gelesen?«

»Er hat ihn gelesen«, sagte Oliver und trat an einen mit Kupfer belegten Wagen in der Ecke, auf dem Flaschen und Gläser standen. »Er hat Fragen.«

»Ich habe alles ganz klar dargestellt ...«

»Keine Fragen dieser Art«, unterbrach Kendall und drückte die Spitze einer Zigarette zusammen, ehe er sie in den Mund steckte. Während er ein Streichholz anriß, ging Craft auf einen schweren, samtbezogenen Sessel zu und setzte sich. Oliver hatte sich einen Whisky eingeschenkt und blieb stehen. »Wenn Sie einen Drink wollen, Jon, die gibt's hier drüben«, sagte Oliver.

Als Kendall das hörte, blickte er von seinen Papieren zu ihm auf. Seine Augen wirkten wie die einer Ratte. »Nein, danke«, antwortete Craft. »Ich möchte das gerne so schnell wie möglich hinter mich bringen.«

»Wie Sie wünschen.« Oliver sah den Buchhalter an. »Fragen Sie.«

Kendall sog an seiner Zigarette und sprach dann, während sich der Rauch um seine Nase kräuselte. »Dieser Spinelli drüben bei ATCO. Haben Sie, seit Sie Swanson gesehen haben, mit ihm gesprochen?«

»Nein. Es gab nichts zu sagen; nichts, das *ich* sagen könnte ... ohne Instruktionen. Sie wissen ja, daß ich mit Howard telefoniert habe. Er hat mir gesagt, ich solle warten; einen Bericht schreiben und nichts tun.«

»Craft ist der Trichter zu ATCO«, sagte Oliver. »Ich wollte nicht, daß er verängstigt herumrennt und versucht, die Dinge irgendwie hinzubiegen. Das würde aussehen, als hätten wir etwas zu verbergen.«

»Das tun wir doch.« Kendall nahm die Zigarette aus dem Mund, und Asche fiel auf seine Hose. Dann fuhr er fort, während er langsam in seinen Papieren blätterte. »Sehen wir uns doch einmal Spinellis Klagen an. So, wie Swanson sie uns vorgetragen hat.«

Der Buchprüfer ging kurz und knapp auf jeden einzelnen Punkt ein. Da waren Spinellis Behauptungen bezüglich Lieferverzögerungen, Personalversetzungen, Störungen in der rechtzeitigen Fertigstellung der Pläne und ein Dutzend anderer, kleinerer Beschwerden. Craft erwiderte ähnlich knapp, gab, wo er konnte, Antwort, und berief sich sonst auf Unwissenheit. Es gab keinen Grund, etwas zu verbergen.

Er hatte Anweisungen erfüllt, nicht sie erteilt.

»Kann Spinelli diese Anklagen untermauern? Und machen Sie sich nichts vor, das sind Anklagen, keine Beschwerden.«

»Was heißt hier *Anklagen*?« stieß Oliver hervor. »Dieser Itakerbastard hat den Mist gebaut! Wer ist er denn, um Anklagen vorzubringen?«

»Hören Sie schon auf!« sagte Kendall mit seiner klaren Stimme. »Machen wir uns nichts vor. Sparen Sie sich die Erregung für einen Kongreßausschuß, falls mir nichts einfällt.«

Bei Kendalls Worten war der stechende Schmerz in Crafts Magen wieder da. Die Aussicht, sozusagen in Ungnade zu fallen — auch um drei Ecken herum —, könnte sein ganzes Leben ruinieren. Das Leben, das er in New York zu führen gedachte. Diese Primitivlinge, diese *Händler* würden das nie begreifen.

»Damit gehen Sie etwas weit.«

Kendall sah zu Craft hinüber. »Vielleicht haben Sie Swanson nicht *gehört*. Es geht nicht weit genug. Sie haben die Kontrakte für die Festungen bekommen, weil Sie vorher, bei der Ausschreibung, erklärt hatten, Sie würden es schaffen.«

»Augenblick!« schrie Oliver. »Wir . . .«

»Hören Sie doch mit der juristischen Kacke auf!« schrie Kendall ihn nieder. »Meine Firma . . ., *ich* . . . habe die Voranschläge überprüft. Ich weiß, was in den Spezifikationen steht und was impliziert war. Sie haben die anderen Firmen einfach stehenlassen. Die waren nicht bereit, das zu *sagen*, was Sie gesagt haben. Nicht Douglas, nicht Boeing und nicht Lockheed. Sie waren hungrig, sie bekamen das Fleisch, und jetzt liefern Sie nicht ... Sonst noch was Neues? Also zurück zu meiner Frage; kann Spinelli Beweise bringen?«

»Scheiße«, explodierte Oliver und ging zur Bar hinüber.

»Wie meinen Sie das ... beweisen?« fragte Jonathan Craft, dessen Magen revoltierte.

»Schwirren da irgendwelche Aktenvermerke herum«, Kendall tippte auf die Papiere, die er in der Hand hielt, »die darauf irgendwelchen Bezug haben?«

»Nun ...« Craft zögerte; der stechende Schmerz in seinem Leib wurde langsam unerträglich. »Wenn Personalversetzungen durchgeführt wurden, hat man das mit internem Aktenvermerk ...«

»Die Antwort ist ja«, unterbrach Oliver angewidert und schenkte sich ein.

»Und wie steht es mit Budgetkürzungen?«

Wieder antwortete Oliver: »Die haben wir etwas vertuscht. Spinellis Anforderungen sind einfach irgendwo unter all den vielen Papieren verschwunden.«

»Hat er sich aufgeregt? Hat *er* nicht angefangen mit Aktenvermerken um sich zu schießen?«

»Das ist Crafts Abteilung«, antwortete Oliver und leerte sein Glas fast zur Gänze. »Spinelli war sein kleiner Liebling.«

»Nun?« Kendall sah Craft an.

»Nun ... er hat zahlreiche Notizen abgeschickt.« Craft beugte sich in seinem Sessel nach vorne, ebensosehr um den Schmerz zu lindern, wie um vertraulich zu wirken. »Ich habe alles aus den Akten entfernt«, sagte er mit leiser Stimme.

»Herrgott«, explodierte Kendall, ohne dabei laut zu werden. »Es ist mir *scheißegal*, was *Sie* entfernt haben. Er hat die Kopien. Die Daten.«

»Nun, ich könnte nicht sagen ...«

»Er hat doch die verdammten Dinger nicht selbst getippt, oder? Sie haben doch nicht etwa diese Scheißsekretärinnen *auch* weggeschafft, oder?«

»Es ist nicht nötig, ordinär ...«

»*Ordinär!* Sie sind mir eine komische Type! Vielleicht haben die in Leavenworth für Sie Litzen.« Der Buchprüfer schnaubte geringschätzig und wandte seine Aufmerksamkeit Howard Oliver zu. »Swanson ist auf dem Kriegspfad; er wird Sie hängen. Dazu braucht man kein Anwalt zu sein, um das zu sehen. Sie haben Zeit geschunden. *Sie hatten vor, die existierenden Lenksysteme zu benutzen.«*

»Nur, weil die neuen Kreisel nicht entwickelt werden konnten! Weil dieser Itakerbastard so weit zurückgefallen war, daß er unmöglich aufholen konnte!«

»Und außerdem, weil es Ihnen ein paar hundert Millionen erspart hat . . . Sie hätten dafür sorgen müssen, daß die Pumpen trocken laufen, nicht die Wasserzufuhr abschneiden. Jetzt sind Sie wie große Enten auf einem Schießstand. Ein Blinder könnte sie abknallen.«

Oliver stellte das Glas hin und sagte langsam: »Wir bezahlen Sie nicht für diese Art von Meinung, Walter. Ich hoffe nur, daß Sie noch etwas anderes anzubieten haben.«

Kendall drückte seine mißhandelte Zigarette aus; seine schmutzigen Fingernägel waren mit Asche bedeckt. »Habe ich auch«, sagte er. »Sie brauchen Gesellschaft; Sie stecken da mitten in einer höchst emotional gewordenen Geschichte drinnen. Das wird Sie Geld kosten, aber Sie haben keine Wahl. Sie müssen einen Handel abschließen; rufen Sie alle an. Sehen Sie zu, daß Sie Sperry Rand, GM, Chrysler, Lockheed, Douglas erwischen, und Rolls Royce, wenn es sein muß . . . jeden Laden, der ein Ingenieurlabor hat. Ein patriotisches Blitzprogramm. Legen Sie alle Akten offen, die Sie haben.«

»Die stehlen uns doch arm!« brüllte Oliver. »Millionen!«

»Wenn Sie es nicht tun, kostet es Sie noch mehr . . ., ich werde zur Unterstützung ein paar Finanzstatistiken beschaffen. Dann packe ich die Blätter mit soviel Eis voll, daß es zehn Jahre dauern dürfte, bis sie tauen. Das wird Sie auch einiges kosten.« Kendall grinste, daß man seine fauligen Zähne sehen konnte.

Howard Oliver starrte den ungepflegten Buchprüfer an. »Das ist verrückt«, sagte er leise. »Wir werden ein Vermögen für etwas ausgeben, das man nicht kaufen kann, das nicht existiert.«

»Aber Sie haben gesagt, daß es *doch* existiert. Sie haben Swanson gesagt, daß es existiert — zumindest viel zuversichtlicher als alle anderen. Sie haben Ihr großes industrielles Know-how verkauft, und wenn Sie nicht liefern, sind Sie gedeckt. Swanson hat recht, Sie sind eine Gefahr für unsere Kriegsanstrengungen. Vielleicht sollte man Sie *wirklich* erschießen.«

Jonathan Craft sah den schmierigen, grinsenden Buchprüfer mit den schlechten Zähnen an und hätte sich am liebsten übergeben. Aber er war ihre einzige Hoffnung.

5.

25. September 1943, Stuttgart

Wilhelm Zangen stand am Fenster und drückte sich das Taschentuch gegen das entzündete, mit Schweiß bedeckte Kinn. Dieser Außenbezirk der Stadt war von den Bomben verschont geblieben; ein Wohnviertel, es wirkte beinahe friedlich. In der Ferne wälzten sich träge die Wellen des Neckar. Ein Bild, das von der Zerstörung auf der anderen Seite der Stadt Lügen gestraft wurde.

Zangen wußte, daß man von ihm eine Erklärung erwartete, eine Antwort auf die Frage von Schnitzlers, der für den ganzen I. G. Farben-Komplex sprach. Die beiden anderen Männer warteten ebenso gespannt auf seine Worte wie von Schnitzler. Es hatte keinen Sinn, es weiter aufzuschieben. Er mußte Altmüllers Befehle erfüllen.

»Die Krupp-Laboratorien haben versagt. Gleichgültig, was Essen sagt, für Experimente ist jetzt kein Zeit mehr. Das Ministerium hat das eindeutig erklärt; Altmüller gibt nicht nach. Er spricht für Speer.« Zangen drehte sich um und sah die drei Männer an. »Er macht Sie verantwortlich.«

»Wie kann er das?« fragte von Schnitzler, dessen Erregung sein gutturales Lispeln noch deutlicher hervortreten ließ. »Wie kann man uns für etwas verantwortlich machen, wovon wir nichts wissen? Das ist unlogisch. Lächerlich!«

»Soll ich das dem Ministerium sagen?«

»Das werde ich selbst sagen, vielen Dank«, erwiderte von Schnitzler. »I. G. Farben betrifft das nicht.«

»Es betrifft uns alle«, sagte Zangen leise.

»Aber wieso denn *unsere* Firma?« fragte Heinrich Krepps, Direktor der Vereinigten Druckbetriebe AG, dem größten Druckereikomplex in Deutschland. »Wir haben praktisch überhaupt nicht mit Peenemünde zusammengearbeitet, und das wenige war so verschleiert, daß es schon beinahe wieder albern war. Geheimhaltung ist eine Sache; uns selbst zu belügen, eine andere. Sie sollten uns da nicht mit einschließen, Herr Zangen.«

»Sie *sind* aber eingeschlossen.«

»Ich muß Ihren Schluß zurückweisen. Ich habe unsere Korrespondenz mit Peenemünde überprüft.«

»Vielleicht waren Sie nicht für alle Fakten freigegeben.«

»Unsinn!«

»Möglich. Trotzdem . . .«

»Auf *mich* kann das aber keineswegs zutreffen, Herr Reichsführer«, sagte Johann Dietricht, der weibische Sohn des Wirtschaftsimperiums der Dietricht-Fabriken. Dietrichts Familie hatte reichliche Beiträge für Hitlers Nationalsozialistische Parteikassen geleistet; als Vater und Onkel gestorben waren, hatte man Johann Dietricht in der Geschäftsleitung belassen — mehr dem Namen, als der Bedeutung nach. »Bei Dietricht geschieht nichts, worüber ich nicht informiert bin. Wir hatten nichts mit Peenemünde zu tun!«

Johann Dietricht lächelte, und seine wulstigen Lippen verzogen sich. Seine stets blinzelnden Augen verrieten ein Übermaß an Alkoholgenuß, seine ausgezupften Augenbrauen deuteten auf seine sexuelle Eigenheit — wiederum Übermaß. Zangen konnte Dietricht nicht leiden; der Mann — auch wenn er das nur dem Namen nach war — ekelte ihn an, seine ganze Art zu leben war eine Beleidigung für die deutsche Industrie. Wieder kam Zangen zu dem Schluß, daß es keinen Sinn hatte, die Dinge vor sich herzuschieben. Von Schnitzler und Krepps würde das, was er zu sagen hatte, nicht überraschen.

»Es gibt viele Aspekte der Dietricht-Fabriken, von denen Sie *nichts* wissen. Ihre eigenen Labors haben die ganze Zeit im Bereich der chemischen Detonationsstoffe mit Peenemünde zusammengearbeitet.«

Dietricht wurde bleich; Krepps unterbrach Zangen.

»Worauf wollen Sie hinaus, Herr Reichsführer? Haben Sie uns nur hierhergerufen, um uns zu beleidigen? Sie sagen uns, daß wir nicht wissen, was in unseren Firmen vor sich geht? Ich kenne Herrn

Dietricht nicht besonders gut, aber ich kann Ihnen versichern, daß von Schnitzler und ich keine Marionetten sind.«

Von Schnitzler hatte Zangen nicht aus den Augen gelassen und beobachtete, wie der andere sich dauernd mit dem Taschentuch betupfte. »Ich nehme an, daß Sie spezielle Informationen haben — von der Art, wie Sie sie gerade Herrn Dietricht übermittelt haben — die Ihre Behauptungen beweisen.«

»Die habe ich.«

»Dann behaupten Sie, daß isolierte Aktivitäten — innerhalb unserer eigenen Fabriken — uns vorenthalten wurden.«

»Ja, das sage ich.«

»Wie kann man uns dann dafür verantwortlich machen? Diese Anklagen sind doch verrückt.«

»Sie werden aus sehr praktischen Erwägungen erhoben.«

»Jetzt drehen Sie sich im Kreise!« schrie Dietricht, der sich immer noch nicht von Zangens Beleidigung erholt hatte.

»Da muß ich zustimmen«, sagte Krepps, als sei die Übereinstimmung mit dem offensichtlich Homosexuellen ihm zwar widerlich, aber gleichsam aufgezwungen.

»Aber meine Herren. Muß ich es Ihnen denn aufzeichnen? Das sind *Ihre Firmen*. I.G.Farben hat dreiundachtzig Prozent aller Chemikalien für die Raketen geliefert; die Vereinigten Druckbetriebe haben jeden einzelnen Plan hergestellt; Dietricht den größten Teil der Zünder für die Explosivstoffe. Wir befinden uns in einer Krise. Wenn wir diese Krise nicht überwinden, nützt es Ihnen auch nichts, wenn Sie Unwissenheit vorschützen. Ich könnte sogar so weit gehen und behaupten, daß es im Ministerium und andernorts genügend Leute gibt, die ableugnen werden, daß man Ihnen irgend etwas vorenthalten hat. Sie haben einfach gemeinsam den Kopf in den Sand gesteckt. Ich persönlich bin nicht einmal sicher, daß eine solche Meinung falsch wäre.«

»Lügen!« schrie Dietricht.

»Absurd!« fügte Krepps hinzu.

»Aber auf obszöne Weise äußerst praktisch«, schloß von Schnitzler langsam und starrte Zangen an. »Das ist es also, was Sie uns zu erklären haben, wie? Was Altmüller uns zu erklären hat. Wir setzen entweder all unsere Hilfsmittel ein, um die Lösung zu finden — um unserem industriellen Schwächling zu Hilfe zu kommen — oder wir haben in den Augen des Ministeriums versagt.«

»Und in den Augen des Führers; in den Augen des ganzen Reiches.«

»Aber *wie*?« fragte Johann Dietricht verängstigt.

Zangen erinnerte sich exakt an Altmüllers Worte. »Ihre Firmen sind alt, ihre Geschichte reicht viele Jahre in die Vergangenheit zurück. Als Firmen und auch als Familien. Vom Baltikum zum Mittelmeer, von New York bis Rio de Janeiro, von Saudi Arabien bis Johannesburg.«

»Und von Shanghai über Malaysia zu den Häfen Australiens und der Tasmanischen See«, sagte von Schnitzler leise.

»Die interessieren uns nicht.«

»Das dachte ich mir schon.«

»Wollen Sie damit andeuten, Herr Reichsführer, daß die Lösung für Peenemünde in unseren ehemaligen Verbindungen liegt?« Von Schnitzler beugte sich in seinem Stuhl vor.

»Wir befinden uns in einer Krise. Wir dürfen keine Möglichkeit außer acht lassen. Man kann Nachrichtenverbindungen erleichtern.«

»Ohne Zweifel. Was veranlaßt Sie zu der Ansicht, daß Nachrichten ausgetauscht werden könnten?« fuhr der Mann von I.G. Farben fort.

»Gewinne«, erwiderte Zangen.

»Die kann man schlecht ausgeben, wenn man vor einem Erschießungspeloton steht.« Von Schnitzler richtete sich auf und blickte nachdenklich zum Fenster hinaus.

»Sie gehen da von gewissen Transaktionen aus, die durchgeführt werden. Ich beziehe mich mehr auf *Unterlassungen*.«

»Werden Sie bitte deutlich.« Krepps' Augen starrten immer noch auf die Tischplatte.

»Es gibt vielleicht fünfundzwanzig brauchbare Quellen für Boort- und Carbonado-Diamanten — brauchbar in dem Sinn, daß man mit einem einzigen Kauf ausreichende Mengen beschaffen kann. Afrika und Südamerika; ein oder zwei Punkte in Mittelamerika. Diese Bergwerke werden von Firmen unter strengsten Sicherheitsauflagen geführt: britische, amerikanische, französische, belgische ... Sie kennen sie. Die Sendungen werden kontrolliert, die einzelnen Zielorte von Fall zu Fall freigegeben ... Wir schlagen vor, daß man Sendungen umleiten kann, Bestimmungsorte in neutralen Territorien angeben. Indem man einfach die normalen Sicherheitsvorkehrungen unterläßt. Ungeschicklichkeit, wenn Sie so wollen; menschliches Versagen, nicht Verrat.«

»Äußerst profitable Fehler«, faßte von Schnitzler zusammen.

»Genau«, sagte Wilhelm Zangen.

»Wo finden Sie solche Männer?« fragte Johann Dietricht mit seiner schrillen Stimme.

»Überall«, antwortete Heinrich Krepps.

Zangen betupfte sich das Kinn mit dem Taschentuch.

6.

29. November 1943, Baskenland, Spanien

Spaulding rannte um die Basis des Hügels herum, bis er die einander zugeneigten Stämme der beiden Bäume sah. Sie bildeten seine Landmarke. Er bog nach rechts und eilte den steilen Abhang hinauf, zählte ungefähr 125 Meter ab; das war die zweite Marke. Er bog nach links, ging langsam zum Westhang hinüber, den Körper geduckt, mit den Augen beständig alle Seiten sichernd; er hielt die Pistole fest umklammert.

Am Westhügel suchte er einen einzelnen Felsbrocken — einen unter so vielen auf dem mit Felsen übersäten galizischen Hang —, der an der Unterseite angeschlagen war. Sorgfältig angeschlagen, mit drei Riefen. Das war die dritte und letzte Marke. Er fand den Felsen, entdeckte zuerst die gebogenen Halme des steifen Berggrases. Er kniete nieder und sah auf die Uhr: zwei Uhr fünfundvierzig.

Er war eine Viertelstunde zu früh dran, wie er es beabsichtigt hatte. In fünfzehn Minuten würde er den Westhang hinuntergehen, direkt vor dem markierten Felsbrocken. Dort würde er einen Haufen Äste finden. Und unter den Ästen würde sich eine kleine Höhle verbergen, und in jener Höhle — wenn alles planmäßig ablief — würden drei Männer sein. Einer davon war Mitglied einer Infiltrationsgruppe. Die zwei anderen waren deutsche Wissenschaftler, die für die Kindorf-Laboratorien im Ruhrtal gearbeitet hatten. Daß sie übergelaufen waren — geflohen — war Gegenstand und Ziel langwieriger Planungen gewesen.

Die Hindernisse waren immer dieselben.

Gestapo.

Die Gestapo hatte einen Agenten im Untergrund zum Reden gebracht und wußte über die Wissenschaftler Bescheid. Aber wie es für die SS-Elite typisch war, behielten sie ihr Wissen für sich, und suchten nach größerem Wild als zwei unzufriedenen Labortechnikern. Gestapo-Agenten hatten den Wissenschaftlern freie Bahn gelassen, die Überwachung eingeschränkt und die Laborstreifen so reduziert, daß sie kaum mehr funktionierten, selbst auf routinemäßige Verhöre hatten sie verzichtet.

Alles Widersprüche in sich.

Die Gestapo war weder unvorsichtig noch ungeschickt. Die SS war im Begriff, eine Falle aufzubauen.

Spauldings Instruktionen an den Untergrund waren knapp und einfach gewesen: die Falle sollte zuschnappen. Ohne daß ein Opfer im Netz war.

Man ließ durchsickern, daß die beiden Wissenschaftler, die über das Wochenende eine Urlaubserlaubnis für Stuttgart hatten, in Wirklichkeit durch Vermittlung des Untergrundes nach Bremerhaven unterwegs waren. Dort sollte ein Kontakt mit einem zum Überlaufen bereiten hohen deutschen Marineoffizier hergestellt werden, der sich ein kleines Boot verschafft hatte und eine dramatische Flucht zu den Alliierten beabsichtigte. Es war allgemein bekannt, daß in der deutschen Marine große Unruhe herrschte. Die meisten Widerstandsgruppen, die im ganzen Reich in Erscheinung traten, kamen aus der Marine.

Diese vermeintliche Indiskretion würde allen zu denken geben, überlegte Spaulding. Und die Gestapo würde zwei Männer verfolgen, von denen sie annahm, daß es die Wissenschaftler von Kindorf waren, obwohl sie in Wirklichkeit zwei Militärpolizisten waren, die man mit einem falschen Auftrag ausgeschickt hatte.

List und Gegenlist.

Es war Zeit. Er konnte jetzt seinen Abstieg zu der Höhle beginnen, wo der endgültige Kontakt stattfinden sollte.

Er glitt die harte Hügelfläche hinunter, seine Absätze gruben sich in die Erde und den felsigen Untergrund, bis er unmittelbar über dem Haufen Astwerk und Zweigen stand, der die Öffnung der Höhle tarnte. Er hob eine Handvoll Erdreich auf und warf es in das Blattwerk.

Die Antwort war wie vereinbart; jemand schlug mit einem Stock gegen die aufgehäuften Äste.

Spaulding trat schnell zur Seite und wartete neben der Tarnung.

»Alles in Ordnung. Kommen Sie«, sagte er leise, aber mit fester Stimme. »Wir haben nicht mehr viel Zeit.«

»Halt!« hallte es unerwartet aus der Höhle.

David fuhr herum, drückte sich mit dem Rücken in die Hügelflanke und hob seinen Colt. Die Stimme aus der Höhle sprach erneut. In englischer Sprache.

»Sind Sie ... Lissabon?«

»Um Himmels willen, ja! Tun Sie das nicht! Da schießt man Ihnen den Kopf weg!« *Herrgott,* dachte Spaulding, das Infiltrationsteam mußte ein Kind oder einen Schwachkopf oder beides als Verbindungsmann benutzt haben. »Kommen Sie raus.«

»Ich komme, entschuldigen Sie, Lissabon«, sagte die Stimme, als die Äste sich teilten und der Haufen auseinanderfiel. »Uns ist es ziemlich dreckig gegangen.«

Der Mann kam heraus. Offensichtlich handelte es ich um niemanden, den David ausgebildet hatte. Er war untersetzt, sehr muskulös, höchstens fünfundzwanzig oder sechsundzwanzig Jahre alt. In seinen Augen flackerte nervöse Furcht.

»In Zukunft«, sagte Spaulding, »bestätigen Sie keine Signale und stellen dann dem, der das Signal gegeben hat, im letzten Augenblick eine Frage. Es sei denn, Sie haben vor, ihn zu töten. *Das ist Schwarztuch-Chiffre.«*

»Was heißt das? Schwarz ...«

»Schwarztuch, Freund. Vor unserer Zeit. Das bedeutet ... bestätigen und erledigen. Schon gut, tun Sie es einfach nicht mehr. Wo sind die anderen?«

»Drinnen. Alles in Ordnung; sie sind sehr müde und haben Angst, aber sie sind nicht verletzt.« Der Mann drehte sich um, nahm ein paar Äste von dem Haufen. »Kommen Sie raus. Es ist der Mann aus Lissabon.«

Die zwei verängstigten Männer krochen vorsichtig aus der Höhle und blinzelten in die heiße, grelle Sonne. Es waren beides Männer in mittleren Jahren, die jetzt David dankbar ansahen. Dann sagte der größere von den beiden in stockendem Englisch:

»Dies ist ... eine Minute ..., die wir erwartet haben. Vielen Dank.«

Spaulding lächelte. »Uns steht noch einiges bevor. Sie sind tapfere Männer. Wir werden alles tun, was wir für Sie tun können.«

»Wir hatten keine andere Wahl«, sagte der Kleinere. »Mein Freund ist Sozialdemokrat. Seine ... politische Richtung ... war unpopulär. Meine verstorbene Frau war ... *Jüdin.*«

»Keine Kinder?«

»Nein«, antwortete der Mann. »Gott sei Dank.«

»Ich habe einen Sohn«, sagte der Größere kühl. »Er ist ... *bei der Gestapo.*«

Mehr gab es nicht zu sagen, dachte Spaulding. Er wandte sich zu dem Mann aus dem Untergrund, der jetzt den Hügel und die Wälder unter ihnen musterte.

»Gehen wir hintereinander. Nehmen wir unsere Gäste in die Mitte«, sagte David zu dem jungen Mann.

Die vier gingen einige Meilen weit nach Osten. Spaulding schlug ein schnelles Tempo an. Die zwei Männer beklagten sich nicht, hatten aber offenbar Schwierigkeiten. Ein paarmal forderte David die anderen auf, sich nicht von der Stelle zu rühren, und dann drang er in den Wald ein, um dann immer einige Minuten später wieder zurückzukehren. Jedesmal, wenn er das tat, ruhten die älteren Männer aus, waren für die Pausen dankbar. Nicht so der junge Mann, der verängstigt schien — als könnte der Amerikaner nicht zurückkommen. Spaulding blieb die ganze Zeit schweigsam, aber nach einem weiteren Ausflug in den Wald konnte der junge Deutsche nicht mehr an sich halten.

»Was *machen* Sie da?« fragte er.

David sah den Widerstandskämpfer an und lächelte. »Ich nehme Nachrichten auf.«

»Nachrichten?«

»Das hier sind Briefkästen. Überall am Wege. Wir vereinbaren Punkte, wo wir Informationen ablegen, die wir nicht über das Radio senden wollen. Dinge, die zu gefährlich sind, und bei denen wir nicht riskieren wollen, daß man sie auffängt.«

Sie schritten weiter auf einem schmalen Weg am Waldrand bis sie an eine größere Lichtung kamen. Es war ein Feld, eine kleine Hochfläche, inmitten der Hügel. Die Wissenschaftler schwitzten jetzt heftig, ihr Atem ging stoßweise und ihre Beine schmerzten.

»Hier ruhen wir uns eine Weile aus«, sagte Spaulding, offensichtlich zur großen Erleichterung der Älteren. »Es ist ohnehin Zeit, daß ich den Kontakt herstelle.«

»Was ist los?« fragte der junge Mann. »Kontakt?«

»Unsere Position bestimmen«, erwiderte David und holte einen kleinen Metallspiegel aus der Windjacke. »Die Späher sind beruhigt, wenn sie wissen, wo wir sind ... Wenn Sie im Norden arbeiten wollen — das, was Sie den Süden nennen — sollten Sie sich alles das merken.«

»Das werde ich, ganz bestimmt werde ich das.«

David fing den Widerschein der Sonne im Spiegel auf und strahlte ihn zu einem Hügel im Norden hinüber. Er machte eine Folge von Handbewegungen, so daß die Metallplatte sich mit rhythmischer Präzision bewegte.

Sekunden später kam vom höchsten Berg im Norden Antwort. Lichtblitze schossen aus einem winzigen Punkt in der bräunlichgrünen Ferne herüber. Spaulding wandte sich zu den anderen.

»Wir gehen nicht nach Lager Beta«, sagte er. »Streifen der Falangisten sind in der Gegend. Wir bleiben hier, bis wir Neues erfahren. Sie können es sich bequem machen.«

2. Dezember 1943, Washington D. C

Alan Swanson saß im Fond des Militärwagens und gab sich große Mühe, ruhig zu bleiben. Er sah zum Fenster hinaus; der späte Vormittagsverkehr war nicht sonderlich dicht. Die riesige Schar von Arbeitskräften hatte ihre üblichen Zielorte in Washington erreicht; Maschinen summten, Telefone klingelten, Männer schrien und flüsterten und nahmen an zu vielen Orten den ersten Drink des Tages. Die Heiterkeit der ersten Stunden des Arbeitstages verblaßte, als der Mittag näherrückte. Gegen halb zwölf dachten eine ganze Menge Leute, der Krieg sei langweilig, und empfanden ihre mechanische Arbeit als ermüdend, die endlosen Duplikate, Triplikate und Quadruplikate. Sie konnten die Notwendigkeit all der mühsamen Logistik nicht begreifen, sahen nicht ein, welchen Sinn es haben sollte, unzähligen Organisationen auf dem Dienstweg Informationen zuzuleiten.

Sie konnten das nicht verstehen, weil man ihnen nicht das ganze

Bild vermitteln konnte, nur Fragmente, sich immer wiederholende Statistiken. Natürlich langweilten sie sich.

Sie waren müde. So, wie sie vor vierzehn Stunden in Pasadena in Kalifornien müde gewesen waren.

Alles war schief gelaufen. Meridian Aircraft hatte ein Dringlichkeitsprogramm eingeführt — war *gezwungen* gewesen, eines einzuführen — aber die besten wissenschaftlichen Köpfe im Lande konnten die Fehler im Innern der kleinen Box, die das Lenksystem war, nicht ausschalten. Die winzigen sphärischen Scheiben drehten sich einfach in Maximalhöhe nicht einwandfrei. Sie liefen unregelmäßig; in einer Sekunde absolut, in der nächsten wichen sie wieder ab.

Die winzigste Abweichung konnte dazu führen, daß riesige Flugzeuge in der Luft miteinander kollidierten. Und wenn man bedachte, welche Zahl von Maschinen für die Bombenangriffe vor Operation Overlord vorgesehen war — die in weniger als vier Monaten einsetzen sollte — *würde* es zu Kollisionen kommen.

Aber heute morgen war alles anders.

Könnte anders sein, wenn das, was man ihm gesagt hatte, stimmte. Er hatte im Flugzeug nicht schlafen können und kaum etwas gegessen. Nach der Landung in Andrews war er in sein Apartment in Washington geeilt, hatte geduscht, sich rasiert, die Uniform gewechselt und seine Frau in Scarsdale angerufen, die dort bei einer Schwester wohnte. Er erinnerte sich nicht an das Gespräch, das sie geführt hatten; die üblichen Kosenamen fehlten, die Fragen waren gleichgültig. Er hatte keine Zeit für sie.

Gestern nachmittag, ziemlich spät, hatte FDHQ Fairfax die Bestätigung einer Abwehrsonde erhalten, die man vor langer Zeit als negativ aufgegeben hatte. Sie kam aus Johannesburg, Südafrika. Noch war sie nicht überprüft, aber einiges Beweismaterial ließ immerhin vermuten, daß es sich um eine einwandfreie Information handelte.

Man hatte perfekt funktionierende Richtungskreisel für große Höhen hergestellt. Die Pläne waren zu haben.

2. Dezember 1943, Berlin

Altmüller raste in dem offenen Horch aus Berlin hinaus in Richtung Falkensee. Es war früh am Morgen, und die Luft war kalt, und das war gut.

Er war so gut gestimmt, daß er die theatralisch geheimnistuerischen Ränke des Nachrichtendienstes vergaß, einer Codebezeichnung für eine Eliteeinheit des Spionagedienstes, der nur einigen wenigen Ministern bekannt war, nur wenigen Angehörigen des hohen Kommandos selbst. Eine Gehlen-Spezialität.

Der Nachrichtendienst hatte die Lösung für Peenemünde gefunden!

Eine *echte* Lösung; jetzt kam es anderen zu, sie auch durchzuführen.

Die Lösung, die den »Verhandlungsteams« entgangen war, die man in alle Teile der Welt geschickt hatte, um dort Vorkriegs-»Beziehungen« zu erforschen — auszugraben. Kapstadt, Dar-es-Saalam, Johannesburg, Buenos Aires . . .

Ohne Erfolg.

Keine Firma, keine Einzelperson, war bereit, sich auf Verhandlungen mit Deutschland einzulassen. Deutschland befand sich in den Todeszuckungen. Die Niederlage stand bevor.

Diese Meinung herrschte in Zürich. Und was Zürich für richtig hielt, daran hegte die internationale Geschäftswelt keine Zweifel.

Aber der Nachrichtendienst hatte etwas anderes herausgefunden.

Hatte man ihm gesagt.

Die kraftvolle Maschine des Horch summte. Links tauchten jetzt die Steinportale von Strassers Herrensitz auf. Die beiden Säulen waren von Wehrmachtsadlern in Bronze geziert. Er bog in die lange Auffahrt ein und hielt schließlich an dem von zwei Soldaten und knurrenden Schäferhunden bewachten Tor an. Altmüller streckte dem ersten Posten, der ihn offensichtlich erwartete, seine Papiere hin.

»Guten Morgen, Herr Unterstaatssekretär. Bitte folgen Sie der Auffahrt nach rechts, am Hauptgebäude vorbei.«

»Sind die anderen schon da?«

»Die warten, Herr Unterstaatssekretär.«

Altmüller lenkte den Wagen am Hauptgebäude vorbei, erreichte den leicht abschüssigen Weg und verlangsamte seine Fahrt. Das Gästehaus glich eher einer Jagdhütte als einem Wohngebäude. Überall schwere, dunkelbraune Balken, ganz dem Wald angepaßt.

Auf dem kiesbedeckten Parkplatz standen vier Limousinen. Er parkte, stieg aus und zog sich den Uniformrock straff und entfernte ein paar Stäubchen von den Aufschlägen. In kerzengerader Haltung ging er auf die Türe zu.

Bei Konferenzen des Nachrichtendienstes wurden nie Namen gebraucht; wenn die Identität eines Teilnehmers bekannt war — und das mußte sie sein — erwähnte man sie jedenfalls während der Besprechung nicht. Man sprach den einzelnen an, indem man ihn ansah, sprach zu der ganzen Gruppe, indem man ihr das durch entsprechende Handbewegung andeutete.

Altmüller ließ sich eine Tasse Kaffee geben und versuchte, sich der gelockerten Atmosphäre anzupassen. Aber das ging nicht, er wollte seine Mißbilligung hinausschreien und fordern, daß man sofort ernsthaft redete. *Begriffen* die das denn nicht?

Aber hier galten andere Spielregeln. Man brüllte nicht, man stellte keine Forderungen.

Nach einem Zeitraum, der ihm wie eine Ewigkeit vorkam, hörte Altmüller draußen einen Wagen. Ein paar Augenblicke später öffnete sich die Tür; fast hätte er seine Tasse fallen lassen. Der Mann, der den Raum betrat, war ihm von den wenigen Anlässen her bekannt, da er Speer nach Berchtesgaden begleitet hatte. Er war der Kammerdiener des Führers, aber er hatte keineswegs den unterwürfigen Blick eines Dieners.

Ohne daß ein Wort gesagt zu werden brauchte, verstummten alle. Einige setzten sich, andere lehnten sich an die Wand oder blieben bei dem Kaffeetisch stehen. Ein älterer Mann in einer schweren Tweedjacke stand vor dem offenen Kamin und sprach. Er sah Franz an, der für sich alleine hinter einer Ledercouch stehenblieb.

»Es gibt keinen Anlaß für langwierige Diskussionen. Wir glauben, die Information zu besitzen, die Sie suchen. Ich sage, ›glauben‹, weil wir hier Informationen sammeln, nicht danach handeln. Möglicherweise zieht es das Ministerium vor, nicht zu handeln.«

»Für mich wäre das unvorstellbar«, sagte Altmüller.

»Nun gut. Dann einige Fragen. Daß es keine Konflikte gibt, keine falschen Darstellungen.« Der alte Mann hielt inne und zündete eine dicke Meerschaumpfeife an. »Sie haben alle normalen Abwehrkanäle erschöpft? Über Zürich und Lissabon?«

»Ja, das haben wir. Und an zahlreichen anderen Orten — besetzt, feindliches Gebiet und neutral.«

»Ich bezog mich auf die regulären Kanäle. Schweiz, Skandinavien und Portugal in erster Linie.«

»Wir haben uns nicht sonderlich auf die skandinavischen Länder konzentriert. Herr Zangen dachte, es würde nicht . . .«

»Keine Namen, bitte. Nur solche, die der Öffentlichkeit bekannt sind. Verwenden Sie die Dienstbezeichnungen, wenn Sie wollen. Aber keine Personen.«

»Das Reichsamt der Industrie — das in den baltischen Gebieten tätig ist — war überzeugt, daß dort nichts zu gewinnen sei. Ich vermute, die Gründe waren geographischer Natur. Im Baltikum gibt es keine Diamanten.«

»Oder sie haben sich zu oft die Finger verbrannt«, sagte ein unauffälliger Mann in mittleren Jahren, der unweit von Altmüller auf dem Ledersofa saß. »Wenn Sie wollen, daß London und Washington genau erfahren, was Sie beabsichtigen, noch ehe Sie es in Angriff genommen haben, dann brauchen Sie nur mit den Skandinaviern in Verhandlungen zu treten.«

»Völlig richtig«, meinte ein anderer Teilnehmer der Besprechung, der mit einer Tasse in der Hand am Kaffeetisch stand. »Ich bin letzte Woche aus Stockholm zurückgekehrt. Wir können nicht einmal denen vertrauen, die sich öffentlich zu uns bekennen.«

»Denen am allerwenigsten«, sagte der alte Mann vor dem Kamin und lächelte und sah dann Franz an. »Wahrscheinlich haben Sie substantielle Angebote gemacht? In Schweizer Währung, versteht sich.«

»Substantiell ist eine bescheidene Bezeichnung für die Zahlen, von denen wir sprachen«, erwiderte Altmüller. »Ich will ganz offen sein. Niemand will etwas mit uns zu tun haben. Diejenigen, die dazu bereit wären, haben sich der Ansicht von Zürich angeschlossen, daß man uns besiegen wird. Sie fürchten Vergeltungsmaßnahmen, sie sprechen sogar davon, daß nach dem Krieg gewisse Bankdepots gesperrt werden könnten.«

»Wenn diese Gerüchte dem Oberkommando der Wehrmacht zu Ohren kommen, kommt es zu einer Panik.« Diese Bemerkung kam in scherzhaftem Ton vom Kammerdiener des Führers, der es sich auf einem Lehnstuhl bequem gemacht hatte. Der Mann am Kamin fuhr fort.

»Geld kommt also als Anreiz nicht in Frage ..., nicht einmal außergewöhnliche Summen.«

»Die Verhandlungsgruppen hatten keinen Erfolg. Das wissen Sie.« Altmüller mußte seine Gereiztheit unterdrücken. Warum die nur nicht *zur Sache* kamen?

»Und nirgends am Horizont zeigen sich ideologisch motivierte Überläufer. Jedenfalls keine, die Zugang zu Industriediamanten haben.«

»Ja, offensichtlich nicht.«

»Sie müssen also nach einem anderen Motiv Ausschau halten. Einem anderen Anreiz.«

»Ich verstehe nicht ganz. Man hat mir gesagt ...«

»Das werden Sie gleich verstehen«, unterbrach ihn der alte Mann und klopfte seine Pfeife am Kaminsims aus. »Sehen Sie, wir haben nämlich festgestellt, daß auf der anderen Seite auch Panik herrscht, genauso groß wie die Ihre ..., der Feind ist in Panik geraten. Wir haben ein durch und durch logisches Motiv für alle Betroffenen gefunden. Jede Seite besitzt die Lösung der anderen.«

Plötzlich hatte Franz Altmüller Angst. Konnte es sein, daß er die Andeutung des Sprechers nicht begriff? »Was wollen Sie damit sagen?«

»Peenemünde hat ein Lenksystem für große Höhe entwickelt, ist das richtig?«

»Natürlich. Es ist für den Betrieb der Raketen unerläßlich.«

»Aber wenn man uns keine Industriediamanten schickt, wird es keine Raketen geben — oder bestenfalls ein paar armselige Exemplare.«

»Offensichtlich.«

»Es gibt geschäftliche Interessen in den Vereinigten Staaten, wo man sich unüberwindlichen ...« Der alte Mann hielt exakt eine Sekunde inne und fuhr dann fort, »*unüberwindlichen* Problemen gegenübersieht, die nur durch den Kauf funktionierender Höhenkreisel gelöst werden können.«

»Wollen Sie damit vorschlagen ...«

»Der Nachrichtendienst schlägt nichts vor, Herr Unterstaatssekretär. Wir sagen nur, was ist.« Der Sprecher nahm die Meerschaumpfeife aus dem Mund. »Wenn es die Gelegenheit rechtfertigt, vermitteln wir an unterschiedliche Empfänger konkrete Informationen. Nur Informationen über effektive Tatsachen. Unsere Agenten in Kalifornien haben uns über die Krise der Flugzeugindustrie informiert.«

»Ich weiß nicht, ob ich richtig verstehe ...«

»Wenn wir uns nicht sehr täuschen, wird man den Versuch machen, mit einem der Leute von I.G. Farben wieder Kontakt aufzunehmen. Damit werden Pläne in Kraft gesetzt, die für diese Möglichkeit vorbereitet waren.«

»Natürlich. Genf. Die üblichen Verbindungswege.«

»Dann wäre das, was wir mit Ihnen besprechen wollten, erledigt, mein Herr. Dürfen wir Ihnen eine angenehme Rückreise nach Berlin wünschen?«

2. Dezember 1943, Fairfax, Virginia

Das Innere der Quonset-Hütte strafte ihr spartanisches Äußeres Lügen. Zum ersten war sie fünfmal größer als der übliche Quonset-Bau, dann hatte man die äußere Metallwand mit schallschluckendem Material isoliert, das ohne Nahtstelle von der hohen Decke bis zum Boden reichte. Man hatte nicht so sehr den Eindruck eines Flugzeughangars — wie es eigentlich richtig gewesen wäre — sondern eher den einer großen, fensterlosen Halle mit massiven Wänden. Überall in dem riesigen Raum konnte man komplizierte Hochfrequenzradioschaltbretter sehen; und gegenüber einem Schaltbrett gab es durch Glaswände abgeschlossene kleine Kabinen, mit Dutzenden detaillierter Karten, die man auf Knopfdruck abändern konnte. Über den Karten hingen zerbrechlich wirkende, dünne Stahlarme, die einen an Polygraphnadeln erinnerten — sie wurden, von den Radiooperateuren betätigt und von Männern beobachtet, die Blocks in den Händen hielten. Man sah im ganzen Raum nur Militärs, in erster Linie Militär und keiner stand rangmäßig unter dem First Lieutenant.

Im hinteren Viertel des Gebäudes gab es eine vom Boden bis zur Decke reichende Wand, die offensichtlich noch nicht das Ende des Saales markierte. Dort gab es eine einzelne verschlossene Türe. Sie bestand aus schwerem Stahl.

Swanson hatte dieses Gebäude nie betreten. Er war häufig zur

Feld Division in Fairfax gefahren — um dort über streng geheime Spionageergebnisse informiert zu werden, um die Ausbildung ganz spezieller Teams von potentiellen Aufständischen oder Spionagetreibenden zu beobachten — aber trotz seines Rangs als Brigadegeneral und ohne Rücksicht auf die Geheimnisse, die er im Kopf herumtrug, hatte er keine Zutrittserlaubnis für dieses spezielle Gebäude bekommen. Jene Auserwählten hielten sich teilweise wochenlang innerhalb des zweihundert acres umfassenden Areals auf, manchmal sogar Monate; Urlaub gab es selten und wurde auch nur in Notfällen genommen, wobei der Betreffende dann einen Begleiter bekam. Es ist faszinierend, dachte Swanson, der ehrlich glaubte, alle Maßstäbe verloren zu haben. Keine Lifts, keine Treppen, keine Fenster; er konnte in der linken Mauer eine Türe erkennen, die in einen Waschraum führte und wußte, ohne den Raum betreten zu haben, daß er maschinell gelüftet wurde. Und es gab nur einen einzigen Eingang. Wenn man einmal im Inneren war, gab es keinen Platz, um sich auch nur nennenswerte Zeit zu verstecken, oder gar das Gebäude zu verlassen, ohne genau überprüft zu werden. Persönliche Habseligkeiten wurden am Eingang gelassen; ebensowenig durften Aktentaschen, Umschläge, Papiere oder sonstiges Material ohne eine schriftliche Bewilligung von Oberst Edmund Pace persönlich entfernt werden.

Wenn es so etwas wie totale Sicherheit überhaupt gab, dann war sie hier zu finden. Swanson näherte sich der Stahltüre. Der Leutnant, der ihn begleitete, drückte einen Knopf. Ein kleines rotes Licht flackerte über einer an der Wand befestigten Sprechanlage auf und der Leutnant sprach:

»General Swanson, Colonel!«

»Danke, Lieutenant«, hallte es aus dem kleinen Kreis unter der Lampe. Es klickte im Türschloß, und der Leutnant griff nach dem Knopf.

Edmund Pace, Kommandant von Field Division Fairfax, erhob sich aus dem Sessel, ging um seinen Tisch herum und grüßte Alan Swanson, als dieser in sein Büro trat.

Ein weiterer Mann war im Raum. Ein Zivilist. Frederic Vandamm, Undersecretary of State.

»General. Fein, Sie mal wieder zu sehen. Letztes Mal haben wir uns in Mr. Vandamms Haus gesehen, wenn ich mich recht entsinne.«

»Ja, das stimmt.«

Swanson wandte sich Vandamm zu. »Mr. Undersecretary, ich bin hierher zurückgekehrt, so schnell es ging. Ich brauche Ihnen nicht zu sagen, wie sehr mir das alles am Herzen liegt. Es war ein sehr schwieriger Monat.«

»Das ist mir bewußt«, sagte der aristokratische Vandamm und lächelte ein vorsichtiges Lächeln. Er schüttelte Swanson oberflächlich die Hand. »Wir kommen gleich darauf. Colonel Pace, würden Sie bitte den General über unsere Gespräche informieren?«

»Ja, Sir. Anschließend werde ich gehen.« Pace sagte das ganz beiläufig; so pflegten Militärs Kollegen kurze Botschaften zukommen zu lassen: *vorsichtig!*

Pace trat an eine Landkarte an der Wand, in die einige Nadeln gesteckt waren. Es handelte sich um eine vergrößerte, detaillierte Darstellung eines Stadtteils von Johannesburg in Südafrika. Frederic Vandamm saß vor seinem Schreibtisch in seinem Schreibtischsessel; Swanson stellte sich neben Pace.

»Man weiß natürlich nie, wann eine Sonde festgenommen wird. Und auch wo weiß man nicht.« Pace nahm einen Zeigestab vom Tisch und deutete auf eine blaue Markierung auf der Landkarte. »Man weiß ja nicht einmal, ob der betreffende Ort wichtig ist. In diesem Fall *könnte* er das sein. Vor einer Woche sind zwei Männer der Züricher Staatsbank an ein Mitglied der Gesetzgebenden Versammlung in Johannesburg herangetreten, einen Anwalt und ehemaligen Direktor der Koening Mines Ltd. Sie wollten, daß er als Mittelsmann in Verhandlungen mit Koening treten sollte: eine ganz einfache Transaktion. Schweizer Franken gegen Diamanten — das Ganze sollte in großem Umfang vor sich gehen, weil man davon ausging, daß Diamanten wertbeständiger sein würden als Gold.« Pace wandte sich Swanson zu. »So weit, so gut. Als er den Kontakt annahm, können Sie sich vorstellen, wie schockiert er war, als er zu dem Gespräch erschien und feststellte, daß einer der ›Schweizer‹ ein alter Freund war — ein sehr alter, guter Freund — aus der Zeit vor dem Kriege. Ein Deutscher, mit dem er zur Schule gegangen war — die Mutter des Afrikaners war Österreicherin, der Vater Bure. Die beiden Männer waren bis neununddreißig in Verbindung miteinander geblieben. Der Deutsche arbeitete für I. G. Farben.«

»Welches Ziel hatte das Gespräch?« Swanson war ungeduldig.

»Darauf komme ich. Der Hintergrund ist wichtig.«

»Okay. Weiter.«

»Es ging gar nicht um Spekulationen auf dem Diamantenmarkt und auch nicht um Transaktionen mit irgendwelchen Züricher Banken. Es war ein ganz gewöhnlicher Kauf. Der I.G.-Farben-Mann wollte größere Posten von Boort und Carbonado kaufen . . .«

»Industriediamanten?« unterbrach Swanson.

Pace nickte. »Er bot seinem alten Freund ein Vermögen, wenn er es durchziehen könnte. Der Afrikaner weigerte sich, aber seine langjährige Freundschaft mit dem Deutschen hielt ihn davon ab, den Zwischenfall zu melden. Bis vor drei Tagen.« Pace legte den Zeigestab weg und ging zu seinem Schreibtisch. Swanson begriff, daß der Oberst noch über zusätzliche Informationen verfügte, schriftliche Informationen, auf die er sich beziehen konnte; der General ging zu dem Stuhl neben Vandamm und setzte sich.

»Vor drei Tagen«, fuhr Pace fort, der jetzt hinter seinem Schreibtisch stand, »hat man erneut Fühlung mit dem Afrikaner aufgenommen. Diesmal wurde gar nicht erst der Versuch gemacht, die Identitäten zu verbergen. Der Anrufer sagte, er sei Deutscher und verfüge über Informationen, die die Alliierten haben wollten; seit langer Zeit hatten haben wollen.«

»Die Sonde?« fragte Swanson, der seine Ungeduld nicht verbergen konnte.

»Nicht gerade die Sonde, mit der wir rechneten . . ., der Deutsche erbot sich, den Afrikaner in seinem Büro aufzusuchen, schützte sich aber. Er sagte dem Anwalt, wenn irgendein Versuch unternommen würde, ihn festzuhalten, würde sein alter Freund bei I.G. Farben in Deutschland hingerichtet werden.« Pace nahm ein Blatt Papier von seinem Schreibtisch. Dann lehnte er sich zu Swanson hinüber und reichte es ihm. Während er das tat, sprach er weiter: »Dies ist die Information, der Bericht, der mit Kurier eingeflogen wurde.«

Swanson las die mit Maschine geschriebenen Zeilen auf dem Briefkopf der militärischen Abwehr; über dem großen, aufgestempelten *Top Secret. Eyes Only, Fairfax 4—0.*

28. November 1943. Johannesburg: Vom Nachrichtendienst bestätigt. Substratosphärische Richtungsgyroskope funktionieren.

Alle Prüfungen positiv. Peenemünde. Nächster Kontakt: Genf. Johannesburg abhängig.

Swanson wartete, bis die Information eingesickert war; er las den Text einige Male. Dann stellte er Edmund Pace mit einem Wort eine Frage: »Genf?«

»Neutraler Kanal. Natürlich inoffiziell.«

»Was ist dieser . . . Nachrichtendienst?«

»Abwehreinheit. Klein, spezialisiert; so elitär, daß sie oberhalb der meisten Geheimträger angesiedelt ist. Manchmal fragen wir uns ernsthaft, ob die Gruppe Partei ergreift. Sie scheint häufig mehr daran interessiert zu beoabachten, als teilzuhaben; mehr mit der Zeit nach dem Krieg befaßt. Wir vermuten, daß es eine Gehlen-Organisation ist. Aber sie haben sich noch nie geirrt. Uns nie in die Irre geführt.«

»Ich verstehe.« Swanson hielt Pace das Papier hin.

Der Oberst nahm es nicht, sondern ging um den Tisch herum auf die Stahltüre zu. »Ich werde Sie jetzt verlassen, Gentlemen. Wenn Sie fertig sind, melden Sie das bitte, indem Sie den weißen Knopf auf meinem Schreibtisch drücken.« Er öffnete die Tür und ging schnell. Der schwere Stahlrahmen schloß sich luftdicht; man konnte das leise Klicken hören.

Frederic Vandamm sah Swanson an. »Da haben Sie Ihre Lösung. Ihr Gyroskop, in Peenemünde. Sie brauchen bloß noch einen Mann nach Deutschland zu schicken. Jemand möchte das Biest gerne verkaufen.«

Alan Swanson starrte das Papier an, das er in der Hand hielt.

7.

4. Dezember 1943, Berlin

Altmüller starrte das Papier an, das er in der Hand hielt. Es war nach Mitternacht, die Stadt lag in völliger Dunkelheit. Berlin hatte eine weitere Nacht mörderischer Bombenangriffe überstanden; jetzt waren sie vorbei. Bis zum späten Morgen würde es jetzt keine Angriffe mehr geben.

Alles kam jetzt auf Geschwindigkeit an. Und doch galt es bei aller Eile die notwendige Vorsicht nicht außer acht zu lassen. Das Treffen in Genf war nur der erste Schritt, das Vorspiel, aber es mußte in aller Vorsicht stattfinden. Es kam nicht so sehr darauf an, *was* gesagt wurde, sondern *wer* es sagte. Das *Was* konnte von jedem übermittelt werden, der die richtige Legitimation besaß oder als Autorität anerkannt war. Aber falls es zum Zusammenbruch Deutschlands kam, durfte dieser *Jemand* nicht das Dritte Reich vertreten. Speer war in diesem Punkt äußerst hartnäckig gewesen.

Und Altmüller verstand. Wenn der Krieg verloren ging, durfte der Makel des Verrates nicht auf das Reichsministerium zurückfallen. Oder auf jene Führer, die Deutschland in der Niederlage brauchen würde. 1918, nach Versailles, hatte es im Inneren vielfältige Vorwürfe gegeben. Das Wort Novemberverräter geisterte umher. Die Polarisation ging tief, und die paranoide Einstellung der Nation zum Thema des Verrates von innen schuf die Grundlage für den Fanatismus der Zwanziger Jahre. Deutschland war nicht imstande gewesen, die Niederlage zu akzeptieren, konnte die Zerstörung seiner Identität durch Verräter nicht ertragen.

Speer selbst war in diesem Thema beinahe ein Fanatiker. Der Genfer Vertreter mußte jemand sein, der mit dem Oberkommando nicht in Verbindung stand, von ihm isoliert war. Jemand aus den Reihen der deutschen Industrie, in keiner Weise mit den Herrschern des Dritten Reiches verbunden. Jemand, der notfalls ersetzbar war.

Genf war in dem Sinne von Bedeutung, daß dort der erste Kontakt hergestellt wurde. Vorsichtige Worte würden dort gewechselt werden, Worte, die zur zweiten Stufe der unglaublichen Verhandlung führen konnten — oder nicht.

Die zweite Stufe war eine Frage der Geographie: der Ort des Austausches, sollte es wirklich dazu kommen.

In der vergangenen Woche hatte Altmüller Tag und Nacht kaum etwas anderes getan, als sich darauf zu konzentrieren. Er versuchte, das Problem ebenso vom Standpunkt des Feindes wie vom eigenen aus zu betrachten. Sein Arbeitstisch war mit Landkarten bedeckt, die Schubladen angefüllt mit Dutzenden von Berichten, die das gegenwärtige politische Klima jedes einzelnen neutralen Territoriums auf der Welt darlegten.

Denn es mußte ein neutraler Ort sein, es mußte ausreichende Sicherungen geben, die jede Seite überprüfen und respektieren konnte. Und vielleicht das Wichtigste von allem, der Ort mußte Tausende von Meilen entfernt sein ... Von den Machtzentren beider Feinde.

Distanz.

Fern.

Und doch mußte die Möglichkeit zu sofortiger Kommunikation bestehen.

Südamerika.

Buenos Aires.

Eine kluge Wahl, dachte Franz Altmüller. Die Amerikaner könnten sogar der Meinung sein, der Ort biete ihnen Vorteile. Es war unwahrscheinlich, daß sie ihn ablehnen würden. Buenos Aires hatte vieles, was beide Seiten als ihnen gehörig ansahen; beide hatten ungeheuren Einfluß, und doch übte keiner die volle Kontrolle aus.

Die dritte Stufe, so wie er sie sich vorstellte, betraf den menschlichen Faktor und wurde durch das Wort Schiedsrichter definiert.

Ein Mann, der imstande war, den Austausch zu überwachen, und der im neutralen Territorium über genügend Macht verfügte, um die Logistik zur Verfügung zu stellen. Jemand, der unparteiisch wirkte ... und der insbesondere für die Amerikaner akzeptabel war.

Buenos Aires verfügte über einen solchen Mann.

Einen der gigantischen Irrtümer Hitlers.

Sein Name war Erich Rheinmann. Ein Jude, den man ins Exil getrieben hatte, den Goebbels wahnsinnige Propagandamaschine entehrt hatte und dessen Ländereien und Firmen vom Reich enteignet worden waren.

Jene Ländereien und Firmen, die er nicht zu Geld hatte machen können, ehe die Blitze ihn getroffen hatten. Einen bescheidenen Anteil seiner Besitzungen, genügend für die geifernden Schreie der antisemitischen Presse, aber nichts, was seinen ungeheueren Reichtum in irgendeiner Weise beeinträchtigt hätte.

Erich Rheinmann lebte in Buenos Aires in einem glanzvollen Exil, und sein Vermögen lag sicher auf Schweizer Banken, seine Interessen umspannten ganz Südamerika. Und was nur wenige Leute wußten, war, daß Erich Rheinmann ein viel glühenderer Faschist war als die meisten Männer in Hitlers unmittelbarer Umgebung. In allen finanziellen und militärischen Dingen ein

Herrenmensch, ein Vertreter absoluten Elitedenkens in bezug auf das menschliche Element. Ein ehrgeiziger Mann, der doch seltsam ruhig blieb — geradezu stoische Ruhe an den Tag legte.

Er würde für die Amerikaner akzeptabel sein.

Und er würde sich in Buenos Aires der Interessen des Reiches annehmen.

Die Stufen zwei und drei schienen Altmüller also klar. Aber sie waren ohne Bedeutung, wenn es in Genf nicht zur Einigung kam. Das Vorspiel mußte von den kleineren Chargen erfolgreich gespielt werden.

Was gebraucht wurde, war ein Mann für Genf. Ein Individuum, das niemand mit den Führern des Reiches in Verbindung bringen konnte, und doch jemand, der in der Welt der Wirtschaft und der Hochfinanz anerkannt war.

Altmüller starrte die Papiere unter seiner Schreibtischlampe an. Seine Augen waren müde, ebenso müde wie er selbst, aber er wußte, daß er sein Büro nicht verlassen und sich schlafen legen konnte, solange seine Entscheidung noch nicht getroffen war.

Seine Entscheidung; sie kam ganz alleine ihm zu. Speer würde sie am Morgen billigen, ein einziger Blick würde genügen. Ein Name. Keine Diskussion; jemand, der sofort und ohne Frage akzeptabel war.

Er würde nie wissen, ob es eine Assoziation mit dem Namen Johannesburg war, oder ein unbewußter Auswahlprozeß, jedenfalls blieben seine Augen plötzlich an einem Namen hängen, und er unterstrich ihn mit dem Bleistift. Und dann war ihm klar, daß es wieder eine inspirierte Wahl war.

Johann Dietricht, der gallsüchtige Erbe der Dietrichtfabriken; der häßliche Homosexuelle, der alkoholischen Exzessen und plötzlicher Panik zuneigte. Ein jederzeit ersetzliches Mitglied der industriellen Gemeinschaft; und doch würde selbst der größte Zyniker zögern, in ihm einen Verbindungsmann zum Oberkommando zu sehen.

Eine ersetzbare Mittelmäßigkeit.

Ein Bote.

5. Dezember 1943, Washington D. C.

Die tiefen Glockenschläge der Uhr auf dem Kaminsims verkündeten ernst die Stunde. Es war sechs Uhr morgens, und Alan Swanson starrte zum Fenster hinaus auf die finsteren Bauten, die Washington waren. Sein Apartment lag im zwölften Stock und bot ihm einen hübschen Ausblick über die Skyline der Hauptstadt, insbesondere vom Wohnzimmer aus, wo er jetzt im Bademantel und ohne Hausschuhe stand.

Er hatte während des größten Teils der Nacht die Skyline Washingtons angestarrt . . . Während der letzten drei Tage hatte er kaum etwas anderes getan. Der wenige Schlaf, den er fand, war, weiß Gott, unruhig, kurz, immer wieder von plötzlichem Erwachen gestört. Und immer fand er sich auf einem feuchten Kissen, das den Schweiß aufnahm, der aus den Poren an seinem Hals sikkerte.

Herrgott! Es war nicht zu glauben!

Keiner sprach die Worte aus; vielleicht erlaubte sich keiner, sie zu denken.

Das war es, natürlich war es das. Die wenigen — und es waren nur *sehr* wenige — die Zugang zu den Daten hatten, wandten den Blick und das Bewußtsein von der letzten Entscheidung ab. Sie schnitten die Transaktion in der Mitte ab, weigerten sich, die zweite Hälfte des Handels wahrzunehmen. Damit sollten andere sich auseinandersetzen, nicht sie.

So wie es der schlaue, alte Aristokrat Frederic Vandamm getan hatte.

Da haben Sie Ihre Lösung, General. Ihr Lenksystem. In Peenemünde . . . Jemand will es verkaufen.

Das ist alles.

Kaufen Sie es.

Keiner wollte den Preis wissen. Der Preis war belanglos . . .

Wahnsinn.

Ein höchst seltsamer Zufall in Johannesburg führt dazu, daß Washington erfährt, daß jemand Industriediamanten kaufen möchte. Dieser Jemand — Deutschlands I. G.-Farben-Konzern — bietet dafür ein Vermögen in Schweizer Währung.

Peenemünde besaß das Lenksystem; es war zu haben. Wenn der Preis stimmte.

Es gehörte keine besondere intellektuelle Leistung dazu, jenen Preis zu erraten.

Industriediamanten.

Wahnsinn.

Aus nicht näher erläuterten Gründen war Deutschland verzweifelt auf die Diamanten angewiesen. Aus Gründen, die nur zu klar waren, waren die Alliierten verzweifelt auf ein Höhenlenksystem angewiesen.

Ein Austausch zwischen Feinden, auf dem Höhepunkt des erbittertsten Krieges der ganzen Geschichte der Menschheit.

Wahnsinn. Jenseits aller Vernunft.

Swanson verließ das Fenster und ging zu der Couch, die dem Kamin gegenüberstand, und setzte sich. Zwölf Stunden lag es jetzt zurück ..., genauer gesagt, elf Stunden und fünfundvierzig Minuten ..., als er den ersten Schritt zur Lösung des Problems getan hatte.

Er hatte den Wahnsinn dorthin gelegt ... delegiert, wo er hingehörte. Zu den Männern, die die Krise geschaffen hatten, deren Lügen und Manipulationen Aktion Overlord an den Rand der Katastrophe gebracht hatten.

Er hatte Howard Oliver und Jonathan Craft auf sechs Uhr in sein Apartment bestellt. Vor zwölf Stunden und fünfzehn Minuten. Er hatte sie am vergangenen Tag angerufen und ihnen klargemacht, daß er keinerlei Entschuldigungen dulden würde. Wenn der Transport ein Problem sein sollte, würde er es lösen, aber sie hatten in Washington zu sein, in seinem Apartment, um sechs Uhr.

Wenn nicht, so würde die Öffentlichkeit alles erfahren.

Sie waren um genau sechs Uhr eingetroffen, beim tiefen Klang der Kaminuhr. Swanson wußte, daß er in diesem Augenblick von einer Position absoluter Stärke aus verhandelte. Männer wie Oliver und Craft — ganz besonders Oliver — waren nicht so pünktlich, wenn sie nicht Angst haben. Höflichkeit war es bestimmt nicht.

Die Übertragung war ganz einfach gewesen.

Es gab eine Telefonnummer in Genf in der Schweiz. An jener Nummer saß ein Mann, der auf einen bestimmten Codesatz reagieren würde, zwei Parteien zusammenbringen, wenn nötig als Dolmetscher handeln. Es war bekannt, daß die zweite Partei — aus Gründen der Definition — Zugang zu einem funktionsfähigen

Höhenlenksystem hatte. Die erste Partei wiederum sollte angeblich Zugang zu einer größeren Menge an Industriediamanten haben. Die Koening-Minen in Johannesburg würden vielleicht ein guter Anfang sein.

Das war die Information, über die sie verfügten.

Es wurde vorgeschlagen, daß Mr. Oliver und Mr. Craft sofort aufgrund dieser Information handelten.

Wenn sie das nicht taten, würde das Kriegsministerium sehr ernsthafte Vorwürfe erheben, Vorwürfe der Täuschung in Waffenkontrakten, persönlicher und firmenmäßiger Täuschung.

Einige Augenblicke lang hatte Schweigen geherrscht. Die Implikationen dessen, was er gesagt hatte — mit allen Verästelungen — wurden langsam von beiden Männern zur Kenntnis genommen.

Und dann bestätigte Alan Swanson ihre schlimmsten Vermutungen: Wer auch immer dazu ausgewählt wurde, nach Genf zu gehen, es durfte jedenfalls *niemand* sein, den er kannte. Auch niemand, der sonst mit dem Kriegsministerium oder irgendeiner ihrer Firmen in Verbindung stand. Das war von überragender Wichtigkeit.

Das Treffen in Genf diente einer ersten Erkundung. Wer auch immer in die Schweiz reiste, sollte intelligent sein und imstande, ein Täuschungsmanöver zu erkennen. Vernünftigerweise ein Mann, der auch selbst mit Täuschungsmanövern arbeitete.

Das sollte ihnen nicht schwerfallen, nicht in den Kreisen, in denen sie sich bewegten. Ohne Zweifel kannten sie einen solchen Mann.

Das war der Fall. Ein Buchprüfer namens Walter Kendall.

Swanson sah auf die Uhr. Es war zwanzig Minuten nach sechs.

Eine Stunde noch, dann würde er in sein Büro fahren und lautlose Arrangements für einen gewissen Walter Kendall treffen, der auf neutralem Wege nach Genf in der Schweiz fliegen sollte. Er würde die Befehle mit Dutzenden anderer Transportanweisungen und Freigaben in einer blauen Kuriertasche unterbringen. Die Befehle würden keine Unterschrift tragen, nur den amtlichen Stempel der Field Division Fairfax; ein Routineverfahren für Vorgänge dieser Art.

Herrgott! dachte Swanson. Wenn man solche Dinge nur lenken könnte ..., *ohne sich zu beteiligen.*

Aber er wußte, daß das nicht möglich war. Über kurz oder lang würde er der Realität dessen, was er getan hatte, ins Auge sehen müssen.

8.

6. Dezember 1943, Baskenland, Spanien

Er war acht Tage im Nordland gewesen. Er hatte nicht damit gerechnet, daß es so lange dauern würde, aber Spaulding wußte, daß es notwendig war ... Was als Routineflucht begonnen hatte — zwei Überläufer von der Ruhr — hatte sich als etwas völlig anderes erwiesen.

Die Wissenschaftler waren Köder, Gestapo-Köder. Der Mann, der ihre Flucht ermöglicht hatte, war kein Mitglied der deutschen Untergrundbewegung. Er war ein Gestapo-Mann.

Spaulding hatte drei Tage gebraucht, um ganz sicher zu gehen. Der Gestapo-Mann war einer der besten, die ihm je begegnet waren, aber seine Fehler ließen deutlich eines erkennen: er war kein erfahrener Grenzgänger. Und als David seiner Sache sicher war, wußte er auch genau, was zu tun war.

Fünf Tage lang führte er seinen ›Kollegen‹ durch die Hügel und Bergpässe im Osten, bis hinüber nach Sierra de Guera, fast hundert Meilen von den geheimen Fluchtrouten entfernt. Er suchte entfernte Dörfer auf und hielt dort mit ihm bekannten Falangisten ›Konferenzen‹ ab, Männern freilich, die ihn *nicht* kannten — und sagte dann dem Mann von der Gestapo, daß sie Partisanen seien. Er zog über primitive Straßen und den Guayardofluß hinunter und erklärte, daß es sich dabei um die üblichen Fluchtrouten handle ...

Die Information wurde nach Deutschland durchgegeben. Das war Grund genug, fünf zusätzliche Tage zu investieren. Die Deutschen würden monatelang damit beschäftigt sein, sich auf die östlichen ›Routen‹ zu konzentrieren; das Wegenetz, das nach dem Westen führte, würde relativ frei bleiben.

Aber jetzt näherte das Spiel sich seinem Ende. Das ist auch gut so, dachte David; er hatte in Ortegal zu tun, an der Küste der Biskaya.

Das kleine Lagerfeuer war bis auf die Glut heruntergebrannt, die Nachtluft kalt. Spaulding sah auf die Uhr. Es war zwei Uhr früh. Er hatte den ›Grenzgänger‹ aufgefordert, ziemlich weit abseits vom

Lager Wache zu halten ..., wo der Schein der Feuerglut ihn nicht beleuchtete. In der Dunkelheit. Er hatte dem Gestapo-Mann genug Zeit gelassen, um etwas zu unternehmen, aber der Deutsche hatte *nichts* getan, war auf seinem Posten geblieben.

Meinetwegen, dachte David. Vielleicht war der Mann gar kein so großer Experte, wie er glaubte. Vielleicht war auch die Information, die ihm seine Männer in den Bergen gegeben hatten, nicht richtig. Vielleicht gab es gar keine Gruppe von deutschen Soldaten — Gebirgsjägern wie angenommen wurde — die von der Grenze nach dem Süden unterwegs waren, um den Gestapo-Agenten zurückzuholen.

Und ihn zu fangen.

Er näherte sich dem Felsen, auf dem der Deutsche saß. »Ruhen Sie sich ein wenig aus. Ich übernehme jetzt die Wache.«

»Danke«, sagte der Mann und stand auf. »Aber zuerst muß ich noch austreten. Ich gehe aufs Feld und nehme einen Spaten mit.«

»Gehen Sie in den Wald. Hier grasen Tiere. Der Wind trägt.«

»Natürlich. Sie sind gründlich.«

»Ich gebe mir Mühe«, sagte David.

Der Deutsche ging zum Feuer zurück, wo seine Sachen lagen. Er nahm sich eine Schaufel und ging zu dem Wäldchen hinüber, das an das Feld angrenzte. Spaulding blickte ihm nach, jetzt überzeugt, daß sein erster Eindruck richtig gewesen war. Der Gestapo-Agent *war* ein Experte. Der Nazi hatte nicht vergessen, daß vor sechs Tagen die beiden Wissenschaftler von der Ruhr während der Nacht verschwunden waren — zu einer Zeit, da er geschlafen hatte. David hatte die Wut in den Augen des Deutschen gesehen und wußte, daß der Mann sich jetzt daran erinnerte.

Wenn Spaulding die gegenwärtige Situation richtig einschätzte, würde der Gestapo-Mann wenigstens eine Stunde warten und wachbleiben, um sicher zu gehen, daß er, David, nicht in der Dunkelheit mit irgendwelchen Partisanen Verbindung aufnahm. Erst dann würde der Deutsche den im Wald wartenden Gebirgsjägern sein Signal geben. Und dann würden sie kommen, mit schußbereiten Karabinern.

Aber der Gestapo-Mann hatte einen Fehler gemacht. Er hatte zu bereitwillig — kommentarlos — akzeptiert, was Spaulding über das Feld und den Wind gesagt hatte, und damit auch seinen Vorschlag, seine Notdurft zu verrichten.

Sie hatten das Feld in der Abenddämmerung erreicht; es war nackt und kahl, das Gras sauer und der Abhang felsig. Nichts würde hier grasen, nicht einmal Ziegen.

Und es gab überhaupt keinen Wind. Die Nachtluft war kalt, aber tot.

Ein erfahrener Grenzgänger hätte widersprochen, ohne Zweifel humorvoll, und hätte gesagt, der Teufel solle ihn holen, wenn er zum Kacken in den stockdunklen Wald gehen würde. Aber der Gestapo-Agent konnte der gebotenen Gelegenheit nicht widerstehen, seinerseits Kontakt aufzunehmen.

Wenn eine solche Kontaktaufnahme geplant war, dachte Spaulding. In ein paar Minuten würde er es wissen.

David wartete eine halbe Minute, nachdem der Mann hinter den Bäumen verschwunden war. Dann warf er sich schnell zu Boden und robbte zur Seite, weg von dem Felsen, im scharfen Winkel zu der Stelle, wo der Grenzgänger den Wald betreten hatte. Als er dreißig oder vierzig Fuß zurückgelegt hatte, stand er auf, duckte sich und rannte an den Waldrand. Seiner Schätzung nach war er etwa sechzig Meter von dem Deutschen entfernt.

Er schob sich zwischen das dichte Blattwerk und schlich sich lautlos auf den Mann zu. Er konnte ihn nicht sehen, wußte aber, daß er ihn bald finden würde.

Und dann sah er es: das Signal. Ein angerissenes Streichholz, das gleich wieder ausgelöscht wurde.

Noch eines. Diesmal brannte es einige Sekunden lang und wurde erst dann ausgeblasen.

Aus der Tiefe des Waldes kam von zwei Stellen die Antwort. Zwei Streichhölzer. In entgegengesetzter Richtung.

David schätzte die Entfernung auf vielleicht hundert Fuß. Der Deutsche, der mit dem Wald im Baskenland nicht vertraut war, blieb ganz außen am Rand. Die Männer, denen er das Signal gegeben hatte, näherten sich jetzt. Spaulding — lautlos, um das Geräusch des schweigenden Waldes nicht zu stören — kroch näher.

Er hörte flüsternde Stimmen. Er konnte nur einzelne Worte ausmachen. Aber die genügten.

Er schlich sich schnell durch das Unterholz zu der Stelle zurück, wo er den Wald betreten hatte, und rannte dann zu seinem Posten, dem Felsbrocken. Er zog eine kleine Taschenlampe aus der Windjacke, legte zwei Finger über die Linse, richtete die Lampe nach Südwesten. Er drückte den Schalter fünfmal schnell hintereinander und schob die Lampe dann wieder in die Tasche und wartete.

Es würde nicht mehr lange dauern.

Er hatte recht.

Der Deutsche kam mit der Schaufel in der Hand aus dem Wald, er rauchte eine Zigarette. Die Nacht war schwarz. Der Mond lugte nur gelegentlich durch die dicke Wolkendecke, es herrschte fast völlige Finsternis. David stand auf und signalisierte dem Deutschen mit einem kurzen Pfiff, worauf dieser auf ihn zuging.

»Was ist denn, Lissabon?«

Spaulding sprach ganz leise. Zwei Worte.

»Heil Hitler.«

Und stieß dem Nazi sein kurzes Bajonett in den Leib, riß es nach unten, tötete den Mann auf der Stelle.

Die Leiche fiel zu Boden, das Gesicht verzerrt; das einzige Geräusch, das zu hören war, war ein kurzes Schlucken, der Anfang eines Schreis, aufgehalten von ausgestreckten Fingern, die er dem toten Mann in den Mund trieb und nach unten riß, so wie er es mit dem Messer getan hatte.

David rannte über die Grasfläche zum Waldrand, links von der Stelle, wo er das Unterholz betreten hatte. Näher dem Punkt, wo der Nazi im Flüsterton mit seinen beiden Verbündeten gesprochen hatte. Plötzlich brach der Mond durch die Wolken, und er blieb ein paar Sekunden lang stocksteif und lauschte.

Es war nichts zu hören. Jetzt verdeckte die Wolke den Mond wieder, und es wurde finster. Die Leiche draußen auf dem Feld war während der kurzen hellen Phase nicht entdeckt worden. Und diese Tatsache bestätigte David etwas sehr Wichtiges.

Die Gebirgsjäger im Wald waren nicht bis zum Waldrand vorgedrungen. Oder, wenn sie das waren, konzentrierten sie sich jedenfalls nicht auf das Feld.

Sie warteten einfach nur.

Er richtete sich auf und arbeitete sich schnell durch das dichte Unterholz, paßte den Körper und die Gliedmaßen jedem Ast an, den er vorfand, und machte nur Geräusche, die sich den Tönen des Waldes anpaßten. Er erreichte die Stelle, wo noch vor wenigen Minuten drei Männer miteinander gesprochen hatten, sah aber nichts, spürte nicht die Gegenwart von Menschen.

Er holte eine Schachtel mit Streichhölzern aus der Tasche und entnahm ihr zwei. Er riß das erste an und blies es gleich wieder aus, als es aufflammte. Dann riß er das zweite Streichholz an und ließ es ein paar Augenblicke brennen, ehe er es auslöschte.

Etwa vierzig Fuß von ihm entfernt antwortete ein anderes Streichholz. Im Norden.

Und im gleichen Augenblick kam eine zweite Antwort, diesmal aus dem Westen, vielleicht fünfzig oder sechzig Fuß entfernt.

Nicht mehr.

Aber genug.

Spaulding kroch schnell tiefer in den Wald hinein, in nordöstlicher Richtung. Nach fünf Metern preßte er sich gegen den Stamm eines von Ameisen zerfressenen Ceibabaumes.

Er wartete. Und während er wartete, holte er eine dünne Drahtrolle aus der Tasche seiner Windjacke. Der Draht war an beiden Enden mit hölzernen Handgriffen versehen.

Für einen Gebirgsjäger machte der deutsche Soldat viel zu viel Lärm, dachte David. Er beeilte sich. Der unerwartete Befehl zu einem weiteren Treffen hatte ihn offenbar unsicher gemacht. Das verriet Spaulding noch etwas; der Gestapo-Agent, den er getötet hatte, war ein anspruchsvoller Mann, das bedeutete, daß die übrigen ihre Posten behalten würden und auf Befehle warten. Es würde nur wenig Einzelinitiative geben.

Aber jetzt war nicht die Zeit, über sie nachzudenken. Der deutsche Soldat passierte den Ceibabaum.

David sprang lautlos hoch, die Drahtschlinge mit beiden Händen erhoben. Die Schlinge fiel über den Helm des Soldaten, und dann riß er so schnell und mit so brutaler Plötzlichkeit zu, daß sich der Draht mit absoluter Endgültigkeit in seinen Hals schnitt.

Wieder war kein Laut zu hören, nur ein kurzes Röcheln.

David Spaulding hatte dieses Geräusch schon so oft gehört, daß es ihn nicht mehr erstarren ließ. So wie früher einmal.

Schweigen.

Und dann das unverkennbare Knacken von Zweigen, Schritte, die einen unbekannten Weg gingen. Hastig, ungeduldig, ebenso ungeduldig wie der tote Mann zu seinen Füßen gewesen war.

Spaulding steckte die blutige Drahtschlinge wieder ein und zog das verkürzte Seitengewehr aus der Scheide, die an seinem Gürtel hing. Er wußte, daß es keinen Anlaß zur Eile gab; der dritte Mann würde warten. Verwirrt, vielleicht sogar verängstigt ..., aber wahrscheinlich nicht, wenn er ein Gebirgsjäger war. Die Gebirgsjäger waren härter als die Gestapo, brutaler. Es ging das Gerücht, daß es bei ihnen Einheiten gab, die bewußt aus Männern mit sadistischen Neigungen zusammengestellt wurden. Robotern, die in der Nähe von Bergpässen leben und ihre Feindschaft für alles Menschliche in eisiger Isoliertheit nähren konnten, bis man ihnen den Befehl zum Angriff gab.

Es gab nichts daran zu deuteln, dachte David. Es bereitete ein gewisses Vergnügen, solche Leute zu töten.

Die *Tretmühle*.

Er schob sich vor, das Messer bereit zuzustoßen.

»*Wer?* ... Wer ist da?« flüsterte die Gestalt erregt.

»Hier bin ich, Freundchen«, erwiderte David. Sein Seitengewehr bohrte sich dem Deutschen in die Brust.

Die Partisanen kamen aus den Hügeln herab. Es waren fünf Männer, vier Basken und ein Katalane. Der Anführer war ein Baske, vierschrötig und hart.

»Sie haben uns ja ganz schön herumgeführt, Lissabon. Manchmal dachten wir, Sie wären *loco*. Mutter Gottes! Das waren bestimmt hundert Kilometer.«

»Die Deutschen reisen noch viel weiter, das kann ich Ihnen versprechen. Was gibt's im Norden?«

»Eine ganze Kette Gebirgsjäger. Vielleicht zwanzig. Alle sechs Kilometer, bis zur Grenze. Sollen wir sie in ihrer Kacke sitzen lassen?«

»Nein«, sagte Spaulding nachdenklich. »Tötet sie ... alle, bis auf die letzten drei; die wollen wir zurücktreiben. Sie werden dann das bestätigen, was wir der Gestapo vermitteln wollen.«

»Das verstehe ich nicht.«

»Brauchen Sie auch nicht.« David ging zu dem ersterbenden Feuer und trat nach der Glut. Er mußte nach Ortegal. Das war alles, woran er denken konnte.

Plötzlich wurde ihm bewußt, daß der breitschultrige Baske ihm gefolgt war. Der Mann stand auf der anderen Seite des nur mehr schwach glutenden Lagerfeuers; er wollte etwas sagen. Jetzt sah er David an und meinte:

»Wir dachten, Sie sollten es jetzt erfahren. Wir haben erfahren, wie die Schweine den Kontakt gemacht haben. Vor acht Tagen.«

»Wovon reden Sie?« fragte Spaulding gereizt. Im Nordland fiel es nicht leicht, jemandem zu vertrauen; er würde einen schriftlichen Bericht bekommen, er wollte kein Gespräch. Er wollte schlafen, wieder erwachen und nach Ortegal gehen. Aber der Baske schien verletzt; das galt es zu vermeiden. »Sprechen Sie, *Amigo*.«

»Wir wollten es Ihnen vorher nicht sagen. Wir dachten, Sie würden zornig werden und übereilt handeln.«

»Wieso? Warum?«

»Es war Bergeron.«

»Das glaube ich nicht ...«

»Es ist aber so. Die haben ihn in San Sebastián geschnappt. Er ist nicht leicht umgekippt, aber sie haben es geschafft. Zehn Tage Folter ..., Drähte an den Genitalien unter anderem, Drogen. Man hat uns erzählt, er hätte sie noch angespuckt, ehe er starb.«

David sah den Mann an. Er stellte fest, daß er das Gehörte völlig gefühllos akzeptierte. *Völlig gefühllos.* Und das Fehlen jeglichen Gefühls warnte ihn ..., er mußte auf seiner Hut sein. Er hatte den Mann namens Bergeron ausgebildet, mit ihm in den Bergen gelebt, stundenlang über Dinge mit ihm gesprochen, wie man sie nur in völliger Isoliertheit mit anderen Menschen bespricht. Bergeron hatte mit ihm gekämpft, für ihn Opfer gebracht. Bergeron war der engste Freund, den er im Norden hatte.

Vor zwei Jahren hätte eine Nachricht wie diese ihn zu wütendem Zorn aufgepeitscht. Er hätte auf den Boden geschlagen und verlangt, irgendwo auf der anderen Seite der Grenze zuzuschlagen, hätte Vergeltung gefordert.

Vor einem Jahr hätte er den Überbringer einer solchen Nachricht stehen gelassen, hätte ein paar Minuten alleine sein müssen. Ein kurzes Schweigen, um ... ganz für sich ..., über das nachzudenken, was dieser Mann gewesen war, der sein Leben gegeben hatte, den Erinnerungen nachzuhängen, die jener Mann in ihm heraufbeschwor.

Jetzt empfand er nichts.

Überhaupt nichts.

Und es war ein schreckliches Gefühl, überhaupt nichts zu empfinden.

»Machen Sie diesen Fehler nicht noch einmal«, sagte er zu dem Basken. »Sagen Sie es mir das nächstemal. Ich handle nicht übereilt.«

9.

13. Dezember 1943, Berlin

Johann Dietricht rutschte auf dem Ledersessel vor Altmüllers Schreibtisch zur Seite. Es war halb elf Uhr nachts, und er hatte nicht zu Abend gegessen. Dafür war keine Zeit gewesen. Der Flug aus Genf war beengt und unbequem gewesen, und wenn man alle Umstände in Betracht zog, so befand Dietricht sich in einem Zustand erschöpfter Verärgerung. Eine Tatsache, die er dem Unterstaatssekretär einige Male zur Kenntnis brachte.

»Wir wissen sehr wohl zu schätzen, was Sie durchgemacht haben, Herr Dietricht und den außergewöhnlichen Dienst, den Sie Ihrem Lande geleistet haben.« Altmüller gab sich Mühe, den anderen zu besänftigen. »Es dauert nur noch ein paar Minuten, dann lasse ich Sie an jeden beliebigen Ort fahren, wohin Sie wollen.«

»Ein ordentliches Restaurant, wenn Sie eines finden, das um diese Zeit geöffnet hat«, sagte Dietricht mit beleidigt klingender Stimme.

»Wir bitten um Entschuldigung, daß wir Sie so unter Druck gesetzt haben. Vielleicht entschädigt ein angenehmer Abend, ein wirklich gutes Essen, Schnaps, gute Gesellschaft. Der Himmel weiß, wie Sie sich das verdient haben ... Es gibt da eine Gaststätte, einige Kilometer vor der Stadt, sehr exklusive Gäste, hauptsächlich Kadetten von der Fliegerschule. Die Küche ist wirklich ausgezeichnet.«

Johann Dietricht brauchte nicht einmal Altmüllers lächelnden Blick zu erwidern; gewisse Dinge nahm er als selbstverständlich für sich in Anspruch, als zu seinem Lebensstil gehörig. Seit Jahren war er verwöhnt worden. Er war ein sehr wichtiger Mann, und es gab viele Leute, deren einzige Aufgabe darin bestand, ihn bei guter Stimmung zu erhalten. So wie Altmüller jetzt versuchte, ihn bei guter Stimmung zu erhalten.

»Das könnte sehr entspannend sein. Es war ein schrecklicher Tag ... Tage, um es genau zu sagen.«

»Wenn Sie natürlich eine andere ...«

»Nein, nein. Ich nehme Ihre Empfehlung an ... Wir wollen es hinter uns bringen, ja?«

»Gut. Wir sollten dabei einige Punkte besprechen, damit es keine Irrtümer gibt ... Der Amerikaner war also mit Buenos Aires einverstanden?«

»Einverstanden? Er ist förmlich darauf gesprungen. Ein widerlicher Mensch, er konnte einem nicht ins Auge sehen, aber er meinte das, was er sagte, ernst. Wirklich abstoßend. Die Kleider, selbst die Fingernägel. Ein schmutziger Kerl!«

»Ja, natürlich. Aber Sie haben nichts falsch verstanden?«

»Mein Englisch ist fließend, ich verstehe auch die kleinen Nuancen. Er war sehr zufrieden.«

»Ja, mit der Reaktion haben wir gerechnet. Hatte er Vollmacht, das Angebot anzunehmen?«

»Die hatte er, ohne Frage. Er ist trotz seiner schlechten Manieren offensichtlich eine ziemlich hochstehende Person, entscheidungsbefugt. Ohne Zweifel raffiniert und verschlagen, aber sehr darauf erpicht, den Tausch durchzuführen.«

»Haben Sie — wenn auch nur am Rande — über die Motive der beiden Seiten gesprochen?«

»Auf mein Wort, das war nicht zu vermeiden! Dieser Kendall war äußerst direkt. Es war eine finanzielle Angelegenheit, ganz klar und deutlich. Andere Überlegungen galten für ihn nicht. Er führt alles auf Zahlen zurück. Ich bezweifle, daß er überhaupt imstande ist, in anderen Kategorien zu denken. Ich bin in solchen Dingen sehr sensibel.«

»Darauf haben wir gebaut. Und Rheinmann? Ist er auch akzeptabel?«

»Unwesentlich. Ich wies darauf hin, daß wir ein kalkuliertes Risiko eingingen, um jeden Verdacht zu zerstreuen, daß Rheinmann sich im Zwangsexil befindet. Dieser Kendall war nur von Rheinmanns Wohlhabenheit beeindruckt.«

»Dann das zeitliche Element; wir müssen sehr sorgfältig und gründlich vorgehen. Gehen wir doch die geplanten Termine noch einmal durch. Es wäre wirklich katastrophal, wenn ich einen Fehler beginge. So, wie ich Sie verstanden habe, hatte der Amerikaner abgestufte Schätzungen über den Versandbedarf an Carbonado und Boort ...«

»Ja, ja«, unterbrach Dietricht, als spräche er zu einem kleinen Kind. »Schließlich hatte er ja keine Ahnung von unseren Bedürfnissen. Ich habe natürlich unseren Maximalbedarf genannt; in zeitlicher Hinsicht machte das keinen großen Unterschied. Sie müssen die Sendungen von den Herkunftsorten abrufen; es wäre zu riskant, sie aus den existierenden Lagern zu nehmen.«

»Ich bin nicht sicher, ob ich das verstehe. Es könnte eine Finte sein.«

»Sie sind die Gefangenen ihrer eigenen Sicherheitsmaßnahmen. Seit einem Monat steht jedes Lager von Industriediamanten unter komplizierten Sicherheitsvorkehrungen, und für jede Tonne werden Dutzende von Unterschriften benötigt. Unseren Bedarf dort abzurufen, würde auffallen.«

»Das ist der Nachteil des demokratischen Systems. Man gibt den kleinen Leuten Verantwortung. Und sobald man sie ihnen einmal gegeben hat, ist es schwer, sie ihnen wieder wegzunehmen. Unglaublich.«

»Dieser Kendall hat es so ausgedrückt, daß man zu viele Fragen stellen würde, daß zu viele Leute mit hineingezogen würden. Es wäre sehr schwierig. Das Sicherheitssystem der Gegenseite wimmelt von Bürokraten.«

»Diese Bedingung müssen wir akzeptieren«, sagte Altmüller resigniert — eine Resignation, die durchaus echt war und nicht nur Dietricht galt. »Und getätigt werden sollen diese Sendungen in vier bis sechs Wochen. Schneller geht es nicht?«

»Sicher. Wenn wir bereit wären, das Erz selbst zu bearbeiten.«

»Unmöglich. Dann hätten wir tonnenweise wertlosen Dreck. Wir brauchen natürlich Endprodukte.«

»Natürlich. Das habe ich klargestellt.«

»Mir scheint diese lange Lieferfrist unnötig. Ich muß nach Schwachstellen suchen. Und Sie sagten, dieser Kendall sei raffiniert.«

»Aber daran interessiert, daß der Handel zustande kommt. Ich sagte doch, daß er sehr interessiert war ... Sind wir jetzt fertig?«

»Einigermaßen. Der Verbindungsmann in Genf wird den Namen des Mannes in Buenos Aires bekommen? Des Mannes, mit dem wir Kontakt aufnehmen?«

»Ja. In drei oder vier Tagen. Kendall meinte, es könnte ein Wissenschaftler namens Spinelli sein. Ein Experte für Gyroskope.«

»Daran könnte man zweifeln, meine ich. Italiener?«

»Ja, aber amerikanischer Staatsbürger.«

»Aha. Das war zu erwarten. Die Pläne werden natürlich gründlich untersucht werden. Jetzt bleiben nur noch die einzelnen Vorsichtsmaßregeln, die beide Seiten bis zum Augenblick des Austauschs für nötig halten. Ein ritueller Tanz.«

»*Ach!* Das ist etwas für Ihre Leute. Ich habe damit nichts zu tun. Ich habe den ersten und wie ich glaube wichtigsten Beitrag geleistet.«

»Ohne Zweifel. Im übrigen gehe ich davon aus, daß Sie sich des Vertrauens würdig erwiesen haben, das der Führer durch dieses Amt in Sie gesetzt hat. Sie haben Ihre Reise nach Genf gegenüber niemandem erwähnt?«

»Gegenüber niemandem, das Vertrauen des Führers ist gerechtfertigt. Das weiß er. Ebenso wie bei meinem Vater und seinem Bruder, meinem Onkel, ist die Loyalität und der Gehorsam der Dietrichts unverbrüchlich.«

»Das hat er oft erwähnt. Wir sind fertig, Herr Dietricht.«

»Gut! Es war wirklich nervenaufreibend ... Ich nehme gerne Ihre Empfehlung bezüglich dieses Restaurants an ..., wenn Sie die entsprechenden Vorbereitungen treffen, lasse ich meinen Wagen kommen.«

»Wie Sie wünschen, aber ich kann Sie gerne durch meinen persönlichen Fahrer hinbringen lassen. Wie gesagt, es ist ein ziemlich exklusives Lokal. Mein Chauffeur ist ein junger Mann, er kennt sich aus.« Altmüller sah Dietricht an. Ihre Augen begegneten sich kurz. »Es wäre dem Führer sehr unangenehm, wenn er zu dem Schluß käme, daß ich Sie belästigt habe.«

»Oh, nun gut. Es ist vielleicht wirklich einfacher so. Und wir wollen nicht, daß dem Führer etwas unangenehm ist.« Dietricht quälte seine Leibesfülle aus dem Sessel, während Altmüller aufstand und um den Schreibtisch herumging.

»Ich danke Ihnen, Herr Dietricht«, sagte der Unterstaatssekretär und streckte ihm die Hand hin. »Wenn der Augenblick dafür gekommen ist, werden wir dafür sorgen, daß der Beitrag, den Sie geleistet haben, bekannt wird. Sie sind ein Held des Reiches, mein Herr. Es ist ein Privileg für mich, Sie zu kennen. Der Adjutant draußen bringt Sie jetzt zum Wagen. Der Chauffeur wartet bereits.«

»Das erleichtert mich sehr! Guten Abend, Herr Altmüller.« Johann Dietricht ging mit schweren Schritten zur Türe, während Altmüller einen Knopf auf seinem Schreibtisch drückte.

Morgen würde Dietricht tot sein, und die Umstände so peinlich, daß niemand sie näher untersuchen oder gar darüber sprechen würde, nur im Flüsterton.

Dietricht würde eliminiert sein.

Und alle Spuren, die die Manipulationen von Genf mit den Führern des Reiches in Verbindung brachten, würden mit ihm verschwinden. Buenos Aires war jetzt ganz in den Händen von Erich Rheinmann und seinen ehemaligen Brüdern in der deutschen Industrie.

Abgesehen von ihm — Franz Altmüller.

Dem wahren Marionettenspieler.

5. Dezember 1943, Washington D. C.

Swanson verabscheute die Methoden, die er einzusetzen gezwungen war. Er spürte, daß sie der Anfang einer endlosen Kette von Täuschungen waren. Und er war kein Mann, der zur Täuschung neigte. Mag sein, daß er sich besser als die meisten darauf verstand, andere zu erkennen, die mit Täuschungsmanövern arbeiteten, aber das kam daher, daß er häufig solchen Leuten ausgesetzt war, nicht aus seinem Wesen.

Die Methoden waren ihm widerlich: Männer zu beobachten, die nicht wußten, daß man sie beobachtete und belauschte, die ohne die Hemmungen sprachen, die sie ohne Zweifel empfunden hätten, hätten sie geahnt, daß sie belauscht und bespitzelt wurden, daß Tonbandgeräte liefen und jedes Wort aufzeichneten, das sie sagten. All das gehörte in jene andere Welt, die Welt des Edmund Pace.

Es war ganz einfach gewesen, die nötigen Manipulationen vorzunehmen. Die Abwehrabteilung der Army verfügte über Verhörräume in ganz Washington. An den unwahrscheinlichsten Orten. Pace hatte ihm eine entsprechende Liste gegeben; er hatte einen Raum im Sheraton-Hotel gewählt. Vierter Stock, Suite 4-M;

zwei sichtbare Räume und ein dritter, der es nicht war. Dieser unsichtbare Raum befand sich hinter der Wand der beiden Räume der Suite, einer Wand aus Glas, das nur in einer Richtung durchsichtig war. Vor den Beobachtungslöchern hingen impressionistische Gemälde, die das Schlafzimmer und das Wohnzimmer zierten. In dem unsichtbaren Raum standen auf Regalen unter den Öffnungen Magnetbandgeräte, die jedes Wort aufzeichneten. Das einzige, was die Sicht störte, waren die hellen Pastellfarben der Gemälde.

Überhaupt kein Hindernis, wenn man es genau betrachtete.

Es war auch nicht schwierig gewesen, die drei Männer in diesen Raum im Sheraton zu bringen. Swanson hatte Jonathan Craft von den Packardwerken angerufen und ihn davon verständigt, daß Walter Kendall mit der frühen Nachmittagsmaschine aus Genf eintreffen würde. Der befehlsgewohnte General hatte dem verängstigten Zivilisten auch gesagt, es sei möglich, daß das Militär mit ihm telefonisch Verbindung aufnehmen wolle. Er schlug deshalb vor, daß Craft sich ein Zimmer in einem gut besuchten Hotel in der Stadtmitte bestelle. Er empfahl das Sheraton.

Craft war sehr beflissen; er wußte, daß für ihn einiges auf dem Spiel stand. Wenn das Kriegsministerium das Sheraton empfahl, würde er eben das Sheraton nehmen. Er hatte das Zimmer gebucht, ohne Howard Oliver von Meridian Aircraft zu verständigen.

Den Rest übernahm die Rezeption.

Als Walter Kendall vor einer Stunde eingetroffen war, war Swanson das ungepflegte Äußere des Mannes aufgefallen. Es war eine angeborene Ungepflegtheit, nicht die Folge der Reise. Eine Schlampigkeit, die seine Gesten einschloß, und seine beständig unruhig umherhuschenden Augen. Er wirkte wie eine groß geratene Ratte mit dem Körper eines mittelgroßen Mannes.

Der Buchprüfer hatte keinem der beiden Männer die Hand geschüttelt, sondern war geradewegs auf einen Lehnsessel zugegangen, der dem Sofa gegenüberstand, hatte sich gesetzt und seine Aktentasche geöffnet. Er hatte seinen Bericht kurz und bündig begonnen.

»Dieser Hundesohn war ein Homo, das schwöre ich!«

Im Lauf der nächsten Stunde schilderte Kendall in minuziösen Einzelheiten alles, was sich in Genf zugetragen hatte. Die Boort- und Carbonado-Mengen, auf die man sich geeinigt hatte, die

Qualitätszertifikate; Buenos Aires; Gian Spinelli, die Kreiselkonstruktionen — *deren* Überprüfung und Lieferung, und den Verbindungsmann, Erich Rheinmann, Jude im Exil. Kendall war eine sehr fachkundige Ratte, der sich in den Höhlen der schmutzigen Händel durchaus wohlfühlte. Er befand sich ganz in seinem Element.

»Und welche Sicherheit haben wir, daß die in gutem Glauben handeln?« fragte Craft.

»In gutem *Glauben*?« Kendall schnitt eine Grimasse und grinste den Packard-Direktor an. »Das ist doch nicht zu glauben! Guter *Glaube*!«

»Sie könnten uns die falschen Konstruktionen geben«, fuhr Craft fort.

»Da hat er recht«, sagte Oliver und spannte die wulstigen Lippen.

»Und wir könnten ihnen Kisten voll Glasscherben andrehen. Glauben Sie, die haben nicht darüber nachgedacht? . . . Aber das werden sie nicht tun und wir auch nicht. Aus dem gleichen Grund. Wir haben doch schließlich beide den Hals in der Schlinge. Wir haben einen gemeinsamen Feind, und das ist nicht der jeweilige Partner.«

Oliver, der Kendall gegenübersaß, starrte den Buchprüfer an. »Dort Hitlers Generale, hier das Kriegsministerium.«

»Gleichgültig, wer gewinnt, jeder von uns hat etwas für sich, wenn das Ganze vorbei ist. Darüber haben wir uns ebenfalls geeinigt«, sagte Kendall.

Ein paar Augenblicke lang herrschte Schweigen. Oliver beugte sich in seinem Sessel vor und starrte Kendall an. »Das wäre ein Zusatznutzen, Walter. Das könnte sehr klug sein.«

»Sehr«, erwiderte der Buchprüfer und warf Oliver einen kurzen Blick zu. »Wir hauen denen die Städte kaputt, bomben Fabriken von der Landkarte; Eisenbahnen, Straßen — alles in Schutt und Asche. Und es wird noch schlimmer werden. Man wird eine Menge Geld damit verdienen können, das alles wieder zusammenzusetzen, Wiederaufbaugeld.«

»Diese Diamanten . . .« Craft wandte sich vom Fenster ab. »Wozu brauchen die die?«

»Welchen Unterschied macht das schon?« Kendall kritzelte etwas auf ein Blatt, das er auf dem Schoß hielt. »Die sind ihnen ausgegangen; denen geht jetzt der Arsch auf Grundeis. So wie es

Ihnen mit dem Lenksystem geht ... Übrigens, Howard, haben Sie schon einmal mit den Minen gesprochen?«

Oliver war tief in Gedanken versunken. Jetzt blickte er auf. »Ja. Koening. Die New Yorker Büros.«

»Wie haben Sie es denen denn verkauft?«

»Daß es sich um eine Sache in der höchsten Geheimhaltungsstufe handelte, mit Billigung des Kriegsministeriums. Die Genehmigung würde aus Swansons Büro kommen, aber selbst *er* sei dafür nicht freigegeben.«

»Und das haben die Ihnen abgenommen?« Der Buchprüfer schrieb noch.

»Ich sagte, wir würden vorweg bezahlen. Auf die Weise profitieren die ein paar Millionen. Wir haben uns im Banker's Club getroffen.«

»Sie haben es Ihnen abgenommen.« Eine Feststellung, keine Frage.

»Walter ...«, fuhr Oliver fort. »Sie erwähnten zuerst Spinelli. Das gefällt mir nicht. Er ist eine schlechte Wahl.«

Kendall hörte auf zu schreiben und sah den Mann von Meridian an. »Ich hatte nicht vor, ihm irgend etwas zu sagen. Nur, daß wir etwas kaufen; er sollte alles überprüfen, ehe wir bezahlten, sicherstellen, daß die Pläne authentisch sind.«

»Taugt nichts. Man würde ihn nicht vom Projekt abziehen. Nicht jetzt; da würde zu viel gefragt werden. Finden Sie jemand anderen.«

»Ich verstehe.« Kendall legte den Bleistift hin und bohrte in der Nase; das war eine Geste des Nachdenkens. »Augenblick ..., ja, ich weiß jemanden. In Pasadena. Ein seltsamer Kauz, aber es könnte gehen.« Kendall lachte und atmete dabei durch den Mund. »Er redet nicht einmal; ich meine, er *kann nicht* reden.«

»Taugt er etwas?« fragte Oliver.

»Er hat seine Probleme, aber er ist vielleicht besser als Spinelli«, erwiderte Kendall und schrieb etwas auf einen anderen Zettel. »Ich werde das erledigen ... Wird Sie einiges kosten.«

Oliver zuckte die Achseln. »Das kriegt die Regierung mit auf die Rechnung. Was noch?«

»Ein Kontakt in Buenos Aires. Jemand, der mit Rheinmann verhandeln und die Einzelheiten des Austauschs ausarbeiten kann.«

»Wer?« fragte Craft argwöhnisch, beide Hände vor sich verschränkt.

Der Buchprüfer grinste, so daß man seine gelben Zähne sehen konnte. »Melden Sie sich freiwillig? Sie sehen wie ein Priester aus.«

»Du lieber Gott, nein! Ich wollte nur ...«

»Wieviel, Kendall?« unterbrach Oliver.

»Mehr als Sie zahlen wollen, aber ich glaube nicht, daß Sie eine Wahl haben. In Buenos Aires ist eine Menge Militär. Swanson wird da einige Türen öffnen müssen.«

»Der wird sich da völlig raushalten«, sagte Oliver schnell. »In dem Punkt war er sehr bestimmt. Er will Ihren Namen nie wieder hören oder sehen.«

»Ist mir doch scheißegal. Aber dieser Rheinmann wird gewisse Garantien haben wollen. Das kann ich Ihnen jetzt schon sagen.«

»Swanson wird sehr verärgert sein.« Crafts Stimme klang hoch und eindringlich. »Wir *wollen* nicht, daß er verägert ist.«

»Verärgert, Scheiße! Er will doch bloß seine hübsche Uniform nett und sauber halten ... Ich will Ihnen mal was sagen, lassen Sie ihn jetzt in Ruhe. Geben Sie mir etwas Zeit; ich muß mir noch eine ganze Menge durch den Kopf gehen lassen. Vielleicht fällt mir noch eine Möglichkeit ein, wie wir seine Uniform sauberhalten können. Vielleicht schicke ich ihm eine Rechnung.«

Er will doch bloß seine hübsche Uniform nett und sauber halten ...

Mein inbrünstigster Wunsch, Mr. Kendall, dachte Swanson, als er zum Lift ging.

Aber jetzt nicht möglich. Die Uniform mußte schmutzig werden. Das Auftreten eines Mannes namens Erich Rheinmann machte das nötig.

Rheinmann war eines von Hitlers Fiaskos. Berlin wußte das; London und Washington wußten es. Rheinmann war ein Mann, der ganz der Macht ergeben war: finanzieller, politischer und militärischer Macht. Für ihn mußte jegliche Autorität von einem einzigen Punkt ausgehen, und er würde sich am Ende mit nichts weniger zufrieden geben, als sich an jenem Punkt zu befinden.

Die Tatsache, daß er Jude war, war rein zufällig. Eine Unbequemlichkeit, die mit dem Ende des Krieges enden würde.

Wenn der Krieg vorbei war, würde man Erich Rheinmann

zurückrufen. Was dann noch von der deutschen Industrie übrig war, würde es fordern; die finanziellen Führer der Welt würden es fordern.

Rheinmann würde mit mehr Macht als zuvor wieder auf die internationale Wirtschaftsbühne treten.

Ohne das, was jetzt in Buenos Aires geplant war.

Mit dieser Manipulation würde seine Hebelkraft außergewöhnlich sein.

Sein Wissen, seine Mitwirkung am dem Tausch würden ihm eine Waffe ohne Parallele in die Hand geben, die er gegen alle Seiten einsetzen konnte, gegen alle Regierungen.

Besonders Washington.

Erich Rheinmann würde eliminiert werden müssen.

Nach dem Tausch.

Und allein schon aus diesem Grund mußte Washington einen weiteren Mann in Buenos Aires haben.

10.

16. Dezember 1943, Washington D. C.

Es war unüblich, daß der kommandierende Offizier von Fairfax den Komplex aus irgendeinem Grunde verließ, aber Oberst Edmund Pace hatte den ausdrücklichen Befehl erhalten, das zu tun.

Pace stand vor General Swansons Schreibtisch und begann zu begreifen. Swansons Instruktionen waren kurz und bündig, umfaßten aber einen viel weiteren Bereich, als man aus ihrer Kürze hätte schließen können. Es würde notwendig sein, Dutzende von Abwehrdossiers aus ebensovielen Dutzenden von Stahlschränken zu holen und einige davon äußerst gründlich zu untersuchen.

Swanson wußte, daß Pace seine Befehle mißbilligte. Der Kommandant von Fairfax konnte seine Überraschung auch nicht verhehlen — anfänglich zumindest. Der in Frage kommende Agent mußte deutsch und spanisch in gleicher Weise fließend beherrschen. Er mußte Erfahrung in der Konstruktion von Flugzeugteilen besitzen, unter Einschluß von metallurgischer Dynamik und Lenksystemen. Er mußte ein Mann sein, der imstande war, auf Botschaftsniveau längere Zeit seine Deckung aufrechtzuerhalten. Das verlangte ein Individuum von gesellschaftlichem Schliff, einen Mann also, der sich ohne Mühe in wohlhabenden Kreisen auf dem diplomatischen Felde bewegen konnte.

An diesem Punkt hatte Pace Einwände erhoben. Sein Wissen über die Vorgänge in Johannesburg und Genf hatten dazu geführt. Er unterbrach Swanson, der ihn aber aufforderte, mit seinen Bemerkungen zurückzuhalten, bis sein Vorgesetzter seine Ausführungen abgeschlossen hatte.

Die letzte Qualifikation des Mannes für Buenos Aires — und der General räumte ein, daß es schwierig war, sie mit den vorgenannten technischen Qualifikationen in Einklang zu bringen — bestand darin, daß der Agent Erfahrung in ›schneller Erledigung‹ besitzen mußte.

Dem Mann sollte das Töten nicht fremd sein. Nicht ein Mann, der Erfahrung in militärischem Kampf besaß, wo die Widersacher voneinander getrennt waren und vom Anblick und den Geräuschen der Schlacht aufgeputscht wurden. Nein, ein Mann, der in der Stille töten konnte. Auge in Auge mit seinem Opfer. Alleine.

Die letzte Qualifikation besänftigte Pace. Sein Gesichtsausdruck ließ erkennen, daß, worauf auch immer seine Vorgesetzten sich eingelassen hatten, es jedenfalls nicht im vollen Maße das war, was er vermutete. Das Kriegsministerium verlangte keinen solchen Mann, wenn es beabsichtigte, die getroffenen Vereinbarungen auf den Buchstaben zu erfüllen.

Der Kommandeur von Fairfax sagte nichts. Man war sich einig, daß er, und zwar er alleine, die Akten überprüfen würde. Er erbat einen Code, einen Namen, auf den er sich bei irgendwelchen Nachrichtenübermittlungen beziehen konnte.

Swanson hatte sich in seinem Sessel nach vorne gebeugt und die Landkarte auf seinem Schreibtisch angestarrt. Die Landkarte, die seit mehr als drei Stunden dort gelegen hatte.

»Nennen Sie es ›Tortugas‹«, hatte er gesagt.

18. Dezember 1943, Berlin

Altmüller starrte das noch intakte Siegel auf dem voluminösen braunen Umschlag an. Er schob den Umschlag unter seine Schreibtischlampe und holte ein Vergrößerungsglas aus der obersten Schublade. Er prüfte das Siegel noch einmal; dann war er zufrieden, man hatte nicht versucht, es zu öffnen.

Der Botschaftskurier war mit dem Flugzeug aus Buenos Aires gekommen — über Senegal und Lissabon — und hatte seinen Anweisungen entsprechend den Umschlag persönlich übergeben. Jetzt, da der Kurier ihn verlassen hatte und die Türe hinter ihm verschlossen war, galt Altmüllers ganze Aufmerksamkeit dem Umschlag. Er kam von Erich Rheinmann.

Er schlitzte ihn auf. Der Brief war von Hand geschrieben, in Rheinmanns kaum zu entziffernder Schrift.

Mein lieber Altmüller:

Dem Reich zu dienen, ist ein Privileg, dem ich mich mit Begeisterung unterziehe. Ich bin für Ihre Versicherung natürlich dankbar, daß meine Bemühungen meinen vielen alten Freunden zur Kenntnis gebracht werden. Unter den gegebenen Umständen bin ich auch überzeugt, daß Sie das tun werden.

Es wird Sie freuen zu erfahren, daß meine Schiffe in den Küstengewässern von Punta Delgada nördlich bis in die Karibik den Neutralitätsschutz der Flagge Paraguays genießen. Das könnte Ihnen dienlich sein. Außerdem besitze ich eine Anzahl von Schiffen, kleine und mittelgroße Fahrzeuge, die mit Hochleistungsmaschinen ausgestattet sind. Sie eignen sich für schnelle Reisen in Küstengewässern, und es gibt auch Tankdepots, die es erlauben, auch beträchtliche Strecken schnell zurückzulegen. Natürlich kein Vergleich mit dem Flugzeug, aber dafür kann man auch in völliger Geheimhaltung reisen, fern der neugierigen Augen, die heutzutage auf allen Flugplätzen anzutreffen sind. Selbst wir Neutralen müssen dauernd der Blockade entgehen.

Diese Information sollte die seltsam obskuren Fragen beantworten, die Sie stellten.

Ich bitte Sie, in künftigen Mitteilungen etwas präziser zu sein. Jedenfalls können Sie meiner Loyalität dem Reich gegenüber versichert sein.

In diesem Sinne höre ich von Freunden in Bern, daß Ihr Führer deutliche Anzeichen von Ermüdung zeigt. Das war zu erwarten, nicht wahr?
Vergessen Sie nie, mein lieber Franz, die Idee ist immer größer als der Mann. In der gegenwärtigen Situation kommt die Idee *vor* dem Mann.
Ich erwarte weitere Nachrichten von Ihnen.
Erich Rheinmann

Wie wenig subtil Rheinmann doch war! ... *Loyalität dem Reich gegenüber ..., Freunde in Bern ..., deutliche Zeichen von Ermüdung ...; zu erwarten.*

Rheinmann legte seine Möglichkeiten dar, seine finanzielle Macht, seine ›legitime‹ Besorgnis und seine unzweideutige Verpflichtung, die er Deutschland gegenüber empfand. Indem er diese Faktoren einschloß, sie dem *gegenüberstellte,* was er über die gegenwärtige Situation wußte, stellte er sich selbst über den Führer. Und verurteilte Hitler, indem er es tat — zum größeren Ruhme des Reiches. Ohne Zweifel hatte Rheinmann Fotokopien seines Briefes machen lassen; Rheinmann würde eine sehr vollständige Akte über die Vorgänge in Buenos Aires anlegen. Und eines Tages würde er diese Akte dazu benutzen, sich selbst an die Spitze von Nachkriegsdeutschland zu manövrieren. Vielleicht sogar von ganz Europa.

In Sieg *oder* Niederlage. Aus Dankbarkeit oder, umgekehrt, als Folge einer solch gigantischen Erpresseroperation, daß die Alliierten beim bloßen Gedanken daran zittern würden.

So sei es, dachte Altmüller. Er hielt nicht viel von Rheinmann. Der Mann war Experte für alles, worauf er sich einließ. Er war ein methodisch handelnder Mann, methodisch bis zum Exzeß; dabei in seiner Vorgehensweise konservativ — aber nur in dem Sinne, daß er alle Details kennen und unter Kontrolle haben wollte, ehe er den nächsten Schritt tat. Und darüber hinaus war er fantasievoll und kühn.

Altmüllers Blick fiel auf Rheinmanns Worte:

Ich bitte Sie, in künftigen Mitteilungen etwas präziser zu sein.

Er lächelte. Rheinmann hatte recht. Er hatte sich sehr obskurer Formulierungen bedient, aber aus gutem Grund. Er kannte sein Ziel noch nicht, wußte noch nicht genau, wohin die Reise gehen sollte. Er wußte nur, daß die Kisten mit den Carbonado-Diamanten gründlich untersucht werden mußten, und das würde Zeit beanspruchen. Mehr Zeit als Rheinmann wußte, falls die Information, die er aus Peenemünde erhalten hatte, zutraf. Nach dem, was man in Peenemünde gesagt hatte, würde es den Amerikanern ein Leichtes sein, Tausende von Boort einer niederen Qualität einzupacken, die für das unerfahrene Auge keinerlei Unterschiede gegenüber guter Qualität aufweisen würden. Steine, die bei der ersten Berührung mit Stahl zerspringen würden.

Wenn die Briten die Operation leiteten, war dieses Manöver mit fast tödlicher Sicherheit zu erwarten.

Die Kisten würden minuziös untersucht werden.

In Buenos Aires.

Und sobald man sie einmal übernommen hatte, galt es jedes Risiko zu vermeiden, daß die Kisten unterwegs Schaden erlitten, zum Beispiel Ziel eines Bombenanschlages wurden. Es schien also logisch, Rheinmann zu fragen, welche Fluchtwege ihm zur Verfügung standen. Denn irgendwo würden diese Kisten auf irgendeine Weise in das sicherste Transportmittel verladen werden, das für die Reise nach Deutschland zur Verfügung stand.

Unterseeboote.

Rheinmann würde das verstehen; vielleicht würde er der Präzision künftiger Mitteilungen sogar Lob spenden.

Altmüller erhob sich von seinem Schreibtisch und reckte sich. Dann ging er abwesend in seinem Büro herum und versuchte, den Krampf in seinem Rücken loszuwerden, den ihm das zu viele Sitzen eingetragen hatte. Er näherte sich dem Ledersessel, auf dem Johann Dietricht vor einigen Tagen gesessen hatte.

Dietricht war tot. Man hatte den ersetzbaren Boten in einem blutbesudelten Bett gefunden, und was man sich von den Ausschweifungen der Nacht vorher erzählt hatte, war so widerlich, daß man beschlossen hatte, dieses Wissen gemeinsam mit der Leiche unverzüglich zu begraben.

Altmüller fragte sich, ob die Amerikaner die Kraft für solche Entscheidungen besaßen.

Er bezweifelte es.

19. Dezember 1943, Fairfax, Virginia

Swanson stand stumm vor der schweren Stahltüre im Inneren des Quonset-Baus. Der Sicherheitsleutnant hielt den Hörer des Telefons nur lang genug in der Hand, um den Namen des Generals durchzugeben. Dann nickte er, legte auf und salutierte ein zweites Mal. Die schwere Stahltüre klickte, und Swanson wußte, daß er eintreten konnte.

Der Kommandant von Fairfax war alleine, wie Swanson das befohlen hatte. Er stand rechts von seinem Schreibtisch und hielt einen Aktenordner in der Hand. Er salutierte beim Eintreten seines Vorgesetzten.

»Guten Morgen, General.«

»Morgen. Sie haben schnell gearbeitet. Ich schätze schnelle Arbeit.«

»Es ist vielleicht nicht alles, wie Sie es sich gewünscht haben, aber das Beste, wozu wir imstande sind ... Setzen Sie sich, Sir. Ich will Ihnen die Qualifikationen schildern. Wenn Sie damit einverstanden sind, gehört die Akte Ihnen. Wenn nicht, wandert sie wieder in den Safe.«

Swanson ging zu einem der geradlehnigen Stühle vor dem Schreibtisch des Oberst und setzte sich.

»Die in Betracht gezogene Person hat sich im Feld als tüchtig erwiesen. Sie hat an einem unserer schwierigsten Standorte völlig unabhängig gearbeitet. Sprachen: hinreichend fließend. Verhalten und Haltung: äußerst flexibel. Er ist in dem ganzen Spektrum der bürgerlichen Welt zu Hause, von Botschaftsempfängen bis zu Maurerkneipen — er ist sehr beweglich und überzeugend.«

»Alles sehr positiv, Colonel.«

»Wenn das so ist, tut es mir leid. Er ist an dem Ort wertvoll, wo er sich befindet. Aber Sie haben den Rest noch nicht gehört. Vielleicht ändern Sie Ihre Meinung noch.«

»Fahren Sie fort.«

»Um zu den negativen Aspekten zu kommen, er ist kein Soldat. Ich meine damit nicht, daß er Zivilist ist — er hat den Rang eines Captain, aber ich glaube nicht, daß er ihn je benutzt hat. Was ich damit sagen möchte, ist, daß er nie innerhalb einer Kommandostruktur tätig war. Er hat das Netz aufgebaut; er *ist* die Kommandostruktur. Er war es jetzt seit beinahe vier Jahren.«

»Warum bezeichnen Sie das als negativ?«

»Niemand kann sagen, wie er auf Disziplin reagieren wird. Wie er Befehle annehmen wird.«

»Er wird nicht viel Bewegungsspielraum haben. Es ist alles festgelegt.«

Sehr gut ... Ein zweiter Negativpunkt; er ist kein aeronautischer ...«

»Das *ist* wichtig!« sagte Swanson unfreundlich; Pace vergeudete seine Zeit. Der Mann in Buenos Aires mußte begreifen, was um ihn herum geschah; vielleicht sogar mehr tun als nur begreifen.

»Er kommt aus einem benachbarten Bereich. Unsere Leute sind der Ansicht, daß er sehr schnell unterwiesen werden könnte.«

»Was ist das für ein benachbarter Bereich?«

»Er ist Bauingenieur. Mit beträchtlicher Erfahrung in mechanischer und elektrischer Konstruktion. Er hatte vor seiner Dienstzeit bei uns volle Verantwortung für ganze Bauprojekte — vom Fundament bis zur Übergabe.«

Swanson überlegte einen Augenblick und nickte dann. »Also gut, weiter.«

»Der schwierigste Teil Ihrer Forderung war, jemanden zu finden — jemanden mit dieser technischen Qualifikation — der praktische Erfahrung in der ›Erledigung‹ hatte. Das haben Sie selbst eingeräumt.«

»Ich weiß.« Swanson hatte das Gefühl, daß jetzt der Augenblick gekommen war, sich etwas menschlicher zu geben. Pace wirkte erschöpft; die Suche war nicht leicht gewesen. »Ich habe Ihnen da wirklich viel zugemutet. Hat Ihr nichtmilitärischer, beweglicher Ingenieur schon irgendwelche ›Erledigungen‹ durchgeführt?«

»Wir bemühen uns, darüber keine Aufzeichnungen zu führen, weil ...«

»Sie wissen, was ich meine.«

»Ja. Er befindet sich an einer Station, wo das unvermeidbar ist, wie ich leider sagen muß. Mit Ausnahme der Männer in Burma und Indien hatte er häufiger Gelegenheit zu extremen Lösungen als irgendein anderer unserer Leute im Feld. Nach unserem Wissen hat er nie gezögert, diese Lösungen dann auch vorzunehmen.«

Swanson wollte etwas sagen, zögerte dann aber. Er furchte die Brauen. »Man muß über solche Menschen viel nachdenken, nicht wahr?«

»Sie sind ausgebildet. Auch sie verrichten nur eine Arbeit wie jede andere ... Für einen bestimmten Zweck. Er ist nicht von Natur aus Killer. Nur sehr wenige unserer wirklich guten Männer sind das.«

»Sie haben keine Alternativen vorzuschlagen?«

»Einige. Aber alle haben den gleichen Minuspunkt. Wer über die nötigen Sprachkenntnisse *und* die Ausbildung in Luftfahrttechnik verfügt, hat keine Erfahrung in der ›Erledigung‹. Ich bin von der Annahme ausgegangen, daß das ebenso wichtig wie die anderen Faktoren wäre.«

»Ihre Annahme war richtig ... Sagen Sie, kennen Sie ihn?«

»Sehr gut. Ich habe ihn selbst eingestellt. Ich habe jede Phase seiner Ausbildung überwacht. Ich habe ihn im Feld gesehen. Er ist ein Profi.«

»Einen Profi will ich.«

»Dann ist er vielleicht Ihr Mann. Aber ehe ich das sage, möchte ich Ihnen eine Frage stellen. Ich muß Sie sogar stellen; man wird mir dieselbe Frage stellen.«

»Ich hoffe, daß ich Ihnen Antwort geben kann.«

»Das können Sie. Es ist keine spezielle Frage.«

»Und wie lautet sie?«

Pace trat neben Swanson an den Schreibtischrand. Er lehnte sich dagegen und verschränkte die Arme. Das war wieder ein Signal: *ich bin Ihr Untergebener, aber im Augenblick stehen wir auf gleicher Ebene — in diesem Augenblick wenigstens.*

»Ich sagte, der Mann sei an seinem augenblicklichen Standort wertvoll. Das ist nicht kräftig genug ausgedrückt. Er ist von unschätzbarem Wert, sehr wesentlich. Ich muß wissen, ob der neue Auftrag seine Versetzung rechtfertigt?«

»Lassen Sie es mich so ausdrücken, Colonel«, sagte Swanson ganz leise, aber jede Silbe betonend. »Mit Ausnahme des Manhattan-Projektes gibt es nichts von annähernd ähnlicher Priorität. Ich nehme an, Sie haben vom Manhattan-Projekt gehört?«

»Das habe ich.« Pace richtete sich auf. »Und das Kriegsministerium wird — durch Ihr Büro — diese Priorität bestätigen?«

»Das wird es.«

»Dann sollen Sie ihn haben, General.« Pace reichte Swanson den Aktendeckel. »Er ist einer unserer besten. Er ist unser Mann in Lissabon ... Spaulding, Captain David Spaulding.«

11.

26. Dezember 1943, Ribadavia, Spanien

David jagte auf seinem Motorrad auf der Landstraße neben dem Minho-Fluß nach Süden. Es war die schnellste Route zur Grenze, die unterhalb von Ribadavia lag. Auf der anderen Seite angelangt, würde er nach Westen biegen, zu einem Flugplatz außerhalb von Valença. Der Flug nach Lissabon würde weitere zwei Stunden in Anspruch nehmen, wenn das Wetter gut blieb und eine Maschine zur Verfügung stand. Valença erwartete ihn erst in zwei Tagen; es konnte sein, daß alle Maschinen unterwegs waren.

Alles war so ungewöhnlich, er begriff einfach nicht. Es gab *niemanden* in Lissabon, der solche Befehle erteilen konnte, wie er sie von Ortegal erhalten hatte!

Was war *geschehen*?

Irgend jemand wollte, daß er Lisssabon verließ! Daß er Portugal und Spanien verließ! War es so einfach? Hatten seine Berichte einen General zuviel geärgert? War eine Strategiesitzung gescheitert, weil er die Wahrheit über eine angeblich erfolgreiche Operation gemeldet hatte? Waren die Leute in London und Washington von ihm so geärgert worden, daß sie jetzt ihn, diesen störenden Stachel in ihrer Seite entfernten? Es war möglich; er hatte oft genug gehört, daß die Männer in den unterirdischen Räumen in der Tower Road von London mehr als einmal über seine Lageberichte verstimmt gewesen waren. Er wußte, daß das Büro für Strategische Dienste in Washington der Ansicht war, daß er sich in dessen Angelegenheiten einmischte. Selbst G-2, eigentlich seine eigene Agentur, kritisierte seine Haltung gegenüber den Fluchtteams.

Aber jenseits dieser Klagen gab es eine Erkenntnis, die das alles ausglich: er war gut. Er hatte das beste Netz in ganz Europa zusammengeschweißt.

Und aus diesem Grunde war David verwirrt. Und dies aus einem Grund, den er sich nicht eingestehen wollte: er brauchte Lob.

Er versuchte, nicht daran zu denken.

Er überquerte die Grenze in Mendoso, wo die Grenzposten ihn als einen reichen Ausländer kannten, der den Risiken des Krieges aus dem Wege ging. Sie nahmen seine Geschenke und winkten ihn durch.

Der Flug von Valença zu dem winzigen Flugplatz außerhalb von Lissabon wurde von schweren Regenfällen beeinträchtigt. Sie mußten zweimal — in Águeda und Pombal — zwischenlanden, ehe sie schließlich ihr Ziel erreichten. Ein Botschaftswagen erwartete ihn; der Fahrer, ein Kryptograph namens Marshall, war der einzige Mann in der Botschaft, der seine wahre Funktion kannte.

»Scheußliches Wetter, nicht wahr?« sagte der Codebeamte, der sich hinter das Steuer gesetzt hatte, während David seine Reisetasche auf den Rücksitz warf. »Ich beneide Sie nicht um den Flug in einer solchen Kiste. Nicht bei dem Regen.«

»Diese Graspiloten fliegen so tief, daß man herunterspringen könnte. Ich mach' mir mehr Sorgen um die Bäume.«

»Ich würd' mir um alles Sorgen machen.« Marshall ließ den Wagen an und fuhr auf das baufällige Tor zu, das den Eingang zu dem Flugfeld bildete. Auf der Landstraße schaltete er das Fernlicht ein; es war noch nicht einmal sechs Uhr, aber der Himmel war dunkel, man brauchte die Scheinwerfer. »Ich dachte schon, Sie würden mir schmeicheln, und mich fragen, warum ein Fachmann von meinem Rang den Chauffeur spielt. Ich bin schon seit vier Uhr hier. Kommen Sie, fragen Sie mich. Es war eine verdammt lange Wartezeit.«

Spaulding grinste. »Nun, ich hab' mir eben gedacht, Sie wollten sich bei mir beliebt machen. Damit ich Sie beim nächsten Trip mit nach Norden nehme. Oder hat man mich zum Brigadier befördert?«

»Man hat Sie befördert, David.« Marshalls Stimme klang ernst. »Ich habe die Nachricht aus D. C. selbst angenommen. Sie hatte einen ganz hohen Code: Verschlußsache, eyes only, Senior-Kryptograph.«

»Wie schmeichelhaft«, sagte Spaulding mit leiser Stimme. Mit jemandem reden zu können, ohne alles vor ihm zu verbergen, tat gut. »Was, zum Teufel, soll das alles?«

»Ich habe natürlich keine Ahnung, wozu die Sie brauchen, aber einen Schluß kann ich daraus ziehen. Die wollen Sie schon gestern. Sie haben alle Verzögerungsmöglichkeiten einkalkuliert. Die Anweisung lautete, eine Liste Ihrer Kontakte mit einer kompletten Vorgeschichte eines jeden zusammenzustellen: Motive, Daten, Wiederholungen, Währung, Routen, Codes ... alles. Sie haben nichts vergessen. Anschließender Befehl: gesamtes Netz verständigen, daß Sie außer Strategie sind.«

»*Außer* . . .« David sprach den Satz nicht zu Ende. *Außer Strategie* war eine Phrase, die man ebenso oft für Überläufer wie für Versetzungen gebrauchte. Sie bezeichnete einen endgültigen, vollkommenen Abbruch. »Das ist doch Wahnsinn! Dies hier ist *mein Netz*!«

»Das ist es nicht mehr. Die haben heute morgen einen Mann aus London eingeflogen. Ich glaube, er ist Kubaner; ebenfalls reich. Er hat vor dem Krieg in Berlin Architektur studiert. Er saß die ganze Zeit in einem Büro und hat Ihre Akten studiert. Er ist Ihr Nachfolger . . . Ich wollte, daß Sie das wissen.«

Es ist also wirklich vorbei, dachte Spaulding. Sie schickten ihn weg. Ein kubanischer Architekt war jetzt der Mann in Lissabon. Das Gefühl der Entwurzelung ergriff ihn erneut. Man nahm ihm so viel weg und unter so außergewöhnlichen Begleitumständen. *Außer Strategie* . . .

»Wer hat die Befehle unterzeichnet?«

»Das ist auch verrückt. Daß hohe Codes gebraucht wurden, deutet auf oberste Autorität; sonst hat dazu niemand Zugang. Aber es hat sie auch keiner unterzeichnet. Das Kabel enthielt nur Ihren Namen, sonst keinen.«

»Und was soll ich jetzt tun?«

»Sie fliegen morgen. Die Abflugzeit erfahren Sie heute Abend. Der Vogel landet einmal zwischen. Auf Lajes Field auf Terceira, Azoren. Dort bekommen Sie weitere Befehle.«

12.

26. Dezember 1943, Washington, D. C.

Swanson drückte den kleinen Hebel seiner Sprechanlage und sagte: »Schicken Sie mir Mr. Kendall herein.« Er stand auf, verließ aber den Platz hinter seinem Schreibtisch nicht und wartete darauf, daß die Tür aufging. Er würde nicht um seinen Schreibtisch herumgehen und den Mann begrüßen; nicht einmal die Hand würde er ihm in einer symbolischen Willkommensgeste anbieten. Er erinnerte sich, daß Walter Kendall es vermieden hatte, Craft und Oliver im Sheraton die Hand zu geben. Er würde den Händedruck nicht vermissen; aber er würde vielleicht registrieren, daß er ihn vermieden hatte.

Kendall trat ein; die Tür schloß sich. Swanson sah, daß sich das Aussehen des Buchprüfers seit der nachmittäglichen Konferenz, die er vor elf Tagen aus dem Versteck beobachtet hatte, wenig geändert hatte. Kendall trug denselben Anzug, vielleicht sogar dasselbe schmutzige Hemd. Gott allein wußte, wie es um seine Unterwäsche bestellt war; es war kein angenehmer Gedanke, sich damit zu befassen. Kendalls Oberlippe war leicht gekräuselt. Aber das war kein Ausdruck von Zorn oder auch nur Unwillen. Es war einfach die Art und Weise, wie der Mann zu atmen pflegte: gleichzeitig durch Mund und Nase.

»Kommen Sie herein, Mr. Kendall. Setzen Sie sich.«

Kendall kam der Aufforderung wortlos nach. Seine Augen begegneten denen Swansons, aber nur kurz, dann sah er wieder weg.

»Sie stehen auf meinem Terminkalender und sind gerufen worden, um eine spezielle Kostenüberschreitung hinsichtlich eines Meridian-Vertrags zu klären«, sagte der General und setzte sich.

»Aber das ist nicht der wahre Grund meines Hierseins, nicht wahr?« Kendall griff in die Tasche und holte ein zerquetschtes Päckchen Zigaretten heraus. Er drückte die Zigarette an einem Ende zusammen, ehe er sie anzündete. Swanson stellte fest, daß die Fingernägel des Buchprüfers ungepflegt waren, zackig, schmutzig. Der Brigadier begann zu erkennen — war aber nicht bereit, darüber nachzudenken — daß an Walter Kendall etwas Krankes war, wobei sich davon äußerlich nur ein Teil manifestierte.

»Nein, das ist nicht der Grund Ihres Hierseins«, antwortete er kurz angebunden. »Ich möchte hier ein paar Spielregeln aufstellen, damit es keine Mißverständnisse zwischen uns gibt . . ., insbesondere auf Ihrer Seite.«

»Spielregeln bedeuten ein Spiel. Was für ein Spiel ist es denn, General, mit dem wir uns hier befassen wollen?«

»Vielleicht . . . könnte ›saubere Uniformen‹ ein guter Name dafür sein, oder ›Störmanöver in Buenos Aires‹. Vielleicht sagt Ihnen das mehr.«

Kendall, der seine Zigarette angestarrt hatte, sah plötzlich den General an. »Oliver und Craft haben also nicht warten können.

Sie mußten Ihrem Lehrer seinen großen, dicken Apfel bringen. Ich dachte, Sie würden ihn nicht haben wollen.«

»Weder Craft noch Howard Oliver waren seit mehr als einer Woche mit diesem Büro — oder mit mir — in Verbindung. Seit Sie nach Genf abgereist sind.«

Kendall wartete ein paar Augenblicke, ehe er weitersprach. »Dann ist Ihre Uniform jetzt ganz schön schmutzig ... Das Sheraton. Ich dachte schon, das sei für Craft ein wenig schäbig; er ist eher ein Waldorf-Typ ... Sie hatten also Mikrofone eingebaut. Sie haben diese Knallköpfe reingelegt.« Kendalls Stimme klang heiser, nicht ärgerlich, auch nicht laut. »Nun, dann vergessen Sie nur nicht, wie ich dort hinkam. Wie ich nach Genf reiste. Sie haben das auch auf dem Tonband.«

»Wir haben einer Bitte des Kriegsproduktionsausschusses entsprochen; in bezug auf geschäftliche Verhandlungen mit einer Firma in Genf. Das geschieht häufig. Aber wir überprüfen es häufig, falls es Grund zu der Annahme gibt, daß irgend etwas *Präjudizierendes* ...«

»Bockmist!«

Swanson atmete hörbar aus. »Diese Reaktion ist sinnlos. Ich will nicht mit Ihnen streiten. Ich habe gesagt, worauf es ankommt. Ich habe hier eine ... etwas redigierte Bandspule, die Sie geradewegs zum Henker oder auf den elektrischen Stuhl bringen könnte. Oliver auch ..., Craft könnte mit lebenslänglich davonkommen. Sie haben sich über seine Zweifel lustig gemacht, Sie haben ihn nicht reden lassen ... Aber ich habe jetzt gesagt, worauf es ankommt.«

Kendall beugte sich vor und drückte seine Zigarette in einem Aschenbecher auf Swansons Schreibtisch aus. Seine plötzliche Angst ließ ihn den General ansehen. Er suchte den Ausweg. »Aber Sie interessieren sich mehr für Buenos Aires als für den elektrischen Stuhl. Das stimmt doch, oder nicht?«

»Ich bin dazu gezwungen. So widerlich es mir auch sein mag, ... so abstoßend ...«

»Hören Sie auf mit dem Bockmist«, unterbrach ihn Kendall scharf; er kannte sich in solchen Diskussionen aus. Er wußte wohl, wann er auftrumpfen konnte, seine Beiträge herausstreichen. »Wie Sie schon sagten, Sie haben sich klar und unmißverständlich ausgedrückt. Ich glaube, daß Sie mit uns anderen Schweinen auf demselben Hof sind . . . Also spielen Sie nicht den Herrgott. Ihr Heiligenschein hat ein paar Flecken.«

»Meinetwegen. Aber vergessen Sie eines nicht — ich hab' ein Dutzend verschiedener Schweineställe, in die ich mich zurückziehen kann. Ein großes, mächtiges Kriegsministerium, das mich binnen achtundvierzig Stunden nach Burma oder Sizilien schicken kann. Sie haben das nicht. Sie sind dort draußen . . . im Hof. Wo jeder Sie sehen kann. Und ich habe eine Spule mit Tonband, die Sie zu *etwas Besonderem* macht. *Das* ist es, was Sie ganz klar verstehen sollen. Hoffentlich haben Sie es auch verstanden.«

Kendall drückte die Spitze einer zweiten Zigarette zusammen und zündete sie am anderen Ende an. Der Rauch strich ihm über die Nase; er setzte dazu an, etwas zu sagen, hielt dann aber inne, starrte den General an. In seinem Gesichtsausdruck mischten sich Furcht und Feindseligkeit.

Swanson ertappte sich dabei, wie er bewußt Kendalls Augen auswich. Den Mann in diesem Augenblick zur Kenntnis zu nehmen, hieß, den Pakt zur Kenntnis nehmen. Und dann erkannte er, was den Pakt für ihn erträglich machen würde. Das war die Antwort. *Seine* Antwort, zumindest eine oberflächliche. Er staunte darüber, daß sie ihm vor diesem Augenblick noch nicht in den Sinn gekommen war.

Walter Kendall würde eliminiert werden müssen.

So wie Erich Rheinmann eliminiert werden würde.

Wenn Buenos Aires kurz vor dem Abschluß stand, war Kendalls Tod fällig.

Und damit würden alle Spuren, die zu der Regierung der Vereinigten Staaten wiesen, verwischt sein.

Er fragte sich einen kurzen Augenblick lang, ob die Männer in Berlin wohl den Weitblick für solch abrupte Entscheidungen besaßen. Er bezweifelte es.

Er blickte auf, sah den schmutzigen — kranken — Buchprüfer an und erwiderte seinen Blick, ohne ihm länger auszuweichen. General Swanson hatte keine Angst mehr. Er verzehrte sich auch nicht mehr in Schuldgefühlen.

Er war Soldat.

»Wollen wir fortfahren, Mr. Kendall?«

Die Pläne, die der Buchprüfer für Buenos Aires gemacht hatte, waren gut überlegt. Swanson war von Walter Kendalls Sinn für Manöver und Gegenmaßnahmen fasziniert. Der Mann dachte wie eine Ratte: instinktiv, ganz nach dem Gefühl, dem Geruch und dem wechselnden Spiel von Licht und Dunkelheit folgend; seine Stärke lag in seinem Argwohn, seinen sich dauernd wandelnden Einschätzungen seiner Widersacher. Er war in der Tat ein Tier: ein Räuber, der immer dann floh, wenn der Gegner stärker war.

Die Interessen der Deutschen ließen sich auf drei Hauptpunkte zurückführen: die Qualität der Boort- und Carbonado-Diamanten, den Umfang der Sendung und schließlich die Methode für den sicheren Transport nach Deutschland. Wenn diese Faktoren nicht garantiert werden konnten, dann würde es auch keine Lieferung der Gyroskoppläne geben — das Lenksystem.

Kendall nahm an, daß die Diamantensendung von einem Expertenteam untersucht werden würde — nicht von einem Mann oder zweien.

Es würde also ein Team eingesetzt werden, drei bis fünf Männer; sie würden den größten Teil einer Woche brauchen, je nach der Qualität der eingesetzten Instrumente. Das hatte er von Koening in New York erfahren. Während dieser Zeit würden Arrangements getroffen werden, die es einem Aerophysiker erlaubten, die Gyroskoppläne auszuwerten, die aus Peenemünde kommen würden. Wenn die Nazis so vorsichtig waren, wie Kendall das vermutete, würden die Pläne in einzelnen Phasen ausgeliefert werden, Phasen, die auf den Zeitplan des Untersuchungsteams abgestimmt waren, das die Diamanten prüfte. Ohne Zweifel würde man dem Gyroskop-Experten die Konstruktionspläne an einer isolierten Stelle vorlegen, wo er keine Chance hatte, sie zu fotokopieren, oder sonstwie zu duplizieren, bis das Diamantenteam seine Arbeit abgeschlossen hatte.

Sobald beide Seiten mit den Lieferungen zufrieden waren, rechnete Kendall damit, daß eine letzte Drohung erfolgen würde, die den sicheren Transport an den jeweiligen Bestimmungsort garantieren sollte. Und es war logisch, daß diese ›Waffe‹ für beide Parteien die gleiche sein würde: die Drohung mit der Öffentlichkeit. Verrat des ganzen Planes und der jeweiligen Länder.

Die Strafe: der Tod.

Dieselbe ›Waffe‹, mit der der General ihn, Walter Kendall, in Schach hielt.

Und sonst?

Hielt Kendall es für möglich, sich die Pläne zu beschaffen und anschließend die Diamantensendung zu sabotieren oder zurückzuholen?

Nein, nicht, solange der Tausch eine zivile Aktion war. Die Drohung mit der Aufdeckung der Pläne war zu vollkommen; es gab zu viele Beweise dafür, daß der Kontakt stattgefunden hatte. Die Namen waren bekannt. Der Makel der Kollaboration könnte Männer und Firmen ruinieren. ›Authentische‹ Gerüchte ließen sich leicht in Umlauf setzen.

Und wenn das Militär sich einschaltete, würden die Zivilisten sofort den Rückzug antreten — dann würde die Verantwortung für die Lieferung nicht länger bei ihnen liegen.

Swanson sollte das wissen; es war genau die Situation, die er herbeigeführt hatte.

Swanson wußte es.

Wo würden die Diamanten inspiziert werden? Wo war der günstigste Ort?

Kendalls Antwort war kurz und knapp: jeder Ort, der der einen Seite vorteilhaft erschien, würde von der anderen abgelehnt werden. Er glaubte, daß die Deutschen dies ganz genau vorhergesehen und aus diesem Grunde Buenos Aires vorgeschlagen hatten.

Ohne Zweifel sympathisierten die mächtigen Männer Argentiniens insgeheim mit der Achse, aber die wirtschaftliche Abhängigkeit der Regierung von den Alliierten hatte hier den Vorrang. Ihre Neutralität war im wesentlichen von ökonomischen Faktoren bestimmt. Jede Seite besaß also eine Trumpfkarte: die Deutschen würden eine ihnen geneigte Umgebung vorfinden, aber die Amerikaner waren imstande, genügend starken Einfluß auszuüben, um diese Gewogenheit auszugleichen — ohne sie abzuschaffen.

Kendall hatte Respekt für die Männer in Berlin, die sich für Buenos Aires ausgesprochen hatten. Sie verstanden die Notwendigkeit, die psychologischen Elemente ins Gleichgewicht zu bringen, das Bedürfnis, gewisse Einflußbereiche aufzugeben, ohne sie ganz zu verlieren. Sie waren gut.

Beide Seiten würden in höchstem Maße vorsichtig sein; die Umgebung verlangte es. Alles hing vom richtigen Zeitpunkt ab.

Swanson wußte, wie die Pläne außer Landes geschafft werden würden: ein Geschwader Jagdmaschinen, die unter diplomatischem Schutz zu den Küstenstützpunkten fliegen würden. Dieser diplomatische Schutz würde den Militärbereich mit einschließen. Nur *er* würde über die Operation informiert sein; niemand anderer in Abwehrkreisen, ja nicht einmal die Regierung, würde es erfahren. Er würde die Vorkehrungen treffen und Kendall zum richtigen Zeitpunkt mitteilen, was er wissen mußte.

Welche Transportmethode würden die Deutschen anwenden? fragte der General.

»Die haben das größere Problem. Das ist ihnen auch bewußt, und deshalb werden sie in diesem Punkt ein paar sehr harte Forderungen stellen. Sie könnten eine Geisel verlangen, aber das glaube ich nicht.«

»Weshalb nicht?«

»Wen haben wir denn — der hier eingeschaltet ist — der nicht geopfert werden könnte? Herrgott! Wenn ich es wäre, wären Sie doch der erste, der sagen würde ›erschießt das Schwein doch!‹« Wieder hielten Kendalls Augen kurz die Swansons fest. »Natürlich würden Sie nicht wissen, was für Sicherheitsvorkehrungen *ich* getroffen hätte; eine ganze Menge Uniformen würden dabei mächtig schmutzig werden.«

Swanson erkannte die Drohung Kendalls in dem, was er sagte. Er wußte auch, daß er ihr gewachsen sein würde.

»Wollen wir uns einmal darauf konzentrieren, wie die Nazis Boort und Carbonado aus dem Lande schaffen wollen. Es hat ja keinen Sinn, uns zu streiten«, sagte Swanson.

»Darüber sind wir also hinaus?«

»Ich denke schon.«

»Gut. Vergessen Sie es nur nicht«, sagte Kendall.

»Die Diamanten werden nach Buenos Aires gebracht werden. Sind dafür die Vorbereitungen getroffen?«

»Daran wird gearbeitet. Lieferdatum in drei, dreieinhalb Wochen, falls nicht im Südatlantik etwas passiert. Aber damit rechnen wir nicht.«

»Das Inspektionsteam arbeitet in Buenos Aires. Wir schicken den Physiker ..., wen nehmen wir? Spinelli?«

»Nein. Wir haben uns gegen ihn entschieden. Aber das wissen Sie ja ...«

»Ja. Wer dann?«

»Ein Mann namens Lyons. Eugene Lyons. Ich besorge Ihnen eine Akte über ihn. Es wird sich Ihnen der Magen umdrehen, wenn Sie sie lesen, aber wenn es jemanden gibt, der besser ist als Spinelli, dann er. Wir können schließlich kein Risiko eingehen. Er ist jetzt in New York.«

Swanson machte sich eine Notiz. »Wie wollen die Deutschen die Transportfrage angehen? Haben Sie eine Ahnung?«

»Ich könnte mir da einiges vorstellen. Eine neutrale Frachtmaschine nach dem Norden, nach Recife in Brasilien, nach Osten, nach Palmas, oder irgendwo in Guinea an der afrikanischen Küste. Dann nach Norden, Lissabon, und weiter. Das ist die schnellste Route. Aber vielleicht wollen die das Risiko der Luftkorridore nicht eingehen.«

»Sie klingen wie ein Militär.«

»Wenn ich einen Auftrag übernehme, mache ich das gründlich.«

»Was sonst?«

»Ich glaube, daß die ein Unterseeboot nehmen werden. Vielleicht zwei, aus Ablenkungsgründen. Es ist langsamer, aber am sichersten.«

»U-Boote haben keinen Zugang zu argentinischen Häfen. Unsere Küstenpatrouillen würden sie hochgehen lassen. Und wenn sie doch in den Hafen einlaufen, werden sie interniert. Wir werden diese Regeln nicht ändern.«

»Vielleicht müssen Sie das.«

»Unmöglich. Es muß eine andere Möglichkeit geben.«

»Dann müssen Sie sie finden. Vergessen Sie diese sauberen Uniformen nicht.«

Swanson wandte den Blick ab. »Was ist mit Rheinmann?«

»Was soll mit ihm sein? Er wird wieder zurückkehren. Bei dem Geld, das der hat, kann selbst Hitler ihn nicht auf Dauer aus dem Lande fernhalten.«

»Ich vertraue ihm nicht.«

»Sie wären ein gottverdammter Narr, wenn Sie das täten. Aber das Schlimmste, was er tun könnte, wäre Marktkonzessionen — oder Geld — von beiden Seiten fordern. Na und? Er wird liefern, warum sollte er nicht?«

»Ich bin sicher, daß er liefern wird; das ist das einzige, woran ich ganz sicher glaube ..., was mich wieder zum Hauptpunkt dieses Gesprächs bringt. Ich will einen Mann in Buenos Aires haben. In der Botschaft.«

Kendall dachte einen Augenblick über Swansons Feststellung nach, ehe er antwortete. Er griff nach dem Aschenbecher und stellte ihn auf die Armlehne seines Sessels. »Einer von Ihren Leuten oder einer von den unseren? Wir brauchen jemanden; wir hatten angenommen, Sie würden ihn von uns haben wollen.«

»Dann haben Sie etwas Falsches angenommen. Ich habe ihn ausgewählt.«

»Das könnte gefährlich sein.«

»Wenn wir uns einschalten, zieht das Zivilkontingent aus?« Das war eine Frage.

»Es wäre logisch ...«

»Nur, wenn der Mann, den ich schicke, über die Diamanten *Bescheid weiß*. Sie sollten sicherstellen, daß er das nicht tut.« Wieder eine Feststellung. »*Sehr* sicher sollten Sie das stellen, Kendall. Ihr Leben hängt davon ab.«

Der Buchprüfer sah Swanson scharf an. »Worauf wollen Sie hinaus?«

»Zwischen Buenos Aires und den Meridian-Flugzeugfabriken liegen sechstausend Meilen. Ich möchte, daß diese Reise ohne irgendwelche Zwischenfälle abläuft. Ich möchte, daß die Pläne von einem Profi zurückgebracht werden.«

»Sie riskieren ja, daß die Uniformen schmutzig werden, oder, General?«

»Nein. Man wird dem Mann sagen, daß Rheinmann die Pläne in Peenemünde gekauft hat. Wir werden dagegen behaupten, daß Rheinmann den deutschen Untergrund ins Spiel gebracht hat. Für Fluchtrouten.«

»Das hat eine Menge Löcher! Seit wann arbeitet der Untergrund denn gegen Bezahlung? Warum sollten sie denn einen Umweg von dreitausend Meilen machen? Oder mit Rheinmann zusammenarbeiten?«

»Weil sie ihn brauchen und er sie. Rheinmann ist als Jude aus dem Land getrieben worden; das war ein Fehler. Er war ein Rivale Krupps. Es gibt noch viele Leute in der deutschen Industrie, die ihm immer noch loyal sind: und außerdem unterhält er Büros in Bern ... Unsere Krise in der Kreiselfrage ist kein Geheimnis, das wissen wir. Rheinmann würde dieses Wissen benutzen, in Bern aktiv werden.«

»Aber warum den Untergrund einschalten?«

Der Brigadier musterte den ungepflegten Mann, der ihm gegenübersaß. Es machte ihn förmlich krank, sich vorzustellen, daß ein solcher Schmutzfink solche Bedeutung haben sollte. Oder, fragte er sich, kam es vielleicht daher, daß er gezwungen war, einen solchen Mann zu benutzen? Ihn zu benutzen und dann seine Hinrichtung zu befehlen. Das brachte ihre Welten einander näher.

»Also gut, Mr. Kendall. Ich will es Ihnen erklären . . . Der Mann, den ich für Buenos Aires ausgewählt habe, ist einer der besten Abwehragenten, den wir haben. Er wird diese Pläne zurückbringen. Aber ich möchte nicht das geringste Risiko eingehen, daß er etwas von der Übergabe der Diamanten erfahren könnte. Wenn Rheinmann alleine tätig wird, so erweckt das Argwohn; wenn man den deutschen Untergrund mit einschaltet, zerstört das jeden Verdacht.«

Swanson hatte sich gut informiert; alle sprachen vom Untergrund der Franzosen und dem auf dem Balkan. Aber der *deutsche* Untergrund hatte härter und wirksamer gearbeitet und größere Opfer gebacht als alle anderen zusammen. Der ehemalige Mann in Lissabon würde das wissen. Das würde den Auftrag in Buenos Aires für ihn erträglich und legitim machen.

»Augenblick . . ., Herrgott! *Augen*blick.« Kendalls Gesichtsausdruck veränderte sich plötzlich. Es war, als hätte er plötzlich — und widerstrebend — an etwas, das Swanson gesagt hatte, Gefallen gefunden. »Das könnte ein gutes Mittel sein.«

»Was soll das heißen, *Mittel?*«

»Eben das. Sie sagen, Sie würden das für diesen Agenten ausnutzen. Daß der Untergrund über jeden Verdacht erhaben ist, und all der Unfug . . . Okay, wir wollen einen Schritt weitergehen. Sie haben gerade die Garantie dargelegt, die wir geben müssen.«

»Welche Garantie?«

»Daß die Sendung Koening-Diamanten aus Buenos Aires *heraus*kann. Das ist das letzte . . . Lassen Sie mich ein paar Fragen stellen.«

Diese *Ratte*, dachte Swanson und sah den plötzlich erregt wirkenden ungepflegten Mann an. »Fragen Sie.«

»Dieser Untergrund. Die haben eine Menge Leute aus Deutschland herausgeschafft, sehr wichtige Leute. Ich meine, das weiß jeder.«

»Sie sind sehr effizient.«

»Haben die irgendwelche Drähte zur deutschen *Marine?*«

»Das kann ich mir gut vorstellen. Die alliierte Central Intelligence würde es genauer wissen . . .«

»Aber Sie wollen nicht zu denen gehen. Oder wollen Sie das?«

»Kommt nicht in Frage.«

»Aber möglich ist es?«

»Was?«

»Die deutsche *Marine*, verdammt! Die U-Boot-Flotte!« Kendall beugte sich vor und seine Augen bohrten sich förmlich in die Swansons.

»Das könnte ich mir schon denken. Ich bin nicht . . ., wenigstens nicht vorwiegend ein Abwehrmann. Der deutsche Untergrund hat ein weit gespanntes Netz. Ich nehme an, daß dieses Netz auch Kontakte zu unserem Marinekommando hat.«

»Es ist also möglich.«

»Ja. *Alles* ist möglich.«

Kendall lehnte sich im Sessel zurück und drückte seine Zigarette aus. Er grinste sein abstoßendes Grinsen und wies mit dem Zeigefinger auf Swanson. »Dann habe ich jetzt Ihre Story. Eine einwandfreie Story, völlig sauber und über jeden Verdacht erhaben . . . Während wir dabei sind, diese Pläne zu kaufen, ergibt es sich zufällig, daß ein deutsches Unterseeboot herumschwimmt und zum Auftauchen bereit ist, um einen — auch zwei, wenn Sie mögen — sehr wichtige Überläufer abzusetzen. Gäbe es einen besseren Grund für ein Unterseeboot, in feindlichen Gewässern aufzutauchen? Vor Streifen sicher . . ., nur daß niemand an Land geht. Statt dessen wird frische Ladung an Bord gebracht.«

Swanson versuchte, Kendalls Plänen zu folgen. »Es würde Komplikationen geben . . .«

»Falsch! Ein völlig *isolierter* Vorgang. Das *eine* hat überhaupt nichts mit dem *anderen* zu tun! Außerdem reden wir ja bloß.«

Brigadier General Alan Swanson wußte, wann er einem Mann gegenübersaß, der in seinem Metier fähiger war als er selbst. »Es ist möglich, Funkstille; Anweisung der alliierten Abwehr.«

Kendall erhob sich aus seinem Sessel und sagte leise: »Details.

Ich werde sie mir überlegen ... Und Sie werden mich bezahlen. Herrgott, werden Sie bezahlen.«

13.

27. Dezember 1943, Azoren

Die Azoreninsel Terceira, 837 Meilen westlich von Lissabon war für die Transatlantikpiloten, die die Südroute nach den Vereinigten Staaten flogen, eine vertraute Zwischenstation. Jedesmal, wenn sie zur Landung ansetzten, hatten sie das angenehme Gefühl, dort nur wenig Verkehr vorzufinden und von tüchtigen Bodenmannschaften betreut zu werden, die es ihnen ermöglichten, bald wieder zu starten. Lajes Field galt als guter Posten; wer dorthin befohlen wurde, war sich dessen bewußt und gab sich Mühe, gute Arbeit zu leisten.

Deshalb konnte auch der Major, der die B 17 Fracht- und Passagiermaschine befehligte, deren einziger Passagier ein Captain David Spaulding war, die Verzögerung nicht begreifen. Sie hatte schon bei Beginn des Landeanflugs in vierzehntausend Fuß Höhe angefangen. Der Tower von Lajes hatte seine Fluganweisungen unterbrochen und dem Piloten befohlen, auf Warteposition zu gehen. Der Major hatte Einwände erhoben; von seinem Standpunkt aus gab es dafür keine Notwendigkeit. Der Flugplatz war frei. Der Funker von Lajes pflichtete dem Major bei, erklärte aber, er wiederhole nur telefonische Instruktionen, die ihm vom amerikanischen Hauptquartier in Punta Delgadá auf der benachbarten Insel São Miguel durchgegeben worden seien. Az-Am HQ gab die Befehle; offenbar sollte jemand die Maschine in Empfang nehmen, und dieser Jemand war noch nicht eingetroffen. Der Tower würde den Major auf dem laufenden halten, und übrigens führte der Major irgendeine Prioritätsladung mit sich?

Pure Neugierde.

Ganz bestimmt nicht. Es gab *keine* Ladung. Nur einen Militärattaché namens Spaulding von der Lissaboner Botschaft. Einer dieser gottverdammten diplomatischen Partylöwen. Er befand sich auf einem Routinerückflug nach Norfolk, und warum zum Teufel, ließ man ihn nicht landen?

Der Tower würde den Major auf dem laufenden halten.

Die B 17 landete um exakt 13.00 Uhr, der Aufenthalt in Warteposition hatte siebenundzwanzig Minuten gedauert.

David erhob sich aus dem provisorischen Sitz, der mit Klammern am Boden festgehalten wurde und reckte sich. Der Pilot, ein aggressiver Major, der auf Spaulding so wirkte, als sei er ungefähr dreizehn Jahre alt, kam aus dem Cockpit und sagte ihm, ein Jeep sei draußen — oder werde in kurzer Zeit draußen sein —, um den Captain vom Stützpunkt wegzubringen.

»Ich würde gerne meinen Flugplan einigermaßen einhalten«, sagte der junge Pilot, nicht besonders humorvoll zu seinem älteren Passagier, der im Rang unter ihm stand. »Mir ist bekannt, daß Sie und Ihre Diplomatenkollegen auf solchen Posten eine Menge Freunde haben, aber wir haben noch eine lange Strecke vor uns. Bitte, bedenken Sie das.«

»Ich werde mich bemühen, das Polomatch auf drei Chukkers zu beschränken«, erwiderte David müde.

»Yeah, tun Sie das.« Der Major drehte sich um und ging in der Kabine nach hinten, wo ein Air Force Sergeant die Ladeluke geöffnet hatte, die als Ausgang diente. Spaulding folgte ihm und fragte sich, wer ihn wohl abholen würde.

»Mein Name ist Ballantyne, Captain«, sagte der Zivilist in mittleren Jahren, der hinter dem Steuer des Jeeps saß und Spaulding die Hand hinstreckte. »Ich komme von HQ. Springen Sie rein; es dauert nur ein paar Minuten. Wir fahren zum Haus des Chefs der Militärverwaltung, ein paar hundert Meter hinter dem Zaun.«

David stellte fest, daß die Posten am Tor darauf verzichteten, Ballantyne anzuhalten, sie winkten ihn bloß durch. Der Zivilist bog rechts in die Straße ein, die parallel zum Flugplatz verlief und gab Gas. In weniger Zeit als David dazu brauchte, um sich eine Zigarette anzuzünden, rollte der Jeep über die Einfahrt zu einer einstöckigen spanischen Hazienda, rollte an dem Haus vorbei zu einer Art Patio.

»Da wären wir. Kommen Sie, Captain«, sagte Ballantyne und stieg aus und wies auf die Gittertür der abgeschlossenen Terrasse. »Mein Kollege, Paul Hollander, erwartet Sie.«

Hollander war ein weiterer Zivilist in mittleren Jahren. Er war fast kahl und trug eine Brille mit Stahlrand, die ihn älter machte.

Vom Typ her glich er Ballantyne. Sie rochen förmlich nach Abwehr. Hollander lächelte freundlich.

»Es ist uns wirklich ein Vergnügen, Spaulding. Wie so viele andere habe ich die Arbeit des Mannes in Lissabon bewundert.«

Abwehr, dachte Spaulding.

»Danke. Ich würde gerne wissen, warum ich das nicht mehr bin.«

»Das kann ich auch nicht beantworten. Und Ballantyne ebensowenig, fürchte ich.«

»Vielleicht dachten die, daß Sie sich einmal ausruhen sollen«, schlug Ballantyne vor. »Du lieber Gott, Sie sind jetzt schon — wie lange ist es jetzt? Mindestens drei Jahre, ohne Pause.«

»Eher vier«, antwortete David. »Und ›Pausen‹ gab es eine Menge. Mir ist die Costa Brava lieber als Palm Beach. Man hat mir gesagt, daß Sie — ich nehme an, damit sind Sie gemeint — meine Befehle haben ... Ich will nicht ungeduldig erscheinen, aber meine Maschine wird von einem häßlichen, kleinen Teenager im Majorsrang geflogen. *Er* ist ungeduldig.«

»Sagen Sie ihm, er soll Ihnen den Buckel herunterrutschen«, lachte der Mann, den Ballantyne als Hollander vorgestellt hatte. »Wir haben tatsächlich Ihre Befehle, und dann noch eine kleine Überraschung für Sie: Sie sind ein Oberstleutnant. Sagen Sie dem Major, er soll sich seine Uniform aufbügeln lassen.«

»Anscheinend habe ich einen kleinen Sprung gemacht.«

»Eigentlich nicht. Sie sind letztes Jahr zum Major befördert worden. Offensichtlich haben Sie in Lissabon nicht viel für Titel übrig.«

»Oder Verbindungen zum Militär«, warf Ballantyne ein.

»Da haben Sie recht«, sagte David. »Zumindest hat man mich nicht degradiert. Ich hatte schon eine Vorahnung, ich müßte vor den Latrinen Wache schieben.«

»Wohl kaum.« Hollander setzte sich auf einen der vier Liegestühle und winkte David zu, es ihm gleichzutun. Damit wollte er offenbar andeuten, daß das Gespräch vielleicht doch nicht so kurz sein würde, wie Spaulding angenommen hatte. »Wenn jetzt die Zeit für Paraden wäre, würde man sicher eine für Sie abhalten.«

»Danke«, sagte David und setzte sich. »Das nimmt mir eine ernsthafte Sorge. Was soll das Ganze?«

»Ich muß noch einmal sagen, wir kennen die Antworten nicht.

Wir haben nur einige Instruktionen. Wir sollen Ihnen ein paar Fragen stellen — und nur eine Antwort könnte uns daran hindern, Ihnen Ihre Befehle zu geben. Bringen wir das zuerst einmal hinter uns: ich bin sicher, daß Sie zumindest gerne wissen würden, wohin die Reise geht.« Hollander lächelte wieder sein offenes Lächeln.

»Ja, das würde ich. Fahren Sie fort.«

»Haben Sie, seit Sie Ihres Postens in Lissabon enthoben wurden, mit *irgend jemandem* außerhalb der Botschaft Verbindung aufgenommen — absichtlich oder sonstwie? Ich meine damit selbst das belangloseste Lebewohl. Oder die Begleichung einer Rechnung — ein Restaurant, ein Geschäft; oder ein zufälliges Zusammentreffen mit einem Bekannten im Flughafen oder auf dem Weg zum Flughafen?«

»Nein. Und mein Gepäck habe ich in Diplomatenkartons schikken lassen; keine Koffer, kein Reisegepäck.«

»Sie sind gründlich«, sagte Ballantyne, der immer noch stand.

»Was halten Sie von New York?« fragte Hollander.

»Was ich immer davon gehalten habe: angenehm für einen kurzen Zeitraum.«

»Ich weiß nicht, für wie lange, aber das ist Ihr nächster Posten. Und in Zivil, Colonel.«

»Ich habe in New York gelebt, ich kenne dort eine Menge Leute.«

»Ihre neue Tarnung ist die Einfachheit selbst. Sie sind nach dem Dienst in Italien höchst ehrenhaft entlassen worden. Aus medizinischen Gründen, kleinere Verletzungen.« Hollander holte einen Umschlag aus der Innentasche seines Jacketts und reichte ihn David. »Es ist alles hier, schrecklich einfach. Papiere . . . alles.«

»Okay«, sagte David und nahm den Umschlag entgegen. »Ich bin also eine gerupfte Ente in New York. So weit nicht schlecht. Wir könnten nichts Endgültiges daraus machen, oder?«

»Die Papiere sind einfach, authentisch habe ich nicht gesagt. Tut mir leid.«

»Mir auch. Was geschieht dann?«

»Jemand ist sehr um Sie besorgt. Sie haben einen ausgezeichneten Job. Auch ein gutes Gehalt. Bei Meridian Aircraft.«

»Meridian?«

»Konstruktionsbüro.«

»Ich dachte, Meridian sei im mittleren Westen. In Illinois oder Michigan.«

»Sie unterhalten ein Büro in New York. Oder haben jetzt eines eingerichtet.«

»Flugzeugpläne, nehme ich an.«

»Das will ich meinen.«

»Geht es um Gegenspionage?«

»Das wissen wir nicht«, antwortete Ballantyne. »Man hat uns keinerlei Einzelheiten genannt, nur die Namen der beiden Männer, denen Sie berichten.«

»Sind die in dem Umschlag?«

»Nein«, sagte Hollander. »Die bekommen Sie nur verbal und müssen Sie sich merken. Nichts Schriftliches, so lange Sie nicht dort sind.«

Spaulding pfiff leise zwischen den Zähnen. »Wie lauten die beiden Namen?«

»Der erste heißt Lyons, Eugene Lyons. Er ist Aerophysiker. Wir sollen Ihnen sagen, daß er ein wenig seltsam ist, aber ein verdammtes Genie.«

»Mit anderen Worten, den Mann darf ich ablehnen, aber das Genie muß ich akzeptieren.«

»So etwas Ähnliches. Ich nehme an, Sie sind das gewöhnt«, sagte Ballantyne.

»Ja«, antwortete Spaulding. »Und der andere?«

»Ein gewisser Kendall.« Hollander schlug die Beine übereinander. »Über ihn wissen wir gar nichts — bloß den Namen. Walter Kendall. Keine Ahnung, was er macht.«

»Gibt es irgendwelche Frauen in New York, mit denen Sie liiert sind und die der Öffentlichkeit bekannt sind?«

Was für eine Frage war *das* denn wieder? Die albernste Frage, die er je gehört hatte. Was zum Teufel meinte Hollander damit?

Der Agent mit der Stahlbrille hatte es ihm erklärt. In Davids Akten stand zu lesen, daß er sich ein zusätzliches Einkommen als Radiosprecher verschafft hatte. Das bedeutete, daß er Schauspielerinnen kannte.

Und Schauspieler, meinte Spaulding. Und was sollte das?

Freundschaften mit bekannten Schauspielerinnen konnten zu Fotos in Zeitungen führen, meinte Hollander. Oder Erwähnungen in Klatschkolumnen; sein Name könnte gedruckt werden. Auch das galt es zu vermeiden.

David erinnerte sich, daß er einige Mädchen kannte — gekannt hatte —, die seit seiner Abreise beim Film Erfolg gehabt haben. Er hatte einmal eine kurz dauernde Affäre mit einer Schauspielerin gehabt, die gegenwärtig von Warner Brothers als Star herausgebracht wurde. Er mußte Hollander recht geben, solche Kontakte galt es zu vermeiden.

Die B 17 rollte zum Westrand der Piste von Lajes und drehte zum Start um. Der unfreundliche Major hatte es für richtig gehalten, in der Frachtluke zu stehen und auf die Armbanduhr zu sehen, als Spaulding zurückkehrte. David war aus dem Jeep geklettert, hatte Ballantyne die Hand geschüttelt und dem Major drei Finger entgegengestreckt.

»Die haben beim letzten Chukker nicht mehr mitgezählt«, sagte er zu dem Piloten. »Sie wissen ja, wie es mit diesen Burschen mit den drei Litzen auf den Hosen ist.«

Dem Major war das gar nicht komisch vorgekommen.

Die Maschine machte Fahrt, der Boden hämmerte immer wilder gegen ihr Fahrgestell. Binnen Sekunden würde die Maschine in der Luft sein. David beugte sich vor, um die Azorenzeitung aufzuheben, die Hollander ihm gegeben hatte, und die er beim Anschnallen auf den Boden gelegt hatte.

Plötzlich passierte es. Eine Explosion von solcher Gewalt, daß der Notsitz sich aus seiner Verankerung löste und gegen die rechte Bordwand krachte, wobei er David zusammengekrümmt mitriß. Er würde es nie wissen, ob die Zeitung ihm das Leben gerettet hatte, aber oft darüber nachdenken.

Überall war Rauch; das Flugzeug drehte sich seitlich. Die Geräusche von gequältem Material erfüllten die Kabine mit einem beständigen, nicht enden wollenden Schrei; stählerne Rippen schossen von oben und von den Seiten herunter — brachen ab, verbogen sich, sprangen aus ihren Fassungen.

Eine zweite Explosion blies die vordere Kabine hinaus; ein Regen von Blut und Fleischstücken ging auf die zerbrechenden Wände nieder. Ein Stück menschlicher Kopfhaut mit den Überresten eines verbrannten Haaransatzes unter der hellroten Flüssigkeit klatschte Spaulding gegen den Arm. Durch den Rauch konnte David das helle Tageslicht durch den vorderen Abschnitt des Flugzeugwracks sehen.

Die Maschine war in Stücke geschnitten worden.

David wußte sofort, daß er nur eine Chance zum Überleben hatte. Die Treibstofftanks waren bis zum Rande für den langen Flug über den Atlantik gefüllt; binnen Sekunden würden sie explodieren. Er griff nach seinem Gurtschloß und riß mit aller Kraft daran. Es ließ sich nicht öffnen; der Sturz hatte es verklemmt. Er zog und zerrte daran, und dann sprang die Schnalle auf, und er war frei.

Das Flugzeug — das, was von ihm übriggeblieben war — begann eine Serie donnernder Zuckungen, die den letzten Versuch kennzeichneten, auf dem hügeligen Boden jenseits der Piste zum Stillstand zu kommen. David wurde nach hinten geschleudert und kroch, so gut er konnte, auf den anderen Ausgang zu. Einmal mußte er innehalten und sich ans Deck klammern, das Gesicht von den Armen verdeckt, während ein zackiges Metallstück ihm die rechte Schulter durchbohrte.

Die Frachtluke war aufgesprengt worden; der Air Force Sergeant lag tot auf dem Boden, die Brust von der Kehle bis herunter zum Brustkasten aufgerissen.

David schätzte die Entfernung bis zum Boden so gut ab, wie ihm das in seiner Panik möglich war, und warf sich aus der Maschine, rollte sich dabei ein, um den Aufprall zu mildern, und sich gleichzeitig unter dem Leitwerk weg rollen zu können.

Der Boden war hart und mit Steinen bedeckt. Er war *frei*. Er rollte, rollte, kroch, grub, krampfte die blutigen Hände in den trockenen, harten Boden, bis der Atem in seinen Lungen erschöpft war.

Dann lag er auf dem Boden und hörte in weiter Ferne das Brüllen der Sirenen.

Und dann die Explosion, die die Luft erfüllte und die Erde erzittern ließ.

Hochfrequenzradiobotschaften von hoher Priorität wanderten zwischen dem Lagerraum von Lajes Airfield und der Field Division in Fairfax hin und her.

David Spaulding sollte mit dem nächsten Flug nach Neufundland Terceira verlassen, in weniger als einer Stunde würde das sein. In Neufundland würde ihn auf dem Luftwaffenstützpunkt eine Jagdmaschine abholen und ihn direkt nach Mitchell Field, New York bringen. In Anbetracht der Tatsache, daß Oberstleutnant

Spaulding keine größeren physischen Verletzungen erlitten hatte, würde es keine Änderung in den Befehlen geben, die man ihm vorgelegt hatte.

Die Explosion der B 17 und die darauf zurückzuführenden Todesfälle waren ohne Zweifel auf Sabotage zurückzuführen. Die Zeit mußte in Lissabon festgelegt worden sein, oder später, während des Auftankens in Lajes. Eine intensive Untersuchung wurde sofort eingeleitet.

Hollander und Ballantyne waren bei David gewesen, als der britische Militärarzt ihn untersucht und verarztet hatte. Als man ihm dann die rechte Schulter bandagiert und die Schnitte an seinen Händen und Unterarmen gesäubert hatte, erklärte Spaulding, er sei zwar noch etwas zitterig, aber funktionsfähig. Der Arzt verließ sie, nachdem er David noch ein intravenöses Beruhigungsmittel verpaßt hatte, das es ihm ermöglichen sollte, die letzte Etappe seines Fluges nach New York ruhend zu verbringen.

»Ich bin sicher, daß Sie ein oder zwei Wochen Urlaub nehmen können«, sagte Hollander. »Mein Gott, Mann. Sie haben vielleicht Glück, daß es Sie noch gibt.«

»Daß Sie noch *leben*«, fügte Ballantyne hinzu.

»Bin ich eine Zielperson?« fragte Spaulding. »Hing das mit mir persönlich zusammen?«

»Fairfax ist nicht der Meinung«, meinte Hollander. »Die glauben, es sei zufällige Sabotage.«

Spaulding beobachtete den Az-Am-Agenten, während er sprach. Es schien ihm, als zögere Hollander, als verberge er irgend etwas.

»Seltsamer Zufall, nicht wahr? Schließlich war ich der einzige Passagier.«

»Wenn der Feind eine große Maschine und einen Piloten ausschalten kann, hält er das vermutlich für Fortschritt. Und die Sicherheitsvorkehrungen in Lissabon sind ziemlich mies.«

»Nicht wo ich war. Nicht im allgemeinen.«

»Nun, dann vielleicht hier in Terceira ... Ich sage Ihnen nur, was Fairfax meint.«

Es klopfte an der Tür und Ballantyne öffnete. Ein Oberleutnant stand in strammer Haltung da und sprach mit leiser Stimme zu David; offensichtlich war ihm bewußt, daß Spaulding dem Tode sehr nahe gewesen war.

»Zeit für die Vorbereitungen, Sir. Wir wollten in zwanzig

Minuten in der Luft sein. Kann ich Ihnen irgendwie behilflich sein?«

»Ich habe *nichts*, Lieutenant. Was immer ich hatte, liegt auf Süd-Vierzig in diesem Haufen Brandschutt.«

»Ja, natürlich. Tut mir leid.«

»Das braucht es nicht. Besser das Gepäck als ich ... Ich komme gleich.« David wandte sich Ballantyne und Hollander zu und schüttelte ihnen die Hand.

Als er sich von Hollander verabschiedete, sah er es in den Augen des Agenten.

Hollander verbarg etwas vor ihm.

Der britische Marinecommodore öffnete die Patiotüre und trat ein. Paul Hollander erhob sich aus seinem Liegestuhl.

»Haben Sie es mitgebracht?« fragte er den Offizier.

»Ja.« Der Commodore legte seinen Aktenkoffer auf den schmiedeeisernen Tisch und ließ die Schlösser aufspringen. Er entnahm ihm einen Umschlag und reichte ihn dem Amerikaner. »Das Fotolabor hat gute Arbeit geleistet. Gut beleuchtet, Vorder- und Hinteransicht. Fast so gut wie in natura.«

Hollander löste den Schnurverschluß des Umschlags und entnahm ihm eine Fotografie. Es war die Vergrößerung eines kleinen Medaillons, eines Sterns mit sechs Spitzen.

Der Davidstern.

In der Mitte trug er eine Inschrift in hebräischer Sprache. Auf der Rückseite war das Halbrelief eines Messers abgebildet, wobei ein Blitz die Schneide scheinbar in zwei Teile teilte.

»Die Hebräer haben einen Propheten namens Haggai; er ist das Symbol einer Organisation jüdischer Fanatiker, die von Palästina aus operieren. Sie nennen sich die Haganah. Ihr Geschäft, behaupten sie, ist die Rache — Rache für zweitausend Jahre Unterdrückung. Wir erwarten in den kommenden Jahren ziemlichen Ärger von ihnen; ich fürchte, das haben die sogar ziemlich klar gesagt.«

»Aber Sie sagen, es sei an der untersten Hauptstrebe der Hinterkabine angeschweißt gewesen.«

»In einer Art und Weise, daß es nur bei einer direkten Explosion hätte beschädigt werden können. Ihre Maschine ist von der Haganah in die Luft gesprengt worden.«

Hollander setzte sich hin und starrte das Foto an. Dann blickte er zu dem britischen Commodore auf. »Warum? Um Gottes willen, *warum*?«

»Darauf weiß ich keine Antwort.«

»Fairfax auch nicht. Ich glaube nicht, daß sie auch nur bestätigen wollen, daß das geschehen ist. Die wollen es begraben haben.«

14.

27. Dezember 1943, Washington D. C.

Als er die Stimme des WAC Lieutenant* hörte, die als seine Sekretärin Dienst tat, wußte Swanson, daß es sich um keine Routinemitteilung handelte.

»Fairfax auf Eins, Sir. Colonel Pace. Er hat gesagt, ich soll Sie unterbrechen.«

Seit er David Spauldings Akte übergeben hatte, hatte der Kommandant von Fairfax gezögert, persönlich anzurufen. Er hatte dieses Zögern nicht zum Ausdruck gebracht, er hatte einfach, was mitzuteilen war, über Untergebene gesagt. Und da diese Mitteilungen alle Spaulding betrafen und die Art und Weise, wie er aus Portugal entfernt wurde, war klar, was Pace damit ausdrücken wollte: er würde das Nötige tun, aber seine Teilnahme nicht persönlich bestätigen.

Edmund Pace war immer noch nicht mit den nebulösen Erklärungen ›höchster Priorität‹ einverstanden, die seinen Mann in Lissabon betrafen, aber Befehle erfüllte er natürlich.

»General, eine dringende Funknachricht von Lajes Field in Terceira«, sagte Pace eindringlich.

»Was, zum Teufel, soll das bedeuten? *Wo?*«

»Auf den Azoren. Die B 17 mit Spaulding ist sabotiert worden. Beim Start explodiert.«

»Herrgott!«

»Darf ich vorschlagen, daß Sie hierherkommen, Sir?«

»Ist Spaulding tot?«

---

* WAC: Woman Corps = weibliches Armeekorps (Anm. d. Übers.)

»Nach vorläufigen Berichten nicht, aber ich will nichts garantieren. Alles ist völlig unklar. Ich wollte weitere Bestätigungen abwarten, aber das kann ich jetzt nicht. Eine unerwartete Entwicklung. Bitte, kommen Sie, General.«

»Bin schon unterwegs. Beschaffen Sie die Information über Spaulding!«

Er salutierte dem Posten, der am Eingang Wache hielt, und ging schnell die Treppe zum Bürgersteig hinunter. Sein Fahrer wartete bereits, gerufen von der WAC-Sekretärin, deren Tüchtigkeit schwerer wog als ihre dauernden Versuche, ihm mehr als eine tüchtige Sekretärin zu sein. Eines Tages, wenn der Streß zu groß wurde, würde er sie hereinbitten, die Tür versperren, und es ihr auf seiner braunen Ledercouch tüchtig besorgen.

Warum dachte er jetzt an seine Sekretärin? Eigentlich war ihm der weibliche Lieutenant, der so beschützerisch vor seiner Bürotüre saß, völlig gleichgültig.

Er lehnte sich im Sitz zurück und nahm die Mütze ab. Er wußte, warum er an seine Sekretärin dachte. Das verschaffte ihm einen Augenblick lang Erleichterung. Es schob die Gedanken über die Komplikationen hinaus, die vielleicht auf einer Piste auf den Azoren explosionsartig entstanden sein konnten.

Herrgott! Was war *passiert*? Wo war es? Lapess, Lajes. Irgendein verdammter Flugplatz auf den Azoren! Sabotage. Beim Start explodiert!

Was, zum Teufel, hatte das zu bedeuten?

Der Fahrer bog vom Highway ab auf die Landstraße. Sie waren noch fünfzehn Minuten von dem Fairfax-Komplex entfernt; Swanson ertappte sich dabei, wie er auf der Unterlippe herumkaute. Er hatte sich tatsächlich gebissen, er spürte das Blut.

»Wir verfügen über weitere Informationen«, sagte Oberst Edmund Pace, der vor einer Fotolandkarte stand. Die Landkarte zeigte die Azoreninsel Terceira. »Spaulding ist unverletzt. Etwas durcheinander natürlich. Kleinere Verletzungen und Hautabschürfungen, aber keine Brüche. Ich sage Ihnen, das reinste Wunder war das. Pilot, Copilot, ein Mitglied der Mannschaft: alle tot. Die einzigen Überlebenden waren Spaulding und ein Heckkanonier, der es aber wahrscheinlich nicht schaffen wird.«

»Ist er bewegungsfähig? Spaulding?«

»Ja. Hollander und Ballantyne sind jetzt bei ihm. Ich nahm an, Sie wollten ihn hierhaben ...«

»Herrgott, *ja*«, unterbrach Swanson.

»Ich habe veranlaßt, daß er auf eine Neufundlandmaschine kam. Sofern Sie die Befehle nicht ändern, wird ihn eine Maschine der Küstenstreife abholen und ihn nach Süden bringen. Mitchell Field.«

»Wann wird er ankommen?«

»Heute, am späten Abend, falls das Wetter es zuläßt. Andernfalls morgen, ganz früh. Soll ich ihn hierher fliegen lassen?«

Swanson zögerte. »Nein ..., veranlassen Sie, daß ein Arzt in Mitchell ihn gründlich untersucht. Aber lassen Sie ihn in New York. Wenn er ein paar Tage Ruhe braucht, dann stecken Sie ihn in ein Hotel. Sonst bleibt alles wie vereinbart.«

»Nun ...« Pace schien mit seinem Vorgesetzten nicht ganz einverstanden. »Jemand wird zu ihm gehen müssen.«

»Warum?«

»Seine Papiere. Alles, was wir vorbereitet haben, ist mit der Maschine verbrannt. Die sind jetzt nur noch ein Häufchen Asche.«

»Oh. Ja, natürlich. Daran hatte ich nicht gedacht.« Swanson ließ Pace stehen und ging zu dem Stuhl vor dem leeren Schreibtisch. Er setzte sich.

Der Oberst sah den Brigadier an. Offensichtlich beunruhigte ihn Swansons mangelnde Konzentration. »Wir können ganz leicht neue vorbereiten, es macht keine Schwierigkeiten.«

»Gut. Tun Sie das, ja? Und dann sorgen Sie dafür, daß jemand in Mitchell sie ihm übergibt.«

»Okay ... Aber möglicherweise wollen Sie es sich anders überlegen?« Pace ging auf seinen Schreibtischsessel zu, blieb aber stehen.

»Warum? Was anders überlegen?«

»Was auch immer es ist ... Ich sagte Ihnen doch, auf die Maschine ist ein Sabotageakt verübt worden. Wenn Sie sich erinnern, habe ich Sie gebeten, hierher zu kommen, weil etwas Unerwartetes geschehen ist.«

Swanson starrte den anderen an. »Ich habe eine schwere Woche hinter mir. Und ich habe *Ihnen* gesagt, wie wichtig dieses Projekt ist. Jetzt spielen Sie keine Fairfax-Spielchen mit mir. Ich behaupte nicht, sehr viel von Ihrem Fach zu verstehen. Ich habe Sie nur um

Unterstützung gebeten, Ihnen befohlen, wenn Sie so wollen. Und jetzt heraus mit der Sprache, ohne lange Umschweife, wenn ich bitten darf.«

»Ich habe versucht, Ihnen diese Unterstützung zukommen zu lassen.« Paces Stimme klang höflich und ausdruckslos. »Das ist nicht leicht, Sir. Und ich habe Ihnen gerade zwölf Stunden Zeit verschafft, damit Sie über Alternativen nachdenken können. Diese Maschine ist von der Haganah in die Luft gejagt worden.«

»Der *was*?«

Pace erklärte ihm die jüdische Organisation, die von Palästina aus operierte. Er beobachtete Swanson dabei scharf.

»Das ist doch Wahnsinn! Das gibt doch keinen Sinn! Woher wissen Sie das?«

»Das allererste, was ein Untersuchungsteam nach einem Sabotageanschlag tut, ist, die ganzen Überreste gründlich zu durchsuchen, nach Beweisstücken zu suchen, die in der Hitze geschmolzen sein könnten, oder verbrannt, falls Explosivstoffe gebraucht wurden. Das ist eine erste Überprüfung, die schnell vorgenommen wird ... Man fand eine Haganah-Plakette, die am Leitwerk der Maschine angenietet war. Sie wollten, daß ihnen die Tat zugeschrieben wurde.«

»Du lieber Gott! Was haben Sie den Azorenleuten gesagt?«

»Ich habe Ihnen einen Tag verschafft, General. Ich habe Hollander angewiesen, möglichst mit niemandem zu sprechen, und dafür zu sorgen, daß Spaulding nichts erfährt.«

»Wie könnte denn etwas passieren?« Swanson war auf einer ganz anderen Ebene beunruhigt. »Es ist Ihnen sicher bekannt, daß die Azoren unter britischer Kontrolle stehen. Ein alter Vertrag mit Portugal sichert ihnen das Recht auf Militärstützpunkte.«

»Das ist mir bekannt«, sagt Swanson, ohne weiter darauf einzugehen.

»Die Briten haben die Plakette gefunden.«

»Was werden sie unternehmen?«

»Darüber nachdenken. Und am Ende dem Alliierten Hauptquartier Meldung machen.«

»Aber Sie wissen *jetzt* darüber Bescheid.«

»Hollander ist ein guter Mann. Er erweist anderen Leuten Gefälligkeiten und läßt sich als Gegenleistung von ihnen Gefälligkeiten erweisen.«

Swanson stand auf und ging ziellos um seinen Stuhl herum. »Was meinen Sie, Ed? Galt der Anschlag Spaulding?« Er sah den Oberst an.

Paces Gesichtsausdruck zeigte Swanson, daß der andere anfing, seine Besorgnis zu begreifen. Nicht so sehr, soweit sie das Projekt betraf — das ging ihn nichts an und er akzeptierte das — sondern, daß ein Offizierskollege gezwungen war, in einem Bereich tätig zu werden, von dem er nichts verstand; einem Bereich, für den er nicht ausgebildet war. In einer solchen Situation hatte ein anständiger Soldat Mitgefühl mit seinem Kameraden.

»Ich kann Ihnen nur Vermutungen liefern, ganz lockere Vermutungen, nicht einmal Annahmen ... Es könnte Spaulding sein. Und selbst, wenn es das wäre, bedeutet das noch keineswegs, daß eine Verbindung zu *Ihrem* Projekt besteht.«

»Was?«

»Ich weiß nicht, was Spaulding in Portugal getan hat. Nicht genau. Und die Haganah wimmelt von Psychopathen — ein ganz gefährlicher Verein. Die sind etwa genauso gut rational zu begreifen, wie Julius Streichers Einheiten. Spaulding mußte vielleicht einen portugiesischen oder spanischen Juden töten. Oder ihn als Köder in einer Falle benutzen. In einem katholischen Lande würde das einer Haganahzelle schon genügen ... Oder vielleicht war es auch jemand anderer in der Maschine. Ein Offizier oder ein Mannschaftsdienstgrad mit einem antizionistischen Verwandten. Ich würde das prüfen lassen ... Wenn Sie das Buch nicht gelesen haben, können Sie diese Kikes* nicht verstehen.«

Swanson blieb ein paar Augenblicke lang stumm. Als er weitersprach, ging er auf Paces Haltung ein. »Vielen Dank ... Aber so ist das eben wahrscheinlich, nicht wahr? Ich meine, spanische Juden oder ›Köder in einer Falle‹ oder der Onkel irgendeines Piloten ... Das ist Spaulding.«

»Das *wissen* Sie nicht. Spekulationen können Sie anstellen, aber keine Behauptungen.«

»Ich kann nicht begreifen, *wie*.« Swanson setzte sich wieder, dachte eigentlich bloß laut. »Wenn man alles bedenkt ...« Seine Gedanken mündeten in Schweigen.

---

* Kikes = amerikanischer geringschätziger Slangausdruck für Juden (Anm. d. Übers.)

»Darf ich Ihnen einen Vorschlag machen?« Pace ging zu seinem Stuhl. Jetzt war nicht die Zeit, sich einem verwirrten Vorgesetzten gegenüber als der Überlegene zu präsentieren.

»Unbedingt«, sagte Swanson und sah zu dem Oberst hinüber und seine Augen ließen die Dankbarkeit erkennen, die er in diesem Augenblick für den hartgesottenen Abwehrmann empfand.

»Ich habe keine Freigabe für Ihr Projekt und lege, offengestanden, auch keinen Wert darauf. Ich sagte vor ein paar Minuten, daß Sie über Alternativen nachdenken sollten ... Vielleicht sollten Sie das wirklich. Aber nur — wenn Sie eine direkte Beziehung sehen. Ich habe Sie beobachtet und es scheint keine solche Beziehung zu geben.«

»Es gibt auch keine.«

»Sie haben nichts — und auch ich wüßte nicht wie, wenn ich bedenke, was mir an Informationen aus Johannesburg und sonstwo zugänglich ist — Sie haben nichts mit den Konzentrationslagern zu tun? Auschwitz? Belsen?«

»Nicht einmal entfernt.«

Pace lehnte sich vor, stützte die Ellbogen auf den Schreibtisch. »Das sind Dinge, die die Haganah interessieren. Das und die ›spanischen Juden‹ und ›Köder in der Falle‹ ... Treffen Sie jetzt keine neuen Entscheidungen, General. Sie würden sie zu schnell treffen, ohne echte Veranlassung.«

»Echte ...« Swanson sah den anderen ungläubig an. »Ein Flugzeug ist in die Luft gesprengt worden. Menschen sind getötet worden.«

»Und jeder könnte eine Plakette an einem Leitwerk anbringen. Es ist durchaus möglich, daß man Sie prüft.«

»Wer?«

»Darauf könnte ich nicht antworten. Warnen Sie Spaulding; ihm wird das komisch vorkommen. Schließlich war er an *Bord* der Maschine. Aber gestatten Sie, daß mein Mann in Mitchell Field ihm sagt, daß das Attentat wiederholt werden könnte; er soll vorsichtig sein ... Spaulding weiß Bescheid, er kennt sich in diesen Dingen aus. Er wird das Richtige tun ... Und inzwischen würde ich vorschlagen, daß Sie sich um Ersatz umtun.«

»Ersatz?«

»Für Spaulding. Wenn noch ein Attentat verübt wird, könnte das Erfolg haben. Dann wäre er weg.«

»Sie meinen getötet?«

»Ja.«

»In was für einer Welt leben Leute wie Sie eigentlich?« sagte Swanson mit leiser Stimme.

»Einer sehr komplizierten«, sagte Pace.

15.

29. Dezember 1943, New York City

Spauldings Hotelzimmer ging auf die Fifth Avenue und den Central Park. Er sah auf den Verkehr hinunter. Das Montgomery war eines der kleinen, eleganten Hotels, in denen seine Eltern abgestiegen waren, wenn sie in New York waren. Ihn erfüllte es mit einem angenehmen Gefühl der Nostalgie, hierher zurückzukehren. Der alte Empfangschef hatte tatsächlich diskrete Tränen vergossen, während er ihn eintrug. Spaulding hatte vergessen — zum Glück war es ihm wieder eingefallen, ehe seine Unterschrift trocken war —, daß der alte Mann vor Jahren mit ihm im Park spazieren gegangen war. Über ein Vierteljahrhundert lag das zurück!

Spaziergänge im Park. Gouvernanten, Chauffeure, die in Foyers warteten, bereit, seine Eltern zu einem Zug, einem Konzert, einer Probe zu befördern. Musikkritiker, Direktoren von Schallplattenfirmen. Endlose Dinners, bei denen er gewöhnlich vor dem Zubettgehen seinen ›Auftritt‹ hatte. Sein Vater pflegte ihn dann immer dazu zu animieren, irgendeinem Gast zu sagen, wie alt Mozart gewesen sei, als er seine Vierzigste komponierte; Daten und Fakten, die er auswendig lernen mußte, und die ihn überhaupt nicht interessierten. Auftritte, Streit, hysterische Anfälle wegen eines unfähigen Dirigenten oder einer schlechten Vorstellung oder einer noch schlechteren Kritik.

Wahnsinn.

Und stets die Figur Aaron Mandels, besänftigend, beruhigend — so oft seinem erregten Vater gegenüber väterlich, während seine Mutter verblaßte, eine Nebenrolle spielte, die ihrer natürlichen Stärke widersprach.

Und dann die ruhigen Zeiten. Die Sonntage — mit Ausnahme der Konzertsonntage —, wenn seine Eltern sich dann plötzlich seiner Existenz erinnerten und an einem Tag alles ausgleichen wollten, was sie ihm sonst vorenthielten. An solchen Tagen hatte er dann die ehrlichen, wenn auch künstlichen Versuche seines Vaters verspürt, hatte ihm sagen wollen, es sei schon gut, er habe nicht das Gefühl, es werde ihm etwas vorenthalten.

Traurig, komisch, inkonsequent; wirklich unmöglich.

Und aus irgendeinem verborgenen Grund war er in den späteren Jahren nie in das kleine, elegante Hotel zurückgekehrt. Es war natürlich selten notwendig gewesen, aber er hätte es versuchen können. Die Hotelleitung mochte die Spaulding-Familie wirklich gern. Jetzt schien es irgendwie richtig und passend. Nach den Jahren, die er in der Ferne verbracht hatte, wollte er einen sicheren Stützpunkt in einem fremden Land, sicher, zumindest was die Erinnerungen anging.

Der Major, der ihn in Mitchell Field abgeholt hatte — auf der Landebahn —, hatte ihn zum Stützpunkthospital geführt, wo ein gelangweilter Militärarzt ihn als gesund, aber ›erschöpft‹ bezeichnet hatte, dann professionelle Kritik an den Nähten der britischen Ärzte auf den Azoren vorgebracht, aber keinen Anlaß gesehen hatte, die Wunden neu zu nähen, und schließlich den Vorschlag gemacht hatte, David möge alle vier Stunden zwei APCs nehmen und sich ausruhen.

Caveat Patient.

Der Kurier-Major hatte eine Melodie auf dem Fairfax-Piano gespielt und ihm gesagt, daß die Field Division immer noch damit beschäftigt sei, die Sabotage von Lajes zu überprüfen; es könne sein, daß sie ihm gelte, wegen irgendwelcher von Lissabon aus verübter Missetaten. Er solle vorsichtig sein und irgendwelche ungewöhnlichen Vorfälle unmittelbar an Colonel Pace in Fairfax melden. Außerdem solle Spaulding sich den Namen von Brigadier General Alan Swansan, DW, merken. Swanson sei seine Quellenkontrolle und werde in einigen Tagen Verbindung mit ihm aufnehmen.

Warum dann Pace anrufen? Bezüglich irgendwelcher ›Zwischenfälle‹. Warum nicht direkt mit Swanson in Verbindung treten? Da er ja die QK sei.

Anweisung von Pace, erwiderte der Major — bis der Brigadier sich einschaltet. So sei es einfacher.

Oder weitere Tarnung, dachte David und erinnerte sich der

umschatteten Augen von Paul Hollander, dem Az-Am-Agenten in Terceira.

Irgend etwas ging hier vor. Die Überleitung der Quellenkontrolle wurde auf höchst ungewöhnliche Art und Weise vorgenommen. Begonnen mit den nicht unterzeichneten Prioritätscodes, die er in Lissabon erhalten hatte, bis zu dem außergewöhnlichen Befehl: außer Strategie. Angefangen bei der Übergabe von Papieren durch Az-Am-Agenten mitten im Ozean, die sagten, sie müßten ihn zuerst verhören, bis hin zu der seltsamen Anweisung, zwei Zivilisten in New York zu berichten, ohne vorher selbst eingewiesen zu sein.

Das Ganze war höchst seltsam. Entweder war es etwas sehr Professionelles oder etwas schrecklich Dilettantisches. Es würde interessant sein, diesen General Swanson kennenzulernen. Er hatte nie von ihm gehört.

Er legte sich auf das Hotelbett. Er würde eine Stunde ruhen, dann duschen und sich rasieren und sich zum erstenmal seit drei Jahren New York bei Nacht ansehen. Sehen, was der Krieg aus einem Manhattan-Abend gemacht hatte; aus den Stunden bei Tage hatte er nichts gemacht, demzufolge, was er gesehen hatte — nur die Plakate. Es würde gut sein, heute Abend eine Frau zu haben. Aber wenn es dazu kam, dann mußte es komfortabel sein, ohne Drängen. Ein glücklicher Zufall würde recht sein, ein erfreuliches, wirklich nettes Zwischenspiel. Andererseits hatte er nicht vor, in einem Telefonbuch zu schmökern, um ein solches Zwischenspiel herbeizuführen. Drei Jahre und neun Monate waren verstrichen, seit er zum letztenmal in New York City nach einem Telefonhörer gegriffen hatte. Während jener drei Jahre hatte er gelernt, die Veränderungen mit Argwohn zu betrachten, die sich innerhalb von wenigen Tagen ergaben, ganz zu schweigen von drei Jahren und neun Monaten.

Er erinnerte sich in angenehmer Weise daran, wie Neuankömmlinge in der Botschaft in Lissabon häufig von der leichten Zugänglichkeit der Frauen zu Hause sprachen. Ganz besonders in Washington und New York, wo die Statistik und das Fehlen von Dauerhaftigkeit solche Eintags- oder besser Einnachts-Episoden begünstigten. Dann erinnerte er sich mit einem Anflug amüsierter Resignation, daß diese selben Leute gewöhnlich von der unwiderstehlichen Anziehungskraft einer Offiziersuniform sprachen, besonders von Offiziersuniformen im Hauptmannsrang und darüber.

Er hatte in den letzten vier Jahren genau dreimal Uniform getragen: in der Halle des Mayflower Hotels mit Ed Pace, am Tage seiner Ankunft in Portugal und am Tage, an dem er Portugal verlassen hatte.

Jetzt besaß er nicht einmal eine.

Das Telefon klingelte und er zuckte zusammen. Nur Fairfax und, wie er annahm, dieser Brigadier Swanson, wußten, wo er sich befand. Er hatte das Montgomery von Mitchell Field aus angerufen und ein Zimmer bestellt; der Major hatte gesagt, er solle sich zweiundsiebzig Stunden Zeit lassen, er brauche Ruhe, niemand werde ihn stören. Und jetzt störte ihn doch jemand.

»Hallo?«

»David!« Es war eine Mädchenstimme. Tief, kultiviert, so wie man im Placa-Hotel sprach. »David *Spaulding*!«

»Er spricht?« Einen Augenblick lang fragte er sich, ob seine Fantasien, derer er sich gerade erst bewußt geworden war, Possen mit der Realität spielten.

»*Leslie*, Darling! Leslie *Jenner*! Mein Gott, das sind bestimmt *fünf Jahre*!«

Spaulding überlegte fieberhaft. Leslie gehörte zur New Yorker Szene, aber nicht zu der des Radios; sie war noch aus seiner Collegezeit. Man hatte sich mit ihr unter der Uhr in Biltmore getroffen; oder abends bei La Rue; die Cotillions — zu denen man ihn eingeladen hatte, nicht so sehr, weil er der entsprechenden Aristokratie angehörte, als wegen der Tatsache, daß er der Sohn der Konzert-Spauldings war. Leslie war ein Produkt von Miß Porter's, Finch und der Junior League.

Nur ihr Name hatte sich geändert. Sie hatte einen jungen Mann aus Yale geheiratet. Er erinnerte sich nicht an den Namen.

»Leslie, das ist ... nun, wirklich eine Überraschung. Woher hast du denn gewußt, daß ich hier bin?« Spaulding verstand sich nicht besonders gut auf den Small Talk von New York.

»In New York geschieht *nichts*, das ich nicht erfahre! Ich habe überall Augen und Ohren, Darling! Ein richtiges Spionagenetz!«

David Spaulding spürte, wie er bleich wurde; die Witzelei des Mädchens gefiel ihm nicht. »Ernsthaft, Leslie ... Ich hab' nämlich noch niemanden angerufen. Nicht einmal Aaron. Wie hast du es erfahren?«

»Wenn du es wirklich wissen mußt, Cindy Bonner — sie hieß früher Cindy Tottle, hat Paul Bonner geheiratet — Cindy hat bei Rogers Peet ein schreckliches Weihnachtsgeschenk für Paul umgetauscht und hat *geschworen*, sie habe gesehen, wie du einen Anzug anprobiert hast. Nun, du kennst ja Cindy! Immer so schüchtern ...«

David kannte Cindy *nicht*. Er konnte sich nicht einmal an den Namen erinnern, geschweige denn ein Gesicht. Und während er darüber nachdachte, fuhr Leslie Jenner fort.

»... und da lief sie zum nächsten Telefon und rief mich an. Schließlich, Darling, hat man ja mal ernsthaft über uns geredet!«

Wenn ›ernsthaft reden‹ zwei Sommermonate mit Wochenenden in East Hampton bedeutete und dort mit der Tochter des Hauses schlafen, dann mußte David ihr recht geben. Aber er hielt nicht viel von der Definition; es war verdammt beiläufig gewesen, sehr diskret und vor der gesellschaftlich sehr korrekten Hochzeit des Mädchens.

»Mir wäre wirklich lieber, wenn dein Mann nichts erfahren ...«

»*O Gott*, du armes Lämmchen! Ich heiße *Jenner*, Darling, nicht Hawkwood! Nicht einmal den *Namen* habe ich behalten. Verdammt will ich sein, wenn ich den behalten hätte.«

Das ist es, dachte David. Sie hatte einen Mann namens Hawkwood geheiratet: Roger oder Ralph; irgend so etwas. Ein Footballspieler, oder war es Tennis?

»Es tut mir leid, ich wußte nicht ...«

»Richard und ich haben schon vor einer *Ewigkeit* Schluß gemacht. Eine *Katastrophe* war das. Dieser Schweinehund konnte seine Finger nicht einmal von meinen besten Freundinnen lassen! Er ist jetzt in London; Air Corps, aber ganz geheim, glaube ich. Ich bin sicher, daß die englischen Mädchen ihn bald satt haben ... Und ich meine wirklich satt! *Ich* weiß Bescheid!«

Etwas regte sich in Davids Lenden. Leslie Jenner sprach da eine deutliche Einladung aus.

»Nun, sie sind ja Alliierte«, sagte Spaulding und grinste. »Aber du hast mir immer noch nicht gesagt, wie du mich hier gefunden hast?«

»Ich habe genau vier Telefongespräche gebraucht, mein Lämmchen. Ich hab' die üblichen Hotels versucht: Commodore, Biltmore und das Waldorf; und dann fiel mir ein, daß deine alten Herrschaften immer im Montgomery abstiegen. Sehr alte Welt, Darling ... Und dann dachte ich mir, wo es so schwierig ist, Zimmer zu kriegen, hättest du vielleicht daran denken können.«

»Du würdest einen guten Detektiv abgeben, Leslie.«

»Nur, wenn es sich lohnt, Lämmchen ... Wir hatten doch großen *Spaß*.«

»Ja, den hatten wir«, sagte Spaulding, der an etwas ganz anderes dachte. »Und so viel Findigkeit soll nicht unbelohnt bleiben. Dinner?«

»Wenn du mich nicht eingeladen hättest, hätte ich jetzt *gebrüllt*.«

»Soll ich dich in deinem Apartment abholen? Wie ist deine Adresse?«

Leslie zögerte einen Augenblick lang. »Treffen wir uns besser in einem Restaurant. Wir würden nie wegkommen.«

Wirklich eine Einladung.

David nannte ein kleines Café an der Einundfünfzigsten Straße, an das er sich erinnerte. Es lag an der Park Avenue. »Um halb acht? Acht?«

»Halb acht ist fein, Darling, aber nicht *dort*, Darling. Es hat schon vor Jahren zugemacht. Warum nicht das Gallery? Das ist an der Sechsundvierzigsten. Ich bestelle einen Tisch; die kennen mich.«

»Fein.«

»Du armes Lämmchen, du bist so *lange* weggewesen. Du weißt *gar nichts* mehr. Ich werde dich ins Schlepptau nehmen.«

»Das gefällt mir. Halb acht also.«

»Kann's kaum erwarten. Und ich versprech dir, daß ich nicht weinen werde.«

Spaulding legte den Hörer auf; er war verwirrt — in mehrfacher Hinsicht. Zu allererst rief ein Mädchen einen ehemaligen Liebhaber nicht nach beinahe vier Jahren an, ohne zu fragen — besonders in einer Zeit wie dieser — wo er gewesen sei, wie es ihm gehe; zumindest wie lange er in der Stadt bleiben werde. Das war unnatürlich, das paßte nicht zu der Neugierde dieser neugierigen Zeiten.

Und noch etwas anderes beunruhigte ihn zutiefst.

Das letzte Mal, daß seine Eltern im Montgomery abgestiegen waren, war 1934 gewesen. Und er war seitdem nicht zurückgekommen. Er hatte das Mädchen 1936 kennengelernt; im Oktober 1936 in New Haven in der Yale Bowl. Er erinnerte sich ganz deutlich.

Leslie Jenner konnte unmöglich etwas über das Montgomery-Hotel wissen. Nicht in Beziehung auf seine Eltern.

Sie log.

16.

29. Dezember 1943, New York City

Das Gallery war genau, wie David es sich vorgestellt hatte: reichlich dunkelroter Samt mit einer Vielfalt von Palmen unterschiedlicher Form und Größe, die die weichen, gelben Lichtkegel aus Dutzenden von Wandlampen reflektierten, die hoch genug über den Tischen angebracht waren, um ein Lesen der Speisekarten zu verhindern. Auch die Gäste entsprachen seinen Erwartungen: jung, reich, gewollt locker; schneeweiße Zähne, lächelnde Gesichter. Die Stimmen hoben und senkten sich, alles wirkte gepflegt, elegant, chic und ein wenig unecht.

Leslie Jenner war schon da, als er kam. Sie lief ihm vor der Garderobe in die Arme; sie hielt ihn schweigend einige Minuten fest umklammert — wenigstens schien es Spaulding wie einige Minuten; jedenfalls viel zu lange. Als sie schließlich den Kopf zurücklegte, hatten die Tränen kleine Bäche auf ihren Wangen gebildet. Die Tränen waren echt, aber trotzdem war an dem Mädchen etwas — war es nun die Art und Weise, wie ihr voller Mund sich spannte? Die Augen selbst? —, etwas Künstliches an dem Mädchen. Oder war das er? Die Jahre, die er fern von Lokalen wie dem Gallery und Mädchen wie Leslie Jenner verbracht hatte.

In jeder anderen Hinsicht war sie so, wie er sich an sie erinnerte. Älter vielleicht, ganz bestimmt sinnlicher — erfahrener. Ihr dunkelblondes Haar war jetzt eher hellbraun und ihre weiten, braunen Augen wirkten jetzt nicht nur provozierend, wie sie das immer schon getan hatten, sondern hatten noch eine Note der Subtilität hinzugewonnen. Ihr Gesicht war etwas schmaler geworden, wirkte aber immer noch wie gemeißelt, aristokratisch. Und er konnte ihren Körper an dem seinen spüren; die Erinnerungen, die er empfunden hatte, wurden dadurch vertieft. Durchtrainiert, stark, vollbrüstig; ein Körper, der seine Erfüllung im Sex fand. Dafür und davon geformt.

»Gott, Gott, Gott! O *David*!« Sie drückte ihre Lippen auf sein Ohr.

Sie gingen an ihren Tisch; sie hielt seine Hand fest, ließ sie nur kurz los, um sich eine Zigarette anzuzünden, griff gleich wieder danach. Sie unterhielten sich schnell. Er war nicht sicher, daß sie zuhörte, aber sie nickte die ganze Zeit und ließ die Augen nicht von ihm. Er wiederholte die wesentlichen Züge seiner Deckung: Italien, geringfügige Verwundungen; man hatte ihn entlassen, damit er in ein wichtiges Wirtschaftsunternehmen eintreten konnte, wo er mehr Nutzen bringen würde, als wenn er nur einen Karabiner trug. Er war nicht sicher, wie lange er in New York bleiben würde. (In dem Punkt war er ehrlich, dachte er. Er hatte wirklich keine Ahnung, wie lange er bleiben würde; er wünschte, er wüßte es.) Er freute sich, sie wiederzusehen.

Das Abendessen war ein Vorspiel zum Bett. Beide wußten es; keiner gab sich Mühe, die Erregung zu verbergen, die darin lag, das angenehmste aller Erlebnisse neu zu erleben: junge Liebe, im Schatten genossen, jenseits der Ermahnungen der Älteren. Liebe, die viel mehr Vergnügen bereitete, weil sie verboten, gefährlich war.

»Dein Apartment?« fragte er.

»Nein, mein Lämmchen. Ich wohne mit meiner Tante zusammen, Mamas jüngerer Schwester. Heutzutage ist es sehr chic, sich in ein Apartment zu teilen; sehr patriotisch.«

David konnte dem nicht ganz folgen. »Dann gehen wir zu mir«, sagte er mit fester Stimme.

»David?« Leslie drückte seine Hand und machte eine kurze Pause, ehe sie weitersprach. »Diese alten Domestiken, die das Montgomery führen — die kennen so viele von unserer Clique. Die Allcots zum Beispiel haben dort eine Suite, und die Dewhursts auch ... Ich hab' einen Schlüssel zu Peggy Websters Wohnung im Village. Erinnerst du dich an Peggy? Wir waren bei ihrer Hochzeit. Jack Webster? Du kennst doch Jack. Er ist bei der Marine; sie ist nach San Diego gefahren, um ihn zu besuchen. Gehen wir in Peggys Wohnung.«

Spaulding musterte das Mädchen scharf. Er hatte ihr seltsames Verhalten am Telefon nicht vergessen, ihre Lüge bezüglich des alten Hotels und seiner Eltern. Und doch war es möglich, daß seine Fantasie ihm Streiche spielte — die Jahre in Lissabon machten einen vorsichtig. Es konnte für alles eine Erklärung geben, eine Gedächtnislücke bei ihm vielleicht; aber jetzt war er ebenso neugierig wie stimuliert.

Er war sehr neugierig. Sehr stimuliert.

»Peggys Wohnung«, sagte er.

Wenn es außer Sex noch ein Ziel gab, so war ihm das nicht bewußt.

Als sie die Mäntel ausgezogen hatten, machte Leslie in der Küche Drinks, während David zusammengeknülltes Zeitungspapier unter das Kamingitter legte und zusah, wie die Späne Feuer fingen.

Leslie stand unter der Küchentür und sah ihm zu wie er die Holzscheite zurechtlegte, damit ein Luftzug entstand. Sie hielt die Drinks in der Hand und lächelte. »In zwei Tagen ist Neujahr. Wir werden einen Sprung machen und sagen, daß es uns gehört. Unser Neujahr. Und danach sollen viele andere kommen, hoffe ich.«

»Viele andere«, erwiderte er und stand auf und ging zu ihr. Er nahm beide Gläser, nicht das, welches sie ihm hinstreckte. »Ich stelle sie hierhin.« Er trug sie zu dem niedrigen Tisch vor der kleinen Couch, die dem Kamin gegenüberstand. Er drehte sich schnell um, wie um sie anzusehen. Aber sie achtete nicht auf die Gläser. Oder darauf, wie er sie stellte.

Statt dessen trat sie vor das Feuer und zog die Bluse aus. Sie ließ sie auf den Boden fallen und drehte sich um, die großen Brüste von einem enganliegenden, durchsichtigen Büstenhalter betont, der an der Spitze bestickt war.

»Zieh dein Hemd aus, David.«

Das tat er und ging zu ihr. Sie zuckte zusammen, als sie seine Verbände sah und strich vorsichtig mit den Fingern darüber. Sie preßte sich gegen ihn, drückte sich an seine Schenkel, bewegte sich kundig. Er legte die Arme um sie und hakte ihren Büstenhalter auf, und sie krümmte sich leicht zusammen, als er ihn wegzog. Und dann drehte sie sich um und schob ihre Brüste gegen sein Fleisch.

Er umfaßte ihre linke Brust mit der rechten Hand und sie griff nach unten, trat einen halben Schritt zurück und knöpfte seine Hosen auf.

»Die Drinks haben Zeit, David. Es ist Neujahrsabend. Unserer jedenfalls.«

Ohne ihre Brust loszulassen, drückte er die Lippen auf ihre Augen, ihre Ohren. Sie stöhnte.

»Hier, David«, sagte sie. »Hier auf dem Boden.« Sie sank auf die Knie, schob den Rock über die Schenkel, daß man ihre Strapse sehen konnte.

Er legte sich neben sie und sie küßten sich.

»Ich erinnere mich«, flüsterte er und lachte leise. »Das erstemal; die Hütte neben dem Bootshaus. Auf dem Boden. Ich erinnere mich.«

»Ich hab' schon überlegt, ob du dich erinnern würdest. Ich hab' es nie vergessen.«

Es war erst dreiviertel zwei Uhr morgens, als er sie nach Hause brachte. Sie hatten sich zweimal geliebt, eine ganze Menge von Jack und Peggy Websters Whisky getrunken und hauptsächlich von ›guten, alten Zeiten‹ gesprochen. Leslie hatte keinerlei Hemmungen in bezug auf ihre Ehe. Richard Hawkwood, Exehemann, war einfach nicht der Mann, um eine dauernde Beziehung aufrechtzuerhalten. Er war ein sexueller Vielfraß, solange es nur genügend davon gab, in genügender Vielfalt, hieß das. Sonst war er zu nicht viel nutz. Geschäftlich war er ein Versager — soweit seine Familie das zuließ. Hawkwood war ein Mann, der dazu erzogen war, fünfzigtausend im Jahr durchzubringen, aber nur mit der Fähigkeit ausgestattet, vielleicht sechstausend zu verdienen.

Ihrer Ansicht nach war der Krieg für Männer wie Richard geschaffen. Solche Männer konnten sich dabei hervortun, wie ihr Exehemann das getan hatte. Er sollte irgendwo ›in Flammen untergehen‹, einen strahlenden Abgang haben und nicht in die Enttäuschungen ziviler Unfähigkeit zurückkehren. Spaulding fand, daß das ziemlich hart sei, aber sie meinte, es sei sehr barmherzig. Und dann lachten sie und liebten sich wieder.

David blieb den ganzen Abend auf seiner Hut und wartete darauf, daß sie etwas sagte, irgend etwas sagte, etwas Ungewöhnliches fragte. Irgend etwas, das die Gründe ihrer ursprünglichen Lügen aufklären würde. Aber es kam nichts.

Er fragte sie noch einmal und gab sich ungläubig, daß sie sich an seine Eltern und das Montgomery erinnern sollte. Aber sie hielt an ihrem untrüglichen Gedächtnis fest und fügte lediglich hinzu, daß ›die Liebe eine solche Suche viel gründlicher machte‹.

Sie log wieder; das wußte er. Was zwischen ihnen war, hatte nichts mit Liebe zu tun.

Sie verließ ihn im Taxi; sie wollte nicht, daß er mit hinaufkomme. Ihre Tante würde schon schlafen, sagte sie; so war es besser.

Morgen würden sie sich wieder treffen. In der Wohnung der Websters. Zehn Uhr abends; sie war zum Abendessen verabredet, würde aber zusehen, bald freizukommen.

Ihre Verabredung für den richtigen Silvesterabend würde sie absagen. Sie würden den ganzen Tag für sich haben.

Als der Türsteher sie hineinführte und das Taxi sich wieder in Bewegung setzte und auf die Fifth Avenue zurollte, dachte er zum erstenmal, daß Fairfax veranlaßt hatte, daß er übermorgen seine Arbeit bei Meridian Aircraft beginnen solle, ausgerechnet an Silvester. Wahrscheinlich würde man nur einen halben Tag Arbeit von ihm erwarten.

Es war seltsam. Silvester. Weihnachten.

An Weihnachten hatte er überhaupt nicht gedacht. Er hatte daran gedacht, seinen Eltern Geschenke nach Santiago zu schicken, aber das hatte er schon vor seiner Reise in den Norden getan. In die baskischen Provinzen und Navarra.

Weihnachten hatte für ihn keinen Sinn. Die Weihnachtsmänner, die auf den Straßen von New York mit ihren Glocken läuteten, die Dekorationen in den Schaufenstern — nichts davon hatte Sinn für ihn. Das stimmte ihn traurig. Früher hatten ihm die Feiertage immer Freude bereitet.

David zahlte den Fahrer, begrüßte den Nachtportier im Montgomery und fuhr mit dem Lift in sein Stockwerk. Er stieg aus und ging auf seine Tür zu. Er strich ganz automatisch mit dem Finger über das ›Nicht-stören‹-Zeichen unter dem Schloß, weil seine Augen müde waren.

Dann spürte er das Holz und blickte nach unten, schnippte sein Feuerzeug, um besser sehen zu können.

Der Faden war verschwunden.

Seine zweite Natur und die Anweisung von Fairfax, auf seiner Hut zu sein, hatten ihn dazu veranlaßt, sein Hotelzimmer mit einem Faden zu versehen. Unsichtbare schwarz-gelbe Seidenfäden, die er an einem halben Dutzend Stellen angebracht hatte und die ihm anzeigten, daß sich jemand eingeschlichen hatte, wenn sie verschwunden oder abgerissen waren.

Er trug keine Waffe und wußte nicht, ob jemand drinnen war.

Er ging zum Lift zurück und drückte den Knopf. Er fragte den Liftfahrer, ob er einen Hauptschlüssel habe; seine Türe lasse sich nicht öffnen. Der Mann hatte keinen; man führte ihn in die Lobby.

Der Nachtportier war bereit, ihm behilflich zu sein und befahl dem Liftfahrer, am Empfangstresen zu warten, während er Mr. Spaulding mit seinem schwierigen Schloß behilflich war.

Während die beiden Männer den Lift verließen und den Korridor hinuntergingen, hörte Spaulding das deutliche Geräusch einer sich bewegenden Türklinke, die leise, aber unverkennbar, geschlossen wurde. Er sah sich schnell nach beiden Seiten um und versuchte festzustellen, wo das Geräusch herkam.

Aber nichts außer verschlossenen Hoteltüren war zu sehen.

Dem Nachtportier bereitete es keine Schwierigkeiten, die Türe zu öffnen. Schwerer fiel es ihm schon, Mr. Spauldings Arm zu begreifen, den der ihm über die Schulter legte, und womit er ihn in das Zimmer schob.

David sah sich schnell um. Die Badezimmertüre und die des Garderobeschrankes standen offen, er hatte sie offen gelassen. Weitere Möglichkeiten, sich zu verbergen, gab es nicht. Er ließ den Mann los und hielt ihm einen Fünf-Dollar-Schein hin.

»Vielen Dank. Mir ist das sehr peinlich — ich fürchte, ich habe zu viel getrunken.«

»Keine Ursache, Sir. Ich danke *Ihnen*, Sir.« Der Mann ging hinaus und zog die Türe hinter sich zu. Jetzt prüfte David schnell seine Fäden. Im Kleiderschrank; die Brusttasche seines Jacketts.

Kein Faden.

Der Schreibschrank: die erste und die dritte Schublade.

Beide Fäden anders angebracht, als er sie eingeschoben hatte. Der erste innen auf einem Taschentuch; der zweite zwischen Hemden eingeklemmt. Das Bett: parallel zum Muster der Decke.

Verschwunden.

Er ging zu seinem Koffer, der neben dem Fenster auf einem Gepäckgestell lag. Er kniete nieder und inspizierte das rechte Schloß; der Faden war unter dem winzigen Scharnier festgeklemmt, gewesen. Wenn man den Koffer öffnete, mußte er reißen.

Er war abgerissen, nur eine Hälfte war noch vorhanden.

Im Inneren des Koffers war hinten ein einzelner Faden angebracht, der drei Finger vom linken Rand über das Gummiband gelegt war.

Verschwunden.

David stand auf. Er trat an den Nachttisch und griff nach dem Telefonbuch. Es hatte keinen Sinn zu warten; sein Hauptvorteil lag in der Überraschung. Sein Zimmer war gründlich und professionell durchsucht worden; man erwartete nicht, daß er es bemerkte.

Er würde Leslie Jenners Telefonnummer suchen, zu ihrem Apartmenthaus zurückfahren und sich in der Nähe des Eingangs eine Telefonzelle suchen — wenn er Glück hatte, eine, von der aus man den Eingang beobachten konnte. Dann würde er sie anrufen und ihr irgendeine völlig unglaubwürdige Geschichte erzählen und sie bitten, sich mit ihm zu treffen. Von der Durchsuchung würde er kein Wort erwähnen, auch nichts von seinem bestätigten Verdacht. Er würde sie völlig verunsichern und auf ihre Reaktion achten. Wenn sie sich bereiterklärte, sich mit ihm zu treffen, dann war alles gut. Wenn nicht, würde er ihr Apartment, wenn nötig die ganze Nacht über, beobachten.

Leslie Jenner hatte eine Geschichte zu erzählen, und er würde herausfinden, was das für eine Geschichte war. Der Mann in Lissabon hatte nicht drei Jahre in den Nordprovinzen verbracht, ohne Erfahrungen zu sammeln.

Unter der Adresse, wo sie ihn verlassen hatte, war kein Jenner eingetragen.

In ganz Manhattan gab es sechs Jenners.

Er gab der Hotelvermittlung nacheinander die sechs Nummern, und die Antworten, die er nacheinander bekam — in unterschiedlichen Schlafstadien und daher auch in unterschiedlichen Stadien der Verärgerung — waren dieselben.

Keine Leslie Jenner. Niemand kannte sie.

Spaulding legte auf. Er war auf dem Bett gesessen; jetzt stand er auf und ging im Zimmer auf und ab.

Er würde zu dem Apartmentgebäude fahren und den Portier befragen. Vielleicht war die Wohnung auf den Namen ihrer Tante eingetragen, aber das war nicht plausibel. Leslie Jenner würde ihren Namen und ihre Telefonnummer am liebsten in den Branchenteil eintragen lassen, wenn das ginge; für sie war das Telefon ein Instrument ihrer Existenz, nicht der Bequemlichkeit. Und wenn er zu dem Apartment ging und dort anfing, Fragen zu stellen, würde er auf sich aufmerksam machen. Dazu war er nicht bereit.

Wer war das Mädchen bei Rogers Peet? Sie hatte Weihnachtsgeschenke umgetauscht. Cynthia? Cindy? . . . Cindy. Cindy Tuttle . . . Tottle. Aber nicht Tottle . . . Bonner. Mit Paul Bonner verheiratet, sie hatte ein ›schreckliches Geschenk für Paul umgetauscht‹. Er ging zum Bett zurück und nahm sich erneut das Telefonbuch vor.

Paul Bonner war eingetragen: 480 Park Avenue. Eine angemessene Adresse. Er gab der Vermittlung die Nummer.

Die Stimme eines Mädchens meldete sich. Sie klang schläfrig.

»Ja? . . . Hallo?«

»Mrs. Bonner?«

»Ja, was ist denn? Hier spricht Mrs. Bonner.«

»Ich bin David Spaulding. Sie haben mich heute Nachmittag bei Rogers gesehen; Sie haben Geschenke für Ihren Mann umgetauscht. Ich kaufte einen Anzug . . . Entschuldigen Sie die Störung, aber es ist sehr wichtig. Ich habe mit Leslie zu Abend gegessen . . . Leslie Jenner; Sie haben sie angerufen. Ich bin gerade von ihr weggegangen; wir wollten uns morgen treffen und jetzt stelle ich fest, daß ich vielleicht nicht kann. Es ist wirklich dumm von mir, aber ich habe vergessen, mir ihre Telefonnummer geben zu lassen und ich finde sie nicht im Telefonbuch. Ich hatte gedacht . . .«

»Mr. Spaulding.« Das Mädchen ließ ihn nicht weiterreden und ihre Stimme klang jetzt scharf, nicht mehr schlaftrunken. »Wenn das ein Witz sein soll, dann ist er sehr geschmacklos. Ich erinnere mich *tatsächlich* an Ihren Namen . . . Aber heute Nachmittag habe ich Sie *nicht* gesehen, und ich habe nichts umgetauscht . . . Ich war nicht bei Rogers Peet. Mein Mann ist vor vier Monaten gefallen, in Sizilien . . . Ich habe . . . seit mehr als einem Jahr nicht mehr . . . mit Leslie Jenner gesprochen . . . Hawkwood heißt sie jetzt, glaube ich. Sie ist nach Kalifornien gezogen, Pasadena, glaube ich ... Wir waren nicht zusammen. Ich halte das auch für sehr unwahrscheinlich.«

David hörte das abrupte Klicken, als die Frau die Verbindung unterbrach.

17.

31. Dezember 1943, New York City

Der erste Tag seiner ›Anstellung‹ bei Meridian Aircraft, Konstruktionsabteilung.

Den größten Teil des vergangenen Tages hatte er in seinem Hotelzimmer verbracht, war nur kurz zum Mittagessen, und um sich Zeitschriften zu kaufen, ausgegangen, hatte sich das Abendessen aufs Zimmer bringen lassen und war schließlich sinnloserweise nach Greenwich Village gefahren, wo er wußte, daß er Leslie Jenner um zehn Uhr nicht antreffen würde.

Er war aus zwei Gründen in seinem Zimmer geblieben. Zum einen war die Diagnose des Arztes von Mitchell Field richtig gewesen: er war erschöpft. Der zweite war ebenso wichtig. Fairfax führte eine Überprüfung von Leslie Jenner Hawkwood, Cindy Tottle Banner und einem Marineoffizier namens Jack oder John Webster durch, dessen Frau sich bequemerweise in Kalifornien befand. David wollte diese Information, ehe er weiteres unternahm, und Ed Pace hatte versprochen, so gründlich zu sein, wie das achtundvierzig Stunden erlaubten.

Was Cindy Bonner über Leslie Jenner gesagt hatte, hatte Spaulding überrascht.

Sie ist nach Kalifornien gezogen. Pasadena, glaube ich ...

Ein Telefongespräch mit dem Hausmeister in Greenwich Village hatte bestätigt, daß die Websters tatsächlich dort wohnten; der Mann war bei der Marine, die Frau besuchte ihn irgendwo in Kalifornien. Der Hausmeister hatte Auftrag, Post für sie aufzuheben.

Irgendwo in Kalifornien.

Sie ist nach Kalifornien gezogen ...

Gab es eine Verbindung? Oder war das Ganze nur Zufall?

Spaulding sah auf die Uhr. Es war acht Uhr früh. Der Morgen des Silvestertages. Morgen würde 1944 beginnen.

Heute morgen aber sollte er sich im provisorischen Büro von Meridian an der Achtunddreißigsten Straße bei einem gewissen Walter Kendall und einem gewissen Eugene Lyons melden.

Warum hatte eigentlich eine der größten Flugzeugfirmen der Vereinigten Staaten ein ›provisorisches‹ Büro?

Das Telefon klingelte. David griff nach dem Hörer.

»Spaulding?«

»Hallo, Ed.«

»Ich habe bekommen, was ging. Sehr viel Sinn ergibt es nicht. Zunächst einmal ist über eine Scheidung der Hawkwoods nichts bekannt. Und er ist tatsächlich in England. Achtes Air Force Geschwader, aber keine klassifizierte Tätigkeit. Er ist Pilot im Zehnten Bomberkommando in Surrey.«

»Und was ist damit, daß sie in Kalifornien lebt?«

»Sie hat vor achtzehn Monaten New York verlassen und ist zu einer Tante in Pasadena gezogen. Eine sehr reiche Tante, die mit einem Mann namens Goldsmith verheiratet ist; er ist Bankier — Polospieler, steht im Gesellschaftsregister. Nach allem, was wir erfahren haben — und das ist ziemlich lückenhaft — mag sie Kalifornien einfach.«

»Okay. Und was ist mit diesem Webster?«

»Stimmt ebenfalls. Er ist Artillerieoffizier auf der *Saratoga*. Sie liegt wegen Reparaturarbeiten in San Diego. In zwei Wochen sollen sie wieder auslaufen, und das Datum stimmt auch. Bis dahin gibt es eine Menge Achtundvierzig-Stunden- und Zweiundsiebzig-Stunden-Urlaub; nichts Längeres. Die Ehefrau Margaret ist vor zwei Tagen bei ihrem Lieutenant eingetroffen. Sie wohnt im Greenbrier Hotel.«

»Und die Bonners?«

»Nur was Sie auch wissen, mit Ausnahme dessen, daß er ein wirklicher Held war. Bei einem Spähtruppunternehmen getötet. Er hatte Auftrag, eine Evakuierungsmaßnahme vorzubereiten. Sizilien.«

»Und das ist alles?«

»Ja. Sie kannten sich offensichtlich alle, aber ich kann nichts finden, das eine Verbindung zu Ihnen herstellen könnte.«

»Aber Sie sind doch nicht der QK, Ed. Sie sagten, Sie wüßten nicht, was es für ein Auftrag sei.«

»Richtig. Aber aus dem Wenigen, das ich weiß, kann ich nichts feststellen.«

»Mein Zimmer ist durchsucht worden. In dem Punkt irre ich nicht.«

»Vielleicht Diebstahl. Reicher Soldat in einem teuren Hotel, Heimaturlaub. Könnte sein, daß jemand auf die Idee kam, Sie hätten eine Menge rückständigen Sold bei sich, Entlassungsgeld.«

»Das bezweifle ich. Dazu haben die das zu professionell gemacht.«

»Es gibt eine ganze Menge Profis, die in den Hotels arbeiten. Sie warten, bis einer abends weggeht, um sich einen hinter die Binde zu gießen und . . .«

Spaulding unterbrach ihn. »Ich möchte da etwas überprüfen.«

»Was?«

»Die Bonner hat gesagt, es sei ›unwahrscheinlich‹, daß sie mit Leslie Jenner in Verbindung treten würde und sie hat dabei keine Witze gemacht. Eigenartig, so etwas zu sagen, nicht wahr? Ich würde gerne wissen, warum sie es gesagt hat.«

»Nur zu. War schließlich Ihr Hotelzimmer, nicht meines . . . Wissen Sie, was ich glaube? Und ich habe darüber nachgedacht; das mußte ich.«

»Was?«

»Daß die Schickeria von New York ihre Bettpartner verdammt schnell wechselt. Sie haben mir zwar keine Einzelheiten erzählt, aber ist es eigentlich nicht logisch, daß die Lady auf ein paar Tage in New York war, Sie vielleicht selbst gesehen hat oder jemanden kannte, der Sie gesehen hatte, und sich dachte, warum eigentlich nicht? Ich meine, was soll's denn? Inzwischen ist sie nach Kalifornien unterwegs und wird Sie wahrscheinlich nie wieder sehen.«

»Nein, das ist nicht logisch. Sie hat das viel zu kompliziert angestellt, das war gar nicht nötig. Sie wollte mich vom Hotel fernhalten.«

»Nun, Sie waren dort . . .«

»Sicher war ich das. Wissen Sie, eigentlich ist es komisch. Wenn man Ihren Major in Mitchell Field hört, könnte man meinen, daß diese Geschichte auf den Azoren mir galt . . .«

»Ich sagte, *könnte* Ihnen gelten«, unterbrach Pace.

»Und ich sage das nicht. Und doch bin ich hier und bin überzeugt, daß das gestern abend einen Sinn hatte, und *Sie* glauben das nicht. Vielleicht fangen wir beide an, müde zu werden.«

»Vielleicht. Ich mache mir auch Gedanken über Ihre Quellenkontrolle. Dieser Swanson, er ist sehr nervös; er hat normalerweise mit solchen Dingen nichts zu tun. Ich glaube nicht, daß er noch weitere Komplikationen verträgt.«

»Dann wollen wir ihm auch keine verschaffen. Nicht jetzt. Wenn es soweit ist, werde ich das schon wissen.«

Spaulding sah den ungepflegt wirkenden Buchprüfer an, während dieser ihm die Operation in Buenos Aires schilderte. Er war noch nie jemandem wie Walter Kendall begegnet. Der Mann war einfach unsauber. Sein Körpergeruch wurde nur unzulänglich von einer reichlichen Dosis Rum überdeckt. Sein Hemdkragen war schmutzig, sein Anzug ungebügelt, und David war förmlich fasziniert von der Art und Weise, wie der Mann es zuwegebrachte, gleichzeitig durch Mund und Nase zu atmen. Der Agent in Terceira hatte gesagt, Eugene Lyons sei ›seltsam‹; wenn dieser Kendall ›normal‹ war, dann war er gespannt darauf, den Wissenschaftler kennenzulernen.

Die Operation in Buenos Aires schien recht einfach, wesentlich weniger kompliziert jedenfalls als der größte Teil seiner Lissaboner Arbeit. So einfach, daß er sich sogar darüber ärgerte, daß man ihn deshalb aus Lissabon abberufen hatte. Wenn jemand sich die Mühe gemacht hätte, ihn vor ein paar Wochen zu informieren, hätte er Washington eine Menge Planungsarbeit und wahrscheinlich auch Geld ersparen können. Er hatte mit der deutschen Untergrundorganisation zu tun gehabt, seit diese ihre einzelnen Gruppen konsolidiert hatte und somit eine effiziente Macht geworden war. Wenn dieser Erich Rheinmann imstande war, die Pläne zu kaufen und sie aus Peenemünde zu entfernen, dann hätte er — der Mann in Lissabon — sie aus dem Lande schaffen können. Wahrscheinlich wesentlich sicherer, als wenn man versuchte, sie aus Nordsee- oder Kanalhäfen zu schmuggeln. Diese Häfen wurden gründlich überwacht und wimmelten von Streifen. Wäre das nicht der Fall gewesen, dann wäre der Großteil seiner eigenen Arbeit unnötig gewesen. Das einzig Bemerkenswerte an der Operation war, daß Rheinmann überhaupt Zeichnungen bekommen konnte, die sich auf Peenemünde bezogen. Das war ungewöhnlich. Peenemünde war ein unter der Erde vergrabener Safe aus Stahl und Beton. Er wurde von dem kompliziertesten Sicherheitssystem geschützt, das je entwickelt worden war. Es würde viel leichter sein, einen Mann aus der Anlage zu entfernen — aus einem beliebigen, erfundenen Grund — als ein einziges Blatt Papier herauszuholen.

Außerdem waren die Laboratorien in Peenemünde strikt voneinander getrennt und nur eine Handvoll Elitewissenschaftler unter strengster Überwachung der Gestapo widmete sich Koordinierungsaufgaben. Aus der Sicht von Buenos Aires bedeutete das, daß Erich Rheinmann imstande war (1) in systematischer Folge verschiedene Laborleiter zu erreichen und zu kaufen; (2) die Gestapo zu umgehen oder (was unmöglich war) zu kaufen; oder (3) die Mitwirkung jener Handvoll Wissenschaftler zu erwirken, die Zugang zu mehreren Labors hatten.

Davids Erfahrung ließ ihn die beiden letztgenannten Möglichkeiten als unrealistisch abtun. Die Gefahr des Verrats war zu groß. Rheinmann mußte sich auf die Laborchefs konzentrieren; das war ebenfalls gefährlich, aber immerhin möglich.

Während Kendall redete, beschloß David, seine Schlüsse für sich zu behalten. Er würde einige Fragen stellen, auf die er in ein oder zwei Fällen wirklich Antworten wollte, würde aber im Augenblick keine Partnerschaft mit Walter Kendall eingehen. Die Entscheidung fiel ihm leicht. Kendall war einer der unsympathischsten Menschen, die ihm je begegnet waren.

»Gibt es irgendeinen besonderen Grund, weshalb die Pläne in Etappen geliefert werden müssen?« wollte Spaulding wissen.

»Vielleicht müssen sie das gar nicht. Aber Rheinmann schmuggelt sie Stück für Stück heraus. Jeder hat einen Plan; er sagte, es sei so sicherer. Nach seinen Schätzungen rechnen wir mit einer Woche.«

»Allright, das leuchtet mir ein ... Und dieser Lyons kann bestätigen, daß diese Zeichnungen identisch sind?«

»Es gibt keinen besseren. Ich komme in ein paar Minuten auf ihn, es gibt da einige Dinge, die Sie wissen müssen. Sobald Sie in Argentinien sind, gehört er Ihnen.«

»Das klingt aber eigenartig.«

»Sie kommen schon mit ihm klar. Man wird Ihnen helfen ... Das Wesentliche ist, daß Sie, sobald er die Zeichnungen freigegeben hat, die Codes absenden. Dann wird Rheinmann bezahlt. Nicht vorher.«

»Ich verstehe nicht. Warum so kompliziert? Wenn sie stimmen, könnte man ihn doch auch in Buenos Aires auszahlen.«

»Er will das Geld nicht auf einer argentinischen Bank.«

»Muß eine ganze Menge sein.«

»Ist es auch.«

»Ich weiß ja nur sehr wenig über diesen Rheinmann, ... aber sagen Sie, ist es eigentlich nicht ungewöhnlich, daß er mit dem deutschen Untergrund zusammenarbeitet?«

»Er ist Jude.«

»Sagen Sie das doch nicht irgendwelchen Absolventen von Auschwitz. Die könnten Ihnen das vielleicht nicht glauben.«

»Der Krieg schafft notwendige Beziehungen. Sehen Sie doch uns an. Wir arbeiten auch mit den Kommunisten zusammen. Es ist genau dasselbe: gemeinsame Ziele, dabei vergißt man seine Meinungsverschiedenheiten.«

»In diesem Fall ist das ein wenig kaltblütig.«

»Das ist deren Problem, nicht das unsere.«

»Ich will nicht weiter darauf eingehen ... Aber eine Frage noch. Da ich nach Buenos Aires soll, in die Botschaft — warum dann dieser Aufenthalt in New York? Wäre es nicht einfacher gewesen, wenn man mich von Lissabon nach Argentinien versetzt hätte?«

»Das ist Sache der Armee. Soweit es mich betrifft, werden Sie fünf, sechs Tage hier bleiben, dann kommt Swanson und schickt Sie nach Buenos Aires.«

»Also gut, dann warte ich auf General Swanson.« David erkannte, daß es keinen Sinn hatte, mit Kendall G-2 Rituale nachzubeten ... Teils Profi, teils Amateur, wie einer jener Tänze, bei denen man immer wieder stehenbleibt.

»Bis Sie abreisen, werden Sie so viel Zeit, wie Sie für nötig halten, mit Lyons verbringen. In seinem Büro.«

»Fein. Ich würde ihn gerne kennenlernen.« David stand auf.

»Setzen Sie sich. Er ist heute nicht da. Heute ist niemand da, außer der Empfangsdame. Bis ein Uhr. Es ist Silvester.« Kendall sank in seinem Sessel nach vorne und holte sich eine Zigarette heraus, deren Mundstück er eindrückte. »Ich muß Ihnen noch etwas über Lyons sagen.«

»Allright.« David ging zur Couch zurück.

»Er ist Trinker. Er hat vier Jahre im Gefängnis verbracht, in einem Strafgefängnis. Er kann kaum reden, weil er sich mit rohem Alkohol die Kehle verbrannt hat ... Außerdem ist er ein ganz smarter Fachmann für Aerophysik.«

Spaulding starrte Kendall einige Augenblicke lang an, ohne ein Wort zu sagen. Als er schließlich zu reden begann, machte er keine Anstalten, seinen Schock zu verbergen. »Das ist eine Art widersprüchliche Empfehlung, nicht wahr?«

»Ich sagte doch, daß er smart ist.«

»Das ist die Hälfte der Verrückten in Bellevue auch. *Funktioniert* er? Da er mein ›Eigentum‹ sein wird — wie Sie es ausgedrückt haben — würde ich gerne wissen, was, zum Teufel, Sie mir da gegeben haben. Und *warum*, denn ein Zufall war es ja sicher nicht.«

»Er ist der Beste.«

»Das beantwortet meine Frage nicht.«

»Sie sind Soldat. Sie nehmen Befehle an.«

»Ich erteile auch welche. So dürfen Sie nicht anfangen.«

»Allright ... okay. Sie haben wohl Anspruch darauf, denke ich.«

»Das würde ich sagen.«

»Eugene Lyons hat ein Buch über physikalische Aerodynamik geschrieben; er war der jüngste Professor am Massachusetts Institute of Technology. Vielleicht war er zu jung; es ist mit ihm ziemlich schnell abwärts gegangen. Die falsche Ehe, zuviel Alkohol, eine Menge Schulden; die Schulden haben ihm dann den Hals gebrochen. So ist es ja meistens. Das und zuviel Hirn, für das keiner bezahlen will.«

»Inwiefern den Hals gebrochen?«

»Er hat durchgedreht, eine Woche lang nur getrunken. Als er in einem Hotel an der Southside von Boston aufwachte, war das Mädchen, mit dem er zusammen war, tot. Er hatte sie zu Tode geprügelt ... Sie war eine Hure, also interessierte das niemanden sonderlich. Aber immerhin hatte er es getan. Man nannte es Mord im Affekt, und das MIA verschaffte ihm einen guten Anwalt. Er saß vier Jahre, kam wieder heraus, und niemand war bereit, ihn einzustellen, war nicht einmal bereit, ihn anzufassen ... Das war 1936. Er gab auf, wurde zum Stadtstreicher. Ich meine, er ist das wirklich geworden.« Kendall hielt inne und grinste.

Das Lächeln des anderen beunruhigte David; an der Geschichte war nichts Komisches. »Offensichtlich ist er nicht dort geblieben.« Sonst fiel ihm nichts ein.

»Fast drei Jahre lang, ja. Seine Kehle hat er sich auf der Houston Street verbrannt.«

»Das ist sehr traurig.«

»Das Beste, was ihm je widerfahren ist. Auf der Krankenstation haben sie sich seine Vorgeschichte angehört und dann faßte ein Arzt Interesse. Sie schafften ihn in das verdammte CCD, haben ihn dort einigermaßen rehabilitiert, und dann kam der Krieg, und er bekam wieder Arbeit im Verteidigungsbereich.«

»Dann ist mit ihm ja alles wieder in Ordnung.« Spaulding sagte das, ohne viel darüber nachzudenken. Etwas anderes fiel ihm nicht ein.

»Man macht einen Mann nicht einfach über Nacht wieder sauber. Auch nicht in zwei Jahren ... Er hat Rückfälle, bleibt hin und wieder an der Flasche hängen. Seit er mit Verschlußsachen arbeitet, hat er seine persönlichen Aufpasser. Zum Beispiel hier in New York hat er ein Zimmer im St. Luke's Hospital. Man holt ihn dort ab und bringt ihn wieder hin, wie die Trinker aus der Gesellschaft ... In Kalifornien hat Lockheed ihm eine Wohnung mit Garten besorgt, mit Pflegern rings um die Uhr, wenn er nicht in der Fabrik ist. Eigentlich geht's ihm gar nicht übel.«

»Er muß wertvoll sein. So viel Mühe ...«

»Ich hab's Ihnen doch gesagt«, unterbrach ihn Kendall.

»Der *Beste* ist er. Man muß wirklich auf ihn aufpassen.«

»Was passiert denn, wenn man ihn alleine läßt? Ich meine, ich kenne genügend Alkoholiker; die können sich doch immer irgendwie wegschleichen und stellen das manchmal geradezu genial an.«

»Das ist kein Problem. Er bekommt seinen Alkohol — wenn er ihn will; darin ist er genial. Aber er geht nicht alleine aus. Er geht nie wohin, wo Leute sind, wenn Sie verstehen, was ich meine.«

»Ich glaube nicht.«

»Er kann nicht reden. Er schafft nur ein heiseres Flüstern. Denken Sie daran, daß er sich die Kehle verbrannt hat. Er hält sich von Leuten fern ... und das ist gut so. Wenn er nicht trinkt — also meistens — liest und arbeitet er. Er ist imstande, Tage stocknüchtern in einem Laboratorium zu verbringen und es nie zu verlassen. Dann ist alles in Ordnung.«

»Wie tritt er denn mit anderen Leuten in Verbindung? Im Labor? Bei Besprechungen?«

»Block und Bleistift, hin und wieder ein paar geflüsterte Worte, die Hände. Meistens Block und Bleistift. Es sind ohnehin nur Ziffern, Zeichnungen und Diagramme. Das ist seine Sprache.«

»Seine ganze Sprache?«

»Das ist richtig ... Wenn Sie daran denken, ein Gespräch mit ihm zu führen, dann können Sie das gleich wieder vergessen. Er hat seit zehn Jahren mit niemandem mehr gesprochen.«

18.

31. Dezember 1943, New York City

Spaulding eilte die Madison Avenue hinunter zur nordöstlichen Ecke von B. Altman's. Es schneite jetzt leicht; die Taxis brausten an den wenigen Fußgängern vorbei, die ihnen vom Straßenrand aus zuwinkten. Am Eingang des Kaufhauses waren bessere Fuhren zu machen, Leute, die Einkäufe in letzter Minute für den Silvesterabend schleppten. Leute, die am Silvesternachmittag bei Altman's einkauften, waren lukrative Passagiere. Warum Benzin an andere vergeuden?

David wußte nicht, wo er anfangen würde, aber er mußte schnell anfangen. Er hatte ungefähr eine Woche, um herauszufinden, was hinter dem unglaublichen Abend vor zwei Tagen stand. Er würde mit einer Witwe namens Bonner anfangen, soviel wußte er.

Vielleicht konnte Aaron Mandel ihm helfen.

Er holte einen Dollarschein aus der Tasche und ging auf den Türsteher vor Altmans Portal zu. In weniger als einer Minute hatte er ein Taxi.

David hatte das Offensichtliche vergessen. Nein, nicht vergessen, er hatte die Möglichkeiten einfach nicht in Betracht gezogen, weil sie keine Beziehung zu ihm hatten. Oder er zu ihnen. Er war in New York. Am Silvestertag. Und das bedeutete Partys, Bälle, Wohltätigkeitsveranstaltungen, und eine Unzahl von Feiern in einem Dutzend Ballsälen und Dutzenden von Stadthäusern.

Mrs. Paul Bonner würde in einem dieser Lokale sein, bei einer dieser Partys. Es war schon vier Monate her, daß ihr Mann gefallen war. Unter den vorliegenden Umständen reichte das als Trauerzeit, in dieser Zeit. Freundinnen — andere Frauen, wie Leslie Jenner, aber natürlich nicht Leslie Jenner — würden ihr das klarmachen. So lebte man in der Gesellschaft von Manhattan.

Es sollte nicht besonders schwierig sein, herauszufinden, wohin sie gehen würde. Und wenn er sie fand, würde er andere finden ..., es würde jedenfalls ein Anfang sein.

Er gab dem Fahrer ein Trinkgeld und trat in die Halle des Montgomery.

»Oh, Mr. Spaulding!« Die Stimme des alten Angestellten hallte durch den kleinen Raum. »Hier ist eine Nachricht für Sie.«

Er trat an die Theke. »Danke.« Er entfaltete das Papier; *Mr. Fairfax hat angerufen. Ob er bitte sobald wie möglich zurückrufen könne?*

Ed Pace wollte ihn erreichen.

Der Faden unter dem Türschloß war unversehrt. Er trat in sein Zimmer und ging geradewegs zum Telefon.

»Wir haben da etwas über die Hawkwood«, sagte Pace. »Ich dachte, Sie würden das wissen wollen.«

»Was ist es denn?« Warum, o *warum* mußte Pace seine Gespräche immer so anfangen? Erwartete er wirklich von ihm, daß er sagte ›nein, ich will es nicht wissen‹, erwartete er, daß er dann auflegte?

»Es paßt leider zu dem, was ich neulich abends gesagt habe. Ihre Antenne scheint Überstunden gemacht zu haben.«

»Um Himmels willen, Ed, Sie kriegen einen Orden von mir, wenn Sie wollen. Was ist denn?«

»Sie lebt ein ziemlich lockeres Leben. Reichlich Bekanntschaften in Los Angeles. Diskret, aber häufig. Eine Klassehure, falls Sie das nicht beleidigt.«

»Mich beleidigen Sie nicht. Woher wissen Sie das?«

»Einige Offizierskameraden; Marine und Luftwaffe. Und dann ein paar Filmleute, Schauspieler und ein paar Studiodirektoren. Und dann die Geschäftswelt: Lockheed, Sperry Rand. Sie ist im Santa Monica Yacht Club nicht gerade willkommen.«

»G-2?«

»Das ist das erste, wonach wir uns umgesehen haben. Negativ. Keine zur Geheimhaltung verpflichteten Personen in ihrem Bett.

Nur die unteren Ränge: Militär und Zivil. Und sie *ist* in New York. Sorgfältige Erkundigungen ergaben, daß sie nach New York gekommen ist, um ihre Eltern zu Weihnachten zu besuchen.«

»Aber im Telefonbuch stehen keine Jenners, die je von ihr gehört haben?«

»In Bernhardsville, New Jersey?«

»Nein«, sagte David müde, »Manhattan. Sie *sagten* doch New York.«

»Versuchen Sie's in Bernhardsville. Wenn Sie sie finden wollen. Aber reichen Sie keine Spesenzettel ein; Sie sind nicht auf Kurierdienst im Norden.«

»Nein. Bernhardsville ist Jagdland.«

»Was?«

»Ein sehr vornehmes Viertel. Stallungen und Gabelfrühstükke ..., Danke. Ed. Sie haben mir gerade eine Menge Arbeit erspart.«

»Keine Ursache. Sie haben sich lediglich von der Alliierten Geheimdienstzentrale die Probleme Ihres Sexlebens lösen lassen. Wir geben uns Mühe, unseren Angestellten Freude zu machen.«

»Ich verspreche auch, daß ich mich freiwillig melde, wenn alles vorbei ist. Nochmals vielen Dank.«

»Dave?«

»Ja?«

»Ich habe keine Freigabe für diesen Swanson-Job. Also bitte, keine Einzelheiten, aber was halten Sie davon?«

»Der Teufel soll mich holen, wenn ich weiß, warum Sie da keine Freigabe haben. Das ist eine ganz einfache Kauftransaktion, die von ein paar komischen Typen durchgeführt wird. Der eine, den ich kennengelernt habe, ist ein ganz komischer Kauz. Mir scheint, die haben das ziemlich kompliziert eingefädelt, aber das ist nur, weil sie neu sind ... Wir hätten das besser gemacht.«

»Haben Sie Swanson schon kennengelernt?«

»Noch nicht. Nach den Feiertagen, heißt es. Was zum Teufel, schließlich will ich dem Brigadier nicht den Weihnachtsurlaub versauen. Die Schule fängt erst wieder in der ersten Januarwoche an.«

Pace lachte am anderen Ende der Leitung. »Frohes Neujahr, Dave.«

»Ihnen auch, Ed. Und nochmals vielen Dank.«

Spaulding legte den Hörer auf. Er sah auf die Uhr; es war Viertel nach eins. Er konnte irgendwo einen Militärwagen anfordern, dachte er, oder einen Wagen von Aaron Mandel borgen. Bernhardsville lag etwa eine Stunde außerhalb von New York, westlich der Oranges, wenn er sich richtig erinnerte. Am besten würde es vielleicht sein, Leslie Jenner zu überraschen, dann würde sie keine Chance haben, wegzulaufen. Andererseits, wenn er davon ausging, was er überlegt hatte, ehe Pace angerufen hatte, war Leslie wahrscheinlich in New York und bereitete sich auf den Silvesterabend vor, den sie ihm versprochen hatte. Irgendwo, an irgendeinem Ort. In einem Apartment oder einem alten Backsteinbau oder einem Hotelzimmer wie dem seinen.

Spaulding überlegte einen Augenblick, ob Pace wirklich recht hatte. Hatte er Gründe, Leslie zu finden, die nichts mit seinem Verdacht zu tun hatten? Die Lügen, die Suche . . . möglich war es schon. Warum nicht? Aber eine zwei- oder dreistündige Fahrt ins westliche Jersey und zurück würde ihn keinem der beiden Ziele näherbringen, seinen Nachforschungen nicht und auch nicht dem anderen. Wenn sie nicht dort war.

Er bat die Vermittlung des Montgomery, ihm die Nummer der Jenners in Bernhardsville, New Jersey, zu besorgen. Sie solle keine Verbindung herstellen, nur die Telefonnummer besorgen. Und die Adresse. Dann rief er Aaron Mandel an.

Er hatte es, so lange er konnte, hinausgeschoben; Aaron würde voll Tränen sein und Fragen und würde ihm alles unter der Sonne oder dem Mond von Manhattan anbieten. Ed Pace hatte ihm gesagt, er habe den alten Konzertmanager vor vier Jahren interviewt, ehe er an David herangetreten war, um ihm die Stelle in Lissabon anzubieten; das bedeutete, daß er längeren Diskussionen über seine Arbeit würde aus dem Wege gehen können.

Und Aaron würde ihm vielleicht helfen können, falls er die ganz besondere Unterstützung des alten Mannes brauchte. Mandels New Yorker Kontakte waren nahezu unerschöpflich. David würde mehr wissen, nachdem er in Bernhardsville gewesen war, und es würde weniger peinlich sein, seinen Pflichtanruf bei Aaron schon hinter sich zu haben, ehe er Gefälligkeiten von ihm erbat.

Zuerst dachte Spaulding, der alte Mann erleide am Telefon einen Herzinfarkt. Aarons Stimme erstickte, vermittelte den Schock, den er empfand, seine Sorge ... und seine Liebe. Die Fragen kamen schneller, als David sie beantworten konnte: seine Mutter, sein Vater, wie es ihm selbst gehe.

Mandel befragte ihn nicht nach seiner Arbeit, ließ sich aber auch nicht überzeugen, daß David wirklich so gesund sei, wie er behauptete. Aaron bestand auf einem persönlichen Zusammentreffen, wenn nicht heute abend, dann ganz bestimmt morgen.

David stimmte zu. Morgen früh, ziemlich spät am Vormittag. Sie würden einen Drink miteinander nehmen, vielleicht ein leichtes Mittagessen; gemeinsam das neue Jahr begrüßen.

»Gott sei gelobt. Es geht dir gut. Du kommst auch ganz bestimmt morgen?«

»Ich verspreche es«, sagte David.

»Und du hast noch nie ein Versprechen gebrochen, das du mir gegeben hast.«

»Das werde ich auch nicht, ... morgen. Und Aaron ...«

»Ja?«

»Möglicherweise werde ich heute abend jemanden finden wollen. Ich weiß nicht genau, wo ich nachsehen muß, aber wahrscheinlich in der Gesellschaft. Wie gut sind deine Beziehungen in der Park Avenue?«

Der alte Mann lachte glucksend; das war ganz das ruhige, freundliche, etwas arrogante Lachen, an das David sich so gut erinnerte. »Ich bin der einzige Jude mit einem Thorastand in der Kirche von St. John the Divine. Jeder will heutzutage eine Künstlerin — für nichts, natürlich. Das Rote Kreuz, das Grüne Kreuz; Debütantinnen für Verbandspäckchen, Tänze für überspannte französische Ordensträger. Du brauchst es nur zu nennen, und Mandel hat es. Ich habe drei Koloraturen, zwei Pianistinnen und fünf Broadway-Baritone, die heute abend für ›unsere Boys‹ auftreten. Alles auf der Oberen East Side.«

»Ich ruf dich vielleicht etwas später noch einmal an. Wirst du noch im Büro sein?«

»Wo denn sonst? Wann haben denn Soldaten und Konzertmanager schon frei?«

»Du hast dich nicht verändert.«

»Das Wichtigste ist, daß es dir gut geht ...«

Kaum hatte David aufgelegt, als das Telefon schon wieder klingelte.

»Ich habe die Telefonnummer und die Adresse in Bernardsville, die Sie wollten, Mr. Spaulding.«

»Geben Sie sie mir bitte durch?«

Das Mädchen in der Vermittlung gab ihm die Information, und er schrieb sie auf.

»Soll ich die Verbindung herstellen, Sir?«

David zögerte und sagte dann: »Ja, bitte. Ich bleibe in der Leitung. Verlangen Sie bitte eine Mrs. Hawkwood.«

»Mrs. Hawkwood. Gerne, Sir. Aber ich kann Sie zurückrufen, wenn ich die Dame an der Leitung habe.«

»Ich würde lieber in der Leitung bleiben ...« David hielt inne, aber schon zu spät. Der Lapsus war unbedeutend, wurde aber von dem Mädchen bestätigt. Sie erwiderte mit wissender Stimme:

»Ja, natürlich, Mr. Spaulding. Ich nehme an, wenn jemand anderer als Mrs. Hawkwood sich meldet, wünschen Sie, das Gespräch abzubrechen?«

»Ich sage Ihnen dann Bescheid.«

Die Telefonistin, die jetzt Mitglied einer sexuellen Verschwörung war, spielte ihre Rolle geschickt. Sie wählte die Vermittlung von Bernhardsville, kurz darauf konnte man das Telefon klingeln hören. Eine Frau meldete sich, es war nicht Leslie.

»Mrs. Hawkwood, bitte.«

»Mrs. ...« Die Stimme am anderen Ende schien zu zögern.

»Mrs. Hawkwood, bitte. Ferngespräch«, sagte die Telefonistin des Montgomery, als sei sie eine Mitarbeiterin der Telefongesellschaft, die eine Voranmeldung durchgab.

»Mrs. Hawkwood ist nicht hier, Vermittlung.«

»Können Sie mir bitte sagen, wann Sie sie erwarten?«

»Wann? Du lieber Gott, wir erwarten sie nicht. Zumindest dachte ich nicht ...«

Aber das Mädchen vom Montgomery ließ sich nicht so leicht aus dem Konzept bringen und unterbrach höflich: »Haben Sie eine Nummer, unter der man Mrs. Hawkwood erreichen kann, bitte?«

»Nun ...« Jetzt war die Stimme in Bernardsville verwirrt. »Ich denke, in Kalifornien ...«

David wußte, daß jetzt für ihn die Zeit gekommen war, sich einzuschalten. »Ich spreche mit dem Teilnehmer, Vermittlung.«

»Wie Sie wünschen, Sir.« Ein klickendes Geräusch ließ erkennen, daß sie sich aus der Leitung geschaltet hatte.

»Mrs. Jenner?«

»Ja, hier spricht Mrs. Jenner«, antwortete Bernardsville, sichtlich erleichtert.

»Mein Name ist David Spaulding. Ich bin ein Freund von Leslie ... und ...«, *Herrgott*! Er hatte den Vornamen ihres Mannes vergessen, »... Captain Hawkwood. Man hat mir diese Nummer gegeben.«

»Oh, *David Spaulding*! Wie geht es Ihnen denn? Hier spricht Magde Jenner, Sie dummer Junge! Du lieber Gott, das muß ja acht oder zehn Jahre her sein. Wie geht's Ihrem Vater und Ihrer Mutter? Ich höre, sie leben in London. So tapfer!«

Du lieber Gott! dachte Spaulding. Es war ihm nie in den Sinn gekommen, Leslies Mutter könne sich an die zwei Monate in East Hampton vor fast einem Jahrzehnt erinnern. »O Mrs. Jenner ... Es geht ihnen gut. Tut mir wirklich leid, Sie zu stören ...«

»Sie würden uns doch niemals stören, lieber Junge. Wir sind bloß zwei alte Stallknechte hier draußen. James hat unsere Farben verdoppelt; niemand will mehr Pferde halten ... Sie dachten, Leslie sei hier?«

»Ja, das hat man mir gesagt.«

»Tut mir leid, aber sie ist nicht hier. Offen gestanden, wir hören nur recht selten von ihr. Sie ist nach Kalifornien gezogen, müssen Sie wissen.«

»Ja, mit ihrer Tante.«

»Nur Halbtante, Junge. Meine Stiefschwester; wir sind nicht besonders gut miteinander ausgekommen, fürchte ich. Sie hat einen Juden geheiratet. Er nennt sich Goldsmith — schlechte Tarnung für Goldberg oder Goldstein, nicht wahr? Wir sind überzeugt, daß er mit dem Schwarzmarkt zu tun hat und all der Gewinnemacherei, wenn Sie wissen, was ich meine.«

»Oh? Ja, ich verstehe ... Dann ist Leslie nicht nach Osten gekommen, um Sie zu Weihnachten zu besuchen?«

»Du lieber Gott, nein! Gerade noch, daß sie uns eine Karte geschickt hat ...«

Leslie Jenner Hawkwood war in New York.

Er mußte herausfinden, warum.

Er rief Mandel noch einmal an und gab ihm zwei Namen: den von Leslie und Cindy Tottle-Bonner, Witwe von Paul Bonner; Kriegsheld. Ohne das ausdrücklich zu sagen, ließ David durchblicken, daß seine Neugierde mehr beruflicher als persönlicher Natur sein könne. Mandel stellte keine Fragen; er machte sich an die Arbeit.

Spaulding war sich bewußt, daß er leicht Cindy Bonner anrufen, sich bei ihr entschuldigen und sie bitten könnte, ihn zu empfangen. Aber er durfte nicht riskieren, daß sie das ablehnte; und das würde sie angesichts des Anrufs von vor zwei Tagen wahrscheinlich tun. Dazu war einfach keine Zeit. Er mußte sie sehen, brauchte den persönlichen Kontakt.

Und selbst dann noch war es möglich, daß sie ihm nichts würde sagen können, und doch gab es gewisse Instinkte, die man entwickelte und die man kannte. Verdreht, irrational, kompliziert ... Atavistisch.

Zwanzig Minuten verstrichen; es war drei Viertel drei. Sein Telefon klingelte.

»David? Hier ist Aaron. Diese Hawkwooddame — absolut nichts zu erfahren. Jeder sagt, sie sei nach Kalifornien gezogen, niemand hat etwas von ihr gehört, ... und Mrs. Paul Bonner; es gibt da heute abend eine Privatparty an der Zweiundsechzigsten Straße. Die Leute heißen Warfield. Nummer 212.«

»Danke. Ich werde vor der Türe warten und mich mit meinen besten Manieren hineinschwindeln.«

»Nicht nötig. Du bist eingeladen. Eine persönliche Einladung der Dame des Hauses. Sie heißt Andrea und ist entzückt, den Soldatensohn des berühmten Du-weißt-schon-wer einzuladen. Außerdem will sie im Februar einen Sopran, aber das ist mein Problem.«

19.

31. Dezember 1943, New York City

Die Dinnergäste aus der Gallery hätten sich spielend leicht unter die Gäste der Warfields an der Zweiundsechzigsten Straße mischen können. David hatte damit keine Schwierigkeiten. Das kleine goldene Abzeichen an seinem Revers erfüllte seinen Zweck; man akzeptierte ihn bereitwillig. Die Getränke und das Buffet waren großzügig, die kleine Neger-Jazzcombo besser als gut.

Und er fand Cindy Bonner in einer Ecke, wo sie darauf wartete, daß ihr Begleiter — ein Army-Lieutenant — von der Bar zurückkomme. Sie war zart gebaut, mit rötlichem Haar und sehr heller, fast blasser Haut. Ihre ganze Haltung hätte in die Seiten von Vogue gepaßt, sie war schlank und trug sehr teure, sehr dezente Kleider. Sie wirkte nachdenklich, aber nicht traurig. Keineswegs das Bild einer Heldenwitwe, ganz und gar nicht heroisch. Einfach ein reiches kleines Mädchen.

»Ich muß mich aufrichtig bei Ihnen entschuldigen«, sagte er. »Ich hoffe, Sie werden meine Entschuldigung annehmen.«

»Ich wüßte nicht wofür. Ich glaube nicht, daß wir uns schon begegnet sind.« Sie lächelte, aber es war ein unvollkommenes Lächeln, als löste sein Anblick eine Erinnerung aus, die sie nicht genau definieren konnte. Spaulding sah den Blick und verstand. Es war seine Stimme. Die Stimme, die ihm einmal viel Geld eingetragen hatte.

»Mein Name ist Spaulding. David ...«

»Sie haben neulich abends angerufen«, unterbrach die mädchenhafte Frau, und ihre Augen blickten plötzlich verärgert. »Die Weihnachtsgeschenke für Paul ... Leslie ...«

»Deshalb möchte ich mich bei Ihnen entschuldigen. Das Ganze war ein schreckliches Mißverständnis. Bitte, verzeihen Sie mir. Ich halte nichts von solchen Witzen und lasse mich nicht darauf ein; ich war ebenso ärgerlich wie Sie.« Er sprach ganz ruhig und ließ ihre Augen dabei nicht los. Das genügte; sie blinzelte, versuchte zu verstehen und ihr Ärger ließ nach. Sie warf einen kurzen Blick auf den winzigen Adler in seinem Knopfloch, das kleine Emblem, das so ziemlich alles bedeuten konnte.

»Ich denke, ich will Ihnen glauben.«

»Das sollten Sie. Das war krankhaft, und ich bin nicht krank.«

Der Leutnant kam mit zwei Gläsern zurück. Er war betrunken und aggressiv. Cindy stellte die beiden Männer einander vor, aber der Offizier nahm den Zivilisten gar nicht zur Kenntnis. Er wollte tanzen; Cindy wollte das nicht. Die Situation — ganz abrupt entstanden — war im Begriff, auszuarten.

David sagte mit einem Anflug von Melancholie: »Ich habe mit Mrs. Bonners Mann gedient. Ich würde gerne ein paar Minuten mit ihr sprechen. Ich muß gleich wieder weg, meine Frau erwartet mich.«

Die Kombination von Fakten — alle beruhigend — verwirrte den betrunkenen Leutnant so, wie sie ihn besänftigte. Sein Taktgefühl war gefordert; er verbeugte sich leicht beschwipst und ging zur Bar zurück.

»Hübsch gemacht«, sagte Cindy. »Wenn es wirklich eine Mrs. Spaulding gibt, würde mich das nicht überraschen. Sie sagten, Sie seien mit Leslie ausgewesen; ich weiß, was das bedeutet.«

David sah das Mädchen an. *Vertraue deinen Instinkten,* dachte er. »Es gibt keine Mrs. Spaulding. Aber neulich abends gab es eine Mrs. Hawkwood. Ich kann mir vorstellen, daß Sie nicht besonders begeistert von ihr sind.«

»Sie und mein Mann hatten, was man in höflichen Worten als ›eine Liaison‹ bezeichnet. Eine ziemlich langwierige. Es gibt ein paar Leute, die behaupten, ich hätte sie gezwungen, nach Kalifornien zu gehen.«

»Dann werde ich Ihnen eine naheliegende Frage stellen. Ich frage mich, weshalb sie unter den gegebenen Umständen Ihren Namen gebraucht hat? Und dann verschwunden ist. Sie mußte doch wissen, daß ich versuchen würde, an Sie heranzutreten.«

»Ich glaube, Sie haben zuerst den Ausdruck *krankhaft* gebraucht. Sie ist krank.«

»Oder Sie hat versucht, mir etwas zu sagen.«

David verließ die Warfields kurz vor Anbruch des neuen Jahres. Er erreichte die Ecke der Lexington Avenue und bog nach Süden. Es gab nichts anderes zu tun, als zu gehen, nachzudenken, den Versuch zu machen, das zusammenzufügen, was er erfahren hatte; sich ein Muster zusammenzusetzen, das einen Sinn abgab.

Aber es ging nicht. Cindy Bonner war eine verbitterte Witwe; der Tod ihres Mannes auf dem Schlachtfeld hatte sie jeder Chance beraubt, sich an Leslie zu rächen. Wenn man ihr glauben durfte, wollte sie nichts als vergessen. Aber der Schmerz, den man ihr zugefügt hatte, war groß gewesen. Leslie und Paul Bonner waren mehr als ›eine Liaison‹ gewesen. Das Ganze hatte einen Punkt erreicht, wo — wieder nach Cindys Auskunft — die Bonners beide die Scheidung eingereicht hatten. Eine Konfrontation zwischen den beiden Frauen bestätigte aber Paul Bonners Geschichte nicht; Leslie Jenner Hawkwood hatte *nicht* die Absicht, sich von *ihrem* Mann zu trennen.

Das Ganze war eine widerliche Geschichte. Ed Pace hatte recht gehabt.

»Frohes Neujahr, Colonel Spaulding.«

Die Stimme war scharf und kam aus einer dunklen Türnische.

»Was?« David blieb stehen und blickte in die Düsternis. Ein hochgewachsener Mann in einem hellgrauen Mantel, das Gesicht von der Hutkrempe halb verdeckt, stand reglos da. »Was haben Sie gesagt?«

»Ich habe Ihnen ein frohes neues Jahr gewünscht«, sagte der Mann. »Ich brauche wohl nicht hinzuzufügen, daß ich Ihnen gefolgt bin. Ich habe Sie vor einigen Minuten überholt.«

Der Mann sprach mit Akzent, aber David wußte nicht, wo er ihn hintun sollte. Das Englisch hatte einen britischen Unterton, aber der Mann mußte irgendwo aus Mitteleuropa kommen, vielleicht vom Balkan.

»Ich finde das eine sehr ungewöhnliche Feststellung und . . . ich brauche wohl nicht hinzuzufügen . . . sehr beunruhigend.« Spaulding blieb stehen; er hatte keine Waffe und fragte sich, ob der Mann in der Nische vielleicht bewaffnet sei. Er konnte das nicht feststellen. »Was wollen Sie?«

»Sie zu Hause willkommen heißen zunächst einmal. Sie waren lange weg.«

»Danke . . . Und jetzt, wenn es Ihnen nichts ausmacht . . .«

»Es macht mir etwas aus! Keine Bewegung, Colonel! Bleiben Sie einfach stehen, als unterhielten Sie sich mit einem alten Freund. Treten Sie nicht zurück; ich halte da eine 45er auf Sie gerichtet.«

Einige Passanten gingen um David herum. Ein Mann und eine Frau kamen zehn Meter rechts von der dunklen Türnische aus dem Eingang einer Wohnung; sie hatten es eilig und gingen schnell zwischen Spaulding und dem hochgewachsenen Mann mit der unsichtbaren Pistole durch. David war zuerst versucht, sie zu benutzen, aber zwei Überlegungen hinderten ihn daran. Die erste war die Gefahr, die das für die beiden jungen Leute bedeuten würde; die zweite die Tatsache, daß der Mann mit der Waffe etwas zu sagen hatte. Wenn er ihn hätte töten wollen, hätte er das inzwischen bereits getan.

»Ich werde mich nicht bewegen . . . Was ist?«

»Treten Sie zwei Schritte vor. Nur zwei, nicht mehr.«

Das tat David. Er konnte das Gesicht jetzt besser sehen, aber nicht klar. Es war ein schmales Gesicht, hager und faltig. Die Augen lagen tief in ihren Höhlen über dunklen Tränensäcken. Müde Augen. Der stumpfe Glanz des Pistolenlaufes war das Deutlichste, was David unterscheiden konnte. Die Augen des Mannes huschten immer wieder nach links, hinter Spaulding. Er suchte jemanden, wartete.

»Also gut. Zwei Schritte. Jetzt kann niemand zwischen uns durch ... Erwarten Sie jemanden?«

»Ich hörte, daß der Hauptagent in Lissabon sehr beherrscht sei. Sie bestätigen das. Ja, ich warte; man wird mich bald abholen.«

»Muß ich mitkommen?«

»Das wird nicht notwendig sein. Ich habe eine Botschaft zu übermitteln, das ist alles ... Der Zwischenfall in Lajes. Er ist zu bedauern, ... das Werk von Übereifrigen. Dennoch, betrachten Sie es als eine Warnung. Wir können nicht immer den Zorn aller unter Kontrolle halten; das wissen Sie sicher. Fairfax sollte das wissen. Fairfax *wird* es wissen, ehe der erste Tag des neuen Jahres um ist. Jetzt schon vielleicht ... Da ist mein Wagen. Treten Sie nach rechts, von mir aus gesehen.« David gehorchte, während der Mann auf den Randstein zuging, die Pistole unter dem Mantel verborgen. »Hören Sie auf das, was ich sage. Es darf keine Verhandlungen mit Franz Altmüller geben. Die sind vorbei!«

»Augenblick! Ich weiß nicht, wovon Sie reden. Ich *kenne* keinen Altmüller!«

»*Vorbei!* Lernen Sie aus der Lektion von Fairfax!«

Eine dunkelbraune Limousine mit hellen Scheinwerfern hielt am Randstein. Die Hintertüre flog auf und der hochgewachsene Mann rannte über den Bürgersteig, zwischen den Fußgängern hindurch. Er stieg ein. Der Wagen jagte davon.

David lief hinterher. Das mindeste, was er tun konnte, war, sich die Nummer des Wagens aufzuschreiben.

Aber er hatte keine. Das hintere Nummernschild fehlte.

Statt dessen sah ihn über dem Kofferraum in dem rechteckigen Hinterfenster ein Gesicht an. Der Schock, den er empfand, raubte ihm den Atem. Einen winzigen Augenblick lang fragte er sich, ob seine Augen, seine Sinne ihn vielleicht täuschten, seine Fantasie nach Lissabon zurücktrugen.

Er lief hinter dem Wagen her, wich anderen Fahrzeugen und den verdammten Betrunkenen aus.

Die braune Limousine bog in die Madison Avenue und jagte davon. Er stand atemlos auf der Straße.

Das Gesicht im Heckfenster gehörte einem Mann, mit dem er in Portugal und Spanien zusammengearbeitet hatte.

Marshall. Der Meisterkryptograph von Lissabon.

Der Taxifahrer erklärte sich bereit, David in fünf Minuten oder noch schneller zum Montgomery zu fahren. Er brauchte sieben, aber in Anbetracht des Verkehrs auf der Fifth Avenue gab Spaulding ihm fünf Dollar und rannte in die Lobby.

Keine Nachrichten für ihn.

Er hatte darauf verzichtet, einen Faden an seinem Türschloß anzubringen; bewußt übersehen, überlegte er. Abgesehen vom Zimmermädchen hätte er die Leute, die vor zwei Abenden sein Zimmer durchsucht hatten, am liebsten eingeladen, dies noch einmal zu tun. Beim zweitenmal würden sie vielleicht unvorsichtig sein und irgendeinen Hinweis auf ihre Identität hinterlassen.

Er warf den Mantel auf einen Stuhl und ging zur Kommode, in der er eine Flasche Scotch aufbewahrte. Zwei saubere Gläser standen auf einem silbernen Tablett neben der Flasche. Er würde sich die Zeit nehmen, sich zuerst ein Glas einzuschenken, ehe er Fairfax anrief.

»Ein sehr frohes neues Jahr«, sagte er langsam, während er das Glas an die Lippen hob.

Er trat ans Bett, nahm den Hörer ab und gab der Zentrale die Nummer in Virginia. Die Leitungen nach Washington waren überlastet, es würde ein paar Minuten dauern.

Was, in Gottes Namen, hatte der Mann gemeint? *Lernen Sie aus der Lektion von Fairfax*. Wovon, zum Teufel, redete er? Wer war Altmüller? ... Wie war der Vorname gewesen? ... Franz; Franz Altmüller.

Wer war das? Der ›Zwischenfall‹ von Lajes hatte also ihm gegolten. Um Himmels willen, *weshalb*?

Und *Marshall*. Das Gesicht in dem Heckfenster *war* das von Marshall gewesen! Er hatte sich nicht geirrt.

»Field Division Hauptquartier«, klang es monoton aus Virginia, Fairfax County.

»Colonel Edmund Pace, bitte.«

Am anderen Ende der Leitung war eine kurze Pause. Davids

Gehör nahm das winzige Geräusch, das er so gut kannte, deutlich wahr.

Es war ein Abhörgerät, wie man es gewöhnlich mit Tonbandanlagen verband.

»Wer möchte Colonel Pace sprechen?«

Jetzt zögerte David. Ob ihm das Geräusch vorher entgangen war? Das war durchaus möglich, und Fairfax war schließlich ... nun, eben Fairfax.

»Spaulding. Lieutenant Colonel David Spaulding.«

»Kann ich dem Oberst etwas ausrichten, Sir? Er ist in einer Besprechung.«

»Nein, das können Sie nicht. Sie können mir den Oberst geben.«

»Es tut mir leid.« Das Zögern in Fairfax war jetzt beinahe peinlich. »Geben Sie mir eine Telefonnummer ...«

»Hören Sie, Soldat, mein Name ist Spaulding. Ich habe eine Vier-Null-Freigabe und das hier ist ein Vier-Null-Vorranggespräch. Wenn Ihnen diese Zahlen nichts sagen, dann fragen Sie den Kerl an der Abhöranlage. Jetzt ist es dringend. Verbinden Sie mich mit Colonel Pace!«

In der Leitung war ein lautes, zweifaches Klicken zu hören. Eine tiefe, harte Stimme kam jetzt aus dem Hörer.

»Und hier ist Colonel Barden, Colonel Spaulding. Ich bin ebenfalls Vier-Null, und jedes Vier-Null wird mit diesem Kerl abgestimmt. Mir ist jetzt gar nicht nach Rang zumute. Was wollen Sie?«

»Ihre direkte Art gefällt mir, Colonel«, sagte David und lächelte, so ernst es ihm auch war. »Verbinden Sie mich mit Ed. Es ist wirklich wichtig. Es betrifft Fairfax.«

»Ich kann Sie nicht verbinden, Colonel. Wir haben keine Leitungen frei, und das ist auch gar nicht komisch. Ed Pace ist tot. Er ist vor einer Stunde in den Kopf geschossen worden. Irgendein verdammter Schweinehund hat ihn hier inmitten dieser Anlage getötet.«

20.

1. Januar 1944, Fairfax, Virginia

Der Militärwagen mit Spaulding erreichte das Tor von Fairfax um halb fünf Uhr früh.

Vor der Türe des Verwaltungsgebäudes hielten zwei Corporals Wache. Der Fahrer kletterte aus dem Wagen und gab den Soldaten ein Signal, Spaulding durchzulassen; er stand bereits vor ihnen.

David wurde in ein Büro im ersten Stock geführt. Zwei Männer befanden sich darin: Colonel Ira Barden und ein Arzt namens McCleod, ein Captain. Barden war ein untersetzter Mann, gebaut wie ein Footballspieler, mit kurz geschorenem schwarzen Haar. McCleod hielt sich gebeugt, ein schlanker, bebrillter Mann — das Wesen das nachdenklichen Akademikers.

Barden nahm sich kaum Zeit für die gegenseitige Vorstellung. Als er fertig war, kam er sofort auf die ihn interessierende Frage:

»Wir haben die Streifen überall verdoppelt und an den Zäunen Männer mit K-9s aufgestellt. Eigentlich dürfte keiner durchkommen. Wir wissen bloß nicht, ob nicht schon vorher jemand hinausgekommen ist.«

»Wie ist es passiert?«

»Pace hatte ein paar Leute zum Neujahr eingeladen. Zwölf, um es genau zu sagen. Vier waren von seiner eigenen Quonset, drei aus der Ablage, der Rest aus der Verwaltung. Alles ganz ruhig und gediegen ... Verdammt, schließlich ist das Fairfax. Soweit wir feststellen können, verließ er seine Hütte etwa zwanzig Minuten nach Mitternacht durch den Hintereingang. Wir nehmen an, daß er Abfälle hinausgetragen hatte. Vielleicht wollte er auch nur Luft schnappen. Er kam nicht zurück ... Ein Wachtposten an der Straße kam zur Tür und sagte, er habe einen Schuß gehört. Sonst hatte keiner etwas vernommen. Wenigstens nicht drinnen.«

»Das ist ungewöhnlich. Diese Bauten sind nicht schalldicht.«

»Jemand hatte den Plattenspieler laut gestellt.«

»Ich dachte, es sei ganz ruhig gewesen.«

Barden sah Spaulding scharf an. Sein Blick drückte keinen Ärger aus, das war einfach seine Art, seine tiefe Besorgnis zum Ausdruck zu bringen. »Dieser Plattenspieler war höchstens dreißig Sekunden lang auf volle Lautstärke gedreht. Der Karabiner, der benutzt wurde — und Ballistik bestätigt das — war eine Ausbildungswaffe, Kaliber 22.«

»Ein scharfer Knall, nicht viel lauter«, sagte David.

»Genau. Der Plattenspieler war ein Signal.«

»Schauen Sie«, unterbrach der Arzt, »Sie wollen miteinander reden, und ich muß mir die Akten ansehen. Ich rufe Sie am Morgen an, etwas später, heute noch, Ira. Nett, Sie kennenzulernen, Spaulding. Ich wünschte, es wäre nicht gerade auf die Weise dazu gekommen.«

»Finde ich auch«, sagte Spaulding und schüttelte dem Mann die Hand.

Der Psychiater nahm die zwölf Aktendeckel vom Schreibtisch des Colonel und ging hinaus.

Die Tür schloß sich hinter ihm. Barden deutete auf einen Stuhl, und David setzte sich, rieb sich die Augen. »Eine scheußliche Art, Neujahr zu begehen, nicht wahr?« sagte Barden.

»Ich hab' auch schon netter gefeiert«, erwiderte Spaulding.

»Wollen Sie noch einmal schildern, was Ihnen passiert ist?«

»Ich glaube nicht, daß das viel Sinn hat. Man hat mich auf der Straße angehalten; ich sagte Ihnen ja, was man zu mir gesagt hat. Ed Pace war offensichtlich die ›Fairfax-Lektion‹. Es hängt mit einem Brigadier namens Swanson im DW zusammen.«

»Ich fürchte, so ist es nicht.«

»So muß es aber sein.«

»Negativ. Pace hatte mit der DW-Sache nichts zu tun. Die einzige Verbindung war, daß er Sie rekrutiert hat; eine einfache Transfer-Operation.«

David erinnerte sich, was Ed Pace gesagt hatte: *Ich bin nicht freigegeben ... Was sagen Sie dazu? Haben Sie Swanson getroffen?* Er sah Barden an. »Dann meint jemand, daß es doch so war. Dasselbe Motiv. Es steht mit der Sabotage in Lajes auf den Azoren in Verbindung.«

»Wie?«

»Der Dreckskerl auf der Zweiundfünfzigsten Straße hat es gesagt! Vor fünf *Stunden* ... Schauen Sie, Pace ist tot; unter diesen Umständen haben Sie gewisse Vollmachten. Ich möchte mir Eds Vier-Null Akten ansehen. Alles, was mit meiner Versetzung in Verbindung steht.«

»Das habe ich bereits getan. Nach Ihrem Anruf schien es mir

nicht sinnvoll, auf einen Generalinspekteur zu warten. Ed war so ziemlich der beste Freund, den ich hatte ...«

»Und?«

»Es gibt keine Akten. Nichts.«

»Aber das *muß* es doch! Es muß eine Akte für Lissabon geben. Für *mich*.«

»Die gibt es auch. Dort steht einfach etwas von einer Versetzung in DW. Keine Namen. Nur ein Wort: ›Tortugas‹.«

»Und was ist mit den Papieren, die Sie vorbereitet haben? Die Entlassung, die ärztlichen Papiere; Fünfte Armee, Einhundertzwölftes Bataillon? Italien? ... Solche Papiere werden doch nicht ohne irgendwelche Akten in Fairfax gemacht!«

»Ich höre jetzt zum erstenmal davon. In Eds Safe ist davon nichts erwähnt.«

»Ein Major — Winston heißt er, glaube ich — hat mich in Mitchell Field abgeholt. Ich bin mit einer Küstenpatrouille von Neufundland hereingeflogen. Er hat mir die Papiere gebracht.«

»Er hat Ihnen einen versiegelten Umschlag gebracht und Ihnen verbale Anweisungen gegeben. Das ist alles, was er weiß.«

»*Herrgott!* Was, zum Teufel, ist aus der sogenannten Fairfax-Effizienz geworden?«

»Das müssen Sie mir sagen. Und wenn Sie schon dabei sind, wer hat eigentlich Ed Pace ermordet?«

David sah Barden an. Das Wort *Mord* war ihm nicht in den Sinn gekommen. Man beging keinen *Mord*; man tötete, ja, das war ein Teil davon. Aber Mord? Und doch war es Mord.

»Das werde ich Ihnen nicht sagen. Aber ich kann Ihnen sagen, wo Sie mit Fragen anfangen müssen.«

»Bitte, tun Sie das.«

»Rufen Sie Lissabon an. Bringen Sie in Erfahrung, was einem Kryptographen namens Marshall widerfahren ist.«

1. Januar 1944, Washington, D. C.

Die Nachricht von der Ermordung Paces gelangte auf indirektem Wege zu Alan Swanson; die Wirkung war betäubend.

Er war in Arlington gewesen und hatte an einem kleinen Silvesterdinner teilgenommen, das ein General gegeben hatte, als der Telefonanruf kam. Es war ein wichtiger Anruf für einen anderen Gast, einen Lieutenant General im Stab der Vereinigten Stabschefs. Swanson hatte sich in der Nähe der Bibliothekstüre aufgehalten, als der Mann herauskam; sein Gesicht war aschfahl gewesen, und seine Stimme hatte ungläubig geklungen.

»Mein Gott!« hatte er zu niemandem bestimmten gesagt. »Jemand hat drüben in Fairfax Pace erschossen. Er ist tot!«

Die wenigen Anwesenden auf der Party in Arlington gehörten den obersten Rängen des Militärs an, es bestand also keine Notwendigkeit, die Nachricht zu verheimlichen; über kurz oder lang würde sowieso ein jeder davon erfahren.

Swansons hysterische erste Gedanken galten Buenos Aires. Gab es *irgendeine mögliche Verbindung*?

Er hörte sich an, was die Brigadiere und die Zwei- und Drei-Sterne-Generale an Spekulationen anstellten. Er hörte die Worte ... *Infiltration, bezahlte Meuchelmörder, Doppelagenten.* Die weit hergeholten Theorien verblüfften ihn — dann versuchte er logisch vorzugehen ... Einer von Paces Untergrundagenten mußte hinter dem Mord stecken. Irgendwo hatte man einen Überläufer dafür bezahlt, sich nach Fairfax zu begeben; irgendwo gab es in einer Kette, die gekauft worden war, ein schwaches Glied.

Pace war nicht nur ein ausgezeichneter Abwehrmann, er gehörte sogar zu den besten Angehörigen seines Berufes in der Zentrale.

Auf den Kopf eines außergewöhnlichen Mannes wie Pace stand mit absoluter Sicherheit auch ein außergewöhnlicher Preis. Von Shanghai bis Bern; bei den ungewöhnlich strengen Sicherheitsvorkehrungen mußte die Tat monatelang vorher geplant werden. Mußte als Langfristprojekt konzipiert werden und intern ausgeführt. Eine andere Möglichkeit gab es nicht.

Monate vorbereitet ... ein Überläufer, der sich nach Fairfax durchgearbeitet hatte ..., ein Doppelagent ..., ein schwaches Glied in der Abwehrkette, dem man ein Vermögen ausbezahlt hatte.

Das waren genau die Worte, die Begriffe und die Entscheidungen, die Swanson ganz deutlich hörte, weil er sie hören wollte.

Sie hoben Buenos Aires als Motiv auf. Paces Tod hatte nichts mit Buenos Aires zu tun, weil der Zeitfaktor es verbot.

Es lag erst drei Wochen zurück, daß man den Rheinmann-Tausch konzipiert hatte; es war unvorstellbar, daß der Mord an

Pace damit in Verbindung stand. Denn wenn es so gewesen wäre, so würde das bedeuten, daß er selbst das Schweigen gebrochen hatte. Auf der ganzen Welt wußte sonst niemand von Paces Beitrag. Und selbst Pace hatte herzlich wenig gewußt.

Nur Fragmente.

Und all die Papiere, die den Mann in Lissabon betrafen, waren aus Paces Safe entfernt worden. Nur die Versetzungsanweisung des Kriegsministeriums blieb.

Ein Fragment.

Und dann dachte Alan Swanson an etwas und staunte über seinen eigenen Sinn für Geheimnistuerei. In gewisser Weise lief es ihm bei der Vorstellung kalt über den Rücken. Seit Edmund Pace tot war, konnte *nicht* einmal Fairfax eine Verbindung zwischen den Ereignissen herstellen, die nach Buenos Aires führten. Die Regierung der Vereinigten Staaten war völlig unbeteiligt.

Als er wieder in seiner Washingtoner Wohnung war, spürte Swanson erneut die Zweifel. Zweifel und Möglichkeiten, wie dem auch sei, der Mord an Pace war ein Problem und zwar wegen der Schockwellen, die er auslösen würde. Es würde zu einer größeren Untersuchung kommen, alle Möglichkeiten würden durchleuchtet werden. Andererseits würde man sich auf Fairfax konzentrieren. Das würde Arbeit für das Zentrale Abwehrkommando bedeuten, zumindest für eine Weile. Er mußte jetzt weiter. Walter Kendall mußte nach Buenos Aires fahren und das seltsame Geschäft mit Rheinmann abschließen.

Die Lenksysteme aus Peenemünde. Nur die Pläne waren von Bedeutung.

1. Januar 1944, Fairfax, Virginia

»Marshall ist in der Baskenprovinz getötet worden. Bei einem Überfall.«

»Ist doch reiner Bockmist! Marsh war nie im Norden! Er war nicht ausgebildet. Er hätte gar nicht gewußt, was er tun muß!« David war aufgesprungen und stand jetzt vor Barden.

»Die Regeln ändern sich. Sie sind jetzt nicht mehr der Mann in Lissabon ... Er ging hin und ist getötet worden. Herrgott, Spaulding! Was, zum Teufel, ist ... ›Tortugas‹? Wenn das hinter dem

Mord an Ed Pace steht, dann will ich das wissen! Und verdammt will ich sein, wenn ich es nicht herausfinde! Lissabon ist mir scheißegal!«

Das Telefon auf Bardens Schreibtisch klingelte; der Oberst warf einen kurzen Blick darauf und sah dann wieder Spaulding an.

»Nehmen Sie das Gespräch«, sagte David. »Das könnte Pace betreffen. Er hat Familie . . ., hatte Familie.«

»Machen Sie mir mein Leben nicht noch komplizierter als Sie es ohnehin schon gemacht haben.« Barden ging an seinen Schreibtisch. »Ed hätte diesen Freitag in Urlaub gehen sollen. Ich schiebe den Anruf auf — bis morgen früh . . . Ja?« Der Oberst lauschte ein paar Sekunden und sah dann Spaulding an. »Es ist eine Vermittlungsstelle in New York — eine Sonderschaltung, die wir für Sie eingerichtet haben. Dieser General Swanson versucht schon eine Weile, Sie zu erreichen. Der Telefonist hat ihn jetzt an der Leitung. Wollen Sie, daß er den Alten durchstellt?«

David erinnerte sich an die Meinung, die Pace über den nervösen Brigadier geäußert hatte. »Müssen Sie ihm sagen, daß ich hier bin?«

»Zum Teufel, nein.«

»Dann geben Sie ihn her.«

Barden kam hinter seinem Schreibtisch hervor, während Spaulding den Hörer annahm und ein paarmal hintereinander »Yes, Sir«, sagte. Schließlich legte er auf. »Swanson möchte, daß ich morgen früh in sein Büro komme.«

»Ich möchte bloß wissen, warum zum Teufel, er Sie aus Lissabon weggeholt hat«, sagte Barden.

David setzte sich, ohne gleich zu antworten ». . . es gibt da einen Mann, der Altmüller heißt, Franz Altmüller . . . Wer er ist, wo er ist — ich habe keine Ahnung. Deutscher oder Schweizer, ich weiß nicht . . . Sehen Sie, was Sie herausfinden können, auf Vier-Null-Basis. Rufen Sie mich im Hotel Montgomery in New York an. Ich werde mindestens den Rest der Woche dort sein. Dann gehe ich nach Buenos Aires.«

»Einverstanden, wenn Sie sich ein wenig über die Freigabe hinwegsetzen . . ., wenn Sie mir sagen, was zum Teufel, hier gespielt wird.«

»Es wird Ihnen nicht gefallen. Wenn ich das nämlich tue, und wenn *wirklich* eine Verbindung besteht, dann bedeutet das, daß Fairfax offene Codeverbindungen in Berlin hat.«

1. Januar 1944, New York City

Die Linienmaschine setzte zum Anflug auf den La Guardia Flughafen an. David sah auf die Uhr. Es war kurz nach zwölf Uhr mittags. Das Ganze war in nicht einmal zwölf Stunden abgelaufen: Cindy Bonner, der Fremde an der Zweiundfünfzigsten Straße, Marshall, der Mord an Pace, Barden, die Information von Valderos ... Und schließlich das Gespräch mit Brigadier General Alan Swanson, DW, der amateurhaften Quellenkontrolle.

Zwölf Stunden.

Er hatte beinahe achtundvierzig Stunden nicht mehr geschlafen. Er brauchte den Schlaf, um wenigstens ein gewisses Maß an Perspektive zu finden, um sich einen Reim auf all diese eigenartigen Vorgänge zu machen, die Struktur dahinter zu erkennen. Nicht die, die ihm klar war.

Erich Rheinmann mußte getötet werden.

Natürlich mußte er getötet werden. Das einzige, was David überraschte, war, wie ungeschickt der Brigadier den Befehl erteilt hatte. Es erforderte keine nähere Erklärung und auch keine Entschuldigung. Und dieser Auftrag erklärte auch seine Versetzung aus Lissabon — *endlich*. Jetzt war da wenigstens nicht mehr das gähnende Loch — das *Warum*. Er war kein Gyroskopspezialist; es hatte einfach keinen Sinn abgegeben. Jetzt tat es das. Er war eine gute Wahl. Es war ein Job, für den er geeignet war — selbst, wenn man einmal davon absah, daß er eine zweisprachige Verbindungsperson zwischen dem stummen Gyroskopfachmann Eugene Lyons und Rheinmanns Konstruktionsspezialist war. *Soweit* war das Bild klar; es erleichterte ihn, daß er wenigstens das jetzt erkennen konnte.

Was ihn störte, war der andere Teil des Bildes, der Teil, der noch keine Konturen angenommen hatte.

Marshall, der Kryptograph, der ihn vor fünf Tagen auf einem vom Regen gepeitschten Flughafen außerhalb von Lissabon erwartet hatte. Der Mann, der ihn durch die Rückscheibe des Wagens auf der Zweiundfünfzigsten Straße angesehen hatte; der Mann, der angeblich bei einem Überfall in Nordspanien getötet worden war, einer Region, in der er nie gewesen war. Die er nie aufsuchen würde.

Leslie Jenner Hawkwood. Die findige ehemalige Geliebte, die ihn angelogen und ihn von seinem Hotelzimmer ferngehalten hatte, die so ungeschickt Cindy Bonner und einen Geschenkumtausch für einen toten Ehemann vorgeschützt hatte, den sie gestohlen hatte. Leslie war nicht dumm. Indem sie so handelte, wollte sie ihm etwas sagen.

Aber was?

Und Pace. Der arme, humorlose Ed Pace, den man in der bestbewachten militärischen Anlage der ganzen Vereinigten Staaten ermordet hatte.

Die Lektion von Fairfax, die mit unglaublicher Genauigkeit — fast auf die Sekunde genau — von einem hochgewachsenen, traurig blickenden Mann im Schatten eines Hauseingangs an der Zweiundfünfzigsten Straße vorhergesagt worden war.

Das . . ., *dies* waren die Gestalten in dem anderen Teil des Bildes, dem ohne Konturen.

David war zu dem Brigadier geradezu unfreundlich gewesen. Er hatte gefordert — rein berufsmäßig natürlich —, daß man ihm das genaue Datum mitteile, an dem die Entscheidung getroffen worden war, Erich Rheinmann zu eliminieren. *Wer* hatte sie getroffen? Wie war der Befehl übermittelt worden? Kannte der General einen Kryptographen namens Marshall? Hatte Pace ihn je erwähnt? Hatte *irgend jemand* ihn je erwähnt? Und einen Mann namens Altmüller, Franz Altmüller. Ob ihm der Name etwas sage?

Die Antworten halfen ihm nicht weiter. Und Swanson log nicht, das wußte er. Er war nicht darin geschult zu lügen, ein Mann mit Spauldings Ausbildung hätte das bemerkt.

Die Namen Marshall und Altmüller waren ihm unbekannt. Die Entscheidung, Rheinmann zu exekutieren war binnen weniger Stunden gefallen. Es war unmöglich, daß Ed Pace es gewußt hatte; man hatte ihn nicht konsultiert, auch sonst niemanden in Fairfax. Es war eine Entscheidung, die aus den Kellerräumen des Weißen Hauses stammte; niemand in Fairfax oder Lissabon war da involviert. Für David war diese Aussage das Wichtige. Es bedeutete ganz einfach, daß das ganze Bild ohne Konturen nichts mit Erich Rheinmann zu tun hatte. Und damit war es, soweit sich das überhaupt feststellen ließ, auch ohne Beziehung zu Buenos Aires.

Die Maschine landete. Spaulding betrat das Abfertigungsgebäude und hielt nach dem Schild mit der Aufschrift ›Taxis‹

Ausschau. Er ging durch die Doppeltüren an den Randstein und hörte, wie die Träger die Zielpunkte der noch nicht vollbesetzten Taxis ausriefen. Eigentlich war es komisch, aber die Tatsache, daß man sich Taxis jetzt zu teilen pflegte, war das einzige, das ihn daran erinnerte, daß man auch in La Guardia wußte, daß irgendwo in der Ferne ein Krieg geführt wurde.

Und dann wurde ihm klar, wie unsinnig doch seine Gedanken waren. Und wie anmaßend.

Ein Soldat ohne Bein wurde in ein Taxi verfrachtet, man war ihm behilflich. Träger und Zivilisten waren gerührt, hilfsbereit.

Der Soldat war betrunken. Das, was von ihm übrig geblieben war, unstabil.

Spaulding teilte sich mit drei anderen Männern ein Taxi und sie sprachen fast über nichts.

Er stieg an der Fifth Avenue aus dem Taxi, drei Straßen nördlich des Montgomery. Er hatte mehr als seinen Anteil für die Fahrt bezahlt; hoffentlich würden die zwei anderen Männer das dem blinden Fahrgast zukommen lassen, dessen Kleider soweit von Leslie Jenners Rogers Peet entfernt waren.

Leslie Jenner ... Hawkwood.

Ein Kryptograph namens Marshall.

Das Bild ohne Konturen.

Er mußte es verdrängen. Er mußte schlafen, vergessen; abwarten, bis alles sich von selbst etwas ordnete, ehe er wieder daran dachte. Morgen früh würde er sich mit Eugene Lyons treffen und anfangen ..., von neuem anfangen. Er mußte sich auf den Mann vorbereiten, der sich vor zehn Jahren die Kehle mit rohem Alkohol verbrannt hatte, seit zehn Jahren kein Gespräch mehr geführt hatte.

Der Lift hielt im fünften Stock. Er wohnte ihm sechsten. Er war schon im Begriff, es dem Liftfahrer zu sagen, als ihm klar wurde, daß die Türen sich nicht öffneten.

Statt dessen drehte der Mann sich herum. Er hielt einen kurzläufigen Smith & Wesson-Revolver in der Hand. Er griff mit der anderen Hand hinter sich nach dem Fahrthebel, schob ihn nach links, worauf die Liftkabine sich wieder ruckartig in Bewegung setzte und gleich darauf zwischen den Stockwerken zum Stillstand kam.

»Jetzt ist die Kontrollampe in der Halle erloschen, Colonel

Spaulding. Wir hören vielleicht den Summer, aber in Notfällen wird ein zweiter Lift eingesetzt. Man wird uns nicht stören.«

Es ist derselbe Akzent, dachte David. Britisch und eine Spur Mitteleuropa. »Das freut mich. Ich meine, Herrgott, es ist so lange her.«

»Ich finde Sie gar nicht amüsant.«

»Ich Sie auch nicht ... Das ist wohl klar.«

»Sie waren in Fairfax, Virginia. Hatten Sie eine angenehme Reise?«

»Sie sind außergewöhnlich gut informiert.« Spaulding wollte nicht nur durch Konversation Zeit gewinnen. Er und Ira Barden hatten die vorgeschriebenen Sicherheitsvorkehrungen getroffen. Selbst wenn die Vermittlung im Montgomery jedes Wort, das er sagte, weiterberichtete, gab es keinerlei Hinweise darauf, daß er nach Virginia geflogen war. Die entsprechenden Arrangements waren von Telefonzellen aus getroffen worden, und sein Flug von Mitchell nach Andrews war unter einem falschen Namen auf einer Mannschaftsliste abgewickelt worden. Selbst die Nummer in Manhattan, die er im Montgomery hinterlassen hatte, bezog sich auf eine New Yorker Adresse, die dauernd überwacht wurde. Und *in* Fairfax hatte man seinen Namen nur bei der Torwache registriert; es hatten ihn nur vier, vielleicht fünf Männer gesehen.

»Wir haben verläßliche Informationsquellen ... Jetzt haben Sie also die Lektion von Fairfax gelernt, nein?«

»Ich habe gelernt, daß ein guter Mann ermordet worden ist. Ich kann mir vorstellen, daß man inzwischen seine Frau und seine Kinder informiert hat.«

»Im Krieg gibt es keinen Mord, Colonel. Der Begriff trifft hier nicht zu. Und sprechen Sie nicht zu uns ...«

Ein Summen unterbrach den Mann. Es war ein kurzes, ein höfliches Klingeln.

»Wer ist ›wir‹?« fragte David.

»Das werden Sie zur rechten Zeit erfahren, wenn Sie kooperieren. Wenn Sie nicht kooperieren, wird es keinen Unterschied machen; dann wird man Sie töten ... Wir sprechen keine leeren Drohungen aus. Denken Sie an Fairfax.«

Wieder ertönte der Summer. Diesmal länger, nicht mehr so höflich.

»Wie soll ich denn kooperieren? Und in bezug auf was?«

»Wir müssen die genaue Position von Tortugas kennen.«

Spauldings Gedanken eilten zurück zu dem Zeitpunkt um fünf Uhr morgens. In Fairfax. Ira Barden hatte gesagt, daß der Name ›Tortugas‹ das einzige Wort sei, das auf seiner Versetzungsanweisung stand. Kein anderes Datum, nichts als das Wort ›Tortugas‹. Und es war in Paces ›Safe‹ vergraben gewesen. Stahlkästen, die hinter stählernen Türen verschlossen gehalten wurden, die nur Abwehrpersonal der höchsten Ränge zugänglich waren.

»Tortugas ist Teil einer Inselkette vor der Küste von Florida. Gewöhnlich bezeichnet man es als Dry Tortugas. Sie finden es auf jeder Landkarte.«

Wieder das Summen. Jetzt wiederholt, kurz hintereinander, ärgerlich.

»Seien Sie nicht albern, Colonel.«

»Ich bin gar nichts. Ich weiß nicht, wovon Sie reden.«

Der Mann starrte Spaulding an. David sah, daß er unsicher war, seinen Ärger unter Kontrolle hielt. Der Summer ertönte jetzt unablässig; man konnte von oben und unten Stimmen hören.

»Ich würde es vorziehen, Sie nicht töten zu müssen. Aber ich werde es tun. Wo ist *Tortugas*?«

Plötzlich rief eine laute Männerstimme, höchstens zehn Fuß von ihnen entfernt, im fünften Stock:

»*Er ist hier oben! Er steckt fest!* Alles in Ordnung dort oben?«

Der Mann blinzelte, die Rufe hatten ihn verunsichert. Das war der Augenblick, auf den David gewartet hatte. Seine rechte Hand schoß schräg vor und packte den Mann am Unterarm, schmetterte ihn gegen die Metalltüre. Gleichzeitig warf er sich auf ihn und stieß ihm das Knie mit aller Gewalt in den Unterleib. Der Mann schrie auf; Spaulding packte ihn mit der linken Hand am Hals, drückte ihm den Kehlkopf ein. Dann stieß er ihm noch zweimal das Knie in den Unterleib, bis der Schmerz so überwältigend war, daß der Mann nicht mehr schreien konnte, nur noch zu einem leisen, stöhnenden Jammern fähig war. Sein Körper erschlaffte, der Revolver fiel zu Boden und der Mann rutschte gegen die Wand.

Spaulding trat die Waffe weg und packte den Hals des Mannes jetzt mit beiden Händen, schüttelte seinen Kopf vor und zurück, um ihn bei Bewußtsein zu halten.

»Und jetzt raus mit der Sprache, du Schweinehund! Was *ist* ›Tortugas‹?«

Die Rufe draußen waren jetzt betäubend. Die Schreie des Liftfahrers erzeugten draußen Hysterie. Man rief nach der Hoteldirektion, der Polizei.

Der Mann blickte zu David auf, und seinen Augen entströmten Tränen des Schmerzes. »Bring mich doch um, du Schwein«, sagte er, während er gequält Atem holte. ». . . Du hast es doch schon mal versucht.«

David war verblüfft. Er hatte den Mann noch nie *gesehen.* Nordspanien? Baskenland? Navarra?

Es war keine Zeit, darüber nachzudenken.

»Was ist ›*Tortugas*‹?«

»Altmüller, Schwein. Das Schwein Altmüller . . .« Der Mann verlor das Bewußtsein.

Da war der Name wieder.

Altmüller.

Spaulding richtete sich von dem bewußtlosen Körper auf und griff nach dem Fahrthebel. Er schob ihn ganz nach links, beschleunigte, so schnell es ging. Das Montgomery hatte neun Stockwerke; die Kontrollampen zeigten an, daß am Erdgeschoß, dem zweiten und dem fünften Stockwerk die Knöpfe gedrückt worden waren. Wenn er das neunte erreichte, ehe die hysterischen Stimmen ihm über die Treppe folgten, dann war es möglich, daß er den Lift verließ, den Korridor hinunterrannte bis zu einer Ecke und sich dann in die Menge mischte, die sich ohne Zweifel um die offenen Lifttüren sammeln würde.

Um den bewußtlosen Mann auf dem Boden.

Es *mußte* möglich sein! Er hatte jetzt wirklich keine Zeit, sich mit der New Yorker Polizei einzulassen.

Der Mann wurde auf einer Bahre weggetragen; die Fragen waren kurz.

Nein, er kannte den Liftfahrer nicht. Der Mann hatte ihn vor zehn oder zwölf Minuten an seinem Stockwerk abgesetzt. Er war in seinem Zimmer gewesen und herausgekommen, als er den Lärm gehört hatte. Genau wie jeder andere auch. Ob ihm jemand sagen könne, was noch aus New York werden solle?

David erreichte sein Zimmer im sechsten Stock, schloß die Tür und starrte das Bett an. Herrgott, war er erschöpft! Aber seine Gedanken weigerten sich, zum Stillstand zu kommen.

Er würde alles aufschieben, bis er ausgeruht war, mit Ausnahme von zwei Dingen. Die mußte er jetzt überlegen. Die duldeten keinen Aufschub, weil es möglich war, daß ein Telefon klingelte. Oder jemand zu seinem Zimmer kam. Und er mußte seine Entscheidung vorher treffen. Mußte vorbereitet sein.

Das erste war, daß er Fairfax nicht länger als Quelle benutzen konnte. Man hatte es infiltriert. Er mußte ohne Fairfax funktionieren, und das kam in gewissem Sinne auf dasselbe hinaus, wie wenn man einem Krüppel gesagt hätte, er müsse ohne Krücken gehen.

Andererseits war er kein Krüppel.

Das zweite war ein Mann namens Altmüller. Er mußte einen Mann namens Franz Altmüller finden; herausfinden, wer er war, was er für das Bild ohne Konturen bedeutete.

David legte sich auf das Bett; er verfügte nicht mehr über die Energie, sich auszuziehen, nicht einmal die Schuhe. Er zog den Arm nach oben, um das Gesicht vor der Nachmittagssonne zu schützen, die durch die Hotelfenster hereinschien. Die Nachmittagssonne des ersten Tages des neuen Jahres 1944.

Plötzlich riß er die Augen hinter dem schwarzen Abgrund aus Tweedstoff auf. Da war noch ein drittes. Etwas, das unentwirrbar mit dem Mann namens Altmüller in Verbindung stand.

Was, zum Teufel, bedeutete ›Tortugas‹?

21.

2. Januar 1944, New York City

Eugene Lyons saß an einem Reißbrett in dem kahlen Büro. Er war in Hemdsärmeln. Auf den Tischen lagen Zeichnungen und Pläne verstreut. Die helle Morgensonne, die von den weißen Wänden reflektiert wurde, verlieh dem Raum das keimfreie Aussehen eines großen Krankensaales.

Und Eugene Lyons Gesicht und Körper taten nichts dazu, um solche Gedanken zu zerstreuen.

David war Kendall durch die Türe gefolgt. Er sah der bevorstehenden Vorstellung etwas unruhig entgegen. Er hätte es vorgezogen, nichts über Lyons zu wissen.

Der Wissenschaftler drehte sich auf seinem Hocker herum. Er war einer der dünnsten Männer, die Spaulding je gesehen hatte. David stand Lyons gegenüber. Er ging die paar Schritte, die dazu nötig waren, und streckte ihm die Hand hin. Er wußte genau, was er sagen würde.

»Es ist mir eine Ehre, Sie kennenzulernen, Dr. Lyons. Ich bin kein Fachmann auf Ihrem Gebiet, aber ich habe am MIT von Ihrer Arbeit gehört. Ich bin glücklich darüber, mit Ihnen zusammenarbeiten zu dürfen, wenn es auch nur auf kurze Zeit ist.«

In den Augen des anderen flackerte ganz kurz Interesse auf. David hatte darauf gebaut, daß seine einleitenden Worte dem abgemagerten Wissenschaftler einiges vermitteln würde, darunter auch die Tatsache, daß David über Lyons Tragödie in Boston informiert war — und so ohne Zweifel auch über den Rest der Geschichte — und daß sie ihm nicht peinlich war.

Lyons Händedruck war schlaff; jetzt war schon wieder das Desinteresse zu spüren. Desinteresse, nicht unbedingt Unhöflichkeit. An der Grenze.

»Ich weiß, daß wir nicht viel Zeit haben, und bin ein Neuling auf dem Gebiet der Gyroskopie«, sagte Spaulding und ließ die Hand los und trat neben das Zeichenbrett. »Aber man hat mir gesagt, daß man von mir nicht erwartet, mehr als die Grundzüge zu begreifen. Ich soll die Begriffe und Formeln, die Sie mir aufschreiben, im Deutschen verbalisieren können.«

David betonte — wobei er die Stimme nur ganz leicht anhob — die Worte *verbalisieren* ... Sie mir *aufschreiben*. Er beobachtete Lyons, um zu erkennen, ob da irgendeine Reaktion darauf kam, daß er das Sprechproblem des Wissenschaftlers ansprach. Er glaubte, eine schwache Andeutung von Erleichterung zu entdekken.

Lyons blickte zu ihm auf. Die dünnen Lippen legten sich gegen die Zähne, es sah so aus, als schöben sie sich in den Mundwinkeln etwas nach oben. Und der Mann nickte. Da war sogar ein winziges Aufleuchten in den tiefliegenden Augen. Er erhob sich von seinem Hocker und trat an den nächsten Tisch, wo ein paar Bücher auf Konstruktionsplänen lagen. Er nahm den obersten Band und reichte ihn Spaulding. Der Titel auf dem Umschlag lautete *Diagrammatics. Inertia and Precession.*

David wußte, daß alles gut gehen würde.

Es war nach sechs Uhr.

Kendall war gegangen. Die Sekretärin war um Schlag fünf weggelaufen und hatte David gebeten, die Türen abzuschließen, falls er als letzter gehen sollte. Wenn nicht, sollte er einen der anderen darum bitten.

Die ›anderen‹ waren Eugene Lyons und seine beiden Pfleger.

Spaulding lernte die beiden — die Pfleger — im Empfangsraum kennen. Sie hießen Hal und Johnny. Beide waren große, vierschrötige Männer. Der Gesprächigere der beiden war Hal, aber der Vorgesetzte war Johnny, ein ehemaliger Marineinfanterist.

»Der alte Bursche ist zur Zeit ganz vernünftig«, sagte Hal. »Man braucht sich keine Sorgen zu machen.«

»Zeit, ihn nach St. Luke's zurückzuschaffen«, sagte Johnny. »Die meckern immer, wenn er zum Abendessen zu spät kommt.«

Die beiden Männer gingen gemeinsam in Lyons Büro und holten ihn heraus. Sie waren höflich zu ihm, aber sehr entschieden. Eugene Lyons sah Spaulding gleichgültig an, zuckte die Achseln und ging mit seinen zwei Bewachern stumm zur Türe hinaus. David wartete, bis er den Lift im Korridor hörte. Dann legte er das Fachbuch, das der Physiker ihm gegeben hatte, auf den Schreibtisch der Sekretärin und ging zu Walter Kendalls Büro hinüber.

Die Tür war abgesperrt, was ihm seltsam vorkam. Kendall war bereits nach Buenos Aires abgereist. Es würde ein paar Wochen dauern, bis er zurückkommen würde. Spaulding holte einen kleinen Gegenstand aus der Tasche und kniete nieder. Auf den ersten Blick schien es sich bei dem Instrument um ein teures silbernes Taschenmesser zu handeln, wie man sie häufig als Anhänger an silbernen Schlüsselketten fand, besonders in teuren Herrenclubs. Aber das war es nicht. Es war ein Dietrich, der als Taschenmesser getarnt war, ein Geschenk von einem MI-5-Kollegen in Lissabon.

David klappte einen winzigen Zylinder mit flacher Spitze heraus und schob ihn in das Schloß. In weniger als dreißig Sekunden konnte man das Klicken hören, und Spaulding öffnete die Tür. Er trat ein und ließ sie offenstehen.

Kendalls Büro verfügte über keine Aktenschränke, keine Wandschränke, keine Bücherregale, überhaupt nichts, wo man etwas aufbewahren konnte, sah man einmal von den Schreibtischschubladen ab. David knipste die Neonlampe auf dem Schreibtisch an und öffnete die oberste Schublade.

Beinahe hätte er laut aufgelacht. Umgeben von einer Vielfalt von Büroklammern, Zahnstochern, sauren Bonbons und Notizpapier lagen zwei pornografische Magazine darin. Obwohl sie schon etwas abgegriffen waren, waren beide ziemlich neu.

Frohe Weihnachten, Walter Kendall, dachte David ein wenig traurig.

Die Schubladen an den Seiten waren leer, zumindest enthielten sie nichts Interessantes. In der untersten Schublade lagen zerknüllte gelbe Notizblätter, auf die jemand mit einem harten Bleistift bedeutungslose Kritzeleien geschmiert hatte, wobei die Seiten teilweise zerrissen waren.

Er wollte schon aufstehen und gehen, beschloß aber dann, sich die zusammenhanglosen Kritzeleien auf dem zerknitterten Papier noch einmal genauer anzusehen. Sonst war da nichts; Kendall hatte seine Bürotüre automatisch abgeschlossen, nicht weil es notwendig gewesen war. Und wiederum automatisch hatte er vielleicht das gelbe Papier nicht in einen Papierkorb geworfen, in dem sich nur der Inhalt ausgeleerter Aschenbecher befand — sondern in eine Schublade. Wo man es nicht sehen konnte.

David wußte, daß das, was er tat, wenig Sinn hatte. Aber er hatte keine Wahl; er war nicht einmal sicher, was er suchte, sofern er überhaupt etwas suchte.

Er breitete zwei der Blätter auf der Schreibunterlage aus und drückte sie glatt.

Nichts.

Nun, etwas schon. Die Umrisse von weiblichen Brüsten und Genitalien. Verschiedene Kreise und Pfeile, Diagramme: ein Paradies für einen Psychoanalytiker.

Er nahm ein weiteres Blatt und strich es glatt. Wieder Kreise, Pfeile, Brüste. Und dann, an der Seite, kindliche Umrisse von Wolken — rundlich schattiert; diagonale Striche, bei denen es sich um Regen handeln konnte oder um Blitze.

Nichts.

Wieder ein Blatt.

Es sprang David ins Auge. Unten auf dem schmutzigen gelben Blatt, kaum zwischen formlosen Kritzeleien zu erkennen, waren die Umrisse eines großen Hakenkreuzes zu sehen. Er sah es sich genauer an. Das Hakenkreuz hatte am rechten oberen Balken ein paar Kreise, Kreise, die fast oval wirkten. Und aus diesen Ovalen flossen unverkennbar Anfangsbuchstaben. JD. Und dann Joh D., J. Diet ... Die Buchstaben erschienen am Ende eines jeden Ovals. Und hinter den letzten Buchstaben in einer jeden Fläche waren sorgfältig gezogene ??? zu sehen.

???

David faltete das Papier sorgfältig zusammen und steckte es in die Jackettasche.

Es waren noch zwei Seiten übrig geblieben, die er ebenfalls an sich nahm. Die linke enthielt nur ein unentzifferbares Gekritzel — wieder kreisförmig, irgendwie zornig wirkend — bedeutungslos. Aber auf dem zweiten Papier, wieder ganz unten, war eine Serie von kalligraphisch wirkenden Markierungen, die man als *Js* und *Ds* interpretieren konnte, und die in ihrer Schreibweise den Buchstaben neben dem Hakenkreuz auf dem anderen Blatt ähnelten.

Und gegenüber dem letzten *D* war ein seltsamer horizontaler Obelisk, der sich nach rechts verengte. An der Seite waren Striche, als handelte es sich um einen Rand ... Eine Kugel vielleicht mit Markierungen von den Zügen der Waffe, aus der sie abgefeuert worden war. Darunter, in der nächsten Zeile links, waren dieselben ovalen Figuren, nur daß sie hier fester waren, kräftiger in das gelbe Papier eingedrückt.

Plötzlich begriff David, was er da anstarrte.

Walter Kendall hatte in seinem Unterbewußtsein eine obszöne Karikatur eines erigierten Penis mit Hoden verfertigt.

Frohes Neujahr, Mr. Kendall, dachte Spaulding.

Er steckte das Blatt zu dem anderen, legte die übrigen zurück und schloß die Schublade. Er schaltete die Lampe aus und ging zu der offenen Tür, drehte sich um, um noch einmal zu überprüfen, ob er alles so hinterlassen hatte, wie er es vorgefunden hatte, und trat in den Vorraum. Er zog Kendalls Türe zu und überlegte kurz, ob er sie wieder absperren sollte.

Es würde sinnlos sein, darauf Zeit zu vergeuden.

Eine halbe Stunde später kam ihm in den Sinn — in einem Augenblick des Nachdenkens —, daß ihm diese Entscheidung wahrscheinlich das Leben gerettet hatte. Die sechzig oder neunzig oder vielleicht auch hundert Sekunden, die er damit sparte, rückten ihn in die Position eines Beobachters, nicht die eines Ziels.

Er zog den Rogers Peet Mantel an, schaltete die Lichter aus und ging in den Korridor hinaus zu den Aufzügen. Es war beinahe sieben, am ersten Tag des neuen Jahres, und das Gebäude praktisch verlassen. Ein einziger Lift arbeitete noch. Die Kabine war an seinem Stockwerk vorübergefahren, in die oberen Etagen, wo sie zu verweilen schien. Er wollte schon die Treppe benutzen — die Büros lagen im zweiten Stock, das würde vielleicht schneller gehen — als er Schritte die Treppe heraufkommen hörte, die Schritte von mehr als einer Person. Das Geräusch war irgendwie unlogisch. Vor wenigen Augenblicken war die Liftkabine im Erdgeschoß gewesen, warum sollten zwei — mehr als zwei? — Leute um sieben Uhr abends die Treppe herauflaufen? Natürlich konnte es dafür ein Dutzend vernünftiger Erklärungen geben, aber sein Instinkt veranlaßte ihn, *un*vernünftige abzuwägen.

Er lief lautlos ans andere Ende des kurzen Korridors, wo ein Seitengang zu weiteren Büros an der Südflanke des Gebäudes führte. Er bog um die Ecke und preßte sich gegen die Wand. Seit dem Angriff in dem Lift des Montgomery trug er eine Waffe — einen kleinen Beretta-Revolver — den er unter den Kleidern an die Brust geschnallt hatte. Er knöpfte den Mantel auf und dann noch die Knöpfe an Jackett und Hemd. Jetzt würde er schnell Zugang zu der Waffe haben, sollte sich das als nötig erweisen.

Wahrscheinlich nicht, dachte er, als er die Schritte verschwinden hörte.

Dann wurde ihm klar, daß sie gar nicht verschwunden waren, nur leiser geworden, aus dem Laufen war Gehen geworden — ein leises, vorsichtiges Gehen. Dann hörte er die Stimmen: sie flüsterten, man konnte nicht hören, was sie sagten. Sie kamen um die Ecke aus der Umgebung des Meridian-Büros ohne Firmenschild, das höchstens dreißig Fuß entfernt lag.

Er schob sein Gesicht bis an den Rand vor, und griff gleichzeitig mit der rechten Hand unter das Hemd, umfaßte den Kolben der Beretta.

Er sah jetzt zwei Männer, die ihm den Rücken zuwandten und auf das dunkle Glas der Bürotüre blickten. Der kleinere der beiden legte das Gesicht an die Glasscheibe, hielt sich die Hände an die Schläfen, um seine Augen gegen das Licht vom Korridor abzuschirmen. Jetzt trat er einen Schritt zurück, sah seinen Partner an und schüttelte verneinend den Kopf.

Der größere der beiden Männer drehte sich halb herum, so daß Spaulding ihn erkennen konnte.

Es war der Fremde aus der Türnische an der Zweiundfünfzigsten Straße. Der hochgewachsene Mann mit den traurigen Augen, der mit sanfter Stimme englisch mit Balkan-Akzent sprach und ihn mit einer dickläufigen Waffe bedroht hatte.

Der Mann griff in die linke Manteltasche und gab seinem Freund einen Schlüssel. Mit der rechten Hand zog er eine Pistole aus dem Gürtel. Es war eine schwere 45er, ein Militärmodell. David wußte, daß man jemanden damit auf kurze Distanz buchstäblich umblasen konnte. Der Mann nickte und sagte leise, aber deutlich zu verstehen:

»Er muß da sein. Er ist nicht weggegangen. Ich will ihn haben.«

Mit diesen Worten steckte der Kleinere den Schlüssel ins Schloß und schob die Türe auf. Sie schwang langsam nach innen. Beide Männer gingen hinein. In genau diesem Augenblick konnte man hören, wie sich das Liftgitter öffnete, ein metallisches Geräusch, das durch den Korridor hallte. David konnte sehen, wie die beiden Männer in dem abgedunkelten Vorzimmer erstarrten, sich zu der offenen Türe herumdrehten und sie schnell schlossen.

»Verdammter Mist!« rief der verärgerte Liftfahrer, als das Gitter sich klirrend wieder schloß.

David wußte, daß dies der Augenblick zum Handeln war. Binnen Sekunden würde einer der beiden Männer in den verlassenen Büros erkennen, daß der Lift deshalb im zweiten Stock angehalten hatte, weil jemand den Knopf gedrückt hatte. Jemand, der nicht zu sehen war, jemand, dem sie nicht auf der Treppe begegnet waren. Jemand, der sich noch in dem Stockwerk befinden mußte.

Er drehte sich um und rannte auf das Treppenhaus zu. Er sah sich nicht um und machte sich auch nicht die Mühe, seine Schritte zu dämpfen — das hätte ihn nur aufgehalten. Sein einziges Ziel war jetzt, die Treppe hinunter und aus dem Gebäude zu kommen. Er übersprang die letzten drei Stufen der obersten Treppenflucht auf den Treppenabsatz und bog um die Ecke.

Dann blieb er stehen. Unter ihm lehnte der dritte Mann am Geländer. Er *wußte*, daß er vor wenigen Minuten mehr als zwei Füßepaare die Treppe hatte heraufrennen hören. Der Mann war erschrocken. Seine Augen weiteten sich und seine rechte Hand zuckte auf die Jackentasche zu. Spaulding brauchte niemanden, der ihm sagte, wonach der Mann griff.

David sprang vom Treppenabsatz geradewegs auf den Mann zu, prallte mitten in der Luft gegen ihn, und seine Hände krallten nach der Kehle des Mannes und seinem rechten Arm. Er packte ihn am Hals unter dem linken Ohr und riß an der Haut, schmetterte dabei den Kopf des Mannes gegen die Betonwand. Davids schwerer Körper krachte gegen die Brust des Postens; dabei drehte er ihm den rechten Arm fast aus der Schulterpfanne.

Der Mann schrie auf und brach zusammen; seine Kopfhaut war aufgefetzt, und Blut floß aus der Schädelpartie, die mit der Wand kollidiert war.

David konnte das Geräusch einer aufgeschlagenen Türe und laufender Männer hören. Über ihm natürlich; ein Stockwerk über ihm.

Er befreite seine Beine vom Gewicht des Bewußtlosen und rannte die letzte Treppenflucht ins Erdgeschoß hinunter. Der Lift hatte vor wenigen Augenblicken seine Passagiere entlassen; die letzten paar Leute gingen zum Vordereingang hinaus. Wenn jemand den langgezogenen Schrei des Mannes gehört hatte, der jetzt bewußtlos sechzig Fuß von ihnen entfernt auf der Treppe lag, so ließ sich niemand etwas anmerken.

David rannte zwischen die Nachzügler, bahnte sich mit den Ellbogen den Weg durch die breite Doppeltüre hinaus auf den Bürgersteig. Er bog nach Osten und rannte, so schnell er nur konnte.

Er hatte im Baskenland zu Fuß eine Strecke zurückgelegt, die mehr als vierzig Straßen entsprach; etwa zwei Meilen, aber der Weg war hier viel unangenehmer.

Er hatte einige Entscheidungen getroffen. Das Problem war, wie sie in die Tat umsetzen.

Er konnte nicht in New York bleiben, nicht ohne sich Risiken auszusetzen, die offensichtlich unannehmbar waren. Und er mußte sofort nach Buenos Aires, ehe jemand von denen, die ihn in New York jagten, erfuhren, daß er weg war.

Denn sie jagten ihn jetzt, soviel war klar.

Zum Montgomery zurückzukehren, bedeutete glatten Selbstmord. Oder, was das betraf, etwa morgen früh das Büro von Meridian aufzusuchen. Beides ließ sich telefonisch erledigen. Er würde dem Hotel sagen, daß man ihn plötzlich nach Pennsylvania versetzt habe, und fragen ob das Hotel wohl seine Habseligkeiten verpacken und für ihn aufbewahren könne? Er würde später wegen seiner Rechnung anrufen.

Die Antwort auf das Rätsel der letzten sieben Tage — angefangen auf den Azoren bis zu einer Treppe an der Achtunddreißigsten Straße und alles, was dazwischen lag — war in Buenos Aires zu finden.

Swanson wußte das nicht und konnte auch nicht helfen. Fairfax war infiltriert worden, man durfte ihnen also nichts sagen. Und *das* sagte ihm etwas.

Er war auf sich alleine gestellt. In einem solchen Dilemma hatte ein Mann zwei Möglichkeiten: er konnte sich zurückziehen oder nach Identitäten suchen und die Deckungen auffliegen lassen.

Die erste Wahl würde ihm versagt sein. Swanson war, wenn es um die Gyroskopkonstruktionen ging, geradezu paranoid. Und Rheinmann. Nein, zurückziehen würde er sich nicht können.

Blieb die zweite Möglichkeit. Die Identität der Leute, die hinter dem Rätsel standen, herauszufinden.

Ein Gefühl, wie er es einige Jahre nicht mehr erlebt hatte, erfaßte ihn: die Furcht, plötzlich seiner Aufgabe nicht gewachsen zu sein. Er sah sich mit einem außergewöhnlichen Problem konfrontiert, für das es keine schematische — auch keine komplizierte — Lösung gab.

Er sah ein freies Taxi, dessen Dachlampe schwach leuchtete, als sei es ihm peinlich, seine Leere zu verkünden. Er blickte zum Straßenschild auf; er befand sich am Sheridan Square — das erklärte die halb erstickten Jazzlaute, die aus den Kellern drangen und die Nebenstraßen erfüllten. Das Village erwachte zu einem neuen Abend.

Er hob die Hand, um dem Taxi ein Zeichen zu geben, aber der Fahrer sah ihn nicht. Er fing zu laufen an, während das Taxi die Straße hinunterrollte, auf die Verkehrsampel an der Ecke zu. Plötzlich bemerkte er, daß jemand auf der anderen Seite der Straße auf das leere Taxi zurannte; der Mann war dem Wagen jetzt näher als Spaulding, seine rechte Hand winkte.

Für David war es jetzt plötzlich schrecklich wichtig, den Wagen als erster zu erreichen. Er beschleunigte sein Tempo und rannte auf die Straße hinaus, wich Fußgängern aus und sah sich einen Augenblick lang von zwei Wagen blockiert, die dicht hintereinander standen. Er stützte sich mit der linken Hand auf die Motorhaube des einen, mit der rechten auf den Kofferraum des anderen, und sprang darüber hinweg, mitten auf die Straße, und rannte seinem Ziel weiter entgegen.

Ziel.

Er erreichte das Taxi höchstens eine halbe Sekunde nach dem anderen.

Verdammt! Es war das Hindernis der beiden Wagen!

Hindernis.

Er schlug mit der Hand gegen die Türe und hinderte den anderen Mann daran, sie zu öffnen. Der Mann blickte auf und sah Spauldings Gesicht, Spauldings Augen.

»Herrgott Mann, ich warte auf das nächste«, sagte der Mann schnell.

David war das peinlich. Was, zum Teufel, *machte* er eigentlich.

Die Zweifel? Die gottverdammten Zweifel.

»Nein, wirklich. Es tut mir schrecklich leid.« Das murmelte er halblaut und lächelte dabei Entschuldigung heischend. »Nehmen nur Sie es. Ich habe es nicht eilig . . . Nochmals, entschuldigen Sie bitte.«

Er drehte sich um und ging schnell über die Straße und mischte sich in die Menschenmenge, die den Sheridan Square füllte.

Er hätte das Taxi bekommen können. Das war es, worauf es ankam.

TEIL 2

22.

1944, Buenos Aires, Argentinien

Der Pan American Clipper verließ Tampa um acht Uhr morgens und würde planmäßig die an der Küste gelegenen Flughäfen von Caracas, São Luís, Salvador und Rio de Janeiro anfliegen, ehe die letzten zwölfhundert Meilen bis Buenos Aires kamen.

Swanson war der Panik nahe gewesen, als David ihn von Mitchell Field aus in New York angerufen hatte. Als Quellenkontrolle war Swanson etwa ebenso entscheidungsfähig wie ein verwirrter Cockerspaniel. Jede Abweichung von Kendalls Plan — eigentlich Kendalls Instruktionen — war ihm ein Abscheu. Und Kendall war noch nicht einmal nach Buenos Aires *abgereist*, würde das erst am kommenden Morgen tun.

David hatte an den General keine komplizierten Erklärungen vergeudet. Soweit es ihn anging, hatte man dreimal versucht, ihn zu töten — zumindest konnte man das so interpretieren — und wenn der General auf seine ›Dienste‹ in Buenos Aires Wert legte, dann war es am besten, wenn er dorthin reiste, solange er noch unversehrt war und funktionierte.

Gab es einen Zusammenhang zwischen den Attentaten — den Mordversuchen — und Buenos Aires? Swanson hatte die Frage gestellt, als habe er Angst davor, den Namen der argentinischen Stadt in den Mund zu nehmen.

Auf der anderen Seite der Leitung war eine längere Pause eingetreten. Schließlich hatte Swanson gesagt: »Es ist Ihnen natürlich klar, Spaulding, daß wir Sie möglicherweise ersetzen müssen.«

»Natürlich. Wenn Sie wollen, können Sie das sofort tun.« David hatte das auch ehrlich gemeint. Er wäre sehr gerne nach Lissabon zurückgekehrt, um von dort aus nach Norden zu gehen, nach Valderos. Um Näheres über einen Kryptographen namens Marshall in Erfahrung zu bringen.

»Nein . . . nein, alles ist schon zu weit fortgeschritten. Die Pläne. Die sind es, worauf es ankommt. Alles andere ist unwichtig.«

Der Rest des Gesprächs befaßte sich mit Einzelheiten seiner Reise, amerikanischem und argentinischem Geld, Ergänzung seiner Garderobe und Gepäck. Logistische Dinge, für die in den Interessen des Generals kein Platz war, und für die David die Verantwortung übernahm. Der letzte Befehl — eigentlich eine Bitte — wurde nicht von dem General, sondern von Spaulding ausgesprochen.

Fairfax sollte nicht über seinen Aufenthaltsort informiert werden, auch niemand anderer, was das betraf, mit Ausnahme der Botschaft in Buenos Aires, aber er sollte sich alle Mühe geben, die Information vor Fairfax geheimzuhalten. Warum? Glaubte Spaulding etwa . . .

»In Fairfax ist ein Leck, General. Sie könnten das an das Weiße Haus weiterleiten.«

»Das ist unmöglich!«

»Sagen Sie das der Witwe von Ed Pace.«

David sah zum Fenster des Clippers hinaus. Der Pilot hatte vor wenigen Augenblicken die Passagiere darüber informiert, daß sie soeben den riesigen Küstensee von Mirim in Uruguay überflögen. Bald würden sie Montevideo erreichen, und von dort waren es bis Buenos Aires nur noch vierzig Minuten. Buenos Aires. Das Bild ohne Konturen. Die verschwommenen Gestalten von Leslie Hawkwood und dem Kryptographen Marshall und einem Mann namens Altmüller; ihm fremde, aber ihrer Sache ergebene Männer an der Zweiundfünfzigsten und der Achtunddreißigsten Straße — in einer dunklen Türnische, in einem Gebäude nach Ende der Bürozeit, auf einer Treppe. Ein Mann in einem Lift, der keine Angst vor dem Sterben hatte. Ein Feind, der ungeheuren Mut an den Tag legte . . . Oder fehlgeleiteten Eifer; ein Wahnsinniger.

Die Antwort auf das Rätsel war in Buenos Aires zu finden, und Buenos Aires war jetzt weniger als eine Stunde entfernt. Die Stadt war eine Stunde entfernt, die Antwort viel weiter. Aber höchstens drei Wochen, wenn er seinen Instinkten vertrauen durfte. Bis die Gyroskoppläne ausgeliefert würden.

Davids Gedanken kehrten zu dem Buch zurück, das er auf dem Schoß hielt. Es war der zweite von sechs Bänden, die Eugene Lyons für ihn ausgesucht hatte.

›Donald Scanlan‹, der Name, unter dem David in der Passagierliste geführt wurde, durchlief die Zollkontrolle im Aereoparque ohne Schwierigkeiten. Selbst der Verbindungsmann der Botschaft, der sich alle einreisenden Amerikaner ansah, schien nichts von seiner Identität zu wissen. Den einen Koffer in der Hand, ging David zur Taxistation und stellte sich dort auf die Betonplattform und sah zu den Fahrern hinüber, die neben ihren Fahrzeugen standen. Er war nicht darauf vorbereitet, jetzt schon den Namen Spaulding anzunehmen oder sich direkt zur Botschaft befördern zu lassen. Er wollte sich vergewissern, daß ›Donald Scanlan‹ als das akzeptiert wurde, was er war — ein Vermessungsingenieur für Bergwerke, nicht mehr.

Er wählte einen korpulenten, freundlich blickenden Fahrer im vierten Wagen von vorne. Die vor ihm Stehenden protestierten, aber David gab vor, nicht zu verstehen. ›Donald Scanlan‹ mochte vielleicht etwas Spanisch beherrschen, aber ganz bestimmt nicht die Schimpfworte der mürrischen Fahrer, die sich um einen Fahrgast geprellt fühlten.

Als er im Wagen Platz genommen hatte, lehnte er sich in das Polster zurück und erteilte dem salbungsvoll wirkenden Mann seine Anweisungen. Er erklärte ihm, daß er mindestens eine Stunde totschlagen müsse, ehe man ihn abholen werde — wobei er auf den Treffpunkt nicht einging — und fragte, ob der Fahrer Zeit habe, mit ihm eine kurze Stadtrundfahrt zu machen. Die Tour sollte einen doppelten Zweck erfüllen: er würde sich immer wieder nach Verfolgern umsehen können und gleichzeitig die wichtigsten Punkte der Stadt kennenlernen.

Der Fahrer, dem Davids gepflegtes, grammatikalisch einwandfreies Spanisch Eindruck gemacht hatte, übernahm die Rolle des Fremdenführers und fuhr aus den sich windenden Flughafenstraßen der Ausfahrt des riesigen Parque 3 de Febrero, in dessen Mitte der Flughafen lag.

Dreißig Minuten später hatte David ein Dutzend Seiten mit Notizen gefüllt. Die Stadt wirkte wie ein Stück Europa auf dem südlichen Kontinent. Sie war eine seltsame Mischung aus Paris, Rom und Zentralspanien. Die Straßen waren keine gewöhnlichen Stadtstraßen, sie waren Boulevards: breit, von Farben gesäumt. Überall Springbrunnen und Statuen. Die Avenida 9 de Julio hätte ebensogut eine größere Via Veneto oder Saint-Germain-des-Prés sein können. Die Straßencafés mit ihren bunt dekorierten Vordächern und dem vielen Grün aus Hunderten von Pflanzenkübeln schienen ein gutes Sommernachmittagsgeschäft zu machen. Die Tatsache, daß es in Argentinien wirklich Sommer war, wurde David durch den Schweiß bestätigt, der sein Hemd durchnäßte. Der Fahrer räumte ein, daß es sich um einen außergewöhnlich warmen Tag handle.

David bat — unter anderem — in ein Stadtviertel gefahren zu werden, das sich San Telmo nannte. Der Taxibesitzer nickte zufrieden, als habe er den reichen Amerikaner richtig eingeschätzt. Bald begriff Spaulding. San Telmo war so, wie Kendall es beschrieben hatte: elegante, herrlich gepflegte, alte Häuser und Apartmentgebäude mit schmiedeeisernen Balustraden und grellbunt blühenden Blumen, die die fleckenlos sauberen Straßen säumten.

Lyons würde sich wohlfühlen.

In San Telmo machte der Fahrer kehrt und fuhr wieder in die Innenstadt und begann seine Tour am Ufer des Rio de la Plata.

Die Plaza de Mayo, der Cabildo, die Casa Rosada, Calle Rivadavia. Die Namen füllten Davids Notizbuch; dies waren die Straßen, die Plätze, die Orte, die er bald schnell in sich aufnehmen würde.

Dann jagte der Fahrer die Avenida Santa Fé hinunter zum Palermo. Nichts in ganz Buenos Aires bot einen so herrlichen Anblick wie der Palermo.

Was David freilich mehr interessierte als seine Schönheit, war der riesige Park — oder besser gesagt, die Reihe einzelner Parks; der stille, riesengroße künstliche See. Die endlosen botanischen Gärten; die riesige Zooanlage mit Reihen von Käfigen und Bauten.

Eine Stunde war verstrichen; niemand folgte dem Taxi. ›Donald Scanlan‹ wurde nicht überwacht. David Spaulding konnte auf den Plan treten.

Leise.

Er instruierte den Fahrer, ihn am Taxistand vor dem Eingang zum Zoo des Palermo-Parks aussteigen zu lassen. Dort sollte er seine Gruppe treffen. Der Fahrer schien niedergeschlagen. Kein Hotel? Keine Wohnung?

Spaulding gab keine Antwort, er fragte einfach, wieviel er zu bezahlen habe und hielt ihm schnell den Betrag hin. Weitere Fragen waren nicht angebracht.

David verbrachte weitere fünfzehn Minuten im Zoo und fand tatsächlich Freude daran. Er kaufte ein Eis und schlenderte an den Käfigen mit Orang-Utans und Seidenäffchen vorbei — stellte außergewöhnliche Ähnlichkeiten mit Freunden und Verwandten fest —, und als er sich dann wohlfühlte (wie nur ein Mann seines Berufes sich wohlfühlen kann), ging er zum Taxistand hinaus.

Er wartete weitere fünf Minuten, während Mütter, Gouvernanten und Kinder die verfügbaren Taxis bestiegen. Jetzt war er an der Reihe.

»Die amerikanische Botschaft, *por favor.*«

Botschafter Henderson Granville räumte dem neuen Attaché eine halbe Stunde ein. Für ein längeres Gespräch würde ein andermal Zeit sein, aber die Sonntage waren immer voll Hektik. Das restliche Buenos Aires mochte in der Kirche sein oder seinen Vergnügungen nachgehen; das diplomatische Korps hatte zu tun. Er mußte noch an zwei Gartengesellschaften teilnehmen.

»Was kann ich für Sie tun? Soweit ich gehört habe, sehr wenig.«

»In der Tat sehr wenig, Sir. Sorgen Sie nur dafür, daß ich in das Mitarbeiterverzeichnis der Botschaft eingetragen werde; jedes beliebige Büro ist mir recht, solange es nur eine Tür und ein Telefon hat. Und dann würde ich gerne Ihren Kryptographen kennenlernen. Ich muß einige Codesprüche absetzen.«

»Auf mein Wort, das klingt aber ominös«, sagte Granville und lächelte humorlos.

»Routine, Sir. Zur Weiterleitung über Washington; einfache Ja/Nein-Angelegenheiten.«

»Schon gut. Der Leiter unserer kryptographischen Abteilung heißt Ballard. Netter Bursche; er spricht sieben oder acht Sprachen und versteht sich einmalig auf Taschenspielertricks. Sie werden ihn gleich kennenlernen. Sonst noch etwas?«

»Ich würde gerne ein Apartment ...«

»Ja, das wissen wir«, unterbrach Granville freundlich und warf einen, wie er hoffte unauffälligen Blick auf die Wanduhr. »Mrs. Cameron hat etwas Geeignetes ausfindig gemacht und sie glaubt, daß Sie damit einverstanden sein werden ... Washington hat uns natürlich nicht gesagt, wie lange Sie bleiben möchten. Also hat Mrs. Cameron es für drei Monate genommen.«

»Das ist viel zu lang. Ich bringe das in Ordnung ... Ich glaube, das wäre alles, Herr Botschafter. Ich weiß, daß Sie es eilig haben.«

»Ja, so ist es.«

David stand auf und Granville tat es ihm gleich. »Oh, eines noch, Sir. Meinen Sie, daß dieser Ballard ein Mitarbeiterverzeichnis der Botschaft hat? Ich würde mir gerne die Namen einprägen.«

»So viele gibt es gar nicht«, sagte Granville und sah David in die Augen. Seine Stimme klang eine Spur mißbilligend. »Acht oder zehn werden Sie ohnehin in Kürze kennenlernen, und ich kann Ihnen versichern, daß wir unsere eigenen Sicherheitsvorkehrungen getroffen haben.«

David steckte die Zurechtweisung ein. »Das habe ich nicht gemeint, Sir. Ich würde mich *wirklich* gerne mit den Namen vertraut machen.«

»Ja, natürlich.« Granville ging um den Schreibtisch herum und führte Spaulding zur Tür. »Ich will mich auf ein paar Minuten mit meiner Sekretärin besprechen. Ich muß Ballard in die Finger kriegen. Er wird Sie hier herumführen. Und nun muß ich mich leider verabschieden, ich habe mich ohnehin schon verspätet. Auf Wiedersehen Mr. Spaulding.«

»Auf Wiedersehen, Sir.«

23.

Zwei Wesenszüge hat Ballard mit den meisten Kryptographen gemeinsam, dachte David. Er war Zyniker und eine Fundgrube an Informationen. Qualitäten, die er, wie Spaulding glaubte, in Jahren des Brütens beim Entziffern der Geheimnisse anderer Männer entwickelt hatte, nur um dann festzustellen, daß die große Mehrzahl davon unwichtig war. Im übrigen trug er die Last des Vornamens Robert, eines für sich betrachtet durchaus akzeptablen Namens, der aber gefolgt von Ballard unweigerlich auf Bobby reduziert wurde. Bobby Ballard; das klang wie ein Name aus den Zwanziger Jahren oder einer, den man in einem Cornflakes-Karton finden konnte.

Er entsprach keinem dieser beiden Klischees. Er war Sprachkundler mit einem mathematischen Verstand und einer roten

Haarmähne über einem mittelgroßen, muskulösen Körper; ein sympathischer Mann.

»Das ist unser Zuhause«, sagte Ballard gerade. »Die Arbeitsräume haben Sie ja gesehen: groß, weitläufig, barock und um diese Jahreszeit verdammt heiß. Hoffentlich sind Sie so schlau und besorgen sich eine eigene Wohnung.«

»Haben Sie keine? Wollen Sie sagen, daß Sie *hier* wohnen?«

»Die Antwort ist ganz einfach. Meine Skalen sind in dem Punkt recht rücksichtslos, die summen zu jeder Tages- und Nachtzeit. Da ist es besser hier zu wohnen, als von Chacarita oder Telmo hierherzuhetzen. Und schlecht ist es nicht; wir gehen uns ziemlich aus dem Weg.«

»So? Sind denn viele von Ihnen hier?«

»Nein. Wir wechseln ab. Normalerweise sechs. In den beiden Flügeln im Osten und Süden. Granville hat die nördlichen Wohnräume. Außer ihm sind Jean Cameron und ich die einzigen Dauerbewohner. Jean werden Sie morgen kennenlernen, falls wir beim Hinausgehen nicht auf sie und den Alten stoßen.«

»Haben diese Jean Cameron und der Botschafter . . . Ich meine, sind sie . . .?«

»Jean und der *Alte*?« Ballard lachte laut und vergnügt. »Du liebe Güte, nein! . . . Wenn ich es mir recht überlege, weiß ich eigentlich gar nicht, weshalb es mir so komisch vorkommt. Wahrscheinlich gibt es eine Menge Leute, die das glauben. Und *das* ist das Komische.«

»Warum?«

»Auf traurige Weise komisch, sollte ich vielleicht sagen«, fuhr Ballard fort, ohne sich unterbrechen zu lassen. »Der Alte und die Familie Cameron reichen bis zu den ursprünglichen Geldsäcken von Maryland zurück — Yachtclub, Blazerjacken, Tennis am Morgen — Sie wissen schon: Diplomatenterritorium. Jeans Familie gehörte auch dazu. Sie hat diesen Cameron geheiratet; sie kannte ihn schon, seit sie in ihren Abercrombie-Hütten mit ihm Doktor spielen konnte. Eine Reiche-Leute-Romanze, Jugendgespielen. Sie heirateten, dann kam der Krieg und er hat seine Juristerei zur Seite gelegt und ist Pilot geworden, auf einem Flugzeugträger. Er ist im Golf von Leyte ums Leben gekommen. Das war letztes Jahr. Sie hat ein wenig durchgedreht; vielleicht sogar mehr als nur ein wenig.«

»Dann hat sie der ... Granville hierher gebracht?«

»Ja, das stimmt.«

»Eine nette Therapie, wenn man sie sich leisten kann.«

»Darin würde sie Ihnen wahrscheinlich recht geben.« Ballard ging in den Empfangssaal zurück; Spaulding folgte ihm. »Aber die meisten Leute würden Ihnen sagen, daß sie sich die Therapie etwas kosten läßt. Sie arbeitet verdammt hart und weiß genau, was sie tut. Eine unmögliche Arbeitszeit obendrein.«

»Wo ist *Mrs.* Granville?«

»Keine Ahnung. Die hat sich von dem Alten vor zehn oder fünfzehn Jahren scheiden lassen.«

»Ich sage immer noch, daß das angenehme Arbeit ist, wenn man sie bekommen kann.« David mußte an einige hundert andere Frauen denken, deren Männer im Krieg ums Leben gekommen waren und die jeden Tag mit Erinnerungen an sie leben mußten. Dann tat er seine Gedanken ab; ihn betraf das schließlich nicht.

»Nun, sie ist hochqualifiziert.«

»Was?« David musterte eine Säule im Rokokostil, die ihm aufgefallen war, hörte eigentlich gar nicht richtig hin.

»Jean hat vier Jahre — zumindest den größten Teil davon — als junges Mädchen hier unten verbracht. Ihr Vater war im Auswärtigen Dienst; wenn er dabeigeblieben wäre, könnte er heute vermutlich Botschafter sein ... Kommen Sie, ich zeige Ihnen das Büro, das Granville Ihnen zugewiesen hat. Inzwischen sollten die das ja saubergemacht haben«, lächelte Ballard.

»Sie wollen mich wohl vom Thema ablenken«, lachte David und folgte dem anderen in den Korridor.

»Mußte ich ja. Sie haben ein Zimmer, das nach hinten hinausgeht. Soweit hinten, daß man es bisher als Abstellraum benutzt hat, glaube ich.«

»Ich muß auf Granville offensichtlich Eindruck gemacht haben.«

»Und ob Sie das haben. Er weiß nicht, was er mit Ihnen anfangen soll ... und ich? Ich versuche es gar nicht erst.« Ballard bog nach links in einen weiteren Korridor, der senkrecht zu dem verlief, durch den sie bisher gegangen waren. »Das ist der Südflügel. Büros im Erdgeschoß und im Obergeschoß. Nicht viele, je drei. Wohnungen im zweiten und dritten. Das Dach ist ausgezeichnet für Sonnenbäder geeignet, falls Sie dafür etwas übrig haben.«

»Das kommt auf die Gesellschaft an, in der man sich befindet, denke ich.«

Die zwei Männer gingen auf eine breite Treppe zu und wollten gerade nach links abbiegen, als eine Frauenstimme aus dem Stockwerk über ihnen herunterrief: »Bobby, sind Sie das?«

»Das ist Jean«, sagte Ballard. »Ja«, rief er dann. »Ich bin hier mit Spaulding zusammen. Kommen Sie runter, damit Sie unseren Neuzugang kennenlernen, der von vornherein genügend Einfluß hatte, um sich eine eigene Wohnung zu besorgen.«

»Dann warten Sie nur, bis er die Wohnung zu sehen bekommt!«

Jean Cameron tauchte jetzt auf der Treppe auf. Sie war eine mäßig große Frau, schlank und mit einem bodenlangen Cocktailkleid bekleidet, das gleichzeitig von lebhafter Farbe und einfachem Schnitt war. Ihr hellbraunes Haar trug sie schulterlang, voll und ungekünstelt. Ihr Gesicht war eine Kombination auffälliger Züge, die zusammen ein weiches Ganzes bildeten: große, lebhafte blaue Augen, eine schmale, scharf gemeißelte Nase, volle Lippen, die leicht zu lächeln schienen. Ihre Haut war von der argentinischen Sonne leicht gebräunt.

David sah, daß Ballard ihn beobachtete und offenbar auf seine Reaktion auf das Mädchen wartete. Ballards Ausdruck wirkte leicht belustigt, und Spaulding las in seinen Zügen: Ballard war an der Quelle gewesen und hatte sie leer gefunden — leer für jene, die mehr als ein paar Tropfen kühles Wasser suchten. Ballard war jetzt ein Freund der Dame und wußte, daß es keinen Sinn hatte, mehr sein zu wollen.

Jean Cameron schien die Vorstellung im Treppenhaus etwas peinlich. Sie kam schnell die Stufen herunter, ein Lächeln um die Lippen, wie David es seit Jahren nicht mehr so aufrichtig gesehen hatte. Aufrichtig und völlig ungekünstelt.

»Willkommen«, sagte sie und streckte ihm die Hand hin. »Dem Himmel sei Dank, daß ich Gelegenheit habe, mich zu entschuldigen, ehe Sie dort hineingehen. Vielleicht überlegen Sie es sich noch anders und ziehen wieder hier ein.«

»Ist es so schlimm?« David sah, daß Jean nicht ganz so jung war, wie sie auf den ersten Blick auf der Treppe gewirkt hatte. Sie war schon über dreißig, ein gutes Stück sogar, ohne daß ihr das Abbruch tat. Und sie schien sich seiner Musterung bewußt und seine Billigung — oder Mißbilligung — schien ihr unwichtig.

Ihr Händedruck war fest, fast maskulin, dachte Spaulding. »Ich bin Ihnen sehr dankbar, daß Sie sich so viel Mühe gemacht haben. Es tut mir leid, daß Sie das meinetwegen tun mußten.«

»Niemand sonst hätte Ihnen etwas anderes als ein Hotel besorgen können«, sagte Ballard und legte dem Mädchen die Hand auf die Schulter; David fragte sich, ob das eine schützende Geste sei. »Die *porteños* vertrauen Mutter Cameron. Uns anderen nicht.«

»Porteños«, sagte Jean, um auf Spauldings fragenden Gesichtsausdruck zu antworten, »sind die Leute, die in BA wohnen ...«

»Und BA — jetzt sagen Sie bloß nicht, daß das für Montevideo steht«, erwiderte David.

»Du liebe Güte, die haben uns einen *Schlauen* geschickt«, sagte Ballard.

»Daran werden Sie sich gewöhnen«, fuhr Jean fort. »Alle Leute in der amerikanischen und der englischen Kolonie nennen es BA; Montevideo natürlich«, fügte sie hinzu und lächelte. »Ich glaube, wir lesen das so oft in Berichten, daß wir es ganz automatisch tun.«

»Falsch«, warf Ballard ein. »Die Vokale in ›Buenos Aires‹ sind für eine englische Zunge unbequem.«

»Da ist noch etwas, das Sie während Ihres Aufenthalts hier lernen werden, Mr. Spaulding«, sagte Jean Cameron und warf Ballard einen liebevollen Blick zu. »Seien Sie sehr vorsichtig, wenn Sie in Bobbys Nähe eine Meinung äußern. Er neigt immer dazu, Ihnen zu widersprechen.«

»Niemals«, antwortete der Kryptograph. »Meine Mitgefangenen bedeuten mir nur soviel, daß ich sie aufklären möchte. Sie sollen auf die Welt draußen vorbereitet sein, wenn sie begnadigt werden.«

»Nun, ich habe im Augenblick einen Passierschein, und wenn ich nicht zum Büro des Botschafters gehe, wird er gleich die verdammte Sprechanlage einschalten ... Nochmals, seien Sie willkommen, Mr. Spaulding.«

»Bitte. Ich heiße David.«

»Und ich Jean. Wiedersehen«, sagte das Mädchen und eilte den Korridor hinunter und rief dann Ballard zu: »Bobby? Haben Sie die Adresse und den Schlüssel? Für ... Davids Wohnung?«

»Mhm. Betrinken Sie sich ruhig; ich kümmere mich um alles.«

Jean Cameron verschwand durch eine Türe in der Wand zu ihrer Rechten.

»Sie ist sehr attraktiv«, sagte Spaulding, »Sie beide sind gute Freunde. Ich sollte mich entschuldigen, daß ich ...«

»Nein, das sollten Sie nicht«, unterbrach Ballard. »Da gibt es nichts zu entschuldigen. Sie haben aufgrund isolierter Tatsachen ein vorschnelles Urteil gefällt.«

»Sie hat recht. Sie widersprechen ..., ehe Sie wissen, wem Sie widersprechen; und dann versuchen Sie Ihren Widerspruch zu analysieren. Und wenn Sie weiter reden, werden Sie wahrscheinlich das, was Sie zuletzt gesagt haben, anzweifeln.«

»Wissen Sie was? Jetzt kann ich Ihnen nicht mehr folgen. Richtig Angst könnte man da kriegen.«

»Sie und Ihresgleichen sind schon ein ganz besonderer Menschenschlag«, sagte David lachend und folgte Ballard in einen kleineren Korridor.

»Jetzt sehen wir uns schnell Ihre sibirische Kammer an und dann gehen wir zu Ihrer anderen Zelle. Die liegt auf der Córdoba; wir sind auf der Corrientes. Das sind von hier etwa zehn Minuten.«

David dankte Bobby Ballard noch einmal und schloß die Wohnungstür.

Jetzt wo er alleine war, sah er sich die Wohnung näher an; sie war keineswegs unerträglich. Klein war sie: ein Schlafzimmer, ein Wohnraum mit Kochnische und ein Bad. Aber da war auch ein Vorzug, den Jean Cameron nicht erwähnt hatte. Die Räume lagen im Erdgeschoß, und hinten gab es einen winzigen, mit Ziegelplatten belegten Patio, der von einer hohen Betonmauer umgeben war, die ganz und gar von Schlingpflanzen und Blumen aus riesigen Töpfen auf dem Mauersims zugedeckt war. In der Mitte des kleinen Hofs stand ein knorriger Baum, der Früchte trug und den er nicht identifizieren konnte; rings um den Stamm standen drei mit Schnüren bespannte Stühle, die zwar offensichtlich schon bessere Tage gesehen hatten, aber ungemein bequem wirkten. Soweit es ihn betraf, eine Wohnung, in der er sich wohlfühlen würde.

Ballard hatte ihn darauf hingewiesen, daß dieser Abschnitt der Avenida Córdoba jenseits des Geschäftszentrums, sozusagen der ›Innenstadt‹ von Buenos Aires lag. Beinahe eine Wohngegend und doch nahe genug bei den Geschäften und Restaurants, um es einem Neuankömmling leicht zu machen.

Er packte seinen Koffer aus, wickelte eine Flasche Scotch aus ihrer Umhüllung und erinnerte sich daran, daß er morgen früh weitere Kleider würde kaufen müssen. Ballard hatte sich erboten, mit ihm zu einem Herrenausstatter in der Calle Florida zu gehen — falls seine verdammten Skalen nicht ›summten‹. Er legte die Bücher, die Eugene Lyons ihm gegeben hatte, auf den Nachttisch. Zwei davon hatte er bereits durchgelesen; langsam fing er an, Zutrauen zur Sprache der Aerophysiker zu bekommen. Er würde ähnliche Texte in Deutsch studieren müssen, um wirklich sicher zu sein.

Plötzlich fiel David Walter Kendall ein. Entweder war Kendall inzwischen schon in Buenos Aires oder er würde binnen weniger Stunden eintreffen. Der Buchprüfer hatte die Vereinigten Staaten etwa um die gleiche Zeit wie er verlassen, aber Kendalls Flug aus New York war direkter gewesen, mit weniger Zwischenlandungen.

Er fragte sich, ob es wohl Sinn habe, zum Flughafen zu fahren und Kendall ausfindig zu machen. Wenn er noch nicht eingetroffen war, könnte er auf ihn warten; wenn doch, so würde es leicht sein, die Hotels zu überprüfen — wenn man Ballard Glauben schenken durfte, dann gab es nur drei oder vier gute.

Es brachte ihm nichts ein, Walter Kendall ausfindig zu machen, bis Kendall damit rechnete, ihn vorzufinden. Das Ganze würde ihn nur belasten.

Er hatte anderes zu tun: das Bild ohne Konturen. Es war viel besser, wenn er diese Suche alleine antrat.

David ging mit der Scotchflasche in den Wohnraum zurück und holte sich die Eisschale aus dem Kühlschrank. Er machte sich einen Drink und blickte zu den Doppeltüren hinüber, die in seinen Miniaturpatio führten. Er würde ein paar stille Augenblicke im Zwielicht in der Sommerbrise verbringen, die im Januar in Buenos Aires wehte.

David lehnte sich auf dem mit Schnüren bespannten Stuhl zurück und streckte die Beine aus. Wenn er die Augen eine Zeitlang geschlossen ließ, würde es wahrscheinlich Stunden dauern, bis sie sich von selbst wieder öffnen würden. Er mußte aufpassen; seine lange Erfahrung hatte ihn gelehrt, vor dem Schlafengehen etwas zu essen.

Das Essen hatte schon lange aufgehört, ihm Vergnügen zu bereiten — es war einfach eine Notwendigkeit, die in unmittelbarer Beziehung zu seinem Blutzuckerspiegel stand und damit zu der ihm zur Verfügung stehenden Energie; er fragte sich, ob das Vergnügen wohl je wieder zurückkehren würde; ob so vieles, das er beiseitegelegt hatte, wieder zurückkehren würde. Lissabon war wahrscheinlich die Stadt mit den besten Wohnbedingungen — was Lebensmittel, Unterkunft, Bequemlichkeit betraf — von allen Großstädten auf zwei Kontinenten, New York vielleicht ausgenommen. Und jetzt befand er sich auf einem dritten Kontinent, in einer Stadt, die sich brüstete, uneingeschränkten Luxus zu bieten.

Aber für ihn war das Arbeit, Außendienst — ebenso wie der Norden Spaniens. Ebenso wie das Baskenland und Navarra und die eisigen Nächte in den Hügeln von Galizien oder das schweißdurchtränkte Schweigen in Bergschluchten, wenn er auf Streifen wartete — wartete, um zu töten.

Er schob den Kopf nach vorne und nahm einen langen Schluck aus dem Glas. Irgendwo in dem Baum zwitscherte ein kleiner Vogel, den offenbar sein Eindringen ärgerte. Das erinnerte David daran, wie er immer im Norden auf solche Vögel gelauscht hatte. Sie verkündeten das Herannahen von Männern, die er noch nicht sah, verfielen häufig in verschiedene Rhythmen, die er mit der Zahl der unsichtbaren näherrückenden Streifen zu identifizieren begann — oder zu identifizieren glaubte.

Und dann wurde David bewußt, daß sich der kleine zwitschernde Vogel gar nicht für ihn interessierte. Er hüpfte nach oben, kreischte immer noch sein eindringliches Kreischen, nur jetzt schneller, intensiver.

Da war jemand.

Durch halb geschlossene Augen blickte David nach oben, am Blattwerk vorbei. Er tat das ohne die geringste Körperbewegung, so als seien dies die letzten Augenblicke, ehe der Schlaf ihn übermannte.

Das Apartmenthaus hatte vier Stockwerke und ein anscheinend leicht geneigtes Dach, das mit einer Art von Terrakottaziegeln gedeckt war — ein bräunliches Rosa. Die Fenster der Zimmer über ihm standen zum größten Teil offen, um die Brise aufzunehmen, die vom Rio de la Plata herüberwehte. Er konnte Fetzen einer halblauten Unterhaltung hören, nichts Drohendes, keine lauten Schwingungen. Es war die Siestastunde von Buenos Aires, hatte Ballard gesagt; etwas ganz anderes als ein Nachmittag in Rom oder der Lunch in Paris. Man nahm das Abendessen in BA sehr spät ein, gemessen am Rest der Welt. Zehn, halb elf, ja nicht einmal Mitternacht war ungewöhnlich.

Den kreischenden Vogel schienen die Bewohner des Apartmenthauses an der Córdoba nicht zu stören und doch setzte er seine schrillen Alarmschreie fort.

Und dann sah David, warum er das tat.

Auf dem Dach, durch die Zweige des Baumes verdeckt, aber nicht ganz versteckt, zeichneten sich die Umrisse zweier Männer ab.

Sie kauerten geduckt dort und starrten nach unten, starrten ihn an, dessen war er ganz sicher.

Spaulding schätzte die Position des dicksten Zweiges zwischen den Männern und sich ab und rollte den Kopf etwas zur Seite, so als habe ihn der lange erwartete Schlaf jetzt übermannt, lehnte den Kopf erschöpft auf die rechte Schulter, während seine scheinbar entspannte Hand das Glas nur mit Mühe festhielt, Millimeter von dem Ziegelpflaster entfernt.

Das half; er konnte jetzt besser sehen, aber nicht gut. Gut genug aber, um die scharfe, gerade Silhouette eines Gewehrlaufs zu erkennen, in dessen schwarzem Stahl sich die orangerote Sonne spiegelte. Der Mann zur Rechten hielt die Waffe unter seinem Arm. Da war keine Bewegung zu bemerken, das Gewehr blieb unbeweglich unter dem Arm festgeklemmt. Irgendwie war es so noch viel drohender, dachte Spaulding. Wie in den Armen eines mordlüsternen Wachtpostens, der sicher war, daß sein Gefangener unmöglich den Pallisadenzaun überspringen konnte; es war genug Zeit, die Waffe an die Schulter zu reißen und zu feuern.

David führte sein Spiel durch. Er hob leicht die Hand und ließ sein Glas fallen. Das Geräusch ›weckte‹ ihn; er schüttelte sich den gespielten Schlaf aus den Augen und rieb sich dann mit den Fingern das Gesicht. Dabei schob er das Gesicht kaum merklich nach oben. Die Gestalten auf dem Dach hatten sich zurückgezogen. Es würde keine Schüsse geben. Nicht auf ihn.

Er hob ein paar von den Glasstücken auf, stand auf und ging in die Wohnung, so wie das ein müder Mann tut, der sich über seine eigene Ungeschicklichkeit ärgerte. Langsam und mit nur mühsam unter Kontrolle gehaltenem Ärger. Als er die Türschwelle überschritten hatte und man ihn vom Dach aus nicht mehr sehen konnte, warf er die Glasscherben in einen Papierkorb und ging schnell ins Schlafzimmer. Er zog die obere Schublade der Kommode auf, schob ein paar Taschentücher beiseite und holte seinen Revolver heraus.

Er steckte ihn sich unter den Gürtel und nahm sein Jackett von dem Stuhl, auf den er es vorher geworfen hatte. Er zog es an und vergewisserte sich, daß es die Waffe verdeckte.

Dann ging er ins Wohnzimmer hinaus, zur Wohnungstür und öffnete sie lautlos.

Die Treppe verlief an der linken Mauer, und David verfluchte im Stillen den Architekten dieses Gebäudes an der Avenida Córdoba — oder die Tatsache, daß in Argentinien Holz so wohlfeil war. Die Treppen bestanden aus Holz, und das auf Hochglanz polierte Wachs vermochte die offensichtliche Tatsache nicht zu verbergen, daß sie uralt waren und vermutlich schrecklich knarrten.

Er schloß seine Wohnungstür und ging auf die Treppe zu, setzte den Fuß auf die erste Stufe.

Sie knarrte, ein solides Knarren wie in einem Antiquitätengeschäft. Er mußte vier Stockwerke zurücklegen; die ersten drei waren unwichtig. Er nahm zwei Stufen auf einmal und stellte fest, daß seine Schritte etwas weniger laut zu hören waren, wenn er sich dicht an der Mauer hielt.

Sechzig Sekunden später stand er vor einer verschlossenen Tür mit einer Tafel darauf — mit verschnörkelter kastilianischer Schrift:

El Techo.

Das Dach.

Die Türe war ebenso alt wie die Treppe. Jahrzehnte abwechselnder Hitze und Feuchtigkeit hatten das Holz dazu veranlaßt, an den Angeln anzuschwellen; die Türe war verzogen.

Auch sie würde sein Nahen hinausschreien, wenn er sie langsam öffnete.

Aber es gab keine andere Möglichkeit: er zog die Waffe aus dem Gürtel und trat auf dem winzigen Vorplatz einen Schritt zurück.

Er musterte den Türrahmen — die Betonmauern — die die alte Holztür umgaben, und zog nach einem tiefen Atemzug an der Türklinke, riß die Tür auf und sprang schräg gegen die rechte Wand, warf sich mit dem Rücken gegen den Beton.

Die zwei Männer wirbelten verblüfft herum. Sie standen zehn Meter von David entfernt am Rand des abschüssigen Daches. Der

Mann mit dem Karabiner zögerte und hob die Waffe dann zur Hüfte, feuerbereit. Spauldings Pistole war direkt auf die Brust des Mannes gerichtet. Aber der Mann mit dem Karabiner sah nicht aus wie jemand, der gleich schießen wollte. Sein Zögern war absichtlich, nicht die Folge von Panik oder Unschlüssigkeit.

Der zweite Mann schrie etwas in spanischer Sprache; David erkannte den Akzent als einen, den man im südlichen Spanien sprach, nicht in Argentinien. »Por favor, señor!«

Spaulding antwortete in Englisch, um festzustellen, ob sie es verstanden oder nicht. »Runter mit dem Karabiner. *Jetzt!*«

Der erste Mann gehorchte dem Befehl, hielt die Waffe am Kolben. »Sie befinden sich im Irrtum«, sagte er in stockendem Englisch. »In der Nachbarschaft hat es ..., wie sagen Sie ..., *ladrones* ... Diebe gegeben.«

David trat auf das Dach hinaus und hielt die beiden Männer mit der Pistole in Schach. »Sie klingen nicht sehr überzeugend. *Se dan corte, amigos*. Sie sind nicht aus Buenos Aires.«

»In diesem Viertel gibt es eine ganze Menge Leute wie uns: Vertriebene, *señor*. Dies ist eine Gemeinschaft der ... nicht hier Geborenen«, sagte der zweite Mann.

»Sie wollen mir weismachen, daß Sie nicht meinetwegen hier oben waren? Sie haben mich nicht beobachtet?«

»Es war reiner Zufall, das versichere ich Ihnen«, sagte der Mann mit dem Karabiner.

»*Es la verdad*«, fügte der andere hinzu.

Spaulding musterte die beiden Männer scharf. Der Ausdruck von keinem der beiden deutete auf eine Lüge hin. Auch nicht auf Angst.

»Ich bin von der amerikanischen Botschaft«, sagte David schroff. Keiner der beiden *extranjeros* reagierte. »Ich muß Sie um Ihre Papiere bitten.«

»*Qué cosa?*« Der Mann mit dem Karabiner.

»Papiere. Ihre Namen ... *Certificados*.«

»*Por cierto, en seguida.*« Der zweite Mann griff in die Hüfttasche. Spaulding hob die Pistole etwas an, um ihn zu warnen.

Der Mann zögerte, jetzt war seine Furcht zu sehen. »Nur ein *registro, señor*. Wir müssen sie alle bei uns tragen ..., bitte. In meiner *cartera*.«

David streckte die linke Hand aus, als der zweite Mann ihm eine billige Lederbrieftasche hinhielt. Er klappte sie etwas bedauernd auf, an den beiden *extranjeros* war eine gewisse Hilflosigkeit; tausendmal hatte er diesen Blick gesehen. Francos Falangistas verstanden sich darauf, diesen Blick zu erzeugen. Er warf einen schnellen Blick auf das Zellophanfenster der Brieftasche; es war vergilbt und zersprungen.

Plötzlich krachte der Karabinerlauf auf sein rechtes Handgelenk herunter; ein mörderischer Schmerz durchzuckte ihn. Dann wurde seine Hand fachmännisch nach innen und unten verbogen; er hatte keine andere Wahl, er mußte die Waffe loslassen und versuchen, sie auf dem abschüssigen Dach beiseite zu treten. Wenn er sie festhielt, hätte das bedeutet, daß er sich das Handgelenk brechen ließ.

Das tat er, während sein linker Arm — wieder höchst fachmännisch — über seinen Hals gebogen wurde. Er trat mit dem Fuß nach dem unbewaffneten *extranjero*, der seine Hand hielt. Der Tritt traf den Mann in den Leib, und als der sich vornüberbeugte, trat David erneut zu, so daß der Mann auf die abschüssige Dachfläche fiel.

David fiel in der Stoßrichtung des Würgegriffs — nach unten, hinten — und als der erste Mann konterte, riß Spaulding den rechten Ellbogen in die Höhe und trieb ihn dem Mann in den Unterleib. Als der *extranjero* versuchte, sein Gleichgewicht wiederherzustellen, mußte er Davids Arm loslassen.

Er war nicht schnell genug; Spaulding zuckte nach links und trieb dem Mann das Knie in den Leib. Sein Karabiner fiel klirrend auf die Dachplatten und rutschte auf der Neigung nach unten. Der Mann sank zu Boden, und Blut quoll ihm aus dem Mund, wo seine Zähne seine Haut aufgerissen hatten.

Spaulding hörte das Geräusch hinter sich und drehte sich um.

Doch zu spät. Der zweite *extranjero* war über ihm, und David konnte das Pfeifen seiner eigenen Pistole hören, die die Luft über ihm durchschnitt und auf seinen Schädel herunterkrachte.

Dann wurde alles schwarz um ihn.

»Die haben die richtige Einstellung, aber das falsche Stadtviertel beschrieben«, sagte Ballard, der David gegenübersaß, welcher sich einen Eisbeutel gegen den Kopf hielt.

»Die *extranjeros* konzentrieren sich in den westlichen Bereichen des La-Boca-Viertels. Die Kriminalitätsrate dort drüben ist ganz hübsch hoch. Die *policía* zieht es vor, in den Parks zu patrouillieren anstatt sich in diese Straßen zu begeben. Und der Grupo — der GOU — mag *extranjeros* nicht.«

»Sie helfen mir auch nicht weiter«, sagte Spaulding und schob den Eisbeutel kreisförmig auf seinem Kopf herum.

»Nun, jedenfalls wollten die Sie nicht töten. Die hätten Sie herunterwerfen oder auch einfach nur am Dachrand liegenlassen können; ich wette fünf zu eins, sie wären vier Stockwerke tief abgestürzt.«

»Ich wußte, daß die nicht die Absicht hatten, mich zu töten . . .«

»Wieso wußten Sie das?«

»Die hätten das ja spielend vorher tun können. Ich glaube, die warteten darauf, daß ich ausginge. Ich hatte ausgepackt; dann hätten sie die Wohnung für sich gehabt.«

»Wozu denn?«

»Um meine Sachen zu durchsuchen. Das haben die *schon mal* getan.«

»Wer?«

»Der Teufel soll mich holen, wenn ich das weiß.«

»Er hilft uns jetzt nicht weiter?«

»Tut mir leid . . . Sagen Sie, Bobby, wer genau wußte eigentlich um meine Ankunft? Wie ist das arrangiert worden?«

»Erste Frage: drei Leute. Zunächst ich natürlich; ich sitze ja am Dechiffriergerät. Und dann selbstverständlich Granville. Und Jean Cameron; der Alte hatte sie gebeten, sich noch einmal um eine Wohnung zu kümmern . . . Aber das wissen Sie ja. Frage zwei: Vertraulich. Erinnern Sie sich, daß Ihre Befehle nachts durchkamen, aus Washington. Jean spielte mit Granville in seiner Wohnung Schach, als ich ihm die Eier brachte . . .«

»Die was?« unterbrach David.

»Den Zerhacker; es war klassifiziert. Washington hatte Ihr Blatt über Zerhackercode hereingefunkt. Das bedeutet, daß nur ich selbst oder mein erster Mann es in die Hand nehmen und dem Botschafter bringen darf.«

»Okay. Was dann?«

»Nichts. Ich meine nichts, wovon Sie nicht wissen.«

»Sagen Sie es mir trotzdem.«

Ballard atmete langsam aus; irgendwie wirkte es herablassend. »Nun, wir drei waren alleine; was, zum Teufel. Ich hatte die Zerhackernachricht gelesen und die Instruktionen in bezug auf die Wohnung waren eindeutig. Also dachte Granville — offensichtlich —, daß Jean sich am besten dafür eignen würde, eine ausfindig zu machen. Er sagte ihr, daß Sie hierherkommen würden: sie solle tun, was unter diesen Umständen eben möglich sei.« Ballard sah sich im Zimmer um und blickte zu den Patiotüren. »Sie hat ihre Sache ja gar nicht übel gemacht.«

»So wäre es dann also; die haben ein Netz, das die ganze Stadt umfaßt. Eigentlich nicht ungewöhnlich. Sie hielten alle unbelegten Wohnungen, Pensionen und so weiter unter Beobachtung; bei Hotels geht das am leichtesten.«

»Ich bin nicht sicher, ob ich Ihnen folgen kann«, sagte Ballard, der sich redliche Mühe gab, eben das zu tun.

»Wir können so schlau sein, wie wir wollen, Bobby. Aber einige grundlegende Dinge können wir auch nicht ändern; man braucht einfach einen Platz, wo man schlafen und gelegentlich ein Bad nehmen kann.«

»Oh, *da* kann ich Ihnen folgen, aber das gilt hier doch nicht. Ab morgen sind Sie doch kein Geheimnis mehr; bis dahin schon. DC hat gesagt, Sie kämen auf eigene Faust hierher. Wir hatten überhaupt keine Ahnung, wann oder wie ... Jean hat dieses Apartment nicht für *Sie* besorgt. Nicht unter *Ihrem* Namen.«

»Oh?« David beunruhigte das mehr, als er sich anmerken ließ. Die beiden *extranjeros* mußten schon vor seiner Ankunft auf dem Dach gewesen sein. Oder sie waren zumindest nur wenige Minuten nach ihm gekommen. »Wie hat sie es denn gemietet? Wessen Namen hat sie benutzt? Ich wollte keine Deckung; ich habe keine verlangt.«

»Herrgott, ich dachte immer, *ich* würde schnell reden. Sonntag ist *Sonntag*. Montag ist *Montag*. Am Sonntag kennen wir Sie nicht; am Montag schon. So hat Washington es dargestellt. Sie wollten keine Vorausmeldung Ihrer Ankunft, und übrigens, falls *Sie* zu dem Entschluß kommen sollten, sich versteckt zu halten, sollten wir uns Ihren Wünschen fügen. Ich bin sicher, daß Granville Sie fragen wird, was er morgen früh tun soll ... Wie hat Jean die Wohnung gemietet? So wie ich sie kenne, deutete sie wahrscheinlich an, daß der Botschafter eine Freundin habe oder so etwas. Die *porteños* sind in solchen Dingen sehr *simpático*. Das Paris von Südamerika und all das ... Eines weiß ich bestimmt, Ihren Namen hätte sie bestimmt nicht gebraucht. Oder irgendeine offensichtliche Deckung, eher ihren eigenen.«

»O Mann«, sagte Spaulding müde, nahm den Eisbeutel von der verletzten Stelle und betastete vorsichtig seinen Hinterkopf. Dann sah er seine Finger an. Man konnte überall die Blutspuren sehen.

»Hoffentlich spielen Sie mit dem Kratzer jetzt nicht den Helden. Sie sollten einen Arzt aufsuchen.«

»Den Helden spiele ich nicht«, lächelte David. »Ich muß mir nur ein paar Fäden ziehen lassen. Wir könnten es ebenso gut heute abend machen, wenn Sie es arrangieren können.«

»Das kann ich. Wo hat man Sie denn genäht?«

»Ich hatte einen Unfall auf den Azoren.«

»Herrgott, Sie kommen auch herum, wie?«

»Ja, und vor mir reist da auch irgend etwas.«

24.

»Mrs. Cameron ist auf meine Bitte hier, Spaulding. Kommen Sie herein. Ich habe mit Ballard und dem Arzt gesprochen. Fäden gezogen und neu genäht: Sie müssen sich wie ein Nadelkissen vorkommen.«

Granville saß hinter seinem Barockschreibtisch und lehnte sich bequem in seinem hochlehnigen Sessel zurück. Jean Cameron saß auf der Couch an der linken Wand; einer der beiden Sessel vor dem Schreibtisch war offensichtlich David zugedacht. Er beschloß, auf Granvilles Aufforderung zu warten, bis er sich setzte. Er blieb stehen. Er war sich nicht sicher, ob er den Botschafter mochte. Das ihm zugewiesene Büro lag tatsächlich abseits und war für Lagerzwecke benutzt worden.

»Nichts Ernsthaftes, Sir. Ich würde es sonst sagen.« Spaulding nickte Jean zu und sah ihre Besorgnis. Das zumindest war es, was er in ihren Augen zu lesen glaubte.

»Es wäre auch dumm, wenn Sie das nicht täten. Der Arzt sagt, der Schlag auf den Kopf hat Sie glücklicherweise an einer ungefährlichen Stelle getroffen. Sonst wären Sie jetzt ziemlich übel dran.«

»Ein erfahrener Mann hat ihn mir verpaßt.«

»Ja . . . aha . . . Unser Arzt hielt nicht viel von den Fäden, die er entfernt hat.«

»Das haben Ärzte offensichtlich an sich. Ihren Zweck haben sie erfüllt; meine Schulter ist in Ordnung. Er hat sie mir verbunden.«

»Ja . . . Setzen Sie sich, setzen Sie sich doch bitte.«

David setzte sich. »Danke, Sir.«

»Ich höre, die Männer, die Sie gestern abend angegriffen haben, waren *provincianos*. Keine *porteños*.«

Spaulding lächelte verlegen und wandte sich Jean Cameron zu. »*Porteños* habe ich noch verstanden; *provincianos* bedeutet wahrscheinlich das, was es heißt. Landleute? Außerhalb der Städte.«

»Ja,« sagte das Mädchen leise. »*Die* Stadt, BA.«

»Zwei völlig unterschiedliche Kulturen«, fuhr Granville fort. »Die *provincianos* sind feindselig und haben auch guten Grund dazu. Sie werden wirklich sehr ausgenützt; ihre Ressentiments flammen jetzt auf. Der GOU hat nicht viel getan, um die Dinge zu beruhigen. Er nimmt sie auch nur in die unteren Ränge auf.«

»Aber die *provincianos* sind doch Argentinier, nicht wahr?«

»Sicher. Von ihrem Standpunkt aus betrachtet, sogar in viel höherem Maße als die *porteños* von Buenos Aires. Weniger italienisches und deutsches Blut, ganz zu schweigen von den Portugiesen, den Leuten vom Balkan und den Juden. Es hat da Einwanderungswellen gegeben, müssen Sie wissen . . .«

»Dann, Herr Botschafter«, unterbrach David, in der Hoffnung, damit eine weitere Analyse des pädagogisch veranlagten Diplomaten im Keim zu ersticken, »waren es keine *provincianos*. Sie nannten sich *extranjeros*. Flüchtlinge, nahm ich an.«

»*Extranjero* ist ein ziemlich sarkastischer Ausdruck. Umgekehrte Morbidität. So, als würde ein Reservationsindianer in unserem Washington sich so bezeichnen. Ein Ausländer im Land seiner eigenen Geburt. Verstehen Sie, was ich meine?«

»Diese Männer stammten nicht aus Argentinien«, sagte David leise, ohne auf Granvilles akademische Frage einzugehen. »Ihr Sprachmuster klang ausgesprochen fremd.«

»Oh? Sind Sie da Experte?«

»Ja, das bin ich. In diesen Dingen.«

»Ich verstehe.« Granville beugte sich vor. »Schreiben Sie den Überfall Angelegenheiten der Botschaft zu? Alliierten Angelegenheiten?«

»Da bin ich nicht sicher. Meiner Ansicht nach war ich das Ziel. Ich hätte gerne gewußt, woher die beiden wußten, daß ich hier bin.«

Jean Cameron meldete sich von der Couch. »Ich habe mir noch einmal gründlich überlegt, was ich alles gesagt habe, David.« Sie hielt inne, als sie bemerkte, daß der Botschafter ihr einen Blick zugeworfen hatte, als sie Spauldings Vornamen benutzt hatte. »Ihre Wohnung war das vierte Apartment, das ich mir angesehen habe. Ich hatte um zehn Uhr morgens angefangen und bin gegen zwei Uhr dort gewesen. Und dann habe ich es gleich gemietet. Ich muß leider gestehen, daß der Patio mich dazu veranlaßt hat.«

David lächelte ihr zu.

»Ich ging jedenfalls in ein Immobilienbüro auf der Viamonte. Geraldo Baldez ist der Besitzer; wir kennen ihn alle. Er ist uns wohlgesonnen; Deutsche mag er nicht. Ich machte ihm klar, daß ich die Wohnung für einen unserer Leute mieten wollte, der hier leben sollte, und den offen gestanden die Botschaft zu sehr beengen würde. Er lachte und sagte, daß sei sicher Bobby. Ich habe ihm nicht widersprochen.«

»Aber Sie haben nur auf kurze Zeit gemietet«, sagte David.

»Das war ein Vorwand für den Fall, daß Ihnen das Apartment nicht gefiel. Es ist die übliche Drei-Monats-Klausel.«

»Warum kann Bobby — oder sonst jemand — nicht selbst eine Wohnung beschaffen?«

»Dafür gibt es viele Gründe. Es ist hier . . . auch so üblich.« Jean lächelte, sie wirkte fast verlegen, dachte David. »Ich kenne die Stadt besser als die meisten; ich habe einige Jahre hier gelebt. Und dann geht es natürlich auch um die Spesen; ich verstehe mich ziemlich gut aufs Feilschen. Und Männer wie Bobby haben wichtige Arbeit. Meine Arbeitszeit ist da etwas flexibler: ich habe Zeit.«

»Mrs. Cameron ist zu bescheiden, Spaulding. Sie erfüllt in unserer kleinen Gemeinschaft eine sehr wichtige Aufgabe.«

»Da bin ich ganz sicher, Sir . . . Dann glauben Sie also nicht, daß jemand Anlaß zu dem Verdacht hatte, Sie würden für einen Attaché, den Sie erwarteten, eine Wohnung suchen.«

»Absolut nicht. Ich habe das alles so ... locker ... angepackt, wenn Sie wissen, was ich meine.«

»Und wie steht es mit dem Hausbesitzer?« fragte David.

»Den habe ich nie gesehen. Die meisten Apartments gehören wohlhabenden Leuten, die in den Telmo- oder Palermo-Vierteln wohnen. Alles wird über Mietagenturen abgewickelt.«

David wandte sich Granville zu. »Sind irgendwelche Anrufe für mich gekommen? Mitteilungen?«

»Nein, nicht daß ich wüßte, und ich hätte das sicherlich erfahren. Man hätte natürlich mit Ihnen Verbindung aufgenommen.«

»Ein Mann namens Kendall ...«

»Kendall?« unterbrach der Botschafter. »Den Namen kenne ich ... Kendall. Ja. Kendall.« Granville blätterte in den Papieren auf seinem Schreibtisch. »Hier. Ein Walter Kendall ist gestern abend angekommen. Mit dem halb elf Uhr Flug. Er wohnt im Alvear; das ist in der Nähe des Palermo-Parks. Schönes, altes Hotel.« Granville sah zu Spaulding hinüber. »Er wird hier als Industriekaufmann ausgewiesen. Das ist eine ziemlich allumfassende Beschreibung, nicht wahr? Ist er etwa der Bankier, den ich gestern erwähnte?«

»Er wird bestimmte Arrangements in bezug auf meine Instruktionen treffen.« David ließ sich sein Widerstreben anmerken, Näheres über Walter Kendall zu sagen. Andererseits wollte er Jean Cameron instinktiv wenigstens die Andeutung einer Erklärung geben. »Meine Hauptaufgabe hier besteht darin, die Verbindung zwischen Finanzleuten in New York und London einerseits und Bankinteressen hier in Buenos Aires ... BA andererseits herzustellen und aufrechtzuerhalten.« David lächelte und hoffte, daß sein Lächeln ebenso echt wirkte wie das von Jean. »Ich halte das Ganze für ziemlich albern. Ich kann nicht einmal Soll und Haben unterscheiden. Aber Washington war einverstanden. Der Botschafter ist beunruhigt, ich könnte zu unerfahren sein.«

Spaulding sah schnell zu Granville hinüber und erinnerte damit den alten Mann, daß ›Bankinteressen‹ als Identität zu genügen hatte. Der Name Erich Rheinmann mußte geheim bleiben.

»Ja, ich muß zugeben, daß ich da etwas beunruhigt war ... Aber das gehört jetzt nicht hierher. Was wollen Sie wegen gestern abend unternehmen? Ich finde, wir sollten offiziell bei der Polizei Anzeige erstatten. Nicht, daß es viel nützen wird.«

David blieb ein paar Augenblicke stumm und versuchte, das Für und Wider von Granvilles Vorschlag abzuwägen. »Würde etwas in die Zeitungen kommen?«

»Wahrscheinlich sehr wenig«, meinte Jean.

»Botschaftsattachés haben gewöhnlich Geld«, sagte Granville. »Es ist schon oft zu Raubüberfällen gekommen. Man wird es einen versuchten Raub nennen. Das war es vermutlich auch.«

»Aber der Grupo mag solche Nachrichten nicht. Das paßt nicht zum Weltbild der Colonels, und sie kontrollieren die Presse.« Jean dachte laut und sah dabei David an. »Sie werden es herunterspielen.«

»Und wenn wir keine Anzeige machen — immer angenommen, daß es kein Raubversuch war —, dann geben wir zu, daß wir der Ansicht sind, es habe sich um etwas anderes gehandelt, und dazu bin ich nicht bereit«, sagte Spaulding.

»Dann sollten wir unter allen Umständen noch heute früh formell Anzeige erstatten. Würden Sie bitte einen Bericht über den Zwischenfall diktieren und ihn unterschreiben?« Granville wollte das Gespräch offensichtlich beenden. »Und um ganz offen zu sprechen, Spaulding, sofern ich nicht völlig im Dunkeln tappe, glaube ich, daß es sich tatsächlich um den Versuch gehandelt hat, einen neu eingetroffenen reichen Amerikaner zu berauben. Man hat mir erzählt, die Taxifahrer vom Flughafen haben da ein regelrechtes Diebeskartell gebildet. *Extranjeros* würden da ganz logisch hineinpassen.«

David stand auf; zu seiner Freude tat Jean es ihm gleich. »Das akzeptiere ich, Herr Botschafter. Die Jahre in Lissabon haben mich vielleicht etwas ... übervorsichtig gemacht. Ich werde mich anpassen.«

»Bestimmt. Schreiben Sie den Bericht.«

»Ja, Sir.«

»Ich werde ihm eine Stenotypistin besorgen«, sagte Jean. »Zweisprachig.«

»Nicht notwendig. Ich werde den Bericht in Spanisch diktieren.«

»Das hatte ich vergessen.« Jean lächelte. »Bobby hat ja gesagt, daß man uns diesmal einen Schlauen geschickt hat.«

David vermutete, es habe mit jenem ersten Mittagessen angefangen. Später sagte sie ihm, es sei schon vorher gewesen, aber er glaubte ihr nicht. Sie behauptete, es sei gewesen, als er sagte, BA stehe für Montevideo; aber das war albern, das gab keinen Sinn.

Was einen Sinn gab — und das erkannten sie beide ohne den Versuch, es zu verbalisieren — war die völlige Entspannung, die jeder in der Gesellschaft des anderen empfand. So einfach war das. Es war wirklich bequem; das Schweigen war nie peinlich, das Lachen leicht und auf einer Fröhlichkeit beruhend, die der eine dem anderen vermittelte, nicht erzwungene Reaktion.

Es war wirklich bemerkenswert. Und das ganz besonders, glaubte David, weil keiner von beiden es erwartete, es suchte. Beide hatten gute und ausreichende Gründe, allen Beziehungen aus dem Wege zu gehen, die mehr als oberflächlicher Natur waren. Er war ein Mann ohne Dauerhaftigkeit, der nur hoffen konnte, zu überleben und irgendwo anders von neuem mit klarem Kopf und Erinnerungen, die er unterdrückte, zu überleben. Das war wichtig für ihn. Und er wußte, daß sie immer noch einen Mann so tief betrauerte, daß sie unmöglich — ohne unerträgliche Schuldgefühle — das Gesicht jenes Mannes und seinen Körper und seinen Geist in den Hintergrund drängen konnte.

Zum Teil schilderte sie ihm die Gründe dafür selbst. Ihr Mann war nicht das Abbild des schneidigen Piloten gewesen, den die Propagandaabteilung der Navy so oft zu schildern bemüht war. Bestandteil seines Wesens war eine außergewöhnliche Furcht gewesen — nicht Furcht um sich selbst, sondern die Furcht, anderen das Leben zu nehmen. Wenn es ihm nicht darum gegangen wäre, seiner in Maryland lebenden Frau und Familie die Belastung zu ersparen, die das mit sich gebracht hätte, dann hätte er sich um den Status des Kriegsdienstverweigerers aus Gewissensgründen bemüht. Aber vielleicht hatte er auch nicht den Mut besessen, zu seiner Überzeugung zu stehen.

Sie waren in ein Restaurant zum Lunch gegangen, das das Riachúelo-Becken überblickte, in der Nähe der Piers von Dársena Sud. Sie hatte das vorgeschlagen — das Restaurant und den Lunch. Sie sah, daß er immer noch erschöpft war; der wenige Schlaf, den er gefunden hatte, war immer wieder von den Schmerzen unterbrochen worden. Sie bestand darauf, daß er einen langen, entspannenden Lunch brauche, und anschließend nach Hause ins Bett gehen solle, um sich dort wenigstens einen Tag lang zu erholen.

Sie hatte nicht vorgehabt, mitzukommen.

Er hatte nicht vorgehabt, sie dazu aufzufordern.

»Ballard ist ein netter Bursche«, sagte Spaulding und schenkte von dem klaren weißen Colón ein.

»Bobby ist ein Schatz«, pflichtete sie ihm bei. »Wirklich ein netter Mensch.«

»Er mag Sie sehr.«

»Und ich ihn auch . . . Ihre Spekulation ist ganz natürlich, und es tut mir leid, wenn ich die etwas wildere Melodie stören muß. Melodie ist doch richtig? Granville hat mir gesagt, wer Ihre Eltern sind. Ich bin sehr beeindruckt.«

»Ich habe mich seit meinem achten Lebensjahr geweigert, Musik zu lesen. Aber ›Melodie‹ klingt gut. Ich hatte mich gerade gefragt.«

»Bobby hat sich eine Riesenmühe gegeben, richtig und professionell hat er es angepackt, mit ungeheurem Charme und gutem Humor. Ein besseres Mädchen als ich hätte darauf reagiert. Er hatte wirklich allen Grund, ärgerlich zu sein . . . Ich wollte seine Gesellschaft, aber ich habe ihm sehr wenig dafür gegeben.«

»Er hat Ihre Bedingungen akzeptiert«, sagte David beipflichtend.

»Ich sagte, er sei nett.«

»Es muß doch noch zehn andere nette Männer hier geben . . .«

»Die und die Marineinfanterie, die die Botschaft bewacht«, warf Jean ein und imitierte eine militärische Ehrenbezeugung. »Daß Sie mir nur ja die nicht vergessen.«

»Dann also hundertundzehn. Sie sind Deanna Durbin.«

»Kaum. Die Marineinfanteristen werden immer wieder abgelöst. Sie kommen von der FMF Basis südlich von La Boca; die Botschaftsangestellten — die ohne Frauen und Kinder — leiden unter dem Botschaftssyndrom.«

»Was ist das denn?«

»State Department-itis . . . Das Zittern. Sie scheinen das überhaupt nicht zu haben.«

»Ich weiß nicht, ob ich es habe. Ich weiß nicht einmal, was es ist.«

»Woraus ich auch einiges über Sie entnehmen kann, nicht wahr?«

»Was können Sie denn daraus entnehmen?«

»Sie sind kein State-Department-Kletterer. Das ›-itis‹-Syndrom besteht darin, ganz leise zu treten und aufzupassen, daß jeder, der über Ihnen steht — ganz besonders der Botschafter — mit Ihrem *aufrichtigen Einsatz* zufrieden ist.« Jean schnitt eine Grimasse wie ein junger Boxerhund, sie hatte dabei das feingemeißelte Kinn vorgeschoben und die Augenbrauen heruntergezogen — machte sich lustig. Spaulding lachte laut auf. Das Mädchen hatte den in der Botschaft üblichen Gesichtsausdruck mit geradezu erschütternder Genauigkeit wiedergegeben.

»Herrgott, ich bringe Sie ins Radio.« Er lachte wieder. »Sie haben das Syndrom beschrieben. Ich sehe es jetzt förmlich vor mir. Herrgott! Ich sehe es wirklich!«

»Aber Sie haben sich nicht anstecken lassen.« Jean gab die Mimikri auf und sah ihm in die Augen. »Ich habe Sie beobachtet, als Sie mit Granville sprachen; Sie waren gerade noch höflich. Sie wollten keine positive Beurteilung für Ihre Akten, nicht wahr?«

Er erwiderte ihren Blick. »Nein, das wollte ich nicht . . . Und um die Frage zu beantworten, die Ihnen so im Kopf herumgeht, daß es förmlich klappert — ich bin kein Laufbahnbeamter im diplomatischen Dienst. Ich bin nur für die Dauer des Krieges angestellt. Ich *arbeite* von Botschaften aus in verschiedenen Aktivitäten, hinter denen verschiedene Gründe stehen. Ich spreche vier Sprachen und habe wegen jener Eltern, die Sie so beeindruckt haben, das, was man etwas euphemistisch als Zugang zu wichtigen Leuten in Regierungs- und Wirtschafts- und ähnlichen Kreisen bezeichnet. Da ich kein völliger Idiot bin, verbreite ich gelegentlich unter Firmen in verschiedenen Ländern vertrauliche Informationen. Der Markt hört wegen solcher Unbequemlichkeiten, wie es ein Krieg ist, nicht auf zu arbeiten . . . Das ist mein Beitrag. Ich bin nicht sehr stolz darauf, aber das ist es eben, was man mir angehängt hat.«

Sie lächelte ihr aufrichtiges Lächeln und griff nach seiner Hand. »*Ich* glaube, daß Sie das, was Sie tun, sehr intelligent und gut tun. Es gibt nicht viele Leute, die das sagen. Und man kann, weiß Gottt, nicht wählerisch sein.«

»›Was hast du denn im Krieg getan, Dad?‹ . . . ›Nun, Junge‹«, David gab sich Mühe, sich selbst zu karikieren. »›Ich bin herumgereist und hab' den Freunden von der Chase Bank gesagt, sie sollen hoch verkaufen und tief einkaufen und einen ordentlichen Profit machen.‹« Er behielt ihre Hand in der seinen.

»Und dann bin ich in Argentinien angegriffen worden . . . und was waren das für Fäden in Ihrer Schulter?«

»Die Frachtmaschine, mit der ich von den Azoren nach Amerika kam, hat eine lausige Landung hingelegt. Ich glaube, der Pilot und seine ganze Mannschaft waren besoffen.«

»Da haben Sie's. Sie leben genauso gefährlich wie jeder Mann an der Front ... Wenn ich den kleinen Jungen einmal kennenlerne, mit dem Sie reden, dann werde ich ihm das sagen.«

Ihre Augen ließen einander nicht los; Jean zog die Hand zurück, plötzlich war sie verlegen. Aber für Spaulding war wichtig, daß sie ihm glaubte. Sie akzeptierte seine Tarnung ohne Frage. Es kam ihm in den Sinn, daß er gleichzeitig sehr erleichtert und auf eine ganz andere Art recht traurig war. Es bereitete ihm keine professionelle Freude, sie so erfolgreich belügen zu können.

Sie verließen das Restaurant kurz nach vier und schlenderten an den Docks des Hafens von Dársena Sud entlang, atmeten in tiefen Zügen die würzige Salzluft ein. David schien es, daß Jean sich in einem Maße wohlfühlte, wie schon lange nicht mehr. Daß dies ein Teil des so plötzlich aufgetretenen Behagens war, das zwischen ihnen herrschte, begriff er, aber es ging weiter. So, als habe sie grenzenlose Erleichterung erfahren.

Ihre Lieblichkeit war ihm seit jenen ersten Augenblicken an der Treppe bewußt gewesen, aber als er sich an die kurze Begegnung erinnerte, wußte er auch, worin der Unterschied lag. Jean Cameron war freundlich, nett gewesen ... Man hatte instinktiv das Gefühl, daß sie ihn willkommen hieß. Aber da war noch etwas anderes gewesen: eine Distanziertheit, die aus der Selbstzucht erwuchs, völlige Selbstdisziplin. Eine Patina von Autorität, die überhaupt nichts mit ihrer Position in der Botschaft zu tun hatte, oder irgendwelchen anderen Vergünstigungen, die sie vielleicht aus ihrer Ehe mit dem Stiefsohn des Botschafters ableiten konnte. Es war etwas, das sich einzig und allein auf ihre eigenen Entscheidungen bezog, die Art, wie sie das Leben und ihre Umgebung sah.

Er hatte diese distanzierte Autorität den ganzen Morgen über beobachten können — als sie ihn verschiedenen Botschaftsangestellten vorgestellt hatte, als sie ihrer Sekretärin Anweisungen erteilte, oder wenn sie telefonierte und schnell Anweisungen erteilte.

Jean hielt sich streng im Zügel.

Aber jetzt lockerte sich der Zügel.

Gestern hatte er sie näher beobachtet und ihre Jahre gesehen; und sie schien das überhaupt nicht zu berühren, sie war ohne jede Eitelkeit. Jetzt, während sie an den Docks entlang gingen und sie seinen Arm hielt, spürte sie die Blicke, die sie von den Menschen im Hafen empfing, genoß sie. *Bocamos*. Spaulding wußte, daß sie hoffte, er werde diese Blicke bemerken.

Sie verließen die Hafenregion und schlenderten durch die engen Straßen von La Boca mit ihren Dutzenden von Fischmärkten und fetten Kaufleuten in blutigen Schürzen und schreienden Kunden. Der Nachmittagsfang war eingetroffen, die Tagesarbeit draußen auf dem Wasser vorbei. Jetzt war die Zeit des Verkaufens und Trinkens, die Zeit, um all die Abenteuer der letzten Zwölf Stunden zu berichten, gewürzt mit vielen Lügen, versteht sich.

Sie kamen an einen kleinen Platz, der — ohne ersichtlichen Grund — Plaza Ocho Calle hieß; es gab weder eine Hausnummer acht, noch eine nennenswerte Plaza. Ein Taxi rollte zögernd an der Ecke aus, ließ seinen Fahrgast aussteigen und setzte sich wieder in Bewegung, was angesichts der vielen Fußgänger schwerfiel, die für solche Fahrzeuge nichts übrig zu haben schienen. David sah Jean an, und sie nickte, lächelte. Er rief den Fahrer an.

Im Taxi sitzend gab er seine Adresse an. Es kam ihm gar nicht in den Sinn, etwas anderes zu tun.

Sie fuhren schweigend ein paar Minuten lang dahin, und ihre Schultern berührten sich, und sie hatte die Hand unter seinem Arm.

»Woran denken Sie?« fragte David, als er ihren in die Ferne gerichteten, aber glücklichen Gesichtsausdruck wahrnahm.

»Oh, an die Vorstellung, die ich mir von Ihnen machte, als Henderson neulich abends die Codemitteilung las . . . Ja, ich nenne ihn Henderson, das habe ich schon immer.«

»Ich kann mir nicht vorstellen, daß irgend jemand ihn Henderson nennt, selbst der Präsident nicht.«

»Sie kennen ihn nicht. Unter seinem Racquet Club Jackett gibt es einen sehr liebenswerten Henderson.«

»Was hatten Sie denn für eine Vorstellung von mir?«

»Eine völlig andere.«

»Anders als was?«

»Sie . . ., nun, zunächst einmal glaubte ich, Sie würden schrecklich klein sein. Ein Attaché namens David Spaulding, der sich auf

Gelddinge versteht und mit den Banken und den Colonels über Geld Konferenzen abhalten wird, ist klein, wenigstens fünfzig Jahre alt und hat *sehr* wenig Haare. Er trägt einen Kneifer und hat eine dünne Nase. Wahrscheinlich hat er auch eine Allergie — er muß häufig niesen und schneuzt sich die ganze Zeit. Dann spricht er in kurzen, abgehackten Sätzen, sehr präzise und recht unsympathisch.«

»Und dann macht er sich auch an Sekretärinnen heran, das dürfen Sie nicht vergessen.«

»Mein David Spaulding macht sich nicht an Sekretärinnen heran. Er liest schmutzige Bücher.«

David gab es einen Stich. Man brauchte bloß noch ein ungepflegtes Äußeres und ein schmutziges Taschentuch hinzuzufügen und anstelle des Kneifers eine Brille — die er gelegentlich trug — und Jean beschrieb Walter Kendall.

»Ihr Spaulding ist ein unangenehmer Bursche.«

»Der neue nicht«, sagte sie, und ihre Hand schloß sich um seinen Arm.

Das Taxi hielt vor dem Eingang an der Córdoba an. Jean Cameron zögerte und blickte einen Augenblick auf die Tür des Apartmentgebäudes. David fragte mit leiser Stimme:

»Soll ich Sie zur Botschaft bringen?«

Sie wandte sich ihm zu. »Nein.« Er zahlte den Fahrer und sie gingen hinein.

Der Faden am Türknopf war noch an der gleichen Stelle, wo er ihn angebracht hatte; das spürte er.

Er steckte den Schlüssel ins Schloß und schob sie instinktiv und sanft beiseite, während er die Türe aufstieß. Die Wohnung war so, wie er sie am Morgen verlassen hatte; er wußte, daß sie seine Erleichterung spürte. Er hielt ihr die Türe auf. Jean trat ein und sah sich um.

»Wirklich nicht so übel, nicht wahr?« fragte sie.

»Bescheiden, aber ein Heim.« Er ließ die Türe offen und bat sie, mit einem Lächeln und einer Geste — ohne Worte — zu bleiben, wo sie war. Er ging schnell ins Schlafzimmer, kam zurück und trat durch die Doppeltüre auf seinen kleinen, von hohen Mauern umgebenen Patio hinaus. Er sah sich um, musterte prüfend die Fenster und das Dach. Dann lächelte er ihr wieder unter den Ästen des Obstbaumes zu. Sie begriff, schloß die Tür und kam zu ihm.

»Das haben Sie sehr professionell gemacht, Mr. Spaulding.«

»In der besten Tradition der äußersten Feigheit, Mrs. Cameron.«

Er erkannte seinen Fehler im gleichen Augenblick. Das war nicht der Zeitpunkt, sie an ihre Ehe zu erinnern. Und doch schien sie ihm irgendwie dankbar, daß er es getan hatte. Sie trat vor ihn.

»Mrs. Cameron dankt Ihnen.«

Er streckte die Arme aus und hielt sie an der Taille. Langsam, zögernd, griffen ihre Arme nach seinen Schultern, ihre Hände umschlossen sein Gesicht, und dann sah sie ihm in die Augen.

Er bewegte sich nicht. Die Entscheidung, der erste Schritt, mußte von ihr kommen, das begriff er.

Sie brachte ihre Lippen zu den seinen. Eine ganz leichte Berührung, wie von einem Engel. Und dann ging ein Zittern durch sie wie ein fast unkontrollierbares Gefühl, es eilig zu haben. Ihre Lippen öffneten sich, und sie drückte ihren Körper mit außergewöhnlicher Kraft gegen den seinen, spannte die Arme um seinen Hals.

Sie zog die Lippen von den seinen weg und vergrub das Gesicht an seiner Brust, hielt ihn besitzergreifend fest, beinahe wild.

»Sag gar nichts«, flüsterte sie. »Sag gar nichts, überhaupt nichts ... *Nimm mich nur.*«

Er hob sie stumm auf und trug sie ins Schlafzimmer. Sie hielt ihr Gesicht an seiner Brust, als habe sie Angst davor, Licht zu sehen oder auch nur ihn. Er ließ sie sanft aufs Bett sinken und schloß die Tür.

In wenigen Augenblicken waren sie nackt, und er zog die Decken über sie. Es war eine feuchte, schöne Finsternis. Ein wunderbares Behagen.

»Ich möchte etwas sagen«, sagte sie und folgte mit dem Finger seinen Lippen, das Gesicht über dem seinen, ihre Brüste unschuldig auf seiner Brust. Und dabei lächelte sie ihr aufrichtiges Lächeln.

»Ich weiß. Du willst den anderen Spaulding. Den dünnen mit dem Kneifer.« Er küßte ihre Finger.

»Er ist in einer Art Explosion verschwunden.«

»Du verstehst dich auf Beschreibungen, junge Lady.«

»Gar nicht so jung ... Das ist es, wovon ich reden möchte.«

»Die Pensionsberechtigung. Du willst eine Versicherung, eine Rente. Ich will sehen, was ich tun kann.«

»Sei ernst, dummer Junge.«

»Gar nicht so dumm . . .«

»Du bist zu nichts verpflichtet, David«, sagte sie und unterbrach ihn. »Ich möchte, daß du das weißt . . . Ich weiß nicht, wie ich es sonst sagen soll. Alles ist so schnell gegangen.«

»Alles ist sehr natürlich gegangen. Erklärungen sind nicht nötig.«

»Nun, ich denke doch ein paar. Ich habe nicht damit gerechnet, hierherzukommen.«

»Ich auch nicht. Ich habe vielleicht gehofft, das will ich zugeben . . . Aber geplant habe ich es nicht, das haben wir beide nicht.«

»Ich weiß nicht; ich glaube, ich schon. Ich habe dich gestern gesehen und irgendwo in meinem Unterbewußtsein eine Entscheidung getroffen. Klingt das sehr frech?«

»Wenn du das getan hast, war die Entscheidung lange überfällig.«

»Ja, das war sie wohl.« Sie legte sich zurück und zog die Decke über sich. »Ich bin sehr selbstsüchtig gewesen. Verzogen und selbstsüchtig und habe mich wirklich sehr schlecht benommen.«

»Weil du nicht mit allen möglichen Leuten geschlafen hast?« Jetzt drehte er sich herum und berührte ihr Gesicht. Er küßte sie auf beide Augen, die jetzt offen waren, die tiefen, blauen Seen, die die späte Nachmittagssonne, die durch die Vorhänge hereinströmte, noch tiefer machte. Sie lächelte, und ihre perfekten weißen Zähne glänzten im feuchten Schein ihrer Lippen.

»Das ist komisch. Ich muß sehr unpatriotisch sein. Ich habe meine Reize aufbewahrt, um sie einem Nichtkombattanten zu schenken.«

»Damit wären die Westgoten nicht einverstanden gewesen. Dort kamen immer zuerst die Krieger, habe ich gelernt.«

»Dann wollen wir es ihnen nicht sagen.« Sie griff nach seinem Gesicht. »O David, David, *David*.«

25.

»Hoffentlich habe ich Sie nicht geweckt. Ich hätte Sie nicht gestört, aber ich dachte, es sei Ihnen recht.«

Die Stimme von Botschafter Granville am Telefon klang besorgter, als David erwartet hatte. Er sah auf die Uhr, während er antwortete. Es war drei Minuten vor zehn Uhr morgens.

»Oh? ... Nein, Sir. Ich wollte gerade aufstehen. Tut mir leid, daß ich verschlafen habe.«

Auf dem Tischchen mit dem Telefon lag ein Zettel. Er war von Jean.

»Ihr Freund hat mit uns Verbindung aufgenommen.«

»Freund?« David faltete den Zettel auseinander.

Liebster — du hast herrlich geschlafen, daß es mir das Herz gebrochen hätte, dich zu stören. Ich hab' mir ein Taxi gerufen. Bis morgen früh. In der Bastille. Dein aus dem Regiment ausgestoßener Phoenix.

David lächelte und erinnerte sich an ihr Lächeln.

»... die Einzelheiten sind jetzt wohl nicht angebracht.« Granville hatte etwas gesagt, und er hatte nicht zugehört.

»Kommen Sie bitte gleich zu mir, wenn Sie in der Botschaft sind.«

»Ja, Sir. Ich bin gleich dort.«

Er nahm Jeans Zettel noch einmal in die Hand und las ihn ein zweitesmal.

Sie hatte letzte Nacht gesagt, ihr Leben werde durch ihn komplizierter werden. Aber es gab keine Verpflichtung; das hatte sie auch gesagt.

Was, zum Teufel, war eine Verpflichtung? Er wollte keine Spekulationen darüber anstellen. Er wollte nicht über diese schlimme Entdeckung nachdenken — das plötzliche, wunderbare Behagen, das sie beide erkannten, dafür war nicht die Zeit ...

Und doch, es leugnen, hieße eine außergewöhnliche Realität von sich stoßen. Er war dazu ausgebildet, mit der Realität umzugehen. Er wollte nicht darüber nachdenken.

Sein ›Freund‹ hatte mit der Botschaft Verbindung aufgenommen. Walter Kendall.

Das war eine andere Realität. Sie duldete keinen Aufschub.

Er drückte ärgerlich seine Zigarette aus und sah zu, wie seine Finger den Zigarettenstummel in den Aschenbecher aus Metall preßten. Weshalb war er ärgerlich?

Darüber wollte er ebenfalls keine Spekulationen anstellen. Da war Arbeit, die es zu tun galt. Er hoffte, die Verpflichtung dafür zu empfinden.

»Jean hat gesagt, Sie seien beinahe beim Abendessen eingeschlafen. Sie brauchten Schlaf; ich muß sagen, daß Sie heute besser aussehen.« Der Botschafter war um seinen Schreibtisch herumgekommen, um ihn zu begrüßen, als er das große, prunkvoll wirkende Büro betrat. David war ein wenig verwirrt. Der alte Diplomat gab sich tatsächlich beunruhigt und legte eine Besorgnis an den Tag, die die unverhohlene Mißbilligung von vor zwei Tagen Lügen strafte. Oder kam es daher, daß er ›Jean‹ gesagt hatte, anstelle des so streng wirkenden ›Mrs. Cameron‹?

»Sie war sehr liebenswürdig. Ich hätte ohne sie bestimmt kein anständiges Restaurant gefunden.«

»Ganz bestimmt ... Ich will Sie nicht aufhalten. Sie sollten am besten gleich mit diesem Kendall anfangen.«

»Sie sagten, er habe Verbindung aufgenommen ...«

»Gestern abend; ganz früh heute morgen, um es genau zu sagen. Er ist im Alvear und offensichtlich ziemlich erregt, meint die Vermittlung wenigstens. Er hat um halb drei Uhr früh ins Telefon gebrüllt und verlangt, daß man ihm sage, wo Sie seien. Natürlich geben wir keine solchen Informationen.«

»Dafür bin ich dankbar. Wie Sie schon sagten, ich brauchte den Schlaf. Kendall hätte mich daran gehindert. Haben Sie seine Telefonnummer? Oder soll ich Sie im Telefonbuch nachschlagen?«

»Nein, hier ist sie.« Granville ging zu seinem Schreibtisch und nahm ein Blatt Notizpapier. David folgte ihm und nahm es aus der ausgestreckten Hand des Botschafters entgegen.

»Danke, Sir. Ich kümmere mich gleich darum.« Er drehte sich um und ging auf die Türe zu. Granvilles Stimme hielt ihn auf.

»Spaulding?«

»Ja, Sir?«

»Ich bin sicher, daß Mrs. Cameron Sie gerne sehen würde. Sich selbst von Ihrer Genesung überzeugen, würde ich sagen. Ihr Büro liegt im Südflügel. Erste Türe nach dem Eingang, rechts. Wissen Sie, wo das ist?«

»Ich werde es finden, Sir.«

»Ganz bestimmt werden Sie das. Bis später.«

David ging durch die schwere Barocktür und schloß sie hinter sich. Bildete er sich das ein oder war das eine widerstrebende Billigung seitens Granville für seine und Jeans plötzliche ... Verbindung? Die Worte klangen billigend, der Tonfall widerstrebend.

Er ging den Verbindungskorridor zum Südflügel hinunter und erreichte ihre Tür. Ihr Name war in eine Messingplatte links vom Türrahmen eingraviert. Gestern war er ihm nicht aufgefallen.

Mrs. Andrew Cameron.

Andrew hatte er also geheißen. Spaulding hatte nicht nach seinem Vornamen gefragt; sie hatte ihn nicht genannt.

Während er die Messingplatte ansah, entdeckte er eine sehr seltsame Reaktion an sich. Er empfand Widerwillen gegen Andrew Cameron, gegen sein Leben, seinen Tod.

Die Tür stand offen, und er trat ein. Jeans Sekretärin war offensichtlich Argentinierin. Eine *porteña*. Ihr schwarzes, spanisches Haar war in einem Knoten zusammengezogen, ihre Gesichtszüge von südländischem Schnitt.

»Ich möchte zu Mrs. Cameron, bitte. David Spaulding.«

»Bitte, gehen Sie hinein. Sie erwartet Sie.« David ging auf die Türe zu und drehte den Knopf.

Er habe sie überrascht, dachte er. Sie stand am Fenster und blickte auf die Rasenfläche im Süden hinaus, hielt ein Blatt Papier in der Hand und hatte sich die Brille in die Stirn geschoben, so daß sie auf ihrem hellbraunen Haar lag.

Verblüfft nahm sie die Brille ab und stand reglos da. Und dann lächelte sie langsam, als habe sie ihn zuerst studieren müssen.

Er ertappte sich dabei, daß er Angst hatte. Mehr als Angst sogar einen Augenblick lang. Und dann sprach sie, und die plötzliche Besorgnis fiel von ihm ab und machte einer tief empfundenen Erleichterung Platz.

»Ich bin heute morgen aufgewacht und habe nach dir gegriffen. Du warst nicht da, und ich dachte, ich müßte weinen.«

Er ging schnell auf sie zu, und sie hielten einander umfaßt. Keiner sagte etwas. Das Schweigen, die Umarmung, und da war wieder das wundersame Behagen.

»Granville kam mir vor ein paar Augenblicken wie ein Kuppler vor«, sagte er schließlich und hielt sie an den Schultern fest und blickte in ihre blaugefleckten Augen, in denen so viel Klugheit und so viel Humor lagen.

»Ich hab' dir doch gesagt, daß er ein Schatz ist, nur du wolltest mir nicht glauben.«

»Was du mir *nicht* gesagt hast, war, daß wir zusammen zu Abend gegessen haben. Oder daß ich beinahe dabei eingeschlafen wäre.«

»Ich hatte gehofft, du würdest dich verplappern; dann hätte er über noch mehr nachdenken müssen.«

»Ich verstehe ihn nicht. Oder dich vielleicht.«

»Henderson hat ein Problem . . ., mich. Er weiß nicht recht, wie er damit fertig werden soll — mit mir fertig werden soll. Er will mich immer beschützen, weil ich in ihm den Eindruck erweckt habe, daß ich beschützt werden möchte. Das wollte ich auch; das war einfacher. Aber ein Mann, der über die Jahre drei Frauen und wenigstens doppelt so viele Geliebte gehabt hat, ist kein Viktorianer . . . Und er weiß, daß du nicht lange hier sein wirst. Um es so zu sagen, wie er es ausdrücken würde: skizziere ich da ein vernünftiges Bild?«

»Kann man sagen«, antwortete David, bemüht Granvilles affektierten britischen Akzent nachzuahmen.

»Das ist unfreundlich.« Jean lachte. »Du hast vermutlich nicht seine Billigung und das macht es ihm sehr schwierig, dich zu akzeptieren, ohne es auszusprechen.«

David ließ sie los. »Ich weiß verdammt gut, daß er mich nicht mag . . . Schau mal, ich muß ein paar Telefonate führen. Und dann muß ich weg, und mich mit jemandem treffen.«

»Einfach mit jemandem?«

»Einer hinreißenden Schönheit, die mich einer ganzen Anzahl anderer hinreißender Schönheiten vorstellen wird. Und nur zu dir gesagt, ich kann ihn nicht ausstehen. Aber ich muß mich mit ihm treffen . . . Willst du mit mir zu Abend essen?«

»Ja, ich will sehr gerne. Das habe ich schon geplant. Du hattest keine Wahl.«

»Du hast recht, du bist frech.«

»Das habe ich ja gleich gesagt. Du hast meine Lebensordnung in Stücke geschlagen, jetzt fliege ich aus meinem persönlichen Aschenhaufen in die Höhe . . . In der Luft ist es schön.«

»Es mußte passieren . . . Und ich war hier.« Er war nicht sicher, weshalb er das gesagt hatte, aber er mußte es sagen.

Walter Kendall ging in seinem Hotelzimmer auf und ab, als sei es ein Käfig. Spaulding saß auf der Couch und sah ihm zu und versuchte, sich schlüssig zu werden, an welches Tier Kendall ihn erinnerte; es gab einige, die ihm in den Sinn kamen, aber keines davon war sympathisch.

»Jetzt hören Sie *mir* zu«, sagte Kendall. »Das ist keine Militäraktion. Sie werden Befehle *erhalten*, nicht sie erteilen.«

»Es tut mir leid; ich glaube, Sie mißverstehen mich.« David war versucht, in gleicher Tonart auf Kendalls Ausbruch zu reagieren, entschied sich dann aber dafür, es nicht zu tun.

»Ich mißverstehe Sie? Bockmist! Sie haben Swanson gesagt, Sie hätten in New York irgendwelche Schwierigkeiten. Das ist *Ihr* Problem, nicht *unseres*.«

»Dessen können Sie nicht sicher sein.«

»O doch, das kann ich! Sie haben versucht, das Swanson zu verkaufen, und er hat es geschluckt. Sie hätten *uns* einschalten können!«

»Einen Augenblick.« Spaulding hatte das Gefühl, hier ganz legitim Widerspruch einlegen zu können — innerhalb der Grenzen, die er im Geiste für Kendall abgesteckt hatte. »Ich sagte Swanson, daß meiner Ansicht nach die ›Schwierigkeiten‹ in New York vielleicht mit Buenos Aires in Verbindung stehen könnten. Ich habe nicht gesagt, *daß* sie das tun. Ich sagte nur, könnten.«

»Das ist unmöglich!«

»Wie, zum Teufel, können Sie da so sicher sein?«

»Weil ich es bin.« Kendall war nicht nur erregt, dachte David, er war ungeduldig. »Hier geht es um eine geschäftliche Vereinbarung. Der Handel ist abgeschlossen. Niemand versucht, ihn aufzuhalten. *Uns* aufzuhalten.«

»Die Feindseligkeiten werden doch nicht eingestellt, weil jemand ein Geschäft abgeschlossen hat. Wenn das deutsche Oberkommando Wind davon bekäme, würden sie Buenos Aires in die Luft sprengen, um uns aufzuhalten.«

»Yeah ... Nun, das ist nicht möglich.«

»Das *wissen* Sie?«

»Wir wissen es ... Hören Sie also auf, den dummen Bastard Swanson zu verwirren. Ich will ganz offen zu Ihnen sprechen. Es handelt sich hier einzig und allein um eine Verhandlung, bei der es um Geld geht. Wir hätten das Geschäft auch ohne die Unterstützung von Washington abschließen können, aber sie haben darauf bestanden — Swanson hat darauf bestanden —, einen Mann hier zu haben. Okay, Sie sind dieser Mann. Sie können uns helfen; Sie können die Papiere außer Landes schaffen, Sie sprechen die nötigen Sprachen. Aber das ist *alles*, was Sie zu tun haben.

Passen Sie auf, daß man nicht auf Sie aufmerksam wird. Wir möchten nicht, daß jemand unruhig wird.«

Widerstrebend begann David die subtile Klarheit von General Swansons Manipulation zu begreifen. Swanson hatte ihn in eine saubere Position manövriert. Die Tötung von Erich Rheinmann — ob er die Tat nun selbst beging oder einen Meuchelmörder kaufte — würde völlig unerwartet kommen. Swanson war keineswegs der ›dumme Bastard‹, für den Kendall ihn hielt.

Swanson war nervös. Ein Neuling. Aber er war verdammt gut.

»Allright. Ich muß mich entschuldigen«, sagte Spaulding und trug damit eine Offenheit zur Schau, die er nicht empfand. »Vielleicht war die Geschichte in New York übertrieben. Ich habe mir in Portugal Feinde gemacht, das kann ich nicht leugnen ... Ich bin unauffällig abgereist, müssen Sie wissen.«

»Was?«

»Die Leute in New York können unmöglich wissen, daß ich die Stadt verlassen habe.«

»Sind Sie sicher?«

»Ebenso sicher wie Sie, daß niemand versucht, Ihre Verhandlungen aufzuhalten.«

»Yeah ... okay. Nun, dann wäre ja alles klar. Ich habe einen Zeitplan.«

»Haben Sie Rheinmann schon gesehen?«

»Gestern. Den ganzen Tag.«

»Was ist mit Lyons?« wollte David wissen.

»Swanson schickt ihn Ende der Woche. Mit seinen Kindermädchen. Rheinmann meint, die Pläne werden Sonntag oder Montag eintreffen.«

»In Etappen oder alle zusammen?«

»Wahrscheinlich in zwei Etappen. Er ist nicht sicher. Aber es macht keinen Unterschied; bis Dienstag werden alle hier sein. Das hat er garantiert.«

»Dann geht das jetzt schneller. Sie schätzten drei Wochen.« David spürte einen bohrenden Schmerz in der Magengrube. Er wußte, daß dieser Schmerz nichts mit Walter Kendall oder Eugene Lyons oder mit Plänen für Gyroskope zu tun hatte. Es war Jean Cameron und die einfache Tatsache, daß er nur eine Woche mit ihr haben würde.

Das beunruhigte ihn sehr, und er dachte — kurz — darüber nach, was diese Unruhe zu bedeuten hatte.

Und dann wußte er, daß er sich diesen Luxus nicht leisten konnte; die beiden Probleme mußten separat, die Welten getrennt bleiben.

»Rheinmann hat die Dinge gut im Griff«, sagte Kendall, und in seiner Stimme klang mehr als nur die Andeutung von Hochachtung mit. »Seine Methoden sind eindrucksvoll, sehr präzise.«

»Wenn Sie das glauben, brauchen Sie mich nicht.« Damit verschaffte David sich ein paar Sekunden, um ihr Gespräch in ein anderes Gebiet zu lenken. Seine Feststellung war rein rhetorisch.

»Das sage ich ja. Aber es geht um sehr viel Geld. Und da das Kriegsministerium — so oder so — einen großen Teil davon bezahlt, möchte Swanson, daß seine Konten geschützt sind. Ich nehm's ihm nicht übel. Geschäft ist Geschäft.«

Spaulding wußte, daß damit sein Stichwort gekommen war. »Dann wollen wir uns jetzt um die Codes kümmern. Ich habe die drei Tage hier nicht vergeudet. Ich habe mit dem Botschafts-Kryp Freundschaft geschlossen.«

»Wem?«

»Dem Chefkryptografen. Er wird die Botschaften nach Washington senden; die Zahlungsfreigabe.«

»Oh ... yeah, das.« Kendall quetschte eine Zigarette zusammen und schickte sich an, sie in den Mund zu stecken. Ihn interessierten Codes und Kryptographen nur bedingt, dachte David. Sie waren die Verpackung, die notwendigen Einzelheiten für andere. Oder spielte der Mann ihm etwas vor, überlegte Spaulding.

Er würde es gleich wissen.

»Sie haben ja schon darauf hingewiesen, es geht um viel Geld. Wir haben daher beschlossen, einen Zerhacker einzuschalten und alle zwölf Stunden den Code zu ändern. Wir werden heute abend den Zeitplan ausarbeiten und ihn morgen mit Kurier nach Washington schicken. Die Meisterplatte erlaubt fünfzehn Buchstaben ... Das Hauptwort wird natürlich ›Tortugas‹ sein.«

Spaulding beobachtete den zerknitterten Buchprüfer.

Er zeigte keinerlei Reaktion.

»Okay ...« Kendal nahm in einem Sessel Platz. Seine Gedanken schienen ganz woanders zu weilen.

»Sie sind also einverstanden, nicht wahr?«

»Sicher. Warum nicht? Sie können Ihre Spielchen treiben. Das einzige, worauf es mir ankommt ist, daß Genf die Bestätigung funkt und Sie von hier verschwinden.«

»Ja, aber ich dachte, in dem Hinweis müßte der ... Codefaktor eingeschlossen sein.«

»Wovon, zum Teufel, reden Sie?«

»›Tortugas.‹ Muß es nicht ›Tortugas‹ sein?«

»Warum? Was ist Tortugas?«

Das war nicht gespielt. David war da ganz sicher. »Vielleicht habe ich etwas mißverstanden. Ich dachte, ›Tortugas‹ sei ein Teil des Codes.«

»Herrgott! Sie und Swanson! Ihr alle. Militärische Genies! Du *großer Gott*! Wenn es nicht wie Dan Dunn, Geheimagent, klingt, ist etwas faul, was? ... Hören Sie, wenn Lyons Ihnen sagt, daß alles in Ordnung ist, dann sagen Sie das einfach. Und dann fahren Sie zum Flughafen ... Ein kleiner Flugplatz, er heißt Mendarro ... Und dann werden Ihnen Rheinmanns Leute sagen, wann Sie abreisen können. Okay? Haben Sie das kapiert?«

»Ja, das habe ich«, sagte Spaulding. Aber er war nicht ganz sicher.

Draußen schlenderte David ziellos durch die Straßen von Buenos Aires. Er erreichte den riesigen Park der Plaza San Martín mit seinen Springbrunnen, seinen weißen Kieswegen und der ruhigen Unordnung.

Er setzte sich auf eine hölzerne Bank und versuchte, die flüchtigen Teile eines immer komplizierter werdenden Zusammensetzspiels zu definieren.

Walter Kendall hatte nicht gelogen. ›Tortugas‹ bedeutete ihm nichts.

Und doch hatte ein Mann in einem Aufzug in New York sein Leben riskiert, um etwas über ›Tortugas‹ zu erfahren.

Ira Barden in Fairfax hatte ihm gesagt, daß in Ed Paces Safes nur ein Wort hinter seiner Versetzungsorder stand: ›Tortugas.‹

Vielleicht gab es eine Antwort, die auf der Hand lag. Ed Paces Tod verhinderte, daß er es je genau erfuhr, aber die Möglichkeit war echt.

Berlin hatte von den Verhandlungen von Peenemünde erfahren — zu spät, um den Diebstahl der Pläne zu verhindern — und mußte jetzt den Verkauf verhindern. Nicht nur ihn verhindern, sondern wenn möglich ausfindig machen, wer alles beteiligt war. Eine Falle für das ganze Rheinmann-Netz aufbauen.

Wenn das die Erklärung war — und welche andere war plausibel? — war Paces Codename ›Tortugas‹ durch die Infiltration von Fairfax nach Berlin gedrungen. Daß es zu einem Versagen der Sicherheitsmaßnahmen in Fairfax gekommen war, war klar; der Mord an Pace war Beweis dafür.

Seine eigene Rolle würde man in Berlin sehr leicht richtig einschätzen können, dachte David. Der Mann in Lissabon, plötzlich nach Buenos Aires versetzt. Der Fachmann, der sein Geschick in Hunderten von Spionagetransaktionen unter Beweis gestellt hatte, der Mann, dessen eigenes Netz das wirksamste in ganz Südeuropa war, verließ seine eigene Schöpfung nicht, wenn seine Erfahrung nicht an einem anderen Ort für lebenswichtig gehalten würde. Er hatte sich schon lange mit der Tatsache abgefunden, daß Berlin ihm gegenüber mehr als nur Argwohn empfand. In gewisser Weise war das sein Schutz; er hatte keineswegs jede Runde gewonnen. Wenn der Feind ihn tötete, würde jemand anderer an seine Stelle treten. Der Feind würde von neuem beginnen müssen. Er war eine bekannte Größe ..., und einen Teufel, den man kannte, konnte man einschätzen.

Spaulding überlegte sorgfältig, minuziös, was er wohl tun würde, wenn er an der Stelle des Feindes stünde. Welche Schritte würde er in der augenblicklichen Situation unternehmen?

Wenn man von Panik oder Irrtümern absah, würde der Feind ihn nicht töten. Nicht jetzt. Weil er die Auslieferung der Pläne *nicht* selbst verhindern konnte. Aber eines konnte er — seine Gegenspieler zum Augenblick und dem Ort der Übergabe führen.

Wo liegt *Tortugas!*?

Der verzweifelte ... hysterische Mann in dem Lift im Montgomery hatte die Frage hinausgeschrien, war lieber gestorben, als diejenigen zu verraten, deren Befehle er befolgte. Die Nazis genossen solchen Fanatismus. Ebenso auch andere aus anderen Gründen.

Er — Spaulding — würde daher unter gründliche Überwachung gestellt werden. Drei- bis Vier-Mann-Teams, vierundzwanzig Stunden täglich. Und neben dieser Überwachung rund um die Uhr würde Berlin außergewöhnliche Maßnahmen ergreifen, um zu verhindern, daß er sein eigenes Netz in Buenos Aires aufbaute. Das bedeutete, daß die amerikanische Botschaft infiltriert werden mußte. Berlin würde diese Möglichkeit sicher nicht übersehen. Sie würden viel Geld anbieten.

Irgend jemand in der Botschaft würde Spauldings Feind sein.

Und am Ende würde Berlin seine Tötung befehlen. Und natürlich auch die vieler anderer. Im Augenblick der Übergabe getötet; getötet, nachdem Berlin alles erfahren hatte, was es zu erfahren gab.

David stand von der Parkbank auf und streckte sich und nahm die Schönheit des Plaza San Martín Parks in sich auf. Er verließ den Fußweg und betrat den Rasen, schlenderte an den Rand eines Teichs, dessen dunkles Wasser die Bäume der Umgebung widerspiegelte. Zwei weiße Schwäne zogen an alabasterhafter Unberührtheit vorbei. Ein kleines Mädchen kniete neben einem Felsbrocken am Ufer und schob die Blätter einer gelben Blume auseinander.

Er war mit sich zufrieden und überzeugt, die unmittelbaren Möglichkeiten seiner Gegenspieler richtig analysiert zu haben. Möglichkeiten und wahrscheinliche Aktionen. Das Gefühl, das er empfand, war positiv.

Jetzt mußte er seine eigene Gegenstrategie entwickeln. Er mußte all das, was er in den vier Jahren in Lissabon gelernt hatte, ins Spiel bringen. Aber er hatte nur so wenig Zeit. Und deshalb war ihm klar, daß jeder Fehltritt hier fatal sein würde.

Ganz beiläufig — aber ohne ein Gefühl der Beiläufigkeit — sah er sich um, musterte die Dutzende von Spaziergängern auf den Wegen, auf dem Rasen; die Ruderer und die Passagiere in den kleinen Booten auf dem kleinen schwarzen See. Welcher von ihnen war der Feind?

Wer waren seine Beobachter, Leute, die jetzt das zu denken versuchten, was er dachte?

Er würde sie finden müssen — jedenfalls einen oder zwei von ihnen — ehe die nächsten paar Tage vorbei waren.

Das war der Anfang seiner Gegenstrategie.

Isolieren und zerbrechen.

David zündete sich eine Zigarette an und schritt über die winzige Brücke. Er war bereit. Der Jäger und der Gejagte waren jetzt eins geworden. Sein ganzer Körper hatte sich gespannt; Hände, Arme, Beine: es war eine Spannung, die alle Muskeln erfaßte. Ein neues Gefühl der Wahrnehmung. Er erkannte es. Er war wieder im Norden Spaniens.

26.

Er sah auf die Uhr. Es war halb sechs. Jean hatte gesagt, sie würde gegen sechs in seine Wohnung kommen. Er war fast zwei Stunden lang gegangen und fand sich jetzt an der Ecke der Viamonte, einige Straßen von seinem Apartment entfernt. Er überquerte die Straße und ging zu einem Zeitungsstand unter dem Vordach eines Ladens, kaufte sich dort eine Zeitung. Er sah auf die Titelseite und stellte amüsiert fest, daß die Kriegsnachrichten ganz nach unten gerückt und von Berichten über die letzten Wohltaten des Grupo de Officiales für Argentinien umgeben waren. Er stellte fest, daß der Name eines Obersten, eines gewissen Juan Perón in drei verschiedenen Überschriften erwähnt war.

Er faltete die Zeitung zusammen und klemmte sie unter den Arm und sah dann noch einmal auf die Uhr.

Er hatte das nicht absichtlich getan. Das heißt, er kalkulierte die Abruptheit seiner Drehung nicht ein. Er drehte sich einfach um, weil die Sonne sich im Glas seiner Armbanduhr spiegelte und so beugte er sich unbewußt nach rechts und streckte die linke Hand so aus, daß sein eigener Schatten auf die Uhr fiel.

Aber seine Aufmerksamkeit wurde sofort von der Uhr abgelenkt. Aus dem Augenwinkel konnte er erkennen, wie sich in dem Fußgängerverkehr auf dem Bürgersteig plötzlich etwas veränderte. Zehn Meter entfernt auf der anderen Straßenseite hatten sich zwei Männer schnell umgedreht und waren dabei mit entgegenkommenden Fußgängern kollidiert, entschuldigten sich jetzt und mischten sich wieder in den Fluß.

Der Mann zur Linken war nicht schnell genug gewesen; vielleicht war er auch zu ungeschickt — vielleicht zu unerfahren — um die Schultern etwas nach vorne zu beugen, um mit der Menge zu verschmelzen.

Er hob sich von ihr ab, und David erkannte ihn.

Er war einer der Männer vom Dach seines Apartments. Bezüglich seines Begleiters war David nicht sicher, wohl aber was *diesen*

Mann anging. Er hinkte sogar etwas, und David erinnerte sich an den Tritt, den er ihm versetzt hatte.

Man beschattete ihn also; das war gut.

Er ging noch ein paar Schritte und mischte sich in eine ziemlich große Gruppe, die sich der Ecke der Córdoba näherte, arbeitete sich schräg zwischen Armen, Beinen und Paketen durch und betrat ein kleines Juweliergeschäft mit ziemlich auffälliger, billiger Ware. Drinnen versuchten ein paar Büromädchen, ein Geschenk für eine scheidende Kollegin auszuwählen. Spaulding lächelte dem etwas verstimmten Besitzer zu und gab damit zu erkennen, daß er warten konnte, es nicht eilig hatte. Der Besitzer machte eine Geste der Hilflosigkeit.

Spaulding stand am Schaufenster und hatte sich so aufgestellt, daß der Türrahmen ihn vor Blicken von draußen schützte.

Ehe eine Minute vergangen war, sah er die zwei Männer wieder. Sie waren immer noch auf der anderen Straßenseite; David mußte sie durch die gelegentlichen Lücken in der Fußgängerschar verfolgen. Die beiden Männer redeten erhitzt miteinander, der zweite schien über seinen hinkenden Begleiter verärgert. Beide versuchten, über die Köpfe der sie umgebenden Menschen hinwegzublikken und stellten sich immer wieder auf die Zehenspitzen, wobei sie sehr albern, ja geradezu amateurhaft wirkten.

David nahm an, daß sie an der Straßenecke nach rechts biegen und in östlicher Richtung auf der Córdoba gehen würden, auf sein Apartment zu. Das taten sie auch, und so verließ Spaulding den Laden unter den Protesten des Juweliers wieder, mischte sich in die Menge und rannte quer über die Avenida Callao, wich Wagen und verärgerten Fahrern aus. Er mußte die andere Seite erreichen, außer Sichtweite der beiden Männer bleiben. Er konnte die Fußgängerüberwege oder Bürgersteige nicht benutzen. Es würde zu leicht, zu logisch für die Männer sein, sich umzusehen, wie man das immer tat, wenn man jemanden finden wollte, den man bei der Überwachung aus dem Gesicht verloren hatte.

David kannte sein Ziel jetzt. Er mußte die Männer trennen, und den Hinkenden nehmen. Ihn festhalten und ihn dazu zwingen, daß er ihm antwortete.

Wenn sie auch nur die geringste Erfahrung hatten, überlegte er, würden sie sich vor seiner Wohnung teilen. Einer würde vorsichtig hineingehen und an der Tür lauschen, um sich zu vergewissern, ob der Wohnungsbesitzer zu Hause sei, während der andere draußen bleiben würde, weit genug vom Eingang entfernt, um nicht aufzufallen. Und die Vernunft würde ihnen diktieren, daß der David unbekannte Mann derjenige sein würde, der die Wohnung betrat.

Spaulding zog sein Jackett aus und hielt die Zeitung in die Höhe — nicht offen, sondern gefaltet, nicht auffällig, ganz beiläufig, so als begreife er den Sinn einer etwas kompliziert formulierten Schlagzeile nicht — und bewegte sich mit der Menschenmenge auf die Nordseite der Córdoba zu. Er bog nach rechts und schritt in gleichmäßigem Tempo nach Osten und blieb auf dem Bürgersteig so weit links wie das möglich war.

Sein Apartment war jetzt weniger als eineinhalb Straßen entfernt. Er konnte die beiden Männer sehen. Sie sahen sich tatsächlich gelegentlich um. Aber auf ihrer Straßenseite.

Amateure. Wenn er sie hätte beurteilen müssen, dann hätten sie die Prüfung in Überwachung nicht bestanden.

Die Männer näherten sich jetzt der Wohnung und konzentrierten sich ganz auf den Eingang. David wußte, daß das für ihn der Augenblick war, in dem er sich bewegen mußte. Eigentlich der einzig riskante Augenblick; die paar Bruchteile von Sekunden, in denen der eine oder der andere sich umdrehen und ihn auf der anderen Straßenseite nur wenige Meter entfernt würde sehen können. Aber das Risiko war notwendig. Er mußte am Eingang seines Apartmenthauses vorbeigehen.

Einige Meter vor ihm trug eine *porteña*-Hausfrau in mittleren Jahren ihre Einkäufe, sie hatte es eilig, wollte offensichtlich schnell nach Hause kommen. Spaulding trat neben sie und hielt mit ihr Schritt und fing an, sie in seinem besten, elegantesten Kastilianisch nach einer Straße zu fragen. Er hielt den Kopf etwas schräg.

Wenn jemand sie beobachtete, die Hausfrau und den Mann in Hemdsärmeln mit dem Jackett unter dem einen und der Zeitung unter dem anderen Arm, so würden sie wie zwei Freunde wirken, die einem gemeinsamen Ziel entgegenstrebten.

Zwanzig Meter hinter dem Eingang verließ Spaulding die lächelnde *porteña* und duckte sich in eine Türnische mit einem kleinen Vordach. Er drückte sich gegen die Wand und blickte über die Straße. Die beiden Männer standen am Randstein und trennten sich, wie er das erwartet hatte. Der unbekannte Mann betrat das

Haus, während der Hinkende sich nach beiden Seiten umsah und dann die Córdoba überquerte, auf die Nordseite zu, jene Seite, auf der David stand.

David wußte, daß es nur noch eine Frage von Sekunden war, bis der Hinkende an ihm vorüberkam. Wieder Logik; gesunder Menschenverstand. Der Mann würde in östlicher Richtung gehen — er würde die Richtung nicht wechseln — würde sich an einem Aussichtspunkt stationieren, von dem aus er alle Leute beobachten konnte, die sich dem Apartmenthaus von Westen her näherten.

Der Mann sah ihn nicht, bis David ihn berührte, seinen linken Arm am Ellbogen packte, ihm den Arm nach oben drehte und ihm gleichzeitig die Hand nach unten bog, so daß die geringste Kraftanwendung von David in dem abgebogenen Handgelenk des Mannes einen unerträglichen Schmerz erzeugte.

»Gehen Sie weiter, sonst breche ich Ihnen die Hand ab«, sagte David auf Englisch und stieß den Mann nach rechts, um so den paar Fußgängern auszuweichen, die in westlicher Richtung auf der Córdoba gingen.

Der Mann verzerrte schmerzerfüllt das Gesicht; Davids schneller Gang ließ ihn stolpern — betonte sein Hinken — und verursachte noch größere Schmerzen in seinem Handgelenk.

»Sie brechen mir den Arm, Sie *brechen* ihn!« sagte der verängstigte Mann und ging schneller, um den Druck zu lindern.

»Dann halten Sie mit mir Schritt, sonst tu ich es.« David sprach ganz ruhig, beinahe höflich. Sie erreichten die Ecke der Avenida Paraná, und Spaulding bog nach links, riß den Mann mit. Sie befanden sich jetzt vor einer breiten, etwas zurückgesetzten Eingangstür eines alten Bürogebäudes — die Art von Bau, in dem nur noch wenige Büros besetzt waren. David riß den Mann herum, ohne dabei den Arm loszulassen, und stieß ihn nach innen. Jetzt ließ er den Arm los; der Mann fuhr sich an das schmerzende Handgelenk. Spaulding benutzte den Augenblick dazu, dem Mann das Jackett aufzureißen und die Arme nach unten zu drücken. Er holte ihm einen Revolver aus einem großen Halfter, das er über der linken Hüfte trug.

Es war eine Luger, höchstens ein Jahr alt.

David schob sie sich unter den Gürtel und drückte dem Mann den Unterarm waagrecht über die Kehle, ließ seinen Kopf dabei gegen das Holz krachen, während er seine Jackentaschen durchsuchte. Er fand eine große, rechteckige, europäische Brieftasche. Er klappte sie auf, nahm den Unterarm vom Hals des Mannes und trieb ihm die linke Schulter in die Brust, preßte ihn rücksichtslos gegen die Mauer. Jetzt holte David mit beiden Händen Ausweise aus der Brieftasche.

Ein deutscher Führerschein, Lebensmittelkarten, die von einem Oberführer gegengezeichnet waren und dem Besitzer das Recht gaben, sie im ganzen Reich zu benutzen — ein Privileg, das Regierungsbeamten in oberen Rängen zustand.

Und dann fand er es.

Eine Identitätskarte mit Foto, die dem Besitzer Zugang zu dem Ministerium für Information, Waffen und Munition, das Luftfahrtministerium und das Versorgungsministerium gestattete.

Gestapo.

»Sie sind so ziemlich der ungeschickteste Rekrut, den Himmler auf die Menschheit losgelassen hat«, sagte David, dem es mit dem Urteil sehr ernst war, und steckte die Brieftasche ein. »Sie müssen Verwandte haben ... *Was ist ›Tortugas‹?*« flüsterte Spaulding plötzlich mit heiserer Stimme. Er nahm die Schulter von der Brust des Mannes und trieb dem Mann seine Knöchel mit solcher Gewalt gegen das Brustbein, daß der Deutsche hustete. Der scharfe Schlag hatte ihn beinahe paralysiert. »Wer ist *Altmüller?* Was wissen Sie über *Marshall?*« David hämmerte ein paarmal mit den Knöcheln auf die Rippen des Mannes, so daß den Gestapoagenten Wellen von Schmerz überliefen. »Raus mit der Sprache! *Sofort!*«

»Nein! Ich weiß nichts!« stieß der Mann hervor, wenn er Luft holen konnte. »Nein!«

Wieder hörte es Spaulding. Der Dialekt. Es war nicht die Sprache, die man in Berlin sprach. Auch nicht bayrisch. Irgend etwas anderes.

Aber was?

»Noch einmal! *Sprechen Sie!*«

Und dann tat der Mann etwas höchst Ungewöhnliches. In seinem Schmerz, in seiner Wut, hörte er auf, deutsch zu sprechen. Er sprach englisch. »Ich habe die Information nicht, die Sie haben wollen! Ich befolge meine Befehle ... Das ist alles!«

David trat einen Schritt nach links, sorgte so dafür, daß man den Gestapoagenten von draußen nicht sehen konnte. Der Eingang war tief, lag aber im Schatten; niemand blieb stehen. Die beiden

Männer hätten Bekannte sein können, vielleicht ein wenig betrunken.

Spaulding ballte die rechte Faust, stützte den linken Ellbogen gegen die Wand und hielt die Linke bereit, um dem Deutschen damit den Mund zuzuhalten. Jetzt lehnte er sich gegen das Holz und trieb dem Mann mit solcher Gewalt die Faust in den Leib, daß der Agent nach vorne taumelte. Nur Davids Hand hielt ihn noch fest, hielt ihn an den Haaren gepackt.

»Ich kann so weitermachen, bis Sie ein Wrack sind. Und wenn ich fertig bin, dann werf' ich Sie in ein Taxi und liefere Sie bei der deutschen Botschaft ab, mit einem Brief. Dann kriegen Sie es von beiden Seiten, nicht wahr? . . . Sagen Sie mir, was ich wissen will!« David trieb dem Mann die Knöchel in die Kehle, stieß zweimal zu.

»Aufhören . . . mein *Gott!* Aufhören!«

»Warum schreien Sie eigentlich nicht? Sie wissen doch, daß Sie sich die Kehle ausschreien können . . . Ich müßte Sie freilich einschläfern, bis Ihre eigenen Leute Sie finden. Ohne Papiere natürlich . . . Nur zu! Schreien Sie doch!« Wieder stieß David dem Mann die Knöchel in die Kehle. »Und jetzt reden Sie. Was ist ›Tortugas‹? Wer ist Altmüller? Wie sind Sie an den Kryb namens Marshall herangekommen?«

»Ich schwöre es Ihnen bei Gott! Ich weiß nichts!«

Wieder stieß David zu. Der Mann brach zusammen; Spaulding zog ihn an der Wand hoch, lehnte sich gegen ihn, verbarg ihn. Die Lider des Gestapoagenten öffneten sich, seine Augen schwammen in ihren Höhlen.

»Sie haben fünf Sekunden Zeit, dann reiß ich Ihnen die Kehle heraus.«

»Nein! . . . Bitte! Altmüller . . . Waffen und Munition . . . Peenemünde . . .«

»Was ist mit Peenemünde?«

»Die Werkzeuge . . . ›Tortugas‹.«

»Was soll das *bedeuten!?*« David zeigte dem Mann seine zwei gebogenen Finger. Die Erinnerung an den Schmerz, den er erlitten hatte, jagte dem Deutschen panische Angst ein. »Was ist ›Tortugas‹?«

Plötzlich flackerten die Augen des Deutschen und versuchten, etwas aufzunehmen. Spaulding sah, daß der Mann über seine

Schultern hinwegsah. Das war kein Trick; der Mann war schon viel zu geschwächt, um noch irgendwelche Tricks zu versuchen.

Und dann spürte David, daß jemand hinter ihm war. Das war ein untrügliches Gefühl, das er sich in den letzten Jahren angeeignet hatte; er konnte sich darauf verlassen.

Er drehte sich um.

Aus dem harten argentinischen Tageslicht trat jetzt der zweite Teil des Überwachungsteams in den Schatten, der Mann, der in seinem Apartmenthaus gewesen war. Er war so groß wie Spaulding, ein kräftiger, muskulöser Mann.

Das Licht und die heranstürmende Gestalt ließen David zusammenzucken. Er ließ den Deutschen los, war bereit, sich gegen die gegenüberliegende Wand zu werfen.

Aber das konnte er nicht.

Der Gestapoagent hielt — in einer letzten Aufwallung von Kraft — seine Arme fest!

Hielt seine Arme fest, warf die Hände um Davids Brust und klammerte sich mit seinem ganzen Gewicht an ihn.

Spaulding trat mit dem Fuß nach dem Angreifer, schwang die Ellbogen zurück, schmetterte den Deutschen gegen die Holzwand.

Aber es war zu spät, und das wußte David.

Er sah die riesige Hand — die gespreizten, nackten Finger — die auf sein Gesicht zuschossen. Es war, als laufe vor seinen Augen ein gespenstischer Film in Zeitlupe ab. Er spürte, wie die Finger sich in seiner Haut verkrampften, und erkannte, daß sein Kopf mit großer Kraft gegen die Wand gestoßen wurde.

Das Gefühl, abzustürzen, gegen etwas geschmettert zu werden, zu kreisen, begleitete den Schmerz, den er über dem Hals empfand.

Er schüttelte den Kopf; das erste, was ihm bewußt wurde, war der Gestank. Er war rings um ihn her, übelkeiterregend.

Er lag in der Türnische in Fötalposition zusammengekrümmt. Er war naß, sein Gesicht, das Hemd durchtränkt, die Hosen.

Billiger Whisky. Sehr billig und reichlich.

Man hatte ihm das Hemd vom Kragen bis zur Hüfte aufgerissen, ihm einen Schuh ausgezogen, ebenso den Socken. Sein Gürtel war geöffnet. Der Hosenschlitz stand halb offen.

Das perfekte Bild eines Wracks.

Er richtete sich langsam in sitzende Position auf und verbesserte an seinem Äußern, was zu verbessern war. Er sah auf die Uhr; sie war verschwunden.

Die Brieftasche auch. Und sein Geld. Und was er sonst noch in den Taschen getragen hatte.

Er stand auf. Die Sonne war untergegangen. Die Nacht hatte begonnen. Es gab jetzt nicht mehr so viele Leute auf der Avenida Paraná.

Wie spät es wohl sein mochte? Nicht viel mehr als eine Stunde später, vermutete er.

Ob Jean noch auf ihn warten würde?

Sie zog ihm die Kleider aus, drückte ihm Eis gegen den Hinterkopf und bestand darauf, daß er ein langes, heißes Bad nahm. Als er aus dem Badezimmer kam, machte sie ihm einen Drink und setzte sich dann neben ihn auf die kleine Couch.

»Henderson wird darauf bestehen, daß du in die Botschaft ziehst, das weißt du doch, oder?«

»Das kann ich nicht.«

»Nun, du kannst dich auch nicht jeden Tag verprügeln lassen. Und sag mir bloß nicht, daß das *Diebe* waren. *Du* warst nicht bereit, das zu glauben, als Henderson und Bobby *beide* versuchten, dir das in bezug auf die Männer auf dem Dach zu sagen!«

»Das war etwas anderes. Um Gottes *willen*, Jean. Man hat mir alles geraubt, was ich bei mir hatte!« David sprach jetzt ganz streng. Es war wichtig, daß sie ihm glaubte. Und es war durchaus möglich, daß er ihr von nun an würde aus dem Wege gehen müssen. Das könnte sogar wichtig sein. Und würde schrecklich wehtun.

»Die Leute rauben einen nicht aus und überschütten einen dann mit Whisky!«

»Das tun sie schon, wenn sie sich genügend Zeit verschaffen wollen, die Gegend zu verlassen. Die Taktik ist nicht neu. Bis das Opfer der Polizei endlich klargemacht hat, daß er ein ganz nüchterner, ehrenwerter Bürger ist, sind die Diebe zwanzig Meilen entfernt.«

»Das glaube ich dir nicht. Ich denke, das erwartest du nicht einmal von mir.« Sie setzte sich auf und sah ihn an.

»Doch, das erwarte ich, weil es die Wahrheit ist. Man wirft nicht einfach seine Brieftasche, sein Geld, seine Uhr weg . . ., um ein

Mädchen davon zu überzeugen, daß eine Lüge stimmt. Komm schon, Jean! Ich habe Durst, und mein Kopf tut immer noch weh.«

Sie zuckte die Achseln, hatte offenbar erkannt, daß es keinen Sinn hatte, weiter in ihn zu dringen.

»Du hast fast keinen Scotch mehr, fürchte ich. Ich werde dir eine Flasche kaufen. An der Ecke von Talcahuano ist ein Spirituosenladen. Das ist nicht weit von hier . . .«

»Nein«, unterbrach er sie und erinnerte sich an den Mann mit den riesigen Händen, der das Haus betreten hatte. »Das mache ich. Leih mir etwas Geld.«

»Dann gehen wir beide«, antwortete sie.

»Bitte? . . . Würde es dir etwas ausmachen, hier zu warten? Vielleicht bekomme ich einen Aufruf; ich möchte, daß der Betreffende weiß, daß ich gleich wieder da bin.«

»Wer?«

»Ein Mann namens Kendall.«

Draußen auf der Straße fragte er den ersten Passanten, der ihm über den Weg kam, wo die nächste Telefonzelle sei. Sie war ein paar Straßen entfernt, auf der Rodríguez Peña, in einem Zeitungsladen.

David rannte so schnell er konnte. Der Hotelpage fand Kendall im Speisesaal. Als er an den Apparat kam, schien er noch zu kauen. Spaulding stellte sich den Mann vor, seine hingekritzelten Obszönitäten, seinen tierhaften Atem. Aber er riß sich zusammen. Walter Kendall war krank.

»Lyons kommt in drei Tagen«, erklärte Kendall. »Mit seinen Kindermächen. Ich hab' ihm eine Wohnung im San-Telmo-Viertel beschafft. Ein ruhiges Apartment in einer ruhigen Straße. Ich habe Swanson die Adresse telefonisch durchgegeben. Er wird sie seinen Aufpassern geben. Und die sorgen für alles Weitere. Sie werden mit Ihnen Verbindung aufnehmen.«

»Ich dachte, *ich* sollte mich darum kümmern.«

»Ich hatte mir überlegt, daß Sie die Dinge komplizieren würden«, unterbrach Kendall. »Aber die rufen Sie dann an. Oder ich. Ich werde eine Weile hier sein.«

»Da bin ich froh . . ., weil die Gestapo ebenfalls hier ist.«

»*Was?*«

»Ich sagte, weil die Gestapo auch hier ist. Sie haben nicht alles ganz zu Ende gedacht, Kendall. Jemand versucht *wirklich,* Sie aufzuhalten. Mich überrascht das nicht.«

»Sie haben wohl den Verstand verloren!«

»Das habe ich nicht.«

»Was ist passiert?«

David sagte es ihm und entdeckte zum erstenmal in seiner kurzen Bekanntschaft mit dem Buchprüfer an ihm Angst.

»Das Rheinmann-Netz muß eine Lücke haben. Das heißt nicht, daß die Pläne nicht hierherkommen werden. Es heißt nur, daß es Hindernisse gibt — wenn Rheinmann wirklich so gut ist, wie Sie sagen. So wie ich das verstehe, hat man in Berlin erfahren, daß die Pläne gestohlen wurden. Sie wissen, daß sie nach hierher unterwegs sind. Das Oberkommando hat von der Transaktion erfahren. Die werden das jetzt natürlich nicht an die große Glocke hängen, sondern versuchen, sie abzufangen. Mit so wenig Lärm wie möglich. Aber Sie können Ihren Hintern verwetten, daß es in Peenemünde ein paar Erschießungen gegeben hat.«

»Das ist verrückt ...« Kendall war kaum zu hören. Und dann murmelte er etwas; David konnte die Worte nicht verstehen.

»Was haben Sie gesagt?«

»Die Adresse in diesem Telmo. Für Lyons. Es sind drei Zimmer. Hintereingang.« Kendall sprach immer noch ganz leise, fast undeutlich.

Der Mann war der Panik nahe, dachte Spaulding. »Ich kann Sie kaum verstehen, Kendall ... Jetzt beruhigen Sie sich doch! Ich glaube, es ist Zeit, daß ich mich mit Rheinmann bekanntmache, finden Sie nicht?«

»Die Telmo-Adresse. Sie lautet Fünfzehn Terraza Verde ..., eine ruhige Gegend.«

»Wer ist der Kontaktmann für Rheinmann?«

»Der was?«

»Rheinmanns Kontakt.«

»Ich weiß nicht ...«

»Um Himmels willen, Kendall, Sie haben eine fünfstündige Besprechung mit ihm abgehalten!«

»Ich melde mich wieder ...«

David hörte das Klicken. Es verblüffte ihn. Kendall hatte aufgelegt.

Herrgott!

David verließ ärgerlich die Telefonzelle und das Geschäft und trat auf die Straße hinaus.

Wo, zum Teufel, war er jetzt eigentlich? O ja, der Scotch. Der Laden war auf der Talcahuano, hatte Jean gesagt. Vier Straßen westlich. Er sah auf die Uhr, aber da war natürlich keine Uhr.

Verdammt.

»Tut mir leid, daß es so lange gedauert hat. Ich habe mich verlaufen. Ich bin ein paar Straßen weit in die falsche Richtung gegangen.« David stellte die Tüte mit dem Scotch und dem Mineralwasser auf den Ausguß. Jean saß auf dem Sofa; irgend etwas schien sie zu beunruhigen, dachte er. »Hat jemand angerufen?«

»Nicht der, den du erwartet hast«, sagte Jean leise. »Jemand anderer. Er sagte, er würde dich morgen noch einmal anrufen.«

»Oh? Hat er den Namen hinterlassen?«

»Ja, das hat er.« Als sie antwortete, hörte David die Angst in ihrer Stimme. »Heinrich Stoltz.«

»Stoltz? Kenne ich nicht.«

»Solltest du aber. Er ist Untersekretär in der deutschen Botschaft ... David, was tust du?«

27.

»Tut mir leid, Señor. Mister Kendall ist gestern abend abgereist. Um halb elf, steht hier auf der Karte.«

»Hat er eine Adresse oder eine Telefonnummer hier in Buenos Aires hinterlassen?«

»Nein, Señor. Ich glaube, er ist in die Vereinigten Staaten zurückgereist. Um Mitternacht gab es einen Pan American Flug.«

»Danke.« David legte den Hörer auf und griff nach seinen Zigaretten.

Es war unglaublich! Kendall war beim ersten Anzeichen von Schwierigkeiten abgehauen.

Warum?

Das Telefon klingelte, es erschreckte David.

»Hallo?«

»Herr Spaulding?«

»Ja.«

»Heinrich Stoltz. Ich habe gestern abend angerufen, aber Sie waren ausgegangen.«

»Ja, ich weiß ... Soweit mir bekannt ist, sind Sie Angehöriger der deutschen Botschaft. Ich hoffe, ich brauche Ihnen nicht zu sagen, daß ich es als höchst unorthodox empfinde, daß Sie Verbindung mit mir aufnehmen. Und etwas geschmacklos.«

»Oh, jetzt kommen Sie, Herr Spaulding. Der Mann aus *Lissabon? Er* findet es unorthodox?« Stoltz lachte leise, aber nicht beleidigend.

»Es gibt da ein Restaurant, Casa Langosta del Mar, ein paar Straßen nördlich vom Parque Lezama. Es liegt etwas abseits, aber nicht außerhalb. Es gibt Nebenzimmer mit Vorhängen, ohne Türen; man kann sich dort nicht isolieren, nur absondern.«

»Zeit?«

»Halb eins.«

»Rauchen Sie?« fragte David scharf.

»Ja.«

»Dann halten Sie ein Paket amerikanische Zigaretten in der Hand, von dem Augenblick an, in dem Sie aus dem Wagen steigen. In der linken Hand; streifen Sie die Zellophanfolie ab und entnehmen Sie dem Päckchen zwei Zigaretten.«

»Das ist völlig unnötig. Ich weiß, wer Sie sind. Ich werde Sie erkennen.«

»Darauf kommt es mir gar nicht an. Ich kenne Sie nicht.« David legte abrupt den Hörer auf. Wie stets bei solchen Zusammentreffen, würde er frühzeitig am vereinbarten Ort eintreffen, wenn möglich durch einen Lieferanteneingang, und sich einen Standpunkt aussuchen, von dem aus er das Eintreffen seiner Kontaktperson beobachten konnte.

Jean Cameron ging durch den Korridor auf die Stahltreppe zu, die in den Keller führte.

In die ›Höhlen‹.

Die ›Höhlen‹ — ein Name, den Beamte des Außenamtes auf der ganzen Welt ohne jede Zuneigung benutzten — waren jene unterirdischen Räume mit Aktenschränken, die Dossiers über so ziemlich jedermann enthielten, der den geringsten Kontakt mit einer Botschaft hatte, bekannt und unbekannt, Freund und Gegner. Sie enthielten auch ausführliche Überprüfungen über das gesamte Botschaftspersonal; Dienstakten, Beurteilungen des State Department, Fortschrittsberichte. Nichts wurde ausgelassen, wenn man es beschaffen konnte.

Jean starrte Davids Akte an. Sie war beängstigend. Sie glich keiner anderen Akte, die sie je gesehen hatte. Es gab hier kein Dossier, keine Akten des State Departments, keine Berichte, keine Beurteilungen, keine Liste ehemaliger Einsatzorte.

Nur ein einziges Blatt.

Und dieses Blatt enthielt seine Beschreibung nach Geschlecht, Größe, Gewicht, Augenfarbe und unveränderlichen Kennzeichen.

Unter diesen oberflächlichen Daten, die weitzeilig auf dem Blatt standen, war folgendes zu lesen.

Versetzung durch Kriegsministerium. Gelungene Operationen. Finanzangelegenheiten.

Und sonst nichts.

»Haben Sie gefunden, was Sie brauchen, Mrs. Cameron?« fragte der Lieutenant an dem stählernen Gittertor.

»Ja . . . Danke.« Jean schob Davids dünnen Aktendeckel wieder in den Schrank zurück, lächelte dem Offizier zu und ging hinaus.

Sie erreichte die Treppe und ging langsam die Stufen hinauf. Sie akzeptierte die Tatsache, daß David einen Geheimauftrag hatte — akzeptierte sie und haßte sie gleichzeitig. Verabscheute die Geheimhaltung, die offensichtliche Gefahr. Aber sie hatte sich auch bewußt darauf vorbereitet, hatte das Schlimmste erwartet und es gefunden. Sie war keineswegs sicher, daß sie das Wissen würde verarbeiten können, war aber bereit, es zu versuchen. Wenn sie nicht damit fertig wurde, würde sie die Augenblicke selbstsüchtigen Vergnügens genießen und dann David Spaulding den Abschiedskuß geben. Dazu hatte sie sich entschlossen . . ., eigentlich unbewußt. Sie konnte nicht mehr Schmerz ertragen.

Und dann war da noch etwas. Es war nur ein schwacher Schatten in einem halbbeleuchteten Raum, aber er fiel ihr immer wieder in die Augen. Es war das Wort.

»Tortugas.«

Sie hatte es schon einmal gesehen. Erst kürzlich. Erst vor wenigen Tagen.

Es war ihr aufgefallen, weil Sie an die Dry Tortugas gedacht hatte. Und die wenigen Male, daß sie und Andrew von den Keys aus dorthin gesegelt waren.

Wo war das? Ja . . . ja, sie erinnerte sich.

Es war in einem sehr schematischen Absatz gestanden, in einem Überwachungsbericht, den sie auf Henderson Granvilles Schreibtisch gelesen hatte. Sie hatte ihn eines Morgens recht abwesend zur Kenntnis genommen . . ., erst vor ein paar Tagen. Aber sie hatte ihn nicht aufmerksam gelesen. Überwachungsberichte bestanden aus kurzen, abgehackten, informativen Sätzen, denen jeder Rhythmus und jede Farbe fehlten. Von fantasielosen Männern geschrieben, die sich nur für das interessierten, was sie kurz und detailliert beschreiben konnten.

Es war in La Boca gewesen.

Etwas, das den Kapitän eines Trawlers betraf . . . und seine Ladung. Eine Ladung, die nach Tortugas gebracht werden sollte. Eine Verletzung der Küstenhoheit; der Bestimmungsort war widerrufen, vom Kapitän des Trawlers als offensichtlicher Irrtum bezeichnet worden.

Und doch war auf den Landepapieren Tortugas gestanden.

Und David Spauldings Operation . . ., Geheimoperation . . ., trug die Codebezeichnung ›Tortugas‹.

Und Heinrich Stoltz von der deutschen Botschaft hatte David angerufen.

Und Jean Cameron hatte plötzlich Angst.

Spaulding war überzeugt, daß Stoltz alleine war. Er winkte dem Deutschen, ihm in den hinteren Teil des Restaurants zu folgen, zu dem kleinen, mit einem Vorhang abgetrennten Raum, den David sich vor einer halben Stunde von dem Kellner hatte zuweisen lassen.

Stoltz trat ein. Er hielt ein Päckchen Zigaretten in der linken Hand. Spaulding ging um den runden Tisch herum und setzte sich vor den Vorhang.

»Setzen Sie sich«, sagte David und wies auf den Stuhl, der ihm gegenüber stand. Stoltz lächelte. Er hatte begriffen, daß er mit dem Rücken zum Eingang sitzen würde.

»Der Mann aus Lissabon ist ein vorsichtiger Mann.« Der Deutsche zog sich einen Stuhl heran und setzte sich. Die Zigaretten legte er auf den Tisch. »Ich kann Ihnen versichern, daß ich nicht bewaffnet bin.«

»Gut. Ich schon.«

»Sie sind *zu* vorsichtig. Die Obersten mögen es nicht, wenn Angehörige kriegführender Staaten in ihrer neutralen Stadt Waffen tragen. Ihre Botschaft hätte Ihnen das sagen sollen.«

»Ich habe auch erfahren, daß man Amerikaner hier schneller als Ihre Landsleute verhaftet.«

Stoltz zuckte die Achseln. »Und warum nicht? Schließlich haben wir sie ausgebildet. Sie kaufen nur ihr Rindfleisch.«

»Es wird übrigens kein Mittagessen geben. Ich habe den Kellner für den Tisch bezahlt.«

»Das ist schade. Die Langosta ..., der Hummer hier ist ausgezeichnet. Ein Drink vielleicht?«

»Keine Drinks. Wir wollen nur reden.«

Stoltz' Stimme wurde jetzt ausdruckslos. »Ich bringe Ihnen ein Willkommen in Buenos Aires. Von Erich Rheinmann.«

David starrte den Mann an. »Sie?«

»Ja. Ich bin Ihr Kontakt.«

»Das ist interessant.«

»Das ist Erich Rheinmanns Art. Er zahlt für Gefolgschaft.«

»Ich will Beweise.«

»Unbedingt. Von Rheinmann selbst ... akzeptabel?« Spaulding nickte. »Wann? Wo?«

»Um das zu besprechen, bin ich hier. Rheinmann ist ebenso vorsichtig wie der Mann aus Lissabon.«

»Ich war dem diplomatischen Korps in Portugal beigeordnet. Versuchen Sie nicht, mehr als das daraus zu machen.«

»Unglücklicherweise muß ich die Wahrheit sagen. Herr Rheinmann ist in hohem Grade verärgert, daß die Männer in Washington es für richtig hielten, Sie als Verbindungsmann zu schicken. Ihre Anwesenheit in Buenos Aires könnte die Aufmerksamkeit auf uns ziehen.«

David griff nach den Zigaretten, die Stoltz auf den Tisch gelegt hatte. Er zündete sich eine an ..., der Deutsche hatte natürlich recht; Rheinmann hatte recht.

»Ich habe keine Ahnung, wovon Sie reden. Ich bin in Buenos

Aires, um vorläufige Empfehlungen New Yorker und Londoner Bankenkreise in bezug auf nach dem Krieg zu führende Verhandlungen über Wiederaufbauangelegenheiten zu übermitteln. Sie sehen, wir glauben *tatsächlich*, daß wir gewinnen werden. In solchen Gesprächen führt kein Weg an Rheinmann vorbei.«

»Der Mann von Lissabon ist höchst professionell.«

»Ich wünschte, Sie würden aufhören, diesen Unsinn zu wiederholen ...«

»Und überzeugend«, unterbrach Stoltz. »Die Tarnung ist eine ihrer besseren. Sie wirkt wesentlich überzeugender als irgendein amerikanischer Playboy ... Selbst Herr Kendall gibt mir da recht.«

David hielt inne, ehe er antwortete. Stoltz rückte jetzt näher und war offensichtlich im Begriff, den Beweis zu liefern. »Beschreiben Sie Kendall«, sagte er leise.

»Mit wenigen Worten?«

»Das ist gleichgültig.«

Stoltz lachte. »Ich würde es vorziehen, so wenig Worte wie möglich zu gebrauchen. Er ist ein höchst unattraktiver Zweibeiner. Er muß sich außerordentlich gut auf Zahlen verstehen; sonst kann ich mir keinen Grund vorstellen, im selben Zimmer mit ihm zu bleiben.«

»Waren Sie im selben Zimmer mit ihm?«

»Unglücklicherweise stundenlang. Mit Rheinmann ... So, können wir jetzt reden?«

»Bitte.«

»Ihr Mann Lyons wird übermorgen hier sein. Wir können alles sehr schnell erledigen. Die Pläne werden in einem Paket übergeben werden, nicht in zwei, wie Kendall glaubt.«

»Glaubt er das?«

»Das ist es, was man ihm gesagt hat.«

»Warum?«

»Weil Herr Rheinmann bis gestern abend glaubte, daß es so geplant sei. Ich selbst habe erst heute morgen von der Änderung erfahren.«

»Warum haben Sie mich dann gestern nacht angerufen?«

»Instruktionen von Walter Kendall.«

»Erklären Sie das bitte näher.«

»Ist das notwendig? Das eine hat nichts mit dem anderen zu tun.

Herr Kendall hat *mich* angerufen. Offensichtlich hatte er gerade mit Ihnen gesprochen. Er sagte, er sei plötzlich nach Washington zurückgerufen worden; ich solle Sie sofort kontaktieren, damit es nicht zu einem Abbruch der Verbindung komme. Er war da sehr hartnäckig.«

»Sagte Kendall, warum er in die Staaten zurückkehren soll?«

»Nein. Und ich sah keinen Grund, ihn danach zu fragen. Seine Arbeit hier ist erledigt. Er interessiert uns nicht. Sie sind der Mann mit den Codes, nicht er.«

David drückte seine Zigarette aus und starrte auf die Tischdecke. »Welchen Rang haben Sie in der Botschaft?«

Stoltz lächelte. »Den dritten ..., Position vier wäre bescheiden ausgedrückt. Aber meine Loyalität gilt den Rheinmann-Interessen, das ist ja wohl offensichtlich.«

»Ich werde das wissen, wenn ich mit Rheinmann spreche, nicht wahr?« David sah den Deutschen an. »Warum ist Gestapo hier in Buenos Aires?«

»Das ist sie nicht ... Nun, ein Mann ist hier; nicht viel mehr als ein Büroangestellter. Aber wie alle Gestapoleute hält er sich für den persönlichen Sprecher des Reiches und beschäftigt sämtliche Kuriere — die übrigens mit uns kooperieren. Er ist das, was Sie Amerikaner als einen Esel bezeichnen. Sonst ist hier niemand.«

»Sind Sie sicher?«

»Natürlich. Ich würde es als erster wissen; vor dem Botschafter, das kann ich Ihnen versichern. Dieses Spiel ist völlig unnötig, Herr Spaulding.«

»Es ist besser, Sie arrangieren jetzt dieses Zusammentreffen mit Rheinmann ... *Das* ist notwendig.«

»Ja. Sicher ... Was uns wieder zu Herrn Rheinmanns Interessen zurückführt. Warum ist der Mann aus Lissabon in Buenos Aires?«

»Ich fürchte, er muß. Sie haben es ja gesagt. Ich bin vorsichtig. Ich bin erfahren. Und ich habe die Codes.«

»Aber warum *Sie*? Sie aus Lissabon zu entfernen ist kostspielig. Ich spreche gleichzeitig als Feind und als objektiver Neutraler, als Verbündeter Rheinmanns. Gibt es irgendeinen Nebenaspekt, den wir nicht kennen?«

»Wenn es den gibt, kenne ich ihn auch nicht«, antwortete Spaulding und neutralisierte Stoltz' inquisitorischen Blick mit einem ebensolchen. Hören Sie, wir wollen hier offen miteinander sprechen: ich möchte, daß die Pläne bestätigt werden, will dann die Codes für Ihr verdammtes Geld abschicken und von hier verschwinden. Da ein großer Teil der Finanzierung von der Regierung kommen wird, ist Washington offensichtlich der Ansicht, daß ich der beste Mann bin, der sicherstellen kann, daß man uns nicht betrügt.«

Beide Männer blieben einige Augenblicke stumm. Dann meinte Stoltz:

»Ich glaube Ihnen. Sie Amerikaner machen sich immer Sorgen, man könne Sie betrügen, nicht wahr?«

»Sprechen wir über Rheinmann. Ich möchte, daß das Zusammentreffen sofort zustandekommt. Ich werde erst dann zufrieden sein, daß Kendalls Arrangements in Ordnung sind, wenn ich von ihm gehört habe. Und bis dahin werde ich keinen Codeplan mit Washington organisieren.«

»Einen solchen Plan gibt es nicht?«

»Es wird ihn nicht geben, solange ich Rheinmann nicht getroffen habe.«

Stoltz atmete tief. »Sie sind das, was man einen gründlichen Mann nennt. Sie werden Rheinmann sehen ... Es wird nach Einbruch der Dunkelheit sein müssen, zweimaliger Wagenwechsel, seine Wohnung. Er kann das Risiko nicht eingehen, daß man ihn in Ihrer Gesellschaft sieht ... Stören Sie diese Vorsichtsmaßregeln?«

»Keineswegs. Ohne die Codes gibt es keinen Geldtransfer in die Schweiz. Ich glaube, Herr Rheinmann wird sehr gastfreundlich sein.«

»Ja, da bin ich ganz sicher ... Also gut. Unser Geschäft wäre abgeschlossen. Man wird Sie heute abend kontaktieren. Werden Sie zu Hause sein?«

»Wenn nicht, hinterlasse ich etwas in der Vermittlung der Botschaft.«

»Dann auf Wiedersehen, mein Herr.« Stoltz stand auf und nickte dem anderen diplomatisch zu. *»Heute abend.«*

Heinrich Stoltz setzte sich an seinen Schreibtisch und griff nach dem Telefon. Er sprach in seinem makellosen, akademischen Deutsch.

»Herrn Rheinmann in Luján.«

Er legte den Hörer wieder auf, lehnte sich in seinem Sessel zurück und lächelte. Einige Minuten später ertönte sein Summer.

»Herr Rheinmann? ... Heinrich Stoltz ... Ja, ja, alles ist glatt gegangen. Kendall hat die Wahrheit gesagt. Dieser Spaulding weiß nichts über Koening oder die Diamanten; ihn interessieren nur die Pläne. Seine einzige Drohung ist die, das Geld zurückzuhalten. Er spielt kein sehr eindrucksvolles Spiel, aber wir brauchen die Codes. Die amerikanischen Marinepatrouillen könnten Anweisung bekommen, den Hafen abzuriegeln; der Trawler muß hinaus ... Können Sie sich das vorstellen? Das einzige, was diesen Spaulding interessiert, ist nicht betrogen zu werden!«

28.

Zuerst dachte er, er irre sich ... Nein, überlegte er, das stimmte nicht ganz; das war nicht sein erster Gedanke. Er hatte gar keinen ersten *Gedanken*, er hatte nur eine *Reaktion*.

Er war verblüfft.

Leslie Hawkwood!

Er sah sie von seinem Taxifenster aus, wie sie mit einem Mann am südlichen Ende der Brunnenanlage auf der Plaza de Mayo sprach. Das Taxi rollte langsam durch den Verkehr rings um den riesigen Platz; er wies den Fahrer an, zu halten.

David bezahlte und stieg aus. Er befand sich jetzt unmittelbar gegenüber Leslie und dem Mann; er konnte die verschwommenen Gestalten durch die Gischt der Fontäne erkennen.

Der Mann gab Leslie einen Umschlag und verbeugte sich, so wie Europäer das tun. Dann drehte er sich um und ging an den Straßenrand, hob die Hand, um ein Taxi anzuhalten. Eines hielt, und der Mann stieg ein; das Taxi reihte sich in den Verkehrsstrom ein, und Leslie ging zu der Ampel und wartete, daß sie umschaltete.

Auf dem Boulevard schritt Leslie in westlicher Richtung auf die Avenida 9 de Julio zu. David verringerte den Abstand zwischen ihnen, sorgte aber dafür, daß die Menschenmenge ihn vor ihren Blicken schützte. Sie blieb an einigen Schaufenstern kurz stehen und schien sich zweimal zu überlegen, ob sie hineingehen solle oder nicht.

Typisch Leslie; es war ihr schon immer schwergefallen, irgend etwas Neues nicht zu kaufen.

Aber sie ging weiter. Einmal sah sie auf die Armbanduhr; dann bog sie auf der Julio nach Norden und überprüfte die Hausnummern von zwei Läden, offenbar, um die Richtung zu prüfen.

Leslie Hawkwood war noch niemals in Buenos Aires gewesen. Sie setzte ihren Weg gemächlichen Schritts in nördlicher Richtung fort, schien die ungewöhnlichen Farben und die Breite des Boulevards in sich aufzunehmen. Jetzt erreichte sie die Ecke der Corrientes inmitten des Theaterviertels und ging an den Plakattafeln vorbei, musterte die Fotografien der Schauspieler.

Spaulding erkannte, daß die amerikanische Botschaft jetzt weniger als zwei Häuserblocks entfernt war — zwischen der Avenida Supacha und der Avenida Esmeralda. Es hatte keinen Zweck, weiter Zeit zu vergeuden.

Sie sah ihn, ehe er sie ansprach. Ihre Augen weiteten sich, die Kinnlade fiel ihr herunter, und ihr ganzer Körper zitterte sichtbar. Alles Blut schoß ihr aus dem gebräunten Gesicht.

»Du hast jetzt zwei Alternativen, Leslie«, sagte Spaulding, der dicht vor sie getreten war und jetzt auf ihr erschrecktes Gesicht herunterblickte. »Die Botschaft ist gleich dort vorne; das ist Territorium der Vereinigten Staaten. Man wird dich wegen Gefährdung der nationalen Sicherheit verhaften, wenn nicht gar wegen Spionage. Oder du kannst mit mir kommen ... und mir Fragen beantworten. Wie hättest du es gerne?«

Das Taxi brachte sie zum Flughafen, wo Spaulding mittels der Papiere, die ihn als ›Donald Scanlan, Bergwerksvermesser‹ identifizierten, einen Wagen mietete. Es handelte sich um die Art von Ausweispapieren, die er bei sich trug, wenn er mit Männern wie Heinrich Stoltz Verbindung aufnahm.

Er hatte Leslie am Arm festgehalten und dabei ausreichend Druck ausgeübt, um sie zu warnen, nur ja keinen Fluchtversuch zu unternehmen; sie war seine Gefangene und er nahm das todernst. Sie sagte während der ganzen Fahrt zum Flughafen kein Wort; starrte einfach nur zum Fenster hinaus und wich seinen Augen aus.

Das einzige, was sie an der Mietwagentheke sagte war: »Wo fahren wir hin?«

Seine Antwort war kurz und lakonisch: »Aus Buenos Aires heraus.«

Leslie sprach während der ganzen einstündigen Fahrt kein Wort. Sie rauchte Zigaretten, wobei ihre Hände zitterten und ihre Augen sich weigerten, mit den seinen Kontakt aufzunehmen. Und David wußte aus Erfahrung, welchen Nutzen Schweigen unter solchen Umständen hatte.

Das Mädchen war dem Zerbrechen nahe.

»Also gut. Jetzt kommen die Fragen«, sagte Spaulding und drehte sich im Sitz herum, so daß er ihr in die Augen sehen konnte. »Und glaube mir bitte, wenn du dich weigerst, habe ich nicht die geringsten Hemmungen, dafür zu sorgen, daß du unter Militärarrest gestellt wirst.«

Ihr Kopf fuhr herum, und sie starrte ihn verärgert an — aber dennoch angsterfüllt. »Warum hast du das nicht vor einer Stunde getan?«

»Aus zwei Gründen«, antwortete er einfach. »Sobald die Botschaft einmal eingeschaltet ist, würde ich in eine Kommandokette eingebunden sein; die Entscheidungen würden dann nicht von mir kommen. Ich bin zu neugierig, um die Kontrolle über dich aus der Hand zu geben ... Und zum zweiten, meine Liebe, glaube ich, daß du dich hier in etwas eingelassen hast, was dir leicht über den Kopf wachsen könnte. Worum geht es, Leslie? Worauf hast du dich da eingelassen?«

Sie schob sich die Zigarette zwischen die Lippen und inhalierte, als hänge ihr ganzes Leben von dem Rauch ab. Sie schloß kurz die Augen und sprach so leise, daß man es kaum hören konnte: »Das kann ich dir nicht sagen. Bitte, dräng mich nicht dazu.«

Er seufzte. »Ich glaube nicht, daß du das verstehst. Ich bin ein Abwehrbeamter, der hier dem Geheimdienst zugewiesen ist — ich sage dir gar nichts, was du nicht ohnehin schon weißt. Du hast es möglich gemacht, daß man mein Hotelzimmer durchsuchte, du hast gelogen; und nach allem, was ich weiß, hast du dich versteckt, du warst verantwortlich für einige Angriffe, die mich beinahe das Leben gekostet haben. Und jetzt tauchst du in Buenos Aires auf. Viertausend Meilen von diesem Apartment in der Park Avenue entfernt. Du bist mir viertausend Meilen weit gefolgt! ... *Warum?*«

»Das kann ich dir nicht *sagen!* Man hat mir nichts *gesagt*, was ich dir sagen könnte!«

»Man hat dir nicht ... *Herrgott!* Mit dem, was ich mir daraus zusammenreimen kann — und was ich bezeugen könnte — könntest du zwanzig Jahre im Gefängnis verbringen!«

»Ich würde gerne aussteigen. Darf ich?« sagte sie leise und drückte die Zigarette im Aschenbecher aus.

»Sicher, nur zu.« David öffnete seine Tür und ging schnell um den Wagen herum. Leslie ging ans Geländer. Das Wasser des Rio Luján leuchtete weit unter ihnen in der Tiefe.

»Das ist sehr schön hier, nicht wahr?«

»Ja . . ., hast du versucht, mich töten zu lassen?«

»O *Gott!*« Sie wirbelte zu ihm herum, stieß die Worte wie einen Fluch aus: »Ich habe versucht, dir das *Leben* zu retten! Ich bin hier, weil ich nicht *will*, daß du getötet wirst!«

David brauchte ein paar Augenblicke, um sich von dem zu erholen, was das Mädchen gesagt hatte. Das Haar war ihr jetzt ins Gesicht gefallen, und ihre Augen versuchten, die Tränen zurückzuhalten, aber ihre Lippen zitterten.

»Ich glaube, das solltest du besser erklären«, sagte er mit leiser, monotoner Stimme.

Sie wandte sich von ihm ab und blickte auf den Fluß hinunter, die Villen, die Boote. »Das ist wie die Riviera, nicht wahr?«

»Hör *auf*, Leslie!«

»Warum? Das gehört doch mit dazu.« Sie legte die Hände auf das Geländer. »Es gab eine Zeit, da gab es sonst nichts, alles andere war unwichtig. *Wohin* als nächstes; *wer* ist der Nächste? Was für eine *reizende* Party! . . . Du warst auch beteiligt.«

»Genaugenommen nicht. Du hast unrecht, wenn du das geglaubt hast. Ebenso wie du jetzt unrecht hast . . . Ich lasse mich nicht einfach beiseiteschieben . . .«

»Das versuche ich auch gar nicht.« Sie krampfte beide Hände um das Gitter, eine physische Geste, die ihre Unschlüssigkeit in Einklang mit ihren Worten brachte. »Ich versuche, dir etwas zu sagen.«

»Daß du mir hierher gefolgt bist, weil du mein *Leben* retten wolltest?« Er stellte die Frage voll Unglauben. »Du wolltest schon in New York immer zur Bühne, nicht wahr? Du hast gewartet, ziemlich lange sogar. Wie lange war das eigentlich? Fünf, sechs, acht Jahre, um mich wieder in Umlauf zu bringen. Ein richtiges Miststück bist du.«

»Und *du bist belanglos!*« Sie schleuderte ihm die Worte förmlich hin, und dann beruhigte sie sich wieder, bekam sich in den Griff. »Ich meine nicht du ... *du*. Nur im Vergleich zu allem anderen. In diesem Sinne sind wir alle belanglos.«

»Die Dame hat also ein Ziel, eine Sache, an die sie glaubt.«

Leslie starrte ihn an und sagte dann leise: »Eines, an das sie glaubt.«

»Dann solltest du keine Skrupel haben, es mir zu erklären.«

»Das *werde* ich, das verspreche ich dir. Aber *jetzt* kann ich es nicht ... Hab Vertrauen zu mir!«

»Sicher«, sagte David ganz beiläufig. Und dann fuhr seine Hand plötzlich vor, packte ihre Tasche, die an einem Lederriemen von ihrer Schulter hing. Sie versuchte, Widerstand zu leisten, aber er sah sie nur an. Sie verharrte in ihrer Bewegung, atmete tief.

Er öffnete die Tasche und entnahm ihr den Umschlag, den man ihr an dem Springbrunnen an der Plaza de Mayo gegeben hatte. Und dabei fiel sein Blick auf eine Ausbuchtung unten in der Tasche, die von einem seidenen Tuch bedeckt war. Er hielt den Umschlag zwischen den Fingern und griff nach unten, schob das Tuch weg und zog einen kleinen Remington-Revolver heraus. Ohne etwas zu sagen, überprüfte er die Kammer und den Sicherheitshebel und steckte die Waffe in die Jackettasche.

»Ich habe gelernt, damit umzugehen«, sagte Leslie vorsichtig.

»Gut für dich«, erwiderte Spaulding und öffnete den Umschlag.

»Zumindest wirst du sehen, wie effizient wir sind«, sagte sie und wandte sich ab, blickte zum Fluß hinunter.

Das Blatt hatte keinen Aufdruck, keinen Briefkopf, nichts was auf den Absender oder die entsprechende Organisation hinwies. Oben auf dem Blatt stand nur:

Spaulding, David, Lt. Col. Militärischer Abschirmdienst, US-Army, Klassifikation 4-0. Fairfax.

Darunter standen fünf komplizierte Absätze, die jede Bewegung schilderten, die er seit Samstag nachmittag gemacht hatte, als er das Botschaftsgebäude betrat. David stellte befriedigt fest, daß ›Donald Scanlan‹ nicht erwähnt wurde; er hatte die Flughafenkontrollen und den Zoll unbeobachtet passiert.

Sonst stand alles da: seine Wohnung, sein Telefon, sein Büro in der Botschaft, der Zwischenfall auf dem Dach an der Córdoba, das

Mittagessen mit Jean Cameron in La Boca, das Zusammentreffen mit Kendall im Hotel, der Überfall an der Avenida Paraná, sein Telefonanruf in dem Geschäft an der Rodríguez Peña.

Alles.

Selbst der ›Lunch‹ mit Heinrich Stoltz im Langosta del Mar an der Küste von Lezama. Das Zusammentreffen mit Stoltz wurde auf ›mindestens eine Stunde‹ geschätzt.

»Deine Leute sind *sehr* gründlich. Und jetzt will ich wissen, wer diese Leute sind?«

»Männer . . . und Frauen, die sich berufen fühlen. Die ein Ziel haben. Eine *große* Berufung.«

»Das ist es nicht, was ich dich gefragt habe . . .«

Das Geräusch eines Automobils war zu hören, das den Hügel heraufkam. Spaulding griff in die Jackettasche, nach der Pistole. Der Wagen wurde sichtbar, rollte an ihnen vorbei. Die Leute in dem Wagen lachten. David wandte seine Aufmerksamkeit wieder Leslie zu.

»Ich habe dich gebeten, mir zu vertrauen«, sagte das Mädchen. »Ich war zu einer Adresse an dem Boulevard unterwegs, der sich Julio nennt. Ich sollte um halb zwei dort sein. Sie werden sich fragen, wo ich bleibe.«

»Du willst mir also nicht antworten, wie?«

»Ich werde dir auf meine Art antworten. Ich bin hier, um dich zu überzeugen, daß es besser ist, wenn du Buenos Aires verläßt.«

»Warum?«

»Was auch immer es ist, was du tust — und ich *weiß* nicht, was es ist, man hat es mir nicht gesagt — es kann nicht geschehen. Wir können es nicht zulassen. Es ist nicht richtig.«

»Da du nicht weißt, was es ist, wie kannst du da sagen, daß es nicht richtig ist?«

»Weil man es mir gesagt hat. Das genügt!«

»Ein Volk, ein Reich, ein Führer«, sagte David mit leiser Stimme. »Steig ein!«

»Nein. Du mußt mir zuhören! Verlasse Buenos Aires! Sag deinen Generalen, daß es nicht geht!«

»Steig in den Wagen!«

Wieder war das Geräusch eines Wagens zu hören, diesmal aus der anderen Richtung, von oben. David steckte erneut die Hand in die Jackentasche, zog sie dann aber wieder ebenso beiläufig heraus. Es war dasselbe Fahrzeug mit den lachenden Touristen, das vor wenigen Augenblicken vorbeigerollt war. Sie lachten immer noch und gestikulierten; wahrscheinlich waren sie betrunken, hatten zu viel Wein zum Mittagessen getrunken.

»Du kannst mich nicht zur Botschaft bringen! Das *kannst du nicht!*«

»Wenn du jetzt nicht einsteigst, wirst du einfach dort aufwachen. *Los!*«

Reifen knirschten auf dem Kies. Der Wagen hatte plötzlich kehrtgemacht — in letzter Sekunde — und bog jetzt scharf in den Parkplatz ein und kam dort zum Stillstand.

David blickte auf und fluchte halblaut vor sich hin, die Hand in der Jackentasche erstarrt.

Zwei Karabiner starrten ihn aus dem offenen Wagenfenster an. Sie waren auf ihn gerichtet.

Die Köpfe der drei Männer im Wagen waren mit Seidenstrümpfen bedeckt, die Gesichter grotesk unter den halbdurchsichtigen Masken verzerrt. Ein Mann, der neben dem Fahrer auf dem Vordersitz saß und ein weiterer auf dem Rücksitz hielten die Karabiner.

Der Mann vom Hintersitz öffnete die Tür, ohne dabei die Waffe zu senken. Er erteilte seinen Befehl mit ruhiger Stimme. In englischer Sprache.

»Steigen Sie ein, Mrs. Hawkwood . . . Und Sie, Colonel. Holen Sie die Waffe aus der Tasche — mit zwei Fingern.«

David kam dem Befehl nach.

»Gehen Sie ans Geländer«, fuhr der Mann auf dem Rücksitz fort, »und lassen Sie sie hinunterfallen ins Gehölz.«

David gehorchte. Der Mann stieg aus dem Wagen, um Leslie einsteigen zu lassen. Dann kehrte er zu seinem Sitz zurück und schloß die Tür.

Der schwere Motor heulte auf, und dann war wieder das Geräusch durchdrehender Reifen auf dem lockeren Kies zu hören. Der Wagen machte einen Satz nach vorne, hinaus aus dem Parkplatz und jagte bergab davon.

David stand am Geländer. Er würde darüberklettern und seine Pistole suchen. Es hatte keinen Sinn, dem Wagen mit Leslie Hawkwood und drei Männern in Strumpfmasken zu folgen. Sein Mietwagen war einem Duesenberg haushoch unterlegen.

29.

Das Restaurant hatte Jean ausgewählt. Es lag etwas abseits im nördlichen Teil der City, hinter dem Palermopark, ein Ort für ein Stelldichein.

»Wo warst du heute nachmittag?« fragte sie, als sie bemerkte, wie er sich von ihrer Nische aus im halbdunklen Raum umsah.

»Ein paar Besprechungen. Höchst langweilig. Bankiers müssen jedes Gespräch über sein natürliches Ende hinaus verlängern.«

»Ja ... Nun, die wollen einem wahrscheinlich eben den letzten Dollar abpressen.«

»Nicht ›vielleicht‹. Genau das ist es ... Übrigens ein bemerkenswertes Lokal. Es erinnert mich an Lissabon.«

»Bobby hat mich eines Abends hierhergebracht ... Ich kann mir vorstellen, daß er eine Menge Mädchen hierherbringt.«

»Es ist ... diskret.«

»Wahrscheinlich hatte er Angst, Henderson könne herausfinden, daß er keine ehrenwerten Absichten hatte. Also brachte er mich hierher.«

»Womit er seine Absichten bestätigte.«

»Ja ..., es ist für Liebespaare. Aber das waren wir nicht.«

»Ich bin froh, daß du es für uns gewählt hast.«

Als sie seinen Blick bemerkte, senkte sie die Augen.

»Was ist denn?«

»Nichts ..., gar nichts.« Sie lächelte, aber da waren nur die Umrisse ihres Lächelns, nicht das Leichte, das Echte, das ihm daran aufgefallen war. »Hast du mit diesem Stoltz gesprochen?«

»Du lieber Gott, beunruhigt dich das etwa? ... Tut mir leid, ich hätte wahrscheinlich etwas sagen sollen. Stoltz hat Marineinformationen zu verkaufen; aber ich komme nicht als Käufer in Frage. Ich habe ihm gesagt, er solle sich mit der Marineabwehr in Verbindung setzen. Ich habe heute morgen dem Stützpunktkommandanten von FMF einen Bericht geschickt. Wenn die ihn haben wollen, können sie unmittelbar mit ihm verhandeln.«

»Seltsam, daß er dich angerufen hat.«

»Das dachte ich auch. Offensichtlich hat mich die deutsche Überwachung neulich aufgepickt und die Finanzdaten auf ihrem Blatt gefunden. Das reichte Stoltz.«

»Ist er ein Überläufer?«

»Kann auch sein, daß er nur gefälschte Papiere verkauft. Das ist das Problem von FMF, nicht das meine.«

»Du gibst dich aber sehr überlegen.« Sie nippte an ihrem Kaffee.

»Was soll das heißen?«

»Nichts ... Nur daß du schnell bist. Schnell und geschickt. Du mußt in deiner Arbeit sehr gut sein.«

»Und du bist in einer schlimmen Stimmung. Kommt das von zuviel Gin?«

»Oh, du hältst mich für betrunken?«

»Nüchtern bist du jedenfalls nicht. Nicht, daß es etwas zu bedeuten hätte.« Er grinste. »Eine Alkoholikerin bist du auch nicht.«

»Danke für das Vertrauensvotum. Aber du solltest keine Spekulationen anstellen. Das schließt eine gewisse Dauerhaftigkeit ein, und das müssen wir vermeiden, nicht wahr?«

»Müssen wir das? Für dich scheint das heute abend sehr wichtig zu sein. Ich hatte das nicht als ein Problem empfunden.«

»Du hast es wohl nur beiseitegeschoben, nehme ich an. Ich bin sicher, daß du andere, dringendere Angelegenheiten hast.« Jean stellte die Tasse ab und schüttete dabei Kaffee über das Tischtuch. Offensichtlich ärgerte sie sich über sich selbst. »Ich mache das sehr schlecht«, sagte sie nach einem kurzen Schweigen.

»Du machst es schlecht«, pflichtete er ihr bei.

»Ich habe Angst.«

»Wovor?«

»Du bist doch nicht hier in Buenos Aires, um mit Bankiers zu sprechen, oder? Es ist viel mehr als das. Ich weiß, daß du es mir nicht sagen willst. Und in ein paar Wochen wirst du wieder weg sein ... Wenn du dann noch lebst.«

»Du solltest deine Fantasie etwas zügeln.« Er griff nach ihrer Hand; sie drückte die Zigarette aus und legte die andere Hand über die seine. Sie hielt ihn fest.

»Also gut. Wir wollen annehmen, daß du recht hast.« Sie sprach jetzt ganz leise; er mußte sich anstrengen, um sie zu hören. »Ich will alles gutmachen. Ich bin verrückt und habe zu viel getrunken. Hab' Nachsicht mit mir. Treib das Spiel noch einen Augenblick.«

»Wenn du willst ... Okay.«

»Das ist jetzt rein hypothetisch. Mein David hat nämlich das

State-Department-Syndrom nicht, mußt du wissen. Er ist Agent. Wir hatten ein paar von der Sorte hier; ich habe sie kennengelernt. Die Obersten nennen sie *Provocarios* ... Mein David ist also Agent, und wenn man Agent ist, nennt man das ... irgendwie riskant, weil die Regeln anders sind. Das heißt, die Regeln haben keine Bedeutung ... Es gibt für diese Leute keine Regeln ... Für Leute wie meinen hypothetischen David. Kannst du mir folgen?«

»Ja«, erwiderte er ruhig. »Ich weiß nicht, worauf du hinauswillst oder wie man bei diesem Spiel Punkte gewinnt.«

»Darauf kommen wir noch.« Sie trank ihren Kaffee aus und hielt die Tasse fest — zu fest; ihre Finger zitterten. »Worauf ich hinaus will, ist, daß ein solcher Mann wie mein ... hypothetischer David getötet werden könnte, oder zum Krüppel gemacht oder daß jemand ihm das Gesicht zerschießen könnte. Ein schrecklicher Gedanke, nicht wahr?«

»Ja. Ich kann mir vorstellen, daß diese Möglichkeit inzwischen ein paar hunderttausend Menschen in den Sinn gekommen ist; schrecklich.«

»Aber diese Menschen sind anders. Sie haben Armeen und Uniformen und feste Regeln. Selbst in Flugzeugen ... sind ihre Chancen besser. Und ich sage das aus einer gewissen Erfahrung.«

Er musterte sie scharf. »Hör auf.«

»O nein, jetzt noch nicht. Jetzt werde ich dir sagen, wie du Punkte bekommen kannst. Warum tut mein hypothetischer David das, was er tut? ... Nein, du sollst noch nicht antworten.« Sie hielt inne und lächelte schwach. »Aber du wolltest gar nicht antworten, nicht wahr? Es ist auch nicht wichtig; die Frage hat noch eine zweite Hälfte. Du bekommst Extra-Punkte, wenn du diese zweite Hälfte auch in Betracht ziehst.«

»Was ist das für eine zweite Hälfte?« Er dachte, daß Jean etwas wiederholte, das sie auswendig gelernt hatte. Ihre nächsten Worte bewiesen, daß er recht hatte.

»Siehst du, ich habe immer wieder darüber nachgedacht ..., für dieses Fantasiespiel ..., über diesen hypothetischen Agenten. Er befindet sich in einer höchst ungewöhnlichen Position; er arbeitet alleine ... oder zumindest mit sehr, *sehr* wenigen Leuten. Er befindet sich in einem fremden Land und alleine ... Verstehst du jetzt den zweiten Teil?«

David musterte sie. Sie hatte irgendeine abstrakte Verbindung in ihren Gedanken hergestellt, ohne sie in Worte zu kleiden. »Nein, ich verstehe nicht.«

»Wenn David alleine arbeitet, in einem fremden Land, und Codes nach Washington schicken muß ... Henderson hat mir das gesagt ..., bedeutet das, daß die Leute, für die er tätig ist, ihm glauben müssen, was er ihnen sagt. Er kann ihnen alles sagen, was er will ... Und jetzt kommen wir wieder auf die Frage zurück. Wenn der hypothetische David all das weiß, warum tut er dann das? Er kann doch nicht ernsthaft glauben, daß er das Ergebnis des ganzen Krieges beeinflussen kann. Er ist nur einer unter Millionen und Abermillionen.«

»Und ..., wenn ich dir richtig folge ..., dieser hypothetische Mann kann seinen Vorgesetzten durchgeben, daß er Schwierigkeiten hat ...«

»Er muß in Buenos Aires bleiben. Auf lange Zeit«, unterbrach sie ihn und hielt seine Hand fest.

»Und wenn sie nein sagen, kann er sich immer noch in der Pampa verstecken.«

»Mach dich nicht über mich lustig!« sagte sie eindringlich.

»Das tue ich nicht. Ich will gar nicht so tun, als könne ich dir logische Antworten geben, aber ich glaube nicht, daß der Mann, von dem du sprichst, so viel Freiheit hat. Solche Männer werden gewöhnlich am kurzen Zügel geführt, glaube ich. Man könnte andere Männer schicken ... Das würde man auch tun, da bin ich ganz sicher. Deine Strategie bringt nur auf kurze Sicht Gewinn; die Nachteile und die Strafen sind groß und verdammt hart.«

Sie entzog ihm langsam ihre Hände, wandte den Blick von ihm ab. »Aber es ist ein Risiko, das es vielleicht wert wäre. Ich liebe dich sehr. Ich will nicht, daß man dir wehtut, und ich weiß, daß es Leute gibt, die dir wehtun wollen.« Sie hielt inne und sah ihn wieder an. »Die versuchen doch, dich zu töten, nicht wahr? ... Einer unter so vielen Millionen ... Und ich sage mir immer wieder ›Nicht er. O Gott, nicht er.‹ Verstehst du denn nicht? ... Brauchen wir sie? Sind denn diese Leute — wer auch immer sie sein mögen — so wichtig? Wichtig für uns? Hast du denn nicht schon genug getan?«

Er erwiderte ihren Blick, und plötzlich war ihm klar, daß er ihre Frage in ihrer ganzen Tiefe begriff. Es war nicht angenehm, das zu erkennen . . . Er hatte *wirklich* genug getan. Sein ganzes Leben war derartig umgedreht worden, daß das Fremdartige für ihn alltäglich geworden war.

Wofür? Die Amateure? Alan Swanson? Walter Kendall?

Ein toter Ed Pace. Ein korruptes Fairfax.

Einer unter so vielen Millionen.

»Señor Spaulding?« Die Worte schockten ihn einen Augenblick lang, weil sie so völlig unerwartet kamen. Ein befrackter Oberkellner stand an der Nische und sprach ihn mit leiser Stimme an.

»Ja?«

»Telefongespräch für Sie.«

David sah den diskreten Mann an. »Können Sie den Apparat an den Tisch bringen?«

»Ich bitte aufrichtig um Entschuldigung. Der Stecker an dieser Nische funktioniert nicht.«

Eine Lüge natürlich, das wußte Spaulding.

»Also gut.« David stand auf und wandte sich zu Jean. »Ich bin gleich wieder hier. Trink noch einen Schluck Kaffee.«

»Und wenn ich einen Drink wollte?«

»Dann bestelle ihn.« Er schickte sich an, wegzugehen.

»David?« Sie rief ihm ganz leise nach, gerade laut genug, um gehört zu werden.

»Ja.« Er drehte sich um; sie starrte ihn wieder an.

»›Tortugas‹ ist es nicht wert«, sagte sie leise.

Es war, als hätte jemand ihm einen heftigen Schlag in die Magengrube versetzt. Plötzlich hatte er einen Kloß in der Kehle, sein Atem stockte und seine Augen schmerzten, als er auf sie herunterblickte.

»Ich bin gleich wieder hier.«

»Hier Heinrich Stoltz«, sagte die Stimme.

»Ich habe Ihren Anruf erwartet. Ich nehme an, Sie haben die Nummer von der Vermittlung.«

»Es war nicht notwendig anzurufen. Die Arrangements sind getroffen. In zwanzig Minuten wird ein grüner Packard vor dem Restaurant stehen. Ein Mann wird den linken Arm zum Fenster heraushalten und diesmal ein offenes Päckchen mit deutschen Zigaretten in der Hand halten. Ich dachte, die symbolische Wiederholung würde Ihnen zusagen.«

»Ich bin gerührt. Aber Sie müssen vielleicht den Zeitpunkt und den Wagen ändern.«

»Änderungen kommen nicht in Frage. Herr Rheinmann ist in diesem Punkt nicht umzustimmen.«

»Ich auch nicht. Es hat sich etwas ergeben.«

»Tut mir leid. Zwanzig Minuten. Ein grüner Packard.«

Damit brach die Verbindung ab.

Nun, das war Stoltz' Problem, dachte David. Eigentlich beschäftigte ihn nur ein einziger Gedanke. Er mußte zu Jean zurück.

Er verließ die schwach beleuchtete Ecke und schob sich etwas unsicher an den Gästen der Bar vorbei, deren Hocker ihm den Weg versperrten. Er hatte es eilig; die Hindernisse, seien es nun Menschen oder Möbelstücke, ärgerten ihn, verstimmten ihn. Er erreichte den Bogengang, der in den Speisesaal führte und ging schnell an den Tischen vorbei zu der Nische hinten an der Wand.

Jean Cameron war verschwunden. Auf dem Tisch lag eine Nachricht.

Sie hatte die Rückseite einer Serviette beschrieben, und die Worte waren mit einem Augenbrauenstift aufgeschrieben. Hastig geschrieben, fast unleserlich.

David, ich bin sicher, daß du viel zu tun hast — vielleicht mußt du irgendwohin — und ich langweile mich heute abend.

Sonst nichts, kein Gruß. Als ob sie einfach aufgehört hatte zu schreiben.

Er zerdrückte die Serviette in der Tasche und rannte quer durch den Speisesaal zum Eingang. Der Geschäftsführer stand an der Türe.

»*Señor?* Gibt es Schwierigkeiten?«

»Die Dame hat die Nische verlassen. Wo ist sie hingegangen?«

»Mrs. Cameron?«

Herrgott! dachte David und musterte den ruhigen *porteño*. Was ging hier vor? Die Bestellung war auf *seinen* Namen getätigt worden. Jean hatte darauf hingewiesen, daß sie erst einmal in dem Restaurant gewesen sei.

»Ja! Mrs. Cameron! Verdammt nochmal, wo ist sie?«

»Sie ist vor wenigen Minuten weggegangen. Sie hat das erste Taxi genommen, das draußen stand.«

»Jetzt hören Sie mir zu ...«

»Señor«, unterbrach der höfliche Argentinier, »draußen wartet ein Herr auf Sie. Er wird Ihre Rechnung erledigen. Er hat ein Konto bei uns.«

Spaulding musterte die großen Scheiben in der schweren Eingangstür. Durch das Glas konnte er einen Mann sehen, der auf dem Bürgersteig stand. Er trug einen weißen Palm-Beach-Anzug.

David schob die Türe auf und ging auf ihn zu.

»Sie wollten mich sprechen?«

»Ich habe Sie nur erwartet, Herr Spaulding. Um Sie zu geleiten. Der Wagen sollte in fünfzehn Minuten hier sein.«

30.

Die grüne Packard-Limousine hielt auf der gegenüberliegenden Straßenseite an, unmittelbar vor dem Restaurant. Der Arm des Fahrers erschien im offenen Fenster. Er hielt ein Päckchen Zigaretten in der Hand. Der Mann in dem weißen Palm-Beach-Anzug winkte Spaulding höflich zu, ihn zu begleiten.

Als er näherkam, erkannte David, daß der Fahrer ein kräftig gebauter Mann in einem schwarzen, kurzärmligen Strickhemd war, das seine muskulösen Arme hervorhob. Er war schlecht rasiert und hatte dicke Augenbrauen und sah aus wie ein übellauniger Hafenarbeiter. Spaulding war überzeugt, daß dieser Eindruck beabsichtigt war. Der Mann, der neben ihm ging, öffnete die Wagentüre, und David stieg ein.

Der Verkehr war nicht besonders dicht; immer wieder kamen ihnen auf der Gegenfahrbahn Fahrzeuge entgegen, während der Packard seinerseits einige Wagen überholte. Der Fahrer sah immer wieder prüfend in Seiten- und Rückspiegel.

Inmitten einer langen Straßenbiegung verlangsamte der Packard dann seine Fahrt. Der Fahrer nickte dem Mann in dem weißen Palm-Beach-Anzug neben David zu.

»Hier tauschen wir jetzt die Wagen Herr Spaulding«, sagte der Mann und griff in die Jackettasche und holte eine Pistole heraus.

Vor ihnen war ein einzelnes Gebäude zu sehen, ein Restaurant oder ein Gasthof mit einer kreisförmigen Auffahrt, die am Eingang vorbei führte und in einem großen Parkplatz etwas abseits von dem Bau endete. Der Eingang und der Rasen davor waren von Scheinwerfern bestrahlt.

Der Fahrer bog ein, und der Mann neben Spaulding tippte ihn an.

»Steigen Sie hier bitte aus. Gehen Sie hinein.«

David öffnete die Tür. Zu seiner Überraschung stand ein uniformierter Mann am Eingang, der jedoch keinerlei Anstalten machte, sich dem Packard zu nähern. Statt dessen eilte er an der Eingangstüre vorbei über den kiesbestreuten Weg in Richtung auf den Parkplatz zu. Spaulding öffnete die Tür und betrat den mit Teppich belegten Vorraum des Restaurants; der Mann im weißen Anzug ging dicht hinter ihm, er hielt jetzt die Pistole in der Tasche auf ihn gerichtet.

Statt auf den Eingang zum Speisesaal zuzugehen, hielt der Mann David am Arm fest — ganz höflich — und klopfte an die Tür eines kleinen Büros im Vorraum. Die Türe öffnete sich, und sie traten beide ein.

Es war ein winziges Büro, aber das machte keinen Eindruck auf Spaulding. Was ihn hingegen faszinierte, waren die zwei Männer, die sich in dem Raum befanden. Der eine trug einen weißen Palm-Beach-Anzug, der andere — und David mußte unwillkürlich lächeln — trug dieselben Kleider wie er. Ein hellbraunes, gestreiftes Cordjackett und dunkle Hosen. Der zweite Mann war etwa so groß wie er, ähnlich gebaut und aus einiger Entfernung durchaus mit ihm zu verwechseln.

David hatte keine Zeit, weitere Beobachtungen anzustellen. Das Licht in dem kleinen Büro — eine Schreibtischlampe — wurde von dem Mann im weißen Anzug, der mit ihm gekommen war, ausgeknipst. Der Deutsche, der Spaulding begleitet hatte, trat an das Fenster, das den Blick auf die kreisförmige Auffahrt freigab. Er sagte mit weicher Stimme:

»Schnell. Beeilen Sie sich . . . Danke.«

Die beiden Männer gingen schnell zur Türe, öffneten sie und traten hinaus. Der Deutsche am Fenster bildete im Licht der Eingangstür eine dunkle Silhouette. Er winkte David zu.

»Kommen Sie her.«

Er trat ans Fenster und stellte sich neben den Mann. Draußen konnte er jetzt ihre beiden ›Doppelgänger‹ in der Einfahrt sehen. Sie redeten und gestikulierten, als führten sie ein Streitgespräch — eine leichte Meinungsverschiedenheit, nichts Ernstes. Beide rauchten Zigaretten, und ihre Gesichter waren häufig von den Händen verdeckt. Sie wandten der Straße den Rücken zu.

Dann kam ein Wagen von rechts, vom Parkplatz her, und die beiden Männer stiegen ein. Der Wagen rollte langsam nach links zur Einfahrt der Fernstraße. Dort wartete er einige Sekunden, bis sich in dem schwachen nächtlichen Verkehr eine Lücke bot. Und dann schoß der Wagen plötzlich mit einem Ruck nach vorne, bog auf die rechte Straßenseite und jagte in südlicher Richtung auf die Stadt zu.

David begriff nicht ganz, weshalb man diese komplizierten Manöver für notwendig hielt; er wollte gerade den Mann neben sich fragen. Aber ehe er etwas sagen konnte, bemerkte er das Lächeln, das um die Lippen des Mannes spielte und das sich im Fenster spiegelte. Spaulding blickte hinaus.

Etwa fünfzig Meter entfernt wurden an der Uferstraße Scheinwerfer eingeschaltet. Ein Fahrzeug, das nach Norden blickte, vollführte auf der breiten Straße eine Kehre und jagte in südlicher Richtung davon. Der Deutsche grinste. *»Kinder, diese Amerikaner.«*

David trat zurück. Der Mann ging zum Schreibtisch und schaltete die Lampe ein.

»Das war eine interessante Übung«, sagte Spaulding.

Der Mann blickte auf. »Einfach eine — wie sagen Sie da, *Vorsichtsmaßnahme*, eine ...«

»Ja, ich verstehe schon«, sagte David.

»*Ja*, richtig, Sie sprechen ja deutsch. Kommen Sie, wir dürfen Herrn Rheinmann nicht länger warten lassen, als die ... *Vorsichtsmaßnahmen* erfordern.«

Spaulding war sich darüber im klaren, daß man die primitive Landstraße selbst bei Tageslicht nur schwer würde finden können. So, nur im Licht der Straßenbeleuchtung und im schwachen Mondschein schien es geradeso, als sei der Packard von dem harten Asphalt abgebogen und in eine schwarze Wand aus dichten Dschungelgewächsen gefahren. Aber das unverkennbare Geräusch von weichem Lehm unter den Rädern war nicht zu überhören, und der Fahrer schien sich im Wissen um die zahlreichen Biegungen und Kurven völlig sicher. Nachdem sie eine halbe Meile durch den Wald gerollt waren, verbreiterte sich die Straße plötzlich und die Oberfläche wurde wieder glatt und hart.

Vor sich erblickten sie eine riesige Parkfläche. Vier steinerne Säulen — groß und breit und fast mittelalterlich anmutend — standen in gleichen Abständen voneinander am anderen Ende des schwarz asphaltierten Feldes. Über jeder Steinsäule war ein Scheinwerfer montiert, deren Lichtbalken sich schnitten, und damit die ganze Parkfläche und den Wald dahinter beleuchteten. Zwischen den mächtigen Säulen erstreckte sich ein dicht vergitterter Eisenzaun, in dessen Mitte man ein stählernes Tor sehen konnte, das offensichtlich elektrisch bedient wurde.

Männer in dunklen Hemden und Hosen — von beinahe militärischem Schnitt — standen herum, einige hielten Hunde an der Koppel.

Dobermänner. Mächtige Tiere, die an der Koppel zerrten und bösartig bellten.

Jetzt konnte man halblaute Befehle hören und die Hunde verstummten.

Der Mann im weißen Palm-Beach-Anzug öffnete die Tür und stieg aus. Er ging zu der Hauptsäule, wo jetzt ein Wachmann aus dem Inneren der Anlage am Zaun erschien. Die beiden Männer redeten kurz miteinander; David konnte hinter dem Wachmann ein dunkles Gebilde aus Beton oder Stuck erkennen, das vielleicht zwanzig Fuß lang war und in dem ein paar kleine Fenster beleuchtet waren.

Der Wachmann kehrte zu dem Miniaturhaus zurück, worauf der Mann im weißen Anzug auf den Packard zuging.

»Wir müssen ein paar Minuten warten«, sagte er und kletterte auf dem Rücksitz.

»Ich dachte, wir hätten es eilig.«

»Hierher zu kommen und Herrn Rheinmann wissen zu lassen, daß wir eingetroffen sind, nicht notwendigerweise um eingelassen zu werden.«

»Ein reizender Bursche«, sagte David.

»Herr Rheinmann kann sein, wie er will.«

Zehn Minuten später schwang das stählerne Tor langsam auf, und der Fahrer ließ den Motor an. Der Packard rollte an der Torwache vorbei, und die Dobermänner begannen wieder ihr wildes Bellen, worauf die Männer, die sie hielten, sie beruhigten. Die Straße wand sich bergauf und endete an einer weiteren großen Parkfläche vor einer riesigen weißen Villa mit breiten Marmorstufen, die zu der mächtigsten Eichentüre führten, die David je gesehen hatte. Auch hier war die ganze Fläche von Scheinwerfern beleuchtet. Im Gegensatz zu den finster wirkenden Bauten weiter vorne konnte man hier in der Mitte des Hofes einen Springbrunnen sehen, in dessen Gischt sich das Licht der Scheinwerfer spiegelte.

Es war, als habe jemand eine extravagante Pflanzervilla, wie sie in den Südstaaten vor dem Sezessionskrieg gebaut wurden, Stein um Stein, Brett für Brett, Marmorblock für Marmorblock zerlegt und sie tief im Inneren des argentinischen Urwaldes aufs neue errichtet.

Ein außergewöhnlicher Anblick und in seiner massiven Architektur ein wenig beängstigend. Der Bauingenieur in David sah sich gleichzeitig herausgefordert und verblüfft. Es mußte eine atemberaubende Summe Geldes gekostet haben, das alles hierher zu befördern, ganz zu schweigen von den technischen Schwierigkeiten.

Der Deutsche stieg aus dem Wagen und ging zu Davids Tür. Er öffnete sie.

»Wir verlassen Sie jetzt. Das war eine angenehme Reise. Gehen Sie zur Tür. Man wird Sie einlassen. *Auf Wiedersehen.*«

David stieg aus und stand jetzt auf der harten Fläche vor den Marmortreppen. Der grüne Packard rollte davon.

Spaulding stand fast eine Minute lang alleine da. Wenn man ihn beobachtete — und der Gedanke ging ihm durch den Sinn — könnte der Beobachter glauben, er sei ein überraschter Besucher, den der Prunk, den er vor sich sah, überwältigte.

Er ging die Treppe hinauf und näherte sich den immensen, wuchtigen, hölzernen Türflügeln. Es gab keinen Klopfer, keine Glocke; damit hatte er auch nicht gerechnet.

Er drehte sich um und blickte auf die von den Scheinwerfern bestrahlte Fläche. Nirgends jemand zu sehen; weder Wachen noch Bedienstete. Niemand.

Stille. Selbst die Geräusche des Waldes schienen gedämpft. Nur das Plätschern des Springbrunnens durchbrach die Stille.

Was natürlich bedeutete, daß es unsichtbare Augen und unhörbare Flüsterstimmen gab, die ihre Aufmerksamkeit auf ihn richteten.

Die Tür öffnete sich. Heinrich Stoltz stand im Türrahmen. Sie schritten unter einem grotesken und doch auf seine Art schönen Lüster hindurch, vorbei an einer marmornen Freitreppe, zu einem Bogen am Ende der mächtigen Halle. Er führte auf eine riesige Terrasse, die die ganze Gebäudelänge einnahm. Weiße, schmiedeeiserne Tische mit makellosem Glas und Stühle von verschiedener Größe mit bunten Kissen waren zu sehen. Zu beiden Seiten des Bogens konnte man je eine mächtige Doppeltüre erkennen; sie führten vermutlich zu anderen Bereichen des riesigen Hauses.

»Ich hoffe, Sie werden eines Tages hierherkommen und unsere einfachen Vergnügungen genießen, Colonel Spaulding.«

Die fremdartige, leise Stimme verblüffte David. Er drehte sich um. Im Schatten eines Bogens stand die Gestalt eines Mannes.

Erich Rheinmann hatte ihn natürlich beobachtet.

Jetzt trat Rheinmann aus der Dunkelheit hervor. Er war ein mäßig groß gewachsener Mann mit bereits ergrauendem, gerade gewachsenem Haar, das er ohne Scheitel straff nach hinten gekämmt hatte. Für seine Größe wirkte er beinahe untersetzt. ›Kräftig‹ würde man vielleicht sagen, aber seine Leibesfülle wollte dazu nicht ganz passen. Seine Hände waren groß, fleischig, und doch irgendwie zart, wenn sie auch das Weinglas, das sie zwischen den Fingern hielten, winzig erscheinen ließen.

Er trat jetzt so weit ins Licht, daß David sein Gesicht deutlich erkennen konnte. Spaulding war nicht sicher, warum das so war, aber das Gesicht verblüffte ihn. Es war ein breites Gesicht, eine breite Stirn über breiten Lippen, unter einer breiten, flachen Nase. Und dann wußte David, warum er so verblüfft war.

Erich Rheinmann war ein alternder Mann. Die sonnengebräunte Haut war wie eine Tarnung der Myriaden feiner Fältchen, die die Jahre seinem Gesicht eingeprägt hatten. Seine Augen waren schmal, von den angeschwollenen Falten des Alters umgeben, und das makellos geschnittene Sportjackett und die Hosen waren für einen viel, viel jüngeren Mann geschneidert.

Rheinmann kämpfte einen Kampf, den all sein Reichtum nicht für ihn gewinnen konnte.

»Habichtsnest ist prächtig, *unglaublich,*« sagte David höflich, aber ohne den entsprechenden Enthusiasmus.

»Sie sind sehr liebenswürdig«, erwiderte Rheinmann und streckte ihm die Hand hin, »und höflich; aber es gibt keinen Grund, nicht englisch zu sprechen ... Kommen Sie, setzen Sie sich. Darf ich Ihnen einen Drink anbieten?« Der Finanzier führte ihn zum nächsten Tisch.

»Danke, nein«, sagte David und nahm Rheinmann gegenüber Platz. »Ich habe dringend in Buenos Aires zu tun. Eine Tatsache, die ich Stoltz klarzumachen versucht hatte, ehe er auflegte.«

Rheinmann blickte zu Stoltz hinüber, den das nicht zu beeindrucken schien. »War das notwendig? Sie dürfen Herrn Spaulding nicht so behandeln.«

»Ich fürchte, es *war* nötig, *mein Herr.* Zum eigenen Nutzen unseres amerikanischen Freundes. Man hatte uns gemeldet, daß jemand ihm folgte; wir waren für ein solches Vorkommnis vorbereitet.«

»Wenn man mir folgte, waren das Sie.«

»*Nachher,* Colonel; das will ich nicht leugnen. Vorher hatten wir keinen *Grund.*«

Rheinmanns schmale Augen drehten sich zu Spaulding hinüber. »Es ist beunruhigend. Wer würde Sie denn verfolgen lassen?«

»Können wir unter vier Augen sprechen?« sagte David und sah zu Heinrich Stoltz hinüber.

Der Finanzier lächelte. »In unserer Übereinkunft gibt es nichts, das den *Botschaftssekretär* ausschließen würde. Er zählt zu meinen am meisten geschätzten Kollegen in Südamerika. Wir sollten ihm nichts vorenthalten.«

»Ich behaupte, daß Sie das erst wissen werden, wenn wir alleine gesprochen haben.«

»Vielleicht ist es unserem amerikanischen Colonel peinlich«, unterbrach Stoltz mit beißender Ironie. »Der Mann aus Lissabon wird von seiner eigenen Regierung nicht für kompetent gehalten. Er steht unter amerikanischer Überwachung.«

David zündete sich eine Zigarette an; er gab dem deutschen Attaché keine Antwort. Rheinmann gestikulierte beim Sprechen mit den großen, fein geschnittenen Händen.

»Wenn das so ist, gibt es keinen Grund, ihn auszuschließen. Und eine andere Erklärung kann es ja offensichtlich nicht geben.«

»Wir kaufen«, sagte David ruhig, aber mit fester Stimme. »Sie verkaufen ..., gestohlenes Gut.«

Stoltz wollte etwas sagen, aber Rheinmann hob die Hand.

»Was Sie andeuten, ist nicht möglich. Unsere Vereinbarungen wurden unter striktester Geheimhaltung getroffen; sie waren durch und durch erfolgreich. Und Herr Stoltz genießt das Vertrauen des Oberkommandos. In höherem Maße als der Botschafter.«

»Ich wiederhole mich nicht gern«, sagte David ärgerlich. »Besonders dann nicht, wenn ich bezahle.«

»Verlassen Sie uns, Heinrich«, sagte Rheinmann und sah dabei Spaulding an.

Stoltz verbeugte sich steif und ging schnell und wütend durch den Bogen in die große Halle.

»Danke.« David setzte sich in dem Sessel zurecht und blickte zu einigen kleinen Balkons im ersten und zweiten Stock des Hauses auf. Er fragte sich, wieviele Männer wohl hinter den Fenstern stehen mochten, die ihn beobachteten, und bereit waren, bei der geringsten falschen Bewegung seinerseits zu springen.

»Jetzt sind wir alleine, wie Sie es verlangt haben«, sagte der deutsche Emigrant, der seine Verstimmung nur mühsam verbergen konnte. »Was ist?«

»Stoltz ist markiert«, sagte Spaulding. Er hielt inne, um die Reaktion des Finanziers zu beobachten. Aber wie erwartet, kam keine. David fuhr fort und dachte, Rheinmann würde vielleicht nicht verstehen. »Man hat ihm in der Botschaft nicht die richtigen Informationen gegeben. Er würde vielleicht in der unseren mehr erfahren.«

»Lächerlich.« Rheinmann blieb reglos sitzen, die schmalen Lider halb geschlossen und starrte David an. »Worauf begründet sich diese Meinung?«

»Die Gestapo. Stoltz behauptet, es gebe keine aktiven Gestapoeinheiten in Buenos Aires. Damit hat er unrecht. Sie ist hier. Sie ist aktiv. Sie ist fest entschlossen, Sie aufzuhalten. Uns aufzuhalten.«

Jetzt brach Erich Rheinmanns Fassung zusammen — wenn auch nur in winzigem Maße. Es gab ein ganz feines Vibrieren in den Fleischwülsten unter seinen Augen und sein starrer Blick wurde — wenn das überhaupt möglich war — noch härter als vorher.

»Bitte erklären Sie das.«

»Zuerst will ich Antwort auf ein paar Fragen.«

»Sie wollen Antwort auf ein paar *Fragen* ...?« Rheinmanns

Stimme wurde laut, und seine Hand hielt die Tischkante umfaßt; an seinen grauen Schläfen traten die Venen dick hervor. Er hielt inne und fuhr dann wieder mit normaler Stimme fort: »Verzeihen Sie mir. Ich bin nicht gewöhnt, daß man mir Bedingungen stellt.«

»Ganz sicher sind Sie das nicht. Andererseits bin ich es nicht gewöhnt, mit einen Kontaktmann wie Stoltz zu verhandeln, der zu blind ist, um seine eigenen Schwächen zu erkennen. Solche Leute ärgern mich ... und machen mir Angst.«

»Die Fragen. Was wollen Sie wissen?«

»Ich nehme an, die Pläne haben Deutschland bereits verlassen?«

»Richtig.«

»Unterwegs?«

»Sie treffen heute abend ein.«

»Das ist früh. Unser Mann wird erst übermorgen hier sein.

»Jetzt sind Sie derjenige der falsche Informationen hat, Colonel. Der amerikanische Wissenschaftler Lyons wird morgen hier sein.«

David schwieg einige Augenblicke lang. Er selbst hatte in der Vergangenheit denselben Trick zu oft angewandt, um noch Überraschung zu zeigen.

»Er wird *über*morgen in San Telmo erwartet«, sagte David. »Eine unbedeutende Änderung, aber das ist es, was Kendall mir gesagt hat.«

»Ehe er an Bord des Pan American Clipper ging. Wir haben nachher noch gesprochen.«

»Er hat offenbar mit vielen Leuten gesprochen. Hat die Änderung einen Sinn?«

»Pläne können verlangsamt oder beschleunigt werden, je nachdem, was notwendig ist ...«

»Oder geändert, um jemanden aus dem Gleichgewicht zu bringen«, unterbrach David.

»Das ist aber hier nicht der Fall. Dafür gäbe es keinen Grund. Wie Sie es — sehr klar übrigens — formuliert haben, wir verkaufen, Sie kaufen.«

»Und es gibt natürlich keinen Grund dafür, daß die Gestapo in Buenos Aires ist ...«

»Können wir bitte zu diesem Thema *zurückkehren*?« warf Rheinmann ein.

»Einen Augenblick noch«, antwortete Spaulding, der bemerkt

hatte, daß der Deutsche jetzt gereizt war. »Ich brauche achtzehn Stunden, um meine Codes nach Washington durchzugeben. Sie müssen per Kurier übermittelt werden, unter chemischem Siegel.«

»Das hat Stoltz mir gesagt. Das war unklug von Ihnen. Man hätte die Codes schon senden können.«

»*Eine Vorsichtsmaßnahme, mein Herr*«, sagte David. »Um es ganz klar zu sagen, ich weiß nicht, wer in unserer Botschaft gekauft worden ist, aber daß jemand gekauft worden ist, ist mir völlig klar. Es kommt gelegentlich vor, daß ein Code verkauft wird. Die authentischen Codes werden erst dann über Radio abgesetzt werden, wenn Lyons die Pläne bestätigt.«

»Dann müssen Sie sich beeilen. Sie fliegen Ihre Codes morgen weg; ich werde die ersten Pläne morgen abend nach San Telmo bringen ... *Eine Vorsichtsmaßnahme*. Den Rest bekommen Sie, wenn Sie uns versichert haben, daß Washington bereit ist, die Zahlung in der Schweiz zu leisten ... als Folge des Erhalts Ihres Codes. Sie werden Argentinien nicht verlassen, solange ich nichts aus Bern gehört habe. Es gibt da einen kleinen Flughafen namens Mendarro. Ganz in der Nähe von hier. Meine Männer halten ihn unter Kontrolle. Dort wird Ihr Flugzeug stehen.«

»Einverstanden.« David drückte seine Zigarette aus. »Morgen abend die ersten Pläne. Die restlichen innerhalb von vierundzwanzig Stunden ... Jetzt haben wir präzise Abmachungen. Das ist alles, was mich interessiert hat.«

»*Gut!* Und jetzt kommen wir noch einmal auf diese Gestapoangelegenheit.« Rheinmann lehnte sich in seinem Sessel vor, und die Adern an seinen Schläfen wurden wieder als blaue Stränge sichtbar. »Sie sagten, Sie würden das erklären!«

Das tat Spaulding.

Als er fertig war, atmete Erich Rheinmann tief und gleichmäßig. Seine Augen unter den dicken Fleischwülsten blickten wütend, aber kontrolliert.

»Danke. Ich bin sicher, daß es eine Erklärung gibt. Wir werden planmäßig vorgehen ... Und jetzt, ... es war ein langer, komplizierter Abend. Man wird Sie zur Córdoba zurückfahren. Gute Nacht.«

»*Altmüller!*« tobte Rheinmann. »Ein *Idiot!* Ein *Narr!*«

»Ich verstehe nicht«, sagte Stoltz.

»Altmüller ...« Rheinmanns Stimme wurde leiser, aber seine Wut blieb. Er drehte sich zum Balkongeländer um und blickte über die weite, finstere Fläche und den Fluß darunter. »In seinen verrückten Versuchen, einen Keil in das Oberkommando in Buenos Aires zu treiben ..., um sein grandioses Ministerium *reinzuwaschen*, läßt er sich von seiner eigenen Gestapo fangen!«

»Es gibt keine *Gestapo* in Buenos Aires, Herr Rheinmann«, sagte Stoltz mit fester Stimme. »Der Mann aus Lissabon lügt.«

Rheinmann drehte sich um und sah den Diplomaten an. Seine Stimme klang eisig. »Ich weiß, wann ein Mann lügt, Herr Stoltz. Dieser Lissabon hat die Wahrheit gesprochen; er hätte keinen Grund, es nicht zu tun ... Wenn man Altmüller also *nicht* gefangen hat, hat er mich verraten. Er hat die Gestapo geschickt, er hat nicht die Absicht, den Tausch durchzuführen. Er wird die Diamanten nehmen und die Pläne vernichten. Diese Judenhasser haben mich in die Falle gelockt.«

»Ich selbst bin der einzige Koordinator mit Franz Altmüller.« Stoltz gab sich Mühe, überzeugend zu klingen, eine Kunst, die er in Jahrzehnten im diplomatischen Dienst gelernt hatte. »Sie, Herr Rheinmann, haben das arrangiert. Sie haben keinen Anlaß, an mir zu zweifeln. Die Männer in dem Lagerhaus in Ocho Calle sind beinahe fertig. Die Koening Diamanten werden in ein oder zwei Tagen bestätigt werden; der Kurier wird die Pläne, noch bevor die Nacht um ist, liefern. Alles ist so, wie wir es geplant haben. Der Tausch wird stattfinden.«

Rheinmann wandte sich wieder ab. Er legte seine kräftigen und doch irgendwie zarten Hände auf das Geländer und blickte in die Ferne. »Es gibt einen Weg, das ganz genau zu erfahren«, sagte er leise. »Treten Sie in Radioverbindung mit Berlin. Ich möchte, daß Altmüller nach Buenos Aires kommt. Sonst findet der Tausch nicht statt.«

31.

Der Deutsche in dem weißen Palm-Beach-Anzug hatte sich umgezogen und trug jetzt die paramilitärische Kleidung der Rheinmann-Wachen. Der Fahrer war ein anderer als vorher. Er war Argentinier. Er lenkte den Wagen aus der finsteren, verborgenen Lehmstraße auf die ebenfalls dunkle Uferstraße. Er trat das Gaspedal bis zum Boden durch, und der Bentley macht einen Satz. Der Deutsche neben Spaulding bot ihm eine Zigarette an; David lehnte mit einem Kopfschütteln ab.

»Sie sagen, Sie wünschen zur amerikanischen Botschaft gefahren zu werden, Señor?« sagte der Fahrer und drehte den Kopf leicht zur Seite, ohne dabei den Blick von der Straße zu wenden. »Ich fürchte, das geht nicht. Señor Rheinmanns Anweisung lautete, Sie zu dem Apartmenthaus an der Córdoba zu bringen. Bitte, entschuldigen Sie.«

»Wir dürfen nicht von den Anweisungen abweichen«, fügte der Deutsche hinzu.

»Hoffentlich tun Sie das nie. Wir gewinnen unsere Kriege auf die Weise.«

»Sie vergeuden Ihre Beleidigungen. Ich bin da völlig desinteressiert.«

David beendete das Gespräch, indem er sich in seinem Sitz seitwärts drehte, die Beine übereinanderschlug und wortlos zum Fenster hinausstarrte. Sein einziger Gedanke war darauf gerichtet, zur Botschaft und zu Jean zu kommen. Sie hatte das Wort ›Tortugas‹ gebraucht.

Wieder ›Tortugas‹!

Wie konnte sie davon wissen? War es vorstellbar, daß sie irgendwie in die Angelegenheit verwickelt war? Ein Teil des Bildes ohne Konturen?

Nein.

›Tortugas‹ ist das nicht wert. Jean hatte diese Worte ausgesprochen. Gebettelt hatte sie.

Leslie Hawkwood hatte auch gebettelt. Leslie war viertausend Meilen weit gereist, um ihm ihre Bitte vorzutragen. Auf fanatische Weise. *Verlasse Buenos Aires!*

Gab es eine Verbindung?

O Gott! dachte er. *Gibt es wirklich eine Verbindung?*

»Señores!«

Das war der Fahrer, er riß David aus seinen Gedanken. Der Deutsche fuhr sofort — instinktiv — in seinem Sitz herum und sah zum Hinterfenster hinaus. Seine Frage bestand nur aus zwei Worten.

»Wie lange?«

»Zu lange, um noch Zweifel zu haben. Haben Sie es beobachtet?«

»Nein.«

»Ich habe drei Wagen überholt. Dann verlangsamte ich unsere Fahrt und bog in die rechte Fahrbahn ein. Er ist bei uns, kommt näher.«

»Wir sind doch im Hill Two Viertel, nicht wahr?« fragte der Deutsche.

»*Sí* . . . Er holt jetzt schnell auf. Ein sehr starker Wagen; auf der Hauptstraße wird er uns überholen.«

»Fahren Sie in die Colinas Rojas! Nehmen Sie die nächste Abzweigung rechts! Irgendeine!« befahl Rheinmanns Vertrauter und holte, während er sprach, die Pistole aus der Innentasche seines Jacketts.

Der Bentley bremste scharf, bog nach rechts und warf David und den Deutschen nach links. Der Argentinier jagte den Motor hoch, raste bergauf, riß die Gänge durch und erreichte binnen weniger Sekunden Höchstgeschwindigkeit. Jetzt wurde der Boden flacher, dann kam ein zweiter Hügel, und der Fahrer benutzte ihn, um in einem höheren Gang Geschwindigkeit zuzulegen. Der Wagen schoß förmlich davon, so, als sei er eine riesige Kugel, die aus einer Pistole abgeschossen wurde.

Der zweite Hügel war steiler, aber ihre Anfangsgeschwindigkeit kam ihnen zustatten. Sie rasten bergauf; der Fahrer kennt seine Maschine, dachte David.

»Da sind die Lichter!« schrie der Deutsche. »Die folgen uns!«

»Es gibt hier flache Stellen . . ., glaube ich«, sagte der Fahrer, der sich auf die Straßen konzentrierte. »Hinter dieser Hügelstrecke. Es gibt eine Menge Seitenstraßen; wir werden versuchen, uns in einer zu verstecken. Vielleicht fahren sie an uns vorbei.«

»Nein.« Der Deutsche spähte immer noch durch das Hinterfenster. Er betastete das Magazin seiner Pistole und ließ es dann befriedigt einschnappen. Dann wandte er sich vom Fenster ab, griff unter den Sitz. Der Bentley vibrierte auf der unebenen Landstraße, und der Deutsche fluchte, während er wütend hinter seine Beine griff.

Spaulding hörte das Schnappen von Metallverriegelungen. Der Deutsche schob die Pistole in den Gürtel und griff mit der anderen Hand nach unten. Er zog einen dickläufigen automatischen Karabiner heraus, in dem David die neueste und gefährlichste Waffe für den Einsatz in vorderster Linie erkannte, die das Dritte Reich entwickelt hatte. Das gebogene Magazin, das der Deutsche schnell eingeschoben hatte, enthielt über vierzig Schuß vom Kaliber .30.

Rheinmanns Vertrauter sagte: »Sehen Sie zu, daß Sie die flachen Stellen erreichen. Dann sollen die meinetwegen näherkommen.«

David schoß in die Höhe; er hatte sich wieder an dem Lederhandgriff an der Hinterseite des Vordersitzes festhalten müssen und stemmte sich mit der linken Hand auf den Fensterrahmen. Als er den Deutschen ansprach, tat er das bewußt unfreundlich.

»Tun Sie das nicht! Sie wissen nicht, wer sie sind.«

Der Mann mit der Waffe warf einen kurzen Blick auf Spaulding und tat ihn dann aber mit einem einzigen kurzen Blick ab. »Ich kenne meine Pflichten.« Er griff rechts neben das Heckfenster, wo ein kleiner Metallring in die Veloursbespannung eingelassen war. Er schob den Zeigefinger hinein, zog ihn heraus und riß ihn ruckartig zu sich, wobei er einen etwa zehn Zoll breiten und vier Zoll hohen Lüftungsschlitz freilegte.

David sah zur linken Fensterseite. Da war ein weiterer Ring, eine weitere Öffnung.

Rheinmanns Wagen war auf jede Eventualität vorbereitet.

»Angenommen, ich werde hier von amerikanischen Überwachungsbeamten beobachtet?« schrie David, während der Deutsche sich auf den Sitz kniete und sich anschickte, den Karabiner in die Öffnung zu schieben.

»Das ist nicht der Fall.«

»Das wissen Sie nicht!«

»Señores!« schrie der Fahrer. »Wir fahren bergab; ein ganz langer Abhang, ein weiter Bogen. Ich erinnere mich daran. Unten sind Felder mit hohem Gras. Halten Sie sich *fest*!«

Plötzlich kippte der Bentley nach vorne, als sei er über den Rand eines Abgrunds gerollt. Der Wagen erhielt einen nachhaltigen Schub, so plötzlich, daß der Deutsche mit dem Karabiner nach hinten geworfen wurde und er den Bruchteil einer Sekunde förmlich in der Luft zu hängen schien. Er krachte gegen den Vordersitz, hielt die Waffe ausgestreckt, um den Fall abzubremsen.

David zögerte nicht — konnte nicht zögern. Er packte den Karabiner, hielt das Abzuggehäuse umfaßt und bog den Kolben nach innen, riß dem Deutschen die Waffe weg. Spauldings Verhalten schien den Deutschen zu lähmen. Dann griff er in den Gürtel, um die Pistole herauszuholen.

Der Bentley raste jetzt mit außergewöhnlicher Geschwindigkeit den steilen Abhang hinunter. Jetzt erreichten sie die weite Biegung, die der Argentinier erwähnt hatte; der Wagen jagte in einer Art und Weise dahin, die nach allen Regeln der Physik unmöglich schien: von den Rädern einer Seite angetrieben, während die anderen keinerlei Bodenberührung hatten.

»Geben Sie mir den *Karabiner*!« Der Deutsche hielt die Pistole auf Davids Brust gerichtet. David hatte den Kolben des Karabiners unter dem Arm, die Finger am Abzug, den Lauf der Waffe auf den Leib des Deutschen gerichtet.

»Wenn Sie schießen, schieße ich auch«, schrie er zurück. »Ich könnte das vielleicht überstehen. Sie ganz bestimmt nicht. Das spritzt Sie über den ganzen Wagen!«

Spaulding sah, daß der Fahrer Panik empfand. Was sich dort hinter ihm auf dem Rücksitz vollzog, im Verein mit den Problemen der Straße, dem Tempo und den Kurven, erzeugte eine Krise, der er nicht gewachsen war.

»Señores! Madre de Jesús! ... Sie bringen uns um!«

Der Bentley stieß kurz gegen das felsige Bankett der Straße; ein atemberaubender Ruck ging durch den Wagen. Der Fahrer riß den Wagen zur Mitte herum. Der Deutsche sagte: »Sie verhalten sich dumm. Diese Männer sind hinter Ihnen her, nicht hinter uns!«

»Da bin ich nicht sicher. Ich töte nicht auf bloße Spekulation hin Menschen.«

»Sie töten uns also? Zu welchem Zweck?«

»Ich will nicht, daß jemand getötet wird. Und jetzt legen Sie die Pistole weg! Wir beide wissen doch, wie die Chancen stehen.«

Der Deutsche zögerte.

Wieder gab es einen Ruck; der Bentley war mit einem großen Felsbrocken oder einem abgebrochenen Ast kollidiert. Das reichte aus, um Rheinmanns Helfer zu überzeugen. Er legte die Pistole auf den Sitz.

Die beiden Gegner orientierten sich: Davids Augen ruhten auf der Hand des Deutschen, die des Deutschen auf dem Karabiner.

»Madre de Dios!« Der Ruf des Argentiniers vermittelte Erleichterung, nicht weitere Panik. Die Fahrt des Bentley wurde zusehends langsamer.

David blickte durch die Windschutzscheibe. Sie kamen jetzt wieder aus der Kurve heraus; in der Ferne konnte man wie flach ausgebreitete Decken Felder sehen, Miniaturpampas, die das schwache Mondlicht reflektierten. Er griff hinüber und nahm die Pistole des Deutschen vom Sitz. Das war eine unerwartete Bewegung; der andere schien sich zu ärgern.

»Jetzt kommen Sie erst einmal wieder zu Atem«, sagte Spaulding zu dem Fahrer. »Rauchen Sie eine Zigarette. Und schaffen Sie mich wieder in die Stadt.«

»Colonel«, herrschte der Deutsche ihn an. »Mag sein, daß Sie im Moment die Waffen haben, aber dort hinten ist ein Wagen! Wenn Sie meinem Rat nicht folgen wollen, sollten Sie uns wenigstens von der Straße wegholen!«

»Ich habe keine Zeit zu vergeuden. Ich habe nicht gesagt, daß er langsamer fahren soll, nur daß er sich beruhigen soll.«

Sie rollten jetzt über ein ebenes Stück Straße, und der Fahrer beschleunigte den Bentley wieder. Während er das tat, akzeptierte er Davids Rat und zündete sich eine Zigarette an. Der Wagen rollte wieder gleichmäßig dahin.

»Setzen Sie sich doch«, befahl Spaulding und nahm selbst schräg gegenüber in der rechten Ecke Platz, ein Knie auf dem Boden — den Karabiner beiläufig, aber keineswegs sorglos in der Hand.

Die Stimme des Argentiniers klang beängstigend und monoton. »Da sind die Scheinwerfer wieder. Sie rücken schneller näher, als ich diesen Wagen fahren kann ... Was soll ich jetzt tun?«

David überlegte, welche Möglichkeiten er hatte. »Geben Sie ihnen die Chance, zu reagieren ... Reicht das Mondlicht aus, um die Straße zu sehen? Wenn Sie die Scheinwerfer ausschalten?«

»Auf eine Weile schon. Nicht lange. Ich kann mich nicht erinnern ...«

»Dann schalten Sie sie ein und aus! Zweimal ... Jetzt!«

Der Fahrer tat, was man ihm aufgetragen hatte. Die Wirkung war seltsam; die plötzliche Finsternis, die abrupte Beleuchtung, während der Bentley an dem hohen Gras vorbeijagte, das zu beiden Seiten der Straße wuchs.

David beobachtete die Scheinwerfer des sie verfolgenden Fahrzeuges durch das Rückfenster. Auf die Signale kam keine Reaktion. Er fragte sich, ob sie schon außer Gefahr seien, ob diese Signale seine Nachricht übermittelten, daß er sich arrangieren wolle. »Schalten Sie sie noch einmal ein«, befahl er dem Fahrer. »Halten Sie es einen Augenblick . . . Jetzt!«

Man konnte das Klicken des Lichtschalters hören, die Lichter blieben drei oder vier Sekunden ausgeschaltet. Dann wieder das Klicken; wieder Finsternis.

Und dann geschah es.

Von dem Automobil, das sie verfolgte, peitschte eine Salve aus einer Maschinenpistole herüber. Das Glas des Heckfensters zersplitterte, und herumfliegende Fragmente bohrten sich in Haut und Polster. David spürte, wie ihm das Blut über die Wange rann. Der Deutsche schrie vor Schmerz auf und packte seine blutende Hand.

Der Bentley schleuderte; der Fahrer drehte das Steuerrad vor und zurück, jagte den Wagen im Zickzack über die breite Straße.

»Da haben Sie ihre *Antwort*!« schrie Rheinmanns Vertrauter, dessen Hand von Blut bedeckt war und in dessen Augen sich Wut und Panik mischten.

David reichte schnell dem Deutschen den Karabiner. »Da schießen Sie!«

Der Deutsche schob den Lauf in die Öffnung. Spaulding sprang auf den Sitz und griff nach dem Metallring, der links vom Fenster eingelassen war, zog ihn zurück und hob die Pistole.

Von dem Wagen hinter ihnen peitschte eine weitere Salve herüber. Die Salve stammte aus einem Maschinengewehr, schweres Kaliber, das den Bentley förmlich besprühte. Überall im Wagendach und an den Seiten wurde das Blech ausgebeult, und einige Kugeln zersplitterten die Vorderscheibe.

Der Deutsche begann jetzt zu schießen. David zielte, so gut er konnte — aber dabei ließ der schlingernde Bentley die Verfolger immer weiter zurück. Trotzdem betätigte er den Abzug immer wieder und sei es auch nur in der Hoffnung, die Reifen ihres Verfolgers zum Platzen zu bringen.

Der Lärm, den die Waffe des Deutschen erzeugte, war mörderisch, immer wieder ein ohrenbetäubendes Dröhnen, wobei die Schockwellen eines jeden Schusses den kleinen Raum erzittern ließen.

David sah die Explosion im gleichen Augenblick, in dem sie erfolgte. Die Motorhaube des heranrasenden Automobils verwandelte sich plötzlich in eine Masse aus Rauch und Dampf.

Aber trotzdem kamen die Maschinengewehrsalven *immer noch* aus dem alles einhüllenden Dampf.

»Iaaahh!« schrie der Fahrer. David sah hin und erkannte, daß dem Mann das Blut aus dem Schädel floß, sein Hals war halb zerrissen. Die Hände des Argentiniers schossen vom Steuer weg an seinen Hals.

Spaulding sprang nach vorne und versuchte, das Steuer in den Griff zu bekommen, aber er schaffte es nicht. Der Bentley schoß von der Straße und rutschte seitwärts ins hohe Gras.

Der Deutsche zog die Automatik aus der Öffnung. Er schlug das Seitenfenster mit dem Lauf des Karabiners ein und drückte ein zweites Magazin hinein, als der Bentley mit einem Ruck im Gras zum Stillstand kam.

Der Verfolgerwagen — eine Wolke aus Rauch und Feuer — rollte jetzt parallel zu ihnen auf der Straße dahin. Er bremste zweimal, rutschte einmal seitlich ab und stand schließlich so, daß er sich nicht mehr bewegen konnte.

Aus dem sich nur silhouettenhaft abzeichnenden Fahrzeug peitschten Schüsse herüber. Der Deutsche trat die Türen des Bentley auf und sprang ins hohe Gras hinaus. David kauerte sich gegen die linke Tür, seine Finger tasteten nach dem Türgriff, er drückte sein ganzes Gewicht dagegen, so daß die Türe auf die leiseste Berührung hin aufspringen würde, und er selbst Deckung suchen konnte.

Plötzlich hallte der überwältigende Donner eines automatischen Karabiners, den man auf Dauerfeuer geschaltet hat, durch die Nacht.

Schreie durchdrangen die Nacht; David stieß die Tür auf und konnte beim Hinausspringen Rheinmanns Vertrauten im Gras aufstehen sehen. *Aufstehen* und durch das Feuer *gehen*, wobei sein Finger den Abzug der Automatik niederhielt und sein ganzer Körper zitterte, unter dem Aufprall der Kugeln, die ihn trafen, immer wieder zusammenzuckte.

Er stürzte. Und in dem Augenblick hallte eine zweite Explosion von dem Wagen auf der Straße herüber.

Der Benzintank platzte unter der Motorhaube und schleuderte Feuer und Metall in die Luft.

David sprang um das Heck des Bentley herum, die Pistole schußbereit.

Jetzt hörten die Schüsse auf. Das Brüllen der Flammen und das Zischen von Dampf waren die einzigen Geräusche die noch zu hören waren. Er blickte am Kofferraum des Bentley vorbei zu dem Blutbad auf der Straße.

Dann erkannte er das Automobil. Es war der Duesenberg, der am Nachmittag Leslie Hawkwood abgeholt hatte.

Man konnte auf dem Rücksitz zwei Leichen sehen, die das Feuer schnell verschlang. Der Fahrer kauerte zusammengesunken auf dem Sitz, die Arme kraftlos, der Hals unbeweglich, die Augen vom Tode geweitet.

Da war noch ein vierter Mann, den die offene rechte Tür zu Boden gedrückt hatte.

Die Hand bewegte sich! Dann der Kopf!

Er lebte!

Spaulding rannte zu dem lichterloh brennenden Duesenberg hinüber und zerrte den halb bewußtlosen Mann aus dem Wrack.

Er hatte schon zu viele Menschen sterben gesehen, um sich in bezug auf das schnelle Versiegen des Lebens Illusionen zu machen. Es hatte keinen Sinn, jetzt den Versuch zu machen, den Tod aufzuhalten; er konnte ihn nur benutzen.

David kauerte neben dem Mann nieder. »Wer sind Sie? Warum wollten Sie mich töten?«

Die Augen des Mannes — sie schwammen in ihren Höhlen — richteten sich auf David. Ein einzelner Scheinwerferbalken flackerte aus dem Rauch des explodierten Duesenberg; er schickte sich ebenso an zu sterben.

»Wer *sind* Sie? Sagen Sie mir, wer Sie sind!«

Der Mann wollte — oder konnte — nicht sprechen. Statt dessen bewegten sich seine Lippen, aber nicht einmal ein Flüstern kam heraus.

Spaulding beugte sich noch weiter hinunter.

Der Mann versuchte noch im Sterben, David ins Gesicht zu spucken. Speichel und Blut vermischten sich auf dem Kinn des Mannes, dann wurden seine Gliedmaßen schlaff.

Im Lichte der sich ausbreitenden Flammen zog Spaulding das Jackett des Mannes auf.

Keine Identifizierungspapiere.

Auch in den Hosen nicht.

Er riß am Jackettfutter, fetzte ihm das Hemd bis zur Hüfte auf.

Dann hielt er inne. Benommen, aber neugierig.

Am Leib des Toten waren Spuren zu sehen. Wunden, aber nicht von Kugeln. David hatte solche Wunden schon einmal gesehen.

Er konnte einfach nicht anders — er packte den Toten am Hals, riß ihm das Jackett von der linken Schulter, fetzte das Hemd an den Säumen auf, damit man genau hinsehen konnte.

Sie waren da. Tief in die Haut eingeprägt. Unauslöschbar.

Die tätowierten Ziffern eines Todeslagers.

Ein Volk, ein Reich, ein Führer.

Der tote Mann war Jude.

32.

Es war beinahe fünf Uhr, als Spaulding sein Apartment an der Córdoba erreichte. Er hatte sich die Zeit genommen, alles, was eine Identifizierung des toten argentinischen Fahrers und Rheinmanns Vertrautem ermöglichen konnte, aus ihrer Kleidung zu entfernen. Im Kofferraum fand er Werkzeuge, mit denen er die Nummernschilder des Bentley entfernte, anschließend drehte er die Zeiger der Uhr am Armaturenbrett weiter und zerschlug sie dann. All dies würde vielleicht dazu beitragen, die polizeilichen Ermittlungen — und wenn auch nur um ein paar Stunden — aufzuhalten, und ihm so wertvolle Zeit zu verschaffen, ehe er Rheinmann gegenübertreten mußte.

Rheinmann würde eine solche Konfrontation verlangen.

Und es galt, zu vieles herauszufinden, zusammenzufügen.

Er war fast eine Stunde zu Fuß gegangen und hatte die beiden Hügel — die Colinas Rojas — zur Uferstraße überquert. Er hatte die Splitter der Windschutzscheibe aus seinem Gesicht entfernt und war dankbar dafür gewesen, daß es nur wenige waren, er nur geringfügige Schnittwunden davongetragen hatte. Den automatischen Karabiner hatte er ein gutes Stück vom Schauplatz des Todes weggetragen, dann das Magazin entfernt und den Mechanismus zerschlagen, bis die Waffe funktionsunfähig war. Erst dann hatte er sie ins Unterholz geworfen.

Ein Milchwagen aus dem Tigreviertel nahm ihn auf. Er erzählte dem Fahrer eine höchst abenteuerliche Geschichte, die sich mit Abenteuer und Sex befaßte — man hatte ihn fachmännisch ausgenommen, und er konnte niemandem außer sich selbst die Schuld geben.

Der Fahrer bewunderte die Haltung des Ausländers, die Art und Weise, wie er Risiko und Verlust akzeptierte. Während der ganzen Fahrt gab es in dem kleinen Führerhäuschen des Wagens viel Gelächter.

Er wußte, daß es sinnlos sei, auch nur an Schlaf zu denken. Es gab zu viel zu tun. So duschte er und machte sich eine große Kanne Kaffee. Es war Zeit. Vom Atlantik zog der Tag herein. Sein Kopf war klar; es war Zeit, Jean anzurufen.

Er erklärte dem erstaunten Marineinfanteristen, der in der Zentrale der Botschaft Nachtdienst hatte, daß Mrs. Cameron seinen Anruf erwartete; er habe sich sogar verspätet, verschlafen. Mrs. Cameron hatte Pläne für einen Ausflug zum Fischen gemacht; sie sollten um sechs in La Boca sein.

»Hallo? ... Hallo.« Jeans Stimme klang zuerst etwas benommen, dann überrascht.

»Ich bin's, David. Ich hab' jetzt keine Zeit, mich zu entschuldigen. Ich muß dich sofort sehen.«

»David? O Gott! ...«

»Wir sehen uns in zwanzig Minuten im Büro.«

»Bitte ...«

»Jetzt ist keine *Zeit*! Zwanzig Minuten, bitte sei dort ... Ich brauche dich, Jean. *Ich brauche Dich!*«

Der diensthabende Leutnant am Tor der Botschaft ließ sich nach einigem Widerstreben dazu überreden, Mrs. Camerons Büro anzurufen; wenn sie herauskam und sich persönlich für ihn verbürgte, würde er ihn passieren lassen.

Jean erschien auf der Freitreppe des Botschaftsgebäudes. Sie wirkte verletzlich, lieblich. Sie ging um den Zufahrtsweg herum auf das Torhäuschen zu und sah ihn. Und in dem Augenblick unterdrückte sie einen kleinen Aufschrei.

Er begriff.

Er hatte mit dem Alaunstift die Schnittwunden von dem halben Dutzend Glassplittern, die er sich aus Stirn und Wangen gezogen hatte, nicht völlig verdecken können.

Sie sprachen kein Wort, als sie den Korridor hinuntergingen. Statt dessen hielt sie seinen Arm mit solcher Kraft fest, daß er ihre

Hand löste und auf ihre andere Seite ging. Sie hatte an der Schulter gezogen, die noch nicht ganz von dem Absturz auf den Azoren verheilt war.

Als sie schließlich ihr Büro erreicht hatten, schloß sie die Tür und warf sich in seine Arme. Sie zitterte.

»David, es tut mir so *leid, leid, leid.* Ich war schrecklich. Ich hab' mich so schlimm benommen.«

Er nahm ihre Schultern und schob sie sachte von sich. »Du mußtest mit einem Problem zurechtkommen.«

»Mir scheint, daß ich mit *gar nichts* mehr zurechtkomme. Und dabei dachte ich immer, ich könnte das so gut ... Was ist denn mit deinem Gesicht passiert?« Ihre Finger strichen über seine Wange. »Es ist sehr geschwollen.«

»›Tortugas‹.« Er sah ihr in die Augen. »›Tortugas‹ ist passiert.«

»O Gott.« Sie flüsterte die zwei Worte und vergrub ihren Kopf an seiner Brust. »Ich bin völlig durcheinander; ich kann nicht sagen, was ich sagen will. Tu es nicht, bitte, tu es nicht ... Laß nicht zu, daß noch etwas passiert.«

»Dann wirst du mir helfen müssen.«

Sie trat einen Schritt zurück. »*Ich?* Wie kann ich das?«

»Indem du meine Frage beantwortest ... Ich werde wissen, wenn du lügst.«

»Wenn ich *lüge?* ... Mach keine Witze. *Ich* habe *dich* nicht belogen.«

Er glaubte ihr ... Wodurch das, was er tun mußte, nicht leichter wurde, auch nicht klarer. »Wo hast du den Namen ›Tortugas‹ erfahren?«

Sie nahm die Arme von seiner Schulter; er ließ sie los. Sie trat ein paar Schritte zurück, aber das war kein Sich-Zurückziehen.

»Ich bin auf das, was ich getan habe, nicht stolz; ich habe das noch nie zuvor getan.« Sie drehte sich um und sah ihn an.

»Ich bin in die ›Höhlen‹ hinuntergegangen ..., ohne dazu autorisiert zu sein ... Dort habe ich deine Akte gelesen. Es ist ganz bestimmt das kürzeste Dossier in der Geschichte des diplomatischen Korps.«

»Was stand in der Akte?«

Sie sagte es ihm.

»Du siehst also, daß mein hypothetischer David von gestern abend durchaus eine deutliche Beziehung zur Realität hatte.«

Spaulding trat an das Fenster, das den westlichen Teil des Botschaftsparks überblickte. Die Morgensonne war inzwischen am Himmel höher geklettert, aber im Gras schimmerte noch der Tau; es erinnerte ihn an den gepflegten Rasen, den die Scheinwerfer unter Rhinemanns Terrasse angestrahlt hatten. Und jene Erinnerung brachte ihn auf die Codes. Er drehte sich um. »Ich muß mit Ballard sprechen.«

»Ist das alles, was du zu sagen hast?«

»Der nicht-so-hypothetische David hat zu tun. Daran ändert sich nichts.«

»Ich kann es nicht ändern, willst du sagen.«

Er ging zu ihr zurück. »Nein, das kannst du nicht ... Ich wünschte bei Gott, du könntest es; ich wünschte, *ich* könnte es. Ich kann mich nicht überzeugen — um damit ein gewisses Mädchen etwa zu zitieren — daß das, was ich tue, von so großer Wichtigkeit wäre ... Aber ich reagiere wohl gewohnheitsmäßig. Vielleicht ist das auch mein Ego; vielleicht ist es so einfach.«

»Ich habe gesagt, daß du gut bist, nicht wahr?«

»Ja. Das bin ich auch ... Weißt du, *was* ich bin?«

»Ein Abwehrbeamter. Ein Agent. Ein Mann, der mit anderen Männern arbeitet; mit ihnen flüstert, sich nachts mit ihnen trifft. Ein Mann, der mit viel Geld und Lügen arbeitet. Siehst du, so denke ich.«

»Nein, nicht das. Das ist neu ... Was ich *wirklich* bin ... Ich bin Bauingenieur. Ich kann Häuser und Brücken und Dämme und Straßen bauen. Einmal habe ich einen Zoo in Mexiko gebaut; das beste Freiluftgehege, für Primaten, das es je gegeben hat. Unglücklicherweise haben wir soviel Geld ausgegeben, daß die Zoologische Gesellschaft sich keine Affen mehr leisten konnte. Aber das Gehege steht.«

Sie lachte leise. »Du bist komisch.«

»Mir hat die Arbeit an den Brücken am besten gefallen. Ein natürliches Hindernis zu überwinden, ohne es zu beeinträchtigen, ohne seinen eigenen Zweck zu zerstören ...«

»Ich hatte bisher nicht gewußt, daß Ingenieure Romantiker sind.«

»*Bau*ingenieure sind das. Wenigstens die besten ... Aber das liegt alles weit zurück. Wenn all das Schreckliche vorbei ist, werde ich natürlich zurückkehren. Ich bin in diesen ... diesen Job aus den falschen Motiven und ohne den geringsten Weitblick hineingetappt ... deshalb muß ich ihn gut erledigen.«

»Und was ist mit uns? Sind wir ein ›uns‹?«

»Ich liebe dich«, sagte er einfach. »Das weiß ich.«

»Nach nur einer Woche? Das ist es, was ich mich immer wieder frage. Wir sind keine Kinder.«

»Wir sind keine Kinder«, erwiderte er. »Kinder haben keinen Zugang zu Dossiers des State Department.« Er lächelte und wurde dann wieder ernst. »Ich brauche deine Hilfe.«

Sie sah ihn scharf an. »Wieso?«

»Was weißt du über Erich Rheinmann?«

»Er ist ein abscheulicher Mann.«

»Er ist Jude.«

»Dann ist er ein abscheulicher Jude. Rasse und Religion haben nichts damit zu tun, sie sind belanglos.«

»Warum ist er abscheulich?«

»Weil er Menschen benutzt. Ohne nachzudenken, bösartig. Er benutzt sein Geld, um was und wen er kann zu korrumpieren.«

»Was ist seine Politik?«

Jean dachte einen Augenblick nach; sie lehnte sich in ihrem Sessel zurück, blickte zum Fenster hinaus, und sah dann zu Spaulding hinüber. »Nur er selbst«, antwortete sie.

»Ich hörte, er stehe ganz offen auf der Seite der Achse.«

»Nur, weil er glaubte, daß England fallen werde und es zum Waffenstillstand komme. Er hat noch ausgezeichnete Beziehungen nach Deutschland, hat man mir gesagt.«

»Aber er ist Jude.«

»Ein Handikap auf eine gewisse Zeit. Ich glaube nicht, daß er der Synagoge angehört. Die jüdische Kolonie in Buenos Aires will nichts mit ihm zu tun haben.«

David stand auf. »Vielleicht ist es das.«

»Was?«

»Rheinmann hat seinem Volk den Rücken gekehrt und unterstützt ganz offen die Leute, die Auschwitz geschaffen haben. Vielleicht wollen sie, daß er getötet wird. Und dazu erledigen sie zuerst seine Wachposten und machen dann Jagd auf ihn.«

»Wenn du unter ›sie‹ die Juden hier verstehst, würde ich das verneinen müssen. Die *judíos* in Argentinien verhalten sich ganz vorsichtig. Die Legionen der Obersten sind dem Stechschritt sehr nahe; Rheinmann hat Einfluß. Natürlich gibt es nichts, was ein oder zwei Fanatiker aufhalten könnte ...«

»Nein ..., mag sein, daß sie Fanatiker sind, aber nicht ein oder zwei. Sie sind organisiert; sie haben Geld im Rücken — ganz beträchtliche Beträge sogar, glaube ich.«

»Und sie sind hinter Rheinmann her? Die jüdische Gemeinschaft würde in Panik geraten. Offen gestanden, wir wären vermutlich die ersten, an die sie sich um Hilfe wenden würden.«

David, der bisher auf und ab geschritten war, blieb stehen. Er erinnerte sich an die Worte, die er gehört hatte: *Es wird keine Verhandlungen mit Altmüller geben.* Eine finstere Türnische an der Zweiundfünfzigsten Straße New Yorks.

»Hast du je den Namen Altmüller gehört?«

»Nein. In der deutschen Botschaft gibt es einen ganz gewöhnlichen Müller. Denke ich. Aber das ist wie Smith oder Jones. Kein Altmüller.«

»Und was ist mit Hawkwood. Eine Frau namens Leslie Jenner Hawkwood?«

»Kenne ich auch nicht. Aber wenn diese Leute mit Abwehrkreisen zu tun haben, gibt es auch keinen Anlaß für mich, sie zu kennen.«

»Es sind Abwehrleute, aber ich hatte nicht gedacht, daß sie getarnt auftreten würden. Wenigstens nicht dieser Altmüller.«

»Was bedeutet das?«

»Sein Name ist in einem Zusammenhang gebraucht worden, aus dem ich schließen muß, daß man ihn kennt. Aber ich kann ihn nicht finden.«

»Willst du in den ›Höhlen‹ nachsehen?« fragte sie.

»Ja. Ich erledige das unmittelbar mit Granville. Wann werden sie geöffnet?«

»Halb neun. Henderson ist gewöhnlich um Viertel vor neun in seinem Büro.« Sie sah, wie David auf sein Handgelenk blickte, wobei er vergaß, daß er keine Uhr hatte. Sie sah auf die Schreibtischuhr. »Noch etwa zwei Stunden. Erinnere mich daran, daß ich dir eine Uhr kaufe.«

»Danke ..., Ballard, ich muß ihn sehen. Wie ist er denn am frühen Morgen? Um diese Stunde?«

»Ich nehme an, das ist eine rhetorische Frage ... Er ist es

gewöhnt, daß man ihn wegen Codeproblemen weckt. Soll ich ihn anrufen?«

»Bitte. Kannst du hier Kaffee machen?«

»Draußen ist eine Kochplatte.« Jean deutete auf die Tür zu ihrem Vorzimmer. »Hinter dem Stuhl meiner Sekretärin. Das Waschbecken ist im Schrank ... Laß nur, ich mach das schon. Ich will nur zuerst Bobby anrufen.«

»Ich werde uns eine schöne Kanne Kaffee machen. Ruf du an, ich koche. Du wirkst so respektgebietend, ich würde es nicht fertigbringen, mir von dir hier Kaffee machen zu lassen.«

Er tat gerade gemahlenen Kaffee in den Topf, als er es hörte. Ein Schritt. Ein einziger Schritt, draußen auf dem Korridor.

Ein Schritt, der gedämpft hätte sein sollen, es aber nicht war. Normalerweise müßte ein zweiter Schritt folgen, aber nichts passierte.

Spaulding stellte die Kanne auf den Schreibtisch, bückte sich und zog lautlos die Schuhe aus. Er trat an die geschlossene Tür und wartete.

Jetzt hörte er es wieder. Schritte. Leise; unnatürlich.

David knöpfte sein Jackett auf, tastete nach seiner Waffe und legte die linke Hand auf den Türknopf. Er drehte ihn lautlos, öffnete dann schnell die Tür und trat hinaus. Fünf Meter von ihm entfernt, fuhr ein Mann, der den Korridor hinunterging, herum, als er das Geräusch hörte. Sein Gesichtsausdruck war Spaulding vertraut.

Angst.

»Oh, hallo. Sie müssen der Neue sein. Wir kennen uns noch nicht ... Ich heiße Ellis, Bill Ellis ... Ich hab' um sieben Uhr eine Besprechung. Scheußlich.« Sehr überzeugend klang der Attaché nicht.

»Ein paar von uns wollten fischen gehen, aber der Wetterbericht ist ziemlich unsicher. Wollen Sie mitkommen?«

»Ich würde gerne, wenn diese unmögliche Besprechung nicht wäre.«

»Ja. Das haben Sie gesagt. Haben Sie Lust auf eine Tasse Kaffee?«

»Danke, alter Junge. Aber ich sollte mir wirklich meine Papiere noch einmal ansehen.«

»Okay. Tut mir leid.«

»Ja, mir auch . . . Bis bald mal.« Der Mann namens Ellis lächelte verlegen, machte eine noch verlegener wirkende grüßende Handbewegung — die David erwiderte — und setzte seinen Weg fort.

Spaulding ging in Jeans Büro zurück und schloß die Tür. Sie stand am Schreibtisch ihrer Sekretärin.

»Mit wem hast du denn um diese Zeit zu reden?«

»Er sagte, sein Name sei Ellis. Er sagte, er habe um sieben Uhr mit irgend jemandem eine Besprechung . . . Das hat er nicht.«

»Was?«

»Er hat gelogen. Wofür ist Ellis zuständig?«

»Import-Exportangelegenheiten.«

»Das paßt . . . Was ist mit Ballard?«

»Er ist schon unterwegs. Er hat gesagt, du seist ein widerlicher Bursche . . . Was soll das heißen, ›das paßt‹?«

Spaulding ging zum Schreibtisch, nahm die Kaffeekanne und ging auf den Schrank zu. Jean trat vor ihn und nahm ihm die Kanne weg. »Wie wird Ellis denn eingestuft?« fragte er.

»Ausgezeichnet. Genau das Syndrom; er will an den Hof von St. James. Du hast mir noch keine Antwort gegeben. Was ›paßt‹?«

»Er ist gekauft. Ein Trichter. Es könnte etwas Ernsthaftes sein oder auch nur Belanglosigkeiten im Hafen.«

»Oh?« Jean öffnete etwas verwirrt die Schranktüre, hinter der das Waschbecken war. Plötzlich hielt sie in ihrer Bewegung inne und drehte sich zu Spaulding herum. »David. Was bedeutet ›Tortugas‹?«

»O Gott, jetzt hör schon auf.«

»Du kannst es mir also nicht sagen.«

»Nein, ich *weiß* es nicht. Ich wünschte, ich wüßte es.«

»Das ist eine Codebezeichnung, nicht wahr? So steht es in deiner Akte.«

»Das ist ein Code, über den man mir nie etwas gesagt hat. Und dabei bin ich verantwortlich!«

»Da, füll das ein; aber spül ihn erst aus.« Jean gab ihm die Kaffeekanne und ging schnell in ihr Büro zurück an ihren Schreibtisch. David folgte ihr und blieb unter der Türe stehen.

»Was machst du?«

»Attachés, selbst Untersekretäre lassen sehr frühe Verabredungen am Tor eintragen.«

»Ellis?«

Jean nickte und sprach ins Telefon; das Gespräch war ganz kurz. Sie legte den Hörer auf und sah zu Spaulding hinüber.

»Der erste Passierschein ist für neun Uhr eingetragen. Ellis hat keine Besprechung um halb acht.«

»Das überrascht mich nicht. Dich?«

»Ich wollte sichergehen ... Du sagtest, du wüßtest nicht, was ›Tortugas‹ bedeutet. Ich könnte es dir vielleicht sagen.«

David trat verblüfft ein paar Schritte in ihr Büro. *»Was?«*

»Es gab da einen Überwachungsbericht aus La Boca — das liegt in Ellis' Zuständigkeitsbereich. Seine Abteilung muß das geklärt, es als unbedenklich bezeichnet haben. Man hat es fallenlassen.«

»Was hat man fallenlassen? Wovon redest du?«

»Ein Trawler in La Boca. Seine Ladung war für einen Ort bestimmt, der die Küstenstreifen verletzte ... Sie nannten es einen Irrtum. Der Bestimmungsort war Tortugas.«

Plötzlich öffnete sich die Vorzimmertür und Bobby Ballard trat ein.

»Herrgott!« sagte er. »Widerlich, wenn Leute so früh zu arbeiten beginnen!«

33.

Die Ausarbeitung der Codes mit Ballard nahm weniger als eine halbe Stunde in Anspruch. David staunte über das Vorstellungsvermögen des Kryptographen. Er entwickelte — scheinbar ohne viel darüber nachdenken zu müssen — eine geometrische Reihe von Zahlen und entsprechenden Buchstaben, zu deren Auflösung die besten Kryps, die Spaulding kannte, bestimmt eine Woche brauchen würden.

Spaulding hatte Ballard zwei Worte gegeben: *Telegramm Tortugas*.

Bei Eintreffen des Codes in Washington würde Swanson wissen, daß Eugene Lyons die Zeichnungen des Lenksystems bestätigt hatte. Er konnte dann über Radio die Bank in der Schweiz verständigen, worauf die Zahlung auf Rheinmanns Konten überwiesen werden würde. Indem er den Namen ›Tortugas‹ verwendete, hoffte David, daß irgend jemand irgendwo seinen Gemütszustand verstehen würde. Seinen Ärger darüber, die volle Verantwortung tragen zu müssen, ohne alle Fakten zu kennen.

Spaulding begann zu glauben, daß Erich Rheinmann mehr verlangte, als ihm zustand. Eine Möglichkeit, die ihm nur wenig nutzen würde.

Rheinmann mußte getötet werden.

Und langsam nahmen für ihn die Umrisse eines Planes Gestalt an, die jenen notwendigen Tod herbeiführen würden. Die Tat selbst würde vielleicht der einfachste Teil seines Auftrags sein.

Es hatte keinen Sinn, Jean und Bobby Ballard *nicht* über die Pläne für das Lenksystem zu informieren. Kendall hatte Buenos Aires auf dem Luftwege verlassen — ohne irgendeine Erklärung; David wußte, daß er möglicherweise zu einem Zeitpunkt Hilfe brauchen würde, wo er keine Zeit haben würde, die Leute zu informieren, die ihm helfen mußten. Seine Deckung war jetzt überflüssig geworden. Er beschrieb Rheinmanns Plan minuziös, ebenso die Funktion von Eugene Lyons und die Tatsache, daß Heinrich Stoltz als Kontaktperson an die Oberfläche gekommen war.

Das Zusammentreffen mit Henderson Granville war kurz und herzlich. Der Botschafter war froh, Davids wahren Auftrag in Buenos Aires nicht zu kennen, solange es keine diplomatischen Konflikte gab. Spaulding versicherte ihm, daß dies nach seinem besten Wissen nicht zu befürchten sei; jedenfalls war die Möglichkeit wesentlich geringer, wenn der Botschafter sich aus dem harten Kern des Auftrages heraushielt. Granville war einverstanden. Er ging auf Davids direkte Bitte ein und ließ die ›Höhle‹ nach Akten überprüfen, die Franz Altmüller und Leslie Jenner Hawkwood zum Gegenstand hatten.

Nichts.

Von Granvilles Büro aus begab Spaulding sich zurück zu Jean. Sie hatte inzwischen die Liste der eingetroffenen Passagiere vom Aeroparque erhalten. Eugene Lyons war als Passagier von Clipperflug 101 registriert und würde um zwei Uhr nachmittags eintreffen. Als Beruf war ›Physiker‹ angegeben, als Grund für die Einreise ›Firmengespräche‹.

David ärgerte sich über Walter Kendall. Oder, überlegte er, sollte sein Ärger besser dem verwirrten Amateur, Brigadier General Alan Swanson gelten? Das Mindeste, was sie hätten tun können, wäre gewesen, Lyons als ›Wissenschaftler‹ auszugeben; ›Physiker‹ war dumm. Ein Physiker in Buenos Aires war eine offene Aufforderung zur Überwachung — selbst *alliierte* Überwachung.

Er ging zu seinem eigenen, isoliert liegenden, winzigen Büro zurück. Um nachzudenken.

Er beschloß, Lyons selbst zu empfangen. Walter Kendall hatte ihm gesagt, daß Lyons' Pfleger den stummen, traurigen Mann in San Telmo unterbringen würden. David erinnerte sich an die zwei fraglichen Männer und hatte eine Vorahnung von Gefahr. Johnny und Hal — so hießen sie doch, oder? — war es durchaus zuzutrauen, daß sie Lyons auf der Treppe der deutschen Botschaft ablieferten, in der Meinung, es handle sich um ein Krankenhaus.

Er würde selbst zum Flughafen fahren und den Pan-Am-Clipper 101 erwarten. Und anschließend würde er die drei Männer auf einer komplizierten Route nach San Telmo bringen.

Sobald der Lyons einmal untergebracht hatte, rechnete David damit, etwa zwei, vielleicht auch drei Stunden zur Verfügung zu haben, ehe Rheinmann — oder Stoltz — Verbindung aufnahmen. Sofern Rheinmann nicht jetzt schon Jagd auf ihn machte, in Panik wegen der beiden toten Männer in den Colinas Rojas. Für den Fall hatte Spaulding ›seinen Unterstand gebaut‹. Sein unwiderlegbares Alibi ... Er war nicht dort gewesen. Man hatte ihn um zwei Uhr früh in der Córdoba abgesetzt.

Wer konnte das widerlegen?

Er würde also nachmittags zwei oder drei Stunden zur Verfügung haben.

La Boca.

Jean hatte höchst diskrete Nachforschungen bei der Marineüberwachung des FMF angestellt. Die Diskretion begann mit ihrem ganz routinemäßig wirkenden, gelangweilten Telefonanruf beim Einsatzleiter. Es fehle ihr eine ›Kleinigkeit‹ für eine ›Akte‹; das Ganze habe nichts zu besagen, eine rein bürokratische Angelegenheit — es gab ja immer Leute, die sich an Akten erbauen konnten. Ob der Lieutenant ihr wohl helfen könne? ... Der Trawler, der irrtümlicherweise für Tortugas eingetragen war, lag in der Nähe eines Lagerhauskomplexes in Ocho Calle am Pier. Der Irrtum sei vom Botschaftsattaché Mr. William Ellis, Import — Exportangelegenheiten, überprüft und bestätigt worden.

Ocho Calle.

David würde eine gute Stunde damit verbringen, sich umzusehen. Es könnte sich als Zeitvergeudung erweisen. Welche Verbindung sollte schon ein Fischtrawler mit seinem Auftrag haben? Er konnte sich das nicht vorstellen. Aber immerhin gab es da den Namen ›Tortugas‹; einen Attaché namens Ellis, der lautlos an verschlossenen Türen vorbeischlich und Lügen über nicht existierende Besprechungen am frühen Morgen verbreitete.

Es lohnte sich, Ocho Calle zu überprüfen.

Anschließend würde er sich in seinem Apartment in der Córdoba in der Nähe des Telefons aufhalten.

»Lädst du mich zum Lunch ein?« fragte Jean und trat in sein Büro. »Schau nicht auf die Uhr; du hast keine.«

Spaulding hatte die linke Hand schon erhoben und das Handgelenk herumgedreht. »Ich hatte gar nicht bemerkt, daß es schon so spät ist.«

»Ist es auch nicht. Es ist erst elf, aber du hast noch nicht gegessen — wahrscheinlich auch nicht geschlafen — und du hattest gesagt, du wollest kurz nach eins zum Flughafen fahren.«

»Richtig; du bist ja die große Organisatorin. Richtig Angst könnte man vor dir bekommen.«

»Vor dir auch. Wir fahren zuerst bei einem Juwelier vorbei. Ich habe bereits angerufen, dort wartet ein Geschenk auf dich.«

»Ich mag Geschenke. Gehen wir.« Spaulding stand auf, als das Telefon klingelte. Er sah den Apparat an. »Weißt du, daß es das erstemal ist, daß dieses Ding einen Laut von sich gegeben hat?«

»Das ist wahrscheinlich für mich. Ich habe meiner Sekretärin gesagt, daß ich hier sei . . . Nicht daß ich glaube, daß ich es ihr wirklich hätte sagen müssen.«

»Hallo?« sprach David ins Telefon.

»Spaulding?«

David erkannte die Stimme von Heinrich Stoltz. Seine Nervenspannung war sogar über das Telefon zu verspüren. »Ist es nicht etwas unklug, mich hier anzurufen?«

»Ich habe keine andere Wahl. Unser gemeinsamer Freund befindet sich in einem Zustand äußerster Besorgnis. Alles ist in Gefahr.«

»Wovon sprechen Sie?«

»Jetzt ist nicht die Zeit für Unsinn! Die Situation ist ernst.«

»Jetzt ist auch nicht die Zeit dafür, Spielchen zu treiben. Wovon, zum Teufel, reden Sie?«

»Gestern nacht! Heute morgen. Was ist geschehen?«

»Was ist wo geschehen?«

»Hören Sie *auf!* Sie waren *dort!*«

»Wo?«

Stoltz hielt inne, David konnte seinen Atem hören. Der Deutsche befand sich im Zustand äußerster Panik und gab sich verzweifelt Mühe, seine Fassung zu bewahren. »Die Männer sind getötet worden. Wir müssen wissen, was geschehen ist!«

»Getötet? ... Sie sind *verrückt!* Wie?«

»Ich *warne Sie ...*«

»Jetzt aber Schluß! Ich bin hier der *Käufer*, vergessen Sie das nicht ... Ich will nicht in irgendwelche Organisationsprobleme hineingezogen werden. Diese Männer haben mich gegen halb zwei vor meiner Wohnung abgesetzt. Übrigens, sie sind Ihren anderen Jungs begegnet, denen, die mein Apartment überwachten. Und auch nebenbei gesagt, mir paßt diese Überwachung rund um die Uhr nicht!«

Stoltz war völlig perplex — wie David das erwartet hatte. »Die anderen? ... Was für andere?«

»Hören Sie schon auf! Sie wissen das ganz genau.« Spaulding ließ die Andeutung einfach in der Luft hängen.

»Das ist alles höchst beunruhigend ...« Stoltz rang sichtlich um Fassung.

»Das tut mir leid«, sagte David nichtssagend.

»Ich rufe Sie zurück«, unterbrach Stoltz.

»Nicht hier. Ich werde den größten Teil des Nachmittags unterwegs sein ... Übrigens«, fügte Spaulding dann freundlich hinzu, »ich werde mich auf einem jener Segelboote befinden, auf die unser gemeinsamer Freund so majestätisch herabblickt. Ich werde mit einigen diplomatischen Freunden zusammensein, die fast ebenso reich sind wie er. Rufen Sie mich nach fünf in der Córdoba an.«

David legte sofort auf und hörte noch den Anfang von Stoltz' Protest. Jean beobachtete ihn fasziniert.

»Das hast du sehr gut gemacht«, sagte sie.

»Ich habe mehr Übung als er.«

»Stoltz?«

»Ja. Gehen wir in dein Büro.«

»Ich dachte, wir wollten essen gehen.«

»Tun wir auch. Aber vorher gibt es noch ein paar Kleinigkeiten . . . Es gibt doch einen Hinterausgang, nicht wahr?«

»Einige sogar. Das hintere Tor.«

»Ich möchte einen Botschaftswagen benutzen. Macht das Schwierigkeiten?«

»Nein, natürlich nicht.«

»Deine Sekretärin. Könntest du sie für ein langes Mittagessen entbehren?«

»Du bist reizend. Ich hatte die Wahnsinnsidee, du wolltest *mich* einladen.«

»Will ich auch. Ob sie sich das Haar hochstecken und einen breitkrempigen Hut tragen kann?«

»Das kann jede Frau.«

»Gut. Nimm den gelben Mantel, den du gestern abend getragen hast, und zeig mir hier irgendeinen Mann, der ungefähr meine Größe hat, einen, mit dem deine Sekretärin gerne zum Lunch gehen würde. Vorzugsweise einen, der eine dunkle Hose trägt. Ich werde ihm mein Jackett geben.«

»Was hast du *vor*?«

»Unsere Freunde verstehen sich darauf, anderen Leuten Streiche zu spielen. Jetzt wollen wir sehen, wie sie es aufnehmen, wenn man ihnen einen spielt.«

Spaulding blickte aus dem Fenster im zweiten Stock. Die bodenlangen Vorhänge boten ihm Sichtschutz. Er hielt sich den Feldstecher ans Auge. Unten auf der vorderen Treppe ging Jeans Sekretärin — bekleidet mit Jeans gelbem Mantel und einem breitkrempigen Hut — schnellen Schritts auf die Einfahrt zu. Einer von Ballards Assistenten folgte ihr. Ein hochgewachsener Mann in dunklen Hosen und Davids Jackett. Beide trugen Sonnenbrille. Ballards Mitarbeiter blieb kurz auf der oberen Stufe stehen und warf einen Blick auf eine auseinandergefaltete Straßenkarte. Damit war sein Gesicht von dem Papier verdeckt. Er schritt die Treppen hinunter und dann stiegen er und das Mädchen in die Botschaftslimousine, einen schweren Wagen mit Vorhängen an den Fenstern.

Spaulding musterte die Avenida Corrientes vor dem Tor. Als die Limousine von den Wachen hinausgewinkt wurde, löste sich auf der südlichen Straßenseite ein Mercedes Coupé vom Randstein und folgte ihr. Wenig später wendete ein zweiter Wagen auf der Nordseite vorsichtig und bezog einige Fahrzeuglängen hinter dem Mercedes Position. David legte befriedigt den Feldstecher weg und verließ das Zimmer.

Ballards Sportjackett saß um die Körpermitte locker und hatte etwas zu kurze Ärmel, dafür aber konnte man Davids neue Armbanduhr gut sehen. Das machte Jean Freude. Es war ein sehr schöner Chronometer.

Das Restaurant war klein, schon beinahe winzig, es lag an einer Nebenstraße in der Nähe von San Martín. Es war vorne offen; ein kurzes Vordach schützte die paar Tische draußen vor der Sonne. Ihr Tisch freilich stand im Inneren des Lokals. Spaulding saß dem Eingang gegenüber, so daß er die Passanten auf dem Bürgersteig deutlich sehen konnte.

Im Augenblick freilich beobachtete er sie nicht. Er sah Jean an. Und was er in ihrem Gesicht sah, veranlaßte ihn, die nächsten Worte ohne nachzudenken auszusprechen.

»Es wird bald vorbei sein. Ich steige aus.«

Sie griff nach seiner Hand, sah ihm in die Augen. Einige Augenblicke lang sagte sie nichts. Es war, als wolle sie seine Worte hängenlassen, isoliert von allem anderen, so daß man darüber nachdenken konnte. »Da sagst du etwas sehr Bemerkenswertes. Ich bin nicht sicher, ob ich weiß, was du damit meinst.«

»Ich meine damit, daß ich Jahre und Jahre mit dir verbringen will. Den Rest meines Lebens ... Ich weiß nicht, wie ich es sonst ausdrücken sollte.«

Jean schloß kurz die Augen, einen Atemzug des Schweigens lang. »Ich glaube, das hast du ... sehr schön gesagt.«

Wie konnte er es ihr sagen? Wie konnte er es erklären? Er mußte es versuchen. Es war so verdammt wichtig. »Vor weniger als einem Monat«, begann er mit leiser Stimme, »geschah auf einem Feld etwas. Es war Nacht, in Spanien. An einem Lagerfeuer ... *Mir* geschah das. Die Umstände sind nicht wichtig, aber das, was mir widerfuhr, war ... das Schlimmste, was ich mir vorstellen konnte. Es hat mir Angst gemacht. Und es hatte gar nichts mit den vielen kalkulierten Risiken meiner Arbeit zu tun. Nichts damit, daß ich Angst gehabt hätte — und ich hatte immer Angst, das schwöre ich dir ... Aber plötzlich stellte ich fest, daß ich kein *Gefühl* hatte.

Überhaupt kein Gefühl. Ich erhielt einen Bericht, der mich hätte erschüttern müssen — mich zum Weinen bringen oder mich zornig machen, *verdammt zornig*. Aber ich fühlte überhaupt nichts.« David hielt inne und legte seine Hand über die Jeans. »Was ich dir hier zu sagen versuche, ist, daß du mir etwas zurückgegeben hast, von dem ich glaubte, ich hätte es verloren. Ich will niemals wieder in Gefahr kommen, es erneut zu verlieren.«

»Du wirst mich zum Weinen bringen«, sagte sie leise und ihre Augen waren feucht, aber ihre Lippen zitterten lächelnd. »Weißt du denn nicht, daß Mädchen weinen, wenn man solche Dinge zu ihnen sagt? . . . Ich werde dich so viel lehren müssen . . .«, flüsterte sie dann. »Bitte. *Bitte* . . . Jahre.«

David beugte sich über den kleinen Tisch; ihre Lippen berührten sich und dann nahm er die Hand von der ihren und strich ihr zärtlich über das Gesicht. Die Tränen waren da.

Er spürte sie auch. Ihm würden sie nicht kommen, aber er *spürte* sie.

»Ich werde natürlich mit dir zurückgehen«, sagte sie.

Ihre Worte brachten die Wirklichkeit für ihn zurück . . ., die andere Wirklichkeit, jene geringere. »Nicht *mit* mir. Aber bald. Ich werde ein paar Wochen brauchen, um die Dinge zu ordnen. Und du wirst hier deine Arbeit jemand anderem übergeben müssen.«

Sie sah ihn fragend an, stellte aber keine Frage. »Du mußt . . . besondere Vorkehrungen treffen, die Entwürfe oder Pläne oder was auch immer sie sind, mitzunehmen.«

»Ja.«

»Wann?«

»Wenn alles so geht, wie wir es erwarten, in ein oder zwei Tagen. Allerhöchstens in drei.«

»Warum brauchst du dann ein paar Wochen?«

Er zögerte, ehe er ihr Antwort gab. Und dann wurde ihm klar, daß er ihr die Wahrheit sagen wollte. Für ihn war das ein Teil des Anfangs. Wahrheit. »An einem Ort namens Fairfax hat es einen Sicherheitsbruch gegeben . . .«

»Fairfax«, unterbrach sie. »Das stand in deiner Akte.«

»Das ist ein Abwehrzentrum in Virginia. Streng geheim. Ein Mann ist dort getötet worden. Er war ein Freund von mir. Ich habe absichtlich Informationen zurückgehalten, um das Loch zu stopfen, und was noch wichtiger ist, um herauszufinden, wer ihn getötet hat.«

»Um Himmels willen, weshalb?«

»In gewisser Hinsicht war ich dazu gezwungen. Die Männer in Fairfax waren für die Information, die ich besaß, nicht freigegeben; der einzige, der es war, ist unfähig ... besonders in einer solchen Angelegenheit. Er ist nicht abwehrorientiert; er ist ein Beschaffungsgeneral. Er kauft Dinge.«

»Pläne für Gyroskopsysteme zum Beispiel?«

»Ja. Wenn ich zurückkomme, werde ich ihn zwingen, die Daten freizugeben.« David hielt inne und sprach dann mehr zu sich als zu Jean. »Tatsächlich ist es mir völlig gleichgültig, ob er das tut oder nicht. Mir steht eine ganze Menge alter Urlaub zu. Ich werde davon ein oder zwei Wochen in Fairfax verbringen. Es gibt dort einen deutschen Agenten mit Vier-Null-Freigabe. Er hat einen sehr guten Mann getötet.«

»Das macht mir Angst.«

»Das sollte es nicht.« David lächelte und antwortete auf ihre unausgesprochene Frage mit der Wahrheit. »Ich habe nicht die Absicht, jene Jahre aufs Spiel zu setzen, von denen wir sprachen. Wenn ich muß, werde ich aus einer Sicherheitszelle tätig werden ... Mach dir keine Sorgen.«

Sie nickte. »Das tue ich nicht. Ich glaube dir ... Wir treffen uns also in drei Wochen. Das bin ich Henderson schuldig; er wird sich an vieles Neue gewöhnen müssen. Außerdem werde ich veranlassen, daß wegen Ellis etwas geschieht.«

»Laß ihn aus dem Spiel. Wir *wissen* noch nichts. Wenn wir herausfinden, daß er von draußen bezahlt wird, kann er uns an dem Platz, wo er sich befindet, sehr nützlich sein. Umgedrehte Leitungen sind wie Juwelen. Wenn wir eine ausfindig machen, dann sorgen wir dafür, daß der oder die Betreffende gesund bleibt.«

»Was ist das für eine Welt, in der du lebst?« fragte Jean voller Besorgnis.

»Eine, die ich mit deiner Hilfe verlassen werde ... Nach Fairfax bin ich fertig.«

Eugene Lyons schob sich zwischen Spaulding und dem Pfleger namens Hal auf den Rücksitz des Taxis. Der andere Helfer, Johnny, saß vorne beim Fahrer. David gab seine Anweisungen in Spanisch; der Fahrer rollte auf die lange, glänzende Ausfahrt des Aeroparque.

»Freut mich, Sie wiederzusehen«, sagte David.

Lyons blinzelte; Spaulding war nicht sicher, ob das ein Gruß war oder nicht.

»Wir hatten Sie nicht erwartet«, sagte Johnny vom Vordersitz. »Wir hatten vor, den Professor selbst unterzubringen.«

»Wir haben es alles schriftlich«, fügte Hal hinzu, beugte sich rechts von Lyons vor und nahm ein paar Karteikarten aus der Tasche. »Da, sehen Sie, die Adresse. Ihre Telefonnummer. Und die der Botschaft. Und eine Brieftasche voll mit argentinischem Geld.«

Lyons lächelte ein dünnes Lächeln.

David wollte gerade den kleinen Durchbruch versuchen, als er im Rückspiegel des Fahrers etwas sah, was ihn beunruhigte — er hatte instinktiv hingesehen.

Es war der schmale Kühlergrill eines Automobils, den er schon einmal gesehen hatte, wenn auch ohne Unruhe. Zweimal hatte er es schon gesehen, in der langen Taxireihe und dann wieder bei der Ausfahrt aus dem Park. Jetzt war der Wagen wieder da und David drehte sich langsam herum und sah zum Hinterfenster des Taxis hinaus. Lyons schien zu spüren, daß Spaulding sich Sorgen machte; er rückte etwas zur Seite, um ihm Platz zu machen.

Der Wagen war ein 1937 La Salle, schwarz mit verrostetem Chrom am Kühlergrill und um die Scheinwerfer. Er blieb fünfzig bis sechzig Meter hinter ihnen, aber der Fahrer — ein blonder Mann — ließ nicht zu, daß andere Fahrzeuge sich zwischen sie schoben. Jedesmal, wenn seine Position bedroht war, beschleunigte er. Der blondhaarige Mann war, wie es schien, entweder unerfahren oder ungeschickt. *Falls* er sie verfolgte.

David redete in Spanisch leise, aber eindringlich auf den Fahrer ein. Er bot dem Mann fünf Dollar mehr als die Uhr anzeigen würde, falls er umkehren und ein paar Minuten lang in die andere Richtung fahren würde. Der *porteño* war bei weitem kein so großer Amateur wie der Fahrer des La Salle. Er begriff sofort, es bedurfte dazu nur eines Blicks in den Rückspiegel. Er nickte Spaulding lautlos zu, wendete plötzlich auf höchst gefährliche Weise und jagte nach Westen. Sein Taxi beschrieb einen schnellen Zickzackkurs, tauchte immer wieder in den Verkehr ein und verließ ihn gleich darauf, bog dann abrupt nach rechts und schoß in südlicher Richtung auf die Uferstraße. Der Anblick des Wassers erinnerte David an Ocho Calle.

Es drängte ihn danach, Eugene Lyons in San Telmo abzusetzen und zurück nach Ocho Calle zu fahren.

Der La Salle war kein Problem mehr.

»Herrgott«, sagte Hal. »Was, zum Teufel, war das jetzt?« Und dann beantwortete er seine eigene Frage. »Wir wurden verfolgt, stimmt's?«

»Wir waren nicht sicher«, sagte David.

Lyons beobachtete ihn. Sein Blick war ausdruckslos. Jetzt meldete sich Johnny vom Vordersitz.

»Bedeutet das, daß wir mit Problemen zu rechnen haben? Das war ja eine hübsch wilde Fahrt. Mr. Kendall hat nichts von Schwierigkeiten erwähnt ... Nur unser üblicher Job.« Johnny drehte sich nicht um, während er sprach.

»Würde Ihnen das etwas ausmachen?«

Jetzt drehte sich Johnny um und sah Spaulding an; er ist ein sehr ernster Bursche, dachte David. »Das kommt darauf an«, sagte der Pfleger. »Unsere Aufgabe ist es, auf den Professor aufzupassen. Uns um ihn zu kümmern. Wenn es Schwierigkeiten gäbe, die uns dabei störten, glaube ich nicht, daß mir das gefallen würde.«

»Ich verstehe. Was würden Sie tun?«

»Ihn so schnell wie möglich von hier wegbringen«, antwortete Johnny einfach.

»Dr. Lyons hat einen Auftrag in Buenos Aires zu erfüllen. Das muß Ihnen Kendall gesagt haben.«

Johnnys Augen musterten Spaulding. »Ich will Ihnen etwas sagen, Mister. Dieses dreckige Schwein kann mich mal. Ich bin mein ganzes Leben lang noch nicht so mies behandelt worden, wie von diesem Burschen.«

»Warum kündigen Sie dann nicht?«

»Wir arbeiten nicht für Kendall«, sagte Johnny, als sei der Gedanke an sich schon abstoßend. »Wir werden vom Forschungszentrum von Meridian Aircraft bezahlt. Dieser Schweinehund gehört nicht einmal zu Meridian. Ein lausiger Buchhalter ist er, sonst nichts.«

»Verstehen Sie, Mr. Spaulding«, sagte Hal, wie um die Aggressivität seines Partners zu mildern. »Wir müssen tun, was für den

Professor gut ist. Dafür werden wir vom Forschungszentrum bezahlt.«

Das Taxi verlangsamte seine Fahrt und bog in eine stille Straße von San Telmo. Der Fahrer hielt vor einem schmalen, dreistöckigen weißen Stuckgebäude mit durchhängendem Ziegeldach. Die Adresse war 15 Terraza Verde. Das Erdgeschoß war an Eugene Lyons und seine ›Assistenten‹ vermietet.

»Da sind wir«, sagte Spaulding und öffnete die Tür.

Lyons stieg nach David aus dem Wagen. Er stand auf dem Bürgersteig und blickte zu dem freundlichen, kleinen Haus in der friedlichen Straße empor. Die Bäume an der Straße waren gestutzt. Alles wirkte sehr gepflegt; die Gegend erinnerte an Europa. David hatte das Gefühl, daß Lyons plötzlich etwas gefunden hatte, das er schon lange suchte.

Dann glaubte er zu wissen, was es war. Eugene Lyons sah hier einen Ort, um sich auszuruhen. Einen Ort für die letzte Ruhe, ein Grab.

34.

David hatte nicht so viel Zeit, wie er geglaubt hatte. Er hatte Stoltz gesagt, er solle ihn nach fünf im Apartment an der Córdoba anrufen. Jetzt war es fast vier.

Die ersten Boote kamen schon an die Piers. Männer warfen schwere Taue oder fingen sie auf. Überall waren Netze, die die letzten warmen Strahlen der Sonne auffangen sollten.

Spaulding war nur mit dem Hemd bekleidet. Er hatte Ballards hellbraunes Jackett in dem Haus in Terraza Verde gelassen. Über der Schulter trug er ein großes, gebrauchtes Netz, das er an einem Verkaufsstand erworben hatte. Das verdammte Ding stank nach verfaultem Hanf und totem Fisch, erfüllte aber seinen Zweck. Er konnte damit jederzeit sein Gesicht verbergen und sich unbehindert in seiner Umgebung bewegen — mit ihr eins werden.

Er folgte der schmalen Gasse bis zu ihrem Ende. Der letzte Häuserblock von Oche Calle wurde an der anderen Seite von ein paar Gebäuden und umzäunten leeren Grundstücken gesäumt, die früher einmal als Lagerplätze gedient hatten und jetzt von Unkraut überwuchert waren. An der Wasserseite standen zwei riesige

Lagerschuppen. Zwischen den beiden Bauten konnte man die Mittelpartie eines Trawlers sehen. Der nächste Pier lag wenigstens eine Viertelmeile entfernt. Die Lagerhäuser von Ocho Calle waren wirklich isoliert.

Das letzte Stück von Ocho Calle *war* eine Halbinsel. Die Lagerhäuser standen nicht nur abseits, sie waren wirklich isoliert.

David nahm das Netz von der rechten Schulter und legte es sich über die linke. Zwei Seeleute kamen aus einem Gebäude; im Obergeschoß öffnete eine Frau ein Fenster und rief etwas nach unten, schimpfte auf ihren Mann ein. Ein alter Mann mit dunklen Indiozügen saß vor einem schmutzigen Köderladen auf einem kleinen Holzschemel. Drinnen, hinter dem mit Salz und Schmutz bespritzten Fensterglas, konnte man andere alte Männer sehen, die aus Weinflaschen tranken. Im letzten Haus lehnte eine einsame Hure aus einem Fenster im Erdgeschoß, sah David, öffnete die Bluse und stellte ihren üppigen Hängebusen zur Schau. Sie kniff sich in das weiche Fleisch und richtete die Brustwarze auf Spaulding.

Er ging auf den alten Indio zu, begrüßte ihn beiläufig und betrat den Laden. Der Gestank war erdrückend, eine Kombination aus Urin und Fäulnis.

Der Mann hinter den roh behauenen Planken, die als Theke dienten, schien verblüfft, einen Kunden zu sehen, und wußte nicht, was er tun sollte. Spaulding nahm einen Geldschein aus der Tasche — was die drei ihn umgebenden Männer höchlich überraschte — und sprach spanisch.

»Haben Sie Tintenfisch?«

»Nein ... nein, Tintenfisch nicht. Wir haben heute sehr wenig auf Lager«, antwortete der Besitzer, ohne den Geldschein aus den Augen zu lassen.

»Was haben Sie denn?«

»Würmer. Hundefleisch, etwas Katze. Katze ist sehr gut.«

»Geben Sie mir eine kleine Dose.«

Der Mann schlurfte nach hinten, griff in einen Eimer mit Eingeweiden und wickelte etwas davon in eine schmutzige Zeitung. Er legte das Päckchen neben das Geld auf die Planke. »Ich kann nicht herausgeben, Señor ...«

»Schon gut«, erwiderte Spaulding. »Das Geld ist für Sie, und den Köder können Sie behalten.«

Der Mann grinste verblüfft. »*Señor?* . . .«

»Behalten Sie das. Verstehen Sie? . . . Sagen Sie. Wer arbeitet dort drüben?« David wies auf das fast undurchsichtige Fenster. »In diesen großen Dockhäusern?«

»Kaum jemand . . . Ein paar Männer kommen und gehen. Hie und da. Ein Fischerboot . . . hie und da.«

»Waren Sie schon einmal drinnen?«

»O ja. Vor drei, vier Jahren habe ich dort gearbeitet. Damals gab es viel zu tun, vor drei, vier . . . fünf Jahren. Da haben wir alle gearbeitet.« Die zwei anderen alten Männer nickten und murmelten, so wie alte Männer murmeln.

»Jetzt nicht?«

»Nein, nein . . . alles geschlossen. Erledigt. Niemand geht jetzt mehr hinein. Der Besitzer ist ein sehr schlimmer Mann. Seine Wachen brechen einem den Schädel.«

»Wachen?«

»O ja. Mit Pistolen. Viele Pistolen. Sehr schlecht.«

»Kommen hierher auch Wagen?«

»O ja, hie und da . . . ein oder zwei . . . Die geben uns keine Arbeit.«

»Danke. Behalten Sie das Geld. Nochmals, vielen Dank.« David trat an das schmutzige Fenster, rieb ein kleines Stück Glas frei und sah hinaus. Die ganze Umgebung schien verlassen, abgesehen von den Männern am Pier. Dann sah er sich die Männer näher an.

Zuerst war er nicht sicher. Das Glas — obwohl er es abgerieben hatte — war draußen immer noch schmutzig; es war nicht sauber und die Männer bewegten sich, traten aus dem Sichtfeld, das er sich freigerieben hatte.

Dann war er sicher. Und plötzlich sehr zornig.

Die Männer am Pier trugen dieselbe paramilitärische Kleidung, die die Wachen an Rheinmanns Tor getragen hatten.

Es waren Rheinmanns Männer.

Das Telefon klingelte um genau halb sechs. Der Anrufer war nicht Stoltz, und weil er es nicht war, weigerte sich David, die Instruktionen anzunehmen, die er ihm erteilte. Er legte auf und wartete weniger als zwei Minuten, bis das Telefon wieder klingelte.

»Sie sind sehr hartnäckig«, sagte Erich Rheinmann. »Wir sollten vorsichtig sein, nicht Sie.«

»Das ist eine ziemlich unnütze Feststellung. Ich habe nicht die Absicht, die Anweisungen von jemandem zu befolgen, den ich nicht kenne. Ich erwarte keine Perfektion, aber das ist mir zu locker.«

Rheinmann schwieg ein paar Augenblicke lang. Dann sprach er mit unfreundlicher Stimme: »Was ist gestern nacht geschehen?«

»Ich habe Stoltz genau gesagt, was *mir* passiert ist. Sonst weiß ich nichts.«

»Ich glaube Ihnen nicht.« Rheinmanns Stimme klang angespannt und scharf und man spürte, daß er verärgert war.

»Das tut mir leid«, sagte David, »aber eigentlich betrifft mich das nicht.«

»Keiner von den beiden Männern hätte die Córdoba verlassen! Unmöglich!«

»Das haben sie aber; Sie können mir glauben . . . Hören Sie, ich habe Stoltz schon gesagt, daß ich nicht in Ihre Probleme hineingezogen werden möchte . . .«

»Woher wissen Sie denn, daß Sie nicht . . . schon hineingezogen sind?«

Die Frage war natürlich logisch, und Spaulding begriff das auch. »Weil ich hier in meiner Wohnung bin und mit Ihnen spreche. Stoltz sagt, die anderen seien tot; das ist ein Zustand, dem ich aus dem Wege gehen möchte. Ich kaufe nur einige Papiere von Ihnen. Wollen wir uns doch darauf konzentrieren.«

»Wir werden weiter über dieses Thema sprechen«, sagte Rheinmann.

»Nicht jetzt. Wir haben ein Geschäft abzuwickeln.«

Wieder wartete der Deutsche ein paar Augenblicke lang, ehe er weitersprach. »Tun Sie, was der Mann gesagt hat. Gehen Sie zu der Casa Rosada auf der Plaza de Mayo. Das südliche Tor. Wenn Sie ein Taxi nehmen, steigen Sie an der Julio aus und gehen Sie zu Fuß.«

»Ihre Männer werden mich im Auge behalten, wenn ich mein Apartment verlasse, nehme ich an.«

»Diskret. Um zu sehen, ob Sie verfolgt werden.«

»Dann werde ich von hier aus zu Fuß gehen. Das ist einfacher.«

»Sehr intelligent. An der Casa Rosada erwartet Sie ein Wagen. Dasselbe Automobil, das Sie gestern abend hierhergebracht hat.«

»Werden Sie dort sein?« fragte David.

»Natürlich nicht. Aber wir werden uns in Kürze treffen.«

»Ich kann die Pläne geradewegs nach Telmo bringen?«

»Wenn alles klar ist, dürfen Sie das.«

»Ich werde in fünf Minuten weggehen. Werden Ihre Männer bereit sein?«

»Das sind sie jetzt schon«, antwortete Rheinmann und legte auf.

David schnallte sich die Beretta auf die Brust und zog sein Jackett an. Er ging ins Badezimmer, nahm sich ein Handtuch vom Haken und rieb seine Schuhe damit ab, entfernte den Staub vom Aeroparque und von La Boca vom Leder. Er kämmte sich und betupfte die Kratzer in seinem Gesicht mit Talkumpuder.

Die dunklen Ringe unter seinen Augen waren nicht zu übersehen. Er brauchte dringend Schlaf, aber dafür war keine Zeit. Um seiner selbst willen — um seines Überlebens willen — wußte er, daß er sich die Zeit nehmen mußte.

Aber wann, fragte er sich.

Er ging zum Telefon zurück. Ehe er die Wohnung verließ, mußte er zwei Anrufe tätigen.

Zuerst Jean. Um sie zu bitten, in der Botschaft zu bleiben; vielleicht würde er Anlaß haben, sie anzurufen. Jedenfalls würde er mit ihr sprechen, wenn er zurückkehrte. Er sagte, er würde bei Eugene Lyons in Terraza Verde sein, und daß er sie liebe.

Der zweite Anruf galt Henderson Granville.

»Ich hatte Ihnen gesagt, daß ich weder die Botschaft noch Sie in meine Arbeit hineinziehen würde, Sir. Wenn ich davon jetzt abgehe, dann nur, weil einer Ihrer Mitarbeiter eine Marineüberwachungsakte unkorrekt abgeschlossen hat. Ich fürchte, das betrifft mich direkt.«

»Was heißt ›unkorrekt‹? Das ist ein sehr ernsthafter Vorwurf. Vielleicht hat sich der Mann sogar strafbar gemacht.«

»Ja, Sir. Und aus diesem Grunde ist es wichtig, daß alles ruhig bleibt. Es handelt sich um eine Abwehrangelegenheit.«

»Wer ist dieser Mann?« fragte Granville mit eisiger Stimme.

»Ein Attaché namens Ellis, William Ellis. Bitte, unternehmen Sie *nichts*, Sir.« Spaulding sprach schnell und eindringlich. »Vielleicht hat man ihn getäuscht; vielleicht auch *nicht*. Jedenfalls darf er nicht gewarnt werden.«

»Also gut. Ich will tun, was Sie sagen ... Warum haben Sie es mir dann gesagt ..., wenn Sie nicht wollen, daß wir etwas unternehmen?«

»Nicht gegen Ellis, Sir. Aber der Bericht muß geklärt werden.« David beschrieb die Lagerhäuser am Ocho Calle und den Trawler, der zwischen den beiden Bauwerken vertäut war.

Granville unterbrach ihn mit leiser Stimme. »Ich erinnere mich an den Bericht. Marineüberwachung ... Lassen Sie mich nachdenken.«

»Tortugas«, meinte Spaulding.

»Ja, das war es. Eine Verletzung der Küstenverträge. Ein Irrtum natürlich. Kein Fischerboot würde eine solche Route einschlagen. Der eigentliche Bestimmungsort war *Torugos*, ein kleiner Hafen im nördlichen Uruguay, glaube ich.«

David überlegte. Jean hatte die Namensvertauschung oder -ähnlichkeit nicht erwähnt. »Mag sein, Sir. Es wäre jedenfalls vorteilhaft, die Ladung zu kennen.«

»Die war eingetragen. Landmaschinen, glaube ich.«

»Das glauben wir nicht«, sagte Spaulding.

»Nun, wir haben nicht das Recht, eine Ladung zu inspizieren.«

»Herr Botschafter?« David unterbrach den alten Herrn. »Gibt es jemanden in der Junta, dem wir vertrauen können? *Völlig* vertrauen?«

Granvilles Antwort kam zögernd, vorsichtig. Spaulding begriff. »Einen, zwei vielleicht.«

»Ich werde Sie nicht nach den Namen fragen, Sir. Aber ich *werde* Sie bitten, sie um Hilfe zu ersuchen. Mit Sicherheitsmaßnahmen. Diese Lagerhäuser werden bewacht ..., von Erich Rheinmanns Männern.«

»Rheinmann?« Der Abscheu, den der Botschafter empfand, war selbst über das Telefon wahrzunehmen. Das ist nützlich, dachte David.

»Ich will tun, was ich kann, Spaulding. Aber versprechen kann ich natürlich nichts.«

»Ja, Sir. Das verstehe ich. Und vielen Dank.«

Die Avenida de Mayo wimmelte von Fahrzeugen, und die Plaza war noch schlimmer. Am Ende des Platzes spiegelte der rosafarbene Stein der Casa Rosada die orangefarbene Flut der untergehenden Sonne. Wie es einer Hauptstadt zukommt, die von Soldaten kontrolliert wurde, dachte David.

Er überquerte die Plaza, blieb am Springbrunnen stehen und erinnerte sich an gestern und an Leslie Jenner Hawkwood. Wo war sie jetzt? In Buenos Aires, aber wo? Und was noch wichtiger war, warum?

Die Antwort lag vielleicht in dem Namen ›Tortugas‹.

David ging auf dem Fußgängerweg über die Straße — demselben Weg, den er benutzt hatte, als er Leslie Hawkwood gefolgt war — und wartete an der ersten Verkehrsinsel, daß die Ampel umschaltete. Aber anstatt die Straße ganz zu überqueren, ging er zum Springbrunnen zurück. Er beschleunigte seine Schritte und setzte sich ebenfalls auf die Umfriedung des Brunnens und beobachtete die Umgebung.

Einer von Rheinmanns Leuten kam mit dem nächsten Schub Fußgänger und sah sich besorgt um. Schließlich sah er Spaulding.

David winkte.

Der Mann machte kehrt und rannte über die Straße zurück.

Spaulding rannte hinter ihm her und schaffte die Ampel gerade noch. Der Mann sah sich nicht um; er schien darauf erpicht, eine Kontaktperson zu erreichen, dachte David, vielleicht damit jemand ihn ablöste. Der Mann bog an der Casa Rosada nach links, und Spaulding folgte ihm, achtete darauf, nicht gesehen zu werden.

Der Mann erreichte eine Ecke und verlangsamte zu Davids großer Überraschung seinen Lauf, blieb schließlich stehen und trat in eine Telefonzelle.

Eigenartig amateurhaft, dachte Spaulding. Und das verriet ihm etwas über Erich Rheinmanns Leute: sie waren nicht so gut, wie sie glaubten.

Der schrille Klang einer Hupe ertönte, lauter als die anderen Verkehrsgeräusche auf der Mayo. Jetzt schlossen andere Hupen sich an, und in wenigen Sekunden erfüllte eine Kakophonie von Hupen die Straßen. David sah hinüber. Es war nichts; ein gereizter Verkehrsteilnehmer hatte die Geduld verloren. Alles kehrte zum normalen Chaos zurück, als die Wagen sich wieder in Bewegung setzten.

Und dann war ein Schrei zu hören. Der Schrei einer Frau. Und dann noch einer; und noch einer.

Eine Menschenmenge sammelte sich um die Telefonzelle. David

bahnte sich den Weg durch die Menschen, schob die Leute einfach weg, setzte die Ellbogen ein, bis er die Zelle erreicht hatte und hineinsehen konnte.

Der Mann mit dem nassen Jackett war auf den Boden der kleinen gläsernen Kabine gesunken, die Beine waren unter ihm eingeknickt. Der Kopf war unnatürlich nach hinten gebogen. Blut strömte ihm hinten über den Schädel. Spaulding blickte an der Glaswand der Zelle nach oben. An der Seite waren drei deutliche Löcher zu sehen, die sternförmig von Sprüngen umgeben waren.

Er hörte den durchdringenden Klang von Polizeipfeifen und bahnte sich erneut den Weg durch die Menge, diesmal nach hinten. Er erreichte den eisernen Zaun, der die Casa Rosada umgab, bog nach rechts und eilte zur Südseite des Gebäudes.

Zum Südtor.

Der Packard parkte vor dem Eingang, sein Motor lief. Ein Mann, etwa von seiner Größe, kam auf ihn zu, als David sich der Limousine näherte.

»Colonel Spaulding?«

»Ja?«

»Wenn Sie sich bitte beeilen wollen?« Der Mann öffnete die hintere Tür, und David stieg schnell ein.

Heinrich Stoltz begrüßte ihn. »Sie haben einen langen Weg hinter sich. Setzen Sie sich. Die Fahrt wird Sie entspannen.«

»Jetzt nicht.« David deutete nach vorne auf das Armaturenbrett. »Können Sie Rheinmann mit dem Ding erreichen? Jetzt gleich?«

»Wir stehen dauernd in Verbindung. Warum?«

»Dann rufen Sie ihn an. Ihr Mann ist gerade getötet worden.«

»Unser Mann?«

»Der Mann, der mir gefolgt ist. Er ist in einer Telefonzelle erschossen worden.«

»Er war nicht unser Mann, Colonel. Und *wir* haben ihn erschossen«, sagte Stoltz ruhig.

»Was?«

»Der Mann war uns bekannt. Er war ein bezahlter Killer aus Rio de Janeiro. Sie waren sein Ziel.«

Stoltz' Darstellung war kurz und knapp. Sie hatten den Killer wenige Augenblicke, nachdem David sein Haus verlassen hatte, entdeckt.

»Wir können mit dem Amerikaner, der die Codes besitzt, kein Risiko eingehen. Sie werden uns beipflichten, daß ein Schalldämpfer im dichten Verkehr genügt.«

»Ich glaube nicht, daß er versucht hat, mich zu töten«, sagte Spaulding. »Ich glaube, Sie haben zu schnell gehandelt.«

»Dann hat er darauf gewartet, daß Sie sich mit *uns* treffen. Verzeihen Sie mir, aber das konnten wir nicht zulassen. Stimmen Sie mir zu?«

»Nein. Ich hätte ihn mir nehmen können.« David lehnte sich zurück und griff sich mit der Hand an die Stirn, müde und verstimmt. »Ich *wollte* ihn mir nehmen. Jetzt verlieren wir beide.«

Stoltz sah David an. Er sprach ganz vorsichtig; nur eine Frage. »Sie auch? Sie wundern sich?«

»Sie nicht? ... Glauben Sie immer noch, daß die Gestapo nicht in Buenos Aires ist?«

»Unmöglich!« Stoltz stieß das Wort zwischen den Zähnen hervor, ganz leise.

»Das hat unser gemeinsamer Freund über Ihre Männer gestern nacht gesagt ... Ich weiß nicht das Geringste darüber, aber wie ich höre, sind sie tot. Was ist also unmöglich?«

»Die Gestapo *kann nicht* eingeschaltet sein. Das haben wir aus höchsten Kreisen.«

»Rheinmann ist Jude, nicht wahr?« David beobachtete Stoltz, während er die unerwartete Frage stellte.

Der Deutsche drehte sich um und sah Spaulding an. Man sah an seinem Gesichtsausdruck, daß ihn die Frage verlegen machte. »Er praktiziert seine Religion nicht; seine Mutter war Jüdin ..., offen gestanden, ist das völlig unwichtig. Die Rassentheorien von Rosenberg und Hitler werden nicht von allen akzeptiert; man hat ihnen viel zu viel Bedeutung beigemessen ... Das ist — war — in erster Linie eine wirtschaftliche Frage. Die Aufteilung von Bankkontrollen, Dezentralisierung finanzieller Hierarchien ... Ein unangenehmes Thema.«

Spaulding wandte den Blick ab und sagte nichts. Er war, offen gestanden, verwirrt, aber jetzt war nicht die Zeit, diese Verwirrung spüren zu lassen. Stoltz fuhr fort.

»Das ist eine eigenartige Frage. Wie kommen Sie darauf.«

»Ein Gerücht ... Ich habe es in der Botschaft gehört.« Und das war die Wahrheit, dachte David. »Ich habe daraus geschlossen, daß die jüdische Kolonie in Buenos Aires Rheinmann feindlich gesonnen sei.«

»Reine Spekulation. Die Juden hier sind so wie Juden überall. Sie halten zusammen und haben wenig mit Außenstehenden zu tun. Das Getto läßt sich vielleicht nicht so gut definieren, aber es gibt es. Sie haben keinen Streit mit Rheinmann; eigentlich gibt es keine Kontakte.«

»Damit könnte man eine Spekulation abhaken«, sagte Spaulding.

35.

Der grüne Packard rollte auf verschlungenen Wegen durch die Straßen von Buenos Aires.

Sie bogen nach Nordwesten; der Packard beschleunigte seine Fahrt, nahm Kurs auf San Telmo. David wußte, daß sich hinter ihnen mindestens drei weitere Fahrzeuge befanden; vor ihnen vermutlich zwei. Rheinmann hatte seine eigene Transportkolonne aufgestellt, und das bedeutete, daß die Gyroskoppläne sich in einem der Wagen befinden mußten.

»Haben Sie die Ware?« fragte er Stoltz.

»Teilweise«, erwiderte der Attaché und beugte sich nach vorne, um auf eine bestimmte Stelle in der Velourspolsterung der vorderen Sitzbank zu drücken. Ein Klicken ertönte; Stoltz beugte sich nach hinten und holte unter dem Sitz eine Schublade heraus, die eine dünne Metallkassette enthielt, ähnlich den Behältern, wie ihn Bibliotheken zum Schutz wertvoller Manuskripte benutzen. Der Deutsche hob die Kassette auf, hielt sie auf dem Schoß und schob die Schublade mit dem Fuß zurück. »Wir sind in ein paar Minuten da«, sagte er.

Der Packard hielt vor dem weißen Stuckgebäude in San Telmo am Randstein an. Spaulding griff nach der Türe, aber Stoltz hielt ihn am Arm fest und schüttelte den Kopf. David zog die Hand zurück; er verstand.

Etwa fünfzig Meter vor ihnen parkte eines der Automobile, dem jetzt zwei Männer entstiegen. Einer trug einen dünnen Metallbehälter, der andere ein rechteckiges ledernes Etui — ein Radio. Sie gingen auf den Packard zu.

David brauchte nicht durch das Rückfenster zu sehen, um zu wissen, was hinter ihm geschah, tat dies aber dennoch, um seine Vermutung zu bestätigen. Ein weiterer Wagen hatte angehalten. Zwei Männer kamen den Bürgersteig herauf, von denen einer wie erwartet einen Behälter trug, der andere ein Radio in einem Lederetui.

Die vier Männer trafen sich an der Türe des Packard. Stoltz nickte Spaulding zu; der stieg aus, ging um den Wagen herum und schloß sich Rheinmanns Männern an. Er wollte gerade auf den Eingang des Hauses zugehen, als Stoltz ihn durch das Seitenfenster des Wagens ansprach.

»Bitte warten Sie. Unsere Männer haben ihre Position noch nicht bezogen. Sie werden es uns sagen.«

Jetzt waren im Radio unter dem Armaturenbrett des Packard atmosphärische Störungen zu hören. Dann folgten wieder ein paar Nummern; der Fahrer nahm sein Mikrofon und wiederholte sie.

Heinrich Stoltz nickte und stieg aus. David ging auf die Türe zu.

Drinnen blieben zwei von Rheinmanns Leuten in der Halle, zwei gingen auf die Küche zu und dort zu einer Hintertüre, die auf einen schmalen plattenbelegten Hinterhof führte. Stoltz begleitete David ins Wohnzimmer, wo Eugene Lyons an einem großen Eßtisch saß. Der Tisch war leer, sah man von zwei Notizblöcken und einem halben Dutzend Bleistiften ab.

Die Pfleger Johnny und Hal akzeptierten Spauldings knappe Befehle. Sie standen an gegenüberliegenden Enden des Raumes vor einer Couch. Sie waren in Hemdärmeln, und der weiße Stoff ihrer Hemden ließ die Pistolen, die sie in Schulterhalftern trugen, besonders auffällig wirken.

Stoltz hatte einem Mann die Metallkassette abgenommen und forderte David jetzt auf, die andere zu nehmen. Gemeinsam stellten Stoltz und Spaulding die drei Behälter auf den Tisch, und Stoltz schloß sie auf. Lyons machte keine Anstalten, seine Besucher — die er vermutlich als Eindringlinge empfand — zu begrüßen, und auch von Stoltz kam nur ein ganz beiläufiger Gruß. Offensichtlich hatte Kendall das Gebrechen des Wissenschaftlers beschrieben; dementsprechend verhielt sich der deutsche Diplomat.

Jetzt sagte Stoltz über den Tisch hinweg zu dem sitzenden Lyons: »Wenn Sie von links beginnen, sind die Pläne in der richtigen Reihenfolge angeordnet. Wir haben zweisprachige

Schlüssel vorbereitet und überall, wo Fertigungsvorgänge beschrieben sind, hat man sie wörtlich übersetzt und die entsprechenden englischen Formeln oder international anerkannte Symbole benutzt. Häufig beides . . . Nicht weit von hier und leicht über unser Automobilradio zu erreichen, gibt es einen Luftfahrtphysiker aus Peenemünde. Er steht Ihnen auf Anforderung zur Beratung zur Verfügung . . . Zu guter Letzt darf ich noch darauf hinweisen, daß keine Fotos gemacht werden dürfen.«

Eugene Lyons nahm einen Bleistift und schrieb auf einem der Blocks. Er riß das Blatt ab und reichte es Spaulding. Auf ihm stand:

Wieviel Zeit habe ich? Sind die Zeichnungen vollständig?

David reichte Stoltz den Zettel und der antwortete:

»So lange Sie brauchen, *Herr Doktor* . . . Es gibt noch einen letzten Behälter. Man wird ihn Ihnen später bringen.«

»Innerhalb von vierundzwanzig Stunden«, unterbrach Spaulding, »darauf bestehe ich.«

»Sobald wir die Bestätigung erhalten haben, daß die Codes in Washington eingetroffen sind.«

»Diese Nachricht befindet sich ohne Zweifel bereits in der Botschaft.« David sah auf die Uhr. »Ich bin sicher, daß es so ist.«

»Wenn Sie das sagen, glaube ich es«, sagte Stoltz. »Lügen wäre sinnlos. Sie werden Argentinien nicht verlassen, solange *wir* nicht Nachricht erhalten haben . . ., aus der Schweiz.«

Um zehn Uhr fünfunddreißig erhob sich Lyons von seinem Sessel. Er legte seine Notizblätter links von sich ab und schrieb etwas auf einen Block, riß das Blatt ab und reichte es Spaulding.

Soweit — authentisch. Ich habe keine Fragen.

David reichte den Zettel dem besorgten Stoltz.

»Gut«, sagte der Deutsche. »Und jetzt, Colonel, erklären Sie bitte den Begleitern des Doktors, daß es notwendig sein wird, ihnen die Waffen abzunehmen. Sie werden sie natürlich zurückerhalten.«

David sagte zu Johnny: »Das geht in Ordnung. Legen Sie sie auf den Tisch.«

»Wer sagt denn, daß es in Ordnung ist?« fragte Johnny und lehnte sich gegen die Wand und machte keine Anstalten, der Bitte nachzukommen.

»Ich sage das«, antwortete Spaulding. »Es wird nichts passieren.«

»Diese Knacker sind Nazis! Sollen wir uns vielleicht auch noch die Augen verbinden lassen?«

»Das sind Deutsche. Keine Nazis.«

»Scheiße!« Johnny stieß sich von der Mauer ab und richtete sich auf. »Mir gefällt das nicht, wie die reden.«

»Hören Sie mir zu«, meinte David und ging auf ihn zu. »Eine ganze Menge Leute haben ihr Leben riskiert, um das hier zu erreichen. Aus unterschiedlichen Gründen. Mag sein, daß Ihnen das genauso wenig gefällt wie mir, aber wir dürfen das jetzt nicht in Unordnung bringen. Bitte, tun Sie, worum ich Sie gebeten habe.«

Johnny starrte Spaulding verärgert an. »Hoffentlich wissen Sie, was Sie tun ...« Er und sein Partner legten die Pistolen ab.

»Danke, meine Herren«, sagte Stoltz und ging in die Halle hinaus. Er sagte zu den beiden Wachen leise etwas in deutscher Sprache. Der Mann mit dem Radio ging schnell durchs Wohnzimmer in die Küche; der andere nahm die zwei Waffen, steckte sich eine davon in den Gürtel, die andere in die Jackettasche. Dann drehte er sich um und ging wortlos wieder in den Korridor hinaus.

Spaulding ging ein paar Schritte auf die zwei Männer am Fenster zu. »Sie haben einen schweren Tag hinter sich. Doctor Lyons auch. Legen Sie sich jetzt schlafen, und unsere Gäste sollen Wache gehen; ich glaube, die kriegen Überstunden.«

Hals grinste. Johnny nicht.

»Guten Abend, Doctor. Es war mir wirklich eine Ehre, einen so berühmten Wissenschaftler kennenzulernen.« Stoltz stand auf der anderen Seite des Raumes und verbeugte sich, ganz Diplomat.

Der Wachmann mit dem Radio kam aus der Küche und nickte dem deutschen Attaché zu. Sie verließen gemeinsam den Raum. Spaulding lächelte Lyons zu; der Wissenschaftler drehte sich um, ohne das Lächeln zu erwidern und ging in sein Schlafzimmer, das rechts von der Küchentüre lag.

Draußen am Bürgersteig hielt Stoltz David die Wagentüre auf. »Ein sehr seltsamer Mann, Ihr Doctor Lyons«, sagte er, während Spaulding in den Wagen stieg.

»Mag sein, daß er das ist, aber er ist auch einer der besten Köpfe in seinem Fachgebiet ... Bitten Sie Ihren Fahrer, daß er an einer Telefonzelle hält. Ich will im Funkraum der Botschaft nachfragen. Sie werden Ihre Bestätigung bekommen.«

»Ausgezeichnete Idee ... Vielleicht wollen Sie anschließend mit mir zu Abend essen?«

David sah den Attaché an, der so selbstbewußt, beinahe spöttisch neben ihm saß. Die Nervosität war von Stoltz wie abgefallen. »Nein, Herr Botschaftssekretär. Ich bin anderweitig verabredet.«

»Mit der reizenden Mrs. Cameron ohne Zweifel. Da trete ich zurück.«

Spaulding gab keine Antwort und sah schweigend zum Fenster hinaus. Terraza Verde war wirklich ein reizender Platz.

David mußte kurz an eine Szene denken, die er am selben Tag gesehen hatte. An alte Männer, die nach Fäulnis und Urin rochen, eine zahnlose Hure, die an einem schmutzigen Fenstersims lehnte. An Katzeneingeweide und schmutzbedeckte Fensterscheiben. Und an zwei riesige Lagerhäuser, in denen es keine Arbeit gab, und einen Trawler, der vor Anker lag und der zuletzt noch für Tortugas bestimmt gewesen war.

Der Packard bog um die Ecke in eine andere Straße. Dort leuchteten ein paar Straßenlaternen mehr, dafür gab es ein paar gestutzte Bäume weniger, aber sonst erinnerte die Straße sehr an Terraza Verde. Sie erinnerte David an jene Nebenstraßen in Lissabon, die zu den wohlhabenden *caminos* führten; Gassen mit teuren Geschäften, bequem von den wohlhabenden Hausbewohnern der Umgebung zu erreichen.

Und dann sah David den Mantel. Zuerst war es nur ein Mantel. Ein hellgrauer Mantel in einer Türnische.

Ein grauer Mantel. Eine Türnische.

Der Mann war hochgewachsen und dünn. Ein hochgewachsener, dünner Mann in einem hellgrauen Mantel. In einer Türnische!

Mein Gott! dachte David. *Der Mann an der Zweiundfünfzigsten Straße!*

Der Mann stand zur Seite gewandt da und blickte in ein schwach beleuchtetes Schaufenster. Spaulding konnte sie nicht sehen, aber er konnte sich die dunklen, tiefliegenden Augen ausmalen, konnte das akzentuierte Englisch von irgendwo vom Balkan hören, die Verzweiflung in den Augen des Mannes fühlen:

Es darf keine Verhandlungen mit Franz Altmüller geben ... Lernen Sie aus der Lektion von Fairfax!

Er mußte den Packard verlassen. Schnell! Er mußte zur Terraza Verde zurück, ohne Stoltz. Er *mußte*!

»An der nächsten Straße ist ein Café«, sagte Spaulding und deutete auf ein orangefarbenes Vordach mit Lichtern darunter, das sich über den Bürgersteig erstreckte. »Halten Sie dort. Ich rufe die Botschaft an.«

»Sie wirken so besorgt, Colonel. Das hat Zeit. Ich glaube Ihnen.« Spaulding drehte sich zu dem Deutschen herum. »Muß ich deutlich werden? Okay, ich will es tun ... Ich mag Sie nicht, Stoltz. Und ich mag Rheinmann nicht; ich mag Männer nicht, die schreien und Befehle brüllen und mich verfolgen lassen ... Ich kaufe von Ihnen, aber ich brauche mich nicht mit Ihnen abzugeben. Ich brauche nicht mit Ihnen zu Abend zu essen, oder in Ihrem Wagen zu fahren, wenn unsere Geschäfte erledigt sind. Drücke ich mich klar genug aus?«

»Sehr klar. Wenn auch etwas unzivilisiert. Und undankbar, falls es Ihnen nichts ausmacht, wenn ich das sage. Wir haben heute abend Ihr Leben gerettet.«

»Das ist Ihre Ansicht. Nicht die meine. Lassen Sie mich jetzt aussteigen. Ich werde telefonieren und Ihnen Ihre Bestätigung bringen ... Wie Sie schon sagten, es hätte wenig Sinn, wenn ich lügen würde. Fahren Sie ruhig weiter, ich nehme mir ein Taxi.«

Stoltz wies den Fahrer an, vor der orangefarbenen Markise anzuhalten. »Tun Sie, was Sie wollen. Und falls Ihre Pläne Doctor Lyons einschließen sollten, dann lassen Sie sich gesagt sein, daß wir Leute dort postiert haben. Sie haben ganz eindeutige Befehle. Diese Zeichnungen werden bleiben, wo sie sind.«

»Ich zahle nicht für drei Viertel der Ware, gleichgültig, was zu Hause ist. Und ich habe nicht die Absicht, mich mit diesen Robotern anzulegen.«

Der Packard hielt an der Markise an. Spaulding öffnete schnell die Tür und schlug sie ärgerlich hinter sich zu. Er ging auf die beleuchtete Eingangstür zu und fragte, wo das Telefon sei.

»Der Botschafter versucht schon seit einer halben Stunde, Sie zu erreichen«, sagte der diensthabende Beamte in der Vermittlung. »Er sagt, es sei dringend. Ich soll Ihnen eine Telefonnummer geben.« Der Mann gab ihm die Nummer.

»Danke«, sagte David. »Jetzt verbinden Sie mich bitte mit Mr. Ballard in der Funkzentrale.«

»O'Leary's Saloon«, meldete sich die desinteressierte Stimme Bobby Ballards am Telefon.

»Sie sind vielleicht kòmisch. Ich warte mit dem Lachen bis zum nächsten Dienstag.«

»Der Stöpselstecker hat gesagt, daß Sie das seien. Sie wissen, daß Granville Sie sprechen will?«

»Hab' ich gehört. Wo ist Jean?«

»In ihrem Zimmer; sie bläst Trübsal, wie Sie befohlen haben.«

»Haben Sie aus D.C. schon etwas gehört?«

»Alles im Kasten. Es kam schon vor ein paar Stunden; Ihre Codes sind klar. Was macht der Baukasten?«

»Die Gebrauchsanweisung — drei Viertel davon — sind schon eingepackt. Aber es gibt zu viele Mitspieler.«

»Terraza Verde?«

»Etwa dort?«

»Soll ich ein paar Aufpasser schicken?«

»Ich glaube, dann wäre mir wohler«, sagte Spaulding. »Sagen Sie ihnen, sie sollen sich in der Nähe aufhalten. Sonst nichts. Ich werd' sie schon sehen, und wenn ich sie brauche, schreie ich.«

»Vom Stützpunkt aus brauchen die eine halbe Stunde.«

»Danke. Aber keine Parade bitte, Bobby.«

»Die werden so still sein, daß keiner außer uns Zwerglein etwas merkt. Passen Sie gut auf sich auf.«

Spaulding drückte die Gabel mit einem Finger herunter und war versucht, sie wieder hochklappen zu lassen, eine weitere Münze in den Schlitz zu stecken und Granville anzurufen . . ., aber dafür war keine Zeit. Er verließ die Telefonzelle und ging wieder hinaus zu dem Packard. Stoltz saß am Fenster. David bemerkte an ihm wieder eine Spur der früheren Nervosität.

»Sie haben Ihre Bestätigung. Liefern Sie den Rest der Ware und freuen Sie sich Ihres Geldes . . . Ich weiß nicht, wo Sie herkommen, Stoltz, aber ich werde es herausfinden und dafür sorgen, daß man es von der Landkarte bombt. Ich werde der Achten Air Force sagen, daß sie den Angriff nach Ihnen benennen sollen.«

Stoltz schien über Davids schlechte Laune erleichtert — wie David das erwartet hatte. »Der Mann aus Lissabon ist kompliziert. Wahrscheinlich gehört sich das für einen komplizierten Auftrag so . . . Wir rufen Sie bis Mittag an.« Stoltz drehte sich zu dem Fahrer herum. *»Los, fahren Sie, aber schnell!«*

Der grüne Packard raste mit aufheulendem Motor die Straße hinunter. Spaulding wartete unter der Markise, bis er sicher war, daß er nicht noch einmal umkehrte; in dem Fall wäre er in das Café zurückgegangen und hätte dort gewartet.

Aber der Packard behielt seinen Kurs bei. David wartete, bis die Rückleuchten zu winzigen roten Punkten zusammengeschrumpft waren. Dann drehte er sich um und ging so schnell er konnte, ohne Aufmerksamkeit auf sich zu lenken, zur Terraza Verde zurück.

Er erreichte den Häuserblock, in dem er den Mann mit dem grauen Mantel gesehen hatte, und blieb stehen. Seine Unruhe drängte ihn, weiterzulaufen, aber sein Instinkt zwang ihn zu warten, sich umzusehen, sich vorsichtig zu bewegen.

Der Mann war jetzt nicht mehr zu sehen. David machte kehrt und ging ans Ende des Bürgersteigs zurück. Er näherte sich jetzt der Kreuzung der Terraza Verde und überquerte die Straße schräg, entfernte sich von dem weißen Stuckhaus. Er hielt sich, so gut er konnte, aus dem Lichtkegel der einzelnen Straßenlaternen und ging zu der Straße hinter der Häuserreihe an der Terraza Verde. Auch dort standen irgendwie bilderbuchhaft wirkende, stille Häuser. Spaulding blickte zu der Straßenbezeichnung auf, die an der Wand verschraubt war: *Terraza Amarilla.*

Er blieb unter einem Baum an der Straßenecke stehen und blickte zur nächsten Straße hinüber, wo er den Hintereingang von Lyons' Haus vermutete. Er konnte das leicht geneigte Ziegeldach nur undeutlich erkennen, sah aber genug, um das Gebäude dahinter ausmachen zu können — etwa einhundertfünfzig Meter entfernt.

Er sah auch Rheinmanns Wagen, einen jener Wagen, die ihm während der langen Fahrt von de Casa Rosada aufgefallen waren. Er parkte auf der anderen Seite vor einem aus hellen Ziegeln gebauten italienischen Stadthaus mit großen Toren zu beiden Seiten. David nahm an, daß jene Tore sich auf Plattenwege öffneten, die zu einer Mauer oder einem Zaun führten, welche Lyons' hintere Terrasse vom Hintereingang des Stadthauses trennte. So etwas mußte es sein; Rheinmanns Wachen waren so aufgestellt, daß sie jeden sehen mußten, der aus einem dieser Tore kam.

Und dann erinnerte Spaulding sich der knatternden Geräusche aus den Funkgeräten im Korridor und der Küche und der beständigen Wiederholung deutscher Zahlen. Die Leute, die die Radios trugen, hatten auch Waffen. Er griff unter sein Jackett ins Halfter und holte die Beretta heraus. Er wußte, daß das Magazin gefüllt war; also legte er den Sicherungsflügel um, schob die Waffe in seinen Gürtel und ging quer über die Straße auf den Wagen zu.

Ehe er die gegenüberliegende Ecke erreicht hatte, hörte er, wie hinter ihm ein Wagen heranrollte. Er hatte nicht die Zeit, wegzurennen, keine Zeit eine Entscheidung zu treffen — ob sie nun gut oder schlecht war. Seine Hand fuhr an seinen Gürtel; er gab sich Mühe, gleichgültig zu wirken.

Dann hörte er die Stimme und erschrak.

»Steig ein, du verdammter *Narr*!«

Leslie Hawkwood saß hinter dem Steuer eines kleinen Renault Coupé. Sie hatte nach rechts gegriffen und die Türe entriegelt. David griff danach, und seine Aufmerksamkeit teilte sich zwischen dem Schock, den er empfand und seiner Sorge, Rheinmanns Wachmann — oder Wachmänner — hundert Meter von ihm entfernt könnten das Geräusch hören. In seiner näheren Umgebung waren höchstens ein Dutzend Passanten zu sehen. Rheinmanns Männer *mußten* alarmiert worden sein.

Er sprang in den Renault und packte mit der linken Hand Leslies rechtes Bein über dem Knie, ein Griff wie ein Schraubstock, der die Nervenenden lähmte. Er sprach ganz leise, aber mit einer unverkennbaren Eindringlichkeit.

»Du fährst jetzt so leise du kannst nach rückwärts und biegst links in diese Straße dort ein.«

»Laß *los*! Laß ...«

»Tu, was ich sage, oder ich brech dir die Kniescheibe!«

Der Renault war kurz; es war gar nicht nötig, den Rückwärtsgang einzulegen. Leslie riß das Steuer herum, und der kleine Wagen beschrieb einen scharfen Bogen.

»Langsam!« befahl Spaulding, ohne Rheinmanns Wagen aus den Augen zu lassen. Er sah jetzt, wie ein Kopf sich drehte — zwei Köpfe. Und dann waren sie außer Sichtweite.

David nahm die Hand vom Bein des Mädchens; sie zog es zu sich heran und krümmte die Schultern vor Schmerzen nach vorne. Spaulding packte das Steuer und schob den Schalthebel in die Mitte, in den Leerlauf. Der Wagen kam am Randstein zum Stillstand.

»Du Bastard! Du hast mir das Bein gebrochen!« In Leslies Augen standen Tränen, Tränen des Schmerzes, nicht der Sorge. Sie war wütend, schrie aber nicht. Und das verriet David etwas über Leslie, das er bisher noch nicht gewußt hatte.

»Ich werd' noch mehr tun, als dir nur ein Bein brechen, wenn du mir nicht sofort sagst, was du hier machst! Wieviele andere sind noch hier? Ich hab' einen gesehen, aber wieviele noch?«

Sie warf den Kopf hoch, daß ihr langes Haar flog und ihre Augen funkelten ihn an. »Hast du etwa gedacht, wir könnten ihn nicht finden?«

»Wen?«

»Deinen *Wissenschaftler*. Lyons! Wir haben ihn gefunden!«

»Leslie, um Himmels willen, was *machst* du?«

»Ich bringe eure Pläne zum Scheitern!«

»Mich?«

»Euch alle. Altmüller, Rheinmann, Koening! Diese Schweine in Washington ... Peenemünde! Damit ist jetzt Schluß. Die werden euch nicht mehr vertrauen. ›Tortugas‹ ist erledigt!«

Wieder dieser gesichtslose Name — Altmüller, Tortugas ..., Koening? Worte, Namen ... Sinn und doch kein Sinn. Es gab kein Licht in dem Tunnel.

Aber jetzt war keine *Zeit!*

Spaulding griff hinüber und zog das Mädchen zu sich heran. Er packte ihr Haar über ihrer Stirn, riß daran, bis es straff gespannt war, und preßte seine Finger unter ihre Kehle, unmittelbar unter dem Backenknochen. Er drückte kräftig zu, immer kräftiger.

Das alles war so *fremd*, so *viel*.

»Wenn du dieses Spiel schon spielen willst, dann spiel es bis zu Ende! Jetzt raus mit der Sprache! Was *geht hier vor? Jetzt?*«

Sie versuchte, sich zu wehren, schlug mit den Armen nach ihm, trat nach ihm. Aber jedesmal, wenn sie sich bewegte, bohrten sich seine Finger noch tiefer in ihre Kehle. Ihre Augen weiteten sich, bis sie groß und rund in ihren Augenhöhlen standen.

»Sag es, Leslie! Wenn nicht, muß ich dich töten. Ich habe keine Wahl! Jetzt nicht mehr ... Um Himmels willen, *zwing* mich nicht.«

Sie sackte zusammen; ihr Körper wurde plötzlich schlaff, aber nicht, weil sie das Bewußtsein verloren hätte, ihr Kopf bewegte sich auf und ab; sie schluchzte, ein tiefes, kehliges Klagen. Er ließ sie los und legte ihr fast zärtlich die Hand an die Wange. Sie schlug die Augen auf.

»Rühr mich nicht an! O *Gott!* Rühr mich nicht an!« Sie brachte kaum ein Flüstern heraus, geschweige denn einen Schrei. »Hinein ..., wir gehen hinein. Wir töten den Wissenschaftler; töten Rheinmanns Männer ...«

Ehe sie weitersprechen konnte, ballte Spaulding die Faust und versetzte ihr einen kurzen, trockenen Schlag an die Kinnspitze. Sie sackte bewußtlos zusammen.

Er hatte genug gehört. Er hatte wirklich keine Zeit mehr.

Er streckte sie auf dem kleinen Vordersitz aus und zog dabei den Zündschlüssel aus dem Zündschloß. Er sah sich nach ihrer Handtasche um; sie hatte keine. Er öffnete die Tür, schloß sie kräftig und sah sich nach beiden Seiten auf der Straße um. Ein Stück von ihm entfernt waren zwei Paare zu sehen; an der Ecke parkte ein Wagen; im Obergeschoß eines Hauses auf der anderen Straßenseite war ein Fenster geöffnet, aus dem Musik zu ihm herunterdrang.

Davon abgesehen — nichts. In San Telmo herrschte Frieden.

Spaulding rannte bis auf ein paar Meter zur Terraza Amarilla hinüber. Er blieb stehen und arbeitete sich vorsichtig an einem eisernen Zaun entlang, der bis zur Ecke reichte, verfluchte den Lichtschein der Straßenlampe. Durch das schwarze Gitterwerk konnte er Rheinmanns Wagen in weniger als einhundert Metern Entfernung sehen. Er versuchte, sich auf den Vordersitz zu konzentrieren, auf die zwei Köpfe, die er noch vor wenigen Augenblicken gesehen hatte. Aber jetzt war da keine Bewegung, kein Glimmen von Zigaretten.

Nichts.

Und doch war die Silhouette des linken Fensterrahmens unterbrochen; ein Hindernis, das den unteren Teil des Glases erfüllte.

David hatte jetzt die Ecke des Eisenzauns erreicht und ging langsam auf das Automobil zu, die Hand am Kolben der Beretta, den Finger am Abzug. *Siebzig Meter, sechzig, fünfundvierzig.*

Das Hindernis bewegte sich nicht.

Fünfunddreißig, ... dreißig ... Er zog die Pistole aus dem Gürtel, bereit zu schießen.

Nichts.

Jetzt sah er es deutlich. Das Hindernis war ein Kopf, der am Glas lehnte — aber nicht ausruhte, sondern eigenartig verdreht wirkte; unbeweglich.

Tot.

Er rannte quer über die Straße zum Wagenheck und duckte sich dort, die Beretta in Achselhöhe. Aber kein Laut war zu hören, nicht das leiseste Geräusch aus dem Wageninneren.

Der ganze Straßenzug war jetzt verlassen. Nur das dumpfe Summen hinter hundert erleuchteten Fenstern war zu hören. Ganz weit unten an der Straße wurde eine Türklinke betätigt; ein kleiner Hund bellte; in der Ferne war das Weinen eines Kindes zu vernehmen.

David richtete sich auf und blickte durch das Hinterfenster des Wagens.

Er sah die Gestalt eines zweiten Mannes, der auf dem veloursbezogenen Vordersitz lag. Das Licht der Straßenlaternen beleuchtete den oberen Teil von Schultern und Rücken des Mannes. Und das Ganze war eine einzige Masse von Blut und zerfetztem Stoff.

Spaulding schob sich an der Wagenseite entlang bis zur rechten vorderen Türe. Das Fenster war offen, und das Bild, das sich dahinter bot, erregte Übelkeit. Der Mann hinter dem Steuer war durch die Schläfe geschossen worden, seinen Begleiter hatte man mit mehreren Messerstichen getötet.

Das rechteckige lederverkleidete Radio war zerschlagen und lag unter dem Armaturenbrett auf dem Boden.

Es muß sich innerhalb der letzten fünf oder sechs Minuten abgespielt haben, dachte David. Leslie Hawkwood war mit dem Renault die Straße hinuntergerast, um ihn aufzuhalten — in exakt dem Augenblick, in dem sich Männer mit schallgedämpften Pistolen und langen Messern zu Rheinmanns Leuten aufgemacht hatten.

Und nach den Morden mußten die Männer mit den Messern und Pistolen über die Straße gerannt sein, durch die Tore, die zu Lyons Haus führten. Mußten dorthin gerannt sein, ohne an Deckung oder Tarnung zu denken, im Wissen, daß die Radiogeräte dauernd in Verbindung zu den Bewohnern von 15 Terraza Verde standen.

Spaulding öffnete die Wagentür, kurbelte das Fenster hoch und zog die leblose Gestalt vom Sitz. Er schloß die Tür; die Leichen waren immer noch sichtbar, aber nicht mehr ganz so deutlich wie vorher. Jetzt war nicht der Zeitpunkt, für einen Alarm auf der Straße, wenn es sich vermeiden ließ.

Er blickte zu den Toren zu beiden Seiten des Stadthauses hinüber. Das linke stand einen Spaltbreit offen.

Er rannte darauf zu und schob sich vorsichtig durch die Öffnung, berührte nichts, die Waffe in Hüfthöhe, nach vorne zielend.

Er bewegte sich lautlos. Er schätzte die Höhe der Mauer auf sieben Fuß, vielleicht auch siebeneinhalb.

Er schob die Beretta ins Schulterhalfter zurück, legte den Sicherungsflügel um und schob die Waffe fest ins Futteral. Er beugte sich vor und rieb sich die Hände mit dem trockenen Staub am Rand der Zementfläche ein, um damit den Schweiß, der vielleicht an seinen Handflächen klebte, zu neutralisieren. Dann richtete er sich auf und rannte auf die Ziegelmauer zu.

Spaulding sprang. Oben an der Mauerkrone angelangt, hielt er sich fest — lautlos, geduckt: mit beiden Händen in das Mauerwerk verkrampft, völlig reglos — gleichsam ein Teil der Mauer. Er blieb bewegungslos, den Blick auf Lyons Terrasse gerichtet und wartete einige Sekunden. Die Hintertüre zu Lyons' Wohnung war verschlossen. In der Küche brannte kein Licht. Im ganzen Stockwerk waren die Vorhänge zugezogen. Kein Laut war zu hören.

Er glitt an der Mauer herunter, zog die Pistole wieder heraus und rannte zur Küchentür, preßte den Rücken gegen den weißen Stuck. Zu seinem Erstaunen sah er, daß die Türe *nicht* geschlossen war; dann sah er, weshalb das so war. Ganz unten, in der Finsternis des dahinterliegenden Raumes kaum zu sehen, war der Teil einer Hand. Sie hatte den Türrahmen unten gepackt und war zerschmettert worden; die Finger waren die eines toten Mannes.

Spaulding griff hinunter und drückte gegen die Tür. Ein Zoll. Zwei Zoll. Holz gegen lebloses Gewicht; sein Ellbogen schmerzte von dem Druck.

Drei, vier, fünf Zoll. Ein Fuß.

Jetzt waren undeutliche Stimmen zu hören; ganz schwach, Männerstimmen, erregt.

Er trat schnell vor die Tür und schob kräftig — aber so leise wie möglich — versuchte, den leblosen Körper zu bewegen, der wie Ballast die Türe versperrte. Er trat über die Leiche eines von Rheinmanns Männern, stellte fest, daß man das rechteckige Radio aus dem Lederetui gerissen und auf dem Boden zerschmettert hatte. Er schloß die Türe lautlos.

Die Stimmen kamen aus dem Wohnzimmer. Er schob sich an der Wand entlang, die Beretta schußbereit entsichert.

Jetzt fiel sein Blick auf eine offene Speisekammer an der gegenüberliegenden Seite des Raumes. Das einzige Fenster, das aus primitivem, gefärbtem Glas hergestellt war, stand hoch oben an der Westwand und zerlegte die Strahlen des Mondlichts in gespenstisch wirkende farbige Lichter. Unten auf dem Boden lag Rheinmanns zweiter Wachmann. Er konnte nicht erkennen, was ihm den Tod gebracht hatte; die Leiche war nach hinten gebogen — wahrscheinlich hatte ihn die Kugel einer kleinkalibrigen Pistole getötet, einer Pistole mit aufgestecktem Schalldämpfer. Das mußte ganz leise gegangen sein. David spürte, wie ihm der Schweiß über die Stirn und den Nacken rann.

Wieviele Leute waren hier? Sie hatten eine ganze Garnison kaltgestellt.

Nichts verpflichtete ihn, gegen eine solch mörderische Übermacht anzutreten.

Und doch empfand er eine seltsame Verpflichtung Lyons gegenüber, eine Verpflichtung, die ihm für den Augenblick genügte. Und über jenen Augenblick hinaus wagte er nicht zu denken.

Und er war gut; er konnte — sollte — das nie vergessen. Er war der Beste, den es gab.

Falls das für jemanden wichtig war.

Er preßte die Wange gegen den Türstock und was er sah, verursachte ihm Übelkeit. Vielleicht trug die Umgebung dazu bei, seinen Ekel zu steigern: eine gut eingerichtete Wohnung mit Sesseln und Sofas und Tischen, die für zivilisierte Leute bestimmt waren, die zivilisierten Dingen nachgingen.

Nicht für den Tod.

Die beiden Pfleger — der feindselige Johnny und der geschwätzige, etwas schwerfällige Hal — lagen ausgestreckt auf dem Boden, die Arme verschränkt, die Köpfe nur ein paar Zoll voneinander entfernt. Beider Blut hatte auf dem Parkettboden eine Pfütze gebildet. Johnnys Augen waren geweitet, zornig — tot; Hals Gesicht gefaßt, fragend, ruhig.

Und hinter ihnen lagen die beiden anderen Männer aus Rheinmanns Garde, lagen wie hingeschlachtetes Vieh auf der Couch.

Hoffentlich wissen Sie, was Sie tun!

Johnnys Worte hallten schmerzhaft wie Schreie durch Davids Bewußtsein.

Da waren noch drei weitere Männer in dem Raum — sie standen lebend da und trugen dieselben grotesken Strumpfmasken wie sie die Insassen des Duesenberg getragen hatten, die die wenigen Augenblicke abgekürzt hatten, die er allein mit Leslie Hawkwood hoch oben in den Bergen von Luján gehabt hatte, des Duesenberg, der auf den Hügeln von Colinas Rojas explodiert war.

Die Männer standen — keiner von ihnen trug eine Waffe — über der ausgepumpten Gestalt von Eugene Lyons — der furchtlos und unbewegt am Tisch saß. Der Blick in den Augen des Wissenschaftlers sprach die Wahrheit, so wie Spaulding sie sah: er hieß den Tod willkommen.

»Sie sehen, was da um Sie ist!« Der Mann in dem hellgrauen Mantel sprach zu ihm. »Wir werden nicht länger zögern! Sie sind tot! ... Geben Sie uns die Pläne!«

Herrgott! dachte David. Lyons hatte die Pläne versteckt!

»Es hat keinen Sinn, so weiterzumachen. Bitte, glauben Sie mir«, fuhr der Mann im Mantel fort, der Mann mit den dunklen Tränensäcken unter den Augen, an die Spaulding sich so gut erinnerte. »Man wird Sie verschonen, aber nur, wenn Sie es uns sagen! *Jetzt!*«

Lyons bewegte sich nicht; er blickte zu dem Mann im Mantel auf, ohne den Kopf zu bewegen, die Augen ganz ruhig. Sie erfaßten die Davids.

»Schreiben Sie es!« sagte der Mann in dem hellgrauen Mantel.

Das war der Augenblick zum Handeln.

David fuhr um den Türstock herum, die Pistole schußbereit.

»Greifen Sie nicht nach den Waffen! Sie!« schrie er den ihm am nächsten stehenden Mann an. »Umdrehen!«

Der Mann gehorchte erschrocken und ohne nachzudenken. Spaulding trat zwei Schritte vor und schmetterte dem Mann den Lauf seiner Beretta über den Schädel. Er brach sofort zusammen.

David schrie den Mann neben dem Frager im grauen Mantel an: »Nehmen Sie den Stuhl! *Jetzt!*« Er deutete mit seiner Pistole auf einen geradlehnigen Stuhl, der ein paar Fuß vom Tisch entfernt stand. »*Jetzt,* habe ich gesagt!«

Der Mann tat, was man ihm befohlen hatte; er war beinahe bewegungsunfähig. Spaulding fuhr fort: »Wenn Sie ihn fallen lassen, töte ich Sie. Doctor Lyons. Nehmen Sie ihre Waffen. Sie werden Pistolen und Messer finden. Schnell, bitte.«

Das alles geschah so schnell. David wußte, daß die einzige Hoffnung, eine Schießerei zu vermeiden, darin lag, daß er ganz schnell handelte, daß er schnell ein oder zwei Männer bewegungsunfähig machen mußte.

Lyons stand auf und ging zuerst zu dem Mann in dem hellgrauen Mantel. Es war offensichtlich, daß der Wissenschaftler beobachtet hatte, wo der Mann seine Pistole hingesteckt hatte. Er nahm sie aus der Manteltasche. Dann ging er zu dem Mann, der den Stuhl hielt und nahm ihm eine identische Waffe weg; dann durchsuchte er ihn und holte ein langes Messer aus seinem Jackett und einen zweiten, kurzläufigen Revolver aus einem Schulterhalfter. Er legte die Waffen auf die andere Tischseite und ging zu dem bewußtlosen Mann. Er drehte ihn um und nahm ihm zwei Pistolen und ein Klappmesser ab.

»Ziehen Sie die Jacken aus. *Jetzt!*« befahl Spaulding beiden Männern. Er nahm dem Mann, der ihm am nächsten stand, den Stuhl weg und schob ihn auf seine Begleiter zu. Die Männer begannen die Jacken auszuziehen, als Spaulding plötzlich, ehe sie damit fertig waren, befahl: »Halt! Keine Bewegung! ... Doctor, bitte bringen Sie zwei Stühle und stellen Sie die Stühle hinter die beiden.«

Das tat Lyons.

»Hinsetzen«, sagte Spaulding zu seinen Gefangenen.

Sie setzten sich, die Jacken halb von den Schultern. David ging auf sie zu und riß sie ihnen noch weiter herunter — bis zu den Ellbogen.

Spaulding stand vor ihnen, beugte sich nach vorne und riß ihnen die seidenen Masken von den Gesichtern. Er trat zurück und lehnte sich, die Pistole in der Hand, gegen den Eßtisch.

»So«, sagte er. »Ich schätze, wir haben etwa fünfzehn Minuten, ehe hier die Hölle los ist ... Ich habe ein paar Fragen. Und Sie werden sie mir beantworten.«

36.

Spaulding lauschte voll Unglauben. Was er hier hörte, war so ungeheuerlich, daß es — im wahrsten Sinne des Wortes — sein Begriffsvermögen überstieg.

Der Mann mit den tiefliegenden Augen war Asher Feld, Kommandant des Provisorischen Flügels der Haganah in den Vereinigten Staaten. Er führte das Wort.

»Die Operation ..., der Austausch der Pläne für das Steuersystem gegen die Industriediamanten ..., hatte ursprünglich von den Amerikanern den Namen ›Tortugas‹ erhalten — einem Amerikaner, um es genau zu sagen. Er hatte entschieden, daß die Übergabe in den Dry Tortugas stattfinden solle, aber Berlin war damit nicht einverstanden. Aber der Codename wurde von diesem Mann beibehalten. Die irreführende Assoziation verband sich mit seiner persönlichen Panik, die er angesichts der Tatsache empfand, in diese Aktion verwickelt zu sein. Für ihn — und Fairfax — stand sie für die Aktivitäten des Mannes aus Lissabon.

Das Konzept der Verhandlung wurde ursprünglich vom Nachrichtendienst entwickelt. Sicher haben Sie vom Nachrichtendienst gehört, Colonel ...«

David gab keine Antwort. Er konnte nicht sprechen. Feld fuhr fort.

»Wir von der Haganah hörten in Genf davon. Wir hatten von einem ungewöhnlichen Zusammentreffen zwischen einem Amerikaner namens Kendall — einem Finanzanalytiker für eine der bedeutendsten Flugzeugfirmen — und einem von allen verachteten deutschen Geschäftsmann gehört, einem Homosexuellen, den ein leitender Beamter im Ministerium für Waffen und Munition, Unterstaatssekretär Franz Altmüller, geschickt hatte ... Die Haganah ist überall, Colonel, auch in den Vorzimmern des Ministeriums und der Luftwaffe ...«

David starrte immer noch den Juden an, der in seiner außergewöhnlichen ..., unglaublichen ... Erzählung so selbstverständlich klang.

»Sicher werden Sie mir zustimmen, daß ein solches Zusammentreffen ungewöhnlich war. Es fiel nicht schwer, die Umstände des Zusammentreffens der beiden Unterhändler so zu gestalten, daß wir eine Drahtaufzeichnung herstellen konnten. Das Treffen fand in einem abgelegenen Restaurant statt, und die beiden waren Amateure.

Dann kannten wir die Grundlagen der Vereinbarung. Die Materialien und den Ort. Aber nicht den genauen Übergabepunkt. Und das war der wichtige Faktor. Buenos Aires ist riesengroß, ganz besonders sein Hafen — er erstreckt sich über Meilen. Wo in dieser riesigen Fläche aus Land und Bergen und Wasser sollte die Übergabe stattfinden? Und dann kam natürlich die Nachricht aus Fairfax. Der Mann in Lissabon wurde zurückgerufen. Eine höchst ungewöhnliche Aktion. Aber sehr gut ausgedacht. Der beste Spezialist für Agentennetze in Europa, ein Mann, der das Deutsche und das Spanische fließend beherrschte und der darüber hinaus Fachmann für technische Zeichnungen war. Wie logisch. Geben Sie mir recht?«

David wollte etwas sagen, ließ es dann aber bleiben. Hier wurden Dinge ausgesprochen, die in seinem Bewußtsein Blitze auslösten. Und den Blitzen folgten unglaubliche Donnerschläge ... ebenso unglaublich wie die Worte, die er hier hörte. So konnte er nur nicken. Benommen.

Feld beobachtete ihn scharf. Dann sprach er weiter:

Und dann war ganz plötzlich keine Zeit mehr. Berichte aus Johannesburg besagten, daß die Diamanten in Buenos Aires eingetroffen seien. Wir ergriffen die nötigen Maßnahmen, darunter auch den Versuch, Sie zu töten. Ich nehme an, daß Rheinmanns Männer das verhindert haben.« Asher Feld hielt inne. Dann fügte er fast müde hinzu: »Den Rest kennen Sie.«

Nein! Er kannte den Rest nicht! Auch sonst nichts!

»Sie *lügen*!« David schlug mit der Hand krachend auf den Tisch. Der Stahlkolben der Pistole schmetterte mit solcher Gewalt auf das Holz, daß der ganze Raum davon erdröhnte. »Sie *lügen*!« schrie er. »Ich bin in Buenos Aires, um Pläne für Gyroskope zu kaufen! Um sie bestätigen zu lassen! Per Code bestätigen, damit dieser Schweinehund in der Schweiz sein Geld bekommt. Das ist *alles. Sonst nichts! Sonst gar nichts! Nicht das!*«

»Ja ...«, sagte Asher Feld mit leiser Stimme. »Eben das.«

David wirbelte herum, ohne daß hinter ihm etwas gewesen wäre. Er streckte seinen Hals; der tosende Donner in seinem Kopf wollte nicht aufhören, die blendenden Lichtblitze vor seinen Augen verursachten ihm schrecklichen Schmerz. Er sah die Leichen auf dem Boden und das Blut ... die Leichen auf dem Sofa, das Blut.

Ein Bild des Todes.

Des Todes.

Seine ganze Schattenwelt war aus ihrer Bahn gerissen worden. Tausend Risiken ..., Schmerzen, Manipulationen ... und immer wieder der Tod ..., alles verblaßte zu einem sinnlosen Nebel. Der

Verrat — wenn es ein Verrat war — war so ungeheuerlich ... Hunderttausende waren für absolut nichts geopfert worden.

Er mußte sich losreißen, mußte denken. Sich konzentrieren.

Er sah den geradezu schmerzhaft eingefallen wirkenden Eugene Lyons an, dessen Gesicht weiß wie die Wand war.

Der Mann stirbt, dachte Spaulding.

Der Tod.

Er mußte sich konzentrieren.

O Herrgott! Er mußte *denken.* Mußte *irgendwo* anfangen. *Nachdenken.*

Sich konzentrieren.

Sonst würde er selbst den Verstand verlieren.

Er wandte sich an Feld. Die Augen des Juden blickten mitfühlend. Sie hätten auch anders blicken können, aber das taten sie nicht. Sie waren mitfühlend.

Und doch waren sie die Augen eines Mannes, der mit ruhiger Überlegung tötete.

So wie er, der Mann in Lissabon, getötet hatte.

Exekution.

Wofür?

Es gab Fragen. *Konzentrier' dich auf die Fragen. Hör zu.* Du mußt den Irrtum finden. Den Irrtum finden — wenn es je nötig war, in dieser Welt den Irrtum zu finden, dann *jetzt!*

»Ich glaube Ihnen nicht«, sagte David und gab sich mehr Mühe, als er sich in seinem ganzen Leben bisher gegeben hatte, überzeugend zu klingen.

»Doch, das tun Sie schon«, erwiderte Feld leise. »Das Mädchen, Leslie Hawkwood, hat uns gesagt, daß Sie es nicht wüßten. Eine Meinung, die zu glauben uns schwer fiel ..., aber jetzt glaube ich es.«

David mußte einen Augenblick lang nachdenken. Zuerst erkannte er den Namen nicht. *Leslie Hawkwood.* Und dann verstand er natürlich. Es tat weh. »Was hat sie mit Ihnen zu tun?« fragte er benommen.

»Herold Goldsmith ist ihr Onkel. Angeheiratet natürlich, sie ist keine Jüdin.«

»Goldsmith? Der Name ... sagt mir gar nichts.« ... *Du mußt dich konzentrieren!* Er mußte sich konzentrieren und ganz vernünftig sprechen.

»Da geht es Tausenden von Juden ebenso. Er ist der Mann hinter den Baruch- und Lehmann-Verhandlungen. Er hat mehr dafür getan, unsere Leute aus den Lagern herauszuholen, als sonst irgendein Mann in Amerika . . .«

Langsam kehrte in David wieder Ruhe ein. Leslie war das Sprungbrett, das er brauchte, um aus dem Wahnsinn zurückzufinden. Es gab Fragen . . .

»Ich kann mich nicht von der Prämisse lösen, daß Rheinmann die Pläne gekauft hat . . .«

»Ach kommen Sie schon«, unterbrach Feld. »Sie waren der Mann in Lissabon. Wie oft haben denn Ihre eigenen Agenten — die besten Leute — festgestellt, daß Peenemünde unverletzbar ist. Hat nicht der Deutsche Untergrund selbst es aufgegeben, dort eindringen zu wollen?«

»Niemand gibt je auf. Auf beiden Seiten nicht. Der Deutsche Untergrund ist hier auch eingeschaltet!« *Das war der Irrtum,* dachte David.

»Wenn das so wäre«, sagte Feld und deutete mit einer Kopfbewegung auf die toten Deutschen auf der Couch, »dann waren jene Männer Mitglieder des Untergrundes. Sie kennen die Haganah, Lissabon. Wir töten solche Männer nicht.«

Spaulding starrte den ruhig wirkenden Juden an und wußte, daß er die Wahrheit sprach.

»Neulich abends«, sagte Spaulding schnell, »an der Paraná . . . Man hat mich verfolgt, mich niedergeschlagen . . ., aber ich habe die Ausweise gesehen. Es war Gestapo!«

»Das waren unsere Leute von der Haganah«, erwiderte Feld. »Die Gestapo ist die beste Tarnung, die wir kennen. Wenn sie Gestapoleute gewesen wären, würde das voraussetzen, daß man von Ihrer Funktion weiß . . . Hätte man Sie dann leben lassen?«

Spaulding wollte schon widersprechen. Die Gestapo würde es nicht riskieren, in einem neutralen Land einen Mord zu begehen, nicht, wenn sie selbst identifiziert werden kann. Dann erinnerte er sich, wie absurd diese scheinbare Logik war. Buenos Aires war nicht Lissabon. Natürlich würden sie ihn töten. Und dann erinnerte er sich der Worte von Heinrich Stoltz.

Das haben wir aus den höchsten Kreisen . . ., nicht die Gestapo . . ., unmöglich . . .

»O mein Gott«, sagte David halblaut.

»Sie sind uns gegenüber im Vorteil, Colonel. Welche Wahl treffen Sie? Wir sind bereit, zu sterben; ich sage dies keineswegs, weil es so heroisch klingt, sondern einfach als Tatsache.«

Spaulding stand reglos da. Dann sagte er leise, ungläubig. »Verstehen Sie die Implikationen? . . .«

»Wir haben sie verstanden«, unterbrach Feld, »und zwar seit jenem ersten Tag in Genf, in dem Ihr Walter Kendall sich mit Johann Dietricht traf.«

David reagierte, als habe man ihm eine Ohrfeige versetzt. »Johann . . . *Dietricht?*«

»Der überflüssige Erbe der Dietricht-Fabriken.«

»J. D.«, flüsterte Spaulding, der sich der zerdrückten gelben Blätter in Walter Kendalls New Yorker Büro erinnerte. Die Brüste, die Hoden, die Hakenkreuze . . . das obszöne, nervöse Gekritzel eines nervösen, obszönen Mannes. »Johann Dietricht . . . *J. D.*«

»Altmüller hat ihn töten lassen. In gewisser Weise verhinderte das, . . .«

»*Warum?*« fragte David.

»Um jede Verbindung zum Ministerium für Bewaffnung und Munition auszutilgen, glauben wir; jede Verbindung mit dem Oberkommando. Dietricht bereitete die Verhandlungen bis zu dem Punkt vor, wo man sie nach Buenos Aires verlegen konnte. Zu Rheinmann. Dietrichts Tod brachte das Oberkommando einen Schritt weiter.«

Das Gehörte und das, was er wußte, überschlugen sich in Davids Bewußtsein. Kendall war von Panik erfüllt aus Buenos Aires geflohen; irgend etwas war schief gegangen. Der Buchprüfer würde niemals zulassen, daß man ihm eine Falle stellte, daß man ihn tötete. Und er, David, sollte Erich Rheinmann töten — oder ihn töten lassen. Nach den Plänen galt Rheinmanns Tod als höchst wichtig. Und sobald er einmal tot war, war auch Washington ›einen Schritt weiter‹ von dem Austausch entfernt.

Und doch gab es da noch Edmund Pace.

Edmund Pace.

Niemals.

»Ein Mann ist getötet worden«, sagte David. »Ein Oberst Pace . . .«

»In Fairfax«, nickte Asher Feld. »Ein Tod, der notwendig war. Man hat ihn benutzt, so wie man Sie jetzt benutzt. Wir handeln pragmatisch ..., Colonel Pace hat, ohne die Folgen zu kennen — oder vielleicht auch, weil er nicht bereit war, sie sich selbst einzugestehen — Tortugas vorbereitet.«

»Sie hätten es ihm doch *sagen* können, nicht ihn töten! Sie hätten ihn aufhalten können! Sie *Schweine!*«

Asher Feld seufzte. »Ich fürchte nur, daß Sie die Hysterie nicht begreifen, die unter Ihren Industriellen herrscht. Oder unter jenen des Reiches. Man hätte ihn eliminiert ... Indem wir ihn selbst entfernten, haben wir Fairfax neutralisiert. Und all seine beträchtlichen Möglichkeiten.«

Es hat jetzt keinen Sinn, sich mit der *Notwendigkeit* von Paces Tod auseinanderzusetzen, dachte David. Feld, der Pragmatiker hatte recht; Fairfax war von ›Tortugas‹ eliminiert worden.

»Dann weiß Fairfax nichts.«

»Unser Mann schon. Aber nicht genug.«

»Wer ist er? Wer ist Ihr Mann in Fairfax?«

Feld gab seinem stummen Kollegen ein Zeichen. »Er weiß es nicht, und ich werde es Ihnen nicht sagen. Sie können mich töten, aber ich werde es Ihnen nicht sagen.«

Spaulding wußte, daß der dunkeläugige Jude die Wahrheit sprach. »Wenn Pace benutzt worden ist ... und ich auch. *Wer* benutzt uns denn?«

»Darauf kenne ich die Antwort nicht.«

»Sie wissen so viel. Sie müssen doch ... nachgedacht haben. Sagen Sie es mir.«

»Derjenige, der Ihnen Ihre Befehle erteilt, stelle ich mir vor. Mehr kann ich Ihnen auch nicht sagen. Jedenfalls, wenn Peenemünde gerettet wird ..., wieder planmäßig läuft ..., verfügt das Reich über ein Verhandlungspotential, das für uns nicht akzeptabel ist. Schauen Sie doch nach Dachau, nach Auschwitz, nach Belsen. Nicht akzeptabel.«

David ging um den Tisch herum und stellte sich vor die Juden. Er steckte die Beretta ins Schulterhalfter zurück und sah Asher Feld an.

»Wenn Sie mich belogen haben, werde ich Sie töten. Und dann gehe ich nach Lissabon zurück, ins Nordland, und vernichte jeden einzelnen Haganah-Fanatiker in den Bergen, und diejenigen, die ich nicht töte, liefere ich den Behörden aus ... Ziehen Sie Ihre Mäntel an und verschwinden Sie. Nehmen Sie sich im Alvear ein Zimmer unter dem Namen ... Pace, *E. Pace.* Ich melde mich bei Ihnen.«

»Unsere Waffen?« fragte Feld und zog sich den hellgrauen Mantel über die Schultern.

»Die behalte ich. Ich bin sicher, Sie können sich andere leisten ... Und warten Sie draußen nicht auf uns. Ein FMF-Fahrzeug kommt mich abholen.«

»Was ist mit ›Tortugas‹?« bettelte Asher Feld förmlich.

»Ich sagte doch, ich würde mich melden!« schrie Spaulding ihn an. »Und jetzt verschwinden Sie hier! ... Nehmen Sie das Hawkwood-Mädchen mit; sie ist in ihrem Renault gleich um die Ecke. Hier sind die Schlüssel.« David griff in die Tasche und warf Asher Felds Begleiter die Schlüssel hin, der sie mühelos auffing. »Schicken Sie sie nach Kalifornien zurück. Heute noch, wenn es geht. Jedenfalls nicht später als morgen früh. Ist das klar?«

»Ja ... Sie *werden* sich doch melden?«

»Raus hier«, sagte Spaulding erschöpft.

Die beiden Haganah-Agenten erhoben sich aus ihren Sesseln, der jüngere ging zu dem bewußtlosen dritten Mann und hob ihn auf, stemmte ihn sich auf die Schultern. Asher Feld stand in der Eingangshalle und drehte sich um. Einen Augenblick lang ruhte sein Blick auf den Leichen und wanderte dann zu Spaulding hinüber.

»Sie und ich. Wir müssen nach Prioritäten handeln ... Der Mann aus Lissabon ist ein außergewöhnlicher Mann.« Er wandte sich zur Tür und hielt sie auf, während sein Begleiter den dritten Mann hinaustrug. Dann ging auch er ins Freie und schloß die Tür hinter sich.

David wandte sich Lyons zu. »Beschaffen Sie jetzt diese Pläne.«

37.

Als der Überfall auf Nr. 15 Terraza Verde begonnen hatte, hatte Eugene Lyons etwas Bemerkenswertes getan. Es war so einfach gewesen, daß es eine gewisse Reinlichkeit an sich hatte, dachte Spaulding. Er hatte den Metallbehälter mit den Plänen genommen, sein Schlafzimmerfenster geöffnet und den Behälter in das Beet mit

Tigerlilien fallen lassen, die neben dem Haus wuchsen. Dann hatte er das Fenster geschlossen, war in sein Badezimmer gelaufen und hatte die Türe abgesperrt.

David folgte Lyons durch die Küchentür aus dem Haus und ging um es herum. Er nahm dem Physiker den Behälter aus den zitternden Händen und half dem beinahe hilflosen Mann über den kleinen Zaun, der die Grenze zum Nachbargrundstück bildete. Gemeinsam rannten sie zur Straße — Spaulding hatte die linke Hand ausgestreckt, hielt Lyons damit an der Schulter fest, bereit, ihn beim ersten Anzeichen von Feindseligkeiten zu Boden zu stoßen.

Aber in Wirklichkeit erwartete David gar keine Feindseligkeiten; er war überzeugt, daß die Haganah sämtliche Wachen, die Rheinmann etwa vor dem Hause aufgestellt hatte, eliminiert hatte, und zwar deshalb, weil Asher Feld das Haus durch die Vordertüre verlassen hatte. Viel eher hielt er einen letzten verzweifelten Versuch von Asher Feld für möglich, doch noch an die Pläne zu kommen. Oder das plötzliche Auftauchen eines Rheinmann-Fahrzeuges von irgendeinem nahen Punkt aus — eines Fahrzeuges, dessen Insassen kein Radiosignal von 15 Terraza Verde empfangen konnten.

Beides möglich; aber mit keinem von beiden rechnete er.

Es war zu spät und zu früh.

Was David hingegen aus ganzem Herzen zu finden hoffte, war eine blaugrüne Limousine, die langsam durch die Straßen rollte. Ein Wagen mit einer kleinen orangeroten Plakette an den Stoßstangen, die das Fahrzeug als Eigentum der Vereinigten Staaten kennzeichnete. Ballards ›Baukastenhelfer‹, die Männer von der FMF-Basis.

Aber der Wagen rollte nicht. Er stand auf der anderen Straßenseite und hatte die Parkbeleuchtung eingeschaltet. Die drei Männer, die in ihm saßen, rauchten Zigaretten, deren Glut das Wageninnere beleuchtete. Er wandte sich an Lyons.

»Gehen wir. Gehen Sie ganz langsam, unauffällig. Der Wagen steht dort drüben.«

Der Fahrer und der Mann neben ihm stiegen im gleichen Augenblick aus, als Spaulding und Lyons den Randstein erreichten. Sie standen etwas verlegen an der Motorhaube, trugen Zivilkleidung. David überquerte die Straße und sprach sie an:

»Steigen Sie schon in den verdammten Wagen und bringen Sie uns hier weg! Und wenn Sie dann schon dabei sind, warum malen Sie sich eigentlich keine Zielscheiben auf die Kiste? Das würde Sie auch nicht auffälliger machen als Sie ohnehin schon sind!«

»Ganz ruhig bleiben, Kumpel«, erwiderte der Fahrer. »Wir sind gerade erst angekommen.« Er öffnete die Hintertüre, und Spaulding half Lyons beim Einsteigen.

»Fahren sollten Sie, nicht wie Wachhunde herumstehen!« David kletterte neben Lyons in den Wagen; der Mann am Fenster mußte sich ziemlich schmal machen. Der Fahrer schob sich hinter das Steuer, schloß die Tür und ließ den Motor an. Der dritte Mann blieb draußen. »Der soll einsteigen!« bellte Spaulding.

»Er bleibt, wo er ist, Colonel«, sagte der Mann, der sich auf dem Rücksitz neben Lyons zwängen mußte. »Er bleibt hier.«

»Wer zum Teufel sind Sie?«

»Colonel Daniel Meehan, Fleet Marine Force, Marineabwehr. Vor ein paar Stunden ging ein Zerhackerspruch aus Fairfax ein, Quelle vier-null. Es hieß dort, wir sollten einen gewissen Colonel David Spaulding ausfindig machen, ebenfalls vier-null. Er soll sofort Kontakt aufnehmen.«

»Mit Fairfax?«

»*Nur* mit Fairfax ... Wir schicken also einen Mann an Ihre Adresse an der Córdoba. Er findet Sie nicht. Was er findet, ist ein verrückter Schweinehund, der Ihre Bude auf den Kopf stellt. Er versucht, ihn festzunehmen und wird fertiggemacht ... Ein paar Stunden später kommt er zu uns zurück mit ein paar Schrammen am Schädel, und, können Sie sich jetzt vorstellen, wer anruft? Über ein Telefon mit offener Leitung!«

»Ballard«, antwortete David leise. »Der Botschaftskryp.«

»Der Schlaumeier! Er reißt Witze und sagt uns, wir sollen nach Telmo fahren und dort ein Spielchen machen! Sollen warten, bis Sie auf die Idee kommen, aufzutauchen.« Der Oberst schüttelte angewidert den Kopf.

»Mit wem soll ich in Virginia Kontakt aufnehmen?«

»Oh ... Hier.« Meehan rutschte auf seinem Sitz zur Seite und zog einen verklebten gelben Umschlag heraus, wie sie für Zerhackernachrichten benutzt wurden. David griff über Lyons hinweg und nahm den Umschlag.

Vom Vordersitz war knackend ein Radio zu hören. Dann

ertönte das Wort »Redbird!« aus dem Lautsprecher. Der Fahrer griff schnell nach seinem Mikrofon.

»Redbird verstanden«, sagte der Marineinfanterist.

Die Störgeräusche hielten an, aber die Worte kamen ganz klar.

»Die Spaulding-Aktion. Holen Sie ihn und bringen Sie ihn her. Vier-Null-Befehle aus Fairfax. Kein Kontakt mit der Botschaft.«

»Jetzt haben Sie es selbst gehört«, lachte Meehan. »Keine Botschaft heute abend, Colonel.«

David war wie benommen. Er wollte widersprechen — zornig, wütend; dann hielt er inne ... Fairfax. Nicht die Nazis, sondern die Haganah. Asher Feld hatte das gesagt. Der Provisorische Flügel ging praktisch vor. Und vom praktischen Standpunkt aus betrachtet, war es ohne Zweifel in den nächsten achtundvierzig Stunden am zweckmäßigsten, den Mann mit den Codes bewegungsunfähig zu machen. Washington würde ohne diese Codes keine Funk-Radarstille aufheben, und wenn ein feindliches Unterseeboot auftauchte, um sich mit einem Trawler zu treffen, dann würde man es auf den Radarschirmen entdecken und versenken. Die Koening-Diamanten — auf die Peenemünde wartete — würden auf den Grund des Südatlantik geschickt werden.

Herrgott! Welche *Ironie*, dachte David. Fairfax — *irgend jemand* in Fairfax — tat genau das, was getan werden *sollte*, von einer Sorge getrieben, die Washington — und die Flugzeuggesellschaften — nicht wahrhaben wollten! Washington — die Firmen — hatten andere Sorgen: drei Viertel davon lagen zu Spauldings Füßen. Pläne für Höhengyroskope.

David drückte Lyons den Arm gegen die Schulter. Der ausgemergelte Wissenschaftler starrte weiter nach vorne, reagierte aber mit einem leichten Druck seines linken Ellbogens auf Spauldings Berührung.

Spaulding schüttelte den Kopf und seufzte hörbar. Er hob den gelben Umschlag auf und schob ihn sich mit einem Achselzucken in die Jackentasche.

Als seine Hand wieder zum Vorschein kam, hielt sie eine Waffe.

»Es tut mir leid, aber diese Befehle kann ich nicht akzeptieren, Colonel Meehan.« Spaulding richtete die Automatik auf den Kopf des Soldaten. Lyons lehnte sich in den Sitz zurück.

»Was, zum Teufel, soll das?!« Meehan fuhr ruckartig nach

vorne. David ließ den Abzug der Waffe klicken, so daß es nur noch eines winzigen Drucks bedurfte, sie abzufeuern.

»Sagen Sie Ihrem Mann dort vorne, er soll dorthin fahren, wohin ich es befehle. Ich will Sie nicht töten, Colonel, aber wenn es sein muß, tue ich es. Das ist eine Frage der Prioritäten.«

»Sie sind ein gottverdammter Doppelagent! Das war es, was Fairfax herausgebracht hat!«

David seufzte. »Ich wünschte, es wäre so einfach.«

Lyons' Hände zitterten, während er die Schnur um Meehans Handgelenk verknotete. Der Fahrer lag eine Meile hinter ihnen am Straßenrand, gründlich gefesselt. Nachts kamen hier nur selten Leute durch. Sie befanden sich in den Bergen von Colinas Rojas.

Lyons trat zurück und nickte Spaulding zu. »Steigen Sie ein.«

Lyons nickte wieder und ging auf den Wagen zu. Meehan wälzte sich zur Seite und blickte zu David auf.

»Sie sind ein toter Mann, Spaulding. Ich seh' Sie schon richtig vor dem Erschießungskommando stehen. Und dumm sind Sie auch. Ihre Nazifreunde werden diesen Krieg verlieren!«

»Das hoffe ich«, antwortete David. »Und was die Exekutionen angeht, dann mag es sein, daß es davon eine ganze Anzahl gibt. In Washington. Darum geht es ja, Colonel ... Jemand wird Sie beide morgen finden. Wenn Sie wollen, können Sie ja anfangen, in westliche Richtung zu kriechen. Ihr Fahrer ist etwa eine Meile weiter unten ... Es tut mir leid.«

Spaulding zuckte, wie um Entschuldigung bittend, mit den Achseln und rannte dann zu dem FMF-Wagen. Lyons saß auf dem Vordersitz. Als die Innenbeleuchtung sein Gesicht erfaßte, sah David seine Augen. War es möglich, daß dieser Blick einen Versuch darstellte, ein Gefühl der Dankbarkeit zu vermitteln? Oder Billigung? Jetzt war keine Zeit für Spekulationen. Also lächelte David nur leicht und sagte dann mit leiser Stimme:

»Für Sie muß das schrecklich gewesen sein, das weiß ich ... Aber ich wüßte nicht, was ich sonst tun sollte. Ich weiß nicht. Wenn Sie wollen, bringe ich Sie zur Botschaft zurück. Dort sind Sie sicher.«

Dann hörte er die Worte neben sich. *Worte!* Geflüstert, halb erstickt, kaum hörbar, aber klar! Aus den Tiefen einer gequälten Kehle.

»Ich ... bleibe ... bei Ihnen. Zusammen ...«

Spaulding mußte sich am Steuerrad festklammern aus Angst, die Kontrolle zu verlieren. Der Schock, diese gequälten Worte zu hören — und für Eugene Lyons war das eine ganze Rede —, hätte beinahe dazu geführt, daß er das Steuer losließ. Er drehte sich zur Seite und sah den Wissenschaftler an. In den vorbeihuschenden Schatten sah er, wie Lyons seinen Blick erwiderte. Seine Lippen waren zusammengepreßt, die Augen blickten ihn gerade an. Lyons wußte genau, was er tat; was sie beide taten, tun *mußten*.

»Also gut«, sagte David, bemüht, ruhig und präzise zu bleiben. »Ich verstehe schon, was Sie wollen. Ich kann, weiß Gott, alle Hilfe gebrauchen, die ich bekommen kann. Beide können wir das. Ich habe so das Gefühl, daß wir im Augenblick zwei mächtige Feinde haben. Berlin und Washington.«

»Ich will keine Unterbrechung, Stoltz!« schrie David ins Mundstück des Telefonhörers in der kleinen Zelle in der Nähe von Ocho Calle. Lyons saß jetzt hinter dem Steuer des FMF-Wagens, etwa zehn Meter von ihm entfernt. Der Motor lief. Der Wissenschaftler hatte seit zwölf Jahren keinen Wagen mehr gesteuert, überzeugte aber Spaulding mit ein paar krächzenden Worten und Gesten, daß man sich auf ihn in einem Notfall würde verlassen können.

»Sie dürfen sich nicht so benehmen!« kam die panikerfüllte Antwort.

»Ich bin Pavlov, Sie sind der Hund! Und jetzt halten Sie den Mund und hören mir zu! In Terraza Verde herrscht ziemliches Durcheinander, falls Sie das inzwischen nicht schon selbst wissen. Ihre Leute sind tot; die meinen auch. Ich habe die Pläne *und* Lyons ... Ihre nicht existierende Gestapo führt eine Anzahl von Exekutionen durch!«

»Unmöglich!« schrie Stoltz.

»Das können Sie ja den Leichen klarmachen, Sie blöder Hund! Während Sie dort saubermachen! ... Ich will jetzt die restlichen Zeichnungen, Stoltz. Erwarten Sie meinen Anruf!« David knallte den Hörer auf die Gabel und rannte hinaus, zum Wagen. Jetzt war Zeit für das Radio. Und dann der Umschlag aus Fairfax. Dann Ballard in der Botschaft. Eines nach dem anderen.

Spaulding öffnete die Tür und schob sich neben Lyons auf den Sitz. Der Physiker wies auf das Armaturenbrett.

»Wieder ...« war das einzige Wort, das er unter Schmerzen hervorbrachte.

»Gut«, sagte Spaulding. »Die machen sich Sorgen. Sie werden gut zuhören.« David legte den Schalter um und nahm das Mikrofon vom Haken. Er drückte die Finger mit solcher Gewalt gegen das Drahtgitter über der Membrane, daß das Geflecht verbogen wurde. Er legte die Hand über das Instrument und hielt es beim Sprechen gegen sein Jackett, bewegte es im Kreise, um das, was er sagte, noch mehr zu verzerren.

»Redbird an Basis ... Redbird an Basis.«

Das Knattern war wieder zu hören, die Stimme klang verärgert. »Herrgott, Redbird! Seit fast zwei Stunden versuchen wir, Sie zu erreichen! Dieser Ballard ruft immer wieder an! Wo, zum Teufel, sind Sie?«

»Redbird ..., haben Sie unsere letzte Sendung nicht empfangen?«

»*Sendung?* Scheiße, Mann! Ich kann Sie kaum hören. Warten Sie mal, ich hole den Offizier vom Dienst.«

»Das können Sie vergessen! Geht nicht. Sie werden schon wieder ganz undeutlich. Wir haben Spaulding entdeckt. Wir verfolgen ihn. Er hat einen Wagen ..., siebenundzwanzig, *achtundzwanzig Meilen nördlich* ...« David hörte plötzlich zu reden auf.

»Redbird! Redbird! ... Herrgott, diese Frequenz ist vielleicht beschissen ... Achtundzwanzig Meilen nördlich, aber *wo*? ... Ich kann Sie nicht empfangen, Redbird, Redbird! Redbird, bitte kommen!«

»... bird, ich höre«, sagte David direkt ins Mikrofon. »Sie müssen dieses Radio mal überholen lassen, Freundchen. Wiederhole. Keine Probleme. *Kehre zum Stützpunkt zurück in etwa* ...«

Spaulding beugte sich vor und schaltete das Gerät ab.

Er stieg aus dem Wagen und ging zu der Telefonzelle zurück.

Jetzt kam die Zerhackernachricht aus Fairfax. Der dechiffrierte Code, der ihm den Namen des Mannes verraten würde, der ihn aufhalten lassen wollte; die Quelle vier-null, deren Prioritätsstufe ihm das Recht gab, solche Befehle in die Welt zu setzen.

Der Agent, der ungestraft in den höchsten Etagen der Abwehr einherging und am Silvesterabend einen Mann namens Ed Pace getötet hatte.

Die Haganah-Infiltration.

Er war versucht gewesen, den gelben Umschlag in dem Augenblick aufzureißen, indem der FMF-Offizier ihn ihm an San Telmo gegeben hatte, hatte aber der fast unwiderstehlichen Versuchung widerstanden. Er wußte, daß es ein Schock für ihn sein würde, gleichgültig, wer es auch war — ob er ihn nun kannte oder nicht.

Er zog den gelben Umschlag zu sich her und schob den Finger unter die Klappe.

Zuerst sagte ihm der Name nichts.

Lieutenant Colonel Ira Barden.

Nichts.

Dann erinnerte er sich.

Silvesterabend!

Herrgott! Und ob er sich erinnerte! Der stellvertretende Befehlshaber von Fairfax. Ed Paces ›bester Freund‹, der den Tod seines ›besten Freundes‹ beklagt hatte, der insgeheim für David die Vorbereitungen getroffen hatte, daß dieser zu dem Stützpunkt in Virginia fliegen und dort an den Ermittlungsarbeiten teilnehmen konnte; der Mann, der die tragische Ermordung seines Freundes dazu benutzte, die Akten seines ›besten Freundes‹ einzusehen . . ., nur um darin nichts zu finden.

Der Mann, der darauf bestanden hatte, daß ein Lissaboner Kryptograph namens Marshall im Baskenland getötet worden war; der gesagt hatte, er werde Franz Altmüller näher überprüfen lassen.

Was er natürlich niemals tat.

Der Mann, der versuchte, David zu überzeugen, daß es im allgemeinen Interesse liege, wenn Spaulding die Geheimhaltungsvorschriften etwas großzügig auslegte und seinen Auftrag, den das Kriegsministerium ihm erteilt hatte, näher erklärte.

Was David beinahe getan hätte. Jetzt wünschte er sich, er hätte es getan.

O Gott! Warum hatte Barden ihm nicht *vertraut?* Andererseits konnte er das gar nicht. Denn das zu tun, hätte ganz spezifische unerwünschte Spekulationen über den Mord an Pace heraufbeschworen. Ira Barden war kein Narr. Ein Fanatiker vielleicht, aber keineswegs ein Narr.

Herrgott! dachte David. Wir kämpfen gegeneinander, töten einander . . ., aber unsere Feinde kennen wir nicht mehr.

Wofür?

Es gab jetzt einen zweiten Grund, Ballard anzurufen. Ein Name genügte nicht; er brauchte mehr als einen Namen. Er würde Asher Feld damit konfrontieren.

Er nahm den Telefonhörer von der Gabel, griff nach einer Münze und wählte.

Ballard war sofort am Apparat, nur seine Stimme klang nicht so vergnügt wie sonst.

»*Hören Sie*, David.« Ballard hatte bisher noch nie seinen Vornamen gebraucht. Ballard unterdrückte gehörigen Zorn. »Ich will gar nicht behaupten, ich wüßte, wie Sie und Ihresgleichen Ihre Skalen drehen, aber wenn Sie *meinen* Apparat benützen wollen, dann möchte ich informiert werden!«

»Eine Anzahl von Menschen sind getötet worden; ich war keiner davon, Das war recht glücklich, aber die Umstände haben verhindert, daß ich mit Ihnen Verbindung aufnahm. Beantwortet das Ihre Beschwerde?«

Ballard schwieg ein paar Augenblicke lang. Das Schweigen sei nicht nur seine Reaktion auf das, was er gehört hatte, dachte David. Bei Bobby mußte jemand sein. Als der Kryp dann sprach, klang seine Stimme nicht länger zornig, eher zögernd, besorgt.

»Bei Ihnen alles in Ordnung?«

»Ja, Lyons ist bei mir.«

»Die FMF-Leute sind zu spät gekommen ...« Ballard schien seine Feststellung zu bedauern. »Ich rufe immer wieder an, und die weichen mir die ganze Zeit aus. Ich glaube nicht, daß sie sich verfahren haben.«

»Nein, das haben sie auch nicht. Ich habe den Wagen ...«

»Du liebe Güte!«

»Sie haben einen Mann in Telmo hinterlassen; zur Beobachtung. Dann waren da noch zwei. Sie sind nicht verletzt, nur außer Gefecht.«

»Was, zum Teufel, heißt *das* jetzt wieder?«

»Ich habe keine Zeit, Ihnen das zu erklären ... Es gibt einen Befehl, mich dingfest zu machen. Aus Fairfax. Die Botschaft soll es nicht erfahren. Das Ganze ist ein abgekartetes Spiel; ich kann nicht zulassen, daß man mich festnimmt. Wenigstens für eine Weile nicht ...«

»Hey, mit Fairfax legen wir uns aber nicht an«, sagte Ballard entschieden.

»Diesmal dürfen Sie. Ich habe es Jean gesagt. Es gibt eine Sicherheitslücke in Fairfax. Aber nicht ich, das können Sie mir glauben ... Ich *muß* Zeit haben. Vielleicht achtundvierzig Stunden. Ich muß mir Antworten auf Fragen beschaffen. Lyons kann mir helfen. Haben Sie um Himmels willen Vertrauen zu mir!«

»Das habe ich schon, aber ich habe hier nicht viel zu sagen. Warten Sie einen Augenblick, Jean ist bei mir ...«

»Das habe ich mir gedacht«, unterbrach Spaulding. David hatte beabsichtigt, Ballard um Unterstützung zu bitten. Plötzlich war ihm klar, daß Jean viel mehr würde tun können.

»Reden Sie mit ihr, ehe sie mir die Haut von der Hand kratzt.«

»Ehe Sie weggehen, Bobby ... Könnten Sie schnell jemanden in Washington überprüfen? In Fairfax, um es genau zu sagen?«

»Dazu bräuchte ich zwei Gründe. Die Person — eine Abwehrperson, ganz *besonders* Fairfax — würde es wahrscheinlich erfahren.«

»Das ist mir völlig wurscht. Sagen Sie, ich habe es verlangt. Meine Einstufung ist vier-null; G-2 hat das in den Akten. Ich übernehme die Verantwortung.«

»Und um wen geht es?«

»Einen Lieutenant Colonel namens Ira Barden. Ist das klar?«

»Ja. Ira Barden. Fairfax.«

»Richtig. Und jetzt lassen Sie mich mit ...«

Jeans Worte verschwammen ineinander, eine Mischung aus Wut und Liebe, Verzweiflung und Erleichterung.

»Jean«, sagte er, als sie ein halbes Dutzend Fragen auf ihn abgeschossen hatte, die er unmöglich alle beantworten konnte, »neulich abends hast du einen Vorschlag gemacht, den ich nicht ganz ernst genommen habe. Jetzt nehme ich ihn ernst. Dieser geheimnisvolle David, den du da hast, braucht einen Platz, an dem er sich verstecken kann. Die Pampas geht nicht, aber jeder andere Ort, der näher liegt, würde ausreichen ... Kannst du mir helfen? Uns helfen? Um Gottes Liebe willen!«

38.

Er hatte sich vorgenommen, Jean später anzurufen, noch ehe es Tag wurde. Er und Lyons mußten sich im Dunkeln bewegen, wohin auch immer sie ihr Weg führte. Wo auch immer Jean Zuflucht für sie finden konnte.

David akzeptierte seine Rolle; er würde den Männern von ›Tortugas‹ gegenübertreten. Aber er konnte das nicht tun, wenn er nur das Zeugnis eines fanatischen Juden hatte. Die Worte von Asher Feld, Anführer des Provisorischen Flügels der Haganah waren kein Zeugnis. Fanatiker galten als Wahnsinnige; die Welt hatte von dieser Art von Menschen genügend viele gesehen. Man pflegte sie abzutun. Oder zu töten. Oder beides.

David wußte, daß er keine Wahl hatte.

Wenn er den Männern von ›Tortugas‹ gegenübertrat, dann würde er das nicht mit den Worten von Asher Feld tun. Oder mit Codes und Manipulationen, die man auf hunderterlei Art und Weise interpretieren konnte.

Er würde ihnen mit dem entgegentreten, was er gesehen hatte. Was er wußte, weil er selbst Zeuge war. Er würde sie mit Unwiderlegbarem konfrontieren. Und dann würde er sie vernichten.

Um das zu tun — alles das — mußte er an Bord des Trawlers in Ocho Calle gehen. Des Trawlers, der in die Luft fliegen würde, falls er versuchen sollte, den Hafen zu verlassen, um mit einem deutschen Unterseeboot Verbindung aufzunehmen.

Daß er am Ende eben dies versuchen würde, war unvermeidlich. Die Fanatiker würden das fordern. Dann würde es keine Beweise mehr geben.

Er mußte sich jetzt Zugang zu diesem Trawler verschaffen.

Er erteilte Lyons seine letzten Anweisungen und glitt in das warme, ölige Wasser des Rìo de la Plata. Lyons würde im Wagen bleiben — ihn wenn nötig fahren — und wenn David nicht zurückkehrte, neunzig Minuten verstreichen lassen, ehe er zum FMF-Stützpunkt fuhr und dem befehlshabenden Offizier berichtete, daß David an Bord des Trawlers gefangengehalten werde. Ein amerikanischer Agent, der gefangengehalten wurde.

Er hatte sich die Pistole um den Kopf gebunden, mit einem

Fetzen seines Hemds, der Stoffstreifen ging durch seine Zähne. Er schwamm im Bruststil auf den Rumpf des Schiffes zu, hielt den Kopf über Wasser, damit der Abzugmechanismus seiner Waffe so trocken wie möglich blieb. Der Preis, den er dafür bezahlte, war ein Mund voll schmutzigen, von Benzin verseuchten Wassers, der dadurch noch widerlicher gemacht wurde, daß ihn ein großer Aal berührte, den das sich bewegende Fleisch angezogen hatte.

Er erreichte den Rumpf. Die Wellen schlugen sachte, aber unablässig gegen die dunkle Wand. Er arbeitete sich ans Heck des Schiffes, und mühte Augen und Ohren ab, um irgendein Lebenszeichen zu erkennen.

Aber da war nichts, nur der unablässige Wellenschlag.

Vom Deck kam zwar Licht, aber da waren keine Bewegungen, kein Schatten, keine Stimmen. Nur der farblose Schein nackter Glühbirnen, die an schwarzen Drähten hingen und sich in langsamen Rhythmus des in den Wellen dümpelnden Schiffes bewegten. An der Backbordseite des Schiffes — die den Docks zugewandt war — hingen zwei Taue achtern und mittschiffs in die Tiefe. Etwa alle zehn Fuß waren Rattenscheiben angebracht; die dicken Taue waren von Wagenschmiere und Öl schwarz und schmierig. Als David näherkam, konnte er einen einzelnen Wächter vor der riesigen Ladetüre in einem Stuhl sitzen sehen. Der Stuhl war nach hinten zur Lagerhausmauer gekippt; zwei mit Drahtgeflecht gesicherte Lampen waren zu beiden Seiten des Türstocks angebracht. Spaulding entfernte sich ein wenig, um besser sehen zu können.

Plötzlich waren am Westteil des Docks Schritte zu hören.

Der Mann blickte von seinem Buch auf. David konnte eine zweite Gestalt näherkommen sehen. Ein weiterer Wachmann in der Rheinmann-Uniform. Er trug ein ledernes Etui, dasselbe Radio-Etui, das die Männer — die toten Männer — im 15 Terraza Verde getragen hatten.

Der Wachmann auf dem Stuhl lächelte und sagte zu dem stehenden Kollegen etwas in deutscher Sprache.

»Wenn du willst, können wir ja tauschen«, meinte er. »Auf die Weise kannst du dich auch ein wenig hinsetzen.«

»Nein, danke«, antwortete der Mann mit dem Radio. »Ich bleib' lieber auf den Beinen. Da vergeht die Zeit schneller.«

»Etwas Neues von Luján?«

»Unverändert. Aber die sind ziemlich aufgeregt. Man konnte im Hintergrund laute Stimmen hören. Jeder gibt Befehle.«

»Ich wollte, ich wüßte, was in Telmo passiert ist.«

»Ziemlicher Ärger, mehr weiß ich auch nicht.«

David schwamm wieder zum Rumpf des Trawlers zurück.

Seine Arme begannen jetzt zu ermüden. Das übelriechende Wasser des Hafenbeckens war ihm in die Nase gestiegen, und jetzt hatte er noch etwas zu bedenken: Eugene Lyons.

Lyons war etwa eine Viertelmeile von ihm entfernt, schräg über das Wasser vier Häuserblocks von Ocho Calle entfernt. Wenn Rheinmanns Streifen anfingen, die Gegend abzusuchen, würden sie das FMF-Fahrzeug mit Lyons finden, das war eine Brücke, die er nicht ins Kalkül gezogen hatte, aber das hätte er tun sollen.

Bloß, daß jetzt dafür keine Zeit war.

Er erreichte die Mittschiffsposition an Steuerbord und hielt sich an einem Vorsprung in Höhe der Wasserlinie fest, um so seinen Arm- und Schultermuskeln Gelegenheit zu geben, sich etwas auszuruhen.

David stellte fest, daß sein Atem jetzt wieder leichter ging. Er würde es früh genug erfahren, ob die Diamanten nun da waren oder nicht. Nur noch Augenblicke.

Er band den Stoffstreifen auf, den er sich um den Kopf geschlungen hatte und trat dabei Wasser und hielt die Pistole sicher in der Hand. Das Stück Hemdenstoff trieb weg; er selbst hielt sich an dem Vorsprung fest und blickte nach oben.

Er spuckte die Reste der schmutzigen Brühe aus und hielt den Pistolenlauf mit den Zähnen fest. Das einzige Kleidungsstück, das er trug war seine Hose; er griff unter die Wasserlinie und rieb den Stoff mit beiden Händen ab, um wenigstens einen Teil des Schlicks loszuwerden, der sich festgehängt hatte.

Dann griff er wieder nach dem Vorsprung, stieß sich mit den Füßen ab und griff nach dem nächsten Vorsprung weiter oben am Rumpf. Seine Finger bekamen einen halb-Zoll-breiten Sims zu fassen; er zog sich in die Höhe, schlug sich in die Hände, und preßte sich mit der Brust gegen das ungehobelte Holz, um so einen Hebelpunkt zu haben. Seine nackten Füße waren ganz in der Nähe der Wasserfläche, und die eigentliche Reling höchstens einen Meter über ihm.

Langsam hob er die Knie, bis er spürte, daß er mit beiden

Fußspitzen auf dem Vorsprung in Wasserhöhe stand. Er hielt kurz inne, um Atem zu holen und wußte gleichzeitig, daß seine Finger sich nicht lange an dem winzigen Vorsprung würden festhalten können. Er spannte die Bauchmuskeln an und preßte die schmerzenden Zehen gegen den Vorsprung, stieß sich so heftig wie möglich nach oben und ließ die Hände vorschießen; er wußte, wenn er die Reling verpaßte, würde er ins Wasser zurückstürzen. Und das würde ein Geräusch verursachen, und man würde Alarm schlagen.

Seine linke Hand krallte sich fest; die rechte rutschte ab. Aber das genügte.

Er zog sich bis zur Reling hinauf, wobei seine Brust an der rohen, verwitterten Schiffswand entlang scharrte, bis ein paar Blutflecken an seiner Haut erschienen. Er klemmte sich mit dem linken Arm an der Bordwand fest und nahm die Pistole aus dem Mund. Er befand sich jetzt — so wie er das gehofft hatte — etwa in der Mitte zwischen den vorderen und hinteren Kabinen, und die Wand verbarg ihn den Wachen auf dem Ladedock.

Er rollte sich lautlos über die Bordwand auf das schmale Deck und eilte geduckt auf die Kabinenwand zu. Dort preßte er sich mit dem Rücken gegen die Holzverschalung und richtete sich langsam auf. Vorsichtig schob er sich auf das erste Bullauge der hinteren Reihe zu. Das aus dem Schiffsinneren dringende Licht wurde teilweise von einem primitiven Vorhang verdeckt, der etwas zur Seite gezogen war, um die Nachtluft hereinzulassen. Das nächste Bullauge war nicht mit einem Vorhang versehen, aber nur wenige Fuß vom Ende der Wand entfernt; es bestand die Möglichkeit, daß dort jemand — vom Wasser aus unsichtbar — Wache hielt. Er würde das, was es zu sehen gab, auch im ersten Fenster sehen.

Die nasse Wange gegen die faulige Gummimanschette gedrückt, die das Bullauge umgab, sah er hinein. Der ›Vorhang‹ war ein Stück schwarze Persenning, das am Rand eingeschlagen war. Das Licht dahinter war so, wie er es sich vorgestellt hatte: eine Glühbirne, die an einem dicken Draht von der Decke hing — ein Draht, der in ein Kabel überging, das durch ein Backbordfenster zum Pier hinüberführte. Neben der Glühbirne hing ein seltsam geformtes, flaches Stück Metall, auf das David sich zuerst keinen Reim machen konnte. Dann begriff er: das Stück Metall lenkte das Licht der Glühbirne vom hinteren Teil der Kabine ab, wo er jetzt —

hinter der Persenning — zwei Kojenbetten ausmachen konnte. Männer schliefen dort; zwar fiel Licht auf sie, aber im großen und ganzen lagen sie im Schatten.

Auf der anderen Seite der Kabine stand ein langer, an die Wand gerückter Tisch, der wie ein Laborarbeitsplatz wirkte. Er war mit einem straffgespannten weißen, fleckenlosen Öltuch bedeckt, auf dem in gleichen Abständen vier Mikroskope standen. Neben jedem Mikroskop befand sich eine Hochintensitätslampe — und alle Drähte führten zu einer Zwölf-Volt-Batterie unter dem Tisch.

Dieser isolierte Teil des Trawlers bildete einen Gegensatz zum Rest des heruntergekommenen Schiffes: eine kleine klinisch saubere Insel, umgeben von verfaultem Seelenverkäufer und Rattenscheiben.

Und dann sah er sie. In der Ecke.

Fünf Stahlkisten, jede von Metallbändern umgeben, und oben mit kräftigen Vorhängeschlössern gesichert. Auf der Vorderseite einer jeden Kiste war in Schablonenschrift aufgemalt: KOENING MINES LTD.

Jetzt hatte er es gesehen. Das Unwiderlegbare, nicht zu Leugnende.

Tortugas.

Der obszöne Tausch, der durch Erich Rheinmann vermittelt wurde.

Und er war so nahe, brauchte nur zuzugreifen. Der letzte Beweis.

In seine Furcht — und er *empfand* Angst — mischten sich wütender Zorn und eine tiefe Versuchung. Sie reichten aus, um seine Ängste beiseite zu schieben, ihn dazu zu zwingen, sich einzig und allein auf sein Ziel zu konzentrieren. An irgendeine mystische Unverletzlichkeit zu glauben — im Wissen, daß dieser Glaube falsch war — eine Unverletzlichkeit, wie sie nur auf einige wenige unschätzbare Minuten gewährt wurde.

Das genügte.

Er kroch unter dem ersten Bullauge durch und näherte sich dem zweiten. Dort richtete er sich wieder auf und sah hinein; vor sich sah er die Kabinentür. Es war eine neue Tür, die sich vom Rest des Trawlers abhob. Sie bestand aus Stahl und besaß in der Mitte einen wenigstens zolldicken Riegel, der durch eine Öse am Türrahmen geschoben war.

Die Peenemünde-Wissenschaftler waren nicht nur klinisch isoliert, sondern befanden sich in einem selbst auferlegten Gefängnis.

Jener Riegel, das erkannte David, war sein persönlicher Alpenpaß — er mußte ihn ohne Seil überqueren.

Er duckte sich wieder nieder und schob sich unter dem Bullauge bis zum Rand der Kabinenwand vor. Er blieb auf den Knien und spähte Millimeter für Millimeter, das Gesicht am Holz, um die Ecke.

Dort war natürlich der Posten. Er trug einen lose anliegenden Anzug, der seinen kräftig gebauten — militärisch trainierten — Körper nicht verbergen konnte. Sein Haar war kurz geschnitten, ganz im Stile der Wehrmacht.

Er lehnte an einer massiven Netzwinsch und rauchte eine dünne Zigarre, blies den Rauch ziellos in die Nachtluft. Neben ihm stand ein Automatik-Karabiner.

Der Lederriemen ..., David zog den Gürtel aus den Schlaufen seiner Hose. Er richtete sich auf, schob sich wieder zum Bullauge zurück, griff unter die Reling, und entfernte zwei der dort angebrachten Handspeichen, die an der Innenseite des Rumpfes zur Befestigung der Fischnetze angebracht waren. Er schlug leise zweimal gegen die Reling; dann noch zweimal. Er hörte, wie der Wachtposten die Füße bewegte. Keine Vorwärtsbewegung, nur eine Veränderung seiner Position.

Er klopfte noch einmal. Zweimal. Dann wieder zweimal. Das leise, präzise Klopfen — absichtlich, in gleichmäßigen Abständen — reichte aus, um seine Neugierde zu erwecken, reichte jedoch nicht aus, um einen Alarm auszulösen. Jetzt hörte er die Schritte des Postens. Immer noch entspannt, eine gleichgültige Bewegung, sich keiner Gefahr bewußt, nur neugierig. Vielleicht ein Stück Treibholz aus dem Hafen, das gegen den Schiffsrumpf schlug, von der Strömung festgehalten wurde. Der Posten bog um die Ecke; Spauldings Gürtel schlang sich um seinen Hals, spannte sich sofort wieder straff und erstickte seinen Schrei.

David verdrehte die Lederriemen, während der Mann auf die Knie sank und sein Gesicht sich im schwachen Lichtschein des Bullauges sichtbar verfärbte.

David ließ nicht zu, daß sein Opfer die Besinnung verlor; er mußte noch seinen Alpenpaß überqueren. Statt dessen schob er sich die Pistole unter den Hosenbund und griff an die Scheide, die am Gürtel des Wachtpostens hing, und zog das Bajonett heraus. Er hielt dem Mann die Klinge unter die Augen und flüsterte:

»Español oder *Deutsch?«*

Der Mann starrte ihn mit von Schrecken erfüllten Augen an. Spaulding drehte den Gürtel enger; der Mann erstickte ein Husten und versuchte zwei Finger zu heben. Wieder flüsterte David, wobei er die Messerspitze unter das rechte Auge des Mannes drückte.

»Deutsch?«

Der Mann nickte.

Natürlich ist er Deutscher, dachte Spaulding, und Nazi. Die Kleider, das Haar. Peenemünde *war* das Dritte Reich. Die Wissenschaftler würden von der Elite des Reiches bewacht werden. Er drehte das Bajonett, so daß die Haut unter dem Auge aufriß. Der Mund des Mannes öffnete sich furchterfüllt.

»Sie tun jetzt genau, was ich Ihnen sage«, flüsterte David dem Mann in deutscher Sprache ins Ohr, »sonst steche ich Ihnen das Auge aus. Verstanden?«

Der Mann, der fast völlig schlaff zu seinen Füßen kniete, nickte.

»Stehen Sie auf und rufen Sie durch das Bullauge. Sie haben eine dringende Nachricht von . . . Altmüller, Franz Altmüller! Sie sollen die Tür öffnen und den Erhalt schriftlich bestätigen . . . Tun Sie das! Jetzt! Und vergessen Sie nicht, das Bajonett ist nur ein paar Zoll von Ihren Augen entfernt.«

Der völlig verstörte Mann stand auf. Spaulding schob sein Gesicht an das offene Bullauge, lockerte den Gurt ein wenig und stellte sich selbst neben den Mann und das Fenster, hielt mit der linken Hand den Gürtel und mit der rechten das Bajonett.

»Jetzt!« zischte David und ließ das Messer kreisen.

Zuerst klang die Stimme des Mannes gequält, künstlich. Spaulding schob sich näher; der Posten wußte, daß er nur noch Sekunden zu leben hatte, wenn er nicht gehorchte.

Also gehorchte er.

Auf den Kojenbetten in der Kabine regte sich etwas. Zuerst war ein Murren zu hören, das dann aber gleich verstummte, als Altmüllers Name erwähnt wurde.

Ein kleiner Mann in mittleren Jahren stieg aus der linken Koje und ging schläfrig zur Stahltüre. Er trug Unterhosen, sonst nichts. David stieß den Posten zur Seite und war an der Türe, als der Riegel aufgezogen wurde.

Er schmetterte den Wachtposten mit einer ruckartigen Bewegung seines Gürtels gegen das stählerne Türblatt; als die Tür aufflog, packte David den Knopf, um zu verhindern, daß sie gegen das Schott schlug. Er ließ das Messer fallen, riß die Pistole heraus und stieß dem kleinen Wissenschaftler den Lauf gegen die Schläfe.

»Ruhig!« flüsterte er heiser. *»Wenn Ihnen Ihr Leben etwas wert ist!«*

Die drei Männer in den Kojen — ältere Männer, einer von ihnen ziemlich alt — taumelten aus ihren Betten. Sie zitterten, waren vor Angst sprachlos. Jetzt begann der Wachtposten, der immer noch um Atem rang, sich aufzurichten. Spaulding machte zwei Schritte, schmetterte dem Mann die Pistole gegen die Schläfe, so daß er lautlos auf dem Deck zusammenbrach.

Der alte Mann, der weniger Angst hatte als seine beiden Kollegen, starrte David an. Aus Gründen, die Spaulding sich selbst nicht erklären konnte, empfand er Scham. In dieser antiseptischen Kabine war Gewalt fehl am Platze.

»Ich habe keinen Streit mit Ihnen«, flüsterte er in deutscher Sprache. »Sie brauchen nur meine Befehle zu befolgen. Aber damit Sie sich nicht täuschen, ich werde Sie töten, wenn Sie auch nur einen Laut von sich geben!« Er wies auf ein paar Blätter Papier, die neben einem Mikroskop lagen. Sie waren mit Zahlen bedeckt. »Sie!« Er deutete mit der Pistole auf den alten Mann. »Geben Sie mir diese Blätter! Schnell!«

Der alte Mann schlurfte zögernd durch die Kabine zu der Werkbank. Er nahm die Papiere vom Tisch und reichte sie Spaulding, der sie sich in die nassen Hosentaschen stopfte.

»Danke ..., jetzt!« Er richtete die Waffe auf die zwei anderen. »Öffnen Sie eine dieser Kisten! Sofort!«

»Nein! ... Nein! Um Gottes willen!«, sagte der größere der beiden Männer in mittleren Jahren. Seine Stimme klang ängstlich und halb erstickt.

David packte den alten Mann, der neben ihm stand. Er preßte ihm den Unterarm von hinten um den Hals und drückte ihm die Pistole gegen den Kopf. Dann zog er den Hahn zurück und sagte mit eisiger Stimme: »Sie werden jetzt eine Kiste öffnen oder ich töte diesen Mann. Wenn er tot ist, richte ich meine Pistole auf Sie. Glauben Sie mir, ich habe keine Alternative.«

Der Kopf des Kleineren fuhr herum, seine Augen baten wortlos den Größeren um Erlaubnis. Der alte Mann, den David in Schach hielt, war der Anführer, das wußte Spaulding.

Der größere der beiden Wissenschaftler ging — stockend, man spürte, daß er bei jedem Schritt Angst empfand — an das andere Ende der Werkbank, wo eine Reihe Schlüssel an der Wand hing. Er nahm einen und ging zögernd zu der ersten Kiste. Er beugte sich hinunter, schob den Schlüssel in das Schloß, das das stählerne Band zusammenhielt; jetzt klaffte es in der Mitte auseinander.

»Deckel öffnen!« befahl Spaulding und die Angst, die er empfand, ließ sein Flüstern lauter werden, zu laut, wie ihm klar wurde.

Der Deckel der stählernen Kiste war schwer; der Deutsche mußte mit beiden Händen zugreifen, und die tiefen Falten, die sich um seine Augen und den Mund gruben, ließen erkennen, wieviel Mühe es ihn kostete. Als der Deckel im neunzig Grad Winkel stand, spannten sich an beiden Seiten Ketten; eine Raste knackte und der Deckel wurde festgehalten.

Im Inneren der Kiste waren jetzt Dutzende identischer Unterteilungen in verschiebbaren Tabletts zu erkennen — irgendwie erinnerte ihn die Kiste an einen großen, komplizierten Werkzeugkasten. Dann begriff David: die Vorderseite der Kiste hatte ebenfalls Scharniere; man konnte sie öffnen — herunterklappen, um es genau zu sagen — so daß die einzelnen Tabletts herausgezogen werden konnten.

Und in jeder Unterteilung lagen zwei kleine, schwere Papierbeutel, die offensichtlich gefüttert waren. Allein auf dem obersten Tablett konnte man Dutzende solcher Beutel erkennen.

David ließ den alten Mann los, stieß ihn nach hinten auf die Kojen zu. Er gab dem großen Deutschen, der die Kiste geöffnet hatte, ein Zeichen mit seiner Pistole und befahl ihm, zu den anderen beiden zu gehen. Dann griff er in die Kiste, entnahm ihr einen kleinen Beutel und führte ihn zum Munde, riß ihn mit den Zähnen auf. Er schüttelte ihn über dem Boden aus; winzige, durchsichtige Klumpen verteilten sich über dem Kabinendeck.

Die Koening-Diamanten.

Er beobachtete die deutschen Wissenschaftler, während er den leeren Beutel zerdrückte. Sie starrten die Steine auf dem Boden an.

Warum nicht? dachte David. In jener Kabine war die Lösung für Peenemünde. In jenen Kisten lagen die Mittel, um über Hunderttausende unsagbaren Tod herunterregnen zu lassen . . ., so wie die

Gyroskoppläne, gegen die sie eingetauscht werden sollten, weiteren Tod, weitere Massaker möglich machen würden.

Er war schon im Begriff, den Umschlag angewidert wegzuwerfen und seine Taschen mit anderen zu füllen, als sein Blick auf eine Schrift fiel. Er glättete den Umschlag, ohne dabei die Pistole von den Deutschen abzuwenden, und blickte auf das eine Wort auf dem Beutel:

echt

Er griff hinein und nahm sich soviele Beutel, wie er mit der Hand halten konnte und stopfte sie sich in die Hosentasche.

Das war alles, was er für die Anklage brauchte. Alles. Das war der Sinn seines Tuns.

Jetzt gab es für ihn nur noch eines zu tun. Etwas von praktischer Bedeutung. Er trat an die Werkbank und ging an den vier Mikroskopen entlang, schmetterte den Pistolenlauf gegen jede Linse, jedes Okular. Dann sah er sich nach einem Laborschrank um, so wie man sie zur Aufbewahrung optischer Geräte benutzte. Es mußte einen solchen Schrank geben.

Er entdeckte ihn unter dem langen Tisch auf dem Boden. Er stieß ihn mit dem Fuß heraus und beugte sich vor, um die Klappe zu öffnen.

Wieder Regale und Tabletts, nur diesmal angefüllt mit Linsen und kleinen, schwarzen Rohren, in denen man die Linsen befestigen konnte.

Er beugte sich vor und kippte den Kasten um; Dutzende von Linsen fielen auf das Deck. Er packte den ihn am nächsten stehenden weißen Hocker und schmetterte ihn seitlich auf die Linsen herunter.

Die Zerstörung war nicht vollkommen, aber der Schaden würde für mindestens achtundvierzig Stunden reichen.

Dann richtete er sich auf, die Waffe immer noch auf die Wissenschaftler gerichtet, Augen und Ohren wachsam.

Jetzt hörte er es! Spürte es! Und begriff gleichzeitig, daß es sein Tod war, wenn er sich jetzt nicht zur Seite warf.

Er warf sich nach rechts zu Boden; die Hand hinter ihm fuhr herunter, das Bajonett durchschnitt die Luft, anstatt sich dort in sein Fleisch zu bohren, wo noch vor weniger als einer Sekunde sein Hals gewesen war.

Er hatte das verdammte Bajonett auf dem Boden liegenlassen! Er hatte das verdammte *Bajonett* weggeworfen! Der Posten war wieder zu sich gekommen und hatte das verdammte *Bajonett genommen!*

Der Schrei des Mannes ertönte, ehe Spaulding seine knieende Gestalt ansprang und seinen Schädel mit solcher Gewalt gegen das Holz schmetterte, daß das Blut herausspritzte.

Aber der eine Schrei genügte.

»Ist etwas?« hallte von draußen, nur zwanzig Meter entfernt auf dem Ladedock, eine Stimme. »Heinrich! Hast du gerufen?«

Jetzt war keine Sekunde, kein Augenblick Zeit zu zögern.

David rannte zur Stahltüre, riß sie auf und raste an der Wand entlang zu der Stelle, wo die Bordwand ihm Schutz bot. In diesem Augenblick tauchte ein weiterer Posten — der Mann, der am Bug Wache gehalten hatte — auf. Er hatte den Karabiner in Hüfthöhe und feuerte.

Spaulding feuerte zurück. Aber noch während er abdrückte, spürte er, daß er getroffen war. Die Kugel des Postens hatte ihn an der Hüfte gestreift; er spürte, wie ihm das Blut an der Seite herunterrann und den Stoff seiner Hose durchtränkte.

Er warf sich über die Reling ins Wasser; aus dem Inneren der Kabine und vom Pier hallten Schreie und Rufe.

Er schlug in dem schmutzigen Wasser um sich und versuchte, einen klaren Kopf zu bewahren. Wo war er? Welche Richtung sollte er einschlagen! Wo? Um Christi willen, *wo!*

Die Rufe waren jetzt lauter geworden. Überall auf dem Trawler wurden Scheinwerfer eingeschaltet und stachen durch die Nacht. Er konnte Männer in ihre Radios schreien hören, wie nur panikerfüllte Männer schreien. Anklagen, hilflos.

Und plötzlich wurde David bewußt, daß nirgends Boote waren! Es kamen keine Boote mit Scheinwerfern und Maschinengewehren vom Pier, Boote, die ihm den Tod bringen würden.

Keine Boote! Und dann hätte er beinahe gelacht. Die Operation in Ocho Calle war so völlig geheim, daß sie keine kleinen Boote zugelassen hatten.

Er hielt sich die verletzte Seite und tauchte, so oft er konnte, unter.

Der Trawler und die schreienden Rheinmann-Altmüller-Posten blieben im Nebel des Hafens hinter ihm zurück. Spaulding tauchte immer wieder auf und hoffte, daß er in die richtige Richtung schwamm.

Er begann, schrecklich müde zu werden, konnte sich aber keine Schwäche gestatten. Er *konnte* das nicht zulassen! Nicht jetzt!

Er hatte die ›Tortugas‹-Beweise!

Jetzt sah er nicht mehr weit vor sich die Umrisse der Hafenmauer. Zweihundert Meter noch vielleicht oder dreihundert. Das war der richtige Pier! Das ..., das *mußte* er sein!

Er spürte, wie sich im Wasser neben ihm etwas bewegte und sah die schlangenähnlichen Umrisse der Seeaale, die blindlings nach ihm stießen. Das Blut aus seiner Wunde zog sie an! Eine widerliche Masse riesiger Würmer drängte sich um ihn.

Er schlug um sich, unterdrückte einen Schrei. Wohin auch seine Hände griffen, überall berührten sie die glitschigen Schlangen. Seine Augen waren mit blitzenden gelben und weißen Punkten und Strichen erfüllt, seine Kehle war trocken, seine Stirn tobte.

Als er endlich das Gefühl hatte, daß der Schrei kommen würde, kommen *mußte*, spürte er die Hand in seiner Hand. Er spürte, wie seine Schultern angehoben wurden, hörte die gutturalen Rufe seiner eigenen erschreckten Stimme — tief, verängstigt. Er konnte nach unten sehen und erkannte die schwärmenden Aale, während seine Füße immer wieder von den Sprossen der Leiter abglitten.

Eugene Lyons trug ihn — *trug* ihn zu dem Wagen. Er nahm wahr — und nahm es doch auch nicht wahr — daß Lyons ihn vorsichtig auf den Rücksitz schob.

Dann kletterte Lyons hinter ihm in den Wagen, und David begriff — und begriff doch zugleich auch nicht — daß Lyons ihn ins Gesicht schlug. Kräftig, immer kräftiger.

Bewußt, ohne Rhythmus, aber mit großer Kraft.

Die Schläge hörten nicht auf! Er konnte sie nicht zum Einhalten bringen! Er konnte den halb zerstörten, armseligen Lyons nicht daran hindern, ihn zu schlagen.

Nur schreien konnte er. Weinen, wie ein Kind weint.

Und dann *konnte* er ihn plötzlich zum Einhalten bringen. Er nahm die Hände vom Gesicht und packte Lyons an den Handgelenken, bereit, sie ihm, wenn nötig, zu brechen.

Er riß die Augen auf und starrte den Physiker an.

Lyons lächelte in der Finsternis. Er sprach mit seiner gequälten Flüsterstimme.

»Es tut mir leid ... Sie waren ... eine Zeitlang ... unter Schock. Mein Freund ...«

39.

Im Kofferraum des FMF-Fahrzeugs war ein gut bestückter Verbandskasten enthalten. Lyons behandelte Davids Wunde mit Sulphapuder, bedeckte sie mit ein paar übereinander gelegten Gazestreifen und drückte dann die Wundränder mit drei Zoll breitem Heftpflaster zusammen. Da es sich um eine Streifwunde, nicht eine Punktur, handelte, hörte die Blutung auf; der Verband würde halten, bis sie einen Arzt aufsuchen konnten. Selbst wenn das ein oder eineinhalb Tage dauern sollte, würde es nicht zu ernsthaften Schäden führen.

Lyons fuhr.

David wußte, daß er drei Dinge tun mußte: er mußte Henderson Granville erreichen, mit Jean sprechen und zu jenem Versteck fahren, das Jean hoffentlich für sie gefunden hatte. Wenn man einen Arzt zu ihm bringen konnte, gut. Wenn nicht, würde er schlafen; er brauchte jetzt Ruhe, sonst würde er zusammenbrechen.

Und morgen würde er die endgültigen Arrangements mit Erich Rheinmann treffen.

Die letzten Seiten der Anklageschrift.

»Wir müssen ein Telefon finden«, sagte David. Lyons nickte.

David erinnerte sich an die Telefonzelle an der Nordseite der Casa Rosada. Die Telefonzelle, in der ein bezahlter Killer von der Unio Corso — den man aus Rio de Janeiro geschickt hatte — seinen letzten Atemzug getan hatte.

Binnen fünfzehn Minuten hatten sie die Plaza de Mayo erreicht, wobei sie sogar Umwege einschlugen und sich vergewisserten, daß sie nicht verfolgt wurden. Die Plaza war nicht verlassen. Sie war wie die Vorkriegsreiseplakate versprochen hatten, so etwas wie ein Paris der westlichen Hemisphäre. Ähnlich wie in Paris gab es Dutzende übernächtigter Gestalten, hauptsächlich in teuren Kleidern. Taxis hielten an und fuhren weiter; Prostituierte versuchten ein letztes Mal profitable Betten zu finden. Die Straßenlaternen beleuchteten die riesigen Springbrunnen; Liebespaare tauchten die Hände ins Wasser.

Lyons lenkte den Wagen neben die Telefonzelle, und Spaulding stieg aus.

»Was auch immer es ist, Sie haben jedenfalls den empfindlichsten Nerv in ganz Buenos Aires getroffen.« Granvilles Stimme klang hart und präzise. »Ich muß darauf bestehen, daß Sie in die Botschaft zurückkehren. Ebenso zu Ihrem eigenen Schutz wie zum Nutzen unserer diplomatischen Beziehungen.«

»Ich fürchte, da müssen Sie sich schon deutlicher ausdrücken«, erwiderte David.

Das tat Granville.

Die ›ein oder zwei‹ Kontakte, die der Botschafter im Grupo glaubte ansprechen zu können, reduzierten sich natürlich auf einen einzigen. Und dieser Mann stellte Erkundigungen bezüglich des Trawlers in Ocho Calle an und wurde kurz darauf unter Bewachung aus seiner Wohnung abgeholt. Das war die Information, die Granville von seiner hysterischen Frau erhalten hatte.

Eine Stunde später erhielt der Botschafter von einem Verbindungsmann im GOU-Nachricht, daß sein ›Freund‹ bei einem Automobilunfall ums Leben gekommen sei. Der GOU wollte, daß er das erfuhr. Es sei höchst unglücklich.

Als Granville die Frau zu erreichen versuchte, schaltete sich eine Vermittlung ein und erklärte, das Telefon sei abgeklemmt worden.

»Sie haben uns da hineingezogen, Spaulding! Wir können hier nicht funktionieren, wenn wir die Abwehr am Hals hängen haben. Die Situation in Buenos Aires ist äußerst delikat.«

»Sie *sind* hineingezogen, Sir. Ein paar tausend Meilen entfernt schießen Menschen aufeinander.«

»Scheiße!« Das war so ziemlich das Unerwartetste, was David von Granville zu hören glaubte. »Respektieren Sie gefälligst Ihre Demarkationslinien! Wir müssen alle innerhalb der ... künstlichen, wenn Sie so wollen, Parameter arbeiten, die uns gesetzt sind! Ich wiederhole, Sir, kehren Sie in die Botschaft zurück, und ich werde veranlassen, daß Sie sofort in die Vereinigten Staaten abreisen können.

»Ich kann Ihnen etwas zum Nachdenken liefern, Sir.« Innerhalb von achtundzwanzig Stunden wird auf sämtlichen amerikanischen Schiffen und Flugzeugen in den Küstenzonen Radio- und Radarstille angeordnet werden! Sämtliche Fahrzeuge sind dann immobilisiert. Befehl der Obersten Militärbehörde. Und ich denke, Sie sollten besser herausfinden, warum das geschieht! Ich glaube es nämlich zu wissen, und wenn ich recht habe, ist Ihr diplomatisches Wrack schmutziger als irgend etwas, was Sie sich vorstellen können! Versuchen Sie es mit einem Mann namens Swanson im Kriegsministerium. Brigadier Alan Swanson! Und sagen Sie ihm, ich habe ›Tortugas‹ gefunden!«

David knallte den Hörer mit solcher Wucht auf die Gabel, daß ein paar Bakelitsplitter herunterfielen. Er wollte wegrennen. Wollte die Tür der ihn erdrückenden Telefonzelle öffnen und davonrennen.

Aber wohin? Es gab keinen Zufluchtsort für ihn.

Er atmete einige Male tief durch und wählte erneut die Nummer der Botschaft.

Jeans Stimme klang weich, voll Besorgnis. Aber sie hatte einen Ort gefunden!

Er und Lyons sollten auf der Rivadavia in westlicher Richtung bis zum äußersten Rande von Buenos Aires fahren. Am Ende der Rivadavia war eine Straße, die nach rechts führte — sie sei leicht auszumachen, weil an ihrem Anfang eine Statue der Madonna stehe. Die Straße führe ins Grasland hinaus, ins Land der *provinciales*. Sechsunddreißig Meilen hinter der Madonne sei eine weitere Straße — zur Linken — die durch Telefondrähte gekennzeichnet sei, die sich in einer Transformatorbox ganz oben an einer Telefonstange trafen. Die Straße führe zu einer Ranch, die einem gewissen Alfonso Quesarro gehöre. Senor Quessaro werde nicht zugegen sein . . ., unter den gegebenen Umständen. Auch seine Frau nicht. Aber einige Hausangestellte; und die Quartiere der übrigen Angestellten würden für Mrs. Camerons unbekannte Freunde zur Verfügung stehen. Jean werde seinen Anweisungen gehorchen: sie werde die Botschaft nicht verlassen.

Sie liebe ihn; schrecklich.

40.

David war jetzt an seinem Zufluchtsort. Seit er durch den kleinen Bogen in das Zimmer mit dem Bett gegangen war, schienen ihm erst Sekunden verstrichen.

Er fühlte die tastenden Finger an seiner Wunde, zuckte zusammen, als kalt-heiße Flüssigkeit ihn an der Hüfte benetzte und das Pflaster heruntergerissen wurde.

Er schlug die Augen erschreckt auf und sah die Gestalt eines Mannes, der sich über das Bett beugte. Lyons stand neben ihm. Ganz außen an der harten Matratze stand eine Ärztetasche, eine jener Taschen, die auf der ganzen Welt die gleiche Form zu haben scheinen. Der Mann, der sich über ihn beugte, war ein Arzt. Er sprach in ungewöhnlich klarem Englisch.

»Sie haben fast acht Stunden geschlafen. Das ist die beste Therapie, die man Ihnen verschreiben könnte . . . Ich werde diese Wunde an drei Stellen nähen; das sollte genügen. Sie werden in Ihrer Bewegungsfreiheit etwas behindert sein, aber mit dem Pflaster wird es gehen.«

»Wie spät ist es?« fragte David.

Lyons sah auf die Uhr. Er flüsterte, aber seine Worte waren klar. »Zwei . . . Uhr.«

»Danke, daß Sie nach hier draußen gekommen sind«, sagte Spaulding und drehte sich etwas zur Seite, damit der Arzt besser an die Wunde herankonnte.

»Warten Sie nur, bis ich wieder in meinem Büro in Palermo bin.« Der Arzt lachte leise, es klang fast ein wenig zynisch. »Ich bin sicher, daß die mich auf irgendeiner Liste stehen haben.« Er setzte eine Klammer an und beruhigte David mit einem kleinen Lächeln. »Ich habe hinterlassen, daß ich auf einer Ranch draußen in der Pampas Geburtshilfe leisten müsse, . . . so.« Er verknotete die Naht und versetzte Spaulding einen leichten Klaps auf die bloße Haut. »Noch zwei, dann sind wir fertig.«

»Glauben Sie, daß man Sie ausfragen wird?«

»Nein, eigentlich nicht. Die Junta drückt ziemlich oft ein Auge zu. Es ist ja nicht so, daß hier Überfluß an Ärzten herrschte . . . Und dann zahlen diese Leute nicht gerne für ärztliche Beratung. Das liegt wahrscheinlich an der Mentalität.«

»Und ich glaube, daß Sie mir etwas vormachen. Ich glaube, daß es schon gefährlich war.«

Der Arzt hielt in seiner Bewegung inne und sah David an. »Jean Cameron ist jemand ganz Besonderer. Wenn die Geschichte der Kriegsjahre von Buenos Aires geschrieben wird, wird man sie sicher an prominenter Stelle erwähnen.« Er machte sich wieder an die Arbeit, ohne das Gesagte näher zu erläutern. David hatte das Gefühl, daß der Arzt nichts mehr sagen wollte. Er hatte es eilig.

Zwanzig Minuten später stand Spaulding auf den Beinen und der Arzt an der Türe der Adobehütte. David schüttelte dem Mediziner die Hand. »Ich fürchte, ich kann Sie nicht bezahlen«, sagte er.

»Das haben Sie schon, Colonel. Ich bin Jude.«

Spaulding ließ die Hand des Arztes nicht los. Er hielt sie eher fester — aber das war kein Gruß. »Bitte, erklären Sie das.«

»Es gibt nichts zu erklären. In der jüdischen Kolonie gibt es Gerüchte, die sich mit einem amerikanischen Offizier befassen, der sich gegen das Schwein stellt . . ., Rheinmann ist das Schwein.«

»Das ist alles?«

»Es genügt.« Der Arzt entzog Spaulding seine Hand und ging hinaus. Spaulding schloß die Tür.

Rheinmann, das Schwein. Es war Zeit für Rheinmann.

Die teutonische, gutturale Stimme brüllte ins Telefon. David konnte sich vorstellen, wie die blauschwarzen Venen auf seiner aufgedunsenen, von der Sonne gebräunten Haut hervortraten. Und die kleinen Augen, die vor Wut fast aus ihren Höhlen traten, konnte er sich auch vorstellen.

»Sie waren das! Sie waren das!« Er wiederholte die Anklage immer wieder, als könne er damit einen Widerspruch herausfordern.

»Ich war es«, sagte David ohne Betonung.

»Sie sind tot! Sie sind ein *toter Mann!«*

David sprach ganz leise und langsam. Ganz präzise. »Wenn ich tot bin, werden keine Codes nach Washington geschickt, und dann gibt es auch keinen Radar- oder Radio-Ausfall. Dann wird man den Trawler auf den Radarschirmen ausmachen. Und in dem Augenblick, wo irgendwo in der Nähe ein Unterseeboot auftaucht, wird man es unter Beschuß nehmen.«

Rheinmann schwieg. Spaulding hörte den rhythmischen Atem des deutschen Juden, sagte aber nichts. Er ließ Rheinmann Zeit, sich die Situation auszumalen. Schließlich sprach Rheinmann wieder. Mit derselben Präzision, mit der Spaulding gesprochen hatte.

»Dann haben Sie mir etwas zu sagen. Sonst hätten Sie nicht angerufen.«

»Das ist richtig«, pflichtete David ihm bei. »Ich habe etwas zu sagen. Ich nehme an, daß Sie eine Maklergebühr nehmen. Ich kann nicht glauben, daß Sie diesen Tausch gratis arrangiert haben.«

Rheinmann hielt wieder inne. Dann erwiderte er vorsichtig und schwer atmend. »Nein . . . Es ist eine geschäftliche Transaktion. Die muß bezahlt werden.«

»Aber die Bezahlung kommt später, nicht wahr?« David achtete darauf, daß seine Worte ruhig und leidenschaftslos klangen. »Sie haben es nicht eilig; Sie haben jeden, wo Sie ihn wollen . . . Es wird keine gefunkten Nachrichten aus der Schweiz geben, daß die Konten ausgeglichen sind. Die einzige Botschaft, die Sie bekommen werden — oder *nicht* bekommen werden — wird von einem Unterseeboot kommen, und Sie davon unterrichten, daß die Koening-Diamanten von dem Trawler umgeladen worden sind. Und dann werde ich hier mit den Plänen wegfliegen. Das ist das Signal.« Spaulding lachte. Es war ein kurzes, kaltes, leises Lachen. »Sehr professionell, Rheinmann. Ich gratuliere Ihnen.«

Die Stimme des Finanziers klang plötzlich ganz leise und vorsichtig. »Worauf wollen Sie hinaus?«

»Das ist auch sehr professionell . . . Ich bin der einzige, der veranlassen kann, daß diese Nachricht von dem U-Boot kommt. Sonst niemand. Ich verfüge über die Codes, die die Lichter zum Verlöschen bringen, die dafür sorgen, daß die Radarschirme dunkel werden . . . Aber ich erwarte, daß man mich dafür bezahlt.«

»Ich verstehe . . .« Rheinmann zögerte, und sein schwerer Atem war immer noch zu hören. »Das ist eine anmaßende Forderung. Ihre Vorgesetzten erwarten die Gyroskopkonstruktionen. Sollten Sie die Auslieferung behindern, dann wird die Strafe dafür ohne Zweifel Ihre Hinrichtung sein. Natürlich kein formelles Urteil, aber das Ergebnis wird dasselbe sein. Das wissen Sie doch sicher.«

Wieder lachte David, und wieder war es ein kurzes Lachen — aber diesmal eher freundlich. »Sie täuschen sich. Sogar sehr. Mag sein, daß es zu Hinrichtungen kommt, aber nicht ich würde hingerichtet werden. Bis gestern abend kannte ich nur die Hälfte der Geschichte. Jetzt kenne ich sie *ganz*. Nein, nicht *mich* wird man hinrichten. Sie andererseits *haben* ein Problem. *Das* weiß ich; vier Jahre in Lissabon lehren einen da einiges.«

»Und was ist das für ein Problem?«

»Wenn die Koening-Ware in Ocho Calle nicht geliefert wird,

wird Altmüller ein ganzes Bataillon Geheimagenten nach Buenos Aires schicken. Das werden Sie nicht überleben.«

Wieder das Schweigen. Und in jenem Schweigen lag Rheinmanns Eingeständnis, daß David recht hatte.

»Dann sind wir Verbündete«, sagte Rheinmann. »Sie sind in der einen Nacht weit gekommen. Sie sind ein großes Risiko eingegangen, aber dabei konnten Sie viele Stufen überspringen. Ich bewundere solch aggressiven Ehrgeiz. Ich bin sicher, daß wir zu irgendeiner Vereinbarung kommen können.«

»Ich war sicher, daß Sie sicher sein würden.«

»Wollen wir über Zahlen sprechen?«

Wieder lachte David leise. »Eine Zahlung von Ihnen ist wie ... vorgestern nacht. Nur die halbe Geschichte. Machen Sie Ihre Hälfte großzügig, in der Schweiz. Die zweite Hälfte wird in den Staaten bezahlt. Ein ganzes Leben *sehr* großzügiger Zahlungen.« Plötzlich wurde Davids Stimme ernst und knapp. »Ich will Namen.«

»Ich verstehe nicht ...«

»Dann denken Sie nach. Die Männer, die *hinter* dieser Operation stehen. Die Amerikaner. Das sind die Namen, die ich will. Nicht einen Buchprüfer und einen verwirrten Brigadier. Die anderen ... Ohne diese Namen läuft nichts. Keine Codes.«

»Der Mann aus Lissabon ist bemerkenswert gewissenlos«, sagte Rheinmann mit einem Anflug von Respekt in der Stimme. »Sie sind ..., wie Ihre Landsleute sagen, ... ein ziemlich übler Bursche.«

»Ich habe Meister in Aktion gesehen und sie gut beobachtet. Darüber habe ich nachgedacht ... Warum nicht?«

Rheinmann hatte David offensichtlich nicht zugehört. Seine Stimme klang plötzlich argwöhnisch. »Wenn dieser ... Zuwachs an persönlichem Wohlstand der Schluß ist, den Sie gezogen haben, warum haben Sie dann das getan, was Sie letzte Nacht taten? Ich muß Ihnen sagen, daß der Schaden nicht irreparabel ist, aber warum haben Sie das getan?«

»Aus einem ganz einfachen Grund. Ich hatte gestern nacht nicht darüber nachgedacht. Ich hatte diesen Schluß noch nicht gezogen ..., wenigstens gestern nacht noch nicht.« Gott weiß, daß das die Wahrheit ist, dachte David.

»Ja. Ich glaube, das verstehe ich«, sagte der Finanzier. »Eine sehr menschliche Reaktion ...«

»Ich will die restlichen Pläne«, unterbrach ihn Spaulding. »Und sie wollen, daß die Codes abgeschickt werden. Um im Zeitplan zu bleiben, haben wir sechsunddreißig Stunden, zwei oder drei Stunden Spielraum. Ich werde Sie um sechs Uhr anrufen. Seien Sie dann bereit.«

David legte auf. Er atmete tief und erkannte, daß er schwitzte ..., dabei war es in dem kleinen Betonbau kühl. Die Brise von den Feldern kam durch die Fenster herein und blähte die Vorhänge auf. Er sah zu Lyons hinüber, der in einem gradlehningen Korbstuhl saß und ihn beobachtete.

»Wie war ich?« fragte er.

Der Physiker schluckte und sprach, und es kam Spaulding in den Sinn, daß er entweder anfing, sich an Lyons' gequälte Stimme zu gewöhnen, oder daß Lyons' Sprache sich verbessert hatte.

»Sehr ... überzeugend. Abgesehen von dem ... Schweiß in Ihrem Gesicht und Ihren ... Augen.« Lyons lächelte; und dann setzte er gleich eine Frage nach, die er ernst nahm. »Besteht eine Chance ... auf die übrigen Pläne?«

David hielt ein Streichholz an eine Zigarette. Er inhalierte den Rauch und blickte zu den im Winde wehenden Vorhängen eines offenen Fensters auf und wandte sich dann wieder dem Physiker zu. »Ich glaube, es wäre gut, wenn wir einander verstehen würden, Doctor. Mir sind diese Pläne völlig gleichgültig ... Es gibt nur eines, das ich will: die Namen ..., die Beweise habe ich; jetzt will ich die Namen.«

»Sie wollen Rache«, sagte Lyons mit leiser Stimme.

»Ja! ... Herrgott! Ja, das will ich!« David drückte die Zigarette aus, von der er nur wenige Züge genommen hatte, trat an das offene Fenster und blickte auf die Felder hinaus. »Es tut mir leid, ich wollte Sie nicht anschreien. Aber vielleicht sollte ich das. Sie haben Feld gehört. Sie haben gesehen, was ich von Ocho Calle zurückgebracht habe. Sie kennen die ganze widerliche ... scheußliche Geschichte.«

»Ich weiß ..., die Männer, die diese Flugzeuge lenken ..., sie sind nicht verantwortlich ... Ich weiß, daß ich das glaube ... Deutschland muß diesen Krieg verlieren.«

»Um Himmels willen!« schrie David und fuhr herum. »Sie haben es doch *gesehen!* Sie *müssen* doch *begreifen!*«

»Sagen Sie damit ..., daß es keinen Unterschied gibt? Das glaube ich nicht ... Ich denke auch nicht, daß Sie es glauben.«

»Ich weiß nicht, *was* ich glaube! ... Nein, ich *weiß*. Ich weiß, wogegen ich Einwände habe, weil es keinen *Platz* für den Glauben läßt ... Und ich weiß, daß ich diese Namen haben will.«

»Sie sollten Sie haben ..., Ihre Fragen sind ... moralische Fragen. Ich glaube, Sie werden noch ... Jahre darunter leiden.« Lyons fiel das Sprechen jetzt wieder schwer. »Ich behaupte nur ... gleichgültig, was geschehen ist ..., daß Asher Feld recht hatte. Dieser Krieg *darf nicht* beigelegt werden ... Er muß gewonnen werden.«

»Hören Sie«, sagte Spaulding. »Wenn es eine Chance gibt ... und vielleicht gibt es eine, dann versuchen wir, uns die Pläne zu verschaffen. Es gibt da einen Kompromiß, zwar gefährlich ..., nicht für uns, aber für Ihren Freund, Asher Feld. Wir werden sehen. Ich verspreche nichts. Die Namen kommen zuerst ..., das ist eine Parallelmöglichkeit. Bis ich die Namen bekomme, muß Rheinmann glauben, daß ich ebenso scharf auf die Pläne bin wie er auf die Diamanten ... Wir werden sehen.«

Die schwache Glocke des Landtelefons ließ ein armseliges Klingeln ertönen. Spaulding nahm den Hörer ab.

»Hier Ballard«, sagte die Stimme besorgt.

»Ja, Bobby?«

»Ich hoffe nur, daß Sie sauber sind, denn es gibt eine Menge gegenteiliger Ansichten. Ich gehe von der Annahme aus, daß ein vernünftiger Bursche sich nicht wegen ein paar Dollar einen Kriegsgerichtsprozeß und eine langjährige Gefängnisstrafe auf den Hals zieht.«

»Eine vernünftige Annahme. Und, was ist? Haben Sie die Information?«

»Eines nach dem anderen. Und zuallererst muß ich Ihnen einmal sagen, daß die Fleet Marine Force Sie tot oder lebendig haben möchte; der Zustand ist unwesentlich, und ich glaube, man würde Sie sogar tot vorziehen.«

»Die haben Meehan und den Fahrer gefunden ...«

»Darauf können Sie Ihren Kopf verwetten! Nachdem irgendwelche vagabundierenden *vagos* sie ausgenommen haben. Die sind richtig wütend! Was Fairfax will, ist denen jetzt völlig egal. *Sie* wollen die haben. Körperverletzung, Diebstahl, et cetera.«

»Schon gut. Das war zu erwarten.«

»Erwarten? Mann, Sie sind vielleicht einer! Ich brauche Ihnen ja wahrscheinlich nicht zu sagen, wie Granville es aufnimmt. Ihretwegen läßt der meine Codemaschinen heißlaufen! Washington bereitet einen Zerhackerspruch vor, also bin ich an den Schreibtisch gekettet, bis der hereinkommt.«

»Dann weiß er noch nichts. Die halten dicht«, sagte Spaulding verärgert.

»Den Teufel weiß er! Den Teufel halten die dicht! Diese Funkstille! Sie sind da mitten in ein Projekt der Alliierten ganz oben aus dem Kriegsministerium hineingetrampelt!«

»Freilich kommt es aus dem Kriegsministerium. Ich kann Ihnen sogar sagen, aus welchem Büro.«

»Stimmt ... Da ist ein U-Boot, das ein paar äußerst wichtige Berliner bringt. Das ist gar nicht Ihr Auftrag, Granville wird Ihnen das sagen.«

»Quatsch!« schrie David. »Purer Quatsch! Und zwar absoluter Quatscn! Sie können jeden Agenten in ganz Europa fragen. Keine *Briefmarke* könnten Sie aus *irgendeinem* deutschen Hafen herausschmuggeln! Niemand weiß das besser als ich!«

Dann erkannte David, daß er überhaupt keinen Anlaß hatte, den Kryp anzuschreien. Ballards Bezugspunkte waren im wesentlichen dieselben wie vor achtzehn Stunden — mit ein paar Komplikationen vielleicht, aber Tod und Überleben hatten nichts damit zu tun. Ballard wußte nichts von dem Massaker in Telmo oder den Werkzeugen für Peenemünde in Oche Calle und einer Haganah, die sich Zugang zu den größten Geheimnissen der militärischen Abwehr verschafft hatte. Und er würde es ihm jetzt auch nicht sagen. »Es tut mir leid. Ich hab' eine ganze Menge nachzudenken.«

»Schon gut, schon gut«, erwiderte Ballard, als sei er daran gewöhnt, mit reizbaren Menschen zu tun zu haben. Wieder eine Eigenschaft, die den meisten Kryptographen gemeinsam ist, dachte David. »Jean hat gesagt, Sie seien verletzt; gestürzt und ziemlich übel zugerichtet. Hat Sie jemand gestoßen?«

»Es ist schon gut. Der Arzt war hier ... Haben Sie die Information? Über Ira Barden.«

»Yeah ... Ich hab' G-2 in Washington eingesetzt. Ein Telexbericht, ich habe Ihren Namen benutzt. Dieser Barden wird es erfahren.«

»Das macht nichts. Was steht in dem Telex?«

»Wollen Sie den ganzen verdammten *Text*?«

»Nun, was Ihnen ... ungewöhnlich vorkommt. Fairfax-Qualifikationen wahrscheinlich.«

»Die benutzen den Namen Fairfax nicht. Nur eine Prioritätsklassifikation ... Er ist in der Reserve, nicht beim regulären Militär. Eine Familienfirma, die sich mit Importen befaßt. Er hat ein paar Jahre in Europa und im Mittleren Osten verbracht. Spricht fünf Sprachen ...«

»Und eine davon ist Hebräisch«, unterbrach David leise.

»Stimmt. Woher haben ...? Schon gut. Er hat zwei Jahre auf der amerikanischen Universität in Beirut verbracht, während sein Vater die Firma im Mittelmeergebiet vertrat. Die Firma hat umfangreiche Geschäfte mit Textilien aus dem Mittleren Osten gemacht. Barden ging dann nach Harvard und anschließend auf ein kleines College im Staat New York ..., ich kenne es nicht. Hier steht, er habe sein Diplom im Nahen Osten gemacht. Anschließend trat er bis zum Krieg in die Familienfirma ein ... Ich nehme an, wegen der Sprachen.«

»Danke«, sagte David. »Verbrennen Sie das Telex, Bobby.«

»Mit dem größten Vergnügen ... Wann kommen Sie denn? Sie sollten hier sein, ehe die FMF Sie findet. Jean kann wahrscheinlich den alten Henderson dazu überreden, das Ganze etwas abzukühlen.«

»Ziemlich bald. Wie geht's Jean?«

»Hm? ... Verängstigt, nervös, denke ich. Sie werden es ja sehen. Aber sie ist ein starkes Mädchen.«

»Sagen Sie ihr, sie soll sich keine Sorgen machen.«

»Sagen Sie es ihr doch selbst.«

»Ist sie dort bei Ihnen?«

»Nein ...« Ballard zog das Wort in die Länge und vermittelte damit eine Besorgnis, die er bisher verborgen hatte. »Nein, sie ist nicht bei mir. Sie ist zu Ihnen unterwegs ...«

»Was?«

»Die Krankenschwester. Sie hat vor einer Stunde angerufen. Sie hat gesagt, Sie wollten Jean sehen.« Plötzlich wurde Ballards Stimme hart und laut. *»Was, zum Teufel, geht hier vor, Spaulding?«*

41.

»Der Mann aus Lissabon hat doch sicherlich mit Gegenmaßnahmen gerechnet. Es überrascht mich, daß er nicht daran gedacht hat.« Heinrich Stoltz' Arroganz war über das Telefon unverkennbar. »Mrs. Cameron war eine Flanke, die Sie für gesichert hielten, ja? Es fällt schwer, sich der Aufforderung eines geliebten Menschen zu entziehen, nicht wahr?«

»Wo ist sie?«

»Nach Luján unterwegs. Sie wird Gast auf Habichtsnest sein. Ein hochgeschätzter Gast, das kann ich Ihnen versichern. Rheinmann wird ungemein erfreut sein; ich war gerade im Begriff, ihn anzurufen. Ich wollte warten, bis die Übergabe stattgefunden hatte.«

»Sie vergessen sich!« sagte David, bemüht, die Erregung aus seiner Stimme zu verdrängen. »Damit fordern Sie Vergeltungsmaßnahmen in jedem neutralen Gebiet heraus. Diplomatische Geiseln in einem neutralen ...«

»Gast, habe ich gesagt«, unterbrach der Deutsche mit sichtlichem Wohlbehagen. »Man kann sie doch wirklich nicht als Geisel bezeichnen; eine Stief-Schwiegertochter, der Ehemann *verschieden*. Ohne offiziellen Status.«

»Sie wissen genau, was ich meine! Sie brauchen kein Diagramm!«

»*Gast* habe ich gesagt! Im Hause eines hervorragenden Finanziers, zu dem man sie geschickt hat ... wegen internationaler wirtschaftlicher Angelegenheiten, glaube ich. Ein Jude, der aus seinem eigenen Land vertrieben wurde, einem Land, das Ihr Feind ist. Ich sehe keinen Anlaß für unmittelbare Besorgnis ..., obwohl Sie sich vielleicht Sorgen machen sollten.«

»Stellen Sie Ihre Forderung«, sagte David.

»Es gibt eine Bedingung.« Stoltz hielt inne. »Sollten Sie nicht heute nachmittag in Habichtsnest sein, werden Sie Mrs. Cameron *nie mehr* sehen. So, wie Sie sie zuletzt gesehen haben. Habichtsnest bietet zu viele Möglichkeiten zur Zerstreuung; die Gäste genießen es. Unglücklicherweise hat es in letzter Zeit ein paar schreckliche Unglücksfälle gegeben. Am Fluß, im Pool ..., beim Reiten ...«

Der Vormann gab ihnen eine Straßenkarte und füllte den Tank ihres Wagens mit Treibstoff. Spaulding entfernte die orangefarbenen Plaketten von den Stoßstangen und machte die Nummern auf den Zulassungsschildern unkenntlich, indem er an der Farbe herumkratzte, bis die 7er wie 1er, die 8er wie 3er aussahen. Dann schlug er das Markenzeichen von der Spitze der Motorhaube, beschmierte den Kühlergrill mit schwarzer Farbe und nahm alle vier Radkappen ab. Schließlich holte er sich einen Vorschlaghammer und bearbeitete damit zur Überraschung des schweigend zuschauenden Gauchos die Türen, den Kofferraumdeckel, das Wagendach.

Sie fuhren auf dem staubigen Feldweg bis zu der primitiven Straße und bogen nach Osten in Richtung auf Buenos Aires.

Spaulding trat den Gashebel durch; das Vibrieren des Motors ließ den ganzen Wagen erzittern.

Wirklich eine verdammte Ironie des Schicksals, dachte David. Sicherheit ..., Sicherheit für Jean, und wenn man es genau betrachtete, auch für ihn ... war nur dadurch zu erreichen, daß er mit demselben Feind Kontakt aufnahm, den er seit mehr als drei Jahren mit allen Kräften bekämpft hatte. Einem Feind, der infolge unglaublicher Ereignisse zum Alliierten gemacht worden war ... Verrat, der in Washington und Berlin stattgefunden hatte.

Fast hätte David die halbverborgene Einfahrt nach Habichtsnest, dem Domizil Rheinmanns, verpaßt. Er näherte sich ihr aus der entgegengesetzten Richtung auf einer einsamen Straße, auf der er nur einmal, und noch dazu nachts, gefahren war. Was ihn veranlaßte, seine Fahrt zu verlangsamen und nach links zu blicken, wodurch ihm die Lücke im Gehölz auffiel, waren schwarze Reifenspuren auf der hellen Einfahrt. Sie waren noch nicht lange genug dagewesen, als daß die heiße Sonne oder der andere Verkehr sie hätte verwischen können. Und Spaulding erinnerte sich der Worte des Postens auf dem Pier in Ocho Calle.

... dort ist eine Menge Geschrei.

David konnte sich Rheinmann gut vorstellen, wie er seine Befehle hinausbrüllte und damit veranlaßte, daß eine ganze Reihe von Bentleys und Packards aus der verborgenen Straße von Habichtsnest hinausschossen zu einer stillen Straße in San Telmo.

Ein unbestimmter Plan begann, Gestalt anzunehmen, aber nur in Umrissen. So viel hing davon ab, was jetzt in Habichtsnest auf sie wartete.

Und den leisen, haßerfüllten Worten, die Asher Feld ausgesprochen hatte.

Die Wachen in ihren paramilitärischen Uniformen richteten ihre Karabiner auf das heranrollende Automobil. Andere hielten Hunde fest, die an ihren Koppeln zerrten, die Zähne freigelegt, und bösartig bellten. Der Mann hinter dem elektrischen Tor rief einen Befehl; vier Wachen rannten zu dem Wagen und rissen die zerbeulten Türen auf. Spaulding und Lyons stiegen aus; man stieß sie gegen das FMF-Fahrzeug und durchsuchte sie.

David drehte immer wieder den Kopf und blickte zu dem Zaun, der das Tor zu beiden Seiten säumte. Er schätzte seine Höhe und die Festigkeit der einzelnen Glieder ab, die elektrischen Kontaktpunkte zwischen den einzelnen Zaunfeldern. Das alles prägte er sich ein wie eine Landkarte.

Es war Teil seines Plans.

Jean lief auf ihn zu, quer über den fliesenbelegten Balkon. Er hielt sie wortlos ein paar Augenblicke fest. Eine kurze Zeitspanne der Vernunft und der Klarheit, für die er dankbar war.

Rheinmann stand fünf Meter entfernt am Geländer, Stoltz an seiner Seite. Rheinmanns kleine Augen starrten David aus seinem sonnengebräunten Gesicht an. In dem Blick lag Respekt und zugleich Verachtung, und David wußte das.

Da war noch ein dritter Mann. Ein hochgewachsener, blondhaariger Mann in einem Palm-Beach-Anzug, der an einem Tisch mit einer Glasplatte saß. Spaulding kannte ihn nicht.

»David, *David*. Was habe ich *getan*?« Jean ließ ihn nicht los; er strich über ihr weiches, braunes Haar und antwortete mit leiser Stimme:

»Unter anderem mir das Leben gerettet ...«

»Das Dritte Reich besitzt ein außergewöhnlich gründliches Überwachungsnetz, Mrs. Cameron«, unterbrach Stoltz und lächelte. »Wir wußten, daß Sie freundschaftliche Beziehungen zu dem Arzt in Palermo unterhielten, und daß der Oberst verwundet war. Es war alles ganz einfach.«

»Schließt Ihre Überwachung der Juden auch den Mann neben Ihnen ein?« fragte Spaulding mit monotoner Stimme.

Stoltz' Gesicht wurde blaß, und sein Blick wanderte unauffällig von Rheinmann zu dem blondhaarigen Mann am Tisch hinüber. »Herr Rheinmann versteht, was ich meine. Ich spreche hier ganz pragmatisch von der notwendigen Beobachtung feindlicher Elemente.«

»Ich erinnere mich«, sagte David, ließ Jean los und legte ihr den Arm um die Schultern. »Sie haben sich gestern sehr klar bezüglich der bedauerlichen Notwendigkeit gewisser praktischer Maßnahmen ausgedrückt. Es ist schade, daß Sie den Vortrag verpaßt haben, Rheinmann. Er betraf die Konzentration jüdischen Geldes ... Wir sind hier. Bringen wir es hinter uns.«

Rheinmann ließ das Geländer los, auf das er bisher die rechte Hand gestützt hatte. »Ja, das wollen wir. Aber zuerst, damit der ... Kreis sich schließt, möchte ich Ihnen einen Bekannten vorstellen, der aus Berlin gekommen ist. Auf dem Luftwege durch neutrales Territorium natürlich. Ich möchte, daß Sie sich überzeugen, daß Sie *direkt* mit ihm verhandeln. Auf diese Weise ist der Tausch *echter*.«

Spaulding sah zu dem blondhaarigen Mann in dem weißen Palm-Beach-Anzug hinüber. Ihre Augen bohrten sich ineinander.

»Franz Altmüller, Ministerium für Waffen und Munition, Berlin«, sagte David.

»Colonel David Spaulding. Fairfax, vorher Portugal. Der Mann in Lissabon,« sagte Altmüller.

Stoltz führte Lyons zu dem manikürt wirkenden Rasen am Pool. Dort stand einer von Rheinmanns Leuten mit einem Metallköfferchen in der Hand an einem großen runden Tisch. Lyons setzte sich, so daß er dem Balkon den Rücken zuwandte; der Mann stellte den Behälter auf den Tisch.

»Öffnen Sie ihn«, befahl Erich Rheinmann von oben.

Der Mann kam der Aufforderung nach; Lyons holte die Pläne heraus und breitete sie auf dem Tisch aus.

Jetzt sprach Altmüller wieder. »Bleiben Sie bei ihm, Stoltz.«

Stoltz blickte verwirrt auf, sagte aber nichts. Er ging an den Rand des Pools und nahm auf einem Liegestuhl Platz, die Augen auf Lyons gerichtet.

Altmüller wandte sich zu Jean. »Gestatten Sie mir ein paar Worte mit dem Oberst, bitte?«

Jean sah Spaulding an. Sie entzog ihm ihre Hand und ging zum anderen Ende des Balkons. Rheinmann blieb in der Mitte stehen und starrte auf Lyons hinunter.

»Um unser beider willen«, sagte Altmüller. »Ich glaube, Sie sollten mir sagen, was in San Telmo geschehen ist.«

David musterte den Deutschen scharf. Altmüller log nicht; er versuchte nicht, ihn in die Falle zu locken. *Er wußte nichts von der Haganah. Und nichts über Asher Feld.* Das war Spauldings einzige Chance.

»Gestapo«, sagte David und verlieh der Lüge die Einfachheit der Überzeugung.

»Unmöglich!« stieß Altmüller hervor. »Sie *wissen*, daß das unmöglich ist! *Ich* bin hier!«

»Ich habe seit fast vier Jahren mit der Gestapo — in verschiedener Form — zu tun gehabt. Ich kenne den Feind ..., soviel sollten Sie mir zubilligen.«

»Sie haben unrecht! Das ist *unmöglich!*«

»Sie haben zuviel Zeit in Ihrem Ministerium verbracht und nicht genug draußen im Feld. Wollen Sie eine professionelle Analyse?«

»Was heißt das?«

David lehnte sich an das Geländer. »Man hat Sie hereingelegt.«

»Was?«

»Genau wie man mich hereingelegt hat. Das waren jene Leute, die unsere beträchtlichen Talente einsetzen. In Berlin und Washington. Da gibt es noch einen überraschenden Zufall ..., sie haben beide dieselben Initialen ... A. S.«

Altmüller starrte Spaulding an, und seine blauen Augen schienen den anderen zu durchbohren, sein Mund war halb geöffnet — ungläubig. Er wiederholte den Namen halblaut.

»Albert Speer ...«

»Alan Swanson«, konterte David leise.

»Das kann nicht *sein*«, sagte Altmüller mit weniger Überzeugung als er eigentlich an den Tag legen wollte.

»Wenn das, was Sie sagen, stimmt — und ich gebe Ihnen keineswegs recht — würden die Codes nicht gesandt werden, würde die Übergabe unterbleiben. Es würde keine Funkstille geben, Ihre Flotte würde kreuzen, und Radar und Aufklärer wurden operieren. Alles wäre verloren!«

David verschränkte die Arme. Dies war der Augenblick, in dem der andere entweder die Lüge akzeptieren oder von sich weisen würde. Er wußte es; er fühlte es, so wie er es Dutzende von Malen im Norden Spaniens gefühlt hatte, wenn die *Lüge* die Basis für alles weitere gewesen war. »Ihre Seite spielt ein rauheres Spiel als die meine. Das kommt von ihrer Neuen Ordnung. Meine Leute werden mich nicht töten; sie wollen nur sichergehen, daß ich nichts weiß. Das einzige, was sie interessiert, sind diese Pläne ... Bei Ihnen ist es anders. Ihre Leute halten sich ihre Optionen offen.«

David hielt inne und lächelte Rheinmann zu, der sich jetzt herumgedreht hatte und sie ansah. Altmüller ließ Spaulding nicht aus den Augen.

»Und worin bestehen diese Optionen Ihrer Ansicht nach?«

»Nun, einige könnte ich mir vorstellen«, erwiderte Spaulding. »Sie könnten mich bewegungsunfähig machen, in letzter Minute erzwingen, daß ein anderer Mann für die Codes kommt, sie könnten fehlerhafte Pläne unterschieben oder die Diamanten auf irgendeinem anderen Wege als über See aus Ocho Calle rausholen — das ist mit diesen Kisten schwierig, aber nicht unmöglich.«

»Warum sollte ich diese Optionen dann nicht ausüben? Sie führen mich ja in Versuchung.«

Spaulding hatte aufgeblickt, ohne ein bestimmtes Ziel. Plötzlich drehte er sich um und sah Altmüller an. »Gehen Sie *nie* ins Feld hinaus; Sie würden das keinen Tag lang überleben. Bleiben Sie in Ihrem Ministerium.«

»Was soll das bedeuten?«

»Wenn irgendeine Alternativstrategie eingesetzt wird, sind Sie tot. Sie sind schon jetzt eine Last. Sie haben sich mit dem Feind ›eingelassen‹. Speer weiß es, die Gestapo weiß es. Ihre einzige Chance liegt darin, den Plan zu *gebrauchen*, den Sie kennen. Genau wie ich. Sie, um Ihr Leben zu retten; ich für eine Menge Geld. Die Flugzeuggesellschaften werden ein Vermögen verdienen; und auf einen Teil davon habe ich Anspruch.«

Altmüller trat ans Geländer und stand jetzt neben David, blickte auf den Fluß in der Ferne hinunter. »Das ist alles so sinnlos.«

»Nicht, wenn sie eine Zeitlang darüber nachdenken«, sagte Spaulding. »In diesem Geschäft hat immer alles seinen Preis.«

David, der in die Ferne starrte, spürte plötzlich Altmüllers Blick auf sich. Er konnte den neuen Gedanken förmlich fühlen, der sich jetzt in Altmüllers Bewußtsein formte.

»Ihre Großzügigkeit könnte Ihr Untergang sein, Oberst ... Ich sehe immer noch die Möglichkeit, etwas umsonst zu bekommen. Wir haben Sie und Mrs. Cameron. Der Physiker ist sicherlich zu ersetzen ... Sie *werden* die Codes senden. Sie waren bereit, um Geld zu verhandeln. Sicher werden Sie auch um Ihr Leben verhandeln.«

Ebenso wie Altmüller starrte auch David in die Weite, als er antwortete. Die Arme noch immer verschränkt, wirkte er aufreizend entspannt, so entspannt, wie er wußte, daß er sein mußte. »Die Verhandlungen sind abgeschlossen. Wenn Lyons die Pläne für korrekt erklärt, werde ich die Codes senden, sobald er und Mrs. Cameron wieder in der Botschaft sind. Nicht vorher.«

»Sie werden Sie dann senden, wenn ich es Ihnen *befehle.*« Altmüller fiel es schwer, die Stimme nicht zu erheben. Rheinmann blickte wieder herüber, machte aber keine Anstalten, sich einzumischen. Spaulding begriff. Rheinmann spielte mit ihnen, mit seinen Schakalen.

»Tut mir leid, Sie enttäuschen zu müssen«, sagte David.

»Dann werden äußerst unangenehme Dinge geschehen. Zuerst Mrs. Cameron.«

»Geben Sie es auf.« David seufzte. »Spielen sie nach den ursprünglichen Regeln. Sie haben keine Chance.«

»Sie sprechen sehr selbstbewußt für einen Mann, der ganz alleine ist.«

Spaulding stieß sich vom Geländer ab und drehte sich herum, so daß er dem Deutschen ins Auge sehen konnte. Als er sprach, war seine Stimme kaum zu hören, nicht viel mehr als ein Flüstern. »Sie sind wirklich ein gottverdammter Narr. Sie würden in Lissabon keine Stunde überleben ... Glauben Sie denn wirklich, daß ich ohne jeden Schutz hierhergekommen bin? Glauben Sie, daß Rheinmann das von mir *erwartet* hat? ... Wir Männer draußen im Feld sind sehr vorsichtig, sehr feige; wir sind alles andere als Helden. Wir jagen keine Häuser in die Luft, wenn die Gefahr besteht, daß wir noch drinnen sein könnten. Wir würden nie eine feindliche Brücke zerstören, solange es nicht noch einen anderen Weg zurück auf unsere Seite gibt.«

»Sie *sind* alleine. Für sie gibt es keine Brücken mehr!«

David sah Altmüller an, prüfend, als versuche er sich eine Meinung über ein schlechtes Stück Fleisch zu machen. Dann sah er auf die Uhr. »Ihr Stoltz war ein Narr. Wenn ich nicht binnen fünfzehn Minuten anrufe, dann werden eine ganze Menge Telefone klingeln, und viele offizielle Automobile werden nach Luján fahren. Ich bin Militärataché in der Amerikanischen Botschaft. Ich habe die Tochter des Botschafters nach Luján begleitet. Das genügt.«

»Das ist lächerlich. Dies ist eine neutrale Stadt. Rheinmann würde ...«

»*Rheinmann* würde die Tore öffnen und die Schakale hinauswerfen«, unterbrach Spaulding leise und sehr ruhig. »Wir sind beide eine Last für ihn. ›Tortugas‹ könnte ihm um die Ohren fliegen, und das wäre sehr schlecht für sein Nachkriegsgesicht. Das wird er nicht zulassen. Was auch immer er von den jeweiligen Systemen hält, dem Ihren *oder* dem meinen, ist nicht wichtig. Für ihn ist nur eines wichtig: Erich Rheinmann... Ich dachte, Sie wüßten das. Sie haben ihn ausgewählt.«

Altmüller atmete gleichmäßig, ein wenig zu tief, dachte David. Er gab sich Mühe, sich wieder unter Kontrolle zu bringen, und es gelang ihm nur teilweise.

»Sie ... haben Vorkehrungen getroffen, um die Codes zu senden? Von hier aus?«

Er hatte die Lüge geschluckt.

»Die Regeln gelten wieder. Radio- und Radarstille. Keine Luftangriffe auf auftauchende Unterseeboote. Kein Stoppen von Trawlern ... unter paraguayischer Flagge, die in die Küstenzonen einlaufen. Wir gewinnen beide ... Wie wollen Sie es denn haben, Schakal?«

Altmüller drehte sich um und sagte: »Die Regeln von ›Tortugas‹ sind wieder in Kraft.«

»Ich muß ein Telefongespräch führen«, sagte David.

»Das hatte ich mir schon gedacht«, erwiderte Rheinmann und sah Franz Altmüller verächtlich an. »Ich halte nichts von Kidnapping, schon gar nicht, wenn es um Botschaftsangehörige geht. Das nützt niemandem.«

»Seien Sie nicht zu streng«, meinte Spaulding fast freundlich. »Immerhin bin ich in Rekordzeit hierhergekommen.«

»Führen Sie Ihr Gespräch.« Rheinmann deutete auf ein Telefon, das auf einem Tisch neben dem Türbogen stand. »Ihr Gespräch wird natürlich auf Lautsprecher gelegt werden.«

»Natürlich«, antwortete David und ging zum Telefon.

»Radioraum ...« hallte es aus den unsichtbaren Lautsprechern.

»Hier spricht Lieutenant Colonel Spaulding, Militärattaché«, sagte David und ließ Ballard nicht aussprechen.

Ehe Ballard antwortete, entstand eine winzige Pause.

»Ja, Sir, Colonel Spaulding?«

»Ich habe vor meiner Besprechung heute nachmittag eine Anfrage angeordnet. Die Anordnung ist jetzt hinfällig.«

»Ja, Sir ... Sehr wohl, Sir.«

»Kann ich bitte mit dem Chefkryptographen sprechen? Einem Mr. Ballard, glaube ich.«

»Ich bin ... Ballard, Sir.«

»Tut mir leid«, sagte David schroff. »Ich hatte Sie nicht erkannt, Ballard. Halten Sie sich bereit, die versiegelten Codepläne zu senden, die ich für Sie vorbereitet habe. Der grüne Umschlag; öffnen Sie ihn und machen Sie sich mit seinem Inhalt vertraut. Wenn ich Ihnen den Befehl gebe, möchte ich, daß der Code sofort gesendet wird. Priorität Schwarzer Vorhang.«

»Was ... Sir?«

»Meine Autorisierung ist Schwarzer Vorhang, Ballard. Es steht im Lex. Halten Sie also alle Zerhackerkanäle fest. Bei dieser Priorität wird Sie niemand behindern. Ich rufe Sie wieder an.«

»Ja, Sir ...«

David legte auf und hoffte, daß Ballard so gut war, wie David glaubte. Oder zumindest so gut, wie Henderson Granville glaubte.

»Sie sind sehr tüchtig«, sagte Rheinmann.

»Ich gebe mir Mühe«, sagte David.

Ballard starrte das Telefon an. Was versuchte Spaulding ihm zu sagen? Offensichtlich, daß Jean unverletzt war; daß er und Lyons ebenfalls unverletzt waren. Zumindest für den Augenblick.

Halten Sie sich bereit, die versiegelten Codepläne zu senden, die ich vorbereitet habe ...

David hatte überhaupt keine Codes vorbereitet. *Er* hatte das getan. Spaulding hatte sich die Reihenfolge gemerkt, das stimmte, aber nur für den Notfall.

Und was für ein verdammter *grüner Umschlag*? Es gab keinen Umschlag, weder rot noch blau oder grün!

Und was, zum Teufel, sollte der Unsinn ... *Priorität Schwarzer Vorhang?*

Was war ein Schwarzer Vorhang? Das ergab keinen Sinn!

Aber ein Schlüssel war es.

Es ist im Lex ...

Lex ... Lexikon. Das Lexikon der Kryptographie!

Schwarzer Vorhang ... Er erinnerte sich an etwas ..., ganz dunkel, es lag weit zurück. Schwarzer Vorhang war ein sehr alter Ausdruck, längst veraltet. Aber er *bedeutete* etwas.

Ballard erhob sich aus seinem Drehstuhl, ging zu dem Bücherregal auf der anderen Seite des kleinen Radioraums. Er hatte *Das Lexikon der Kryptographie* seit langem nicht mehr in der Hand gehabt. Es war ein nutzloser akademischer Foliant ..., überholt.

Es lag mit den übrigen nutzlosen Nachschlagewerken auf dem obersten Regal und hatte ebenso wie die anderen eine dicke Staubschicht.

Er fand den Ausdruck auf Seite 71. Ein einziger Abschnitt, zwischen ähnlich sinnlosen Abschnitten eingezwängt. Aber jetzt bekam er plötzlich einen Sinn.

»Der Schwarze Vorhang, auch als *Schwarztuchchiffre* bekannt, weil er zum erstenmal von der Kaiserlichen deutschen Armee im Jahre 1916 eingesetzt wurde, ist ein Trick. Er beinhaltet eine gewisse Gefahr, weil er nicht zweimal in einem Sektor eingesetzt werden kann. Es handelt sich um ein Signal, einen bestimmten Code einzusetzen und eine gegebene Folge von Arrangements in Gang zu setzen mit der Absicht, sie dann abzubrechen und die betreffenden Arrangements außer Kraft zu setzen. Der Abschlußfaktor wird in Minuten ausgedrückt, die speziell numeriert sind. Die Praxis wurde 1917 eingestellt, weil sie ...«

In Gang setzen ... mit der Absicht abzubrechen.

Ballard klappte das Buch zu und ging zu seinem Sessel zurück.

Lyons blätterte in den Zeichnungen, als prüfe er seine Berechnungen. Rheinmann rief zweimal vom Balkon hinunter und erkundigte sich, ob es Probleme gebe. Zweimal drehte Lyons sich auf seinem Stuhl herum und schüttelte den Kopf. Stoltz blieb in dem Liegestuhl am Pool sitzen und rauchte Zigaretten. Altmüller sprach kurz mit Rheinmann, ein Gespräch, das offensichtlich für beide unbefriedigend war. Dann kehrte Altmüller zu dem Stuhl neben dem glasbedeckten Tisch zurück und blätterte in einer Buenos Aires Zeitung.

David und Jean blieben am anderen Ende der Terrasse und unterhielten sich mit leiser Stimme. Hin und wieder erhob Spaulding die Stimme, so daß man ihn hören konnte; wenn Altmüller lauschte, hörte er Hinweise auf New York, auf Architekturfirmen und unbestimmte Pläne für die Zeit nach dem Kriege, Pläne, wie sie ein Liebespaar machte.

Aber in Wirklichkeit handelte es sich um sinnlose eingestreute Bemerkungen.

»Im Alvear-Hotel«, sagte David mit leiser Stimme und hielt dabei Jeans Hand, »ist ein Mann unter dem Namen E. Pace eingetragen. *E. Pace*. Sein wirklicher Name ist Asher Feld. Gib dich ihm als Kontaktperson zu erkennen. Von mir und ... einem Fairfaxagenten namens Barden, Ira Barden. Sonst nichts. Sage ihm, ich würde seine ... Prioritäten aufrufen. In exakt zwei Stunden von ... der Minute, in der du von der Botschaft aus anrufst. Ich *meine* die Minute, Jean, er wird das verstehen ...«

Jean Cameron stöhnte nur einmal, ein unwillkürliches Anhalten des Atems, das David dazu veranlaßte, sie finster anzublicken und ihre Hand zu drücken. Sie tarnte ihren Schock mit künstlichem Gelächter.

Altmüller blickte von seiner Zeitung auf. Er blickte verächtlich, verächtlich und zornig.

Lyons stand auf und streckte seine ausgemergelten Glieder. Er hatte drei Stunden und zehn Minuten an dem Tisch verbracht; jetzt drehte er sich um und blickte zum Balkon auf. Zu Spaulding.

Er nickte.

»Gut«, sagte Rheinmann und trat auf Franz Altmüller zu. »Wir machen weiter. Es wird bald dunkel sein; bis zum frühen Morgen ist alles abgeschlossen. Keine Verzögerung mehr! Stoltz! Kommen Sie her! Bringen Sie die Aktentasche!«

Stoltz ging zum Tisch und legte die einzelnen Blätter in die Tasche. David nahm Jeans Arm und führte sie zu Rheinmann und Altmüller. Der Nazi sprach.

»Die Pläne umfassen vierhundertundsechzig Seiten mit Daten und Gleichungen. Kein Mensch kann so viele Informationen behalten; das Fehlen eines einzigen Teils macht die Pläne nutzlos.

Sobald Sie den Kryptographen kontaktiert und die Codes durchgegeben haben, können Mrs. Cameron und der Physiker gehen.«

»Bedaure«, sagte Spaulding. »Wir waren übereingekommen, daß ich die Codes sende, wenn die beiden in der Botschaft eingetroffen sind. So muß es geschehen.«

»Sie glauben aber doch *sicher* nicht«, unterbrach ihn Rheinmann ärgerlich, »daß ich zulassen würde, ...«

»Nein, das glaube ich nicht«, unterbrach ihn David. »Aber ich bin nicht sicher, was Sie außerhalb der Tore von Habichtsnest kontrollieren können. Auf diese Weise weiß ich, daß Sie sich größere Mühe geben werden.«

42.

Eine Stunde und einunddreißig Minuten vergingen, bis das Telefon klingelte. Neun Uhr fünfzehn genau. Die Sonne war hinter den Hügeln von Luján versunken. Das Licht am Flußufer flackerte schwach in der Dunkelheit. Rheinmann nahm den Hörer ab, lauschte und nickte dann David zu.

Spaulding stand auf und trat neben den Finanzier und nahm den Hörer. Rheinmann legte einen Schalter an der Wand um. Die Lautsprecher wurden aktiviert.

»Wir sind hier, David.« Jeans Worte hallten über die Terrasse.

»Schön«, antwortete Spaulding. »Also keine Probleme?«

»Eigentlich nicht. Nach etwa fünf Meilen dachte ich, Dr. Lyons würde es übel werden. Die sind so schnell gefahren ...«

Etwa ... fünf ...

Asher ... Feld ...

Jean hatte es getan!

»Aber jetzt ist wieder alles in Ordnung?«

»Er ruht. Es wird eine Zeit dauern, bis er wieder ganz in Ordnung ist ...«

Zeit.

Jean hatte Asher Feld die genaue *Zeit* durchgegeben.

»Gut ...«

»Genug! Genug!« sagte Altmüller. »Das reicht. Sie haben jetzt Ihren Beweis; sie sind dort. Die Codes!«

David sah zu dem Nazi hinüber. Es war ein fast gelangweilter Blick, keineswegs freundlich.

»Jean?«

»Ja?«

»Bist du im Radioraum?«

»Ja.«

»Laß mich mit diesem Ballard sprechen.«

»Hier ist er.«

Ballards Stimme klang unpersönlich, geschäftsmäßig. »Colonel Spaulding?«

»Ballard, haben Sie alle Zerhackerkanäle freigemacht?«

»Ja, Sir. Mit Ihrer Priorität. Der Vorhang ist bestätigt, Sir.«

»Sehr gut. Halten Sie sich für meinen Anruf bereit. Es sollte nur einige Minuten dauern.«

David legte schnell den Hörer auf.

»Was machen Sie?!« schrie Altmüller wütend. »Die *Codes*! *Senden Sie sie!*«

»Er *betrügt* uns!« schrie Stoltz und sprang auf.

»Ich glaube, Sie sollten sich erklären.« Rheinmann sprach ganz leise, und seine Stimme drückte die ungeheuere Verachtung aus, die er empfand.

»Nur ein paar Einzelheiten in letzter Minute«, sagte Spaulding und zündete sich eine Zigarette an. »Nur ein paar Minuten ... Wollen wir alleine sprechen, Rheinmann?«

»Das ist unnötig. Worum geht es?« fragte der Finanzier. »Ihre Abreise? Das ist vorbereitet. Sie werden mit den Plänen zum Mendarro-Flugplatz gefahren werden. Das sind von hier weniger als zehn Minuten. Aber starten werden Sie erst, wenn uns die Koening-Übergabe bestätigt ist.«

»Wie lange wird das dauern?«

»Welchen Unterschied macht das schon?«

»Sobald die Funk- und Radarstille beginnt, habe ich keinen Schutz. *Das* ist der Unterschied.«

»Ach!« Rheinmann schien ungeduldig. »Sie werden vier Stunden lang den besten Schutz der Welt haben. Ich habe keine Lust, die Leute in Washington zu beleidigen!«

»Sehen Sie?« fragte David Franz Altmüller. »Ich habe Ihnen ja gesagt, daß wir eine Last sind.« Er wandte sich wieder Rheinmann zu. »Also gut, ich bin einverstanden. Sie haben zuviel zu verlieren.

Einzelheit Nummer eins abgehakt. Jetzt zu Einzelheit Nummer zwei. Meine Bezahlung.«

Rheinmann kniff die Augen zusammen. »Sie haben es wirklich mit den Einzelheiten ... Die Summe von fünfhunderttausend amerikanischen Dollar wird auf die Banque Louis Quatorze in Zürich überwiesen werden. Über die Summe gibt es keine Diskussion und sie ist großzügig.«

»Ungemein. Mehr als ich verlangt hätte ... Und welche Garantie bekomme ich?«

»Kommen Sie, Colonel. Wir sind keine Handelsvertreter. Sie wissen, wo ich lebe; ich weiß, wie gut der Mann aus Lissabon ist.«

»Sie schmeicheln mir.«

»Das Geld wird deponiert werden und man wird die entsprechenden Papiere für Sie in Zürich bereithalten. Auf der Bank; übliche Vorgehensweise.«

David drückte seine Zigarette aus. »Gut. Zürich ... Und jetzt die letzte Einzelheit. Jene großzügigen Zahlungen, die ich zu Hause erhalten werde ..., die Namen bitte. Schreiben Sie sie auf ein Stück Papier.«

»Sind Sie so sicher, daß ich diese Namen besitze?«

»Das ist das einzige, dessen ich wirklich sicher bin. Sie würden unter keinen Umständen darauf verzichten.«

Rheinmann holte ein kleines ledergebundenes Notizbuch aus der Jackentasche und schrieb hastig auf eine Seite. Er riß sie heraus und reichte sie Spaulding.

David las die Namen:

Kendall, Walter
Swanson, A. U. S. Army
Oliver, H. Meridian Aircraft
Craft, J. Packard

»Danke«, sagte Spaulding. Er steckte den Zettel ein und griff nach dem Telefon. »Die amerikanische Botschaft bitte.«

Ballard verlas die Codefolge, die David ihm vorgetragen hatte. Sie war nicht perfekt, aber es fehlte auch nicht viel; Spaulding hatte eine Vokalgleichung durcheinandergebracht, aber die Nachricht war klar.

Und was David da über »Frequenz Megacycle 120 für alle

künftigen Zerhacker« sagte, war sinnloses Kauderwelsch. Aber auch sehr klar.

120 Minuten.

Schwarzer Vorhang.

Der ursprüngliche Code hatte dreizehn Buchstaben gehabt:

FUNKSPRUCH TORTUGAS

Der Code, den Spaulding durchgegeben hatte, hingegen hatte fünfzehn Buchstaben.

Ballard starrte die Worte an.

TORTUGAS VERNICHTEN

In zwei Stunden.

David hatte noch eine letzte ›Einzelheit‹, gegen die niemand vom professionellen Standpunkt aus Einspruch erheben konnte, und die doch alle als unpassend empfanden. Da noch etwa vier Stunden vergehen würden, bis man ihn zu dem Flugplatz von Mendarro fahren würde und während dieser Zeit durchaus die Möglichkeit bestand, daß er — oder Rheinmann — außer Sichtweite der Pläne sein könnten, bestand er darauf, daß man sie in einen verschließbaren Metallbehälter tat und an einem festen, unbeweglichen Gegenstand ankettete.

»Jetzt werden Ihre Vorsichtsmaßnahmen lächerlich«, sagte Rheinmann verärgert. »Ich sollte sie ignorieren. Die Codes sind abgesandt worden.«

»Dann tun Sie es mir zuliebe. Ich bin ein Fairfax Vier-Null, vielleicht arbeiten wir wieder zusammen.«

Rheinmann lächelte. »Das ist immer möglich, nicht wahr? Also gut.«

Der Finanzier wurde jetzt zum aufmerksamen Gastgeber. Er bot Brandy an; zuerst nahm nur Spaulding an, dann schloß sich Heinrich Stoltz ihm an. Altmüller wollte nichts trinken.

Ein Wachtposten mit messerscharf gebügelter, paramilitärischer Uniform kam herein.

»Unsere Zentrale bestätigt die Funkstille, Sir. Im ganzen Küstenbereich.«

»Danke«, sagte Rheinmann. »Weiterhin alle Frequenzen überwachen.«

Der Mann nickte, machte auf dem Absatz kehrt und verließ den Raum so schnell, wie er ihn betreten hatte.

»Ihre Leute sind sehr tüchtig«, stellte David fest.

»Dafür werden sie bezahlt«, antwortete Rheinmann und sah auf die Uhr. »Jetzt warten wir. Alles geht jetzt seinen Lauf, wir brauchen nur zu warten.«

»Dürfte ich Sie noch um eines bitten, Sir ... Ich wäre wirklich dankbar, wenn ich duschen könnte, mich rasieren, und wenn Sie vielleicht eine Hose und ein Hemd oder einen Pullover hätten ...«

»Da kann Ihnen doch sicher Ihr Militärpersonal behilflich sein«, sagte Altmüller und musterte David argwöhnisch.

»Um Himmels willen, Altmüller, ich laufe Ihnen nicht weg. Bloß in die Dusche. Die Pläne sind dort drüben.« Spaulding wies verärgert durch den Bogen auf den Metallbehälter am Treppengeländer. »Wenn Sie sich einbilden, daß ich ohne *das* weggehen würde, sind Sie geistig ein wenig zurückgeblieben.«

Altmüller schoß in die Höhe, seine Stimme klang schrill und laut. *»Genug!«*

»Ach setzen Sie sich doch hin«, sagte David. »Sie sehen albern aus.«

Rheinmanns Wache brachte ihm ein paar Hosen, einen leichten Rollkragenpullover und ein hellbraunes Wildlederjackett. David sah, daß es sich um teure Stücke handelte und wußte, daß sie passen würden. Im Badezimmer war Rasierzeug. Wenn er sonst noch etwas brauchte, sollte er bloß die Türe öffnen und darum bitten. Der Mann würde im Korridor warten. Tatsächlich würden dort sogar zwei Männer stehen und ihn bewachen.

David begriff.

Er sagte dem Mann — einem *porteño* — daß er eine Stunde schlafen, dann duschen und sich für die Reise zurechtmachen werde. Ob der Mann wohl so freundlich sei, ihn um elf Uhr zu wecken?

Dazu war der Posten bereit.

Auf Davids Uhr war es fünf Minuten vor zehn. Jean hatte um exakt neun Uhr fünfzehn angerufen. Asher Feld hatte ab neun Uhr fünfzehn genau zwei Stunden zur Verfügung.

David hatte eine Stunde und sechs Minuten.

Elf Uhr fünfzehn.

Wenn Asher Feld wirklich an seine Prioritäten glaubte.

Das Zimmer war groß, hatte eine hohe Decke, zwei Doppelfenster, die zwei Stockwerke über der Erde lagen, und befand sich im Ostflügel des Hauses. Das war alles, was Spaulding, solange das Licht noch brannte, feststellen — oder überprüfen wollte.

Er schaltete das Licht ab und ging ans Fenster zurück. Er öffnete den linken Flügel lautlos und spähte hinter den Vorhängen nach draußen. Das Dach war mit Schiefer gedeckt; das war nicht gut. Es hatte eine breite Dachrinne, das war besser. Die Dachrinne führte zu einem Fallrohr, das etwa zwanzig Fuß entfernt war. Das war befriedigend.

Und dann sah Spaulding das halbverdeckte Glimmen einer Zigarette hinter einem von einem Lattenzaun umgebenen Wäldchen, etwa dreißig Fuß hinter den Gartenmöbeln. Rheinmann hatte seiner Zuversicht Ausdruck gegeben, daß er, David, in ein paar Stunden nach Mendarro unterwegs sein würde, und diese Zuversicht wurde von Männern gestützt, die Wache hielten.

Keine Überraschung; überraschend wäre es vielmehr gewesen, wenn diese Männer nicht da gewesen wären. Das war einer der Gründe, weshalb er auf Asher Felds Prioritäten zählte.

Er ließ den Vorhang wieder herunterfallen, trat vom Fenster zurück und ging an das Himmelbett. Er zog die Decke herunter und zog sich bis auf die Unterhosen aus — grob gewirkte Wäsche, die er in der Adobehütte gefunden hatte und die er gegen die eigene blutbesudelte vertauscht hatte. Er legte sich hin und schloß die Augen, hatte aber nicht vor zu schlafen.

Wieder rief er sich das Bild des Balkons über dem Pool ins Gedächtnis. Jenseits des Geländers, am äußersten rechten Ende der Terrasse, wo er leise mit Jean gesprochen hatte. Er konzentrierte sich auf die Stelle darunter — vorne rechts.

Nord/Nordost.

Er sah es ganz deutlich. Die Fläche rechts von dem Crocketplatz und den leicht hügelabwärts geneigten Tischen und dahinter die hohen Bäume des Waldes, der das Anwesen umgab. In jenen Wald führte der Reitweg unter ihm. Auch an die Lücken zwischen den fernen Wipfeln erinnerte er sich, je flacher das Land wurde — unten am Flußufer. Wieder nach rechts.

Seine Gedanken wanderten zu der Straße, zwei Meilen südlich der Marmorstufen von Habichtsnest, der Straße, die durch die Außenbezirke von Luján nach Buenos Aires führte. Er versuchte, sich präzise an die ersten Minuten der alptraumhaften Fahrt in dem Bentley zu erinnern, die in den Colinas Rojas in Rauch und Tod und Feuer geendet hatte. Der Wagen war aus der verborgenen Einfahrt herausgeschossen und war einige Meilen weit in östlicher Richtung bergab *und* in leicht nördlicher Richtung dahingerast. Schließlich waren sie parallel zum Flußufer gefahren.

Nord/Nordost.

Und dann rief er sich den Fluß unter dem Balkon in die Erinnerung zurück. Den Fluß mit den weißen Segeln und den Kabinenbooten darauf. Er floß in diagonaler Richtung ... nach rechts.

Das war sein Fluchtweg.

David lockerte seine Muskeln, ließ den Schmerz seiner Wunde in Kreisen über die zerfetzte Haut fließen. Er atmete gleichmäßig, tief. Er mußte ruhig bleiben; das war das Schwierigste.

Er sah auf die Uhr — ein Geschenk von Jean. Es war beinahe elf Uhr. Er stieg aus dem Bett und zog die Hosen und den Pullover an. Er schlüpfte in die Schuhe und zog die Schnürsenkel so straff er konnte, bis das Leder seine Füße beengte. Dann griff er nach dem Kissen und wickelte es in das schmutzige Hemd, das er vorher getragen hatte. Er legte das Kissen auf das Bett zurück und zog die Decke teilweise darüber. Er hob die Laken an, bauschte sie auf, schob die Arbeitshosen von der Ranch darunter und ließ die Decke wieder herunterfallen.

Er richtete sich auf. In der Finsternis, im Schein des schwachen Lichts, das vom Korridor hereinfiel, wirkte das Bett wenigstens auf den ersten Blick hinreichend belegt.

Er schlich zur Tür und preßte sich mit dem Rücken daneben gegen die Wand.

Seine Uhr zeigte eine Minute vor elf an.

Das Klopfen war laut; der Posten war nicht feinfühlig.

Die Tür öffnete sich.

»Señor? ... Señor?«

Die Tür öffnete sich weiter.

»Señor, es ist Zeit. Es ist elf Uhr.«

Der Posten stand im Türrahmen und blickte auf das Bett. *»El duerme«*, sagte er dann über die Schulter gewandt.

»Senor Spaulding!« Der Mann betrat das abgedunkelte Zimmer.

Im gleichen Augenblick, in dem der Mann die Türe passiert hatte, trat David einen Schritt vor, packte den Hals des Mannes mit beiden Händen von hinten. Er preßte ihm die Finger in die Kehle und riß den Mann schräg auf sich zu.

Kein Laut war zu hören; er hatte dem Mann die Luftzufuhr völlig abgeschnitten. Er sank schlaff zu Boden.

Spaulding schloß langsam die Türe und knipste die Deckenbeleuchtung an.

»Vielen Dank«, sagte er laut. »Helfen Sie mir, bitte? Mein Bauch tut *scheußlich* weh . . .«

Auf Habichtsnest war es kein Geheimnis, daß der Amerikaner verwundet worden war.

David beugte sich über den zusammengebrochenen Mann. Er massierte seinen Hals, kniff ihn in die Nase, legte seine Lippen auf die des Mannes und blies ihm Luft in den Hals.

Der Mann reagierte; er war jetzt wieder bei Bewußtsein, aber nicht ganz, im Halbschock.

Spaulding zog dem Mann die Luger aus dem Gürtelhalfter und ein großes Jagdmesser aus einer daneben befestigten Scheide. Er schob die Klinge unter das Kinn des Mannes, bis ein kleiner Blutstropfen hervortrat. Dann flüsterte er in spanischer Sprache:

»Hören Sie gut zu! Ich möchte, daß Sie lachen. Sie fangen *jetzt* zu lachen an! Wenn Sie das nicht tun, steche ich zu. Durch Ihren Hals! . . . Jetzt. *Lachen Sie!*«

Die wirren Augen des Mannes ließen erkennen, daß er überhaupt nicht begriff. Er schien nur zu wissen, daß er es mit einem Wahnsinnigen zu tun hatte, einem Verrückten, der ihn töten würde.

Zuerst schwach, dann in seiner Panik immer lauter werdend, lachte der Mann.

Spaulding lachte mit ihm.

Das Lachen schwoll an; David starrte die ganze Zeit den Wachmann an, gab ihm durch Gesten zu verstehen, er solle noch lauter, noch vergnügter lachen. Der Mann — völlig perplex und total verängstigt — brüllte hysterisch.

Spaulding hörte das Klicken des Türknopfes, zwei Fuß von

seinem Ohr entfernt. Er schmetterte dem Posten den Lauf seiner Luger gegen den Schädel und richtete sich auf, als der zweite Mann eintrat.

»*Qué pasa, Antonio? Tu re —.*«

Der Kolben der Luger krachte mit solcher Gewalt gegen den Schädel des Argentiniers, daß er im Fallen fast explosionsartig die Luft ausstieß.

David sah auf die Uhr. Es war acht Minuten nach elf. Noch sieben Minuten.

Falls der Mann namens Asher Feld an die Worte glaubte, die er mit solcher Überzeugung ausgesprochen hatte.

Spaulding nahm dem zweiten Wächter die Waffe weg und steckte sich die zusätzliche Luger in den Gürtel. Er durchsuchte die Taschen beider Männer und nahm ihnen sämtliches Papiergeld ab, das er finden konnte. Und ein paar Münzen.

Er hatte überhaupt kein Geld. Es war durchaus möglich, daß er welches brauchen würde.

Er lief ins Badezimmer und drehte die Dusche so heiß es ging. Dann kehrte er zur Korridortüre zurück und versperrte sie. Anschließend schaltete er sämtliche Lichter ab und ging zu dem linken Fenster, schloß die Augen, um sie der draußen herrschenden Dunkelheit anzupassen. Er öffnete sie und blinzelte ein paarmal, versuchte, die weißen Angstflecken loszuwerden.

Es war neun Minuten nach elf.

Er rieb sich mit den schwitzenden Händen über den teuren Rollkragenpullover; dann atmete er ein paarmal tief durch und wartete.

Das Warten war fast unerträglich.

Weil er es nicht wissen konnte.

Und dann hörte er es! Und wußte, daß seine Rechnung aufging.

Zwei donnernde Explosionen! So laut, so betäubend, so völlig ohne Warnung, daß er sich selbst dabei ertappte, wie er zitterte, den Atem anhielt.

Dann folgten ein paar Maschinengewehrsalven, die die lautlose Nacht zerrissen.

Unter ihm, im Park, schrien Männer einander an, rasten auf die Geräusche zu, die die Umgebung der Anlage erfüllten und immer wilder wurden.

David blickte auf die Hysterie, die sich unter ihm entfaltete.

Unter seinen Fenstern waren fünf Wachen postiert, die jetzt alle ihre versteckten Positionen verließen. Er sah, wie rechts von ihm in dem eleganten Vorhof von Habichtsnest weitere Scheinwerfer eingeschaltet wurden. Er konnte das Aufbrüllen starker Automotoren hören und immer zahlreicher werdende, von Panik erfüllte Befehle.

Er schob sich durch das Fenster, hielt sich am Sims fest, bis seine Füße die Dachrinne berührten.

Die beiden Luger steckten in seinem Gürtel, das Messer hielt er zwischen den Zähnen. Er konnte es nicht riskieren, die Klinge an seinem Körper unterzubringen; wenn nötig konnte er sie immer noch ausspucken. Er arbeitete sich seitwärts an dem Schieferdach entlang. Das Fallrohr war nur wenige Fuß entfernt.

Die Explosionen und das Gewehrfeuer am Tor nahmen zu. David dachte nach — nicht nur über Asher Felds Zuverlässigkeit, sondern auch über seine Logistik. Der Haganah-Führer mußte eine kleine, gut ausgestattete Armee nach Habichtsnest geführt haben.

Vorsichtig ließ er sich an dem Schieferdach herunter; er beugte sich zur Seite, erfaßte mit der rechten Hand die Dachrinne auf der anderen Seite des Fallrohrs und duckte sich langsam und vorsichtig zur Seite, schob seine Füße so, daß sie ihn stützten. Dann stieß er gegen den Außenrand der Dachrinne, prüfte ihre Stärke und sprang in einem kurzen Satz über den Dachrand, hielt sich mit beiden Händen am Rand fest, die Füße gegen die Wand gepreßt, rittlings das Fallrohr umfassend.

Dann arbeitete er sich Hand über Hand an dem Rohr nach unten.

Zwischen den Schüssen hörte er jetzt plötzlich über sich ein lautes Krachen. Schreie in deutscher und spanischer Sprache waren zu hören, dann das unverkennbare Geräusch von zersplitterndem Holz.

Man hatte die Tür des Zimmers, das er gerade verlassen hatte, gewaltsam aufgebrochen.

Er befand sich jetzt parallel zu dem Balkon am äußersten Nordende im ersten Obergeschoß. Er streckte die linke Hand aus, hielt sich an der Balkonkante fest, griff mit der rechten Hand nach, um sich zu stützen und ließ sich hinüberschwingen. Er hing jetzt dreißig Fuß über dem Boden, aber vom Haus aus nicht zu sehen.

Die Fenster über ihm wurden jetzt aufgebrochen. Keiner nahm sich die Zeit, die Fensterhebel zu bedienen. Sie schlugen die Scheiben aus ihren Bleifassungen.

Wieder dröhnte eine Explosion von dem Schlachtfeld zwischen den Bäumen. Im vorderen Hof detonierte irgendein Sprengkörper; plötzlich verlosch die Scheinwerferbeleuchtung. Asher Feld rückte näher. Das Sperrfeuer würde mörderisch sein. Selbstmörderisch.

Die Rufe über Spaulding entfernten sich von den Fenstern, und er stieß sich zweimal mit den Beinen ab, um genügend Schwung zu bekommen und so wieder das Fallrohr zu erreichen.

Jetzt hatte er wieder festen Halt gefunden und die Messerklinge, die er immer noch zwischen den Zähnen hielt, ließ seine Kinnladen schmerzen.

Er glitt zu Boden, riß sich dabei die Hände an dem verwitterten Metall auf, achtete aber nicht auf die Schnittwunden an Handflächen und Fingern.

Er nahm das Messer aus dem Mund, zog eine Luger aus dem Gürtel und rannte an dem Reitweg entlang auf den finsteren Schutz der Bäume zu. Jetzt hatte er den stockdunklen, von Bäumen gesäumten Korridor erreicht, wich den Stämmen aus, war aber bereit, sich sofort zwischen die Bäume zu stürzen, sobald Schüsse ertönten.

Sie kamen auch; dicht hintereinander. Die Kugeln bohrten sich mit schrecklicher Endgültigkeit in die ihn umgebenden hohen Stämme.

Er duckte sich hinter einen dicken Stamm und blickte zum Haus hinüber. Der Mann, der geschossen hatte, war alleine. Er stand neben der Regenrinne. Jetzt schloß sich ihm ein zweiter Posten an, er kam vom Crockettplatz gerannt, und ein riesiger Dobermann zerrte an seiner Koppel, die der Mann in der Hand hielt. Die Männer riefen einander zu, und jeder versuchte, das Kommando an sich zu ziehen, während der Hund wütend bellte.

Während sie sich gegenseitig anschrien, peitschte aus dem Hof wieder eine Maschinengewehrsalve, und dann noch eine; zwei weitere Scheinwerfer explodierten.

David sah, wie die Männer erstarrten, und dann richtete sich ihre Konzentration nach vorne. Der Posten mit dem Hund riß an der Koppel und zwang das Tier wieder zum Haus zurück. Der zweite Mann duckte sich, richtete sich dann wieder auf und schob sich seitwärts schnell am Gebäude entlang auf den Hof zu, befahl seinem Kollegen, ihm zu folgen.

Und dann sah David ihn. Oben. Zur Rechten. Durch das Blattwerk. Auf der Terrasse, die den Rasen und den Pool überblickte.

Erich Rheinmann war ins Freie gerannt, schrie wütend Befehle, aber keineswegs in Panik. Er ordnete seine Streitkräfte, setzte seine Verteidigung ein ... irgendwie wirkte er in der Mitte des Chaos wie der messianische Cäsar, der seine Bataillone zum Angriff trieb, zum Angriff, *Angriff*. Drei Männer tauchten hinter ihm auf; er brüllte sie an, und zwei von den dreien rannten ins Habichtsnest zurück. Der dritte Mann schien sich zu widersetzen; Rheinmann schoß ihn ohne das geringste Zögern nieder. Er sackte zu Boden. Dann rannte Rheinmann zur Mauer, die teilweise, aber nicht ganz, vom Geländer verdeckt war. Er schien etwas in die Mauer zu schreien.

In die Mauer!

Durch das Gewehrfeuer hörte David das halblaute gleichmäßige Summen und begriff, was Rheinmann da tat.

Der Kabelwagen vom Flußufer wurde zu ihm hinaufgeschickt.

Inmitten der Schlacht würde dieser Cäsar dem Feuer entkommen. Rheinmann, das Schwein. Der Manipulator. Er, der alles korrumpierte und dem nichts heilig war.

Vielleicht arbeiten wir wieder zusammen ...

So ist es ja immer, nicht wahr?

David sprang aus seiner schützenden Deckung und rannte auf dem Reitweg zu dem Punkt zurück, wo die Gärten und das Wäldchen an den Rasen unter dem Balkon grenzten. Er rannte zu einem weißen Eisentisch mit schmiedeeisernen Beinen — demselben Tisch, an dem Lyons gesessen war, den hageren Oberkörper über die Konstruktionspläne gebeugt. Rheinmann war nirgends zu sehen.

Er mußte da sein!

Plötzlich war es Spaulding ... mit der ganzen Eindringlichkeit der Erkenntnis ... klar, daß der einzig sinnvolle Aspekt an der Tatsache, man ihn aus Lissabon herausgerissen und um die halbe Welt verpflanzt hatte — durch das Feuer und den Schmerz — dieser Mann über ihm war, der sich jetzt auf dem Balkon versteckt hielt.

»Rheinmann! ... Rheinmann! Ich bin hier!«

Die massige Gestalt des Finanziers kam an das Geländer gerannt. Er hielt eine Sternlicht Automatik in der Hand. Machtvoll, mörderisch.

»Sie. Sie sind ein toter Mann!« Er begann zu feuern; David warf sich hinter dem Tisch zu Boden, kippte ihn um, so daß er ein Schild bildete. Kugeln bohrten sich in die Erde oder prallten von dem Metall ab. Und Rheinmann schrie immer noch: »Ihre Tricks sind *Selbstmord,* Lissabon! Meine Männer kommen von überall! *Hunderte,* in wenigen Minuten ... Kommen Sie heraus, Lissabon! Zeigen Sie sich. Jetzt beschleunigen Sie Ihren Tod. Denken Sie denn, ich würde *Sie leben lassen? Niemals!* Zeigen Sie sich! Sie sind *tot!*«

David hob seine Luger; er würde nur einen Augenblick haben. Ein kurzes Ablenkungsmanöver und dann einen Augenblick.

Das würde genügen ...

Die Lektionen, die er im Nordland gelernt hatte.

Er beugte sich vor und scharrte am Boden, hob ein paar Erdbrocken mit der linken Hand auf. Als er genügend hatte, warf er den Inhalt seiner Hand in die Luft, *links* von dem Metallrand. Schwarzer Humus und Grasblätter zeichneten sich in dem schwachen Licht ab, während rings um ihn der Kampf tobte.

Ein paar Schüsse peitschten aus der Sternlicht herüber. Spaulding sprang nach *rechts* aus dem Schutz der Tischplatte hervor und betätigte fünfmal hintereinander den Abzug seiner Luger.

Erich Rheinmanns Gesicht zerplatzte in einer Explosion des Blutes. Die Sternlicht fiel zu Boden, als seine Hände im Krampf des Todes nach oben zuckten. Sein mächtiger Körper bog sich nach hinten, dann gleich wieder nach vorne; dann taumelte er über das Geländer.

Rheinmann stürzte vom Balkon.

David hörte die Schreie der Wachen über sich und rannte zurück in die schützende Dunkelheit des Reitweges. Er rannte jetzt so schnell er konnte den sich windenden schwarzen Korridor hinunter, und seine Schuhe sanken immer wieder in den weichen, glattgeharkten Kies ein.

Dann bog der Weg plötzlich ab. Nach *links.*

Verdammt!

Und dann hörte er das Wiehern verängstigter Pferde. Seine Nase nahm ihren Geruch auf, und dann erblickte er zu seiner Rechten das einstöckige Gebäude, das die Stallungen beherbergte. Irgendwo aus dem Inneren des Baus konnte er die erschreckten Rufe eines Stallknechtes hören, der seine Schützlinge zu beruhigen versuchte.

Einen Augenblick lang spielte David mit einer Idee, tat sie dann aber wieder ab. Ein Pferd würde zwar schnell sein, aber möglicherweise schwer zu bändigen.

Er rannte ans entgegengesetzte Ende des einstöckigen Bauwerks und sah die Weiden dahinter. Es war so, wie er es sich vorgestellt hatte, das Land senkte sich leicht — nach Norden — aber nicht so stark, daß das Laufen schwierig gewesen wäre. In der Ferne, jenseits der Felder, konnte er die baumbestandenen Hügel im Mondlicht ansteigen sehen. Nach rechts — Osten.

Und zwischen den abschüssigen Feldern und den Hügeln war die Linie, der er folgen mußte. Sie war die direkteste, ihm Sichtschutz bietende Route zu dem elektrisch geladenen Zaun.

Nord/Nordost.

Er erreichte einen erhöhten Punkt im Feld, von dem aus er den Fluß eine halbe Meile unter sich sehen konnte. Entlang des Flusses wurden Lichter eingeschaltet; der Kampflärm wurde vom Sommerwind zu den eleganten Häusern dort unten getragen.

Er fuhr erschrocken herum. Eine Kugel pfiff über ihm durch die Luft. Sie war auf ihn *gezielt* gewesen!

Man hatte ihn entdeckt!

Er warf sich ins Gras und kroch so schnell er konnte weg. Jetzt erreichte er eine leichte abschüssige Stelle und ließ sich hinunterrollen, bis er gegen einen harten Pfosten stieß. Er hatte die gegenüberliegende Grenze des Feldes erreicht; dahinter begann der Wald.

Er hörte das wilde Heulen der Hunde und wußte, daß es ihm galt.

Auf den Knien konnte er die Umrisse einer riesigen Bestie sehen, die über das Gras auf ihn zuschoß. Seine Luger war schußbereit, aber wenn er sie abfeuerte, würde er seine Position verraten. Er nahm die Waffe in die linke Hand und zog das Jagdmesser aus dem Gürtel.

Die schwarze Monstrosität flog durch die Luft, von der Witterung auf ihr menschliches Ziel gelenkt. Spauldings linke Hand mit der Luger zuckte vor, er spürte den Aufprall des muskulösen

Dobermann am Oberkörper, sah, wie der häßliche Kopf seitwärts zuckte und die freigelegten Zähne an seinem Pullover zerrten, sich in seinen Arm schlagen wollten.

Er stieß mit der rechten Hand nach oben, das Messer mit aller Kraft, über die er verfügte, festhaltend, bohrte es in den weichen Leib des Tieres. Warmes Blut schoß aus dem aufgerissenen Leib des Hundes, der halbverschluckte Rest eines wilden Brüllens entrang sich der Kehle des Tieres, und dann starb es.

David packte seinen Arm. Die Zähne des Dobermann hatten sich unterhalb der Schulter in seine Haut gebohrt. Indem er sich zur Seite gewälzt hatte, war zumindest eine der Nähte an seiner Hüftwunde aufgerissen.

Er hielt sich an dem Weidezaun fest und kroch nach Osten.

Nord/Nordost! *Nicht nach Osten*, verdammt!

Halb im Schock erkannte er plötzlich, daß das Gewehrfeuer in der Ferne deutlich schwächer geworden war. Wieviele Minuten ging das schon so? Die Explosionen schienen anzuhalten, aber das Feuer aus Handwaffen ließ nach.

Merklich.

Jetzt waren Rufe zu hören; sie kamen über das Feld, von den Stallungen her. Er spähte über das Gras. Männer rannten mit Taschenlampen herum, und ihre Scheinwerferkegel huschten über die Weide. David konnte gebrüllte Befehle hören.

Was er sah, ließ ihn ungläubig erstarren. Die Taschenlampen der Männer richteten sich auf eine Gestalt, die jetzt aus dem Stall kam — zu Pferde! Ein Dutzend Scheinwerferbündel erfaßten den weißen Palm-Beach-Anzug.

Franz Altmüller!

Altmüller hatte für sich den Wahnsinn gewählt, dem er, David, klugerweise nicht verfallen war.

Aber ihre Rollen waren natürlich unterschiedlich.

Spaulding wußte, daß er jetzt der Gejagte war, Altmüller der Jäger.

Andere würden ihm folgen, aber Altmüller würde nicht, *konnte* nicht warten. Er trieb dem Pferd die Absätze in die Flanken und hetzte durch das geöffnete Tor.

Spaulding begriff. Wenn er überlebte, war Franz Altmüller ein toter Mann. Die einzige Garantie für sein Überleben in Berlin war es, die Leiche des Mannes aus Lissabon zu liefern. Des Fairfax-

Agenten, der ›Tortugas‹ vernichtet hatte; des Mannes, den die Streifen und die Wissenschaftler in Ocho Calle identifizieren konnten. Des Mannes, den die ›Gestapo‹ ausfindig gemacht hatte.

Pferd und Reiter preschten über das Feld. David blieb geduckt und spürte die harte Erde im Osten. Er konnte sich nicht aufrichten; Altmüller hatte eine starke Taschenlampe. Wenn er unter der Koppel durchkroch, würde ihm das Gras dahinter vielleicht Deckung bieten, aber ebensogut war möglich, daß die Grashalme sich bewegten, abknickten und man ihn sah.

Abgesehen davon, David wollte Altmüller töten.

Franz Altmüller war kein Feind, den man am Leben ließ. Altmüller war in einem beschaulichen Kloster in Friedenszeiten ebenso tödlich wie auf dem Schlachtfeld im Kriege. Er war der absolute Feind; das stand in seinen Augen geschrieben. Das hatte nichts mit Deutschland zu tun. Das kam ganz tief aus der Arroganz des Mannes; Altmüller hatte zugesehen, wie seine meisterhafte Schöpfung zusammenbrach, hatte gesehen, wie ›Tortugas‹ zerstört wurde, von einem Mann zerstört, der ihm gesagt hatte, er sei ihm unterlegen.

Und das konnte Altmüller nicht ertragen.

Spaulding preßte sich gegen die Erde, als das galoppierende Pferd die Mitte des Feldes erreichte, weiter trabte, von den Scheinwerferbündeln der Streifen hinten bei den Stallungen gelenkt. Sie waren auf die Stelle gerichtet, wo sie den Dobermann zuletzt gesehen hatten.

Altmüller zügelte das Pferd, verlangsamte es, brachte es aber nicht zum Stehen. Er suchte den Boden vor sich mit seinem Scheinwerferstrahl ab, rückte vorsichtig näher, die Pistole in der Hand, bereit zu feuern.

Unvermittelt hallte von den Stallungen eine plötzliche ohrenbetäubende Explosion herüber. Die Scheinwerferbündel, die sich von der anderen Seite des Feldes herübergetastet hatten, waren verschwunden; die Männer, die hinter Altmüller hergelaufen waren, blieben stehen. Feuer waren ausgebrochen.

Altmüller ritt weiter; er hatte den Lärm hinter sich zur Kenntnis genommen, achtete aber nicht darauf. Er trieb seinem Pferd die Absätze in die Seite und peitschte es weiter.

Das Pferd blieb stehen, schnaubte; jetzt bäumte es sich auf und zuckte trotz Altmüllers Befehlen zurück. Der Nazi war wütend, er schrie das Tier an, aber vergeblich. Das Pferd hatte den toten Dobermann erreicht; der Geruch frischen Blutes stieß es ab.

Altmüller sah den Hund im Gras. Der Lichtkegel seiner Lampe wanderte zuerst nach links, dann nach rechts, nur wenige Zoll über Davids Kopf. Altmüller traf seine Entscheidung instinktiv — so schien es wenigstens Spaulding. Er riß die Zügel nach rechts herum auf David zu. Er ließ das Pferd jetzt gehen, nicht traben.

David kroch so schnell er konnte vor dem Lichtkegel Altmüllers her. Jetzt bog er abrupt nach rechts ab und rannte geduckt zurück, auf die *Mitte* des Feldes zu. Er wartete, bis Pferd und Reiter zwischen ihm und der Weidekoppel waren und schob sich dann wieder auf den Nazi zu. Er war versucht, einen sauberen Schuß aus seiner Luger abzugeben, wußte aber, daß dies die letzte Zuflucht sein mußte. Er hatte noch mehrere Meilen in unbekanntem Terrain vor sich, in einem dunklen Wald, den andere besser kannten. Der laute Knall einer großkalibrigen Pistole würde weitere Verfolger herbeirufen, die jetzt eine Viertelmeile von ihm entfernt waren.

Dennoch könnte es sich als notwendig erweisen.

Er war ihm jetzt auf zehn Fuß nahegerückt, die Luger in der linken Hand, die rechte frei. Ein wenig näher, nur noch ein wenig näher. Altmüllers Lampe bewegte sich kaum mehr. Er hatte den Punkt erreicht, wo er, David, reglos im Gras gelegen hatte.

Dann spürte Spaulding die leichte Brise von hinten und wußte — in einem schrecklichen Augenblick des Erkennens — daß dies der Augenblick war, sich zu bewegen.

Der Kopf des Pferdes ruckte hoch, seine großen Augen traten ihm aus den Höhlen. Der Geruch von Davids blutdurchtränkten Kleidern war ihm in die Nüstern gedrungen.

Spaulding sprang aus dem Gras, seine rechte Hand zielte auf Altmüllers Handgelenk, seine Finger krallten sich um den Lauf der Waffe — es war ein Colt! Ein US-Army-Colt, eine 45er! — und zwängte seinen Daumen neben den Abzug. Altmüller fuhr erschrocken herum, der völlig unerwartete Angriff machte ihn fast benommen. Er zog die Arme zurück und stieß mit den Füßen zu. Das Pferd bäumte sich hoch auf den Hinterbeinen auf; Spaulding ließ nicht los, zwang Altmüllers Hand herunter, *herunter*. Mit jeder Faser seines Körpers zerrte er, riß Altmüller buchstäblich vom Pferd ins Gras. Immer wieder schmetterte er die Hand des Nazi gegen den Boden, bis der Colt ihm entfiel. Und in diesem Augenblick hieb er Altmüller seine Luger ins Gesicht. Der Deutsche wehrte sich. Seine freie linke Hand krallte nach Spauldings Augen, gleichzeitig stieß er wütend mit Knien und Füßen nach Davids Unterleib und Beinen und versuchte, Kopf und Schultern aus Spauldings Griff zu befreien. Er schrie.

»*Du!* Du und ... Rheinmann! *Verrat!*«

Der Nazi sah das Blut unter Davids Schulter, riß an der Wunde, an dem bereits aufgerissenen Fleisch, bis David glaubte den Schmerz nicht mehr ertragen zu können.

Altmüller bohrte seine Schulter in Davids Leib, riß an Davids blutendem Arm, warf ihn zu Boden. Der Nazi sprang hoch, warf sich dann wieder ins Gras, wo er seinen Colt wußte. Fieberhaft tasteten seine Hände über den Boden.

Jetzt fand er die Waffe.

Spaulding zog das Jagdmesser aus dem Gürtel und sprang Altmüller an. Der Lauf des Colt hatte sich jetzt aufgerichtet und das kleine, schwarze Loch gähnte scheinbar riesengroß vor seinen Augen.

Als die Klinge sich ins Fleisch bohrte, entlud sich der schwere Revolver unmittelbar neben Davids Gesicht, verbrannte ihm die Haut, verfehlte aber sein Ziel.

Spaulding trieb das Messer tief in Altmüllers Brust und ließ es stecken.

Der absolute Feind war tot.

David wußte, daß er keinen Augenblick verlieren durfte, wollte er nicht selbst verloren sein. Andere Männer würden kommen, andere Pferde ..., viele Hunde.

Er rannte auf den Weidezaun zu, setzte darüber, drang in die Finsternis des Waldes ein. Blindlings rannte er, versuchte verzweifelt, nach links abzubiegen. Norden.

Er taumelte über Felsbrocken und heruntergefallene Zweige, drang schließlich in tieferes Blattwerk ein, schlug mit den Armen um sich, um sich einen Weg, irgendeinen Weg zu bahnen. Seine linke Schulter war fast taub, gleichzeitig Gefahr und Segen.

Er hatte Blut verloren. Wieviel und wie gefährlich der Blutverlust war, konnte er nicht sagen. Nur daß seine Augen anfingen, müde zu werden, ebenso wie sein Körper müde war. Die Zweige wurden zu schweren, rauhen Tentakeln, die nach ihm griffen; wenn der Boden sich senkte, so waren für ihn das steile Berge. Und die Hänge waren ungeheure Schluchten, die er ohne Seil überqueren mußte. Seine Beine versagten ihm den Dienst und er mußte sie zwingen, ihn weiter zu tragen.

Der Zaun! Da war der Zaun!

Am Grunde eines kleinen Hügels zwischen den Bäumen.

Er fing zu rennen an, stolperte, arbeitete sich an den Grund des Hügels heran. Er war da. Der *Zaun* war da.

Der Zaun.

Und doch konnte er ihn nicht berühren. Aber vielleicht ...

Er hob einen trockenen Ast vom Boden auf und warf ihn gegen die Drähte. Funken, knatternde Blitze. Den Zaun zu berühren, bedeutete den Tod.

Er blickte zu den Bäumen auf. Der Schweiß, der ihm von der Stirne rann, brannte in seinen Augen, machte seinen ohnehin schon verschwommenen Blick noch unklarer. Da mußte doch ein Baum sein. *Ein* Baum. Der *richtige* Baum.

Aber konnte nicht sicher sein. Die Finsternis täuschte, im Mondlicht waren Schatten, wo Substanz sein sollte.

Da waren keine Äste! Keine Äste, die über den Zaun hingen, den zu berühren den Tod bedeutete. Rheinmann hatte — zu beiden Seiten — alle Äste abschneiden lassen, die sich den Stahldrähten näherten!

Er rannte so gut er konnte nach links — nach Norden. Der Fluß war vielleicht eine Meile entfernt. Vielleicht.

Vielleicht das Wasser.

Aber wenn er den Fluß über den steilen Abhang erreichen konnte, der den Pferden versperrt war, würde er seine Flucht verlangsamen, das würde ihm die Zeit nehmen, die er so verzweifelt brauchte. Und Rheinmann würde Streifen an die Flußufer geschickt haben.

Und dann sah er es.

Vielleicht.

Ein abgesägter Ast, einige Fuß über den straff gespannten Drähten, der bis auf ein paar Fuß an den Zaun heranreichte. Er war dick, hatte am Stamm etwa die Dicke eines kräftigen Männerschenkels. Ein Arbeiter war den Weg des geringsten Widerstandes gegangen und hatte seine Kettensäge an einer dünneren Stelle schräg angesetzt. Man konnte es ihm nicht übelnehmen; der Ast war zu hoch, viel zu weit entfernt, um einem Fliehenden zu nützen.

Aber Spaulding wußte, daß dieser Ast seine letzte Chance war. Die einzige, die ihm noch blieb. Die fernen Geräusche von Männern und Hunden machten ihm diese Tatsache unaustilgbar klar. Sie waren jetzt hinter ihm her.

Er zog eine der Lugerpistolen aus dem Gürtel und warf sie über den Zaun. Ein vorstehendes Hindernis am Gürtel reichte.

Er sprang zweimal, ehe er einen der knorrigen Aststummel packen konnte; sein linker Arm tat weh, war jetzt nicht mehr taub, nicht länger ein Segen. Er preßte die Beine um den kräftigen Stamm, arbeitete sich nach oben, bis seine rechte Hand einen höheren Ast packen konnte. Er kämpfte gegen den scharf stechenden Schmerz in Schulter und Leib an und zog sich in die Höhe.

Jetzt war der abgesägte Ast genau über ihm.

Er preßte die Schuhe seitlich in die Rinde, trat ein paarmal zu, um einen Halt zu bekommen. Jetzt streckte er den Hals, schob das Kinn gegen das rauhe Holz und warf beide Arme über den Kopf, zwang seinen linken Ellbogen über den Aststummel und zerrte wie ein Wahnsinniger mit der rechten Hand. Er klammerte sich an den amputierten Ast, stieß die Füße gegen den Stamm, bis er genügend Schwung hatte, um sein rechtes Bein darüber zu schwingen. Er preßte die Arme nach unten und stieß sich hoch, in sitzende Haltung, den Rücken gegen den Baumstamm gedrückt.

Er hatte es geschafft. Einen Teil.

Er atmete ein paarmal tief durch und versuchte, seine mit Schweiß erfüllten brennenden Augen zu fokussieren. Er blickte auf den elektrisch geladenen Stacheldraht hinunter, der den Zaun krönte. Das war weniger als vier Fuß unter ihm, aber beinahe drei Fuß in der Waagrechten von ihm entfernt. Etwa acht Fuß über dem Boden. Wenn er den Draht nicht berühren wollte, dann mußte er seinen Körper verdrehen, schräg springen. Und sofern ihm das wirklich gelang, so war er keineswegs sicher, daß sein Körper den Sturz vertragen würde.

Aber er konnte jetzt die Hunde und die Männer ganz deutlich hören. Sie waren hinter den Feldern in den Wald eingedrungen. Er drehte den Kopf und sah die schwachen Bündel ihrer Handscheinwerfer, die das dichte Blattwerk durchdrangen.

Die Alternative war der Tod.

Es hatte keinen Sinn, weiter zu denken. Gedanken waren jetzt fehl am Platze. Nur Bewegung zählte.

Er griff mit beiden Händen nach oben, packte die dünnen Äste, zog die Beine hoch, bis seine Füße die Oberseite des dicken Astes berührten, und sprang über die straffen Drähte hinweg, bis er ihr verschwommenes Bild sehen konnte. Und in jenem Sekundenbruchteil bog er den Körper gewaltsam nach rechts und unten, klappte zusammen wie ein Taschenmesser, zog die Beine an.

Er traf auf dem Boden auf, absorbierte den Schock mit der rechten Schulter, rollte sich nach vorne, die Knie angezogen — rollte, rollte, ließ nicht zu, daß das Rollen aufhörte; verteilte die Wucht des Aufpralls über den ganzen Körper.

Über ein Gewirr scharfer Wurzeln hinweg rollte er und kollidierte mit einem Baumstamm. Er griff sich an den Leib; die Aufwallung von Schmerz verriet ihm, daß die Wunde jetzt offen war. Er würde sie halten müssen, sie festpressen ..., die Blutung stillen. Sein Pullover war mit Schweiß und Blut getränkt — seinem eigenen und dem des Dobermann — und von den zahlreichen Stürzen in Fetzen gerissen.

Aber er hatte es geschafft.

Beinahe wenigstens.

Er hatte den Zaun hinter sich gelassen, er war frei von Habichtsnest.

Er sah sich um und sah die zweite Luger im Mondlicht auf dem Boden ...; die in seinem Gürtel würde genügen. Wenn nicht, würde eine zweite Waffe ihm auch nicht helfen. Er ließ sie liegen.

Die Straße war jetzt weniger als eine halbe Meile entfernt. Er kroch ins Unterholz, um Atem zu holen, um wenigstens einen Augenblick lang die wenigen Kräfte wiederherzustellen, die er noch besaß. Er würde sie für den Rest seiner Reise brauchen.

Die Hunde waren jetzt lauter; man konnte die Rufe der Streifen wenig mehr als ein paar hundert Meter entfernt hören. Und plötzlich kehrte die Panik zurück. Was, in Gottes Namen war das, was er gerade *gedacht* hatte!? Was *tat* er!?«

Was *tat* er?

Er lag im Unterholz und nahm an — *nahm an* er sei *frei!*

Aber war er das? Da waren Männer und Hunde und wilde — bösartig wilde — Tiere in Hörweite, so nahe, daß sie ihn sehen konnten, wenn er wieder zu laufen anfing.

Und dann hörte er plötzlich die Worte, hörte die Befehle — das wilde Schreien. Wuterfüllt.

»Freilassen! Die Hunde freilassen!«

Sie glaubten jetzt, sie hätten ihr Opfer in die Enge getrieben! Die Hunde wurden freigelassen, um das Opfer in Stücke zu reißen! Er sah die Lichtbündel über den kleinen Hügel heraufkommen, ehe er die Tiere sah. Und dann zeichneten sich die Silhouetten der Hunde ab, als sie über den Hügelkamm schossen und dann den Abhang hinunter. Fünf, acht, ein Dutzend rennender monströser Gestalten, die wild dem gehaßten Gegenstand ihrer Jagd nachrannten, der immer näherkam, erfüllt von Panik, von der Gier erfüllt, ihre Zähne in sein Fleisch zu schlagen.

David war von dem schrecklichen Bild, das nun folgte, wie hypnotisiert. Gleichzeitig erfüllte ihn Übelkeit.

Die ganze Gegend leuchtete auf wie ein blitzendes Diadem; knatternde, zischende elektrische Geräusche erfüllten die Luft. Ein Hund nach dem anderen krachte gegen den Drahtzaun. Ihr kurzes Fell fing Feuer; schreckliche, langgezogene, kreischende, tierische Todesschreie zerrissen die Nacht.

Vom Hügelkamm peitschten Schüsse. Männer rannten nach allen Richtungen — einige zu den Hunden und dem Zaun, andere zu den Flanken — aber die meisten flohen.

David kroch aus dem Unterholz und lief in den Wald hinein.

Er *war* frei!

Das Gefängnis, das Habichtsnest war, hielt seine Verfolger fest ... aber *er* war frei!

Er hielt sich den Leib und rannte in die Finsternis.

Die Straße war von Sand und lockerem Kies gesäumt. Er taumelte aus dem Wald und fiel auf die scharfen, kleinen Steinchen. Sein Blick verschwamm, nichts blieb stehen, seine Kehle war trocken, sein Mund vom metallischen Geschmack der Angst erfüllt. Er erkannte, daß er nicht aufstehen konnte. Er konnte nicht stehen.

Er sah einen Wagen in weiter Ferne, rechts von ihm. Westen. Er fuhr mit hoher Geschwindigkeit; die Scheinwerfer blitzten. Aus ... an, aus ... an. An, an, an ... aus, aus, aus, immer wieder.

Ein Signal.

Aber er konnte nicht stehen! Nicht aufstehen.

Und dann hörte er seinen Namen. Er wurde im Chor gerufen, durch offene Fenster, von einigen Stimmen. Im Chor! So wie ein Gesang!

»... Spaulding, Spaulding, Spaulding ...«

Der Wagen würde jetzt an ihm vorbeirollen! Er konnte nicht aufstehen.

Er griff in seinen Gürtel und riß die Luger heraus.

Er feuerte sie zweimal ab, verfügte kaum noch über die Kraft, den Abzug zu betätigen. Nach dem zweiten Schuß ... war alles Schwärze.

Er spürte die Finger, die sachte seine Wunde betasteten, spürte das Vibrieren des dahinrollenden Wagens. Er schlug die Augen auf.

Asher Feld blickte auf ihn herab. Sein Kopf lag auf Felds Schoß. Der Jude lächelte.

»Sie werden Antwort auf alle Fragen bekommen. Lassen Sie sich von dem Arzt zusammenflicken. Wir müssen Sie schnell zusammenstückeln.«

David hob den Kopf, während Feld seinen Hals hielt. Ein zweiter Mann, ein junger Mann, war ebenfalls auf dem Rücksitz und beugte sich über ihn. Spauldings Beine waren über die Knie des jungen Mannes ausgestreckt. Der Mann hielt Gazestreifen und eine Pinzette in den Händen.

»Es wird nicht sehr weh tun«, sagte er mit dem gleichen ausgeprägten britischen Akzent, den David so oft gehört hatte. »Ich glaube, davon hatten Sie jetzt genug. Sie sind lokalisiert.«

»Ich bin was?«

»Einfaches Novokain«, erwiderte der Arzt. »Ich werde die Nähte hier fertigmachen; Ihr Arm ist mit einem Antibiotikum vollgepumpt — es stammt übrigens aus einem Jerusalemer Laboratorium.« Der junge Mann lächelte.

»Was? Wo ...«

»Jetzt ist keine Zeit«, unterbrach Feld leise, eindringlich. »Wir sind auf dem Wege nach Mendarro. Das Flugzeug wartet. Es wird keine Störung geben.«

»Haben Sie die Pläne?«

»Am Treppengeländer angekettet, Lissabon. Wir dachten nicht, daß wir es so bequem haben würden. Wir dachten vielleicht der Balkon oder ein Obergeschoß. Gott sei Dank ging die Invasion schnell. Rheinmanns Truppen kamen schnell. Nicht schnell genug ... Gute Arbeit, das mit dem Treppengeländer. Wie haben Sie das geschafft?«

David lächelte. Das Reden fiel ihm schwer. »Weil ... niemand die Pläne aus den Augen lassen wollte. Ist das nicht komisch?«

»Ich bin froh, daß Sie so denken. Das werden Sie brauchen.«

»Was? ... Jean?«

Spaulding versuchte, sich aufzurichten. Feld hielt ihn an den Schultern, der Arzt am Leib fest.

»Nein, Colonel. Um Mrs. Cameron oder den Physiker brauchen Sie sich keine Sorgen zu machen. Sie werden ohne Zweifel morgen früh aus Buenos Aires ausgeflogen werden ... Und die Funk- und Radarstille an der Küste wird in wenigen Minuten zu Ende sein. Die Radarschirme werden den Trawler erfassen ...«

David hob die Hand, unterbrach den Juden. Er atmete ein paarmal durch, ehe er sprach. »Nehmen Sie Verbindung mit FMF auf. Sagen Sie ihnen, das Zusammentreffen ist für ungefähr vier Stunden ..., nachdem der Trawler Ocho Calle verlassen hat, angesetzt. Schätzen Sie die Maximalgeschwindigkeit des Trawlers ..., ein Halbkreis ... Folgen Sie der Linie.«

»Gut gemacht«, sagte Asher Feld. »Wir sagen ihnen Bescheid.«

Der junge Arzt war jetzt fertig. Er beugte sich vor und sprach mit angenehmer Stimme.

»Wenn man alle Umstände bedenkt, ist diese Nacht genauso gut wie die in Bethesda sie machen würden. Besser als die Arbeit an Ihrer rechten Schulter; die war ziemlich übel. Sie können sich aufrichten. Vorsichtig.«

Spaulding richtete sich steif in sitzender Haltung auf, die beiden Haganah-Männer halfen ihm dabei.

»Rheinmann ist tot«, sagte er leise. »Rheinmann, das Schwein, lebt nicht mehr. Es wird keine Verhandlungen mehr geben. Sagen Sie das Ihren Leuten.«

»Danke«, sagte Asher Feld.

Sie fuhren einige Minuten schweigend dahin. Jetzt waren die Scheinwerferbalken des kleinen Flugplatzes zu sehen; sie stachen in den Nachthimmel.

»Die Zeichnungen sind im Flugzeug«, meinte Feld. »Unsere Männer halten Wache ... Es tut mir leid, daß Sie heute nacht abfliegen müssen. Es wäre einfacher, wenn der Pilot alleine wäre. Aber das ist nicht möglich.«

»Dafür hat man mich hierhergeschickt.«

»Ich fürchte, es ist etwas komplizierter. Sie haben eine Menge mitgemacht, Sie sind schwer verletzt. Eigentlich gehörten Sie in ein Hospital ..., aber das wird warten müssen.«

»Oh?« David begriff, daß Feld etwas zu sagen hatte, das selbst diesem pragmatischen Juden schwerfiel, in Worte zu kleiden. »Sie sollten es mir besser sagen ...«

»Sie werden damit auf Ihre *eigene* Weise klarkommen müssen«, unterbrach Feld. »Sehen Sie ..., die Männer in Washington erwarten Sie nicht in diesem Flugzeug. Sie haben Ihre Exekution befohlen.«

43.

Brigadier General Alan Swanson vom Kriegsministerium hatte Selbstmord begangen.

In Fairfax, Virginia, in dem gigantischen, ganz auf Sicherheit bedachten Komplex, der die Geheimnisse der Allied Central Intelligence beherbergte, verschwand ein Lieutenant Colonel namens Ira Barden. Verschwand einfach; an einem Tag noch greifbare Substanz, am nächsten körperloser Dunst. Mit ihm verschwanden eine Anzahl höchst geheimer Akten aus den Safes. Hauptsächlich handelte es sich um persönliche Akten über Nazis von hohem Rang, die mit den Konzentrationslagern zu tun hatten. Nicht die Art von Akten, wie sie ein Überläufer stehlen würde. Ira Bardens eigene Akte wurde entnommen und in die Archive überstellt. Man drückte seiner Familie das Beileid aus; Lieutenant Colonel Barden war verschollen.

Ein Kryptograph in Lissabon, namens Marshall, wurde in den Hügeln des Baskenlandes gefunden. Er war bei einem Grenzzwischenfall verwundet und von Partisanen wieder gesundgepflegt worden. Die Berichte über seinen Tod waren wie geplant stark übertrieben gewesen.

Und dann gab es noch einen Kryptographen. In Buenos Aires. Einen gewissen Robert Ballard. Das State Department interessierte sich in diesen Tagen sehr für Ballard. Der Kryptograph hatte einen ungeheuren Fehler in einem Zerhacker entdeckt und die Intitiative ergriffen, den Zerhackerspruch nicht nur in Frage zu stellen, sondern sogar sich zu weigern, ihn zu *authentisieren*. Infolge einer Reihe schwerwiegender Mißverständnisse und fehlerhafter Informationen hatte das Kriegsministerium den Befehl ausgegeben, Colonel Spaulding, sobald man seiner habhaft werde, zu exekutieren. Code: Hochverrat. Während der Erledigung eines Auftrags zum Feind übergelaufen. Ballard hatte sich geweigert den Befehl zu bestätigen. Und das State Department scheute sich selten, das Kriegsministerium zu brüskieren.

Der Aerophysiker Eugene Lyons, Ph. D., wurde nach Pasadena zurückgeflogen. Dr. Lyons war ... Seltsames widerfahren. Sperry Rand's Pazifik Labors, die besten im Lande, boten ihm einen lukrativen, interessanten Vertrag an, den er akzeptierte. Er hatte sich in ein Hospital in Los Angeles zur Behandlung seines Kehlkopfs begeben — Prognose: sechzig-vierzig zu seinen Gunsten, wenn der Wille da war ... Das war er. Und dann war noch etwas an Lyons. Er hatte seinen Dienstvertrag an eine Bank verpfändet und baute ein seltsam geformtes Haus im Mittelmeerstil.

Mrs. Jean Cameron kehrte an die Ostküste von Maryland zurück — auf zwei Tage. Das State Department erstellte auf persönliche Bitte von Botschafter Henderson Granville in Buenos Aires einen Empfehlungsbrief für Mrs. Cameron. Obwohl sie keinen offiziellen Status besessen hatte, war ihre Anwesenheit in der Botschaft von höchstem Wert gewesen. Sie hatte die Verbindungslinien zu verschiedenen Gruppen in der neutralen Stadt offengehalten; Verbindungslinien, die häufig von diplomatischen Notwendigkeiten gestört wurden. Die Beamten des Außenministeriums beschlossen, Mrs. Cameron den Brief in einer kleinen Zeremonie zu überreichen, die von einem prominenten Undersecretary geleitet wurde. Die Behörde war etwas überrascht, daß man Mrs. Cameron nicht im Heim ihrer Familie an der Ostküste von Maryland erreichen konnte. Sie befand sich in Washington. Im Shoreham-Hotel. Im Shoreham war auch Colonel David Spaulding abgestiegen ... Mehr als ein Zufall vielleicht, aber es sollte jedenfalls den Empfehlungsbrief nicht beeinträchtigen. Nicht in diesen Tagen. Nicht in Washington.

Colonel David Spaulding blickte an den hellbraunen Steinsäulen des Kriegsministeriums empor. Er zog an seinem Militärmantel, zog sich das schwere Tuch über die Schlinge, in der er seinen Arm trug. Dies war das letztemal, daß er Uniform tragen oder dieses Gebäude betreten würde. Er blickte die Treppen empor. Seltsam, dachte er. Jetzt war er seit beinahe drei Wochen zurück und hatte jeden Tag, jede Nacht, über die Worte nachgedacht, die er heute nachmittag sagen würde. Die Wut, der Ekel ..., die Vergeudung. Ein Leben lang würde er das empfinden. Aber das Leben würde weitergehen und auf irgendeine seltsame Art mußte er diese Gefühle überwinden. Jetzt empfand er nur Müdigkeit, eine Erschöpfung, die von ihm verlangte, daß er es hinter sich brachte und sich wieder einer Sache zuwandte, die einen Wert hatte.

Mit Jean.

Er wußte, daß man mit Worten nicht an die Männer von ›Tortugas‹ herankommen konnte. Worte des Gewissens hatten für solche Männer ihre Bedeutung verloren. So, wie sie so oft ihre Bedeutung für ihn verloren hatten. Auch das war eines ihrer Verbrechen; sie hatten ... den Anstand ... gestohlen.

Spaulding ließ seinen Mantel im Vorzimmer und ging in das kleine Besprechungszimmer. Dort waren sie, die Männer von ›Tortugas‹.

Walter Kendall.

Howard Oliver.

Jonathan Craft.

Keiner stand auf. Alle waren stumm. Jeder starrte ihn an. In ihren Blicken mischten sich Haß und Furcht — Gefühle, die so oft unzertrennlich sind.

Sie waren bereit zu kämpfen, zu protestieren ..., zu retten, was zu retten war. Sie hatten ihre *Diskussionen* geführt, sich ihre *Strategien* zurechtgelegt.

So durchschaubar sind sie, dachte David.

Er stand am Tischende, griff in die Tasche und holte eine Handvoll Carbonado-Diamanten heraus. Er warf sie auf die harte Tischplatte; die kleinen Steinchen klirrten und rollten.

Die Männer von ›Tortugas‹ blieben stumm. Ihre Augen wanderten zu den Steinen und dann wieder zu Spaulding.

»Die Koening-Übergabe«, sagte David. »Die Werkzeuge für Peenemünde. Ich wollte, daß Sie sie sehen.«

Howard Oliver atmete tief und sprach dann mit einstudierter Herablassung. »Wir haben keine Ahnung, was ...«

»Ich weiß«, unterbrach Spaulding mit fester Stimme. »Sie sind vielbeschäftigte Leute. Sparen wir uns also die unnötigen Gespräche; es gibt tatsächlich keinen Grund für Sie, überhaupt etwas zu sagen. Sie brauchen mir bloß zuzuhören. Ich will es kurz machen. Und Sie werden immer wissen, wo Sie mich erreichen können.«

David schob die linke Hand in seine Armschlinge und holte einen Umschlag heraus. Es war ein gewöhnlicher Umschlag, wie man ihn für Geschäftsbriefe benutzt; verklebt, dick. Er legte ihn sorgfältig auf den Tisch und fuhr fort.

»Dies ist die Geschichte von ›Tortugas‹. Von Genf bis Buenos Aires. Von Peenemünde bis zu einem Ort, der Ocho Calle heißt. Es ist eine häßliche Geschichte. Sie wirft Fragen auf, von denen ich nicht sicher bin, ob sie jetzt aufgeworfen werden sollten. Vielleicht sollte man diese Fragen nie stellen. Um der Vernunft willen ...

Aber das liegt bei Ihnen hier an diesem Tisch ... Es gibt einige Kopien dieser ..., dieser Anklageschrift. Ich werde Ihnen nicht sagen, wo, und Sie werden es nie herausfinden können. Aber sie existieren. Und diese Kopien werden auf eine Art und Weise freigegeben werden, die sicherstellt, daß es in New York und London und Berlin Schlagzeilen geben wird, sofern Sie nicht genau das tun, was ich jetzt sage ...

Protestieren Sie nicht, Mr. Kendall. Es ist nutzlos ... Dieser Krieg ist gewonnen. Das Töten wird noch eine Weile weitergehen, aber wir haben ihn gewonnen. Peenemünde ist nicht müßig gewesen; sie haben die ganze Erde abgesucht. Ein paar tausend Raketen werden gebaut werden, ein paar tausend Menschen werden sterben. Bei weitem nicht so viele, wie sie sich das vorgestellt haben. Und unsere Flugzeuge werden halb Deutschland in Schutt und Asche legen; wir werden jetzt die Sieger sein. Und das ist wie es sein sollte. Was nach dem Töten kommen muß, ist das Heilen. Und Sie, meine Herren, werden den Rest Ihres Lebens darauf verwenden. Sie werden alle Verbindungen zu Ihren Firmen aufgeben, Sie werden alles, was sie besitzen, verkaufen, soweit Sie es nicht für den schieren Lebensunterhalt brauchen und werden den Erlös der Wohltätigkeit zur Verfügung stellen — anonym, aber mit einer Bestätigung. Und dann werden Sie Ihre beträchtlichen Talente einer dankbaren Regierung zur Verfügung stellen — und dafür Gehälter beziehen, wie die Regierung sie kleinen Beamten bezahlt.

Den Rest Ihres Lebens werden Sie tüchtige Regierungsangestellte sein. Und sonst nichts.

Sie haben sechzig Tage Zeit, diesen Forderungen nachzukommen. Übrigens, da Sie einmal meine Exekution befohlen haben, sollten Sie wissen, daß mein Wohlergehen Teil meines Kontrakts ist. Und natürlich auch das Wohlergehen jener, die mir nahestehen.

Zuletzt, weil es mir in den Sinn kam, daß Sie vielleicht den Wunsch haben könnten, andere zu beauftragen, mich aus dem Weg zu schaffen — in der Anklageschrift ist klar herausgearbeitet, daß Sie ›Tortugas‹ niemals allein zuwege gebracht hätten ... Nennen Sie, wen Sie wollen, die Welt befindet sich in einem traurigen Zustand, meine Herren. Sie braucht alle Hilfe, die Sie bekommen kann.«

Spaulding griff nach dem Umschlag, hob ihn auf und ließ ihn auf den Tisch fallen. Das Knallen von Papier auf Holz zog alle Augen auf den Punkt.

»Bedenken Sie *alles*«, sagte David.

Die Männer von ›Tortugas‹ starrten den Umschlag schweigend an. David drehte sich um, ging zur Türe, öffnete sie und trat hinaus.

März in Washington. Die Luft war kühl, der Wind trug noch einen Hauch des Winters, aber der Schnee würde nicht mehr kommen.

Lieutenant Colonel David Spaulding wich den Wagen aus, als er die Wisconsin Avenue überquerte und zum Shoreham-Hotel hinüberging. Er merkte nicht, daß sein Mantel offenstand; auch die Kälte nahm er nicht wahr.

Es war vorbei! Er hatte es hinter sich! Es würde Narben geben — tiefe Narben — aber mit der Zeit ...

Mit Jean ...